杭州师范大学中文学科学术研究丛书

泽地文库
第二辑
主编 / 洪治纲

浙江省哲学社会科学重点研究基地2024年预立项课题

（13号）《「五四」时期作为文学共同体的周氏兄弟——以「立人」为中心》

「五四」时期作为文学共同体的周氏兄弟（1917—1923）
以『立人』为中心

王海晗 著

上海文艺出版社
Shanghai Literature & Art Publishing House

总 序

洪治纲

大学之道，人文为先。没有坚实的人文底蕴，没有深厚的人文情怀，没有求真、创新、自由、平等、公正的现代社会理念，大学迟早会陷入实用主义和功利主义的泥淖，甚至会变成精致的利己主义滋生与蔓延的温床，教育也就很难确保学生获得全面而健康的发展。这是我们学科同人多年来的思想共识和学术信念。

我们是大学教师，但我们也是学者，是恪守人文精神并且学有专攻的学者。因为我们深知，人不仅仅是一种物质生命的存在，还是一种精神、文化的存在。我们必须尊重每个个体的主体地位和个性差异，必须关心和理解不同个体多方面、多层次的内在需求，必须激发不同个体的能动性和创造性，促进人的个体价值与社会价值的统一，并最终使人获得自由全面的发展。

如果问，何谓"人文精神"？我想，这应该是其核心之旨。所以鲁迅先生对现代文明社会的审度标尺，就是"立人"。一个国家能不能"立"起来，在他看来，首先就是这个国家中的人是否"立"起来了，而不是看它的经济指标，或者人均拥有多少本房产证。

作为从事人文教育的学者，我们对人文精神当然并不陌生。但是，在物质主义和功利主义的强力冲击下，要坚持不懈地探究现代社会中的人文精神及其实践路径，并非易事。好在我们是地方性高校，没有"高处不胜寒"的压力，也没有必须实现"弯道超车"的预设目标。我们只是踏踏实实问学，认认真真做人。每天进步一点点，这是我们对自己学术的内心期许。所以，这些年来，我们学科的全体同人，都在默默地躬身于各自的研究领域，勤思缅想，精耕细作。

我们因此而充实。无论春夏，无论秋冬。

或许我们的能力有限，眼界不高，学养不厚，但这并不影响我们求真和创新的勇气，也不影响我们对于人类悠久的人文主义传统的承继和弘扬。师者，传道，授业，解惑也。传道，是每一位大学教师的首要职责，也是彰显每位人文学者人格魅力的核心之所在。只有心中有了"道"，有了承担历史职责且顺应社会发展的"大道"，我们才能传出特有的生命之光，以及内在的精神高度。我们的学术，从某种程度上说，就是在求真的过程中，孕育和培植内心的生命之道。故章学诚云：学者，学于道也。

但学术毕竟是一项极为艰难的事业，因为它自始至终都是为了求真，不仅在理论上，还要在实践中。严复就曾明确地将"学术"理解为先求真理，而后付之实践的过程："学者考自然之理，立必然之例。术者据既知之理，求可成之功。学主知，术主行。"梁启超也说过类似的话："学也者，观察事物而发明其真理者也；术也者，取其所发明之真理而致诸用也。……学者术之体，术者学之用。二者如辅车相依而不可离。学不足以应用于术，无益之学也；术而不以科学上之真理为基础者，欺世误人之术也。"我们当然也希望通过自己的努力，在传道和授业的过程中，体用互动，生生不息，一起解答各种现代生存之惑，共同叩问人之为人的诸多本质。

这也是我们推出"泽地丛书"的重要理由。"泽地"，取自《周易》第四十五卦《萃》卦，卦象为下坤上兑，坤为地，兑为泽，即为"下地上泽"之象，象征"荟萃"之意。这是我们中国语言文学学科全体同人的美好意愿，也是我们孜孜以求的学术理想。

在人类智慧的天空中，我们希望以执着的姿态飞过，并留下自己的痕迹。

本套丛书将以开放的方式，逐步汇聚我们学科各位学者的优秀成果，既包括已出版多年并在学界产生一定反响、需要修订再版的专著，也包括近年来国家社科基金的最新成果、学术新著以及优秀的博士论文等，几乎涵盖了本学科各二级研究方向，也囊括了不同代际的学者智慧，大体上反映了我们学科的主要特色和优势。第一辑出版之后，在学界引起了良好的反响，其中有三部著作获得浙江省第二十二届哲学社会科学优秀成果奖。如今，我们按原计划推进第二辑的出版，继续为本学科团队成员提供展示与交流平台，以期进一步营造浓厚的学术氛围。

古人云：士不可不弘毅，任重而道远。学术是没有尽头的事业，真理也需要一代又一代人去不断探索和实践。唯因如此，我们渴望通过自己的顽强求索，能够成为人文精神最坚实的传承者，并在具体的教学过程中，将自己所秉持的学术信念力所能及地付诸实践，抑或在世界文化的交流中成为平等的对话者。

2024 年春于杭州

序　言
文贵良

海晗发来微信，告知他的著作《"五四"时期作为文学共同体的周氏兄弟（1917—1923）——以"立人"为中心》（以下简称《周氏兄弟》）入选杭州师范大学的泽地文库，将由上海文艺出版社出版，嘱我写一篇序言，我欣然答应。

2018年，海晗报考我的博士研究生，被顺利录取。之前我们不认识，也没有人介绍，这也许就是常说的师生缘分。海晗读书很用功，找他做事，总是很快能完成。他读博第一年还是第二年的时候，我得知其文章在一家CSSCI期刊上发表了；再过一段时间，听说又一篇发表了；他读博期间发了6篇CSSCI期刊论文，发表之前都没有告诉我。今天想来，真是很惭愧，作为导师没有出一点力啊！但是又很欣慰，他完全凭借自己的学术成果，"杀"到学术圈，学术生存力不用担心。他曾获得国家奖学金，并在2022年毕业时被评为上海市优秀毕业生。

海晗在选择博士学位论文题目时，说要做鲁迅和周作人。我说：好啊，你是浙江人，研究他们有优势。就像凌宇老师研究沈从文，两人都是湘西人，气质有相同之处。同时又不忘提醒：研究这个题目很难啊，出新意不容易。我有个看法，对博士生选择鲁迅和周作人做研究，既不鼓励，也不阻拦。不鼓励者，如果同学没有十足的信心，没有持久的兴趣，就很难完成一篇有学术质量的论文，更不用说精彩出色了；不阻拦者，这周氏兄弟毕竟是中国现代文学的开创者，是文学高峰，需要青年学者研究。青年学者几年扎下去，收获会很多，能为未来的学术发展打下坚实基础。海晗有自己独立的想法，他坚持研究周氏兄弟。这本著作《周氏兄弟》就是在他博士学位论文的基础上修改而成的。

《周氏兄弟》的问题意识很明确，将1917至1923年这一时期内的周氏兄弟作为文学共同体进行研究，并且以"立人"为中心展开。1917年，周氏兄弟相聚于北京；1923年，兄弟失和分居。这一聚一分之间，恰好是他们参与的新文学运动风起云涌的时期。"周氏兄弟"这一名称，早在五四新文学时期就出现在胡适等人的笔下，当代的学者如钱理群、孙郁等将鲁迅和周作人作平行共同研究以深化对周氏兄弟的理解。很显然，"周氏兄弟"无疑是新文学史上现象级的文学品牌，但不是一个很新很热的学术问题。人人都知道"周氏兄弟"，但是要说清周氏兄弟之间的同中之异和异中之同却不那么容易。海晗的论著将周氏兄弟视为"文学共同体"，对如何理解这一概念做了明确解释：

> 本书所谓的"共同体"，当然并非如同上述社会学家那般讨论社群、民族、政治等宏观问题，仅仅是就个人之间文学关系的一种描述，不过也是试图借鉴"共同体"概念中"生机勃勃的有机体"这一核心意涵，使之用于描述"五四"时期周氏兄弟思想与写作的关联性，将二者协同一致的精神面相刻画出来。

本书提出周氏兄弟文学共同体的概念恰恰是要在承认两者独立性的前提之上再来剖析"五四"新文化运动时期鲁迅与周作人文学活动的具体境况，所以在行文过程中并不会回避共同体内部充满纠葛的张力关系。

单纯地说"文学共同体",其内部是包罗万象的。针对鲁迅与周作人结合而成的这个具体的共同体,《周氏兄弟》找到了其核心——"立人"。"立人",不仅是周氏兄弟的文学主题,也是从晚清到五四时期中国的思想主题;或者说恰好是前者构成了后者的主要内涵。如何开展对周氏兄弟这一文学共同体的研究,对作者也是一种考验。尽管确立了以"立人"为中心,但采用哪种结构却需要仔细斟酌。《周氏兄弟》采用了"起动—内涵—表达—实践"的结构,分成四章进行论述。这一结构内部逻辑是贯通而融洽的,能有力说明"周氏兄弟"这一文学共同体内部"共生与独立"的状态,又能说明这一共同体与时代语境之间的关联。

《周氏兄弟》描述了鲁迅和周作人合作/分工的学术状态。1917至1923年,周氏兄弟同住在一起,为"文学共同体"的形成提供了外部的生活形式,但同住一起,不会必然成为"文学共同体"。鲁迅是教育部职员,周作人是高校教授,各有自己的职业所在;虽然鲁迅也在高校兼职。《周氏兄弟》没有采用日志式的方式来显示兄弟之间的合作,而是以典型个案挖掘其合作的深度。比如,对弟弟周建人所译的波兰小说《犹太人》的译稿,鲁迅用德语资料校对,周作人以英语译本校对,这就利用了两人懂得不同外语的优势。周作人的讲义《欧洲文学史》,起草的《文学研究会宣言》,创作的《两个扫雪的人》《微明》《小河》《路上所见》《北风》《背枪的人》等白话新诗,鲁迅都曾经修改修订过。毫无疑问,周作人的写作从鲁迅身上获益不少。但是《周氏兄弟》也写到了鲁迅从周作人著译中获得的启迪。鲁迅翻译日本武者小路实笃的《一个青年的梦》，就是受了周作人介绍的启发；而鲁迅创作的《明天》极有可能是受了周作人所译的梭罗古勃作品《蜡烛》的影响。《周氏兄弟》通过这种双向性合作的考察，让"周氏兄弟"这一文学共同体变得鲜活起来，也为后文的立论打下了坚实的基础。

《周氏兄弟》很注意"周氏兄弟"这个共同体内外关系的处理。外部关系指的是周氏兄弟与时代语境之间的关系。《周氏兄弟》对周氏兄弟介入《新青年》杂志的考论，很见学术功夫，而且用"客师"与"名角"的关系来考察周氏兄弟的站位，也很有识见。周氏兄弟共同为新文化辩护，采取了相同的批判立场，显示了周氏兄弟一致的主张与形象。内部关系当然是指周氏兄弟中两人之间的异同。《周氏兄弟》既然以"立人"为中心，就对周氏兄弟两人"立人"观的内涵以及不同来源做了仔细分析，给予明确的答案。《周氏兄弟》指出，两人立人观的理论根基是进化论思想，后又融入了互助主义思想。在结语部分借用民族性和人类性这对范畴展开辨析，反对将民族性和人类性割裂开来以评价周氏兄弟，认为在周氏兄弟各自的立人观中，民族性和人类性居于不同的位置。在鲁迅的立人观中，民族性是立人的引导者，所以鲁迅重现实；在周作人的立人观中，人类性是其引导者，所以周作人重文化。这就为周氏兄弟最后的歧路埋下了伏笔。

既然是研究周氏兄弟，那就内含了将鲁迅和周作人进行比较的必然性。《周氏兄弟》的文本对读法，我个人尤为欣赏。书中单列的有两节：将鲁迅的《狂人日记》和周作人的《人的文学》对读，将周作人的译文集《点滴》和鲁迅的《呐喊》对读。此处重点说一说前一个例子的对读思路。《周氏兄弟》借用克里斯蒂娃的互文性概念对读《狂人日记》和《人的文学》。前者为小说，后者为述学文章。对读时，不可能也不必要进行逐句对照式索解，而是整体上把握，分四层进行。首先，揭示两个文本立人观的相通性：《狂人日记》"吃人"话语的食人蛮性与礼教吃人，与《人的文学》中"灵肉一致"的人性构成了反向同构，即一破一立，相辅相成。其次，梳理了从鲁迅"尊个性而张精神"到周作人"个人主义的人间本位主义"的历史轨迹，强调了"个"的价值。再次，揭示《狂人日记》对于《人的文学》的镜鉴意义，即狂人的自我怀疑与批判对周作人自信的警惕作用。同时，《人的文学》关于物质与道德双重生活维度的阐发对于狂人单线型精神启蒙方式也是一种补正。最后，探讨了立人观的路径，《狂人日记》中的"撮录""研究"与周作人在"人的文学"定义里要求文学对于"人生诸问题"进行"记录研究"的功能正好能够对号入座。通过这样层层推进的探索，周氏兄弟立人观的相通性与独立性得到了充分展示。

我只是对《周氏兄弟》谈了一些个人的看法，实际上其内容要远为多彩多姿。"周氏兄弟"这一文学共同体内部自然是丰富而复杂的，海晗的《周氏兄弟》对此做了整体的论述，富有新意，方法得当，为学界提供了一份有识见的资料，为自己未来的学术研究打下了坚实的基础。上文提到，海晗作为周氏兄弟同乡，在研究上有其优势，其实也内藏局限。海晗求学在浙沪两地，工作在杭州，研究的又是浙籍作家，要避免被自己的"乡土"所围，因为鲁迅与周作人是跳出了自己的"乡土"的。可喜的是，海晗已经迈出了稳健的一步，相信他在未来的学术道路上会越走越广阔！

2024 年 8 月 16 日于上海

目 录

绪 论 ·········· 1
  第一节 问题的提出 ·········· 1
  第二节 研究概况 ·········· 12
  第三节 研究内容与框架结构 ·········· 29

第一章 点燃"寂寞":周氏兄弟复出的内外考察 ·········· 35
  第一节 "旧梦"遭遇"现实":重启"第二维新之声"的历史脉络 ·········· 38
    一、"第二维新之声":留日时期周氏兄弟的"立人"思想 ·········· 40
    二、"寂寞"的体验:"心声"的延宕与下沉 ·········· 48
    三、"旧梦"重燃:"热风"融化"火的冰" ·········· 57
  第二节 缺席与在场之间:周氏兄弟介入《新青年》考论 ·········· 65
    一、周氏兄弟与《新青年》编辑部关系之史实考辨 ·········· 66
    二、周氏兄弟的站位:"客师"与"名角"的意义 ·········· 74
    三、文化空间与文体选择:《新青年》之于周氏兄弟 ·········· 83
  第三节 文化体系的形成:彼此支撑的术业分工 ·········· 91
    一、外语习得偏向:互为信息源 ·········· 92

二、"通览"与"专深"的合作：从"起草—修改"到
　　"导入—发挥" ································· 99
三、职业平台的照应：教育部官员与高等学府教师
　　································· 107

第二章　接力往复：周氏兄弟思想革命的人学视域
································· 117
第一节　"立人"的理论根基与伦理向度 ············ 120
　　一、理论根基：进化论思维 ···················· 122
　　二、伦理向度：当"互助主义"话语编织入进化论 ··· 130
第二节　"立人"的内涵：《狂人日记》与《人的文学》
　　之互文解读 ································· 140
　　一、"吃人"话语的双重所指与"灵肉一致"的人性 ··· 142
　　二、从"尊个性而张精神"到"个人主义的人间本位
　　主义" ····································· 149
　　三、反求诸己：《狂人日记》对于《人的文学》的镜鉴
　　意义 ····································· 156
　　四、启蒙时代文学何为："记录研究""非人的生活"
　　································· 161
第三节　"新人"的发现："妇女"与"儿童" ············ 169
　　一、反抗性别压迫：从两性道德的视角进入思想伦理
　　································· 169
　　二、儿童本位观：理论提倡与文学表现 ············ 180
　　三、认识装置与"风景"的发现 ·················· 192

第三章　发声成文：周氏兄弟"五四"时期的文体表达……199

第一节　"小说模样的文章"：现代"短篇小说"文类构造的路径……202

一、"五四"的先声：作为一种文类试验的《域外小说集》……203

二、短篇小说的诗化及其抒情意识：《点滴》与《呐喊》对读……212

三、"小说模样的文章"：读写之间的默契……221

第二节　"以汉语思想"：论周氏兄弟的文学语言观念……231

一、反叛作为一种文体而非仅仅是语体的文言古文……233

二、直译与欧化：中国语文的改革方案与"国民性"问题……244

三、名实合一：语言的意义生产机制……255

第三节　反抗新文学的"偏至"：从鲁迅的"杂感"到周作人的"美文"……265

一、《随感录》中的"鲁迅风"……267

二、"美文"：日常生活中的个性启蒙……276

三、反体制化的文体观念与新文学家主体的凸显……286

第四章　交相呼应："五四"落潮期周氏兄弟的文化想象及实践 ……293

第一节　发现"讽刺"与"类型"：周作人论《阿Q正传》 ……298
一、周作人评论诞生的潜在语境 ……299
二、什么是讽刺 ……305
三、想象国民的方式：文学典型论 ……312

第二节　为新文化辩护："后五四"时代论争漩涡中的鲁迅与周作人 ……321
一、警惕复古逆流：对"假道学"的透底批判 ……322
二、"超越的批评家"：有关《沉沦》《蕙的风》的文学批评 ……328
三、论战的逻辑：反对造成"一是之学说" ……336

第三节　爱罗先珂对周氏兄弟的影响 ……340
一、"寂寞"的言说 ……341
二、文学主题的同形异构 ……347
三、看见自身：智识阶级的使命 ……358

结　语　共生与独立：从双峰合一到歧路难返 ……369

参考文献 ……393
一、周氏兄弟文集及相关生平学术资料汇编 ……393
二、民国杂志 ……395
三、研究著作 ……395

四、学术论文 …………………………………………… 411

后　记 …………………………………………… 433

绪 论

第一节 问题的提出

在中国现代文化史与文学史上，鲁迅与周作人都是最为重要的人物之一，他们的身上蕴含着20世纪中国知识分子的众多精神命题。"五四"时期，二者志同道合，并肩作战，联袂成为新文学运动的得力干将，同时也迎来了各自文艺事业上的高峰。如果要从广义上为这一段融洽的兄弟关系确定一个时间界限，那么应该是从1917年周作人入京担任北大教职起，到1923年兄弟失和、亲情关系断绝为止，在此期间鲁迅与周作人共居一处，相互照拂，关系紧密，这是人所共知的。与之对应的是，彼时的文化界人士常常将他们合而观之，在论及一方的同时也连带提到另一方，或者更进一步并称为周氏兄弟。1918年2月10日的除夕之夜，S会馆的常客刘半农与鲁迅、周作人共进晚餐后，写下《除夕》一诗，诗中有言："主人周氏兄弟，与我谈天；/欲招缪撒，欲造'蒲鞭'，/说今年已尽，这等事，待来年。"[1]依照刘氏自注，"缪撒"指的是希腊掌管文艺美术的女神，"蒲鞭"则是日本杂志中的一个介绍新刊的文艺栏目，这首诗把鲁迅与周作人准备一起进军文艺界的姿态传神地勾勒出来。1922年8月11日，胡适日记中记载："周氏弟兄最可爱，他们的天才都很高。豫才兼有鉴赏力与创造力，而启明

---

* 编者注：本书编校时，为保持原始资料的原貌，对早期文献中习用的助词用法和特殊用语、引用的外国书名和人名的译法等均未改动，仅对文字上的脱误进行了技术性的订正。
1 刘半农：《除夕》，《新青年》，第4卷第3号，1918年3月15日。

的鉴赏力虽佳，创作较少。"[1] 他的《五十年来中国之文学》分别将兄弟二人推为中国现代小说与散文两个文类的领军人物。钱玄同是催促鲁迅做小说最有力的一个人，多年之后他曾谈道："我认为周氏兄弟的思想，是国内数一数二的，所以竭力怂恿他们给《新青年》写文章。"[2] 无独有偶的是，《新青年》主编陈独秀也发表过类似的言论，认为鲁迅先生与他的弟弟启明先生"都有自己独立的思想，不是因为附和《新青年》作者中哪一个人而参加，所以他们的作品在《新青年》中特别有价值"[3]。此般种种把鲁迅与周作人联系起来的论述蔚为大观，兹不赘述。关于"五四"时期流行的"周氏兄弟"的说法，时为北京高师学生的董鲁安日后有生动的回忆，在民国文化界中，二者的形象宛若法国的龚古尔兄弟一般深入人心[4]。值得思考的是，当鲁迅、周作人被并置于一处，"周氏兄弟"的称呼频频出现在胡适、陈独秀、钱玄同、刘半农、蔡元培等新文化先驱的表述中时，他们是在何种意义上来使用这一名词的？刘禾在论及言语行为时曾说："我的目的是要扩展历史的观念，也就是说把语言、话语、文本（包括历史写作本身）视为真正的历史事件，其中很重要的一点是话语行为在构造历史真实的过程中所具有

---

1 胡适1922年8月11日日记，曹伯言整理：《胡适日记全编》第3册，安徽教育出版社，2001年，第755页。
2 钱玄同：《我对于周豫才君之追忆与略评》，国立北平师范大学月刊编辑委员会编：《师大月刊》，第30期，1936年10月30日。
3 独秀：《我对于鲁迅之认识》，《宇宙风》，第52期，1937年11月21日。
4 "回想一九一九年'五四'前后北平《新青年》（杂志）时代，如像周氏（按：指周作人）思想的前进，学识的渊雅，笔墨的锋利，态度的积极，也正和他的阿兄鲁迅一般，周身充满着光辉，实在给青年们不少的影响。当时的文化界多把他俩比之于法国的龚古尔兄弟（法国名小说家）。"于力（董鲁安）：《人鬼杂居的北平市（节选）》，孙郁、黄乔生主编：《国难声中》，河南大学出版社，2004年，第74页。

的制造合法化术语的力量。"[1]这一思路值得借鉴。"五四"知识人集体表述的"周氏兄弟",同样是通过话语行为所制造的"合法化术语",它首先着眼的固然是鲁迅与周作人之间客观存在的亲属血缘关系,但同时也是将二者视为一个整体,对其在中国现代文学史上的贡献做出统一的历史评价,如同止庵所言:"这些人不约而同地谈到'周氏兄弟',显然首先是将他们看作一个整体;这里'周氏兄弟'这一概念,涵盖了二人在思想、才具和文学活动上的某些共性。虽然他们实际上各有所长,鲁迅之于小说创作,周作人之于文学翻译、文学理论、新诗创作和散文创作,分别代表当时的最高水平。但是这都可以看作是'周氏兄弟'这一整体所取得的成就。"[2] 从这一意义上来说,"周氏兄弟"应该如同中国文学史上的"三曹""建安七子""李杜""唐宋八大家"等名词,是在文化层面具有特指意义的术语、概念与范畴,而非仅仅就一般的个人关系进行指称,其被使用的过程表明知识者以"整体性""关联性""互动性"的视野来看待"五四"时期的鲁迅与周作人,以之反映二者"共同"从事文化活动的行为姿态与精神价值。

在简要交代了"周氏兄弟"一词从知识者的话语描述上升为整体性文化概念的过程以后,一个随之而来的问题是,这一全称是否符合新文学发展的历史事实呢?这就要求研究者重返文学现场,结合二者的具体表现情况来做出审慎的判断。本书认为"周氏兄弟"这一范畴中所包含的整体化倾向不但是知识人共同的心理认知,而且也有着充分的现实依据,是非常符合鲁迅与周作人在"五四"时期的实际状况的。主要可以

---

[1] [美]刘禾:《跨语际实践:文学,民族文化与被译介的现代性(中国:1900—1937)》(修订译本),宋伟杰等译,生活・读书・新知三联书店,2014年,第55页。
[2] 止庵:《鲁迅三题》,《书屋》,2001年第5期。

从两个方面来加以说明，一是"五四"时期鲁迅与周作人的思想还在不断发展形成当中，彼此之间多有交集与共鸣，尚未出现失和以后那种泾渭分明的走向。他们有着共同的文学思想根基，那就是"立人"，尽管在更为细部的命题上有所区分，但都是在"人的文学"这一总体框架之内朝着相近的目标努力。二是在实践层面，鲁迅与周作人这一时期相与共事的状态本就使得他们的文学活动不能截然分开，而是呈现出你中有我、水乳交融的状态，如果放宽视野从相互影响的角度来界定，那么诸多的文艺作品与理论文章都应属于彼此"合作"完成。上述这两点保证了鲁迅与周作人作为一个整体存在的逻辑合理性，以下尝试分而述之。

自1917年《新青年》杂志提倡文学革命以降，"五四"新文学运动的声势逐渐发扬踔厉并引领中国思想文化界之潮流。这一历史性的进程不仅关乎文学形式层面的变革，同时与近代以来中国社会文化心理结构的深层转型互为表里，深刻地涉及了人的个性解放与思想革命的意识诉求。对于此，胡适后来在《中国新文学大系·建设理论集》的导言中有过总结性的描述，提出"活的文学"与"人的文学"这两大口号[1]。无论是胡适本人首先向旧文学发难的"八事"主张，还是陈独秀紧跟其后的"三大主义"，其实都未曾将形式表达上的创新与内容精神上的解放割裂开来，这本是文学内涵的一体两面。陈、胡等人的主张表明，"五四"新文学运动的先驱者们已经有了较为全面的文学理论自觉，

---

[1] "简单说来，我们的中心理论只有两个：一个是我们要建立一种'活的文学'，一个是我们要建立一种'人的文学'。前一个理论是文字工具的革新，后一种是文学内容的革新。中国新文学运动的一切理论都可以包括在这两个中心思想的里面。"胡适：《〈中国新文学大系·建设理论集〉导言》，《中国新文学大系·建设理论集》，良友图书印刷公司，1935年，第18页。

但揆诸具体操作层面,他们当时发动文学革命的直接聚焦点还是建基于语言文字方面的变革[1]。以此对照而言,真正在"人的文学"这一旗帜性的思想阵地上面开疆拓土,建立文学功业,对各种创作、理论及思潮流派等施加重要影响,则有待于看重思想革命甚于文学革命的鲁迅与周作人两兄弟登上"五四"新文化的前台。讨论"五四"新文学的思想维度,二者显然是两座绕不过去的界标[2]。

"五四"时期的周氏兄弟一个偏重文学创作,一个偏重理论宣传,从不同的角度实践着自身的文学理想,却又彼此映照,相互呼应,形成一种密切的并肩作战的关系。鲁迅的短篇小说创作以"表现的深切与格式的特别"显示了"文学革命"的实绩,中国现代文学第一篇白话小说《狂人日记》就出自他之手,深刻地揭示了封建礼教的"吃人"本质,可谓是其表达"立人"思想的第一次文学实践。而周作人则更多的是以一个思想家的身份驰骋于"五四"的场域之中,他在《新青年》上发表的《人的文学》堪称新文学阵营内部最为重要的一篇理论宣言书,对于"五四"时期"人的发现"具有举足轻重的意义。总体上说来,兄弟二人在携手并肩的这一段时期内有着相近的思想关切,那就是以"立人"为中心的思想革命,他们对于"人的文学"的提倡与书写,一

---

[1] 用胡适的话来说就是:"在建设的方面,我们主张要把白话建立为一切文学的唯一工具。所以我回国之后,决心把一切枝叶的主张全抛开,只认定这一个中心的文学工具革命论是我们作战的'四十二生的大炮'。"胡适:《〈中国新文学大系·建设理论集〉导言》,《中国新文学大系·建设理论集》,良友图书印刷公司,1935年,第22页。
[2] "'五四'以来的新文学家很多,文学家而同时还是思想家的,大概只有鲁迅和周作人两人,尽管两人的思想不相同,各人的思想前后也有变化,但是,他们对社会的影响主要是思想上的影响,则是一样的。"舒芜:《以愤火照出他的战绩——周作人概观》,《周作人的是非功过》(增订本),辽宁教育出版社,2000年,第6页。

定程度上是对早年留日时期启蒙理想的呼应，与此同时亦有新的文化背景与思想资源的推动促生。钱理群的看法比较准确："鲁迅与周作人在五四新文化运动中毫无疑问是并肩战斗的。他们不仅面临着共同的历史任务，而且有着日本时期已经奠定的共同思想基础：对于'人'的价值的高度重视。"[1] 换言之，周氏兄弟"五四"时期的文学实践是处在"发现人"的时代框架之内，最为核心的议题即是借由文学来探讨何为"成人之学"，这一共通的问题意识统摄了二者的思维结构。鲁迅的批判国民性以引起精神疗救的注意，以及周作人对理想中人的文明生存形态与生活观念的追索都处在这一纲领性的思想脉络之中，这是二人从事文学文化工作的内面因素。更进一步言之，也正是对于人之思想革命的高度关注才使得周氏兄弟能够获得精神上的共振，以此为基点形成一种彼此互通的文化理念，并逐渐扩大兼及有关文学内容与形式的方方面面，发散为一系列多姿多彩的文艺实践，深刻地影响了中国文学现代化的转型进程。

除了在"立人"思想这一大方向上表现出共通的关切，"五四"时期的周氏兄弟也具备了结成统一战线来进行文化启蒙的客观条件。尽管留日回国以后两人长时间分居两地，且均不同程度地陷入到了相对沉寂的一个状态，但自周作人1917年4月从绍兴到北京大学任职以后，周氏兄弟就一改从前略为松散的格局而凝聚成为一个更为紧密的小团体，这是因为客观环境为鲁迅与周作人共同从事文学活动提供了便利。两人生活在同一时空背景之中，身处同样一片文化场域，他们能够调用相近的

---

[1] 钱理群：《20世纪中国大变革中的历史抉择——周作人、鲁迅思想发展道路的比较》，《周作人论》，上海人民出版社，1991年，第11页。

思维观念、情感结构、知识资源等来应对外部现实所提出的启蒙要求，与此同时也分享彼此内部的经验。此一时期周氏兄弟的阅读、写作，包括学术研究等都可以见到对方精神元素的介入，私下的频繁交流探讨是可想而知的，这种状况一直持续到1923年兄弟失和之前。查阅鲁迅与周作人"五四"时期各自的日记，常常可以发现他们共同出席某一集会、交游买书、收发信件等记录，其关系是完全符合许寿裳所说的"兄弟怡怡"[1]的。事实上，鲁迅与周作人之间早已超越了一般意义上的兄弟亲情关系，更是文化工作上的同事与伙伴关系，假如用形象化的语言来表达，那么可以将他们比喻为"五四"新文化界名副其实的"兄弟档"。

如上所述，鲁迅与周作人既有共通的思想基点，同时彼此之间又建立了事实上的紧密合作关系。这样一来，"五四"时期周氏兄弟齐头并进的文学实践就展开为在一个总体性的思想主题笼罩覆盖之下互为支撑的双线演进。具体言之，在这一段时间内，周氏兄弟并肩作战，分工明确，配合默契，在各自的方向与专长上向传统伦理道德的阵营发起猛烈的冲击，并进而形成一股合力。为了说明鲁迅与周作人之间"彼此在场"与"相互嵌入"的组合形式，本书采用"文学共同体"这一表述，之所以如此是因为"共同体"一词的含义比较灵活宽泛，能够非常直观地显示"周氏兄弟"作为"兄弟档"的整体化内涵，凸显关联比较的研究视野。需要交代的是，"共同体"这一概念在思想史、政治学以及民族学等领域都有自身的理论表述，众说纷纭，而且其含义仍然在不断地增殖当中，尤其又以社会学界的研究成果为盛。自柏拉图发

---

[1] 许寿裳：《我所认识的鲁迅·关于〈弟兄〉》，《鲁迅传》，江西教育出版社，2018年，第132页。

表《理想国》以来，西方世界就有思考"共同体"的历史传统，但其成为一种思想潮流则要到 18 世纪前后，从黑格尔到马克思，都有相关方面的论述。他们的观点被德国社会学家、共同体理论的集大成者斐迪南·滕尼斯所吸收，他曾在《共同体与社会》中下过一个经典的定义，认为"共同体本身必须被理解为一种生机勃勃的有机体"[1]。在其看来，"现实的和有机的生命"就是共同体的本质。滕尼斯之后，对共同体理论做出创造性开拓的是美国学者本尼迪克特·安德森，他的《想象的共同体》一书将民族共同体的形成夯实于文化想象之上，认为分散的个体能够通过媒介想象出一个将他们有机联系在一起的整体，而语言文字在其中发挥了重要作用[2]。滕尼斯与安德森的论述对象各异，但在把"共同体"看作是一个"有机"而非"机械"联合的整体（无论其是实在的或想象的）这一点上，二者具有一致性。本书所谓的"共同体"，当然并非如同上述社会学家那般讨论社群、民族、政治等宏观问题，仅仅是就个人之间文学关系的一种描述，不过也是试图借鉴"共同体"概念中"生机勃勃的有机体"这一核心意涵，使之用于描述"五四"时期周氏兄弟思想与写作的关联性，将二者协同一致的精神面相刻画出来。长久以来，有关鲁迅与周作人的研究成果，大多数是处于分而治之的状态，而在将两者联系起来比较的论著中，也主要集中于讨论他们有哪些相异点，分析两人如何从思想矛盾一步步发展到分道扬镳的

---

[1] [德] 滕尼斯：《共同体与社会：纯粹社会学的基本概念》，林荣远译，商务印书馆，1999 年，第 54 页。
[2] "所有伟大而具有古典传统的共同体，都借助某种和超越尘世的权力秩序相联结的神圣语言为中介，把自己设想为位居宇宙的中心。"参见 [美] 本尼迪克特·安德森：《想象的共同体：民族主义的起源与散布》，吴叡人译，上海人民出版社，2003 年，第 14 页。

过程。此种"求异"的倾向在周氏兄弟的研究中非常显著，这当然是很有必要的，并且已经取得了丰硕的学术成果，不过假如片面夸大互相分割的差异性，那么早期周氏兄弟的整体化意涵将隐而不彰。正如刘绪源所说："在以往的研究中，人们往往强调周作人与鲁迅之异，努力寻找他们所走道路的不同，以及导致这种不同的必然性。其实，要真实而全面地把握周作人的思想与艺术，潜心探测一下这对最终分道扬镳的兄弟间的异中之同，是至关重要的。"[1] 黄开发也认为相互关联的视野值得提倡："一些主要的周作人研究者如舒芜、钱理群、孙郁、黄乔生、张铁荣等，同时也是鲁迅研究者，他们在周氏兄弟之间不是非此即彼，而是强调二者在价值上的互补性。"[2] 因此，相较于封闭孤立地讨论问题，本书对周氏兄弟在"五四"时期以"立人"为中心的文学实践进行一种互文性的整体考察，探讨他们之间如何具体分工合作，并以此为基点分析其潜在的精神对话关系，有利于深化对于鲁迅与周作人各自的理解，很多鲁迅与周作人身上所包含的研究命题都能在与另一方的比照对读中获得更为深刻的理解。同时，以一种共同体的视野来审视"五四"时期的周氏兄弟，有助于从总体上评价他们对新文学运动的历史贡献，梳理具有旗帜意义的"人的文学"的发生脉络与建构过程，并辐射到方方面面，呈现"五四"文学场域内部的诸种丰富图景。

特别需要说明的是，本书总体上把 1917 年至 1923 年之间周氏兄弟的文学活动和文章著译作为一个整体来把握分析，并非是要抹杀鲁迅与周作人各自的独异性。事实上，周氏兄弟在知识结构、认知方式、

---

[1] 刘绪源：《蓬头垢面的"过客"与心绪郁结的"绅士"——关于人生与艺术的选择》，《解读周作人》，上海书店出版社，2008 年，第 32 页。
[2] 黄开发：《周作人研究历史与现状》，辽宁人民出版社，2015 年，第 199 页。

文化趣味、著译选择、精神气质等层面上都殊不相同，忽视二者的差异性是一种思维上的短视并且实际上也是不可能办到的。周氏兄弟之所以被称作"五四"新文学的双峰，正是因为他们身上各自具备了值得让后人反复揣摩的精神品格并标识出文化人颇具代表性的两条身份路线。本书提出周氏兄弟文学共同体的概念恰恰是要在承认两者独立性的前提之上再来剖析"五四"新文化运动时期鲁迅与周作人文学活动的具体境况，所以在行文过程中并不会回避共同体内部充满纠葛的张力关系。可与此同时，本书力图证明的是，尽管周氏兄弟在细部上存在着不一致的地方，甚至是在某些具体的认识上表现出相反性，但这些不同理论内涵所支撑的两种文学"立人"的思路并不是两条格格不入、没有交集甚至于水火不容的平行线，而是内在地具有互补的格局，无论这种互补性是来源于事实上的合作关系还是隐含的精神关联，但都是在向着一致的大方向共同发力，彼此呼应，最终要达到一加一大于二的配合效果。从另一个视角出发，通过对周氏兄弟共同体空间内部错综复杂的关系纽带的深入分析，就更有助于我们捋清两个人在相近的思想议题上面表现出来的内在文化人格的差异性，也就能够进一步理解二者日后的分离已经在"兄弟怡怡"的时期埋下了精神上的伏笔。这种同中见异的思路无疑比单向度大而化之地论述鲁迅与周作人的不同点更为深入和严谨，正如论者所说："在周氏兄弟研究中，如何在正视二人作为文学共同体的特质基础上剖析二者差异，也许比单纯的比较研究更贴合对象的性质。"[1]本书就是要将这一思路具体贯彻到"五四"

---

[1] 丁文：《周作人与"百草园"——以〈鲁迅的故家〉中第一人称叙述为视角》，《海南师范大学学报》（社会科学版），2019年第1期。

时期周氏兄弟所构造的文学空间之中，以此为基点来探讨鲁迅与周作人是怎样以一种一体两面的组合形态深度嵌入到"五四"的文学网络之中，怎样在与传统的对话以及推进新文学两个方面都施加自身的影响。

综上而言，倘若要为鲁迅、周作人所结成的文学共同体之组织形态寻求更为简洁形象的说明，那么用共生与独立这一组词语庶几可以描述。"五四"时期二人在文艺实践上的关系一定程度上可以概括为在各自独立精神基础上的共生共存，同时也是整体性视域覆盖下自身独特内涵的交叉演进，这种辩证交互的关系是文学共同体这一概念的核心要义所在。明确了这一点，那么也就可以说当"五四"文化名流蔡元培、胡适、陈独秀、钱玄同、刘半农等人频频将鲁迅与周作人合称为"周氏兄弟"的时候，其所建构的这一具有文化特指意义的话语范畴最终是落脚在文学共同体之上，而在"共同体"一词中，着重突出的则是"共"的语义取向。由是之故，系统地考察这一范畴的发生演变、内涵外延、互动结构、辐射影响等就成为本书的主旨所在。具体言之，本书将鲁迅与周作人在1917年至1923年间于北京共同从事新文学文化活动的思想与实践看作一个整体，以他们这一时期内的著译为主要研究对象，从一种互文比照的视野出发将两者结合起来分析与考察，以期能够在周氏兄弟研究上有所推进。另外值得一提的是，尽管本书的研究对象就时间而言集中在1917年至1923年，但是周氏兄弟因家庭矛盾而失和是一个突发性的事件，二者思想上的勾连其实一直持续到了1925年前后的《语丝》时期，在革命文学论争之后才出现截然二分的格局。并且任何个体的文学思想或艺术表达之形成都是一个逐步发生发展并与后来者发生关联的过程，因而本书在分析"五四"时期作为文学共同体的周氏兄弟时不会仅仅局限在征引1917年至1923年之间的各种资料，而是把前后各个时期内与这一选题有联系的相关人士的著译、言论、日记、书信、回忆文章等都纳入考察范围，希望能够更为全面生动地呈现周氏兄弟涉足新文学的历史场景与价值建构。

第二节 研究概况

鲁迅与周作人都是现代文化史上的重要人物，他们之间的关系一直以来都是引人注目的，因而就他们二者展开论述的研究成果也是比较丰富的。在这些以周氏兄弟为主题的研究成果之中，与本书论述相关的可以分作三个大类。第一部分是对鲁迅与周作人失和之前的关系进行史料事实方面的梳理，这既包括他们兄弟之间的私人关系，也有在文学及学术上面彼此帮衬、互相合作的具体实践，对这一部分内容进行描述实际上是为后续研究的开展奠定资料上的基础。第二部分是广义上的比较研究，即将鲁迅与周作人放置在一起论述来关照某些文化命题。进入周氏兄弟比较研究的方式多种多样，既可以就某一特定的主题进行平行比较，得出其中的异同点，也可以是宏观的人生道路、思想脉络、文学风格等的比较，还可以围绕某一事件来比照周氏兄弟的微观反应，不一而足。第三部分是专题性地考察周氏兄弟"五四"时期某一方面的文学文化实践，具体地揭示他们对于"五四"新文学某一维度上面的贡献。

一、周氏兄弟失和之前的关系考察

许寿裳在不同的文本中对周氏兄弟有过一些零散的记录，主要集结在《亡友鲁迅印象记》《我所认识的鲁迅》等回忆录中。作为与周氏兄弟相知相交、关系密切的友人,许寿裳的叙述具有亲历者的写作权利,因而具有较高的史料价值。在《关于〈弟兄〉》一节当中,许寿裳围绕鲁迅的小说《弟兄》来谈论周氏兄弟友爱的情形,以《会稽郡故书杂集》刊行时署名周作人为例来说明鲁迅如何让名利于二弟,由此见出他们关系的融洽。许寿裳用"兄弟怡怡"一词来描述失和之前的周氏兄弟,成为以后被普遍引用的一种定论。[1]

赵英的《鲁迅与周作人关系始末》[2]是较早全面回顾周氏兄弟一生关系的文本,作者按照周氏兄弟的人生轨迹划分了十个时期,通过丰富的史料还原每一个时期之内二者之间的关联。与本书论题相对应的是第六部分,作者用"北京的合作"来命名,述说了周氏兄弟一起参与《新青年》与文学研究会相关工作的情形,着重突出二者互相扶持的关系。文章中列举了不少鲁迅帮助周作人抄写、改稿、查找资料的细节,比如以周作人名义发表的《近代波兰文学概况》和其翻译的芬兰哀禾(Juhani Aho,现译作"阿霍")作品《父亲拿洋灯回来的时候》就是得益于鲁迅查阅和提供的许多材料,后者的《译者说明》所引的一大段文字就是鲁迅查出抄在信上寄给周作人的。诸如此种史实的提供有助于我们了解周氏兄弟"五四"时期从事文学活动的实际状况。除了这篇文章,赵英对周氏兄弟的古籍整理工作也有所研究,《周氏兄弟古籍整理较析》[3]一文通过史料回顾了鲁迅与周作人在古籍校勘整理上的合作,

---

[1] 参见许寿裳著《亡友鲁迅印象记》《我所认识的鲁迅》两部分文字。许寿裳:《鲁迅传》,江西教育出版社,2018年。
[2] 赵英:《鲁迅与周作人关系始末(上篇)》,《齐鲁学刊》1982年第5期;赵英:《鲁迅与周作人关系始末(下篇)》,《齐鲁学刊》,1983年第2期。
[3] 赵英:《周氏兄弟古籍整理较析》,北京鲁迅博物馆鲁迅研究室编:《鲁迅研究资料(21)》,中国文联出版公司,1989年,第253—266页。

突出了周作人对鲁迅的帮扶作用，也涉及了他们的不同之点。

舒芜对于周氏兄弟之间的关系有过非常详细的梳理，一系列的文章集结在《周作人的是非功过》之"下编"，与本书相关的主要是"鲁迅、周作人失和以前的兄弟关系"一部分。舒芜在文中引用了大量鲁迅与周作人本人的日记，结合其他回忆文章翔实地再现了周氏兄弟从少年时代共同成长到"五四"时期并肩作战的历程，得出的结论也是合理的："总的说来，说鲁迅、周作人失和以前的关系是'兄弟怡怡'的关系，是完全符合实际的。这就是说，鲁迅把周作人看作爱弟，周作人把鲁迅看作敬爱的长兄，又兼人生道路上和文字上的老师，'怡怡'是相互的而非一面的关系。"[1]

除了以上专门讨论兄弟关系的文章，还出现了将周氏兄弟合并在一起写作的传记，这无疑也是对兄弟关系整体上的把握。黄乔生《度尽劫波——周氏三兄弟》[2]是有关周氏三兄弟的合传，但他显然将笔墨更多聚焦在鲁迅与周作人的身上，集中记述了与之相关的人物事件，为读者提供了一个全面了解周氏兄弟生平的思想与线索。合传并不追求篇幅上的平均分配，而是着眼于寻找兄弟之间有联系的事实，因而此书在叙述的过程中时时有一种比较的视野。《北平——新的开始》《文坛双星》《双峰并峙》三个章节对"五四"时期周氏兄弟的社交活动、文学实践、生活境况等都有详细的梳理，值得参考。之后黄乔生

---

[1] 舒芜：《鲁迅、周作人失和以前的兄弟关系》，《周作人的是非功过》（增订本），辽宁教育出版社，2000年，第412页。
[2] 黄乔生：《度尽劫波——周氏三兄弟》，群众出版社，1998年。后文所引章节名称参见此书修订本，黄乔生：《周氏三兄弟——周树人周作人周建人合传》，浙江人民出版社，2008年。

还出版了《八道湾十一号》[1]，这本书同样也是从周氏兄弟共同生活过的一方文化空间入手，从日常生活中的"小"细节来描摹出周氏兄弟的人格气质，以一种微观史学的方式来勾勒新文化运动的精神脉络，其中《文学合作社》一节是对周氏兄弟失和以前亲密伙伴关系的呈现。其他合传还有朱正的《周氏三兄弟：三兄弟的三种价值取向》[2]，以史料的翔实丰富见长。

周氏兄弟早年的文章常常署名不分，而且彼此都掌握了对方的一些文学创作方面的材料，对这一部分内容进行史料上的考证与事实的还原也是梳理周氏兄弟文学合作关系的题中应有之意。汪卫东《周氏兄弟〈随感录〉考证》[3]针对周作人曾经提及《热风》当中有部分文章是他所写的观点进行了考辨，他认为《随感录》的"三十八"存在一定可能，"四十二"也可能与"三十八"出自一人之手。张菊香的《鲁迅周作人早期作品署名互用问题考订》[4]是一篇重要的论文，进一步扩大范围，分三个部分对署名互用的问题进行了综合梳理，分别是署周作人名或笔名而实为鲁迅所作的作品，署鲁迅或鲁迅笔名、收入或曾入鲁迅文集而实为周作人所写或代拟的作品，以及鲁迅与周作人合作翻译或撰写的作品，大体上对署名互用的情况进行了综述，意义非凡。汪成法则认为五篇署名"鲁迅"的随感录当中有四篇可能为周作人所作，但无法真正确证这几篇文章的最终归属，鉴于写作时兄弟二人关系密切，存在着思想与文字的交流，很多文章可能就是互相合作的结果，不应

---

[1] 黄乔生：《八道湾十一号》，生活书店出版有限公司，2015年。
[2] 朱正：《周氏三兄弟：三兄弟的三种价值取向》，东方出版社，2003年。
[3] 汪卫东：《周氏兄弟〈随感录〉考证》，《中国现代文学研究丛刊》，1998年第3期。
[4] 张菊香：《鲁迅周作人早期作品署名互用问题考订》，《鲁迅研究月刊》，2002年第6期。

将其从鲁迅名下除去[1]。另外如万晓对鲁迅收藏周作人译作的介绍[2]，祝肖因强调周作人早年日记对鲁迅青年时代史实与诗文的珍贵记录[3]，顾农对"鲁迅与周作人合作写诗"的梳理[4]，朱金顺将周建人所译《犹太人》后的《附记》标明为鲁迅与周作人合写的文章[5]，等等，都是还原周氏兄弟之间关系维度不可缺少的史料研究成果。

另外需要顺带提及的是，学界当中对周氏兄弟失和事件本身的研究也是十分丰富的。从"兄弟怡怡"到"动如参商"，周作人与鲁迅决裂的原因当然会引来外界无尽的猜测，郁达夫、许寿裳、许广平、周建人、章川岛等与周氏兄弟关系密切的人士都有自身的说法与回忆，观点不一。不过，从失和前不久的7月3日兄弟俩还同去东安市场和东交民巷买书来看，兄弟失和应该来自突发事件的推动，由于二者在失和之后对此都保持了沉默，所以任何对原因的解释都无法被完全坐实。在这方面进行梳理与考证的学术成果有陈漱渝的《东有启明　西有长庚——鲁迅与周作人失和前后》[6]、中岛长文的《道听途说——周氏兄弟的情况》[7]、段国超的《鲁迅、周作人"失和"之原因探析》[8]等。这一

1　汪成法：《论〈鲁迅全集〉中的周作人文章》，《现代中文学刊》，2012年第3期。
2　万晓：《鲁迅收藏的周作人译作简述》，《鲁迅研究动态》，1989年第8期。
3　祝肖因：《周作人早年日记与鲁迅研究》，北京鲁迅博物馆鲁迅研究室编：《鲁迅研究资料（24）》，中国文联出版公司，1991年。
4　顾农：《读〈周作人日记〉札丛》，《鲁迅研究月刊》，2002年第11期。
5　朱金顺：《鲁迅周作人又一篇合写的文章》，《鲁迅研究月刊》，2003年第2期。
6　陈漱渝：《东有启明　西有长庚——鲁迅与周作人失和前后》，《鲁迅研究动态》，1985年第5期。
7　[日]中岛长文：《道听途说——周氏兄弟的情况》，赵英译、童斌校，《鲁迅研究月刊》，1993年第9期。
8　段国超：《鲁迅、周作人"失和"之原因探析》，《贵州教育学院学报》（社会科学版），1999年第3期。

部分的内容因为与本书的论旨关系不大，所以从略。

二、周氏兄弟比较研究

周氏兄弟比较研究一直是周氏兄弟研究当中的重镇，鉴于二者对"五四"新文学运动的卓越贡献，20世纪二三十年代常常有人将他们并称为新文学史上的双峰，胡适、陈独秀、郁达夫等人都有过类似的评述。但是随着鲁迅在左翼文学界内声望日隆，以及周作人"附逆"事件的发生，双方能够进行相互比较的平衡被彻底打破，二者在学理上的比较被简化为政治意识形态笼罩下一高一低的价值评判，通常被作为正反两面的典型放置在一起论述。但是对周氏兄弟的探讨如果仅仅着眼于政治上的评判，而忽视了其他文学艺术维度的分析或者说故意贬低其成绩，还是显得不够全面的。真正能够突出研究对象自身的主体地位，还得等到20世纪80年代周作人研究"破冰"以后。

1987年，李景彬出版了他的专著《鲁迅周作人比较论》[1]，这是对他从80年代初开始的一系列有关这一课题的研究论文的结集，也是中国大陆出版的第一部周氏兄弟比较研究的著作。书中内容涉及周作人与鲁迅不同的人生道路、周氏兄弟与"为人生的艺术"、鲁迅和周作人散文创作比较等内容，各篇论文写作于不同时期，风格也略有差异。尽管作者对于周作人"五四"时期的文学成就已经做出了比较客观的评价，肯定了其历史贡献，但仍然是用政治理论的框架在支撑着整本书的叙述，对周氏兄弟的文学与思想也是放置在基于政治意识所选择的不同人生道路中来理解，比如作者先验地用"伟大的叛逆"与"平庸的

---

[1] 李景彬：《鲁迅周作人比较论》，南开大学出版社，1987年。

流氓"这一组对比强烈的词组来形容周氏兄弟的反抗精神。从李著的叙述中我们可以看出"破冰"初期周氏兄弟研究者艰难行进的历程,能够给予"带有历史污点"的周作人以重新关注,本身就是一种研究上的突破。

陈福康对周氏兄弟文学中的人学理念有过深入的比较,他认为周作人"人的文学"之观念与鲁迅、沈雁冰、郑振铎等提倡的"为人生的文学"有所区别,但同时又存在相互之间的勾连关系。周作人理解中的人是抽象的,淡化了阶级性,而"为人生的文学"则是提倡写"血与泪的文学",强调文学革命与社会革命相结合。以往,周作人"人的文学"的思想纲领常常直接被等同于"为人生"文学潮流的理论宣言,学界对于其中的内部差异认识不够,陈福康的研究推动了对"五四""人的文学"发展脉络的理解[1]。

舒芜对周氏兄弟的认识比较特殊,有别于其他研究者力图突出鲁迅与周作人的差异矛盾,舒芜认为二者在决裂之后仍然在认知、生死观、妇女儿童观、对民主共和制的捍卫等方面表现出了共通性,这体现出了周氏兄弟同源异流的精神特质,舒芜的研究展现出了一种实事求是的品格[2]。这种异中见同的思路也被刘绪源所继承,他的《解读周作人》一书中有一章讨论了周氏兄弟人生与艺术的选择,将鲁迅形容为蓬头垢面的"过客",把周作人形容为心绪郁结的"绅士",但刘著认为:"事实上,周作人与鲁迅的分歧,早期主要是性格上以及与性格相

---

[1] 陈福康:《略论"人的文学"与"为人生的文学"——鲁迅与周作人文学思想比较研究札记》,《鲁迅研究月刊》,1988年第6期。
[2] 舒芜:《不为苟异——关于鲁迅、周作人后期的相同点》,《鲁迅研究动态》,1989年第5期、第6期合刊、第7期。

关的政治热情上的差异,以后又发展为行为上、政治态度以及文艺观上的不同。但在灵魂深处,在对世事的洞察上,在对人生的总体的感受和体验上,兄弟两人的心则往往是微妙地相通着的。"[1]随后,作者又举出周氏兄弟对于辛亥革命的历史评价、对传统文化与国民性的看法等来证明周氏兄弟作品中的心心相印之处。可以说,舒芜、刘绪源的周氏兄弟比较研究是对单向度夸大周氏兄弟不同点的反拨,揭示出二者在表面化的歧异之后隐藏着内在精神品格的呼应。

钱理群是周氏兄弟研究领域内的重要学者,1991年出版的《周作人论》中收录了三篇对周氏兄弟进行比较的重要论文,分别涉及周氏兄弟思想发展道路的比较、文学观的比较以及人生哲学的比较,钱理群擅长从宏观的角度总结周氏兄弟的思想变化历程,以富有激情的笔触勾勒出变动时代知识分子的精神面貌以及文化选择。他对鲁迅和周作人关系的解读总体上依然遵循着从合到分的变化轨迹,即把早期的周氏兄弟看作两个正向的个体,但"五四"之后周作人的保守性使得他的思想脱离了时代从而与鲁迅产生分化。钱理群的特色在于能够较为准确地抓住鲁迅、周作人二者的差异性,特别是能在一些看似相同的特质上面剥离出内部的不同,比如"五四"落潮之后二者都曾经强调过表现自我的个性主义文学观,但鲁迅提出要敢于正视人生内面灵魂的观点恰恰是敢于正现外部的现实主义战斗精神的彻底化,而周作人对于自我灵魂的审视则是产生于对外部世界的幻灭感;又如二者的人生哲学都受到历史循环论的影响,但鲁迅同时又有历史进步论与变

---

[1] 刘绪源:《蓬头垢面的"过客"与心绪郁结的"绅士"——关于人生与艺术的选择》,《解读周作人》,上海书店出版社,2008年,第38页。

革论与之抗衡，而周作人常把历史运动描绘为一种自然的"顺程"，这样一些观点无疑显示了论者的敏锐性。[1] 钱理群更为成熟的有关周氏兄弟的专著则是1999年出版的《话说周氏兄弟》[2]，这本书是其在北大开设周氏兄弟选修课的讲课记录，其特色在于具有很强的时代介入性，与世纪末中国的文化状况紧密结合。钱理群带着个人化的情感体验走近周氏兄弟，选择了"立人"思想、妇女儿童观、外来文化观、传统文化观、改造国民性等范畴对周氏兄弟作全面关照。此书高度评价了周氏兄弟在中国现代思想文化史上的贡献，提出要将他们视作一对有意味的参照，不宜做非此即彼的价值判断，具有研究方法论上的启示。

孙郁的《鲁迅与周作人》[3]以一种读书随笔的形式漫谈周氏兄弟之间的关系，他重视事实，尽力搜集材料，把自己的独特感悟认识建立在对材料的充分占有上面。此书以时间顺序结构，类似于传记写作的体例，但又避免像有的传记一般强调客观的铺叙，而是时廓开来融入自身的文化评判。他对周氏兄弟的比较并不受到"褒鲁贬周"的影响，而是能够从他们的精神对话中读出言外之音，其论述也格外侧重一种互证的关联性考察。孙郁认为鲁迅与周作人均是中国寻常人生的叛逆者，一个趋于挣扎，一个则隐于苦难的大泽，形态虽不同，根底大致

1　参阅钱理群《周作人论·第一编 "周作人道路"及其意义》。三篇论文分别为《20世纪中国大变革中的历史抉择——周作人、鲁迅思想发展道路的比较》《探索中国现代文学发展的道路——周作人、鲁迅文学观的比较》《动荡时代人生路的追寻与困惑——周作人、鲁迅人生哲学的比较》。参见钱理群：《周作人论》，上海人民出版社，1991年，第1—77页。
2　钱理群：《话说周氏兄弟——北大演讲录》，山东画报出版社，1999年。
3　孙郁：《鲁迅与周作人》，河北人民出版社，1997年。

拴在一个基点上,这一判断充分认识到了二者作为文化异端者的反抗性,抓住了周氏兄弟精神形态中的本根之点。

肖剑南的《东有启明 西有长庚——周氏兄弟散文风格比较研究》[1]是专门从风格学来探讨周氏兄弟散文艺术的专著。早在《中国新文学大系》出版的时候,郁达夫就在导言中对二者的散文风格做过精彩的阐释,周氏兄弟在中国现代散文史上的开创性地位也早已为人所熟知。肖剑南将周氏兄弟的散文分为记叙抒情散文、散文诗、杂文和随笔四类逐一进行比较,是对这一课题的细化与专深化,他引入一系列风格学的概念范畴,突出了二者在美学价值上的互补性。郜元宝的《"二周"文章》[2]一文是对周氏兄弟杂文文体的深入剖析,既有对二者自身杂文概念的考辨,也有语言上的分析,更有文体形式背后思想立场的窥探,在一系列重要的命题,比如"诗人之真"与"学者之真"、智与情的偏重、口语因素与文言因素的搭配、骈散问题等上面都别有洞见,是由文观人的一次有益尝试。陈平原对周氏兄弟的散文写作也历来有所关注,近年所撰写的《"思乡的蛊惑"与"生活之艺术"——周氏兄弟与现代中国散文》[3]通过周氏兄弟人生道路的异同分析进入到其不同主题的散文写作之异同比较,通过严谨的论证将周氏兄弟界定为中国现代两大散文体式"杂文"与"小品"之代表人物。

其他类型的比较研究多种多样,比如李怡抓住了周作人"协和"一

---

[1] 肖剑南:《东有启明 西有长庚——周氏兄弟散文风格比较研究》,上海三联书店,2009年。
[2] 郜元宝:《"二周"文章》,《南方文坛》,2010年第1期。
[3] 陈平原:《"思乡的蛊惑"与"生活之艺术"——周氏兄弟与现代中国散文》,《中国现代文学研究丛刊》,2018年第1期。

词的表述,将他 1907 年前后在日本的异域体验与鲁迅的相比较,发现了中国现代文学生成的新质[1]。又如陈漱渝、宋娜的专著《胡适与周氏兄弟》[2]将鲁迅与周作人两人的比较扩大到胡适与鲁迅、周作人三个人之间,总结他们所代表的中国知识分子的三条道路,增加了一个价值维度之后,在一些具体的问题上面也会获得更详尽的参照。再者如张铁荣擅长在鲁迅与周作人的作品之间作对照阅读,他通过文本分析发现周作人的《人的文学》是对《狂人日记》命题的延伸解读,而《狂人日记》则是《人的文学》最完美的艺术范本。张文认为,周作人对《狂人日记》十分钦佩,后期写作的《真的疯人日记》则是自觉的对于兄长作品的模仿与呼应[3]。诸如此类的视角、方法与论点,都以各自的形式拓展着周氏兄弟比较研究的意涵。

三、周氏兄弟某一专题的研究

第三类研究成果从整体上探讨周氏兄弟与某一个文化侧面之间的关联,梳理他们在中国现代文学史、思想史与文化史上的贡献与成就,切入角度各异,研究形态多样,以下仅就其中较为突出的几个方面稍作整理。

顾琅川从浙东地域文化的视角来探讨周氏兄弟精神结构生成的内

---

[1] 李怡:《1907:周作人"协和"体验及与鲁迅的异同——论 1907 年的鲁迅兄弟与现代中国文学之生成》,《贵州社会科学》,2005 年第 4 期。
[2] 陈漱渝、宋娜:《胡适与周氏兄弟》,湖北人民出版社,2007 年。
[3] 张铁荣:《一篇类似〈狂人日记〉的文学理论文章——周作人〈人的文学〉的理论意义》,《关东学刊》,2019 年第 5 期;张铁荣:《关于周氏兄弟的狂人与疯人书写——从〈狂人日记〉到〈真的疯人日记〉》,《上海鲁迅研究》,2019 年第 4 期。

源性机制。他的专著《周氏兄弟与浙东文化》[1]广泛考察了浙东民风、地理环境、浙东史学传统及文风、周氏家族史等对鲁迅与周作人的影响，勾勒出了周氏兄弟思想来源的本土脉络。在此之前，陈方竞等人已经就鲁迅与浙东文化的关系做了深入的研究，顾琅川则将范围进一步扩大到周氏兄弟这一整体，为我们展现了周氏兄弟文学世界中隐伏的地域文化母题。高俊林的《现代文人与"魏晋风度"——以章太炎、周氏兄弟为个案之研究》[2]追溯周氏兄弟与魏晋时代的精神关联，探讨魏晋人物及其文化文风等对于周氏兄弟写作的潜在影响，同时注意区分鲁迅与周作人对"魏晋风度"的选择取向。这一思路是对陈平原《现代中国的"魏晋风度"与"六朝文章"》[3]的继承，相类似的研究还有刘春勇论述周氏兄弟对晚明资源的取舍[4]，等等。除了对中国本土资源的汲取以外，域外思潮对于周氏兄弟的影响也是不言而喻，与"五四"时期人道主义思潮关联密切的日本白桦派自然受到了关注，王向远的《日本白桦派作家对鲁迅、周作人影响关系新辨》[5]考述鲁迅、周作人对武者小路实笃及有岛武郎思想的选择与取舍，侧重于辨异，包括人道主义、幼者本位等观点都能在与白桦派作家的关联中获得更清晰的理解。就对待日本文化的态度而言，陈方竞认为周作人是从他感受和认识的日

---

[1] 顾琅川：《周氏兄弟与浙东文化》，人民出版社，2008年。
[2] 高俊林：《现代文人与"魏晋风度"——以章太炎、周氏兄弟为个案之研究》，河南人民出版社，2007年。
[3] 参见陈平原专著《中国现代学术之建立：以章太炎、胡适之为中心》第八章《现代中国的"魏晋风度"与"六朝文章"》，北京大学出版社，1998年，第330—403页。
[4] 刘春勇：《周氏兄弟对晚明资源的取舍及其分途》，《鲁迅研究月刊》，2019年第8期。
[5] 王向远：《日本白桦派作家对鲁迅、周作人影响关系新辨》，《鲁迅研究月刊》，1995年第1期。

本文化出发提出中国文化变革要求，而鲁迅是从中国文化变革的体验去认识日本思想文化，这是两人价值取向的错位，最终导致了二者倡导的新文化观念的差异[1]。再有就是比较整体性地剖析日本文化影响的论著，比如赵京华的《周氏兄弟与日本》[2]，该书对鲁迅、周作人与日本的"因缘"以及其思想中的日本文化因素做了多种角度的分析。

朱自强从儿童这一视角进入"五四"时期的周氏兄弟，他认为"五四"时期的新文学包含了两大发现，一为"儿童"的发现，一为儿童文学的发现，"儿童"是周氏兄弟思想与文学当中不可忽视的存在。在思想上，对"儿童"的发现是周作人的现代性思想的根基，也是鲁迅文学作品深厚的人生哲学的底蕴。[3]姜彩燕则从理论基础、教育主体、教育目标、儿童读物以及影响教育的因素这几个方面剖析了周氏兄弟的儿童教育思想。[4]除了儿童，周氏兄弟对于妇女问题也是相当关注的，张铁荣曾经对鲁迅与周作人的女性观进行过概述，并且对其中的相同与不同有所辨析。[5]王桂妹的文章则聚焦于"五四"时期鲁迅与周作人的性道德观，认为在"人的解放"的浪潮中，性道德被提到了时代课题的"前台"，这方面周氏兄弟贡献甚多，他们批判中国传统两性道德中男女关系的不平等，提倡建设新的性道德，他们对歌颂"性"与"情"

1　陈方竞：《日本文化取向：鲁迅、周作人新文化倡导"差异"的形成与表现》，《现代中文学刊》，2009年第1期。

2　赵京华：《周氏兄弟与日本》，人民文学出版社，2011年。

3　朱自强：《"儿童的发现"：周氏兄弟思想与文学的现代性》，《中国文学研究》，2010年第1期。

4　姜彩燕：《"立人"之路的两种风景——试比较鲁迅与周作人的儿童教育思想》，《西北大学学报》（哲学社会科学版），2014年第4期。

5　张铁荣：《周氏兄弟女性观之比较》，《鲁迅研究月刊》，2010年第12期。

的文学之辩护，呼应了"人的文学"的时代主题。[1]

  周氏兄弟的翻译活动以及其与文学语言的关系也吸引了相当一部分的研究者涉足其中。木山英雄的《文学复古与文学革命》[2]一书中有一部分文章涉及周氏兄弟的语言观与文章观，他曾提出周氏兄弟早期以古字古义对译域外文本的语言实验与"五四"以后对白话文的提倡存在着贯通的精神逻辑，颇有新意。刘全福从兄弟合作、翻译思想、翻译理论和翻译实践等方面介绍了周氏兄弟翻译活动的概况。[3]顾钧的《周氏兄弟与〈域外小说集〉》[4]是对《域外小说集》翻译问题的专题梳理，揭示出其与周氏兄弟新文学理念之间的关联。赵稀方的《〈新青年〉的文学翻译》[5]考察了周氏兄弟在中国现代翻译转型中的贡献，特别是对其在《新青年》上的翻译工作有所评述。王风的《周氏兄弟早期著译与现代汉语书写语言》[6]高度评价了周氏兄弟的早期文学著译，称这种文学实践改变了汉语书写语言的形态，从而构成了文学革命发生的另一个维度。他认为周氏兄弟的白话并不借重现成的口语和白话，而是经由早期的文言实践"直译"而来，坚持在书写语言内部进行改造，从而最

---

[1] 王桂妹、王思伺：《五四时期鲁迅与周作人的"性道德观"》，《南通大学学报》（社会科学版），2018年第5期。
[2] 木山英雄的相关文章：《实力与文章的关系——周氏兄弟与散文的发展》《周作人——思想与文章》《从文言到口语——中国文学的一个侧面》《周作人与语文问题》《"文学复古"与"文学革命"》《关于周氏兄弟——北师大讲演录》。参见［日］木山英雄：《文学复古与文学革命》，赵京华编译，北京大学出版社，2004年。
[3] 刘全福：《兄弟携手　共竟译业——我国早期译坛上的鲁迅与周作人》，《中国翻译》，1998年第4期。
[4] 顾钧：《周氏兄弟与〈域外小说集〉》，《鲁迅研究月刊》，2005年第5期。
[5] 赵稀方：《〈新青年〉的文学翻译》，《中国翻译》，2013年第1期。
[6] 王风：《周氏兄弟早期著译与汉语现代书写语言（上）》，《鲁迅研究月刊》，2009年第12期；《周氏兄弟早期著译与汉语现代书写语言（下）》，《鲁迅研究月刊》，2010年第2期。

大限度敞开了汉语书写的可能性。宋声泉发现了1918年《北京大学日刊》上周氏兄弟的四篇文言译作，他认为这批处在《新青年》同人白话转向关键期的作品，正体现了文学革命初期文言用于直译所能达到的极致及其通向新体白话的可能，这一观点实际上是给王风的论述提供了一种个案上的解释。[1] 邓伟认为周氏兄弟的文学语言实际上达到了"思想性"与"文学性"的交融，是一种基于思想政治"基质"的高度心理化、精神化的语言，表明了一种鲜明而"欧化"的中国现代文学转型意识，摆脱了语言工具性的束缚而具有自身独立的价值。[2] 另外，文贵良对周氏兄弟的文学语言特征及实践分别有过独到的描述，内容涉及《狂人日记》的文学汉语、鲁迅晚清汉语实践与其白话小说创作的关系、鲁迅"结核"式汉文观、周作人"知言"的汉语特色、周作人白话翻译及其国语改造的理想等等。文贵良的研究深入到周氏兄弟汉语书写的内在肌理当中，分析细致透彻，值得参考。[3]

有的学者还尝试从宏观上为周氏兄弟对于"五四"文学的意义作出评价。王风的《文学革命的胡适叙事与周氏兄弟路线——兼及"新文学"、"现代文学"的概念问题》[4] 强调周氏兄弟在古奥文言内部进行的重

---

[1] 宋声泉：《文言翻译与"五四"新体白话的生成》，《文学评论》，2019年第2期。
[2] 邓伟：《试析周氏兄弟早期的文学语言践行》，《东岳论丛》，2016年第2期。
[3] 参见文贵良如下论文：《鲁迅："结核"式汉文观与中国人的存亡》，《鲁迅研究月刊》，2014年第6期；《晚清民初：鲁迅汉语实践的"四重奏"》，《文艺理论研究》，2015年第1期；《〈狂人日记〉的文学汉语及其意义》，《山西大学学报》(哲学社会科学版)，2017年第1期；《知言：周作人的文学汉语实践与现代美文的发生》，《复旦学报》(社会科学版)，2007年第6期；《周作人：国语改造与理想的国语》，《杭州师范大学学报》(社会科学版)，2017年第1期；《周作人：白话翻译与汉语感知》，《鲁迅研究月刊》，2017年第5期。
[4] 王风：《文学革命的胡适叙事与周氏兄弟路线——兼及"新文学"、"现代文学"的概念问题》，《中国现代文学研究丛刊》，2006年第1期。

在精神层面的文学追求是相对于胡适所叙述的文学语言改革运动的另一种路径,他们都强烈质疑胡适的进化论思路,周氏兄弟的立场也构成了文学革命的另一种特殊路径。张铁荣的《周氏兄弟与五四新文化运动》[1]认为鲁迅与周作人在现代文学史上开创了许多的第一,包括引进新的文学理论、文学观念,将政论体文章发展成文艺性散文,开创中国现代白话小说与优美散文,以自身的实践摸索建立中国自身的翻译体系等。真正给《新青年》带来文学声誉的,应该首推周氏兄弟。陈雪虎认为早年的周氏兄弟是最先一批参考和鼓吹西方现代意义上的文学概念及理论框架的青年学人,他们心中对于现代文学的审美情思与理论认识经过晚清民初十余年的蕴蓄,终于在"五四"时代借由文学革命逐渐扩散至社会。他还认为,以朱希祖《文学论》为标志,"文学"之名得到宣示并进入相应体制,这一观念体系的确立最终可以溯源到周氏兄弟。[2]

总结上文,通过对已有文献材料的归类与梳理可以发现,尽管不少论者已经从多种角度对周氏兄弟之间的个人关系及其文学实践进行了描述,但他们的研究大多还是以一种比较传统朴素的比较研究的方式来进行,且在相互比较的过程中更多地关注二者之间的差异性,而对兄弟之间互动配合的对话关系分析不够。有一小部分论文已经具备了互文性研究的视野,但都是围绕周氏兄弟某一方面的具体问题展开论述,缺乏对这一议题全局性的关照。周氏兄弟在北京曾经有过一段非常密切的并肩作战的时期,他们在文艺上的亲缘性在这

---

[1] 张铁荣:《周氏兄弟与五四新文化运动》,《广东社会科学》,2010 年第 6 期。
[2] 陈雪虎:《中国早期现代"文学"名义试探:由朱希祖回溯周氏兄弟》,《文艺理论研究》,2016 年第 4 期。

一时期内表现得十分充分，虽然具体展开的方式不同，但都无法忽视对方对于自身的影响。这一时期周氏兄弟的文学实践在新文化阵营中自成一条脉络，他们对于"人的文学"的理论倡导与文本实践深刻地形塑了中国现代文学的发展进程，其历史地位与文化经验都是十分宝贵的，可以构成一个整体性的研究对象。想要对这一新文学初创期两位彼此依存的代表人物共同从事文学活动的状况有深入的阐释，运用传统意义上大而化之的宏观比较研究的方式已经难以奏效，而是要在总体上将"五四"时期的周氏兄弟视作一个共同体结构的基础上深入细致地考察那些相互有联系的文化命题，挖掘鲁迅与周作人深层意识中建构起来的彼此互通的精神纽带，以此为中心再来辨析其同与不同、合流与分殊、呼应与重构等，方能得出更为准确的认识。另一方面，由于受到历史因素的影响，在将鲁迅与周作人结合起来论述的所谓周氏兄弟的研究中，长期存在着"褒鲁贬周"的价值倾向。新时期以来，有关周氏兄弟的讨论逐渐回归到了学理性的评价，学者们开始承认周作人作为一个文学研究范畴的合理性，能够较为客观地总结他的文学成就并拿来与鲁迅作比较。但周作人研究长期附属于鲁迅研究的历史，使得这种平行研究一定程度上依然存在着"以周观鲁"的趋向。本书对周氏兄弟的研究集中在周作人1917年到北京以后直至1923年兄弟失和之前，在这一"兄弟怡怡"的时期内，鲁迅固然对周作人影响深远，但也从周作人身上获得许多教益与启发，他们各自的意义都不能被抹杀。所以，对二者关系的分析应该着力于全面揭示鲁迅文学中的周作人元素和周作人文学中的鲁迅元素，不可偏执一端而废另一端，并且应在论述过程中始终保持一种互相映照的标准。

第三节　研究内容与框架结构

当我们把"五四"时期的周氏兄弟作为一个文学共同体的结构来合而观之的时候，其潜在的内涵应该被落实到两个层面。首先，1917年至1923年之间的鲁迅与周作人在很多文艺工作上面存在着显性的合作关系，比如他们一起将日本白桦派作家武者小路实笃的戏剧作品《一个青年的梦》介绍入中国，共同翻译出版《现代小说译丛（第一集）》，合作编译《现代日本小说集》，重新编订《域外小说集》，在《新青年》面临关键节点的时候为其建言献策，参与女子贞操问题的讨论，乃至二人在写作随感录时署名不分，鲁迅为周作人批改"欧洲文学史"的讲义，周作人介绍乃兄到北大国文系讲授"小说史"的课程，二人为胡适的《尝试集》删诗，积极支持《小说月报》"被损害民族的文学号"，周作人将《孔乙己》翻译成日文，发表评论《阿Q正传》的文章，二人在《北京周报》（日文）上发表"两周氏谈"，等等。诸如此类的事件，从广义上来说都有彼此协助的成分，应该放置在一个整体性的视域下审视。这一时期他们的文化工作常常是以一体的面貌展现在世人面前，往往不能做严格彻底的区分，这里面既有周氏兄弟主观上有意识地共同发声以壮大阵势的愿望，也有相互分工以谋求工作便利的考虑，值得做细致的考察分析。周氏兄弟在"五四"时期取得如此重大的文学成就，离不开对方的鼎力相助，鲁迅常常是周作人文章的第一个读者与批评者，而周作人则以自己渊博的知识背景支持着长兄的文艺创作，给予其灵感与启发，离开了任何一方，我们都不能全面地理解鲁迅或周作人的精神世界。特别是在"兄弟怡怡"的"五四"时期，这种相互依存的关系就表现得尤为明显,正如有论者指出:"鲁迅的存在,离不开他毕生和周作人的相依存相矛盾的关系,不了解周作人,也不可能了解一个完整的鲁迅。"[1]这一论断从反向来推理也是能够成立的。除了以上论述的作为一种文学上的"实然"而显现出来的兄弟合作关系,共同体的第二重内涵更为隐秘地指向二者各自看似独立的著述之间表现出来的不可割裂的精神关联,这就需要我们用一种广义上所谓互文的视野来对鲁迅与周作人的作品发微抉隐。换一种更为直接的说法,即读解出隐含在兄弟二人叙述表层之下的精神对话的内容。事实上,鲁迅与周作人在"五四"时期的一系列文章著述存在着强烈的互涉性,将它们对照起来阅读不仅是对于自身思想意义的延伸,也是对于另一方文化内涵的补充与再创造。周氏兄弟在各自的文学路线上行进,却是相互支撑,彼此呼应,互相借重对方的文化因子,互相弥合对方的缺漏,互相重释对方的思想观念,从而形成了一种有机的互动关系。举一个明显的例子来说,即周作人的《人的文学》一定程度上可以看作是对鲁迅《狂人日记》的文学理论解读,而《狂人日记》则是早在理论文章发表之前就以艺术化的手法对"人的文学"的思想纲领做出直观的演绎。尽管不能将二者具体的写作关系坐实下来,但可以肯定的是,鲁迅与周作人在创作这两篇名作的时候,对方的思想资源或多或少都构成了一种前理解,将两者结合起来分析非但可以更为全面地理解"五四"启蒙"立人"思想的多种面相,也能进一步剖析兄弟二人各自的艺术趣味所在以及差异化的思维结构。类似的例子还有很多,与作

---

[1] 舒芜:《以愤火照出他的战绩——周作人概观》,《周作人的是非功过》(增订本),辽宁教育出版社,2000年,第4页。

为实存的文学合作实践相比，这种隐含在双方著述中的兄弟精神对话的内容更能体现二者一脉连枝、同声相应的血肉关联，也包含着更为丰富的意义阐释空间，这是本书所要着重分析的部分。

拙著对于周氏兄弟的研究不再采用传统意义上的比较研究的方式——停留于二者相同点与不同点的单向度的对比，而是在将"五四"时期的周氏兄弟看作一个相互配合、彼此互涉的文学共同体的基础之上，着眼于二者之间那些有联系的事实展开论述。同时对他们这一时期内主要的文学文本作对照阅读，进行互文阐释，发掘出内在的精神关联，既要关注到周氏兄弟不同趋向的"立人"思路如何相互配合，引领了"五四"时期"人的发现"的思想潮流，也要围绕他们独特的文体表达，分析二者的文学理念及实践怎样为现代文学的美学规范树立典则，推动文学现代化的转型。本书力求从微观分析上升到宏观总结，全面评价存在差异的周氏兄弟结合而成的文学共同体从整体上来说具有何种特征、贡献及缺憾，探究他们的一体并存、相与共事给中国现代文学的发展带来了怎样深远的影响。除绪论与结语外，正文共分四章，依次按照概览、思想、文体、个案的逻辑编排，摘要如下：

第一章从几个不同的价值维度讨论周氏兄弟作为一个共同体涉足"五四"新文学的历史概貌，论述其文学结构展现的内外多重面相。第一节分析周氏兄弟加入新文化运动的内部思想脉络，将他们"五四"时期以"立人"为中心的文化关怀与早年留日时期作为"第二维新之声"的文艺理想结合起来，勾勒出前后之间贯通性的历史线索。周氏兄弟在"五四"时期的登场，并非仅仅来自个别事件的催发，而应该被看作"旧梦"遭遇"现实"冲击以后的"复出"过程。第二节论述作为媒介的报纸杂志对于周氏兄弟文学事业的外部支撑作用，梳理鲁迅、周作人与"五四"时期最为重要的新文化刊物《新青年》及其同人群体之间的互动关系，考察他们从不同方向奠定的文学"立人"传统在《新青年》中的独特价值，同时也阐述《新青年》为周氏兄弟提供的介入现实的文化空间，以及其现代出版物的媒介属性对于鲁迅、周作人各自文体选择的影响。第三节从术业分工的视角论述鲁迅与周作人之间怎样建立互相配合的文化体系，分别考察二者外语习得偏向所带来的互为信息源的叠加效应，合作著译中的双向互动模式以及各自职业身份背后所潜藏的"资源红利"。

第二章讨论周氏兄弟"五四"时期"立人"思想的具体内涵与表现形式。第一节论述鲁迅、周作人的人学思想所依靠的理论背景，探讨进化论思维与一战后期兴起、在国内有积极响应的互助主义思潮是如何有机地结合成为一种新的认识论结构，从而改变了周氏兄弟看待人生的视角，使得其"立人"思想焕发出鲜明的时代内涵。第二节通过《狂人日记》与《人的文学》的互文性阐释来透视周氏兄弟"立人"思想的基本内容，鲁迅与周作人在理想中的人性与怎样"立人"这两个基本点的认知上不尽一致，但各自的思路却形成相互补充、彼此延伸的效果，将二者的代表作合而观之能够看到周氏兄弟对于"立人"思想命题的完整呈现，亦可见出兄弟之间隐含的精神对话关系。第三节讨论周氏兄弟在"人的发现"的两个最为重要的分支——妇女与儿童——上面的理论见解与文学表现。论述的核心点在于，从有关妇女性道德的讨论到儿童本位观的提倡，鲁迅与周作人是怎样共同将"立人"的思想命题向着更为广阔具体的知识领地拓展，并且笔者在此"风景的发现"之基础上进一步思考现代文学"装置"形成的问题。

第三章讨论与周氏兄弟的人学思想相对应的文体观念与文学表

达,剖析鲁迅与周作人围绕"立人"的目标而创造的"有意味的形式"。第一节以鲁迅、周作人晚清合作翻译的《域外小说集》以及"五四"时期的《点滴》《呐喊》为核心文本,阐述周氏兄弟将"短篇小说"这一文类形塑出来并导入中国现代文学的过程。第二节讨论周氏兄弟"五四"时期的文学语言观念,分析二者反叛作为一种修辞话术的古文,提倡"直译"理论并引入欧化白话文的逻辑所在,认为他们对于语言的见解在各自内部区分的基础之上表现出"以汉语思想"的合力性,渗透的是某种语言决定论的逻辑。第三节将鲁迅的"杂感"与周作人的"美文"前后联系起来视为中国现代散文"创生"的一种路径,探讨二者不同风格的文章写作中一以贯之的反体制化的文体意识及对新文学作者主体意识的把握。

第四章探讨 20 世纪 20 年代思想界分化之后,周氏兄弟应对启蒙危机的文化实践。相较于前三章的整体论述,本章以个案的形式写作,呈现鲁迅与周作人在微观层面的互动合作。第一节分析周作人对《阿 Q 正传》的评论,这一篇文章不仅澄清了有关鲁迅小说的众多误解,也包含着"讽刺""类型"等思想艺术母题,推动了《阿 Q 正传》经典化阅读路径的生成。第二节分析周氏兄弟与学衡派的论争以及有关《沉沦》《蕙的风》的文艺批评,凸显二者在"五四"落潮期坚持思想革命、反对复古势力的文化立场。第三节聚焦俄国盲诗人爱罗先珂与周氏兄弟的交谊,剖析他的思想如何影响后者的精神理念与文学表述,使二周对于包含自我在内的智识阶级的身份产生新的认识。鲁迅与周作人正是从爱氏那里抽离出与个人契合的文化因子,用以解释当时的处境。

第一章　点燃『寂寞』：周氏兄弟复出的内外考察

本书将论述的时间限定在广义上的"五四"时期，这是中国思想、文化、伦理、文学全面从传统迈向现代的阶段。在价值转换的分水岭上，鲁迅与周作人从幕后走向前台，并现身为新文化运动中人尽皆知的"兄弟档"，这本身就是一个饶有意味的"文化事件"，必然涉及内外多种结构性因素的作用。首先，当我们将目光对准鲁迅、周作人自身时，可以发现1918年并不是二者初次与文艺结缘。他们自小就爱好美术与杂览，广泛接触小说诗文，而早在"五四"十年之前的日本留学时期，鲁迅与周作人就已经开始热情地从事文艺活动，他们在东京筹办《新生》杂志，而后又翻译域外小说、写作文艺论文，目的是改造国民的性情。当时周氏兄弟发出的声音虽然默默无闻，但却形成了某种具有"发端"性质的文学观念[1]，并与"五四"时期的文化实践构成高度呼应的关系。所以在长时段的视野中，鲁迅与周作人在"五四"时期的爆发更像是一次在"寂寞"中酝酿许久而被点燃的"复出"行为。其次，从外部环境来看，周氏兄弟一旦进入新文学场域之内就与正在形成中的现代文学体制发生密切关联，其中现代报刊传媒对于具体作家乃至

---

[1] "虽然留日时期周氏兄弟的文学观属于晚清文坛的边缘话语，在当时并没有产生什么影响，但却是从晚清到五四文学观念的逻辑发展中不可或缺的重要环节；并且，他们后来带着这一时期的知识积累和对文学的体认参与掀起了波澜壮阔的五四文学革命的浪潮。"黄开发：《中外影响下的周氏兄弟留日时期的文学观》，《鲁迅研究月刊》，2004年第1期。

整个文学格局的影响显得尤为关键。"同人"刊物的崛起一方面构成了现代知识分子启蒙话语扩展的显著标志，另一方面则是从外部制度层面改变了文学生产的方式，使得媒介因素进入到文学自身规范的建设中去。以此观来，周氏兄弟的文学事业显然已经嵌入到现代报刊以及围绕刊物聚集的同人团体的组织系统当中。除了以上两点，最为直接的还是鲁迅与周作人之间的关系在"五四"时期迎来了新的格局，二者因为共同置身于彼时新潮澎湃的北京知识界，所以得以共享诸多的文化资源，相互之间亦有大量交流沟通的机会，在此基础上形成彼此互涉的读写结构，术业分工的意识已经隐伏其中。本章试图考察的问题是，周氏兄弟何以在长时段的"寂寞"体验中走向"五四"思想革命的热潮，他们共同从事文化活动的外部支撑是什么，在具体工作中又是怎样互相配合的，笔者希望通过对这些要点的梳理来呈现鲁迅与周作人作为一个文学共同体的多重面相。

第一节 "旧梦"遭遇"现实"：
重启"第二维新之声"的历史脉络

在中国现代文学史的叙述脉络中，周氏兄弟一直是被目为具有开创之功的奠基性人物，他们对于"五四"新文化运动的多维贡献是有目共睹的，甚至其本身也成为新文学最为显明的标签之一。然而今天回顾兄弟二人"五四"时期并肩作战的历程时，可以发现其热烈的写作姿态与之前相对沉寂的个人状态形成了鲜明的反差，甚至给人以一种横空出世之感。所以当研究者把周氏兄弟的文学活动作为一个整体对象来审视与剖析的时候，首先需要追问的一个前提便是鲁迅与周作人是在一种什么样的心理机制的作用之下决定汇入"五四"文学启蒙的时代洪流之中。换言之,"五四"时期作为文学共同体的周氏兄弟在何种程度上克服了困扰已久的思想难题而对现实开口发声,这同时也构成了中国现代文学发生学研究中一个聚讼纷纭的议题。

对于这一问题的解答历来不乏精辟之见,值得关注的是有一部分研究者倾向于在周氏兄弟的文学空间中探寻类似于精神原点一般的存在,最典型的就是竹内好用"回心"[1]一词来解释鲁迅文学的起源,以及伊藤虎丸在此基础上对"终末论式的个的自觉"[2]的创造性延展。毋庸置疑的是,无论日本研究者是将鲁迅文学发生的秘密落实在其与政治对决的无力感上,还是逆向推测作家本人在沉默时期酝酿的决定性价值观,两者都可以说是极具敏锐洞察力的思路,已经受到广泛关注。但同时,对鲁迅某一横截面的放大与坐实也就难以避免主观化的浪漫想象。众所周知,鲁迅的自我意识一直在经历一个不断调整的过程,其间甚至不乏矛盾冲突,某一部分的生命片段确实会产生一些关键性的引导作用,但与其把这样的主体契机本质化为一种具有终极性的"原

---

[1] 关于"回心"一词在词源学上的含义,本文取《近代的超克》一书中译注的解释:"回心,日语当中'回心'这个词,来自英语的 Conversion,除了原词所具有的转变、转化、改变等意思之外,一般特指基督教中忏悔过去的罪恶意识和生活,重新把心灵朝向对主的正确信仰。"参见[日]竹内好:《近代的超克》,李冬木等译,生活·读书·新知三联书店,2016年,第119页。

[2] 伊藤虎丸的思考是承接竹内好"赎罪文学"的提法而来,但又有所创造,他从狂人复归社会中读出了某种责任意识:"这种责任意识,在并非作为'整体'的一部分的意义上,我将其称之为'个的自觉',并且把在'死的威严'面前,也就是在直面堪称为'无'或'绝对否定'时才有可能的意味着把一切世界观相对化这一点上,将其称之为终末论式的。"参见[日]伊藤虎丸:《鲁迅与终末论:近代现实主义的成立》,李冬木译,生活·读书·新知三联书店,2008年,第324—325页。

点，毋宁说需要对其做一种更为开放的"历史化"的还原工作。也就是说，所谓的"回心"时刻也必然是处在一个内外多方合力的流动性的生产机制之中，而并非凝固为一种不证自明的先验性的存在。另一方面，作为与鲁迅亲密相伴的亲人兼战友，周作人也同样经历了从沉寂到发声的复杂心路历程。总体上来说，早期的鲁迅与周作人保持着思想上的高度一致性，呈现为一种不可分割的共同体的状态。所以有必要将周氏兄弟结合起来统筹考察，互相印证，兼及内外，庶几才能对二人在"五四"时期的登场做出全面的描述。

一、"第二维新之声"：留日时期周氏兄弟的"立人"思想

《呐喊·自序》作为鲁迅第一部小说集的序言在其本人整个的文学谱系中占据了极为重要的地位，《自序》的奇特之处在于它并不是通常意义上我们所理解的"创作谈"，文中甚少谈及《呐喊》各篇目的内容本身，相反却是以一种如梦似幻的笔调叙述了鲁迅成长过程中的各个关键节点，用慢镜头回放的形式串联起文学家鲁迅诞生的过程。因而，这一文本更多地带有鲁迅回顾与检视自我精神史的意味。在这一思路中，研究者常常聚焦于坐在S会馆里抄古碑的鲁迅与金心异之间有关"铁屋子"的那场著名对话，并将其作为鲁迅走出沉默的原因来看待。诚然，金心异从外部的介入自然是鲁迅创作《狂人日记》的直接导火索，但《自序》丰富的意义当不局限于此，尚有一处关键的细节可以印证鲁迅文学的发生也有其内在的思想渊源，这便是文章提纲挈领的第一段。

作者开篇先说自己年轻时曾做过很多梦，后来大部分忘却但并不惋惜。之后忽然调转话头跳到"回忆可以使人欢欣亦可使人寂寞"的描述，但精神却还被已逝的寂寞时光牵连，而自己苦于不能全忘却，

于是乎"这不能全忘的一部分,到现在便成了《呐喊》的来由"[1]。从行文结构上来看,"这不能全忘的一部分"其实是整个《自序》的点题之处,但由于在短短数句中已经发生多次语意的转折,读者已经无法判断"这不能全忘的一部分"指的是年轻时的"梦"还是既欢欣也寂寞的"回忆",抑或是"已逝的寂寞的时光",但无论怎样,其意义指向还是明确的,即鲁迅青年时代某种令人振奋却又最终消沉的记忆成为触发"呐喊"的内源性因素。而从后文的叙述逻辑看来,鲁迅弃医从文之后提倡文艺运动的失败经验无疑是人生由高扬迈入低沉的一个转捩点,理所应当成为这一内源性因素的重要构成。与此同时,周作人的说法也可从侧面证实留日时期文艺思想对二人的促生作用,他在《知堂回想录·弱小民族文学》一节里抄录实际由鲁迅操笔的1920年版《域外小说集》序文中的一部分,目的是为了说明《域外小说集》出版遇冷的过程。鲁迅的原话为:上海寄售处失火之后,"我们这过去的梦幻似的无用的劳力,在中国也就完全消灭了"。而周作人紧接着补充道:"但是这劳力也并不是完全消灭,因为在'五四'以后发生新文学运动,这也可以看作'新生'运动的继续。"[2] 周作人所谓的"新生"运动所指乃是在《河南》杂志发表论文以及印行《域外小说集》[3],总体上代表着兄弟二

---

[1] 鲁迅:《呐喊·自序》,《鲁迅全集》第1卷,人民文学出版社,2005年,第437页。
[2] 以上参见周作人:《八六·弱小民族文学》,《知堂回想录(上)》,河北教育出版社,2002年,第272页。
[3] 这里的"新生"运动实际指的是刊行《新生》杂志失败以后作为替代的文艺运动。"鲁迅计划刊行文艺杂志,没有能够成功,但在后来这几年里,得到《河南》发表理论,印行《域外小说集》,登载翻译作品,也就无形中得了替代,即是前者可以算作《新生》的甲编,专载评论,后者乃是刊载译文的乙编吧。"参见周作人:《八一·河南——新生甲编》,《知堂回想录(上)》,河北教育出版社,2002年,第254页。

人留日时期在文艺事业上的通力合作，"继续"一词颇为精要地指出其与"五四"之间的精神纽带关系，这种说法与鲁迅"这不能全忘的一部分"的描述也是符合的。如此说来，周氏兄弟"五四"时期的登场亮相就不能被仅仅看作一个孤立的文学事件，而是深刻地处在早年文艺思想的延长线上。可以说周氏兄弟正是挟带着留日时期的核心问题关切进入到"五四"的场域，并且将其继承发扬，这构成了其文学得以成立的内在前提。用更通俗的话来讲，周氏兄弟介入"五四"激流，并非初出茅庐，实乃一种特殊形式的重操旧业。职之故，我们也只有在充分考量其早年文艺观的基础上才能更好地理解他们的"复出"。

晚清以来，国事日蹙，作为强权而存在的西方给中国近代社会带来了全方位的冲击震荡，处乎"三千年未有之大变局"，中国知识分子在古今中西之争的格局中苦苦探索救国济世之途。对于这段历史的总体描述，梁启超在《五十年中国进化概论》中提出了著名的三期说，即把从19世纪中叶开始到20世纪20年代为止的维新变革运动看作是一个从器物到制度直至思想文化的代际递嬗的进程[1]，此一历时性的序列同时也是人的主体素质逐渐被凸显并在"五四"时期占据主流位置的过程[2]。就周氏兄弟而言，早在负笈日本之时，他们就已经先于"五四"一代触及人的启蒙议题。尤为值得注意的是，周氏兄弟此时的探讨超越了"以西方为方法"的单一现代性视野的局限，而是立足于东亚，在对

---

1 参见梁启超:《五十年中国进化概论》，《饮冰室合集·饮冰室文集之三十九》，中华书局，1989年，第39—48页。
2 "中国近代社会文化转型中的价值观变革，实质上也具有这样的启蒙性质的历史任务——'人'的发现和个人的解放。"参见宋惠昌:《人的发现与人的解放：近代中国价值观的嬗变》，四川人民出版社，2008年版，第8页。

中西文化资源进行双重批判的基础上来建设理想中的人之文明形态。在作于1907年的《摩罗诗力说》的末尾，鲁迅振臂高呼："今索诸中国，为精神界之战士者安在？"之所以会如此发问，是因为作者回顾"中国遂以萧条"的历史与现状，虽然也有"介绍新文化之士人"，然而事实则是"特十余年来，介绍无已，而究其所携将以来归者；乃又舍治饼饵守闾阎之术而外，无他有也"。也就是说，尽管"众皆曰维新"，然而不过是将家政学与警察学之类的实用之说传输过来而已。于是鲁迅进一步预测："则中国尔后，且永续其萧条，而第二维新之声，亦将再举，盖可准前事而无疑者矣。"[1] 从鲁迅的论述来看，他显然对中国既往维新变革的庸俗化倾向深感不满，而所谓的"第二维新之声"，当是与"治饼饵守闾阎之术"对立的人的自我精神的觉醒，贯穿着鲁迅的价值认同。事实上，鲁迅在文章中"别求新声于异邦"，详细梳理"立意在反抗，指归在动作"的摩罗诗人的谱系，即要以之为先觉者的范本启动对于"第二维新之声"的文化探求，即一种对于人的"上征"的精神意志力的想象[2]，而文学在其中的位置便是"涵养人之神思，即文章之职与用也"[3]。具体言之，先觉者的"诗"具有"撄人心"的特征，能够在诗人与大众之间实现内在的精神互动，进而诉诸"群之大觉"，所以是通向"人道"的最佳途径，这说明鲁迅已经有意识地将文学的功能与对人本身的思考联系起来。

---

1 以上参见鲁迅：《坟·摩罗诗力说》，《鲁迅全集》第1卷，人民文学出版社，2005年，第102—103页。
2 "此人世所以可悲，而摩罗宗之为至伟也。人得是力，乃以发生，乃以曼衍，乃以上征，乃至于人所能至之极点。"参见鲁迅：《坟·摩罗诗力说》，《鲁迅全集》第1卷，人民文学出版社，2005年，第70页。
3 鲁迅：《坟·摩罗诗力说》，《鲁迅全集》第1卷，人民文学出版社，2005年，第74页。

鲁迅的思考在稍后写作的《文化偏至论》中得到了更为充分的表达。在这一篇长文中，鲁迅对于所谓"言非同西方之理弗道，事非合西方之术弗行"[1]的"近世之士"保持高度的警惕，这不仅是因为维新派中有一部分不过是"假是空名，遂其私欲"[2]的投机分子，更是由于鲁迅本身对于西方19世纪物质文明与众数政治高度发展后的弊端有着清醒的认识。在他看来，文明无一不循着历史的脉络而演进，却也因为跟随时代变迁，反抗过旧思潮而产生新的"偏至"，所谓黄金黑铁、国会立宪之说在根本上都构成了对于作为个体的精神自由的压迫。一方面举国上下奉物质为圭臬的通弊在于"人惟客观之物质世界是趋，而主观之内面精神，乃舍置不之一省"[3]；另一方面，大张"社会民主之倾向"则"使天下人人归于一致，社会之内，荡无高卑"[4]，造成的后果呈现在另一幅可悲的图景中："同是者是，独是者非，以多数临天下而暴独特者，实十九世纪大潮之一派，且曼衍入今而未有既者也。"[5]究其本质乃是"必借众以陵寡"的社会性暴虐。正是出于对唯文明新学是尚，"以所拾尘芥，罗列人前"的主流现代化思路的质疑与反拨，鲁迅在19世纪末以尼采、叔本华、施蒂纳、克尔凯郭尔等为代表的"新神思宗"之中找到了立论的价值基点："故所述止于二事：曰非物质，曰重个人。"[6]从这一独特的视角出发，他正式提出了自己的"立人"思想："是故将生存两间，角逐列国是务，其首在立人，人立

---

1 鲁迅：《坟·文化偏至论》，《鲁迅全集》第1卷，人民文学出版社，2005年，第45页。
2 同上，第47页。
3 同上，第54页。
4 同上，第51页。
5 同上，第49页。
6 同上，第51页。

而后凡事举；若其道术，乃必尊个性而张精神。"[1] 更为简洁的表达则是"掊物质而张灵明，任个人而排众数"[2]。值得注意的是，鲁迅留日时期的人学理念之所以具有一种超越性，正在于它建构了伊藤虎丸口中所谓"个"的自觉[3]，即"人"这一命题从各种概念附着的意义体系中解脱出来，人本身既是手段也是目的，"立人"意味着对于自由独立的"个"的身份的深度确证，这与其他同样关注思想启蒙的近代文学家区分开来。可以看出，"立人"思想实际上正是"第二维新之声"更为系统化、明确化的提炼与总结，它代表了鲁迅此时文艺实践的核心思想原则。

再来反观青年周作人，尽管其日后与鲁迅在个体感知方式与思维价值取径上的差异已经有所浮现，但他此时的文艺思想大体上与乃兄是接近的，分享着一致的问题意识，发表在《河南》杂志上的长篇论文《论文章之意义暨其使命因及中国近时论文之失》可以集中体现其观念。虽然鲁迅侧重于介绍西方浪漫主义诗人与非理性主义思潮，而周作人实际更为关心文学理论的问题，但越过这些学术旨趣的表面歧异，二人对于人的主体精神的重视则如出其一。周作人在此文开篇中先言国民精神之重要性，而他随后对于文学理论的解说也是以对精神的张扬为价值准绳。由此，周氏明确反对自古以来"文以载道"的功利主义文学观："文章之士，非以是为致君尧舜之方，即以为弋誉求荣之道，

---

1 鲁迅：《坟·文化偏至论》，《鲁迅全集》第1卷，人民文学出版社，2005年，第58页。
2 同上，第47页。
3 "鲁迅依据'个的思想'这一西欧近代的精神原理，对传统实施了激烈彻底的否定，是个进行不懈战斗的'战士'。"参见[日]伊藤虎丸：《序言》，《鲁迅与日本人——亚洲的近代与"个"的思想》，李冬木译，河北教育出版社，2000年，第16页。

孜孜者唯实利之是图，至不惜折其天赋之性灵以自就樊鞅。"[1]与此相反，他认为"为今之计，窃欲以虚灵之物为上古之方舟焉"[2]，即要远离实利之祸，张大文学艺术的精神品格，这里已经内在包含有对于人的本体的价值关怀。在系统梳理了美国理论家汉特《文学概论》一书对于文学性质与使命的论述之后，周作人批驳了以林传甲《中国文学史》为代表的中国近时论文的谬误，并且提出自身对于文学的见解："夫文章者，国民精神之所寄也。精神而盛，文章固即以发皇，精神而衰，文章亦足以补救，故文章虽非实用，而有远功者也。"[3]这已经颇为接近现代人道主义的文艺观了。在同一时期的《哀弦篇》中，周作人热情赞扬被压迫波兰作家的反抗之声，引其为同道："波兰诗人之所言，莫非民心之所蕴。是故民以诗人为导师，诗人亦视民如一体，群己之间，不存阻阂，性解者即爱国者也。其所为诗，即所以达民情，振民气，用尽其先觉之任而已。"[4]这里表面虽然说的是域外作家与其民族之间的关系，却未尝没有以此自况之意，这与鲁迅呼唤精神界之战士的思想理路是相互贯通的。

除了写作文言论文，留日期间的周氏兄弟还从事外国小说的翻译工作，《域外小说集》的出版就是兄弟二人合作的一次典型案例，它的翻译呼应了同一时期对于"第二维新之声"的探求，同样高度重视人的

---

[1] 周作人：《论文章之意义暨其使命因及中国近时论文之失》，《周作人散文全集》（修订版）第 1 卷，广西师范大学出版社，2021 年，第 96 页。
[2] 同上，第 97 页。
[3] 同上，第 118 页。
[4] 周作人：《哀弦篇》，《周作人散文全集》（修订版）第 1 卷，广西师范大学出版社，2021 年，第 144 页。

主体精神[1]。纵观 1909 年《域外小说集》一二两册的篇目，俄国与弱小民族国家的文学作品占据了绝大部分，译者当时正是基于一种时代共情的考虑将这些民族地区作家与民众的"心声"引入中国来呼唤人的精神自觉，用后来鲁迅的话来说就是："因为那时正盛行着排满论，有些青年，都引那叫喊和反抗的作者为同调。"[2] 总体上来看，《域外小说集》择取作品的一个重要标准即是"人道主义"，关心人的个体境遇、伦理解放与生命价值始终是这些作品的精神根基所在，这不仅是鲁迅在 1921 年增订版《域外小说集》序言中着重提及的所谓"本质"所在[3]，同时也是周作人在之后出版的白话短篇翻译小说集《点滴》之序言里再三强调的"人道主义"的前身[4]。正是基于此，我们有理由认为这些来自《域外小说集》中的充满人道主义精神的"叫喊和反抗"也会以一种隐微的形式延续到"五四"时期而投射寄托于周氏兄弟本人的"呐喊"，正如杨联芬所说："'人道主义'的价值观念与'诗化叙事'的小说审美

---

[1] "使有士卓特，不为常俗所囿，必将犁然有当于心，按邦国时期，籀读其心声，以相度神思之所在。"鲁迅：《译文序跋集·〈域外小说集〉序言》，《鲁迅全集》第 10 卷，人民文学出版社，2005 年，第 168 页。

[2] 鲁迅：《南腔北调集·我怎么做起小说来》，《鲁迅全集》第 4 卷，人民文学出版社，2005 年，第 525 页。

[3] 1921 年上海群益书社合订出版《域外小说集》新版本时，序言署名为周作人，后来周作人在《关于鲁迅之二》一文中说明实际是由鲁迅操笔，新序中有如下表述："我看这书的译文，不但句子生硬，'诘屈聱牙'，而且也有极不行的地方，委实配不上再印。只是他的本质，却在现在还有存在的价值，便在将来也该有存在的价值。"参见鲁迅：《译文序跋集·〈域外小说集〉序》，《鲁迅全集》第 10 卷，人民文学出版社，2005 年，第 177 页。

[4]《点滴》序中有言："这大同小异的人道主义的思想，实在是现代文学的特色。因为一个固定的模型底下的统一是不可能，也是不可堪的；所以这多面多样的人道主义的文学，正是真正的理想的文学。"而作者也强调了《点滴》所翻译的小说有"两件特别的地方"就是"直译的文体"与"人道主义的精神"。参见周作人：《点滴序》，《苦雨斋序跋文》，河北教育出版社，2002 年，第 14—16 页。

追求,是《域外小说集》最引人注目的两个特征,也是兄弟二人对五四新文学的最大贡献。"[1]

择其大端而言,周氏兄弟在留日时期的"新生"运动可以被称作文学家成熟之前的酝酿期,无论是写作文言论文或是翻译介绍域外小说,都为他们将来在"五四"时期全面投入文学事业准备了精神原料。这种准备既有写作经验上的实践,也有知识资源上的积累,而其中最为关键的即是形成了以"立人"为中心的"第二维新之声"的思想雏形,这是贯通两个时期的文学主题,也是周氏兄弟改良社会的核心架构所在。如果说周氏兄弟人学思想的发扬要到"五四"以后,那么它的形成期则无疑是在晚清,"新生"运动如梦般的记忆逐渐集聚为埋藏在兄弟二人心中的一颗火种,一经点燃,便会熊熊燃烧。

二、"寂寞"的体验:"心声"的延宕与下沉

周氏兄弟留日时期的文艺运动虽然别开生面,却最终以黯然失败告终。在《呐喊·自序》中,鲁迅将其归结为《新生》杂志的流产,而这一结局之于鲁迅的心理影响则是"感到未尝经验的无聊"[2]。如果揆诸事实,鲁迅创办《新生》杂志是在1907年,在这之后周氏兄弟尚且有写作长篇论文与翻译域外小说的实践。按照周作人的观点来说,这些文字本就是《新生》杂志未及展开的内容[3]。此外据他回忆,《新生》的出版夭

---

[1] 杨联芬:《〈域外小说集〉与周氏兄弟的新文学理念》,《鲁迅研究月刊》,2002年第4期。
[2] 鲁迅:《呐喊·自序》,《鲁迅全集》第1卷,人民文学出版社,2005年,第439页。
[3] "鲁迅的《新生》杂志没有办起来,或者有人觉得可惜,其实退后几年来看,他并不曾完全失败,只是时间稍微迟延,工作也分散一点罢了。"周作人:《鲁迅在东京·二二 河南杂志》,《鲁迅的故家》,河北教育出版社,2002年,第307页。

折之后,"鲁迅却也并不怎么失望,还是悠然的作他准备的工作,逛书店,收集书报,在公寓里灯下来阅读"[1]。所以我们有理由认为《呐喊·自序》中"好梦"破灭后的"寂寞"真正的形成一直要到1909年以后,也即杂志停顿之后作为思想延续的"新生"运动也继之破产。《呐喊衍义》中的说法或许更为接近事实原委:"这个失败虽然比前回稍好,但也总是失败,与造成寂寞的感觉有关的,不过在那序文里却是省略掉了。"[2] 这里的失败指的是《域外小说集》的销售遇冷,周作人在此突出"寂寞的感觉"固然是为了呼应鲁迅《呐喊·自序》中"我于是以我所感到者为寂寞"的表述,却也有一种"夺他人之酒杯,浇自己之块垒"的含义,可视为知堂老人数十年之后对自身慷慨激昂的青年岁月的回首与感慨。

这样一来,我们的目光显然应该聚焦在周氏兄弟口中频频出现的"寂寞"一词,这种寂寞的体验是描述周氏兄弟此后相当长时间内精神状态的入口所在,同时也构成对其"五四"时期发声"呐喊"不可或缺的一种前理解。事实上,"寂寞"一词最早并不是出现在"五四"之后回忆类的文本中,在1908年的《破恶声论》中,鲁迅开篇即描绘了中国"寂寞为政"的表现,从"狂蛊中于人心,妄行者日昌炽"这句来看,鲁迅所说的"寂寞"倒并非如同其字面上所显示的那样指代此时中国没有任何声音响动。恰恰相反,鲁迅所不满的是中国被各种扰攘嘈杂的"恶声"所包围而"举天下无违言"[3]。对此,作者也有独特的希望所在:

---

1 周作人:《鲁迅的青年时代·一二 再是东京》,《鲁迅的青年时代》,河北教育出版社,2002年,第38页。
2 周作人:《呐喊衍义·四 新生》,《鲁迅小说里的人物》,河北教育出版社,2002年,第12页。
3 以上参见鲁迅:《集外集拾遗补编·破恶声论》,《鲁迅全集》第8卷,人民文学出版社,2005年,第25页。

"吾未绝大冀于方来,则思聆知者之心声而相观其内曜。内曜者,破黮暗者也;心声者,离伪诈者也。"[1] 进一步说来,即是要求为心立言,"声发自心"[2]。可以看出,鲁迅笔下的"寂寞",最根本的意义指向即在于缺乏人的"心声"和"内曜"来穿透各种"恶声",实现精神自觉。正如有论者指出,在鲁迅眼里"中国和世界的改造并不取决于各种各样的外在的革命和变革,而取决于一种内在的革命"[3]。当然,《破恶声论》中的"寂寞"更多表现为一种对于中国现实状态的概括与批判,这与后来鲁迅与周作人所说"寂寞"更多偏向一种主观心理感受略有形态上的不同,不过两者的精神价值无疑是一脉相承的,其最根本的基点即在于周氏兄弟谈论的"寂寞"并不仅仅关涉一己之悲欢,而是被内在地置入到"立人"呼唤"心声"的思想脉络中,具有强烈的现实针对性。如此看来,周氏兄弟在"新生"运动失败后遭逢的长时段之"寂寞"也可以看作是"心声"延宕与下沉的过程,它并不一定只是一种被动的自我麻醉与消沉,而是在"寂寞"的表面之下反向表现出主体介入现实的焦虑及对应而来的自省与调整,蕴含着新变的可能。

钱理群曾经将鲁迅的1908年至1918年概括为"十年沉默",并认为"我们面对的是一个几乎一无所知的'周树人'"[4]。与留日时期的意气风发相比,鲁迅在这十年之间虽然也写作文章,却少有文字发表,似

---

[1] 鲁迅:《集外集拾遗补编·破恶声论》,《鲁迅全集》第8卷,人民文学出版社,2005年,第25页。
[2] "盖惟声发自心,朕归于我,而人始自有己;人各有己,而群之大觉近矣。"鲁迅:《集外集拾遗补编·破恶声论》,《鲁迅全集》第8卷,人民文学出版社,2005年,第26页。
[3] 汪晖:《声之善恶:鲁迅〈破恶声论〉〈呐喊·自序〉讲稿》,生活·读书·新知三联书店,2013年,第34页。
[4] 参见钱理群:《十年沉默的鲁迅》,《浙江社会科学》,2003年第1期。

乎更多地从文艺转向事务性的工作，其心境也发生了较为明显的变化。在绍兴府中学堂任职期间致许寿裳的信中，鲁迅称自己"荒落殆尽，手不触书"，唯搜采植物，荟集逸书"以代醇酒妇人者也"[1]。在此之前鲁迅本是应沈钧儒聘请担任浙江两级师范学堂教员，其后复古势力遁入校园，鲁迅虽经"木瓜之役"的胜利却仍对校务不满，只好折回故乡谋生，之后辛亥革命的发生曾给他带来过振奋，但时局很快又陷入黑暗。周作人的情况也相去不远，1911年回国后他仍念念不忘日本之行而感慨于故土之寂寥[2]，后期无论是在省城的浙江教育司"卧治"，还是担任绍兴教育会长，周作人对社会的悲观情绪始终萦绕不去，时有浮现。

周氏兄弟此时心境的低落与多种内外因素的撕扯有关，首先是留日"新生"运动失败，知音寥寥，落寞之感长久盘旋于心中。其次是随着学生生涯的结束，经济上"为稻粱谋"的辗转奔波替代了坐在书斋内自由读书的精神优裕，自然会使得他们产生辛苦辗转的感觉。除开以上，更为重要的是国内社会大环境愈发混乱给兄弟二人造成的内心冲击。越地世道浇漓，专制压迫之苦盛行，人格沦丧，奴颜媚骨与庸俗享乐充斥着坊间，之后好不容易发生了革命，却是名存实亡，换汤不换药，对于一向关注思想启蒙的周氏兄弟来说，这种来自现实的打击可想而知，他们有所绝望与犹疑正是自然感情之流露。问题的关键其实是尽管有深重的顾虑与怀疑，但是否就意味着周氏兄弟已经弃绝了早年的"心声"，真正能够从旧日的本我当中抽身而出呢？笔者认为答

1　鲁迅：《101115：致许寿裳》，《鲁迅全集》第11卷，人民文学出版社，2005年，第335页。
2　"居东京六年，今夏返returned，虽归故土，弥益寂寥，追念昔游，时有怅触。"周作人：《Souvenir du Edo——庚戌秋日钓鱼记事》，《周作人散文全集》(修订版) 第1卷，广西师范大学出版社，2021年，第224页。

案是否定的，事实上周氏兄弟正是围绕着自己所置身的乡土环境隐微地将早年高蹈的"立人"关怀落地化、具体化了。

1912年1月18日，周作人在《越铎日报》上发表《望越篇》。此时中华民国已然成立，而《越铎日报》则是绍兴越社青年为配合这一历史性进程而创办的进步刊物，获得鲁迅、陈子英等人的支持，其宗旨在于"爱立斯报，就商同胞，举文宣意，希翼治化"[1]。在一片欢欣鼓舞的氛围中，周作人的《望越篇》却表达了一种浓厚的忧惧，他认为中国两千年来的政教统治造成了一种积重难返的"种业"，导致"庸愚者生，佞捷者荣，神明之种，几无孑遗"[2]，而"今者千载一时，会更始之际"，作者正是要以"越一隅为之征"来观测"国人性格之良窳，智虑之蒙启"。但由于"种业因陈"的原因，作者对越人的前途却是"吾为此惧"[3]。根据周作人在《知堂回想录》中的回忆，《望越篇》的手稿中有鲁迅修改的痕迹，因而可以被视作周氏兄弟共同的思想流露，他们着眼于辛亥革命前后故乡的现实情状，将社会批判的锋芒向着人的意识形态深层挺进。之后的《望华国篇》是对前文的进一步延伸，周作人表面针对的是陶成章遇刺一案，实则认为"以利禄为性命，以残贼为功业"[4]的国民性格是造成今日之乱象的根源，而"宁保灵明而死，毋徇物

---

1 鲁迅：《集外集拾遗补编·〈越铎〉出世辞》，《鲁迅全集》第8卷，人民文学出版社，2005年，第42页。
2 周作人：《望越篇》，《周作人散文全集》（修订版）第1卷，广西师范大学出版社，2021年，第227页。
3 同上。
4 周作人：《望华国篇》，《周作人散文全集》（修订版）第1卷，广西师范大学出版社，2021年，第230页。

欲以生也"[1]的呼唤则是留日时期"心声"的复现。其后周作人在《越铎日报》《天觉报》上发表《尔越人毋忘先民之训》《民国之征何在》《庸众之责任》《民族之解散》《国民之自觉》等评论，这些篇目中可能有鲁迅参与撰写或修改的部分[2]，此一部分文章同样承接了上文的脉络，在谈时事政治的框架之下揭示出"民瘼未苏"的"庸众"之在场[3]。可以看得出来，相较于留日时期对于西方19世纪物质文明与众数政治的宏观批评，此时的周氏兄弟更为执着于审思身边的民风陋习，人情事体，从而形成了一种眼光向下的自觉。如果说早年"人立而后凡事举"的"心声"来自一种浪漫的正向的理论建树，那么经历了一系列挫折之后的周氏兄弟则清醒地认识到抛开建设性的议题不讲，此刻首先应该破除缠绕在个体四周的不自觉的精神枷锁。他们明确地将以绍兴地区为代表的国民思想之委顿归因于"种业"蛮性的遗留，这中间贯穿着一种否定性的价值视角，"五四"时期大规模批判国民劣根性的思路在此已可初见端倪。由是，早年对辽远"心声"的渴求并未消耗殆尽，而是转

1　周作人：《望华国篇》，《周作人散文全集》（修订版）第1卷，广西师范大学出版社，2021年，第231页。
2　周氏兄弟早年的文章写作经常是合作完成的，即使不是直接参与撰写或修改，相互交流想法也是题中应有之义。这一部分文章可以看作是周氏兄弟集体意志的表达，所以署名不分的情况也是存在的。彭定安、马蹄疾曾发表《〈越铎日报〉署名"独应"的四篇古文为鲁迅佚文考》（《辽宁大学学报》，1981年第5期），认为《望越篇》《望华国篇》《尔越人毋忘先民之训》《民国之征何在》是鲁迅的创作，文中观点有一定道理，但是鉴于周作人《知堂回想录》明确提到《望越篇》是自己执笔，他留有草稿，上边有鲁迅修改的痕迹，而且2005年版《鲁迅全集》也未将上述四文收入，所以笔者还是倾向于认为这些文章是出自周作人之手。
3　"如是之民，多敏私利而殉物欲，不为朋比则相争，其人已无自治之力，虽细微之事，无不需人之指挥监督，而政府之势力亦于此时遂极其盛矣。"参见周作人：《民族之解散》，《周作人散文全集》（修订版）第1卷，广西师范大学出版社，2021年，第241页。

变为了一种更为贴合实际的"近身肉搏"的方式。

越民人格的堕落令人痛心疾首，需要加以辛辣批判，但同时那些尘封在历史长廊里的光辉先迹却焕发出夺目的光彩，烛照着现世的黑暗。浙东一地素来就有刚健勇毅之风，鲁迅与周作人曾不止一次地引用明末王思任的名言："会稽乃报仇雪耻之乡，非藏污纳垢之地。"在回乡后不久与许寿裳的通信中，鲁迅写道："越中理事，难于杭州。技俩奇觚，鬼蜮退舍。近读史数册，见会稽往往出奇士，今何不然？"[1]这种今不如昔的对比引起了周氏兄弟的思古追慕之情。面对"寂寞"之苦的袭扰，留学归国后的周氏兄弟回溯到历史之中，辑录校勘古籍，搜集乡邦文献，在对"禹域文明"的摩挲之中联通对于"华夏文明"的整体文化想象，从中汲取抵抗黑暗的精神力量。据周作人回忆，辛亥革命前后，他每日在家中帮助鲁迅抄录《古小说钩沉》和《会稽郡故书杂集》等材料[2]。实际上在此之前的1910年，鲁迅已经先行辑录了《绍兴八县乡人著作》目录，这可以看作之后刊印越中先贤著作的先声。而在此之后，兄弟二人分别又有辑校《后汉书》《晋书》《嵇康集》等魏晋文人著作、收集绍兴儿歌、进行越地风俗调查、撷取晋唐志怪小说进行古童话释义等"沉入古代""沉入民间"的工作。大体上看来，这是一个"以会稽郡为横坐标，以魏晋时代为纵坐标"[3]的有系统的追溯历

---

[1] 鲁迅：《110102：致许寿裳》，《鲁迅全集》第11卷，人民文学出版社，2005年，第341页。"技俩"现写作"伎俩"。

[2] "辛亥革命起事的前后几个月，我在家里闲住，所做的事大约只是每日抄书，便是帮同鲁迅翻看古书类书，抄录《古小说钩沉》和《会稽郡故书杂集》的材料，还有整本的如刘义庆的《幽明录》之类。"参见周作人：《九六·卧治时代》，《知堂回想录（上）》，河北教育出版社，2002年，第309页。

[3] 徐小蛮：《鲁迅辑校古籍手稿及其研究价值》，《鲁迅研究动态》，1987年第8期。

史、整理文化血脉的过程。

我们今天来回顾周氏兄弟一系列整理古代及民间文学文献的工作，总是侧重于鲁迅"吾乡书肆，几于绝无古书，中国文章，其将陨落"[1]的表述，认为其功绩主要在于学术史方面的保存史料的价值，而对这一工作背后的主体价值关怀不够重视，也就无法全面理解周氏兄弟看似不动声色的文字背后隐微的生命寄托。《〈古小说钩沉〉序》中固然有"惜此旧籍，弥益零落"的表述，其辑录自汉至隋的古小说三十六种佚文的成绩显然引人注目，但同时也需看到之所以选择这些文本乃是因为它们"录自里巷，为国人所白心"[2]。此处的"白心"指涉着来自民间社会内部质朴刚健的"心声"，与周氏兄弟留日时期对于朴素之民"白心"与"神思"的追索一脉相接，编者"归魂故书"背后的真正动机正在于发掘那些被掩盖在文化表层之下的"主观内面之精神"来振兴中国的文化面貌。《会稽郡故书杂集》也可作如是解，周氏兄弟辑录八种涉及古代会稽山川地理、人物事迹与风土人情的逸书集，其直接的原因是出于"会稽故籍，零落至今，未闻后贤为之纲纪"[3]，但内心深处最根本的出发点却是"用遗邦人，庶几供其景行，不忘于故"。越地文明"海岳精液，善生俊异"的特质正可被征用来召唤出一个超脱于现实专制奴役的异端文化传统，从而"使后人穆然有思古之情"[4]，背后则是

---

1 鲁迅：《110102：致许寿裳》，《鲁迅全集》第11卷，人民文学出版社，2005年，第341页。

2 以上见鲁迅：《古籍序跋集·〈古小说钩沉〉序》，《鲁迅全集》第10卷，人民文学出版社，2005年，第3页。

3 鲁迅：《古籍序跋集·〈会稽郡故书杂集〉序》，《鲁迅全集》第10卷，人民文学出版社，2005年，第35页。

4 同上。

对于古越"心声"激发大众的希冀。由此出发，我们同时也能理解周氏兄弟为何如此持之以恒地关注魏晋六朝文学，一方面以嵇康为代表的易代文士"非汤武而薄周礼"的异端反抗精神能够引来其强烈的共鸣，这是崇尚意力、推扬精神的周氏兄弟所珍视的；另一方面魏晋时期"师心""使气"的文风则是对于"人各有己"的"白心"的忠实践行，勾连的则是对于个体自我表达权力的高度重视。总体上来看，这一时期鲁迅与周作人依然葆有早年对于上征的主体精神的强烈渴望，周作人《论保存古迹》一文中"夫破迷信者，在于改革敝习，而非拔除宗教"[1]的表述正能说明他们正是带着"足充人心向上之需要"[2]这一形而上学的诉求来关照周边的事物，使之融入客观对象中。

周氏兄弟在长时段之"寂寞"体验中敞开了面向浩瀚历史典籍与民间文化的入口，这些看似冰冷烦琐的知识资源却在他们心中沉淀为"有情"的记忆，早年的"心声"在对作为客观存在的历史、民俗与文化的遥想中激荡重生，正如论者所言："乡邦之'物'的重要性，在于其呈现、唤起和联系着的历史、文化甚至是其背后的创作者之心声，而这一切在现实的'人'与'社会'不能满足他们敏感的心灵、远大的抱负之时，反而显得尤为重要……"[3] 廓开来看，我们对周氏兄弟此后一系列活动的理解也应该抛开"麻醉说"与"避祸说"的陈见拘囿，鲁迅去乡后任职于教育部期间的抄古碑、读佛经、收集金石拓片，周作

---

[1] 周作人：《论保存古迹》，《周作人散文全集》（修订版）第1卷，广西师范大学出版社，2021年，第255页。
[2] 鲁迅：《集外集拾遗补编·破恶声论》，《鲁迅全集》第8卷，人民文学出版社，2005年，第30页。
[3] 王芳：《留学归国后的周氏兄弟与乡邦文献——辛亥革命和地方自治中的文人传统》，《文艺争鸣》，2017年第4期。

人在越地潜心于调查风俗古迹、研究神话传说与童话儿歌,这些都未尝不能从一种积极的面向上去理解。兄弟二人看似相对边缘的姿态背后实则是别有幽怀,其沉入历史与民间的工作可以视为对"白心"的维护,对性灵的滋养,这隐微体现出"心声"延宕、下沉与调整的过程,可以证明他们并没有放弃一贯以来重视的"内部之生活",相反却是循序推进。也正因为此,周氏兄弟的"寂寞"体验具有了一种超越性的精神诉求。

三、"旧梦"重燃:"热风"融化"火的冰"

周氏兄弟留学归国后相对沉寂的状态一直持续到了"五四"前夕,在这一段时期内,他们并未忘却曾经的文艺梦想,但是却告别了那种登高一呼应者云集的英雄姿态,充满浪漫想象的理论呼告转化成了扎扎实实的文献工作,反而与广袤的现实生活发生更多的关联。就周氏兄弟这一时期的主体精神面貌而言,我们需要从中读解出互相联系的两种趋向:第一,早年以"摩罗诗人"自命的启蒙者的志得意满此时已经为一种低徊的"苦闷的象征"所替代,这是"寂寞"的主色调所在,"心声"总体上处于一种压抑性的状态,这从二人未尝经验的无聊中可以充分见出。第二,"心声"的压抑并不代表对于旧我的否定,而是一个沉潜往复的过程,周氏兄弟以一种自我边缘化的方式赓续了对于"第二维新之声"的探求,"偏苦于不能全忘却"的文化记忆预示着未来新的意义的生产与释放。进一步说来,如果要为这种"寂寞"包裹下的主体形态寻找一种形象化的比喻说明,那么鲁迅写于1919年的一组总题为《自言自语》的短文应该引起关注,它由几个彼此之间没有情节关系的片段合成,从风格上看非常接近鲁迅后来写作的散文诗《野草》,

两者都以心灵呓语的形式营造了一种如梦似幻般的情境，可以视为对于主体生命哲学的隐微展现。更为关键的是，《野草》中的部分内容实际已经在此埋下伏笔，比如《自言自语》的第二节《火的冰》就与《野草》中的《死火》有着潜在的对应关系，后者是对前者的改写，把两者结合起来分析可以窥测写作者背后所隐伏的精神脉络[1]。

在《火的冰》中，"流动的火""遇着说不出的冷，火便结了冰了"，这是交代了"火的冰"从一团热火迈向冰结的过程，"他自己也苦么？"一句更像是对于现实境遇顾影自怜般的拷问，失落后的苦涩无人能够体会，落寞之情跃然纸上。而文章末尾叙述者跳出来直接发表感慨则是有意识地要以这一意象来反刍人的精神状态，于是"火的冰"便成为了修饰"人"的定语："唉，唉，火的冰的人！"[2] "火的冰"的意象之所以值得反复揣摩，正因为它是一种介乎火与冰之间的矛盾纠葛的状态，艺术化地表现出了主体因为理想之不可得而自我压抑陷入苦闷郁结，同时其蓬勃涌动的生命力又无法得到宣泄的复杂情感，这不仅能够浓缩概括鲁迅"十年沉默"中的心灵世界，而且也是周作人留学归国后的真实写照，周氏晚年在《故乡的回顾》一节里谈及自己当时"对于天地与人既然都碰了壁"[3]的遭遇，不正是由火入冰的显明标识吗？这也是

---

[1] 近年来明确注意到这两个文本之间存在着精神勾连的是黄江苏的《"火的冰"：鲁迅寓京六年之再认识》(《上海文化》，2019年第7期) 一文。他在文中提出鲁迅"寓京六年"的概念，并认为"火的冰"之意象差可比拟这六年里鲁迅的精神状态。拙著则倾向于将范围扩大，用"火的冰"来描述周氏兄弟留学归国后整个的"寂寞"体验。

[2] 鲁迅：《集外集拾遗补编·自言自语二　火的冰》，《鲁迅全集》第8卷，人民文学出版社，2005年，第115页。

[3] 周作人：《一〇三·故乡的回顾》，《知堂回想录（上）》，河北教育出版社，2002年，第335页。

为什么周作人的文字常在平淡雍容的叙述之下流露出强烈的不平之气，乃至后来其思想发生大的变化之后描述自己要"在十字街头造起塔来住""我爱绅士的态度与流氓的精神"[1]等，仍然有早年那种在进退之间若即若离的主体心绪的投射。周氏兄弟"火的冰"的内心意识颇类似于鲁迅后来对于魏晋文人的界定，他在《魏晋风度及文章与药及酒之关系》中说："魏晋时代，崇奉礼教的看来似乎很不错，而实在是毁坏礼教，不信礼教的。表面上毁坏礼教者，实则倒是承认礼教，太相信礼教。"[2]隐者多是带性负气之人，这种思维逻辑同样也可反套在周氏兄弟本人身上，他们正是将保持沉默作为精神反抗的一种方式，正如周作人后来的名言："文学是不革命，然而原来是反抗的。"[3]周氏兄弟的"寂寞"表象之下蕴积着不满于现状的期待视野，"火的冰"的深层内涵实际可被概括为一种精神受阻机制下蓄势待发的精神状态。

如果说《火的冰》一篇的主题更多的在于描摹表现主体的精神状态，那么若干年后的《死火》则进一步回答了烈火被冰封之后将往何去的问题。文中的第一人称叙述者"我"在梦中忽然坠入到冰谷，意外地在青白冰上发现"尖端还有凝固的黑烟，疑这才从火宅中出，所以枯焦"的"死火"，这"死火"便是"火的冰"的复现，他的躯干留下了曾经残酷征战的痕迹。"我"于是拾起"死火"，这时候他却燃烧起来，告诉"我"原先被人遗弃在冰谷的命运，是"我"的温热使得其重

---

[1] 以上分别参见周作人：《十字街头的塔》，《雨天的书》，河北教育出版社，2002年，第70—72页；《两个鬼》，《谈虎集》，河北教育出版社，2002年，第252—253页。
[2] 鲁迅：《而已集·魏晋风度及文章与药及酒之关系》，《鲁迅全集》第3卷，人民文学出版社，2005年，第535页。
[3] 周作人：《燕知草跋》，《永日集》，河北教育出版社，2002年，第80页。

新燃烧，否则便须灭亡。此刻"我"若携他出冰谷，那么将烧完，若将他留下，则将冻灭。当"死火"明确"我"的意向在于出冰谷时，他最终选择了"不如烧完"[1]。"我"与"死火"的对话可以看作20年代中期处于急剧心灵震荡中的鲁迅在审视自我精神世界时，对于人生道路选择的再度模拟演绎。"死火"得以燃烧的关键是"我"的温热，这说明有一种从外部进入的力量唤醒了原本处于静止状态的"火的冰"，使得他运动起来，"死火"最终选择追随"我"意味着主体与外部世界达成了某种契约，这种内外合力下产生的化学反应表征着周氏兄弟最终选择汇入"五四"大潮的动力源泉所在。揆诸本书，笔者已经详细讨论了鲁迅与周作人一贯以来对于"心声"的守护，这是二人在"五四"重启"第二维新之声"的内部条件，此刻问题的焦点显然就应该扩展开去，即究竟是何种来自外部的冲击点燃了周氏兄弟难以割舍的"旧梦"？

在《呐喊·自序》《鲁迅自传》《〈自选集〉自序》《我怎么做起小说来》等自述类的文本中，鲁迅都将自己做小说的原因归结为《新青年》同人的催促与劝告。查周氏兄弟1917年至1918年的日记，钱玄同、刘半农、高一涵、蔡元培等人的名字是频繁出现的，他们中的很多人是绍兴会馆的常客，这确实可以证明与新文化人的交往情况是考察"五四"之前兄弟二人精神生活不可忽视的外部视角。因此从表面上看来，如果说有什么"温热"能够让"死火"重新燃烧，那么对于朋友们热情邀约的配合就理所应当成为触动周氏兄弟的那个支点。但众所周知，鲁迅的自述作为一种回忆在还原事实真相的同时也兼具文化创

---

1 以上参见鲁迅：《野草·死火》，《鲁迅全集》第2卷，人民文学出版社，2005年，第200—201页。

造与建构自我身份认同的面相[1]。这就是说，着眼于现实的需求，作为文学家的鲁迅在事后概括自己人生的时候总是会选择性地突出某些内容而忽略另外一些内容，所以充满着"诗"与"真实"的张力。另外也需要注意，鲁迅与周作人向来都有不入大流、不随风波的独异个性，很难想象他们会仅仅出于外界人情世故的考虑而改变自己，这样一来"敷衍朋友们的嘱托"的说法就显得并不全面。之所以这么说并不是要否认朋友们的期许对于周氏兄弟加入新文化运动的重要推动作用，而是强调不能对其作过于简单化的理解，我们需要思考的是《新青年》同人的游说作为一种外部刺激最终何以能够成功？其背后更为本质化的能够与周氏兄弟内部"心声"产生呼应共振的内容是什么？或许周作人对金心异劝驾的解释能够构成很好的补充："辛亥革命成功，不久变为袁世凯的独裁，洪宪推倒后，旋即出现复辟，可是不到半月也就消灭了，这时欧战也刚平息，世间对于旧民主的期望又兴盛起来，《新青年》开始奋斗，在这空气中间才会得有那谈话，谈话才会得发生效力。"[2]周作人的叙述提醒我们注意启蒙主义的时代框架之在场，"旧民主的期望又兴盛起来"意味着民初思想界发生了二次转换，最初辛亥革命的成功给知识分子带来参与国家政治建设的希望，但1913年之后的民主衰败与道德乱象很快又使他们失望，隐遁之风盛行。及至1917年前后，沉寂的局面开始有所松动，知识界又出现了重归现实的趋向，

---

[1] "从某一当下出发，过去的某一片段被以某种方式照亮，使其打开一片未来视域。被选择出来进行回忆的东西，总是被遗忘勾勒出边缘轮廓。聚焦的、集中的回忆必然包含着遗忘。"参见[德]阿莱达·阿斯曼：《回忆空间：文化记忆的形式和变迁》，潘璐译，北京大学出版社，2016年，第474页。
[2] 周作人：《呐喊衍义·五 金心异劝驾》，《鲁迅小说里的人物》，河北教育出版社，2002年，第13页。

而这一次的显著特征在于更为注重思想文化上面的变革。至于为何出现这思想倾向上的二次转换，周作人的看法可谓十分精辟，他敏锐地注意到了社会历史大环境与士人心态之间的共生关系，抓住了"复辟"这一关键词："这名称（按：指新文化运动）是颇为确实的，因为以后蓬蓬勃勃起来的文化上诸种运动，几乎无一不是受了复辟事件的刺激而发生而兴旺的。"[1]这种危机意识笼罩下对于思想革命迫切性的领悟是促使周氏本人从沉寂到发声的转捩点，由此思路出发，他对鲁迅摆脱隐默、动手写小说的解读也不无深意："他明说是由于'金心异'（钱玄同的诨名）的劝驾，这也是复辟以后的事情。"[2]"明说"一词暗示着《新青年》约稿背后尚有更为丰富的阐释空间，言外之意乃是张勋复辟事件所集聚的社会负面心理效应最终带来新文化人对于思想革命议题的再度推扬，这几乎成为知识界凝聚的共识而形成一股社会"热风"。1917年7月张勋扶持溥仪登位后，陈独秀的《复辟与尊孔》一文即刊发于8月1日《新青年》第3卷第6号，他在文中将矛头指向"复辟"背后作为意识形态支撑的孔教："愚之非难孔子之动机，非因孔子之道之不适于今世，乃以今之妄人强欲以不适于今世之孔道，支配今世之社会国家，将为文明进化之大阻力也。"[3]这是明确要从思维根基的层面来廓清封建心理意识的羁绊。另外如蔡元培提出"以美育代宗教"的思想，把它作为塑造青年精神素养的通衢；陶履恭高倡"新青年之新道德"，要将个体铸造成器；李大钊经历复辟的深刻教训后态度逐渐转

---

[1] 周作人：《一一六·蔡子民二》，《知堂回想录（下）》，河北教育出版社，2002年，第382页。
[2] 同上，第384页。
[3] 陈独秀，《复辟与尊孔》，《新青年》，第3卷第6号，1917年8月1日。

向激烈,经过痛苦反思产生思想飞跃,最终投身社会革命;梁漱溟发布《吾曹不出如苍生何》的文化宣言,等等。共和危机刺激下所产生的逆反效应造就了众多文化人富有强烈道德责任感的思想行为,无疑会对周氏兄弟有所触动,加之后来一战结束后以"公理战胜"为代表的整体国际舆论以及社会进化论等多种流行思潮的助推,亦将进一步巩固其复出的决心,讨论鲁迅为何答应钱玄同的邀约并继而一发不可收拾,绝不能离开这样一个大的历史背景。

回到1917年的实际情况来看,张勋复辟后鲁迅愤而离职,后来也将辫子元帅写进了小说《风波》中予以讽刺,可以想见当遗老遗少演出"沿城一带辫子多,城厢内外黄龙旗多,伪宫门外红顶子多"[1]的复古闹剧的时候,他的内心受到冲击正是十分自然的。但问题的关键是鲁迅早在1912年就已经入京,与周作人身处偏远故乡"对于政治事情关心不够,所以似乎影响不很大"[2]相区别,鲁迅之前已经耳闻目睹了以袁世凯称帝为代表的一系列乱象,但为何周作人要独独将张勋复辟摆放在一个特殊的位置?平心而论,民国成立以来的众多历史闹剧都会对鲁迅造成精神压抑,同时也会激发他重拾思想革命的议题,正如论者所说:"正是这接连发生的历史倒退行为,唤醒了千千万万的中国人,特别是唤醒了那些后来掀开中国历史新的一页的启蒙思想家。"[3]但在此处我仍然愿意重点强调张勋复辟的影响。这是因为事件发生时,北大

---

[1] 汪朝光:《民国的初建:1912—1923》,《中国近代通史》第6卷,江苏人民出版社,2013年,第180页。
[2] 周作人:《一一三·复辟前后二》,《知堂回想录(下)》,河北教育出版社,2002年,第371页。
[3] 张永泉:《五四前期鲁迅思想的历史性转折》,《鲁迅研究月刊》,1994年第4期。

校长蔡元培已经聘请陈独秀就任文科学长，注重文化革新的《新青年》与北大文科联手后声势大增，自 1917 年胡适发表《文学改良刍议》起，有关白话文运动的讨论逐渐展开，倡导文学革命成为一时之潮流。对一代名刊《新青年》来说，虽然其主导方针"是在思想史的视野中，从事文学革命与政治参与"[1]，但这只是一个大致的路向，不同时期各有聚焦侧重，举凡在德赛两先生旗帜下的众多知识问题其实都在讨论的范围内。周氏兄弟与闻《新青年》的时候，文学革命的观点从草创到发扬踔厉，逐渐占据了"新文化"的要津之点，然而正当文化界看似蓬勃发展之时却再一次发生帝制复辟，着实颇有一丝反讽的意味，复辟丑剧背后暴露出的守旧民族心理结构证明"新文化"的影响还远未深入人心。以此对照，尽管最终我们不能将文学革命与思想启蒙的诉求割裂开来，但此时对于语言形式文体方面的主张就显得有些迂远，不能直接回应启蒙困局。对于知识阶层来说，此时最为迫切的乃是将新文化运动的核心主题集中到思想革命上来。这也是为什么鲁迅一开始对《新青年》"并不怎么看得它起"，印象中不过是"你吹我唱的在谈文学革命，其中有一篇文章还是用文言所写"[2]，但是当反对封建礼教激烈之至的钱玄同来进行劝说时却能够引来其认同之感，决定出山[3]。翻阅鲁迅日记，钱玄同频频来访是在 1917 年 8 月，其后频率放缓，而张勋复

1　陈平原：《触摸历史与进入五四》，北京大学出版社，2018 年，第 79 页。
2　周作人：《补树书屋旧事·一〇　新青年》，《鲁迅的故家》，河北教育出版社，2002 年，第 355 页。
3　"鲁迅对于文学革命即是改写白话文的问题当时无甚兴趣，可是对于思想革命却看得极重，这是他从想办《新生》那时代起所有的愿望，现在经钱君来旧事重提，好像是在埋着的火药线上点了火，便立即爆发起来了。"参见周作人：《补树书屋旧事·一〇　新青年》，《鲁迅的故家》，河北教育出版社，2002 年，第 355 页。

辟发生在仅仅一个月前,其中的承接关系不难揣测。由是,鲁迅出山并非是仅仅为了应付朋友们的要求,而是受到张勋复辟以后整个文化环境逆势上扬的感召,基于对未来新文化运动重心布局的预测而做出合乎自我内心的决定。

当刘半农在1918年2月10日的除夕之夜与周氏兄弟共进晚餐后,曾写下《除夕》一诗,诗中有言:"主人周氏兄弟,与我谈天——/欲招'缪撒',欲造'蒲鞭',/说今年已尽,这等事,待来年。"[1] "缪撒"代表希腊文艺女神"缪斯",召唤着早年"新生"文艺运动的记忆;"蒲鞭"是日本杂志专栏的名称,刊载评论来鞭策译界,更具有现实指向性,这隐隐预示着文艺工作与思想启蒙的再度合流。在"寂寞"中蕴积已久的周氏兄弟终于在内外多方合力的作用下决定重启早年对于"第二维新之声"的探求,"现实"照进了"旧梦",点燃了蓄积待发的"心声",鲁迅与周作人正是在这种外部关切与主体精神的辩证交融下走向"五四"的前台。

第二节 缺席与在场之间:周氏兄弟介入《新青年》考论

周氏兄弟"五四"时期的文学实践承接着早年"第二维新之声"的思路而来,重燃"旧梦"却又生发出新的时代内涵与文化命题,他们之所以能够在"五四"大放异彩,固然有着主体内部思想理路的演进逻辑,与此同时也不能够忽视作为一种物质载体的现代文学传媒的支撑作用。自晚清以降,现代报刊业的发展对整个文学生产与流通的方式

---

[1] 刘半农:《除夕》,《新青年》,第4卷第3号,1918年3月15日。

产生了显著的影响，写作一旦进入新的媒介环境与传播渠道，便会敞开各种丰富的可能性。正如有论者指出："现代日常的文学生活是以杂志为中心组建起来的。杂志越来越直接地引导和支配着现代文学的发展方向。甚至事实上，刊物的聚合构成了所谓文坛。"[1] 揆诸"五四"时期的周氏兄弟，以讨论思想文化为职志的《新青年》构成了二人与"五四"相遇的"触媒"，他们通过在《新青年》上发表作品宣示自己的"复出"，其重要的文学活动也多与之相关，《新青年》俨然成为周氏兄弟最为倚靠的言论阵地。系统地考察二周与《新青年》杂志以及围绕它而聚集的新文化同人之间的关系，有助于理解带有个性化文学经验的鲁迅及周作人如何与既有的文学体制结合并互相成就对方，在若即若离间开创出"五四"新文学的历史格局。

一、周氏兄弟与《新青年》编辑部关系之史实考辨

周氏兄弟在《新青年》刊发文章是在1918年第4卷出版之后。在此之前的1917年初，主编陈独秀受聘北大文科学长，同时也将《新青年》杂志迁移至北京出版，中国现代文化史上著名的一校一刊实现了历史性的汇合，成为新文化运动的传播中心。当鲁迅、周作人迟至第4卷才双双加入之时，《新青年》实际上已经成了一个内部拥有相对稳定建制的北大同人刊物。4卷3号上面刊登着这么一则引人注目的"本志编辑部启事"：

本志自第四卷一号起，投稿章程，业已取消。所有撰译，

---

[1] 旷新年：《1928：革命文学》，山东教育出版社，1998年，第26页。

悉由编辑部同人,公同担任,不另购稿。其前此寄稿尚未录载者,可否惠赠本志,尚希投稿诸君,赐函声明,恕不一一奉询。此后有以大作见赐者,概不酬赀。录载与否,原稿恕不奉还。谨布。[1]

这则启事标志着自第 4 卷开始《新青年》的编辑方针发生了重要的改变,由原来的陈独秀一人主编,接受外来投稿,转型为"编辑部同人"共同承担撰译任务,无偿供稿。"编辑部"的成立喻示着《新青年》作为一个同人杂志的最终确立,所谓《新青年》编辑会议以及设置轮值编辑制度的说法也是在这一事实的基础上才能够成立。作为第 4 卷之后新加入《新青年》的最为重要的作者,鲁迅和周作人也会常常被指认为进入了新改版的《新青年》编辑部的核心层面,譬如沈尹默在建国后关于鲁迅的回忆中就将二者纳入其中:"新青年杂志由独秀带到北京之后,有一时期,曾交由鲁迅弟兄、玄同、胡适和我分期担任编辑……"[2] 后来他又进一步明确了"编辑委员会"的人员构成,周氏兄弟赫然在列:"《新青年》搬到北京后,成立了新的编辑委员会,编委七人:陈独秀、周树人、周作人、钱玄同、胡适、刘半农、沈尹默。并规定由七个编委轮流编辑,每期一人,周而复始。"[3] 这一说法被后世的研究者广泛征用,颇为流行,之所以能够获得如此之大的关注,与鲁迅本人关于这一问题的自述是分不开的,20 世纪 30 年代他在缅怀"五四"时期的故人时曾频频提及参与《新青年》编辑会议的情形。

---

[1] 《本志编辑部启事》,《新青年》,第 4 卷第 3 号,1918 年 3 月 15 日。"赀"同"资"。
[2] 沈尹默:《鲁迅生活中的一节》,《文艺月报》,1956 年第 10 期。
[3] 沈尹默:《我和北大》,中国社会科学院近代史研究所编:《五四运动回忆录(续)》,中国社会科学出版社,1979 年,第 166 页。

1933年的《〈守常全集〉题记》回忆自己最初认识李大钊"是在独秀先生邀去商量怎样进行《新青年》的集会上"[1]，而1934年的《忆刘半农君》则描述得更为具体："《新青年》每出一期，就开一次编辑会，商定下一期的稿件。"[2] 值得注意的是，鲁迅在叙述"五四"时代的人事之时总是会不自觉地与《新青年》联系起来，可见这一份杂志在其本人心中的地位正如同论者所提出的"思想故乡"[3]一般，能够牵动着个人的思绪，时常引来回眸反顾。不过就事实情况而言，虽然鲁迅长期为《新青年》供稿，《新青年》也在很大程度上塑造着鲁迅在后世读者心目中的形象，但是从目前来看，实际上缺乏直接的证据来说明周氏兄弟与《新青年》的编务有着紧密的联系，更毋庸说他们二人是编辑部内的主干力量。

查看鲁迅1918年至1919年的日记，我们找不到他参与《新青年》编辑工作的任何文字记录。鲁迅日记上面最早出现的有关《新青年》的记载是在1917年1月19日："晴。上午寄二弟《教育公报》二本，《青年杂志》十本，作一包[（七）]。"[4] 这时周作人尚在绍兴，文化信息相对阻滞，作为长兄的鲁迅常常为其寄送一些书籍报刊，这是二人惯常的沟通方式，表明这一时期的周氏兄弟已然对《新青年》有所接触。及至周氏兄弟已经如火如荼投入其中的1918年与1919年，鲁迅日记中

---

[1] 鲁迅：《南腔北调集·〈守常全集〉题记》，《鲁迅全集》第4卷，人民文学出版社，2005年，第538页。

[2] 鲁迅：《且介亭杂文·忆刘半农君》，《鲁迅全集》第6卷，人民文学出版社，2005年，第73—74页。

[3] "思想故乡"一语出自朱寿桐，他认为鲁迅对待《新青年》的态度和鲁迅对待自己故乡的复杂态度是一样的，"鲁迅实际上是将《新青年》当作自己的思想家园和精神故乡"。参见朱寿桐：《作为鲁迅"思想故乡"的〈新青年〉》，《中国现代文学研究丛刊》，2005年第5期。

[4] 鲁迅：《丁巳日记》，《鲁迅全集》第15卷，人民文学出版社，2005年，第273页。

依然没有出现参与《新青年》编稿会议的内容，更多的仍然是将《新青年》分派或寄送给许寿裳、许铭伯、齐寿山、周建人、张梓生等亲朋友人，除此以外则是向《新青年》编辑钱玄同、刘半农交稿，同时也有替周作人代为转交文章的记录。周作人的情况大体类似，有关《新青年》的记录亦多局限在收发杂志、交予稿件等事项上面。与鲁迅不同的是，周作人日记当中曾明确留下参与《新青年》内部讨论的记录，1919年10月5日项下有这样的文字："晴，上午得尹默函，往厂甸，至公园。下午二时至适之寓议《新青年》事，自七卷始，由仲甫一人编辑，六时散，适之赠实验主义一册。"[1]据日记记载，同一天的鲁迅"午后往徐吉轩寓招之同往八道弯，收房九间，交泉四百"[2]，因而他没有去胡适家中商议有关事宜，周氏兄弟当天只有二弟一人独自前往，但这仅仅只能说明周作人确实参加过《新青年》的集会讨论，断然不能认定他牵涉到了实际的编务事宜。事实上，当天集会商讨的议题是《新青年》第7卷以后的总体发展方向，此前因为陈独秀散发传单被捕入狱，杂志一度陷入停顿，此刻已然到了重新整顿的时刻，钱玄同当天的日记清楚地记录下了会议内容："因仲甫邀约《新青年》同人在适之家中商量七卷以后之办法，结果仍归仲甫一人编辑，即在适之家中吃晚饭。"[3]很显然的是，这次会议并未涉及分配具体的编务工作，晚年周作人在《知堂回想录》中也借此有所申述，《卯字号的名人二》一节在抄

---

1 周作人1919年10月5日日记，《周作人日记》（影印本）中册，大象出版社，1996年，第52—53页。
2 鲁迅：《己未日记》，《鲁迅全集》第15卷，人民文学出版社，2005年，第381页。
3 钱玄同1919年10月5日日记，《钱玄同日记》（影印本）第4卷，福建教育出版社，2002年，第1815页。

录了他 10 月 5 日日记之后延伸开来："在这以前，大约是第五六卷吧，曾决议由几个人轮流担任编辑，记得有独秀，适之，守常，半农，玄同，和陶孟和这六个人……关于《新青年》的编辑会议，我一直没有参加过，《每周评论》的也是如此，因为我们只是客员，平常写点稿子，只是遇着兴废的重要关头，才会被邀列席罢了。"[1] 周氏用"客员"一词来形容包含鲁迅在内的"我们"，其本人前往《新青年》同人集会的行为也不过是被解读为兴废攸关之际的列席会议，周作人在字里话间有意无意地与《新青年》同人团体保持着某种相对疏离的态度，显然与沈尹默建国后的回忆构成了悖反性。到了《坚冰至》一节中，周作人则干脆声称"平常《新青年》的编辑，向由陈独秀一人主持，（有一年曾经分六个人，个人分编一期，）不开什么编辑会议"[2]，这样一来就不仅与沈尹默划清界限，而且还近乎执拗地解构了乃兄鲁迅笔下《新青年》同人编辑部留驻于世人心中的固有印象。

私以为，与《知堂回想录》这种公开面向读者的文字相比，周氏本人在私人信件中的相关表述或许更为接近事实原委。1958 年 1 月 20 日，周作人致信曹聚仁，高度评价了后者写作的《鲁迅评传》，并且以参与《新青年》会议为例谈到鲁迅写文"小说化"的特质[3]。相较于斩钉

---

[1] 周作人：《一二二·卯字号的名人二》，《知堂回想录（下）》，河北教育出版社，2002年，第 408—409 页。

[2] 周作人：《一五三·坚冰至》，《知堂回想录（下）》，河北教育出版社，2002 年，第 531 页。

[3] "鲁迅写文态度本是严肃，紧张，有时戏剧性的，所说不免有小说化之处，即是失实——多有歌德自传《诗与真实》中之诗的成分。例如《新青年》编辑会议好像是参加过的样子，其实只有某一年中由六个人分编。每人担任一期，我们均不在内。会议可能是有的，我们是'客师'的地位，向不参加的。"参见周作人 1958 年 1 月 20 日致曹聚仁信，引自钟叔河编：《周作人文类编·八十心情》，湖南文艺出版社，1998 年，第 239 页。

截铁地认定"不开什么编辑会议",周作人在信中说"会议可能是有的"显然表现得更为周密中正,但对于"我们"不在轮值编辑名单之内的所谓"客师"地位的强调却是与《知堂回想录》如出一辙,倘若化用歌德自传体小说的概念即是意图以"真实"逆"诗"。

纵观周作人不同场合的表述,他关于《新青年》轮值编辑制度执行时间与人员名单的记忆固然存在一定偏差,但其本人描述自己及鲁迅未曾参加轮值编辑的工作却是可以被他们二者的日记、书信以及其他人的旁证回忆所印证的。就《新青年》而论,从第 4 卷第 1 号改组为同人刊物之后到第 7 卷第 1 号重归陈独秀一人编辑为止,一共出版了 3 卷 18 号,其中第 6 卷第 1 号以"本志编辑部"名义公开"本杂志第六卷分期编辑表",分别为陈独秀、钱玄同、高一涵、胡适、李大钊及沈尹默,这是没有疑问的[1]。值得讨论的不过是第 4 卷与第 5 卷的编辑方针与人员名单,周作人在《卯字号的名人二》回忆说"曾决议由几个人轮流担任编辑"并不确切,其实《新青年》早在第 4 卷开始就已经实施轮值编辑制度,所以有人用"编辑集议"来描述第 4 卷的《新青年》同样也是不妥的。1918 年 1 月 2 日的钱玄同日记有云:"午后至独秀处,检得《新青年》存稿。因四卷二期归我编辑,本月五日须编稿,十五日须寄出也。"[2] 这便留下了第 4 卷改组后《新青年》旋即由同人轮流编辑的确凿记录。至于具体的编辑者名单,1922 年胡适在为申报馆成立 50 周年纪念所写的《五十年来中国之文学》一文中有所涉及:"民国七年一月,《新青年》重新出版,归北京大学教授陈独秀、钱玄同、沈尹默、

---

1 参见《本杂志第六卷分期编辑表》,《新青年》,第 6 卷第 1 号,1919 年 1 月 15 日。
2 钱玄同 1918 年 1 月 2 日日记,《钱玄同日记》(影印本)第 4 卷,福建教育出版社,2002 年,第 1645 页。

李大钊、刘复、胡适六人轮流编辑。"[1] 作为《新青年》团体的核心人物之一，胡适的回忆具有一定的可信度。除此以外，30年代，罗家伦在一篇《蔡元培时代的北京大学与"五四"运动》的口述资料中同样谈及了《新青年》第4、第5两卷的编辑，他给出的名单分别是陈独秀、胡适、钱玄同、沈尹默、陶孟和、刘半农，同样没有将周氏兄弟归纳在内，与胡适的不同点仅在于以陶孟和替代了李大钊[2]。学者张耀杰近年来一直在从事《新青年》杂志考证方面的工作，他在运用大量第一手史料的基础上，通过比对各号刊登文章类型及风格与编辑人选之间的契合度，最终确定了《新青年》编辑部的人员构成以及各卷各号的轮值顺序[3]。就前一个问题而言，张耀杰对李大钊生平经历进行了详细梳考，确定迟至1918年3月李氏接任北大图书馆主任之前，他没有机会加入此前已经确定的《新青年》第4、第5两卷轮值编辑的队伍，所以李大钊是在第6卷与高一涵一道顶替预备出国的刘半农与陶孟和而进入轮值编辑的队伍，以此来看罗家伦的回忆倒是相对准确的。这也是为什么钱玄同在1918年11月26日会有这样一封给《新青年》同人的书信："独秀、半农、适之、尹默、孟和诸兄均鉴：上月独秀兄提出《新青

---

[1] 胡适：《五十年来中国之文学》，《胡适文集》第3卷，北京大学出版社，1998年，第255页。

[2] 参见罗久芳：《我的父亲罗家伦》，商务印书馆，2013年，第61—62页。

[3] 张耀杰得出的结果是第4卷共6号轮值编辑依次是陈独秀、钱玄同、刘半农、陶孟和、沈尹默、胡适；第5卷依次是陈独秀、钱玄同、刘半农、胡适、沈尹默、陶孟和；第6卷依次是陈独秀、钱玄同、高一涵、胡适、李大钊、沈尹默。其考证《新青年》各卷轮值编辑名单与顺序的文章，请参阅以下篇目：《北京大学与〈新青年〉编辑部》，《历史背后：政学两界的人和事》，广西师范大学出版社，2006年；《新青年轮值编辑的历史真相》，《北大教授与〈新青年〉》，新星出版社，2014年；《关于〈新青年〉编辑部的连环讹误》，《社会科学论坛》，2014年第6期；《〈新青年〉编辑部的历史还原》，《关东学刊》，2019年第2期。

年》从六卷起改用横行的话,我极端赞成。"[1] 这里讨论的是杂志具体排版规则方面的内容,与之直接相关的当然是各个卷号的轮值编辑,不出意外这其实就是一封流通在编辑部成员之间的公务信件,以此也不难见出《新青年》第4、第5两卷的六位轮值编辑所为何人了。

大体上说来,周氏兄弟无疑是《新青年》同人当中非常重要的成员,但却不是编辑部的核心力量。更确切地说,他们属于《新青年》的"二级同人",这里的"二级"并不指向价值范畴上面的判断,而是代指一种职事分工上面的规定性。周氏兄弟并不是《新青年》杂志的实际操控者与掌舵者,他们并不负责制造、宣传与炒作各类思想文化议题,组织拉拢稿件,谋划杂志的发展路径与行文方向,而这恰恰是杂志的轮值编辑所要着力关心的,如钱玄同、刘半农在第4卷第3号上面自导自演之"双簧戏",以之搅动社会舆论来为新文化造势;又如胡适策划的"易卜生"专号,能够汇合多篇论文译作集中介绍某一文艺专题。周氏兄弟在《新青年》的主要工作即在于持之以恒地用自身的创作来支持杂志的发展,配合编辑部的要求,同时以自己个性化的理解来演绎思想革命的议题并生发出独立的价值,从而后来居上地为《新青年》树立起精神标杆。除了作为具体执行者的角色而存在,周氏兄弟也在《新青年》发生变动的关键时刻给予一些办刊方向上面的建议,比如在陈独秀赴沪后有关《新青年》第8卷编辑办法的通信讨论中,以及因为陈独秀将编辑权转交陈望道从而激发胡适等人对"特别色彩"的不满,由此引发北京同人传阅信件热议办刊"三个办法"之时,我们都能见到

---

[1] 钱玄同1918年11月26日致《新青年》同人信,《钱玄同文集》第6卷,中国人民大学出版社,2000年,第127页。

周氏兄弟活动的身影，这说明尽管鲁迅与周作人并非《新青年》的直接策动者，却也因为身处同一片文化场域中而保持着与杂志命运不可分割的关联。

二、周氏兄弟的站位："客师"与"名角"的意义

鲁迅逝世以后，陈独秀曾在《宇宙风》上发表一篇题为《我对于鲁迅之认识》的纪念文章，内容短小精悍却又十分中肯，文中谈到"五四"时期周氏兄弟与《新青年》的关系，认为二者在同人群体中独具一格[1]。作为催促周氏兄弟作文"最着力"的《新青年》编辑，同时又是对杂志文化定位与整体格局了如指掌的组织策划者，陈独秀的评价应是建立在他长期的观察之上，自有其眼光敏锐之处，他之将周氏兄弟单独拉将出来显然是因为注意到了二者不同于其他人等的价值特异性。前文已经谈及周作人在晚年的回忆当中将他本人与鲁迅在《新青年》的定位铆定为"客师"，这种关系描述一方面在兄弟二人缺席轮值编辑工作中可以得到实证维度的阐发，但同时也指向了通达言说者主体意识层面潜藏的思维路径之可能：一种从边缘展望、注视乃至渗入中心的文化站位。无独有偶的是，鲁迅虽然后来不断"诗化"地描写有关《新青年》编辑部的回忆，似乎紧密地置身其中，可当初一旦说及加入《新青年》的过程，却又如同周作人一般从边缘处着眼，表明自己是

---

[1] "鲁迅先生和他的弟弟启明先生，都是《新青年》作者之一人，虽然不是最主要的作者，发表的文字也很不少，尤其是启明先生；然而他们两位，都有他们自己独立的思想，不是因为附和《新青年》作者中哪一个人而参加的，所以他们的作品在《新青年》中特别有价值，这是我个人的私见。"参见独秀：《我对于鲁迅之认识》，《宇宙风》，第52期，1937年11月21日。

因为"未能忘怀于当日自己的寂寞的悲哀罢,所以有时候仍不免呐喊几声"。在鲁迅笔调的渲染下,由此动机催生出的小说创作是不恤要用曲笔的所谓"听将令"的文学,"为他"的考虑压过了"为我"的动机[1]。其后的《集外集·序言》又说自己做白话新诗不过是"只因为那时诗坛寂寞,所以打打边鼓,凑些热闹"[2],虽然只就诗歌一体立说,但表达的整体心境亦与前者相去不远。"听将令"也好,"打边鼓"也罢,鲁迅自居于边缘的姿态与周作人口中"客师"一词所要表达的含义正好若合符契,这种默契感来源于二者对于《新青年》中自我身份意识的一致认同。

如果再往下细究,周氏兄弟边缘姿态背后的意涵所指应该潜在地归结到互相联结的两个层面:第一个是文学实然的层面,即周氏兄弟于1918年加入《新青年》团体,实际与在此之前已经大展身手的陈独秀、胡适、刘半农及钱玄同等人存在着一个"历史时差"的对比。这里所谓的"历史时差"倒主要不是指他们开始在《新青年》上发表文字的时间较晚,而是说周氏兄弟早年间在日本曾经如此壮怀激烈地筹办《新生》杂志,写作文艺论文,翻译域外小说,而此时的《新青年》正像是十年前那场文学运动的重演,如同李怡认为"鲁迅自己的'新青年'时代的确早在辛亥革命之前的日本就到来了"[3],重整待发的周氏兄弟想必也会有一种轮回沧桑之感。溃败的体验促使他们带着一种"过来人"的心态看待"五四"文学启蒙,心理落差在所难免。而陈、胡等人虽然在"五四"之前也已经形成了某些文学革命的观点,但此时《新

---

1 以上参见鲁迅:《呐喊·自序》,《鲁迅全集》第1卷,人民文学出版社,2005年,第441—442页。
2 鲁迅:《集外集·序言》,《鲁迅全集》第7卷,人民文学出版社,2005年,第4页。
3 李怡:《鲁迅的"五四"与"新青年"的"五四"》,《社会科学辑刊》,2007年第1期。

青年》恰恰为他们提供了趁热打铁、付诸实践的平台，二者的态度不可同日而语。也正因为此，相较于初生牛犊不怕虎的"新青年"们，"几乎损尽了天真"后愈发"老成"的周氏兄弟显然拥有着更为充足的文学积淀以及更为审慎的理性态度。第二个是现实站位的层面，主体自居于边缘的姿态具备了出入于"缺席"与"在场"之间的"跨界"流动性，需要在与中心对话的过程中拿捏好分寸感与距离感，这使得周氏兄弟既能够与《新青年》同人保持总体步调上的一致性，按照团体要求部署自己的工作，但是又不会完全依附于群体性的话语表述，而是可以根据一己之长开展文艺运动，发挥出自身的个性，与此同时也呼应了二者一贯以来"不随风波"的性格特质。依笔者看来，陈独秀之所以认为鲁迅与周作人的作品"在《新青年》中特别有价值"，很大程度上是因为他们在维持思想文化革新、鼓吹科学与民主这一"最大公约数"的基础以外还能"别立新宗"，具体来说就是以二者各自不同的方式奠定了《新青年》中"立人"的文学传统。这里又可剥离出互为影响的两个层面，第一个即是将《新青年》历来所崇尚的思想宏论经解为具体生动的人生探讨，在微观的人生层面上发抒见解；第二个则是在这一过程中特别注重将思想观念与实际的文学创作及文学理论的表达结合起来，将政论性的表达转化为文艺性质的写作。

在周氏兄弟尚未加盟以前，《新青年》杂志中随处可见的是从宏观上着眼的历史文化评论，比如陈独秀的《法兰西人与近代文明》《现代文明史》《东西民族根本思想之差异》，高一涵的《共和国家与青年之自觉》《国家非人生之归宿论》《乐利主义与人生》，陶履公的《人类文化之起源》，吴虞的《礼论》，等等，这些作品立意高迈，侧重的是整体的对于时代文明进程的把握与剖析，目的是为了输入新知，启发民智。虽然也涉及了人生观的讨论，但大多是一种抽象高蹈的理论演绎，而缺乏一种具体的生命的实感。事实上，早在周氏兄弟之前，《新青年》当中的部分作者已经在明确提倡人之思想革命对于社会改造的重要性，最有代表性的即如陈独秀在第 1 卷第 6 号的《吾人最后之觉悟》一文当中提出："伦理的觉悟，为吾人最后觉悟之最后觉悟"[1]。陈氏极端强调"伦理道德革命"的背后其实有着强烈的现实针对性，即"要想在思想文艺上替中国政治建筑一个革新的基础"[2]，这代表了新文化人普遍凝聚的一种共识：在思想文化的视野中从事政治参与。如此"主题先行"，难免更为讲求提倡过程中的策略与后续的效果，而相对忽视了对人生问题本身细致入微的艺术呈现与学理辨析。这种状况在周氏兄弟加盟之后发生了显著的改善，这是因为自留日时代提出"第二维新之声"起，周氏兄弟就有别于在 20 世纪初中国文化语境中盛行的国家主义与物质主义思路，将人的精神文明建设作为第一要义。在他们的观念中，"立人"作为一种革新生存的方式固然可以通往"立国"之路，但个体与国家富强等群体目标之间的关系绝对不能化约为手段与目的的线性关联，"个"的价值并不能让渡于民族、阶级与国家等外在社会性因素，人本身即构成了一个自足的命题。尽管周氏兄弟对具体的人的理解有所区别，但在"根柢在人"这一点上则表现出了共通性，除了现实的启蒙诉求以外，他们也致力于探讨一种"致人性于全"[3]的"成人之学"，前后之间是辩证统一的关系，而并非一方隶属于另外一方。这种对人生的根本性的重视体现在二者"五四"时期的言说中。

1　陈独秀：《吾人最后之觉悟》，《青年杂志》，第 1 卷第 6 号，1916 年 2 月 15 日。
2　胡适：《我的歧路》，《努力周报》，第 7 期，1922 年 6 月。
3　鲁迅：《坟·科学史教篇》，《鲁迅全集》第 1 卷，人民文学出版社，2005 年，第 35 页。

鲁迅在《新青年》上的写作以小说创作与杂感评论为盛，尤其是他的短篇小说创作，几乎成为《新青年》的一面旗帜，如《狂人日记》《孔乙己》《药》《风波》《故乡》等都是现代文学史上的经典篇目。这些作品风格各异，用茅盾的话来说就是"几乎一篇有一篇新形式"[1]，但在思想主题上却具有一种共通的特质，那便是都与"实人生"的命题紧密关联，其中关涉到了现代知识分子、农民、革命者、妇女、儿童等形形色色人物的生存境遇。而作为另一端的《随感录》则是通过"寸铁杀人"的笔墨对诸如扶乩、静坐、打拳、"保存国粹"等"人生怪现象"进行了猛烈的抨击，是与现实生活贴身肉搏式的文学写作，执着于世俗生活的"小"。"五四"时期的鲁迅延续了在《摩罗诗力说》中所提出的"直示以冰"的艺术原则，以高超的艺术手法生动演绎着改造国民性的思想议题。很多"五四"新文化人在高头讲章中连篇累牍渲染的"大道理"，如科学的观念、进化论、个性解放的思想、反礼教等，都能以一种文学化的方式在鲁迅的小说中得到具体而微的人生层面的解读，并且往往有超出于同时代人的意外而深刻的发见。譬如中国现代文学的开山之作《狂人日记》就别具匠心地运用了被迫害妄想狂这一艺术设置来穿透固化了的中国传统伦理秩序体系，狂人作为一个具体的觉醒了的"人"，他在日常生活里内心意识的流动对应着"人"的自我觉醒的过程，癫狂的话语逻辑与严密的理性精神相互夹杂，不可分离，"吃人"二字正是对封建礼教本质最为精炼传神的概括。以此来看，当狂人作为一种文学修辞策略出现以后，就如同破空而出的时代强音，将许多人长篇大论讲解不透的反抗礼教的意旨寄托为一种逼真的人生景

---

[1] 雁冰（茅盾）：《读〈呐喊〉》，《时事新报·学灯》，1923年10月8日。

象，散发出超绝的艺术感染力，无疑能够对"五四"时期众多的反传统理论起到截断众流的效果，而狂人身上独有的那种富有自我批判精神的罪感意识，又能够体现出鲁迅的思考要远远比同时代这些讨论相近主题的启蒙知识分子走得远。结合前后语境来看，《狂人日记》发表于《新青年》第4卷第5号，在这之前的第4卷第4号上面有胡适的《建设的文学革命论》一文，经过"八不"主义之后长达一年多时间的酝酿，此刻的胡适更希望从正面谈论新文学问题，认为提倡文学革命的人"个个都该从建设一方面用力，要在三五十年内替中国创造出一派新中国的活文学"[1]。随后他又把文学革命的宗旨概括为"国语的文学，文学的国语"十个大字。沿着这种思路，紧接着的《新青年》第4卷第5号便出现了鲁迅的《狂人日记》，恰到好处地呼应了杂志核心人物"建设一方面"的呼求，同时也是对"国语的文学，文学的国语"的有力诠释。概而言之，鲁迅的创作始终是在与《新青年》协同作战体系下的产物，"听将令"亦然是题中应有之义，正如他自己所言："我的作品在《新青年》上，步调是和大家大概一致的，所以我想，这些确可以算作那时的'革命文学'。"[2] 但仅从作为开端的《狂人日记》就已经可以看出鲁迅并不是亦步亦趋地配合文学革命前驱者的指令，全新的小说形式与观念、高度纯熟的欧化白话、深入骨髓的文化批判意识等都已经溢出了颇为笼统的"新中国的活文学"之概念，生成了自身独特的品格，不仅与传统文学发生了裂变，对同一营垒中的人来说也是极端异质性的存在，虽然以"遵命文学"自称，而实际却在不同的价值维度上

---

[1] 胡适：《建设的文学革命论》，《新青年》，第4卷第4号，1918年4月15日。
[2] 鲁迅：《南腔北调集·〈自选集〉自序》，《鲁迅全集》第4卷，人民文学出版社，2005年，第468页。

对"五四"新文学施加了重要影响。

周作人在《新青年》上同样是两面开弓，翻译与理论文章并行，从一开始进入公众的视线始，他便是以一名杰出的外国文学介绍者的身份出现。胡适认为《新青年》改组后的1918年，文学革命于建设一方面有两件事可记取，其一是白话诗的试验，其二是欧洲新文学的提倡，而在第二方面，"周作人的成绩最好"[1]。结合实际来看，胡适的评价是切中肯綮的。周作人在《新青年》上翻译的《童子 Lin 之奇迹》《皇帝之公园》《酋长》《可爱的人》《沙漠间的三个梦》等作品虽然内容倾向各异，但都带有浓厚的人道主义思想，这与19世纪后期以来欧洲兴起的新理想主义思潮有关。这一思潮表现出真诚看取人生的态度，并且有积极参与社会改造实践的意愿，周作人在不同作家作品的译记中反复提到的"理想主义"即内置于这一思想里路之中，《点滴》序言中有非常充分的诠释："但这些并非同派的小说中间，却仍有一种共通的精神，——这便是人道主义的思想。无论乐观，或是悲观，他们对于人生总取一种真挚的态度，希求完全的解决。"[2] 从这一翻译外国文学的价值取向中可见周氏本人对于具体的人性问题以及围绕人而构建的理想生活形态的重视。至于他的理论文章则更为充分地体现这一点，"五四"时期的周作人以对人的存在及本质的思考见长，但这种思考并不导向形而上层次的哲学思辨，而是与对文学的真切体悟相结合。作为"五四"新文学重要理论宣言书的《人的文学》直接将"人的发现"与"文学的发现"统一起来，把人与文学的内在关联作为核心命题提出，从而在"辟人

---

1 胡适：《五十年来中国之文学》，《胡适文集》第3卷，北京大学出版社，1998年，第257页。
2 周作人：《点滴序》，《苦雨斋序跋文》，河北教育出版社，2002年，第15页。

荒"的意义上做出文学理论式的总结,其背后乃是让文学与人生混融统一的价值追求。其后诸如《平民的文学》《儿童的文学》等一系列文章则在具体的层面上进行扩展,逐渐完善了周氏本人有意识建构的"人的文学"的理论框架。这一概念直接影响到了其后文学研究会"文学为人生"宗旨的提出,以及一系列问题小说的创作。虽然不同的作家对"人的文学"的理解角度不尽一致,甚至存在着"误读"的成分,但周作人以"人"为中心的文学思想成为继胡适"白话文学观"之后驱动文学革命继续向纵深发展的最为重要的理论杠杆,既有承接前人的因素,又发展出了一整套全新的主题关怀、艺术趣味与审美准则,具有强烈的号召性,可以说是从思想根基上形塑了中国现代文学的精神品格。

1917年10月16日,刘半农在一封给钱玄同的回信中谈及自身对于新文学运动的观感,其时周氏兄弟尚未现身于《新青年》,但其将来的"人设"于此处已经埋下了隐微的伏笔:"文学改良的话,我们已锣鼓喧天的闹了一闹;若从此阴干,恐怕不但人家要说我们是程咬金的三大斧,便是自己问问自己,也有些说不过去罢!……比如做戏,你,我,独秀,适之,四人,当自认为'台柱',另外再多请名角帮忙,方能'压得住座'……"[1]刘半农以"做戏"来比喻文学改良的过程,所谓"锣鼓喧天的闹了一闹",意在突出《新青年》以"发起运动的方式来促进文学革新"[2],切入口即在于文学形式的变革。"台柱"一词颇为精要地指出了陈、胡、钱、刘四人在发起"运动"过程中"急先锋"的身份,他们重在从语言这一便于实际操作而又具备一定热度的话题入手引爆

---

1 刘半农1917年10月16日致钱玄同函,北京鲁迅博物馆(北京新文化运动纪念馆)藏。
2 陈平原:《思想史视野中的文学——〈新青年〉研究(上)》,《中国现代文学研究丛刊》,2002年第3期。

文学革命，从而将其转化为大众性的公共议题，进而兼及思想启蒙，引发社会关注。至于"名角"一词，尽管具体指向不明，但鉴于此时钱玄同已是绍兴会馆的常客，劝说行为已经发生，钱刘之间讨论的言下之意应是包含周氏兄弟在内的。就当时而言，《新青年》上的文学革命以团体"运动"的形式发起，必然依赖于组织策划的过程，不同于正襟危坐的学人著述，"运动"的优点在于广泛的宣传集聚效应，问题即像刘氏所说的"程咬金的三大斧"，勇猛有余却相对缺乏精工细活，在抛出议题之后较少后续实质性内容的跟进建设。如同汪卫东所言，陈独秀、胡适等人都抓住了思想与文学这两大变革契机，但对具体内涵的考量未必一致，"确切地说，陈、胡虽垂青于文学的路径，但对这'新文学'是什么，可能尚未遐思"[1]。事实上，《新青年》杂志一直以来都在尝试联通思想革命与文学形式，但若要说将这两者融会贯通并付诸文字实践的，仍然当属后来居上的周氏兄弟，二者正是在这个层面上显出他们加入其中的价值。细细思来，周氏兄弟扮演的正是刘半农所说的"名角"的角色，之所以如此评价正是因为鲁迅与周作人在《新青年》上奠定的"立人"的文学传统，分别在文学创作与文学理论两方面都达到了很高的水准，从两条不同的支路汇合成为一个集中的文学主题，为《新青年》诸位"台柱"所搭建的文学革命之框架注入实质性的内容，也使得思想革命的时代议题有了现实的文学依托。由此可见，他们确实承担了"压得住座"的职能，试图从本质上回答何为"五四"新文学这一具有原点意义的问题。概言之，周氏兄弟从"客师"到"名

---

[1] 汪卫东：《〈新青年〉：鲁迅与"五四"的相遇——兼及纪念〈新青年〉在当下的意义》，《文艺争鸣》，2015年第9期。

角"的转换过程，也是"边缘"与"中心"对话的过程，与作为权威的时代话语保持一种必要的张力，在追随的同时有所沉潜、反省并不影响自身价值的凸显。恰恰相反，由"客师"身份所致的"缺席"在一定程度上导向了"名角"效应的"在场"，兄弟二人介入《新青年》时若即若离的独特站位早已使自身成为"金字招牌"中不可或缺的一部分。

三、文化空间与文体选择：《新青年》之于周氏兄弟

如上文所述，周氏兄弟通过文学创作的实践与文学理论的提倡一举奠定了《新青年》文人群体当中"立人"的文学传统，他们虽居于"客师"之位，却也是当之无愧的"名角"，在杂志的发展过程中起到举足轻重的作用。从第4卷开始，鲁迅与周作人就成为《新青年》编辑者最为信赖的作者之一。陈独秀南下上海后曾不止一次在给周作人的信件中表达对鲁迅小说的仰慕之情，1920年3月11日，陈独秀致信周作人："我们很盼望豫才先生为《新青年》创作小说，请先生告诉他。"[1]1920年8月22日，陈氏又称"鲁迅兄做的小说，我实在五体投地的佩服"[2]。甚至在《新青年》同人因为办刊意见不合而出现分化以后，主事者仍然需要依靠周氏兄弟的写作来维持高质量的稿源，1921年2月13日，接替编务的陈望道致信周作人："'周氏兄弟'是我们上海、广东同人与一般读者所共同感谢的。"[3]两日之后，陈独秀致信鲁迅和周作人："《新青年》风波想必先生已经知道了，此时除移粤出版无他法，

---

1 陈独秀致周作人信，《中国现代文艺资料丛刊》第5辑，上海文艺出版社，1980年，第308页。
2 陈独秀致周作人信，同上，第309页。
3 陈望道致周作人信，同上，第362页。

北京同人料无人肯做文章了，惟有求助于你两位，如何，乞赐复。"[1]此时的"风波"指的是《新青年》第8卷第6号付排时被租界巡捕房搜去稿件一事，可见周氏兄弟不仅在《新青年》顺风顺水时鼎力支持，也是危急时刻给予实际帮助的柱石。与此同时，我们虽然极力强调周氏兄弟对于《新青年》的重要影响，但也不应忽略二者之间是一种双向选择的关系。从另一个角度来说，《新青年》也反过来成就了"五四"时期作为文学共同体的周氏兄弟，为他们个人提供了施展才华的平台，以此获得文化象征资本，同时也因为自身的传播媒介属性而潜在地形塑了二者的文体意识以及文学审美特质的表现。

《新青年》之于周氏兄弟而言，首要的便是创造了一个可以自由言说以及与受众、同人群体进行互动交流的文化空间，充当了二者介入"五四"场域的物质载体与渠道。就鲁迅与周作人而论，二者在《新青年》发表文章之前曾经有过一段比较沉默的时期，这固然是因为留日时"新生"运动受挫之后所感到的寂寞体验，但同时也由于缺乏如同《新青年》这般注重思想革新的现代出版媒介来作为文化事业的支撑，前后实际是一体之两面，这是因为中国现代文学自发端之时起，便与以报纸杂志为主体的现代传播出版体制紧密结合，相辅相成，不可分割。因而我们既可以说周氏兄弟的著述为《新青年》杂志填充了具体实在的内容框架，反之也可以说是《新青年》杂志从文化层面上"生产"出了作为现代作家的周氏兄弟。具体来说又可以从几个方面展开。第一，《新青年》作为一种传播媒介在作者与读者之间建立了有机的联系。

---

1 陈独秀致周作人信，《中国现代文艺资料丛刊》第5辑，上海文艺出版社，1980年，第311页。

"五四"时期的鲁迅与周作人都有强烈的干预现实的意识,他们强调文学要有益于人生,而不是将其视作艺术之宫里的玩物,仅仅供人消遣抑或藏之名山。但周氏兄弟看重的文学之社会作用是有具体的生存条件的,它必定有赖于大范围的阅读行为,只有将启蒙理念传输到阅读者,才有可能引发后续的文化效应。《新青年》作为一种固定的连续出版物使得稳定的读者接受成为可能,其所主导建立的写作、印刷出版、阅读接受的现代媒介网络结构相较于古典的书籍传抄、口述记录等方式具有更强大的流通性。此外,读者并不只是居于被动接受的地位,从接受美学的角度来看,读者实际上也参与到了作者的写作行为当中,他们的思想动向与阅读偏好潜在地引导了杂志的办刊理念和创作者的价值取向。所以对于一贯以来强调对症下药、读者意识十分强烈的鲁迅兄弟来说,《新青年》的存在就并不仅仅是在自身与读者之间建立一种事实层面的中介关系,而更是一种隐含的精神反馈机制,能够使其与读者一起创造"想象的共同体"。这里不得不提的是《新青年》设立的"通信"栏目,此栏目设置并非是《新青年》的首创,但是却是杂志中颇受关注之点,轮值"记者"与读者进行往返讨论,建立起双向沟通的渠道,通过多个回合的交流将思想交锋的语境原原本本地呈现出来,从通信栏中可以看出当时新文化界讨论的热点及其变化,与之对应的则是读者群的变化。毫不夸张地说,《新青年》的"通信"栏目就是彼时思想界的晴雨表,无怪乎有学者将其定位为"在许多方面成了中国杂志上第一个真正自由的公众论坛"[1]。周氏兄弟就曾充当过

---

1 [美]周策纵:《五四运动:现代中国的思想革命》,周子平等译,江苏人民出版社,1996年,第93页。

"记者"一角答复读者来信,对文学改良与世界语等问题都有独到见解。如果没有建立与读者之间的精神沟通机制,很难想象他们能够如此敏锐地洞悉到这些思想症候。第二,通过《新青年》,周氏兄弟与新文化同人建立起紧密的文化纽带,他们以报刊为媒介,紧密配合,共同发声。前文已经提及周氏兄弟在《新青年》中奠定了"立人"的文学传统,但这一点也是在新文化界思想革命的旗帜之下才有可能实现,鲁迅兄弟与胡适、陈独秀、钱玄同、刘半农、高一涵等人都在文化革新的大方向上有着一致的思想启蒙的诉求,相互之间也有文字上的唱和互动,相得益彰,这就使得周氏兄弟的探索并不显得形单影只,而是具备来自同道的坚实的支持。比如说,在对于黑幕小说和旧戏的批评、易卜生的引介、关于妇女贞操问题的讨论中都可以见到周氏兄弟的身影,但这些事件又是《新青年》同人共同策划炮制的连缀起前后贯通逻辑的文化改进方案,无异于为新文化提倡者整体形象的自我塑造提供集体表演的舞台。就中国近代文化领域而言,知识分子缺乏参与公共文化活动的途径,尽管也有沙龙聚会等形式,但远不如西方发达,而新式报刊媒体的崛起能够发挥中介功能,将文人们联结起来,形成以刊物为中心的知识分子群体,中国现代文学社团与流派无不是以具体报刊为基础而会集的。鲁迅所谓的"听将令"也是着眼于自身对于大团体的呼应配合作用而言,只有依托于《新青年》的整体舆论氛围,周氏兄弟在"规定动作"以外的那些别具匠心的观点与论述才能脱颖而出,熠熠生辉。第三,《新青年》提供了许多直接与周氏兄弟写作相关的背景材料,这一点是显而易见的。既然鲁迅与周作人为《新青年》写稿,阅读杂志也是题中应有之义,在此过程中引用他人、呼应其他作者,以及针对杂志的某个具体现象或观点有感而发都是十分常见的。比如周作人于"五四"落潮期写作的《与友人论性道德书》仍将陈独秀 1921 年所写的发表于《新青年》的《随感录·一一七》大段抄录在文章中，用来解释自己对青年的态度，可见影响之深[1]。此种事实非常普遍，不再赘述。按照哈贝马斯的观点，以期刊杂志为中心的现代传媒的发展为社会提供了开放的体制，不同的人可以通过公共媒体交换意见，表达观点。循此，"阅读群体"的壮大与资本主义社会"公共领域"的形成密切相关："一般的阅读公众主要由学者群以及城市居民和市民阶级构成，他们的阅读范围已超出了为数不多的经典著作，他们的阅读兴趣主要集中在当时的最新出版物上。随着这样一个阅读公众的产生，一个相对密切的公共交往网络从私人领域内部形成了。"[2] 就实际来看，近现代中国显然并不具备西方式"市民社会"的基础，将"公共领域"套用至中国的舆论环境之中是很难立得住脚的，但如果说《新青年》为周氏兄弟提供了文明批评与社会批评的阵地，使其个体性的写作以及连带的文化上的私人关系走向"公共性"领域当是没有疑问的。在此过程中，作者、编辑、读者、文本等要素共同营造了具有一定话语权力的内部相互勾连的文化空间，成为关联"五四"启蒙的语境。

除了开辟文化空间，周氏兄弟还在各自的专长上不断探索与寻求匹配《新青年》杂志规制特点的文体形式，以此标识出自己鲜明的创作特征与写作个性。鲁迅为何在从事新文学运动之初主要选取了短篇

---

1 参见周作人：《与友人论性道德书》，《雨天的书》，河北教育出版社，2002 年，第 104—107 页。
2 [德]哈贝马斯：《1990 年版序言》，《公共领域的结构转型》，曹卫东等译，学林出版社，1999 年，第 3 页。

小说这一形式，当然部分如他本人自述的那样，是因为在北京会馆里"要做论文罢，没有参考书，要翻译罢，没有底本，就只好做一点小说模样的东西塞责"，"大约所仰仗的全在先前看过的百来篇外国作品和一点医学上的知识"[1]。但这仅仅只是从作者本位出发的解释，如果我们将考察视野扩大，鲁迅这样的现代小说家能够出现还与中国近代以来以报刊为中心的新型传播媒介崛起对于小说文体的影响不无关联。在中国传统文学的文类体系中，诗文为正宗，从"说话"演化而来的小说不过是稗官野史、道听途说之流，被看作是以贩夫走卒、市井妇孺为接受对象的艺术体裁，难登大雅之堂。但是随着近代中国社会工业与商业资本的发展，以市民为主体的大众文化逐渐成为引导社会价值观的主潮，小说一体"俚俗"、受众广泛的优势便借此显现出来，可以说其自身的文类特征契合了社会现代化的转型过程。而以报纸杂志为中心的现代传播媒介的应运而生正好为小说的广泛传播提供了物质载体，"朝甫脱稿，夕即排印，十日之内，遍天下矣"[2]，敏锐的启蒙者从传播媒介与小说文体结盟的可能性中看到了巨大的生产性。于是梁启超等人便开始提倡"小说界革命"，强调"欲新一国之民，不可不先新一国之小说"[3]，将小说的社会功能愈加放大。同时，传统文类观念中的价值判断也有了某种程度的"颠倒"，正如《本馆附印说部缘起》所说："夫说部之兴，其入人之深，行世之远，几几出于经史上。而天

---

1 鲁迅：《南腔北调集·我怎么做起小说来》，《鲁迅全集》第4卷，人民文学出版社，2005年，第526页。
2 解弢：《小说话》，中华书局，1919年，第116页。
3 饮冰（梁启超）：《论小说与群治之关系》，《新小说》，第1卷第1号，光绪二十八年十月十五日。

下人心风俗，遂不免为说部之所持。"[1] 正是因为在对于现实的作用力上高下立判，"说部"与"经史"的地位已经于悄然之间发生了转换。前面已经提到鲁迅从事文学活动是自觉秉持"立人"的思想关怀，意在"改良这人生"，所以他此时选择小说作为文学利器，既有如自身所言不得不如此的原因，同时也是注意到新式传播媒介对于小说文体的解放作用，希望为原本较少刊载小说的《新青年》引入可以最大程度地实践"直示以冰"的文学原则并且易于为广大受众接受的文学形态，将其内部蕴含的社会潜能发挥出来。至于其小说篇幅多为短制，同样与《新青年》有关，由于其采用月刊的形式，出版时间相对较长，不适合如同报纸那般连载长篇，娓娓道来，这就意味着需要改变传统的叙述方式、叙述视角与叙述时间和空间等来适应这种变化，鲁迅采用前后情节相对完整自洽的闭环式的短篇形式也就是可以理解的了。他的小说讲究删繁就简，善用白描，用胡适定义短篇小说的话来说就是"用最经济的文学手段，描写事实中最精彩的一段"[2]，此种形式在鲁迅手里运斤成风，固然有其本人艺术天分的作用，但也不能无视《新青年》对于写作文体的规定性。相较于鲁迅天马行空般的艺术创造力，周作人的智性气质更为浓厚，所以他在"五四"时期以写作理论类的文章见长，成为新文化阵营中具有示范意义的理论家，其发表在《新青年》上最有代表性的作品大多是具有严谨学理、论述周详的文化评论。1918年底，陈独秀与李大钊在北京创办《每周评论》周刊，周作人写作了

---

1 几道（严复）、别士（夏曾佑）：《本馆附印说部缘起》，载《国闻报》1897年10月16日至11月18日。此处引自陈平原、夏晓虹编：《二十世纪中国小说理论资料》第1卷，北京大学出版社，1997年，第27页。
2 胡适：《论短篇小说》，《新青年》，第4卷第5号，1918年5月15日。

《人的文学》一文予以支持，陈独秀阅后如此回复："大作《人的文学》做得极好；惟此种材料，以载月刊为宜，拟登入《新青年》，先生以为如何？"[1] 果不其然，《人的文学》最终发表在《新青年》第5卷第6号之上。这说明不同杂志自身的定位在陈氏审读稿件的过程中发挥着重要的导向作用，所谓"做得极好"当是一种笼统的价值判断，此处大致表达的是对于《人的文学》能够表现重要文化议题的欣赏。就《新青年》的实际用稿标准而言，不仅需要在思想内容方面符合杂志的倾向，同时也有对于文体风格方面的特殊要求，一体两面，不可偏废。这份杂志最初脱胎于《甲寅》，自然会受到风靡一时的政论文的影响，这种影响主要表现在注重行文的"逻辑"，《新青年》杂志的评论文章普遍借鉴了章士钊一派的政论文讲究谋篇布局的优长，这是其立论之本，但同时《新青年》注重的是青年的思想文化革新而非纯粹的政论，二者立意相去甚远，接受对象也有差别，所以比起后者之正襟危坐、严丝合缝，前者自然要清新活泼得多。根据李宪瑜的考察，《新青年》的文章实际上是"将政论杂志的报章文体和'报馆文'的'副刊文字'加以改造并融合，形成了有自己特征的文体，这里不妨称其为'杂志文体'"[2]。这是很有见地的看法，"杂志文体"因为要满足青年一代的阅读需求，合乎出版要求，所以需要在雅俗之间不断调适，使各种文类恰如其分地表现出"杂志化"的特征，具体来讲就是以"报馆文"的"通俗浅近"来撞击"报章政论文体"的"雅洁雕琢"，多了一些平等交流的话语，而少了一些说教的气味，与此同时摒弃"报馆文"万花筒式的戏谑杂糅，吸收

---

1 陈独秀1918年12月14日致周作人信，《中国现代文艺资料丛刊》第5辑，上海文艺出版社，1980年，第307页。
2 李宪瑜：《〈新青年〉杂志研究》，北京大学2000年博士论文，第74页。

"政论文"严谨的叙述条理,造就一种平易亲近的说理风格。我们看周作人发表在《新青年》上的文章,如《安德森的〈十之九〉》《爱的成年》《论中国旧戏之应废》《人的文学》等,无不是用平实朴素的字句来表达深切的思想,条理明晰而又自然清新,显然是与《新青年》出版定位相配套的"杂志体"风格。所以从这种角度来看,《新青年》也在一定程度上参与了周氏文章写作的文体建设。

总结说来,《新青年》不仅为周氏兄弟的写作提供了物质载体与传播媒介,为他们创造置身"五四"启蒙事业的文化空间,而且还培养了二者各自不同却又符合杂志规制需求的文体意识,日后中国现代文学的两大支流——小说与散文于此已可见其滥觞。同时,如果我们仔细观察就会发现,鲁迅与周作人在《新青年》不同文体的写作过程中形成了隐秘的互文参照,比如小说《狂人日记》与论文《人的文学》的对照,这种围绕"立人"目标的双向写作实现了跨文体的对话,更是二者作为一个文学共同体运作的明证。

第三节　文化体系的形成:彼此支撑的术业分工

分析鲁迅、周作人与《新青年》及其同人之间的互动关系,是从文学传播的层面进行制度性的考量。而从现实表现出来的写作状态看,"五四"时期的鲁迅与周作人配合默契,合则一体,分则两立,构筑了一个彼此互涉、相互沟通的嵌入式结构。在笔者看来,这种文化体系的形成建立在一定的分工配合意识之上。尽管当时兄弟俩朝夕相处,有充足的条件交流彼此的看法,但因为个人秉性、知识资源、阅读偏好、思维模式等因素的差异,二者确实在共同从事文学活动的过程中表现出术有专攻的一面。换言之,在微观的文学合作层面,周氏兄弟是互有短长的两个不同的精神个体,也正因此,他们得以吸纳另一方的资源来扩充自身。所谓的分工意识,并不能夯实在周氏兄弟主观上明确的意愿表达,而是应该从文学实然的层面观测,二人各擅胜场、互相照应的倾向往往能够从具体合作著译的案例中表现出来,这种不言自明的默契感正说明彼时他们对于对方的高度信任,也是最能直接体现共同体内涵的因素。

鲁迅与周作人同住在一处,在交游、阅读与写作各方面都有彼此介入的成分存在,因而当我们谈论二者合作著译的时候,理应将这种影响关系作为一种论述的前提来把握,在此基础之上则应着力于从基本的事实梳理中归纳出大致的分工倾向,并且也关注到其背后衍生的价值伦理的命题。分工意识的确立对于周氏兄弟文学共同体的壮大具有非常重要的意义,其深层意涵正对应着精密化、专深化的文化阵线部署的要求。比起不成系统、散兵游勇式的零敲碎打,相对整齐的规划能够带来具体工作上的便利性,集中个人的力量,发挥自身的专长,从而形成一股向心力。与此同时,鲁迅与周作人这一"兄弟档"也以这种一体两面的形式被嵌入到"五四"新文学的场域之中。

一、外语习得偏向:互为信息源

鲁迅与周作人从早年起便致力于输入"域外文术新宗",对于这样具有"拿来主义"的眼光,自觉浸润于世界文明陶冶的文学家来说,外语其实起到的是"敲门砖"的作用。无论是写作还是翻译,资料的搜集都是必不可少的,如果没有良好的外语能力作为阅读层面的支撑,很难想象周氏兄弟能够接受那么丰富的思想资源并将其挥洒于笔端。就二者而言，鲁迅较为擅长的是日语与德语。他曾用日语写作，并且也有将自己的小说《兔和猫》翻译成日语的经历。而德语则构成了鲁迅早期阅读外文文献及翻译文学的最为主要的工具，他在南京矿路学堂与仙台医专时都曾专门学习，后来又列席于东京独逸语协会所设的德语学校，周作人在《鲁迅的国学与西学》一篇中提到德文"差不多是他做文艺工作的唯一的工具"[1]是符合青年鲁迅的实际情况的。至于英语，用鲁迅本人的话来说则是"漠不相识"[2]，虽然也有学者认为这不过是鲁迅的自谦之词，但他的英语水平与日语及德语水平相去甚远却是没有什么疑问的。反观周作人，他自从进入江南水师学堂后就开始接触英语，《域外小说集》中他翻译的部分皆是据英文转译，据他自己回忆："民国前在东京所读外国小说差不多全是英文重译本，以斯拉夫及巴耳干各民族为主，这种情形大约直到民十还是如此。"[3]英文以外，周作人还精通日语和希腊语，"五四"以后翻译的日文作品与古希腊文学作品也蔚为大观，此外周氏还学习过梵文和世界语。进一步言之，周氏兄弟的语言结构还具有一种互补的性质，由于专长不同，周作人处理以英语等书写的材源自然更为顺手，他的语言习得较鲁迅来得广博，存在着从资料信息上面给鲁迅提供帮助的可能性，而就另一面来说，借道德语的文献则很大可能经过鲁迅之手，至于以日文转述的文本，大概率是兄弟二人兼而取之。可以想见的是，由于二人外语掌握状况

---

[1] 周作人：《鲁迅的国学与西学》，《鲁迅的青年时代》，河北教育出版社，2002年，第46页。
[2] 鲁迅：《译文序跋集·〈出了象牙之塔〉后记》，《鲁迅全集》第10卷，人民文学出版社，2005年，第271页。
[3] 周作人：《旧书回想记·匈加利小说》，《书房一角》，河北教育出版社，2002年，第11页。

的不同偏向，在合作著译的过程中往往能够通过对方的视野来拓展自身外文阅读的范围与渠道，有些搜集的资料甚至可以稍经修改便录入到自己写作的内容当中，从而弥补个人涉猎的不足。

这里择取一个鲁迅与周作人双向互动的典型案例来分析这种微妙的关联，以求说明"五四"时期周氏兄弟的合作著译是如何建立在不同外语习得的协作上面。20年代初，鲁迅与两位弟弟所译的俄国、波兰等国作家的短篇小说三十篇曾经集结为《现代小说译丛（第一集）》，由商务印书馆于1922年5月出版，列为"世界丛书"之一。这本翻译集的出版可以视为"五四"时期周氏兄弟通力合作的一大成就，其中周作人翻译了十八篇，占比一半以上，因而原书封面署名周作人译，而鲁迅与周建人则分别翻译了九篇和三篇。在这其中，有一篇周建人翻译的波兰作家式曼斯奇的短篇小说是较为特殊的。这篇名为《犹太人》的小说分别经过周作人与鲁迅的校稿之后才最终发表于1921年9月10日《小说月报》第12卷第9号，一方面成就了鲁迅与周作人在不同外语依托的基础上围绕周建人的底本所做的有意味的互动，另一方面研究者也可以从修改过程中看出周氏兄弟著译的严谨态度。

1921年7月13日，鲁迅给尚在西山养病的周作人致信，内中涉及为《犹太人》校稿事："信并什曼斯キ小说已收到，与德文本略一校，则三种互有增损，而德译与世界语译相同之处较多，则某姑娘之不甚可靠确矣。德译者S.Lopuszánski，名字如此难拼，为作者之同乡无疑，其对于原语必不至于误解也。惜该书无序，所以关于作者之事，只在《斯拉夫文学史》中有五六行，稍缓译寄。"[1] 在此之前的7月12日，周

---

[1] 鲁迅：《210713：致周作人》，《鲁迅全集》第11卷，人民文学出版社，2005年，第392页。

作人的日记中便有"为乔风校译稿,至晚了"[1]的记录。乔风指的就是周建人,他擅长英语,译稿即是他从英国班纳克(E.C.M.Benecko)女士翻译的英文本《波兰小说集》当中转译出来的《犹太人》。其时,巴音博士的世界语本《波兰文选》中也有这一篇目,周作人以之为底本进行了校改,发现了几处错讹之处,所以他将校好的稿件连同信件寄送给鲁迅,希望他再从德译本校对以便做出取舍,这才有了鲁迅13日的回信。后来周作人为《犹太人》撰写的附记当中对这一反复校稿的过程有清楚的交代:"这篇(按:指《犹太人》)依据英文本译出之后,因为巴音博士的世界语《波兰文选》里也有这一篇,所以由我校对一过,发见好几处繁简不同的地方,决不定是那一本对的。我知道鲁迅先生有德译式曼斯奇的小说集,所以便请他再校,当做第三者的评定。"[2]回到鲁迅13日的回信,他将两位弟弟的译文及校稿与洛普商斯奇(即回信中提及的"S.Lopuszánski")用德语翻译的《什曼斯奇小说集》略一对照之后,发现德语本与世界语本的内容更为接近,而且洛普商斯奇与式曼斯奇应为同乡人,对于原语当不至于发生太大的偏差,所以鲁迅认定班纳克(即回信中提及的"某姑娘")的英文翻译不甚可靠。除此以外,鲁迅还提供了一处新的信息,即在捷克人凯拉绥克1906年版德语学术著作《斯拉夫文学史》中有几行介绍《犹太人》原作者式曼斯奇的文字,他准备将其翻译出来寄给周作人。由此我们可以推断,周作人在给鲁迅的去信中很可能向兄长传达了式曼斯奇个人信息缺乏这一情况,并且求助于鲁迅从德译本中搜寻相关材料,然后鲁迅才会有"惜

---

[1] 周作人1921年7月12日日记,《周作人日记》(影印本)中册,大象出版社,1996年,第193页。
[2] 周作人:《〈犹太人〉附记》,《小说月报》,第12卷第9期,1921年9月10日。

该书无序，所以关于作者之事，只在《斯拉夫文学史》中有五六行，稍缓译寄"的回应。尽管在《什曼斯奇小说集》中找不到介绍原作者的文字，但或许是因为鲁迅稍早前已经在《斯拉夫文学史》中帮周作人找出了波兰籍女作家科诺普尼茨卡（周作人翻译的《我的姑母》的作者）的资料[1]，所以此刻也会很自然地再次去凯拉绥克这本概览式的德语文学史著中寻觅同为波兰籍的式曼斯奇的材源。三日之后，校完《犹太人》的鲁迅再次给周作人写信，兹录如下：

> 二弟览：《犹太人》略抄好了……作者的事实，只有《斯拉夫文学史》中的几行（且无诞生年代），别纸抄上；其小说集中无序。
>
> 这篇跋语，我想只能由你出名去做了……如你出名，则可云用信托我，我造了一段假回信，录在别纸，或录入或摘用就好了。
>
> 德译虽亦有删略，然比英世本似精神得多，至于英世不同的句子，德亦往往不与英世同，而较为易解，大约该一句原文本不易懂，而某女士与巴博士因各以意为之也。
>
> 　　　　　　　　　　　　　　　树上　七月十六日夜
>
> 抄跋之格子和白纸附上。[2]

---

[1] 鲁迅 1921 年 7 月 13 日致周作人的信中有"Karásek 的《斯拉夫文学史》，将窠罗泼泥子街收入诗人中，竟于小说全不提起，现在直译寄上，可修改酌用之"的表述，这里的"窠罗泼泥子街"现在通译为科诺普尼茨卡，是波兰女作家，周作人翻译了她的小说《我的姑母》。参见鲁迅：《210713：致周作人》，《鲁迅全集》第 11 卷，人民文学出版社，2005 年，第 391 页。

[2] 鲁迅：《210716：致周作人》，《鲁迅全集》第 11 卷，人民文学出版社，2005年，第396页。

从信件内容来看，完成校稿后，鲁迅纠正了此前"德译与世界语译相同之处较多"的粗略判断，实际情况是"英世不同的句子，德亦往往不与英世同，而较为易解"，这样一来就基本确定了《犹太人》的正文内容。这一过程本身即凸显了周氏兄弟各自的外语优势对于文艺事业的重要性，二者对世界语及德语的掌握是合作校稿能够发生的基础，以此奠定了这部翻译作品的准确性。更为值得注意的是，鲁迅在《犹太人》正文以外还别纸附上了两段文字，一段是他从《斯拉夫文学史》中译出的式曼斯奇的"事实"，一段则是自造的"假回信"，这两份手抄的内容是为了给周作人随后将要写作的附记提供帮助，这个附记就是信件当中鲁迅所言由周作人出面去写的"跋语"，周作人可以在其中直接录入或摘用鲁迅别纸附上的文字[1]。后来这篇《犹太人》的附记最终连同正文一起发表于《小说月报》，果不其然，周作人写的译记当中收入了鲁迅在信件当中抄送给他的内容，特别是《斯拉夫文学史》中有关式曼斯奇的一段话，非常契合原作"离乡人"的主题："式曼斯奇也经历过送往西伯利亚的流人的命运，是一个身在异地而向祖国竭尽渴仰的，抒情的人物，从他那描写流人与严酷的极北的自然和抗争的小说中，每飘出深沉的哀痛。他并非多作的文人，但每一篇出现时，在波兰却以多大的同情而被容纳。"[2]《犹太人》写的是一个名叫斯鲁尔的犹太乡人与叙述者"我"发生的一场对话，在异乡严酷的环境中，斯鲁尔渴望从"我"的口中得到故乡波兰的一点消息以求得精神上的慰藉，全篇弥漫

---

[1] 鲁迅别纸附上的从《斯拉夫文学史》中译出的式曼斯奇的资料，以及一段他自造的"假回信"均被《鲁迅全集》收录，附在1921年7月16日信件后面。参见鲁迅：《210716：致周作人》，《鲁迅全集》第11卷，人民文学出版社，2005年，第396—397页。
[2] 周作人：《〈犹太人〉附记》，《小说月报》，第12卷第9期，1921年9月10日。

着一种凄婉感伤的情调，所以凯拉绥克《斯拉夫文学史》中的这一段总结文字几乎可以无缝插入到对原文的描述之中，是附记中的点睛之笔。这篇署名"周作人"的译记中实则包含有鲁迅创作的成分，或者说鲁迅以自身搜集的德语材源构成了周作人写作的某种信息源。当然与此同时，在鲁迅主导的这一方案中，周作人本人的主体性并非隐而不发，而是与鲁迅的介入构成了某种对话性，他虽然采用了鲁迅从《斯拉夫文学史》译出的文字，但却做了一定的修改。鲁迅原信中使用了"抒情的精灵（人物）"来形容式曼斯奇，周作人去掉"精灵"，直接改成"人物"，鲁迅从《斯拉夫文学史》中翻译出来的是"物语（叙事，小说）"，周作人则直接采用"小说"这一表述，使之更符合中国文学语境中惯常的文类界定，这显然包含着周氏本人对《犹太人》文体的评判，同时也是朝着语言表达明晰化的目标努力。此外，周作人还从诃勒温斯奇的《波兰文学史略》英文本的第五章中翻译了另一处有关式曼斯奇作品的评点："亚当·式曼斯奇（Adam Szymanski）的散文小篇，有西伯利亚流人的歌的幽郁。"[1] 这段文字放置在《斯拉夫文学史》相关介绍的前面，寥寥几句，却十分传神。由此，从另一个角度来说，周作人也凭借英语翻译完成对鲁迅提供的现成资料的前置"导入"，周氏兄弟各自从英文与德文翻译的材源并置一处，相得益彰。

在《犹太人》翻译校稿以及附记写作这一文学事件中，鲁迅与周作人凭借着不同的外语习得实现了写译多层面的互动，既有对译文准确性的严苛要求与层层把关，又有补充挖掘的新材料进入到实际附记的写作过程。立足于此，翻译与写作之间也发生了内涵上的勾连。但以

---

[1] 周作人：《〈犹太人〉附记》，《小说月报》，第12卷第9期，1921年9月10日。

上分析绝非仅仅是个案，周作人在整理《现代日本小说集》的附录时，在芥川龙之介与菊池宽两则文字中部分调用了鲁迅在《〈鼻子〉译者附记》《〈罗生门〉译者附记》《〈三浦右卫门的最后〉译者附记》中的内容，又是一个典型的提供材源的案例。"五四"时期的周氏兄弟有大量诸如此类互相沟通信息的文学实践，相互之间常常往来信件交流看法，代为收发寄送材料，而其中内在的分工意识往往是建基于双方良好且各有专长的外语修养之上。今天的研究者想要全面地分辨出周氏兄弟合作著译中属于各自的成分，需要"辨章学术，考镜源流"，对材料来源及其转化过程做更为细致的梳理，唯其如此才能见出"鲁迅中的周作人"与"周作人中的鲁迅"。

二、"通览"与"专深"的合作：从"起草—修改"到"导入—发挥"

在周氏兄弟的早期著译中，周作人先起草文字、鲁迅随后进行润色修改是他们从青年时代就建立起的一种合作方式，目前可以确定的较早涉及鲁迅帮助周作人修改稿件的记录是 1901 年的《惜花四律》。这首诗原是录在周作人日记所附的"柑酒听鹂笔记"中，诗的眉批上明确地写有："都六先生原本，戛剑生删改，圈点悉遵戛剑生改本。"[1] "都六先生"与"戛剑生"分别是周作人与鲁迅的号，所以"惜花诗"当是周氏兄弟合作完成无疑。至于周作人后来在《鲁迅的故家》《鲁迅小说里的人物》里认定此乃鲁迅的习作，很可能是因为周作人写成此诗后已经过鲁迅大幅度的修改，所以在这种情况下反倒更多表现了鲁迅的意志，

---

[1] 周作人 1901 年日记后附有"柑酒听鹂笔记"，其中有题为《惜花四律步藏春园主人元韵》的诗歌。参见《周作人日记》（影印本）上册，大象出版社，1996 年，第 294 页。

由此作品的署名权就变成了一个略显暧昧的问题。到了留日时期，周氏兄弟更加频繁地从事文艺写作，此时更多存在的是周作人口译、鲁迅笔述的情况，如《红星佚史》《匈加利文学史》等都包含有鲁迅加工的成分在内。在笔述的过程中，鲁迅主观上的意向当然会渗透入周作人的表达，对于文字材料的安排与剪裁可以体现出鲁迅的主体性，所以这其实也是"修改"的另一种表现形式。修改的形式持续到了"五四"时期则表现得愈发显著，逐渐定型成为一种模式，对于更为年轻的弟弟，鲁迅总是站在背后尽心扶持，一方面是希望为事务繁重的周作人减轻工作量，另一方面也是从自身认知出发力图对文字品质进行提升。

周作人晚年曾专门忆及自己接手北京大学课程以后，鲁迅为他修改欧洲文学史讲义一事[1]。查周作人日记，他最早开始抄录备课讲义是在1917年9月23日，当天日记中有记录："录希腊文史讲义第一章了。"[2] 鲁迅应当也是从这时便开始修改，后来这部《欧洲文学史》作为"北京大学丛书"之三于1918年10月由商务印书馆出版，可以说也是凝聚着鲁迅相当长时间的心血，在此期间还有鲁迅将讲义部分内容寄送给许寿裳的记载[3]，可见他是颇为上心的。对于《欧洲文学史》，周作

---

[1] "课程上规定，我所担任的欧洲文学史是三单位，希腊罗马文学史三单位，计一星期只要上六小时的课，可是事先须得预备六小时用的讲义，这大约需要写稿纸至少二十张，再加上看参考书的时间，实在是够忙的了。于是在白天里把草稿起好，到晚上等鲁迅修正字句之后，第二天再来誊正并起草，如是继续下去，在六天里总可以完成所需要的稿件，交到学校里油印备用。"参见周作人：《一二七·五四之前》，《知堂回想录（下）》，河北教育出版社，2002年，第426页。

[2] 周作人1917年9月23日日记，《周作人日记》（影印本）上册，大象出版社，1996年，第696页。

[3] "起孟讲义已别封上。"参见鲁迅：《180104：致许寿裳》，《鲁迅全集》第11卷，人民文学出版社，2005年，第357页。这里的讲义指的就是《欧洲文学史》讲义。

人曾回忆当时自己是从英文本文学史、文人传记以及作品批评等各类材料"杂和做成"[1]。这里突出的一个核心概念即是"杂凑",周作人自谦为"完全不成东西",但从另一方面来说,"杂识通览"却又未尝不是他本人从事文艺活动的特质及优长所在。周氏看书之多、知识面之广在"五四"新文化人中是独树一帜的,历来早有定评。就《欧洲文学史》而言,其时段涵盖"希腊""罗马""中古与文艺复兴""十七十八世纪",体裁则涉及史诗、悲剧、喜剧、文、杂诗歌等,此外还有各种纷繁的文学流派与文学现象。尽管周作人亦有编文学史非把作品看遍不可、普通人缺乏精力与时间的抱怨[2],但倘若进入实际的编写层面,也只有如周作人这般博识多闻的"杂家"才能勉力为之。可以想见的是,这样一份涉及大量讯息的课件草稿正是借助周作人拉杂而来的功夫才能草成,然后经由鲁迅的细心修改以更清晰整齐的轮廓眉目呈现在受众的面前,他对弟弟的讲义负有指导者与推广者的责任,但同时其本人也未尝不在审阅的过程中吸收了某些文学养分并转换为自身借鉴的创作资源。

除了《欧洲文学史》这样的学术著作,根据手稿,1919年前后鲁迅"曾为周作人修改过《两个扫雪的人》《微明》《小河》《路上所见》《北风》《背枪的人》等六首白话诗"。"凡经鲁迅修改之处,或在内容,或于形式,皆比原稿高出一筹。"[3]另外已经面世的《日本近三十

---

[1] 周作人:《一二七·五四之前》,《知堂回想录(下)》,河北教育出版社,2002年,第426—427页。
[2] 同上,第427页。
[3] 书应:《鲁迅为周作人改诗》,北京鲁迅博物馆鲁迅研究室编《鲁迅研究资料(9)》,天津人民出版社,1982年,第275页。

年小说之发达》手稿显示，上面也有鲁迅修改过的痕迹，周作人在末页对此进行说明："此稿经过鲁迅修改，文中添注涂改的字，都是他的手笔（也有几个例外）。"[1] 他者还有如茅盾听郑振铎转述，周作人起草的《文学研究会宣言》也经过鲁迅的审阅[2]，等等。这些事例无不在说明"五四"时期鲁迅为周作人修改文章并不局限于某一种特殊的体例或者某一隅专门的题材，而是全方位、多层次地覆盖周氏多种类型的文艺著述，进而定型为一种模式化、程序化的操作。鲁迅的修改从思想内容到具体的字词标点都很认真，存在进一步探讨的空间，特别是有的时候，我们将修改稿与周作人的原稿对照阅读便能够发现兄弟俩不同的性格特质。以周作人自称为其第一篇白话文写作的《古诗今译 Apologia》为例，这篇古希腊牧歌翻译以及译文题记都经过鲁迅的修改：

> 什法师说，"翻译如嚼饭哺人"，原是不差。真要译得好，只有不译。若译他时，总有两件缺点；但我说，这却正是翻译的要素。一、不及原本，因为已经译成中国语。（如果还同原文一样好，除非请 Theokritos 学了中国语，自己来作。）二、不像汉文——有声调好读的文章——因为原是外国著作。（如果同汉文一般样式，那就是我随意乱改的胡涂文，算不

---

[1] 2012年，中国嘉德国际拍卖有限公司（以下简称嘉德公司）春拍推出"唐弢珍藏"专场，披露了《日本近三十年小说之发达》的手稿，内多有批校修改。末页周作人记："此稿经过鲁迅修改，文中添注涂改的字，都是他的手笔（也有几个例外）。"因而知其为周氏兄弟合璧之作。参考 http://news.sina.com.cn/o/2012-06-15/073924596203.shtml。
[2] "鲁迅虽不参加，但对'文学研究会'是支持的，据郑振铎讲，周作人品草《文学研究会宣言》，就经鲁迅看过。"参见茅盾：《我和鲁迅的接触》，《上海鲁迅研究》，1983年第1期。

了真翻译。)[1]

根据周作人在《知堂回想录·一一六·蔡子民二》中的回忆，上文括号中标注出来的部分乃是鲁迅添加的。就周氏兄弟而言，"迻译亦期弗失文情"[2]的"直译"主张是从《域外小说集》以来便持守的翻译原则，这篇希腊牧歌的题记即是要突出翻译作为一种输入域外文明的文体，它相较于中国传统固有文脉所体现出的异质性精神。但为了灌输同样的意思，鲁迅的表述方式显然比周作人的更为决绝，不留余地，如同周作人所说："这篇译诗与题记都经过鲁迅的修改……口气非常的强有力，其实我在那里边所说，和我早年的文章一样，本来也颇少婉曲的风致，但是这样一改便显得更是突出了。"[3]二者为人处世的不同性格特质已经在行文的字里行间埋下了伏笔，相较于周作人，鲁迅更喜欢将话说到极致，直刺人心。这固然有配合"五四"思想革命激流的考虑，目的是针对中国人保守成性的性格有意识地"矫枉过正"以引发危机意识，但同时也可能遮盖了周作人原本一些节制的表达中所包含的精神韵味。鲁迅的用力"专深"对周作人的铺叙"通达"形成了深度的介入，乃至改写了周作人原有文字的面貌，但周作人亦未尝不在另一种向度上给鲁迅以影响。前面已经提到，周作人的杂家本色使得他在阅读与搜罗材料时都具备宏阔的视野，往往能够得风气之先，洞悉时代思潮

---

[1] 周作人：《古诗今译 Apologia》，《周作人散文全集》（修订版）第 2 卷，广西师范大学出版社，2021 年，第 12 页。

[2] 鲁迅：《译文序跋集·〈域外小说集〉序言》，《鲁迅全集》第 10 卷，人民文学出版社，2005 年，第 168 页。

[3] 周作人：《一一六·蔡子民二》，《知堂回想录（下）》，河北教育出版社，2002 年，第 384 页。

的脉搏。他涉略极广，鲁迅亦能从周作人的身上摄取某些自己需要的素材，获得写作的灵感。

比如，武者小路实笃于第一次世界大战期间创作的戏剧作品《一个青年的梦》，本是连载于1916年1月到10月的《白桦》杂志上，次年出版了单行本。周作人阅读之后首先撰写文章介绍，这就是发表于1918年5月《新青年》第4卷第5号上面的《读武者小路君所作〈一个青年的梦〉》。文章评价武者小路君是日本思想言论界的一位健者，而《一个青年的梦》是"新日本的非战论的代表"[1]。实际上，周作人是中国最早注意到日本白桦派并加以引介的人，这得益于他对一战后期泛起的人道主义思潮的敏锐感受。鲁迅正是从周作人这里得到《一个青年的梦》的信息，然后发生兴趣，从1919年8月开始动手翻译，最初连载于《国民公报》，后来因为被查封所以转移到《新青年》刊载，到1920年1月译成全文，1922年7月由商务印书馆出版单行本，列为"文学研究会丛书"之一。《〈一个青年的梦〉译者序》有记："《新青年》四卷五号里面，周起明曾说起《一个青年的梦》，我因此便也搜求了一本，将他看完，很受些感动：觉得思想很透彻，信心很强固，声音也很真。"[2] 原原本本交代了鲁迅本人循着周作人的阅读路径而跟进翻译的事实，事实上正是周氏兄弟这前有评论文章后有翻译的接力配合，才将《一个青年的梦》引入到中国的语境中来，搅动了当时的舆论氛围。后来周作人还将鲁迅翻译剧本的消息向武者小路本人通报，武者小路

---

1 周作人：《读武者小路君所作〈一个青年的梦〉》，《周作人散文全集》（修订版）第2卷，广西师范大学出版社，2021年，第28页。
2 鲁迅：《译文序跋集·〈一个青年的梦〉译者序》，《鲁迅全集》第10卷，人民文学出版社，2005年，第209页。

撰写了《与支那未知的友人》一文作为中译文的序言,经由周作人翻译发表在《新青年》第 7 卷第 3 号,至此,二者就这一剧本的合作才画上了一个圆满的句号。就鲁迅而言,他对于《一个青年的梦》的看法显然有别于周作人,这点容后再论,但他之所以会翻译这个剧本无疑是受到周作人所撰文章的引导。"五四"时期的周作人正怀抱"世界主义"的理想,格外注重向外国文明取经,他海纳百川式的杂家风范敞开了广阔的知识视域,鲁迅受到其启发是很自然的,这种类似的案例还有不少。比如台湾学者彭明伟就异常敏锐地发现,收入《呐喊》中的小说《明天》实际上并不全然是鲁迅本人的独创,而是有一个模仿借鉴并且进行转化的过程,其创作的底本可以追溯到俄国象征派作家梭罗古勃(Sologub)的短篇散文诗《蜡烛》,这篇作品的白话中文译文发表在 1919 年 2 月《新青年》第 6 卷第 2 号,当时并未标明译者。但鉴于 1921 年的增订本《域外小说集》中同样有一篇周作人以文言翻译的梭罗古勃的寓言《烛》,两相对读之下发现二者不仅内容一致,而且文言译文与白话译文的句法基本相同,几乎可以算是对译,所以译者很大程度上也指向了同一人选。根据当时的出版记录,周作人是中国最早介绍梭罗古勃的文化人,梭氏的作品曾频繁出现在周氏 1917、1918 年的购书目录上,此外《蜡烛》的行文风格与周作人的《小河》等新诗十分接近,综合上述几点信息可以认定《蜡烛》的译者极有可能是周作人本身[1]。就内容而言,《蜡烛》描写的场景是一个寡妇独立抚养生肺病的幼儿,最终幼儿病死,寡妇悲痛欲裂,而周围的世界一如往常运转,

---

[1] 详见彭明伟:《周氏兄弟的翻译与创作之结合:以鲁迅〈明天〉与梭罗古勃〈蜡烛〉为例》,《鲁迅研究月刊》,2008 年第 9 期。

没有丝毫的波澜[1]。全篇笼罩着死亡的气息，与梭罗古勃一贯的"厌世"风格相匹配，作者巧妙地将屋中的蜡烛拟人化，用以映衬人物的绝望心境，其中心意涵即是要传达由所爱之人的丧失引起的悲哀，以及这种悲哀不能被旁人所理解的痛苦。可以看得出来，《蜡烛》从内容主题到组织形式都与鲁迅的《明天》有很强的对应关系，换句话说，《明天》可被视作是对周作人译文的改写，是周氏兄弟之间翻译与创作之结合。当然，鲁迅在写作中进行了适应现实的改造翻新，有一个从简单到复杂的升华过程，比如将故事场景置换为中国的某个小村镇，加强作品中的心理描写，增强社会批判性，等等。但追根溯源，作为一个话题人物的"梭罗古勃"以及其所附带的文化信息被导入到"五四"语境中，则无疑是周作人的首倡之功，后来者正是在他的基础上才有了深入发掘的可能。在这一过程中，周作人更像是播撒火种的那一个人，用鲁迅的话来说就是"从别国里窃得火来，本意却在煮自己的肉"[2]。

在周氏兄弟的合作著译中，大致上周作人所做的是打基础的工作，负责主体内容的起底，而鲁迅则是连缀点睛居多，并且常通过作序来评价总结，这构成了二者熟悉的分工模式。无论是在内容安排还是文字风格上，周作人都表现出包罗宇宙、粗粝芜杂的特征，经由鲁迅的精加工方才定型，在这一过程中既有针对二者不同文艺专长的现

---

1 梭罗古勃（Sologub）《蜡烛》的译文在《新青年》第 6 卷第 2 号发表时并未在目录中标识出来，而是直接附在当期周作人翻译的契诃夫小说《可爱的人》以及托尔斯泰有关《可爱的人》的批评文章后面，《可爱的人》同样也是描写妇女生活，所以《蜡烛》或许是用来作为其补白，提供参考价值。参见 Sologub：《蜡烛》，《新青年》，第 6 卷第 2 号，1919 年 2 月 15 日。
2 鲁迅：《二心集·"硬译"与"文学的阶级性"》，《鲁迅全集》第 4 卷，人民文学出版社，2005 年，第 214 页。

实考虑,却也表现出长幼之间无形地渗透着的权威意志。但另一方面,正是因为周作人深具杂学修养,广泛采纳各家学说,宏阔的知识视野使得他本人对于外部潮流的脉动有着全面而敏捷的感知,其读写习得亦未尝不在某些具体的问题上启发了乃兄,从而导入到鲁迅后续的写作脉络中,此点亦是不容忽视的事实。由此,"通览"与"专深"之间也发生了微妙的双向互动。

三、职业平台的照应:教育部官员与高等学府教师

以上两小节所论主要是周氏兄弟在具体合作著译工作中所表现出来的个人倾向,相较于对于彼此文字事业直接或间接的介入,鲁迅与周作人之间还有一种更为隐秘的结构性关联,同样关涉到术业分工的形成,那就是二者定位不同却又潜在联系起来的社会职业身份。当我们谈论"五四"时期作为文学共同体的周氏兄弟之时,在关注其互相配合的创作以外,也必须注意到二者文化事业所根植的体制环境。在提倡新文艺之先,鲁迅首先是一名教育部的公职人员,而周作人则是在北大兼课的教授,他们无形中都分享着各自岗位所带来的文化资源,此种来自职业架构的支撑对于二者结成文化阵线的重要意义不言而喻。

1912年,鲁迅在好友许寿裳的推荐下到教育部任职,8月起被任命为教育部佥事兼新设立的社会教育司第一科科长,他的为吏生涯一直持续到1926年。而周作人则是经由鲁迅向蔡元培推荐于1917入职北大,先在国史编纂处工作,而后受聘为文科教授,主讲欧洲文学史、希腊罗马文学史。实际上,周作人能够进入北大本身就得益于鲁迅在教育部任职的经历,这是因为1917年后执掌北大、广邀贤才的蔡元培,曾一度在南京临时政府与北迁后的教育部工作,与鲁迅有过共事的经历,如果

没有这一段交往关系所建立的良好友谊，很难想象鲁迅会贸然将周作人推荐给蔡元培。事实上，早在"五四"之前，兄弟二人就因为鲁迅教育部部员的身份而受益颇多。譬如在文艺杂志尚未大规模推广的条件下，周氏兄弟却能够借助公务资源之便，在教育部内刊获得宝贵的发表机会。当时的教育部机构中设有编纂处，从1913年起开始编印《教育部编纂处月刊》，发表有关教育的讨论文献。日本人上野阳一的《艺术玩赏之教育》《社会教育与趣味》《儿童之好奇心》就由鲁迅翻译出来，发表于1913年的《教育部编纂处月刊》。次年他又译成高岛平三郎的《儿童观念界之研究》，在1915年3月出版的《全国儿童艺术展览会纪要》上发表。此外，周作人写的《童话研究》《童话略论》经由鲁迅的推荐发表于《教育部编纂处月刊》第1卷第7册、第8册，1917年二人合拟《〈欧美名家短篇小说丛刊〉评语》，发表于《教育公报》第4年第15期，这些"五四"之前的习作显然有助于二者著译经验的积累。又比如周作人在东京译成波兰作家显克微支的中篇小说《炭画》，曾多方联系出版社无果，后来还是经鲁迅修改，托同事顾养吾交给文明书局才得以出版，这也是鲁迅以自身在政界的人脉资源帮助周作人扩大影响力的一个案例。再者，根据吴海勇的考察，相较于一般读者，作为教育部佥事的鲁迅在京城的中央图书馆、通俗图书馆与教育部图书馆都能够得到借阅上的优待。教育部图书馆是自家园地，无须多言，即使是在中央图书馆与通俗图书馆，原本只限在馆内阅览的藏书，鲁迅都能够办理外借，其中不乏善本书籍。除此以外，鲁迅还能写介绍信引荐朋友参观图书馆，请负责人多多提供方便。[1]对于从事文艺事业的知识者来说，必须具备完

---

1 参见吴海勇：《时为公务员的鲁迅》，广西师范大学出版社，2005年，第110—112页。

善的知识结构，而这恰恰有赖于广泛的阅读。我们可以看到周氏兄弟在相当长的一段时间内都有帮助对方搜罗资料的习惯，鲁迅日记中也常常留下给周作人寄书收书的记录，所谓近水楼台先得月，在这一过程中周氏显然也分享了兄长得天独厚的图书馆资源。有的时候，教育部提供的事务性差旅还能直接促成文学生产，比如1920年鲁迅等人受命整理德国商人俱乐部的藏书，这批藏书以文学居多。1921年《中德协约》签订以后，德国来取回这一部分藏书，便仍由同一拨人交付。而鲁迅翻译俄国作家阿尔志跋绥夫著中篇小说《工人绥惠略夫》所用的底本就在这一批德文书中，是德国S. 布果夫和A. 比拉尔特译的《革命的故事》中的一篇。鲁迅整理德文书时被这一篇文字所表达的精神强烈吸引，所以着手翻译，同事齐寿山帮助校对后，于1921年在《小说月报》上连载[1]。

回顾鲁迅在社会教育司所做的主要工作——支持蔡元培的美育理念，赴夏期美术讲习会演讲，主持设计国徽，积极推动京师图书馆及分馆、通俗图书馆的建设，筹建历史博物馆，参与读音统一会的讨论，举办儿童艺术展览会，协办专门以上学校成绩展览会，整理"大内档案"等[2]，这些举措大都对社会产生了正面的积极影响，其中固然以奉命办差的行政事务居多，但有很大一部分其实与他个人爱好文艺的兴趣相合。最为典型的是1915年9月鲁迅被任命为教育部直属机构通俗教育研究会小说股主任，1916年2月起转任该股审核干事直至1926年。

---

[1] "据我所知道的说，'对德宣战'的结果，在中国有一座中央公园里的'公理战胜'的牌坊，在我就只有一篇这《工人绥惠略夫》的译本，因为那底本，就是从那时整理着的德文书里挑出来的。"鲁迅：《华盖集续编·记谈话》，《鲁迅全集》第3卷，人民文学出版社，2005年，第375页。

[2] 有关鲁迅在教育部的活动事迹请见孙瑛的介绍。参见孙瑛：《鲁迅在教育部》，天津人民出版社，1979年。

所谓通俗教育研究会，是教育部于 1915 年设立的一个机构，目的在于有效推进通俗教育，这一机关的准确定位在于"它是隶属于教育部、但与教育部又有所疏离的半官方机构，这与纯粹的社会团体有着显著的区别"[1]。换言之，通俗教育研究会在行政体制主导下设立，但是又具备一定的独立性，并不完全依附于官僚机构，这种定位的模糊性为置身其中的鲁迅提供了一定的权力伸缩空间。而通俗教育研究会之下的小说股，主要职责是对各类新旧小说进行审查、评价、分类、定级，或褒奖或禁止或改良，以此规范社会风气导向，它的设立本身即标志着小说文类地位的攀升。如此一来就为鲁迅广泛接触各类小说创造了机会，使得其职业工作与对文学的兴趣爱好产生交集。根据已有资料，通过召开小说股例会，鲁迅主导起草了《小说股办事细则》，完善小说调查审核程序，制定小说分类，集中讨论了小说审核标准，把小说划分为上、中、下三个等级，每一等级都有对应性的说明。鲁迅推行的小说分类体系及标准皆与传统说部体系相异，体现出他个人及同僚对于小说文类内涵与功能的现代改造理念。就实际效果而言，鲁迅主持的小说股是从社会教育的层面来为小说改良建立保障体系，将文类观念融汇到顶层制度的设计中，具有很强的规范性与社会导向意义[2]。尽

---

[1] 李宗刚：《通俗教育研究会与鲁迅现代小说的生成》，《文学评论》，2016 年第 2 期。
[2] "从讨论及决议事项上看。连续性和目的性是例会的主要特征，讨论出来的小说等次标准、查禁及改良小说规章、编译小说标准等，形成决议后呈文教育部，大部分成为相关政策的设计基础，该股对新旧小说调查、改良、审核以及研究小说撰译等工作结果，不仅代表了通俗教育会的观念与立场，同时亦转化为教育部指导全国各地社教机关小说改良的指南。"参见周慧梅：《鲁迅与北洋政府时期的教育部社会教育司——社会生活史视角》，《宁波大学学报》(教育科学版)，2020 年第 5 期。该文列表考察了鲁迅主持的历次通俗教育研究会小说股例会，罗列讨论事项、议决事项与列席人员等明细，具有史料参考价值。

管后来鲁迅终因为不满来自上层的"编辑极有趣味之小说，寓忠孝节义之意"[1]的要求，辞去小说股主任一职，但他仍然作为小说股的审核干事审核了不下百部新制小说，在此过程中大力奖掖优秀译著，延续了自己对域外小说的兴趣，也宣扬"别求新声于异邦"的开放包容之文化观念。譬如 1917 年鲁迅审核周瘦鹃译的《欧美名家短篇小说丛刊》时与周作人合拟一条评语，给出"足为近来译事之光"的判断，便内含有鲜明的价值导向："俾读者知所谓哀情惨情之外，尚有更纯洁之作，则固亦昏夜之微光，鸡群之鸣鹤矣。"[2]来自官方的推介奖励发挥着标杆性的示范效应，也凝聚着鲁迅个人对于新小说的期待。总言之，如同姜异新所言："小说股 11 年由主任到审核干事的任职经历对于文学家鲁迅的诞生是弥足珍贵而不能忽视的。对于外国小说出于兴趣的大量接受，对于中国古代小说的沉潜钻研，对于中国近代新旧小说的审读浏览，这三方面的积累功夫使得鲁迅不但具备了纵览中国小说史全局通盘考虑的整体意识，又能够在东西方文明碰撞的时代情境中生发出当代意识，在更为广泛的文化氛围中来理解中国小说的变迁。"[3]可以看到，在通常被认为仅仅是例行公务、消磨生命的教育部科长任上，鲁迅已经在力所能及的范围内为文艺现代化的转型进程创造制度层面的条件。对于"五四"新文化运动，研究者历来更多关注的是学院知识分子的自发行动，而没有充分意识到来自官方体制的收纳作用，后者同

---

[1] 参见孙瑛：《通俗教育研究会》，《鲁迅在教育部》，天津人民出版社，1979 年，第 53 页。
[2] 《通俗教育研究会审核小说报告》，《教育公报》，第 4 年第 15 期"报告"栏，1917 年 11 月 30 日。
[3] 姜异新：《浸润于暗夜而来——通俗教育研究会小说股之于〈狂人日记〉》，《东岳论丛》，2018 年第 11 期。

样弥足珍贵。当我们看到鲁迅所在的通俗教育研究会曾发布题为《教育部通俗教育研究会劝告小说家勿再编黑幕一类小说函稿》[1]的告示，再联系"五四"期间周作人等人对黑幕小说的批判，是否也能感受到行政系统与知识社会之间存在某种相得益彰的合力作用呢？

另一方面，与鲁迅相对隐默的教育部部员身份相比，周作人则因为身处北京大学这一文化界的中心而活跃许多。1917年陈独秀受聘为北大文科学长之后，一校一刊的结合壮大了新文化运动的声势，《新青年》杂志获得了北大作者群的有力支撑，而北大内部革新的趋势也方兴未艾，各种社会思潮风起云涌，激荡人心。周作人正是在这样的条件下迅速成名，一举奠定新文学重要理论家的地位。可以想见的是，鲁迅也会因为与周作人的朝夕接触耳濡目染到北大维新的气氛，洞悉思想变革的脉动。以周作人的北大教职为中介点，鲁迅将自身的社会关系伸展到高校人际圈，进入到新文化同人的网络中，尤其与章门弟子交往甚笃。实际上，鲁迅正是在钱玄同的约稿下才写作了《狂人日记》。胡适首揭"文学革命"的义旗之后，钱玄同当即表示支持，大骂"选学妖孽"和"桐城谬种"，加入《新青年》的阵营成为一员猛将。而钱氏早年曾与周氏兄弟共同列席于章太炎门下，听讲《说文解字》，后担任北大文字学教授，与周作人更添加一层同事关系，所以是绍兴会馆的常客，其反礼教的观念与周氏兄弟思想革命的理路十分接近，在他的鼓动下，才有了"一发而不可收"的小说家鲁迅。其后鲁迅在一校一刊的交往关系中，也可以清晰地看到周作人经常扮演信息传递者的

---

1 《教育部通俗教育研究会劝告小说家勿再编黑幕一类小说函稿》，《东方杂志》，第15卷第9期，1918年9月15日。

角色[1]，他在北大的教职为久居官府的兄长涉足文学艺术事业起到关键的连接作用。一个典型的例子是，鲁迅20年代得以进入北京高校任教就不无周作人的功劳。1920年8月6日鲁迅日记项下有"晚马幼渔来送大学聘书"[2]，这里的"聘书"指的是鲁迅接受北大国文系的聘请担任中国小说史课程的讲授，而这一机会直接来源于周作人向时任国文系主任的马裕藻推荐鲁迅，他主动让出了马氏原本给自己指定的教学任务[3]。蔡元培执掌北大以后，大力推进课程体系改革，文学史进入高校课堂。小说一门也有开设课程的计划，但因为缺乏合适的人选所以采取国文门研究所小说科定期集会演讲的形式进行，教员则由胡适、刘半农与周作人担任。他们三人都有小说著译的经验，而且作为新文学的提倡者在诸文类中推扬小说的价值，所以是当仁不让的人选[4]。几年后北大开设小说史课程，国文系循此线索找到周作人自然也是顺理成章的事情，只不过周氏熟知鲁迅对于中国小说的修养与积累远超过自身，所以将用力颇深但又不图虚名的兄长郑重推出，这也体现出二人之间有一种自觉的术业分工意识，能够充分考虑到个人专攻所在。北

---

1 比如1920年刘半农打算编一部近代文艺小丛书，以翻译西方文艺短篇论著的形式来进行，经过与群益书社老板陈子寿的初步接洽，刘氏希望邀请周氏兄弟一同加入这一计划，所以写信向周作人询问："启明！我们谈到了这一步，你可以知道，这不是群言性质，是及义性质了。我希望你们昆仲帮我忙，做成这件事。"可以很明显地看到，刘半农虽然只给周作人写信，但潜在的意思也是要周作人把信息代为传达给鲁迅。信件内容见1920年1月5日刘半农致周作人信，参见王风、夏寅整理：《刘半农书简汇编》，《中国现代文学研究丛刊》，2021年第8期。

2 鲁迅：《日记第九》，《鲁迅全集》第15卷，人民文学出版社，2005年，第408页。

3 周作人：《关于鲁迅》，《鲁迅的青年时代》，河北教育出版社，2002年，第121页。

4 关于北京大学国文门研究所小说科的缘起以及历次集会的情况，参见鲍国华的论文《北京大学国文门研究所小说科钩沉》，《新文学史料》，2015年第4期。

大教员素来有编印讲义的风气，鲁迅登台讲课的同时也利用手头辑录的中国古代小说资料着手编纂讲稿，从油印本《小说史大略》，到铅印本《中国小说史大略》，再到新潮社刊本《中国小说史略》，最终产生了一部中国现代学术史上的经典之作。正是以北大讲课为契机，鲁迅步入北京教育圈，还担任了北京师范大学、北京女子师范大学、北京世界语专门学校等的兼课教师。得益于教育部宽松的管理制度[1]，1920年后鲁迅的主要精力已经从公务转移到了文人写作与高校授课上面，此中当然也有周作人推波助澜的作用。

再举一个周氏兄弟之间文艺互动的例子来加以说明。1923年8月，北大新潮社将鲁迅1918至1922年间所作小说十五篇（包含《不周山》）结集出版，列为"新潮社文艺丛书"第三种，这便是《呐喊》初版本的由来。新潮社是傅斯年、罗家伦、杨振声等人于1918年在北大新派教员指导与帮助下成立的一个学生社团，深受《新青年》影响，与新文化运动取同一步调。新潮社不仅主办了《新潮》杂志，还依托北京大学的资源出版"文艺丛书"，其主编为北大国文门教授周作人，他与新潮社成员之间的关系十分密切，有师生之谊，这也是他个人主编的唯一一套新文学丛书。虽然当时实际的编务工作由孙伏园负责，但整个丛书的布局、统筹乃至审阅过程，周作人都倾注了大量的精力。在《呐喊》初版本的版权页上可以看到，中间横排自右向左印有"文艺丛书"四个黑体字，而在版权页上端开示了"新潮社文艺丛书目录"，这则目录当中包含了冰心的诗集《春水》、鲁迅译爱罗先珂童话剧《桃色的云》、周

---

1 郁达夫曾回忆："这时候的教育部，薪水只发到二成三成，公事是大家不办的，所以，鲁迅很有功夫教书，编讲义，写文章。"参见郁达夫：《回忆鲁迅》，钟敬文等著：《永在的温情：文化名人忆鲁迅》，河北教育出版社，2000年，第147页。

作人译希腊、英、法、日本诗歌及小品《我的华鬘》（后来改名为《陀螺》）、CF 女士译童话故事《纺轮故事》、孙福熙的游记《山野掇拾》、孙伏园译《托尔斯泰短篇小说》（后未出版），这些作品的类型其实都非常符合周氏本人的新文艺理念。版权页下端则竖排从右往左依次标明"著者鲁迅""编者周作人""发行者新潮社""印刷者京华印书局"[1]。换言之，鲁迅以自身的小说集《呐喊》与译作《桃色的云》加盟到周作人主持的"新潮社文艺丛书"当中，这是周氏兄弟在文学出版上的又一次合作[2]。一方面，鲁迅用自己的作品支持周作人正在开展的文艺计划，一同将其做大做强；另一方面则是周作人对于鲁迅作品的推广宣传，《呐喊》与《桃色的云》作为其中一个部分被列入整个关于新文学经典系列的构想之中。如果没有周氏在北京大学积累的资源并以此在文化界奠定的个人声望，恐怕也很难有编辑出版此类大型文艺丛书的能力，那么《呐喊》的问世就必将是另一番面貌了。1923 年 8 月 22 日鲁迅日记记载："晚伏园持《呐喊》二十册来。"[3] 这是《呐喊》正式出版的时间，此时周氏兄弟刚刚决裂不久，但新潮社初版本标注的实际付印时间却是在两个月前，至于起意将《呐喊》编入"新潮社文艺丛书"当在更久之前，由此可见出二人在失和之前互帮互助的情况，这种合作关系牵连的后续效果可以被短暂延续到失和之后。《呐喊》三版时移交鲁迅学生李小峰主持的北新书局印行，被列为"乌合丛书"之一，也意味着鲁

---

[1] 以上见 1923 年 8 月北京新潮社版《呐喊》版权页，参见黄开发、李今编著：《中国现代文学初版本图鉴（上）》，河南文艺出版社，2018 年，第 53 页。
[2] 关于《呐喊》初版本及再版本与"新潮社文艺丛书"的具体关系可参阅陈子善的考证文章：《〈呐喊〉版本新考》，《中国现代文学研究丛刊》，2017 年第 8 期。
[3] 鲁迅：《日记十二》，《鲁迅全集》第 15 卷，人民文学出版社，2005 年，第 479 页。

迅脱离了明面上周作人主持的文学项目，开始独立编辑新文学创作与翻译丛书，开垦"自己的园地"。

  从以上粗略的举例分析可以看出，作为教育部官员的鲁迅与作为北大文科教授的周作人存在着文艺事业上的交集。一定程度上，他们能够分享彼此职业身份所带来的"文化红利"，将资源扩大化，与此同时也在官方与学院、制度设计与具体执行、个人创作与集体宣传等多个范畴上形成隐性配合的趋势，力图把二者各有所长、术业专攻的一面发挥出来。

第二章 接力往复：周氏兄弟思想革命的人学视域

如同周作人在多处回忆中所提及的那样，思想革命是"五四"时期周氏兄弟共同关注思考的重心所在，这种进入文学现场的问题路径使得他们与胡适"逼上梁山"式的文体革命区分开来。本章重点讨论鲁迅与周作人在"五四"时期的思想建树，值得注意的是，虽然他们各自的言论主张影响深远，鲁迅在20年代中期还被冠以"思想界权威"的称号，但二者并非是那种我们习以为常，以严密的逻辑推衍见长的职业思想家。鲁迅历来对作为原理从外部强加的学说保持警惕，他更看重的是将某种学说生产出来的主体精神。40年代时胡风对其的评价一语中的："一个伟大的现实主义的思想战士，得即于现实也针对现实，不能只是急于坐着概念的飞机去抢夺思想锦标的头奖。"[1] 鲁迅的确并不擅长创造完整的理论体系，但却是一个立足于现实的"思想战士"，他的见解常常体现在对社会与人生的感悟之中。周作人以爱智者的形象示人，后来他曾表示自己的文字"如或偶有可取，那么所可取者也当在于思想而不是文章"[2]，对"人情物理"的通达使其笔端闪耀着智慧的光芒。周氏虽然知识广博，是典型的古今中外派，但不以卖弄知识本身为业，他反复强调的"常识"是必须合乎人伦日用，目的在于改良人的

1　胡风:《鲁迅如果还活着》,《文学创作》,1942年第1期。
2　周作人:《自序》,《苦口甘口》,河北教育出版社, 2002年, 第2页。

日常生活。以此而言，周氏兄弟的思想观念都是围绕人自身的生存处境而展开，正如钱理群认为鲁迅与周作人虽然不像哲学家一般建立完整的哲学体系，但研究者能够从他们的思考中推断出最为基本的命题，那就是"立人"[1]。职是之故，我们对于周氏兄弟思想的把握也必须要落实到其现实指向上面，避免高头讲章式的空论。所谓"立人"，在周氏兄弟那里更多体现为一种认知自我的文化意识，借用卡西尔的话来说就是："人被宣称为应当是不断探究他自身的存在物——一个在他生存的每时每刻都必须查问和审视他的生存状况的存在物。人类生活的真正价值，恰恰就存在于这种审视中，存在于这种对人类生活的批判态度中。"[2] 本章在还原"五四"时期人学思想的社会认知背景的基础之上，抽取周氏兄弟富有代表性的文学作品与理论文章进行互文对读，并且结合二者各自不同语境的表述来探讨他们有关"人"的设想构思如何汇聚成为新文化运动中启蒙觉醒的声音。

第一节 "立人"的理论根基与伦理向度

鲁迅与周作人是将个性主义思想与人道主义思想引入到"五四"文学语境的关键人物，对"人"之价值的探求构成了他们启蒙工程最为核心的文化命题。这种文学理念能够在"五四"时代赢得广阔的发展道

---

[1] "鲁迅、周作人不像其他哲学家一样有一个自己建构的非常完整的哲学体系，但是作为研究者可以发现他们的思想中有一些最基本的东西，最基本的命题，作为他们思考的整个基础的出发点。'立人'就是鲁迅、周作人共同的思考的基础、出发点、核心内容。当然，他们对'立人'的'人'有不同的理解。"参见钱理群：《话说周氏兄弟——北大演讲录》，九州出版社，2013年，第2页。

[2] [德] 恩斯特·卡西尔：《人论》，甘阳译，上海译文出版社，2004年，第9页。

路并不能归结于单一因素的作用,在笔者看来是内蕴着一种复杂时空结构的交缠性。从时间一方面来说,周氏兄弟"立人"思想的骨架早在青年时代就已经成型。他们在"五四"的出场就其内部而言经过了一个"旧梦"遭遇"现实"的重启"第二维新之声"的过程,是对晚清以来启蒙思想的延续与深化,所以也必然保留了之前已然形成的支撑其"立人"思维结构的内在根据。但此处也面临着一个问题,即为何周氏兄弟早年的"心声"应答者寥寥,具有浓厚人道主义色彩的《域外小说集》仅仅卖出二十册,从而导致二者被深刻的"寂寞"感受所包裹,而"五四"时期的鲁迅与周作人一经写作却能获得广泛热烈的关注,一举化身为"为人生"文学潮流的奠基者?这种差异当然和二者本身思维品质以及文字表达形式的不断成熟有关,但恐怕并不能就周氏兄弟而论周氏兄弟,更多的还是来自大的时代环境与舆论氛围的催生作用,于是便引出了一个同时代性的空间的维度。以一战前后为分界线,西方思想界的倾向发生了显著的转变,其波动也绵延至中国境内并造成了新一轮的文化鼓动效应,深刻地影响了"五四"文学思潮的演进形态。如果进一步追问,那么我们应该回答的是"五四"前后在外部思潮的冲击下,怎样的文化环境充当了周氏兄弟"立人"思想得以延展壮大的酵素,新的思想又如何融入旧的理论根底。罗家伦 1920 年在《新潮》上发表的《近代中国文学思想的变迁》一文已经敏锐地注意到"五四"文学思想的时空双重源流:"到了现在则空间时间两个观念在各方面都是相提并重,一方面对于空间则注重环境的情形,一方面对于时间则注重演化的程叙。"[1] 揆诸周氏兄弟,自然不当例外。质而言之,一种"人

---

[1] 罗家伦:《近代中国文学思想的变迁》,《新潮》,第 2 卷第 5 号,1920 年 9 月。

学"思想得到发扬与肯定,背后必然倚靠着来自一定时空范畴内支撑自身合法性的理论基点与时代话语,对这些基本元素的分析构成了进入周氏兄弟思想世界的前提。

一、理论根基:进化论思维

如果说近代以来有什么思想学说作为普遍有效的世界观和意识形态对人类产生影响,那么包孕着巨大意义生产性的进化论毫无疑问应该名列其中。放眼世界,进化的观念以不同的形态、方式进入到20世纪众多的学术思想和文化领域当中,正如有论者指出:"进化主义像一个腰缠万贯的富翁和慈善家一样,资助着一切'事业'。它具有无限的解释力,它本身也在经历着理论上的变迁,不断衍生出新的理论。"[1] 就中国而言,19世纪末,赫胥黎的《进化论与伦理学》被严复翻译成中文后便产生了巨大的反响,为变法运动提供了理论根据。众所周知,严氏在翻译进化论时实际是以斯宾塞的社会达尔文主义来"理解"赫胥黎,尽量突出了"生存斗争"这一方面,相对降低了人的伦理道德在抵御自然过程中的主体地位,从而把赫胥黎意向中的"伦理的进化"改造成斯宾塞的"进化的伦理"。这种经过改造加工的进化主义宣扬"物竞天择,适者生存"之观念,给中国士人的意识结构造成了巨大的冲击[2]。对于一向强调"天不变,道亦不变",持守循环历史观的中国社会来说,

---

[1] 王中江:《进化主义在中国的兴起:一个新的全能式世界观》(增补版),中国人民大学出版社,2010年,第25页。
[2] 关于严复在翻译《天演论》过程中对于斯宾塞思想的汲取,请参阅史华兹著作《寻求富强:严复与西方》的第四章《西方智慧的源泉——进化论与伦理学》。[美]本杰明·史华兹:《寻求富强:严复与西方》,叶凤美译,江苏人民出版社,2010年,第61—75页。

进化论的流行能够普遍性地激发起一种亡国灭种的危机感，契合身处五千年未有的历史变局之中国人急于摆脱民族危机的心理需要。胡适曾经描述过《天演论》出版以后风靡全国、激荡人心的场景，读者大多不了解赫胥黎本人的思想贡献，但"优胜劣败"的口号却深入人心[1]。在时代危机的召唤下，进化论远远溢出了社会性框架的制约，也广泛触及了公民主体素质改造的层面。近代启蒙思潮潜在地吸收了进化思维来确证自身的合法性，彼时执舆论界之牛耳的梁启超是较早将进化论运用到思想启蒙问题并形成完整理论体系的思想家，戊戌变法的失败使他意识到落后的国民素质无法负担上层的政治制度改革，因而眼光下沉关注"人的改造"的议题。作为一个完整知识方案而提出的"新民说"便内在地包含有进化论的理论视野，所谓的"新"之于"旧"，不仅是自然时间的推衍，还是价值上的判定，一系列"新民德"的举动隐含着再造"新人"以"新国"的积极价值诉求："苟有新民，何患无新制度，无新政府，无新国家。"[2]周氏兄弟在一个时期内都曾深受梁启超文学功用论的影响，《时务报》《新民丛报》等皆是案头必读之物，虽然后来因为政治立场与文学观念的歧异而与梁氏渐行渐远，但他们的"立人"思想是在"新民说"的基础之上发衍而来，同样分享着进化论的理论前提与价值基础，尽管各自对于进化具体内涵的理解已经有所不同了。

---

1 "《天演论》出版之后，不上几年，便风行全国，竟做了中学生的读物了。读这书的人，很少能了解赫胥黎在科学史和思想史上的贡献。他们能了解的只是那'优胜劣败'的公式在国际政治上的意义。在中国屡次战败之后，在庚子辛丑大耻辱之后，这个'优胜劣败，适者生存'的公式确是一种当头棒喝，给了无数人一种绝大的刺激。几年之中，这种思想像野火一样，延烧着许多少年人的心和血。"参见胡适：《四十自述》，《胡适文集》第1卷，北京大学出版社，1998年，第70页。
2 梁启超：《新民说》，商务印书馆，2016年，第4页。

鲁迅最早接触进化论应是在南京学堂时期，他曾经描绘自己初读《天演论》时那种震撼的心理感受，赫胥黎的文字为其展现了一个不同于童年想象的异质世界[1]。在留日时期，鲁迅对进化论的关注不减，据许寿裳回忆，他甚至能背诵好几篇《天演论》。与中国近代其他逐渐从"器物""制度"层面转向"思想文化"的知识分子一致，进化论思维同样被鲁迅挪用到了启蒙现代性的建构之中，体现在了相关的著述之中。但鲁迅与前者不同的是他更为聚焦于人的"生命想象"，最早触及这一点的是其科学小说的翻译。1903年的《〈月界旅行〉辨言》称"然人类者，有希望进步之生物也"，即体现出一种进化的眼光，而文中所说科学小说翻译的作用正在于"导中国人群以进行"[2]，则是启蒙意识萌发的表征，用进化原则来维持未来信念的思路在此已经初见端倪。1906年的《造人术》署名"索子"，发表在《女子世界》杂志上，贯穿着鲁迅对于生物进化论所提出的问题的思考。这篇美国科幻小说的翻译最可玩味的细节乃是"life-germ"的中文译名，鲁迅将之译为"人芽"[3]。确切地说，这个词乃是鲁迅生造，将"人"与作为一种植物胚胎的"芽"并举，鲁迅显然是有意引导读者关注人类生命起源的科学问题[4]。那么鲁迅为

1　"哦！原来世界上竟还有一个赫胥黎坐在书房里那么想，而且想得那么新鲜？一口气读下去，'物竞''天择'也出来了，苏格拉第，柏拉图也出来了，斯多噶也出来了。"参见鲁迅：《朝花夕拾·琐记》，《鲁迅全集》第2卷，人民文学出版社，2005年，第306页。
2　以上参见鲁迅：《译文序跋集·〈月界旅行〉辨言》，《鲁迅全集》第10卷，人民文学出版社，2005年，第163—164页。
3　译作全文参见［美国］路易斯托伦著：《造人术》，索子（鲁迅）译，《鲁迅译文全集》第8卷，福建教育出版社，2008年，第5—6页。
4　"汉字'人'和'芽'的组合，其实是将不同的生物种类，不论是人，还是植物，都统一在'人''芽'一体的细胞概念之中，而这个概念，体现的正是现代生物学有关生命起源的理论。"参见［美］刘禾：《鲁迅生命观中的科学与宗教（上）——从〈造人术〉到〈祝福〉的思想轨迹》，孟庆澍译，《鲁迅研究月刊》，2011年第3期。

何会对这一问题产生兴趣呢?周作人的解答可谓一语中的:"彼以世事之皆恶,而民德之日堕,必得有大造鼓洪炉而铸冶之,而后乃可行其择种留良之术,以求人治之进化。"[1]换言之,"择种留良"依然可以归结于对于"人治之进化"的现实启蒙诉求,这与梁启超等人依托进化论来建构启蒙观分享了一致的理论前提。随着对于生物进化论知识的理解逐步加深,鲁迅写作了《人之历史》来系统勾勒作为生物学最新分支的"人类种族发生学"之发展轨迹,主要对于德国生物学家海克尔的进化论思想进行了介绍。鲁迅的目的显然不是机械地复刻学院派的理论,而是要借此申述自身对于人之诞生过程的理解,以突出人类在进化之链条上的坐标位置。后来在《文化偏至论》提出"立人"主张,其"取今复古,别立新宗"的思维基点亦是处在"上自单幺,近迄人类,会成一统"[2]的生物进化脉络的延伸线上。

如果说留日时期鲁迅的进化论思维还更多停留于知识性表述的阶段,那么"五四"时期则是在依靠生物学知识的基础上进一步充实为一系列明确的观点,开发出一套社会批判的笔墨,并且在内涵上也有所深化,这些变化充分表现在为《新青年》的"随感录"所撰写的大批文章中。在《随感录四十九》中,鲁迅着眼于生物界"从幼到壮,从壮到老,从老到死"的常识,提出了进化途中与"新陈代谢"相关的伦理问题,认为无论是新的抑或是旧的都"应该欢天喜地的向前走去""各各如此走去,便是进化的路"。[3]《随感录六十六 生命的路》则有着更为

---

[1] 萍生(周作人):《〈造人术〉译后》,《文学评论》,1963年第3期。
[2] 鲁迅:《坟·人之历史》,《鲁迅全集》第1卷,人民文学出版社,2005年,第8页。
[3] 鲁迅:《热风·随感录四十九》,《鲁迅全集》第1卷,人民文学出版社,2005年,第355页。

显豁直白的表述，认为"若干人们的灭亡，却并非寂寞悲哀的事"，这是因为"生命不怕死，在死的面前笑着跳着，跨过了灭亡的人们向前进"[1]。很显然，此时鲁迅已经不再满足于客观中立地把生物进化论作为一种知识原理来把握，而是从科学延伸到人文道德的面向，要在根本上颠倒"长者为尊"的中国传统社会伦理，突出幼者本位的意识。这种价值诉求在《我们现在怎样做父亲》中得到了淋漓尽致的发挥，这篇文章一反中国传统伦理中对子女规范的严苛要求，而把目光摆置于从前未曾留意的如何做一个父亲的问题。对于此，鲁迅提出"健全的产生，尽力的教育，完全的解放"[2]这一原则作为父母落实理想教育的途径。除了用新的价值观重构家庭伦理，文章更为难能可贵的是深入捕捉到了时代转换过程中历史主体的自我定位："自己背着因袭的重担，肩住了黑暗的闸门，放他们到宽阔光明的地方去；此后幸福的度日，合理的做人。"[3]已经有研究者反复论述鲁迅"历史中间物"的自我形象认知，这种意识构成先觉者在启蒙过程中赖以持存的精神机制，可以视为鲁迅在接受进化论的基础上践行的生命哲学，反过来亦是鲁迅赋予进化论原理的个性化创造，"过客"精神就是其最富有象征意味的诠释。在笔者的视野内，丸尾常喜对于鲁迅进化论的描述非常到位，他认为鲁迅的进化论包含着三层含义："否定旧社会传统的'传统否定'，否定被这一传统所养育、侵蚀的自己的'自我否定'，为了拯救尚未被侵蚀

---

1 鲁迅：《热风·随感录六十六　生命的路》，《鲁迅全集》第1卷，人民文学出版社，2005年，第386页。
2 鲁迅：《坟·我们现在怎样做父亲》，《鲁迅全集》第1卷，人民文学出版社，2005年，第141页。
3 同上，第135页。

的孩子、自愿地奉献出自己的生命的'自我牺牲'。"[1]一言以蔽之,一种自我让渡的品格是鲁迅启蒙精神的特质所在。

周作人与鲁迅一样反感于长者本位的统治性,早在1912年,他就在《儿童问题之初解》中批评东方世界这种老大不居的伦理风气:"东方国俗,尚古守旧,重老而轻少,乃致民志颓丧,无由上征。"[2]或许是秉持着对于错置伦理的警惕,他从这一时期便开始有意识地收集儿歌,从事儿童问题的研究。到20年代前后,进化论已经成为支撑周作人人道主义文艺理论体系的观念根基,他在具有宣言性质的《人的文学》一文中即以"从动物进化的人类"来界定人性,正式将生物进化论的知识运用于文学研究的领域。周氏对于生物进化论的重视可以见诸许多地方,1919年的《祖先崇拜》宣称"只有纪载生物的生活现象的Biologie（生物学）"[3]可以作为人类行为的标准提供参考,除此以外没有一部经典能够长久地充当教训。在1923年的《妇女运动与常识》一文中,周作人为妇女开列的"正当的人生的常识"中就有"进化论遗传论"一项,而且是列在"生物学"的名下[4],后来他还把丘浅次郎的《进化论讲话》作为自然科学的阅读书目推荐给妇女。及至其历史观已经发生剧烈变动的30年代,周作人仍然在《中国新文学的源流》里强调现代知识分

---

1 [日]丸尾常喜:《"人"与"鬼"的纠葛——鲁迅小说论析》,秦弓译,人民文学出版社,2006年,第296—297页。
2 周作人:《儿童问题之初解》,《周作人散文全集》(修订版)第1卷,广西师范大学出版社,2021年,第249页。
3 周作人:《祖先崇拜》,《谈虎集》,河北教育出版社,2002年,第5页。"纪载"现写作"记载"。
4 "第二组是关于生物及人类全体的知识,一项的生物学叙述生物共通的生活规则,以及进化遗传诸说,并包含普通的动植物及人类学(形质方面的)。"参见周作人:《妇女运动与常识》,《谈虎集》,河北教育出版社,2002年,第264页。

子青年与旧式文人的区别在于"都懂得了进化论,习过了生物学,受过了科学的训练"[1],由此可以看出进化论在周作人的知识结构中具有一种基础的地位。不过,周作人虽然与鲁迅一样由生物学进化论出发扩展到人伦与社会伦理的层面,但却发展出了更为广阔的文化研究的视野,这得益于他对于文化人类学的考察与接受。周作人最初是因为对希腊神话的兴趣而关注到西方神话研究中的文化人类学派,安特路朗、弗雷泽、哈理孙(现译作"赫丽生")等人类学家在解释神话民俗的过程中非常关注人在自然界中的位置,他们对于"化中人位"的探讨实际指向的是文化的起源与发展问题。长期浸润于这一知识脉络,周作人自觉养成了一种文化选择的价值取向与趣味眼光,也在具体阐释文学问题的过程中贯注了人类学分析的方法论。《新文学的要求》中,周作人强调文学上人类互通的倾向是文艺进化的自然结果,他从人类最初的歌舞仪式入手分析,也即是从文艺的起源上来论述文艺社会性的本质,勾勒出"古代的人类的文学"变为"阶级的文学"再进而为"现代的人类的文学"的趋势。因而周作人在文中强调"现代的人类的文学"代表"人类的意志",是人类走向人道主义理想的必然产物,这一论点也具有了历史脉络的依托,其背后则是希冀于文学对现实人生的内在干预作用[2]。1925年周作人在《我最》一文中陈述其本人对于"野蛮人"的兴趣:"我所想知道一点的都是关于野蛮人的事,一是古野蛮,二是小野蛮,三是文明的野蛮……"[3]"古野蛮"主要指的是作为人类初始阶段

---

[1] 周作人:《中国新文学的源流》,河北教育出版社,2002年,第59页。
[2] 详参周作人:《新文学的要求》,《艺术与生活》,河北教育出版社,2002年,第18—23页。
[3] 周作人:《我最》,《周作人散文全集》(修订版)第4卷,广西师范大学出版社,2021年,第301页。

文明结晶的神话传说，"小野蛮"则代指有关个体起源也即儿童的学问，从这两个方向可以观测到人类学基因深植于周氏个人文化事业的印记，以上述文化人类学的视野与生物进化论融合，自然能得出别具一格的认识。比如在《儿童的文学》中，周氏就提出应该利用人类学知识来说明儿童学问题，而其根据则在于依照他本人理解的进化观念，个体的发生发展与系统的发生发展具有同构性[1]。可以说，从这种进化论出发，周作人最终将"小野蛮"与"古野蛮"打通的研究人类文化的方式，显然已经区分于鲁迅基于线性时间意识的价值划分后所得出的"救救孩子"之呐喊。

周氏兄弟对进化论的接受都是牢牢立足于生物本体性，这与另一位文学革命的重要思想家胡适表现出不同的取舍视角。胡适深受杜威实验主义的影响，在汲取生物进化论的过程中更多的是将其移用到社会科学的领域，从而形成一种"历史的态度"，即讲究事物前后逻辑上的因果关系。他的进化论思维的焦点不在生物本体对象的认识，而是提炼为一种实证主义的方法论，其历史的文学观念论、哲学史观等都是建基于此，所以胡适对于文学革命的论述更多青睐于直接贯彻实验主义方法精神的文字工具的层面。周氏兄弟自小便喜好阅读《毛诗草木鸟兽虫鱼疏》《花镜》等自然名物类书籍，他们这种对于博物学的兴趣一直持续到青年时代对于被称为西方博物学巅峰的"进化论"的关注之上，其出发点自然更接近于达尔文的"生物学"本身，由此建构出的

---

[1] "照进化说讲来，人类的个体发生原来和系统发生的程序相同：胚胎时代经过生物进化的历程，儿童时代又经过文明发达的历程；所以儿童学（Paidologie）上的许多事项，可以借了人类学（Anthropologie）上的事项来作说明。"参见周作人：《儿童的文学》，《艺术与生活》，河北教育出版社，2002年，第25—26页。

文学革命的内容主题更为偏向思想层面的"立人",是"五四"人道主义社会改造思潮的有机组成部分。但也需要注意到,同样从对"生物学"的理解出发,周氏兄弟内部也表现出了不同偏向,正如上文所呈现的,周作人缺乏鲁迅那种自我否定、自我批判的"中间物"意识,而鲁迅则没有周作人广博的文化人类学的视野,二者的进化论观念具有互相映照的对话性,存在着合力阐释的空间。另外值得特别说明的是,周氏兄弟的进化理念都是复杂而又多面的,而且处在不断的变化之中。他们在积极建构进化论的发展框架之外还表现出悖论式的隐喻,即在相信人之进步图景的同时又表达深切的怀疑,这种思想矛盾常常凝缩为其写作中的内在张力关系,此处暂且按下不表。就大而言之,从"五四"新文学的初期阶段来看,进化论的积极意义指向无疑占据了周氏兄弟思想基调的主流位置,并成为审视二者文学"立人"事业不可或缺的理论前提。

二、伦理向度:当"互助主义"话语编织入进化论

安德鲁·琼斯把严复以来进化论在中国的流通作为一种叙事结构来把握,他认为:"严复向中国人呈现的,不只是新的术语,还有新的'叙事模板'——一套基于国家、国民与其他国家和与自然世界的关系,讲述他们在发展和进步之路上的故事的方式。"这套叙事结构的特征在于"其所强调的不懈的'生存斗争',硬将中国推进了等级森严的现代国际进化体系"[1]。诚然,进化论进入中国语境并不是纯粹的知识话

---

[1] [美]安德鲁·琼斯:《进化论话语对中国现代文学本土叙事的介入》,王敦、郑怡人译,《学术研究》,2013年第12期。

语的导入，而是以"叙事结构"为中介改变了国人看待自身与周遭环境之间关系的方式与角度。以严复为代表的对斯宾塞观念进行本土化的思路深刻地影响了近代中国人世界观的建构，"物竞天择""弱肉强食"等概念深入人心，亡国灭种的危机感笼罩在易代之际士人的心头并集聚为一种普遍性的焦虑意识。如果要拈出一个关键词来对这种中国近代以来滋生的世界观进行价值描述，那么无疑就是"竞争"意识。在此种氛围的催逼下，以"优胜劣汰"为导向的民族国家话语占据了近代启蒙思潮的支配地位，构成了看待"人"的基本视角，个体的价值往往是镶嵌于宏大的国族叙事之中，作为文明进步的一个齿轮而存在，而此种进化论叙事最终服务的是与他者争胜以自立于民族之林的国民性叙述，由此不难想象强调友爱互助、博施众济的人道主义思想很难获得使自身发展的深厚土壤。梁启超在《新民说》中的观点无疑具有某种代表性："所谓博爱主义，世界主义，抑岂不至德而深仁也哉。虽然，此等主义，其脱离理想界而入于现实界也，果可期乎？此其事或待至万数千年后，吾不敢知，若今日将安取之？夫竞争者，文明之母也。竞争一日停，则文明之进步立止。"[1] 究其实质而言，晚清的知识分子并非没有意识到托尔斯泰等人开创的 19 世纪人道主义思想观念的价值，但在严复式进化论的感召下，他们更为关心现实层面的民族救亡和民族自强的功利性目标，所以人道主义的理论体系被认为太过"理想化"而不适应于彼时民族竞争的世界形势。这种通过"竞争"求"进步"的"认识装置"同样塑造了晚清以来中国文学发展的现代性进程。从"小说界革命"始，一系列由上层启蒙知识分子开启的促进文学社会功用的改

---

[1] 梁启超：《新民说》，商务印书馆，2016 年，第 57 页。

良措施实则都是与现代民族国家观念的聚合互为表里，深刻地影响了文学演进的价值规律，所以在一段时间内具有人道主义倾向的文学创作及翻译始终处在弱势地位。周氏兄弟的《域外小说集》不受关注就是一个例子，当时文学界流行的是宣扬强力意志与复仇精神的"虚无党"小说，个中差异，一目了然。

上述情况一直维持到"五四"新文化运动开始之后，即便是后来孕育了思想界勃勃生机的《青年杂志》，其创刊词《敬告青年》依然是相当自觉地贯彻着以"竞争"为核心导向的"进化"观念："世界进化，骎骎未有已焉。其不能善变而与之俱进者，将见其不适环境之争存，而退归天然淘汰已耳，保守云乎哉。"主编陈独秀甚至还以此宣称青年应该效仿的理想模范："吾愿青年之为托尔斯泰与达噶尔（R.Tagore，印度隐逸诗人），不若其为哥伦布与安重根！"[1] 陈氏将宣传"爱的福音"，追求世界大同的托尔斯泰、泰戈尔与富有探险精神，积极进取的哥伦布与安重根对置，舍前者而取后者，言下之意就是仍然趋重于从显性的民族国家话语来读取人性。以此看来，周氏兄弟倡导的"五四""人的文学"的理论创构与创作实践显然难以从其中的社会舆论生长出来，这是因为二者的科学"人学"观以及对人类理想生活的设想不仅仅是重复过往十分直接的启蒙功利性主张，还包括了博大的人道主义的思想维度，而当时的环境并没有提供充分的条件。

真正的改变来自第一次世界大战对中国思想界的影响，战争的负面因素给国人造成了巨大的精神刺激，知识分子普遍产生对18、19

---

[1] 以上参见陈独秀：《敬告青年》，《青年杂志》，第1卷第1号，1915年9月15日。达噶尔即泰戈尔。

世纪欧洲现代性的幻灭,从一味追梦西方的迷思中解脱出来,相反立足于对西方文明危机的审视来获得自身的普遍觉悟。这并不是简单地从西方中心主义再次返回中国,而是体现出一种全新的再造人类文明的视野。以一战结束前后为界,知识界已经普遍感知到了人类新纪元将要开始的征兆,陈独秀在《一九一六年》中展望了"二十世纪之新文明",断言"军事、政治、学术、思想,新受此次战争之洗礼,必有剧变,大异于前"[1]。一年之后,他又重申了相同的观点:"吾料欧洲之历史,大战之后必全然改观。"[2] 对于时代脉搏变化的感知不仅在新文化人中有所体现,一些相对温和的报人也敏锐地捕捉到了讯息,热衷于东西文明调和的杜亚泉也预见战后即将发生的物质精神两方面的大改革[3]。这种种激烈变化冲击了原本有条不紊的文化秩序,如同胡适在30年代的追述中所言,"许多制度与思想又都得经过一种'重新估价'"[4]。大战之后新的世界观及价值观的聚合成为撬动思想变化的杠杆,代表着一个转折时代的到来,某种文化断裂的意识沉淀为潜在的价值预设,这是思想界的普遍看法。而"五四"时代"重新评定一切价值"的思维导向已经酝酿其间,其中最值得注意的是"互助主义"的话语被不断地凸显出来,并为改造人间关系提供了伦理层面的观念指导。就战后心理

---

[1] 陈独秀:《一九一六年》,《青年杂志》,第1卷第5号,1916年1月。
[2] 陈独秀:《俄罗斯革命与我国民之觉悟》,《新青年》,第3卷第2号,1917年4月。
[3] "吾人对此时局,自不能不有一种觉悟,即世界人类经此大决斗与大牺牲以后,于物质精神两方面,必有一种之大改革。凡立国于地球之上者,决不能不受此大改革之影响。"参见伧父(杜亚泉):《大战终结后国人之觉悟如何》,《东方杂志》,第16卷第1号,1919年1月。
[4] 胡适:《〈中国新文学大系·建设理论集〉导言》,《中国新文学大系·建设理论集》,良友图书印刷公司,1935年,第30页。

而言，近代以来流行的以"竞争"为导向的进化论世界观被视作导致狭隘民族主义肆意扩张的根源，应为战争的罪恶买单，而协约国的胜利则标志着"公理战胜"，是人类朝着"大同"世界迈出的重要步骤。有论者指出"随着'一战'的爆发，严复版进化论在中国的命运出现了重大转折，由从来没人反对到受到质疑，进而受到了广泛批评"[1]，其背后实质则是"互助进化论取代了竞争进化论的主流地位"的思想结构之调整，这可以说是符合当时的实际情况的。战争甫一结束，蔡元培即以《黑暗与光明的消长》为题发表演说庆祝协约国胜利，所提的第一个论点便是"黑暗的强权论消灭，光明的互助论发展"，伴随而来的是对于生物进化论的重新判定："可见生物进化，恃互助不恃强权。"[2] 在此之前，陈独秀已经撰《偶像破坏论》一文，将"国家"视作"一种骗人的偶像"，推崇"世界大同的真理"[3]。其论调与他之前奉竞争主义为圭臬的论文相比，相差何止以道里计。李大钊亦在《庶民的胜利》中明确指出相较于武力，此次战胜的"是世界人类的新精神"[4]，他的互助论思想在一年之后的《阶级竞争与互助》中有更为充分的表达[5]。对于本书的论述对象而言，这种外部世界观的变化实际构成了文学思想的创生机制，有研究者概括："正是在'一战'之后民族主义、竞争主义受到否定，人类

---

[1] 刘黎红：《五四时期进化论的变迁与文化保守主义》，《天津社会科学》，2002年第4期。
[2] 蔡元培：《黑暗与光明的消长——在庆祝协约国胜利大会上的演说词》，《北京大学日刊》，1918年11月27日。
[3] 陈独秀：《偶像破坏论》，《新青年》，第5卷第2号，1918年8月15日。
[4] 李大钊：《庶民的胜利》，《新青年》，第5卷第5号，1918年11月15日。
[5] "现在的世界，黑暗到了极点。我们为继续人类的历史，当然要起一个大变化。这个大变化，就是诺亚以后的大洪水，把从前阶级竞争的世界洗得干干净净，洗出一个崭新光明的互助的世界来……阶级的竞争，快要息了。互助的光明，快要现了。"参见守常（李大钊）：《阶级竞争与互助》，《每周评论》，第29号，1919年7月6日。

主义、互助主义受到颂扬的环境之下,'为人生'的人道主义文学终于真正开始受到中国文化界与文学界的重视,并开始广为流播。"[1] 具体地说,周氏兄弟以"立人"思想为中心的文学实践正是因为面临着这种崭新的时代语境才能够完成自身的内涵建设。换言之,同样是对人之未来充满进步的想象,但"互助"渐渐代替"竞争"成为统摄理想"人学"文学观的伦理准则,人道主义的博爱倾向越发浓厚,从而超越了狭隘的民族、国家与地域等属性,尽管此中亦有克鲁泡特金的《互助论:进化的一个要素》等无政府主义学理学说的影响,但更为直接的要素则是一战后时代总体思想倾向的转换对于人类伦理关系的重新审视与界定。

周作人是在"五四"时期深受互助论话语影响并将其自觉转化为思想武器的集大成之人物,他对人与人之间的连带关系、胞与之情的推扬可以见诸他这个时期各个方面的文字当中,构成了周氏人道主义思想系统的重要一翼,其中尤以对日本新村运动的热烈响应为最。所谓新村运动是一种由日本作家武者小路实笃带头发起并实行的改良社会的运动,其目的是实践真正的"人的生活",1918年他们在日本九州日向成立了"第一新村"并创办《新村》月刊。周作人最早将新村思想介绍入中国,后来还发起成立了"新村北京支部",这些举动可以视为他的人道主义思想理论体系在社会制度改革层面的反响与投注,新村之所以引来周氏如同宗教徒般崇高、虔诚的情感体验,正是因为与他本人对人生本质的设想相合。新村运动最大的特质即是强调一种自利与利他相统一的生活,使得人人能享真实自由的幸福,除了强调个

---

[1] 潘正文:《五四文学:启蒙的维度与向度——以文学社团为中心的考察》,浙江工商大学出版社,2020年,第51页。

体的精神自主外，另外一个关键的价值维度即是个人之间结成一种互助协作的生活关系。在《日本的新村》一文中，周氏认为新村的理念在于"以协力与自由，互助与独立为生活的根本。在生物现象上虽然承认生存竞争的事实，但在人类的生活上，却不必要"[1]，典型地体现了前文所述的用"互助"观念改造原有进化论结构以作为人学思想依托的思路。在《新村的理想与实际》中他又重申应该调整生存竞争法则的适用范围，希求在人类中间建立新的互助式的理想生活[2]。特别需要指出的是，在周作人的理念里，"正当的人的生活"应该在个人与人类之间达致价值上的完全统一，两者是一体之两面，人虽然是"人类的一分子"，但个人的价值不能被总体吞没。个人与人类两个范畴之间是直接贯通、没有区隔的，二者利益与共："一切的人都是一样的人，是健全独立的，尽了对于人类的义务，却又完全发展自己个性的人。"[3]这也就是《新文学的要求》中所说的"我即是人类"[4]。

与周作人全身心地信靠新村运动相比，鲁迅的情况有所不同。他对于一战后世界人道主义总体胜利的信仰是与对中国本土现实黑暗委顿状况的悲观与批判截然分开的，乐观与消极之间形成了鲜明的参照。而后者占据了鲁迅意识倾向的重心，以国民性批判的形式表现出来，

---

1 周作人：《日本的新村》，《艺术与生活》，河北教育出版社，2002年，第209页。
2 "现在是想将生存竞争的法则加以修正，只限于人与自然力或异类的中间，若在人间同类，不但不应争斗，而且还应互助了平和的生活才是。"参见周作人：《新村的理想与实际》，《艺术与生活》，河北教育出版社，2002年，第213页。
3 [日]武者小路实笃：《新村的生活》，原文为周作人翻译，转引自周作人：《新村的精神》，《周作人散文全集》(修订版)第2卷，广西师范大学出版社，2021年，第138页。
4 "我只承认大的方面有人类，小的方面有我，是真实的。"参见周作人：《新文学的要求》，《艺术与生活》，河北教育出版社，2002年，第22页。

给读者植入了深入骨髓的印象，乃至在一定程度上遮蔽了鲁迅有关历史发展的积极看法。1918年至1919年，鲁迅曾经一度对未来社会的走向比较乐观，这显然和欧战胜利后思想界的变动有关。互助论话语导向的对于人类文明新纪元的想象同样体现在鲁迅对于人道的论述中，一个值得关注的点在于鲁迅这一时期的表达中明显增加了"人类"一词的使用频率，这说明世界主义视野在鲁迅思维结构中的强化，成为考察其"五四""立人"思想不可回避的新的因素。1918年8月20日鲁迅致信许寿裳，谈及中国命运与人类之关系："若以人类为着眼点，则中国若改良，固足为人类进步之验（以如此国而尚能改良故）；若其灭亡，亦是人类向上之验，缘如此国人竟不能生存，正是人类进步之故也。"中国的灭亡并不能阻碍人类进步，这种思考方式是从整体的人道进步观出发，以大人类主义的视野来反观中国。鲁迅在信中表示"历观国内无一佳象，而仆则思想颇变迁，毫不悲观"。之所以如此，是因为相信"大约将来人道主义终当胜利"[1]。"变迁"一词显示出外部舆论对鲁迅本人的影响，从1918年这一时间节点来看，此时他的思想变迁显然是与一战后期时代氛围的转换处在同一波节拍当中。这种乐观的看法持续至1919年并表现出更为明晰化的论点。在1月15日的《随感录四十一》中，鲁迅如此表述："尼采式的超人，虽然太觉渺茫，但就世界现有人种的事实看来，却可以确信将来总有尤为高尚尤近圆满的人类出现。"[2]由"尼采式的超人"到"尤为高尚尤近圆满的人类"，在

---

[1] 以上参见鲁迅：《180820：致许寿裳》，《鲁迅全集》第11卷，人民文学出版社，2005年，第366页。
[2] 鲁迅：《热风·随感录四十一》，《鲁迅全集》第1卷，人民文学出版社，2005年，第341页。

坚持人之进化史观的同时,鲁迅的关注点显然已经从"超人"内含的蔑世嫉俗的强力意志落地为"人类"一体的普遍联合。而到了《随感录四十六》,鲁迅进一步提及人类的进步皆源于偶像的破坏:"旧像愈摧破,人类便愈进步;所以现在才有比利时的义战,与人道的光明。"[1]这不由地让我们想起后来周作人在《新文学的要求》中"种族国家这些区别,从前当作天经地义的,现在知道都不过是一种偶像"[2]的观点,个体与人类之间的中间环节被视作虚妄的"偶像",二者的生存价值应被直接贯通。之后的《随感录五十九 "圣武"》把别国人民所信的"主义"比喻成"新世纪的曙光",认识到"现在的外来思想,无论如何,总不免有些自由平等的气息,互助共存的气息"[3],《随感录六十一 不满》认为人类"将来总要走同一的路"[4],这些皆是基于相近的人道主义理念的论调。尽管鲁迅较少直接采用"互助"一词,而且对于新村运动与北京的工读互助团都没有周作人那般炽烈的热情,保持比较谨慎的态度,但是对于人类共同的命运远景的关注却成为他这一时期的思想生长点,一战后世界大同的思想基调与社会舆论也由外而内地形塑了鲁迅的感觉结构与认知视域,为他的"立人"说注入一种乐观的人类主义的伦理价值维度,与其心理结构中原本具有的幽暗意识互相交杂、磨合共处。

---

1 鲁迅:《热风·随感录四十六》,《鲁迅全集》第1卷,人民文学出版社,2005年,第348页。
2 周作人:《新文学的要求》,《艺术与生活》,河北教育出版社,2002年,第22页。
3 鲁迅:《热风·随感录五十九 "圣武"》,《鲁迅全集》第1卷,人民文学出版社,2005年,第373页。
4 鲁迅:《热风·随感录六十一 不满》,《鲁迅全集》第1卷,人民文学出版社,2005年,第376页。

总而言之，当一战后"互助主义"话语编织入原本以竞争为导向的进化论世界观，便从根本上改造了启蒙者看待人以及理想人间生活的视野、方法与角度。要讨论以周氏兄弟为中心的"人的文学"的生成与发展，这种具有崭新的时代精神的思想结构是非常关键的外源性因素。就大的走向而言，周氏兄弟"五四"时期的"立人"思想是处在西方19世纪后期以来兴起的新理想主义之余绪之上，这一社会思潮作为对于自然主义时代机械论式的实证科学观念的反拨而出现，在20世纪初的中国文坛有所响应，并且经过鲁迅与周作人等人的发展而生发出新的内涵，理想化地表现出积极改造人生的愿望，肯定人的自由意志与共同的人性理想。如果对其理论框架进行进一步抽绎细分，则是以进化论为经，以互助主义为纬，形成了一张交互型的思想地图，一方面依靠时间进步的原理建构出"新人"的想象，以之作为启蒙的理论前提；另一方面则是吸收互助主义的伦理观来看待人间的关系，强化人类命运一体的意识。二者相互嵌入，不仅一定程度上解释了周氏兄弟"立人"观的时空源流，还深刻地塑造了后来以文学研究会为代表的文学"为人生"的理论主张与创作实践。但是这里有必要指出的是，同样受到互助式进化论世界观的影响，周氏兄弟之间却又表现出不容忽视的差异性。如同前文已经提到的，相较于周作人将互助观念与进化论无缝对接，鲁迅对于互助主义的态度比较复杂，他对人道的信仰并不能真正掩盖对于中国社会隔绝状况的忧惧。换言之，人类大同的观念只是作为一种理想的人间伦理关系充当了某种批判性的理论资源，用以反思中国人精神道德的偏狭，至于能否适用到中国现实社会的改造，鲁迅其实是非常怀疑的。这也使得他的人学观念在人道理念之外，仍然更多地与以竞争为导向的国民意识关联在一起，聚焦于考量人性的道德建设与民族国家发展之间的同构性,从而与周作人从现实语境抽离而出的文化人类学式的知识路径产生显著的偏离。

第二节 "立人"的内涵:
《狂人日记》与《人的文学》之互文解读

研究周氏兄弟"五四"时期的人学思想,那么就不得不关注鲁迅的《狂人日记》与周作人的《人的文学》,这两篇作品是中国现代文学史上具有奠基作用与示范意义的经典文本,内含着兄弟二人对于"立人"思想命题最为本质的见解。二者一为小说创作,一为理论文章,共同围绕"五四"时期"人的发现"的思想主题展开,引领作为新文学精神旗帜的"人的文学"之发生发展。长久以来,学界对于这两个经典文本的解读可谓汗牛充栋,各家观点新见迭出,异彩纷呈。但是略感缺憾的是,尽管既往的研究者已经笼统地意识到周氏兄弟的创作与理论存在着一定的分工配合意识,但仍然习惯于将《狂人日记》与《人的文学》分开做单独考察,选择其中之一为对象做皓首穷经式的材料爬梳、细节释义抑或是理论抉发,而相对缺乏将其动态关联起来的互文阐释。这一时期的鲁迅与周作人"兄弟怡怡",在文学事业上紧密合作,思绪互通,二人的文学空间存在着相当程度的重叠与交错,这显然已经符合用互文性方法来介入研究的理论前提。法国文学理论家克里斯蒂娃将"互文性"理解为"一个词(或一篇文本)是另一些词(或文本)的再现"[1],她的观点与巴赫金的"对话"理论有不谋而合之处:"文本只是

---

[1] [法]萨莫瓦约:《互文性研究》,邵炜译,天津人民出版社,2003年,第4页。

在与其他文本（语境）的相互关联中才有生命。只有在诸文本间的这一接触点上，才能迸发出火花，它会烛照过去和未来，使该文本进入对话之中。"[1] 由此，克里斯蒂娃在评述巴氏见解时提出："任何文本都是由引语的镶嵌品构成的，任何文本都是对其他文本的吸收和转化。互文性的概念代替了主体间性，诗学语言至少可以进行双声阅读。"[2] 笔者借用"互文"这一概念并非指狭义上文本词语或内容之间切实的一一对应，而更像是热奈特在《隐迹稿本》中所提出的作为"互文性"特殊表现形式的"超文性"，其定义为"一篇文本从另一篇已然存在的文本中被派生出来的关系"[3]，是二者之间隐含的彼此指涉的精神关联。已经有论者高屋建瓴地指出："周作人的《人的文学》，可以说是对鲁迅的《狂人日记》命题的延伸解读和理论阐释；而鲁迅的《狂人日记》，则是周作人的《人的文学》所倡导的理论之最完美的文学范本。从某种意义上说，如果不细读《人的文学》，就不会更深刻地理解《狂人日记》。"[4] 沿着这一思路，将《狂人日记》与《人的文学》对照起来分析既是对于各自意义空间的再拓展，更是从整体上把握"五四"时期作为文学共同体的周氏兄弟之价值，透视其共生机制的有益尝试。本节正是具体着眼于《狂人日记》与《人的文学》之间那些相互联系的节点，以之为例

---

1 ［俄］巴赫金：《人文科学方法论》，《巴赫金全集》第 4 卷，白春仁等译，河北教育出版社，1998 年，第 380 页。
2 Julia Kristeva: "Word Dialogue and Novel" in Toril Moi (ed.), The Kristeva Reader Oxford: Basil Blackwell, 1986 p.37, 转引自李玉平：《互文性：文学理论研究的新视野》，商务印书馆，2014 年，第 17—18 页。
3 ［法］萨莫瓦约：《互文性研究》，邵炜译，天津人民出版社，2003 年，第 19 页。
4 张铁荣：《一篇类似〈狂人日记〉的文学理论文章——周作人〈人的文学〉的理论意义》，《关东学刊》，2019 年第 5 期。

来分析鲁迅与周作人如何在"立什么人"与"怎样立人"这两个命题上合力宣示"五四"文学的人学话语，探究他们在文学与思想上的呼应与互动。

一、"吃人"话语的双重所指与"灵肉一致"的人性

从创作时间上来看，《狂人日记》先于《人的文学》诞生，二者于思潮涌动的1918年先后登上《新青年》杂志，相继引来关注，前者在某种程度上可以构成后者写作的价值参照。就《狂人日记》的思想主题而言，最触动人心的无疑是要借助狂人之口吐露"吃人"这一石破天惊的话语："我翻开历史一查，这历史没有年代，歪歪斜斜的每叶上都写着'仁义道德'几个字。我横竖睡不着，仔细看了半夜，才从字缝里看出字来，满本都写着两个字是'吃人'！"[1]之后吴虞在《吃人与礼教》一文中以之为基础提出礼教吃人的命题，呼应《狂人日记》，奏响了"五四"反封建伦理道德革命的最强音："孔二先生的礼教讲到极点，就非杀人吃人不成功，真是惨酷极了。"[2]鲁迅在30年代的《〈中国新文学大系·小说二集〉序言》中将这篇小说的主旨概括为"意在暴露家族制度和礼教的弊害"[3]，即处在这一思路的延长线上，这构成了学术界通行的理解这篇杰作的意义路径。但回到1918年的历史情境来看，就在《狂人日记》发表后的三个月，鲁迅即在给许寿裳的信中谈及这篇作品，交代了偶然阅读《资治通鉴》的经历是促成其写作的机缘所在：

1　鲁迅：《呐喊·狂人日记》，《鲁迅全集》第1卷，人民文学出版社，2005年，第447页。
2　吴虞：《吃人与礼教》，《新青年》，第6卷第6号，1919年11月1日。
3　鲁迅：《〈中国新文学大系·小说二集〉导言》，《中国新文学大系·小说二集》，良友图书印刷公司，1935年，第2页。

《狂人日记》实为拙作，又有白话诗署"唐俟"者，亦仆所为。前曾言中国根柢全在道教，此说近颇广行。以此读史，有多种问题可以迎刃而解。后以偶阅《通鉴》，乃悟中国人尚是食人民族，因成此篇。此种发见，关系亦甚大，而知者尚寥寥也。[1]

鲁迅本人阅读《资治通鉴》后"乃悟中国人尚是食人民族"与小说中狂人从周遭环境中看到"吃人"现象具有同构的对应关系，这意味着狂人这一形象带有鲁迅本人的自传色彩。这里值得辨析的是，鲁迅所说的《资治通鉴》中的"食人"作为一种原人之野蛮状态的陋习，首先是在事实层面上发生的。根据周作人日后的回忆，比起章太炎从理论上抨击宋儒理学杀人之可怕，鲁迅写"吃人"则是有其现实素材的："鲁迅是直截的从书本上和社会上看了来的，野史正史里食人的记载，食肉寝皮的卫道论，近时徐锡麟心肝被吃的事实，证据更是确实了。"[2] 另外李冬木认为《狂人日记》"吃人"意象的生成与日本明治时代的食人言说密不可分，鲁迅与日本思想史当中的这一言说相承接，获取了对历史上"食人"事实的确认[3]。回到《狂人日记》，"吃人"所包含的形式与内涵是极为丰富的：狼子村的佃户煎炒恶人的心肝；爷娘生病，做儿子的割下一块肉请他吃；李时珍《本草纲目》有关人肉可以煎吃的记

---

[1] 鲁迅：《180820：致许寿裳》，《鲁迅全集》第 11 卷，人民文学出版社，2005 年，第 365 页。
[2] 周作人：《鲁迅小说里的人物》，河北教育出版社，2002 年，第 17 页。
[3] 参见李冬木：《明治时代"食人"言说与鲁迅的〈狂人日记〉》，《文学评论》，2012 年第 1 期。

载；从易牙的儿子吃到徐锡麟的历史线索；甚至还有狂人吃了几筷蒸鱼时那导致呕吐的"滑溜溜"的口感。这些纷繁不同的"吃人"话语汇聚成小说的主题，具有不同的意义指向，有的能够对接到所谓的"仁义道德"与"礼教"的思想命题，但是更多的是一种直观的人吃人的生物现象的呈现，正如董炳月认为《狂人日记》中的"吃人"主题交叠着写实与比喻的双重意义，"在《狂人日记》中，并非所有的吃人行为都是'仁义道德'导致的，'仁义道德'与'吃人'二者的关系首先是对比性的，其次才是因果性的"。[1] 因此，礼教吃人的读法经历了从历史到文化的推导过程，更多是从事实中提炼转换出来的比喻，甚至这种象征意义与现实吃人现象之间的关联性在《狂人日记》中表现得还不是那么紧密，要到之后创作的《孔乙己》《药》《明天》才更为明显。相较于狂人从"仁义道德"的字缝里看出"吃人"，狂人"劝转"大哥的一段话同样值得重视：

> 大哥，大约当初野蛮的人，都吃过一点人。后来因为心思不同，有的不吃人了，一味要好，便变了人，变了真的人。有的却还吃，——也同虫子一样，有的变了鱼鸟猴子，一直变到人。有的不要好，至今还是虫子。这吃人的人比不吃人的人，何等惭愧。怕比虫子的惭愧猴子，还差得很远很远。[2]

换言之，除了从文化道德层面来理解"吃人"的比喻意义以外，

---

[1] 董炳月：《论鲁迅对〈狂人日记〉的阐释——兼谈〈呐喊〉的互文性》，《文学评论》，2018年第5期。
[2] 鲁迅：《呐喊·狂人日记》，《鲁迅全集》第1卷，人民文学出版社，2005年，第452页。

《狂人日记》中的吃人话语还是对于朴素的生物进化论理论的呈现,即"吃人"是作为人类之蛮性的遗留而出现,它阻碍了人性的进步,而"真的人"是从"野蛮的人"进化而来的高级状态。此种对于人之生物性存在的审视能够承接鲁迅自《人之历史》以来对于人种起源及其在自然界中的位置的高度关注。难怪乎 30 年代鲁迅在点出《狂人日记》的主旨在于"暴露家族制度和礼教的弊害"的同时,还不忘提及尼采的《苏鲁支语录》,而他从中引用的一段自白与狂人"劝转"大哥的话语简直如出一辙[1],提醒我们在注意"吃人"的文化象征意义以外,亦不能遗漏其行为对于自然进化规律的揭示。从这一角度来看,吴虞虽然也写到了齐桓公、汉高帝、臧洪、张巡等辈吃人的事实,但《吃人与礼教》一文并未点出"吃人"话语与生物进化论之间的关系,完全是从象征意义上以"礼教吃人"来解释《狂人日记》,深刻虽则深刻,也有一鸣惊人之效,但并不全面。而在笔者看来,真正能够全面理解"吃人"的现实与比喻双重意义的人恰恰当属鲁迅的二弟周作人,是他发表于《吃人与礼教》之前的名文《人的文学》最早从理论的角度阐释了《狂人日记》。

如果说鲁迅在《狂人日记》中展现的是"人"之阙如状态的话,那么周作人则是在《人的文学》里呼应了鲁迅的观点,接过话柄从正面来提倡"人的发现"的命题,仿佛是从鲁迅行将结束的地方重新出发。周氏首先谈到世人"迷入兽道鬼道里去,旁皇了多年,才得出来"[2]的景

---

[1] "你们已经走了从虫豸到人的路,在你们里面还有许多份是虫豸。你们做过猴子,到了现在,人还尤其猴子,无论比那一个猴子。"参见鲁迅:《〈中国新文学大系·小说二集〉导言》,《中国新文学大系·小说二集》,良友图书印刷公司,1935 年,第 1—2 页。
[2] 周作人:《人的文学》,《艺术与生活》,河北教育出版社,2002 年,第 9 页。

况，对应的正是《狂人日记》中表现出来的人吃人的人道危机，反过来亦可推论正是因为长时间"迷入兽道鬼道"，"旁皇"之后出现的才会是"离经叛道"的狂人形象，其背后隐藏的是重建人道的希冀。揆诸《人的文学》，周作人随后介绍了欧洲关于"人"的真理的三次发现，并且宣称也要在中国付诸实践[1]，其中所说的生了四千余年却还要讲人的意义与《狂人日记》中认定中国是"四千年来时时吃人的地方"[2]交相呼应。后者描绘了自己吃人，同时又被人吃的酷烈场景，人的互相戕害是其显性的表述，救人的理想和诉求则隐藏其下，而前者则是将这种隐性的意图用明确的语言表达出来：从新要发现"人"，去"辟人荒"。周氏对于"人的发现"有着明确的追摹标本，即要发现"从动物进化的人类"[3]，其主要观点在于人的生活依赖于动物性的生存需求，但又有从动物兽性中摆脱出来的超越性特质，用更为简洁的话来概括就是"兽性与神性，合起来便只是人性"[4]，也即灵肉一致，本为一体两面，不可执于一端。本着这样的认识，要想发现人，发展理想的人类生活，就必须要摒弃兽性与神性两者关系失衡的状态，其一即"兽性"的宣泄以及其在文明进程中显现为各种面目的"故鬼重来"，此乃"肉欲"压过了"灵性"的原始冲动之表征；其二则是"神性"对于"兽性"的摧残

---

[1] "如今第一步先从人说起，生了四千余年，现在却还讲人的意义，从新要发见'人'，去'辟人荒'，也是可笑的事。但老了再学，总比不学该胜一筹罢。我们希望从文学上起首，提倡一点人道主义思想，便是这个意思。"参见周作人：《人的文学》，《艺术与生活》，河北教育出版社，2002年，第9页。
[2] 鲁迅：《呐喊·狂人日记》，《鲁迅全集》第1卷，人民文学出版社，2005年，第454页。
[3] "所以我们相信人类以动物的生活为生存的基础，而其内面生活，却渐与动物相远，终能达到高上和平的境地。"参见周作人：《人的文学》，《艺术与生活》，河北教育出版社，2002年，第10页。
[4] 周作人：《人的文学》，《艺术与生活》，河北教育出版社，2002年，第10页。

压抑，表现为以纲常名教为核心的伦理道德给个体的自然人性与健康生活造成不合理的约束。周作人在文中明确提出"凡兽性的余留，与古代礼法可以阻碍人性向上的发展者，也都应该排斥改正"[1]，即是取得一种在自然文明论与历史道德论之间不偏不倚的文化观念，这可以延伸到他本人后来反复提及自身对研究"古野蛮"与"文明的野蛮"的兴趣[2]。周氏"辟人荒"的人学视野确实有着坚实的生物学与人类学的根基，无疑受到安特路朗、弗雷泽、哈里孙等人类学文化学派的影响。更为有趣的是，周作人在"辟人荒"过程中摒弃的两方面对于人性的桎梏实际上有机地缝合了《狂人日记》中"吃人"话语的两重所指，恰好就是写实性与比喻性双向内涵的理论概括："食人蛮性"的写实意义正好对应的是人类进化历程中"兽性的余留"，而"礼教吃人"的文化内涵正是"古代礼法可以阻碍人性向上"的直观呈现。也就是说，周作人从《狂人日记》各型各色的"吃人"中看到了"礼教吃人"与"食人蛮性"的平行对比性，而并非简单的因果附属关系，他要"发现"的理想的人不仅应该摆脱"文明的野蛮"之纠缠，同时也要从"古野蛮"遗性的镣铐中解放出来，以达致一种自然融洽的状态，可以说这一吁求是以鲁迅文化批判的反命题而出现。如此便不难理解周作人在后文中将"割

---

[1] 周作人：《人的文学》，《艺术与生活》，河北教育出版社，2002年，第10页。
[2] 周作人曾经在《我最》《拈阄》《我的杂学》等文章中反复声称对于"野蛮人"的研究兴趣，并且将其界定为自身的工作："我的工作是什么呢？只有上帝知道。我所想知道一点的都是关于野蛮人的事，一是古野蛮，二是小野蛮，三是文明的野蛮。"周氏口中所谓"古野蛮"主要指的是神话学与民俗学的研究，"小野蛮"则是与儿童相关的学问，"文明的野蛮"代表现世生存中野蛮风俗的遗留与表现，三者共通的地方在于都具有文化人类学的理论视野。参见周作人：《我最》，《周作人散文全集》（修订版）第4卷，广西师范大学出版社，2021年，第301页；《拈阄》，《谈虎集》，河北教育出版社，2002年，第254—255页；《我的杂学》，《苦口甘口》，河北教育出版社，2002年，第74页。

股一事"解释为"魔术与食人风俗的遗留"[1]，并未重点突出其孝亲意义，而周氏声称近代社会"食人的人"应被捉住"送进精神病院"，又与鲁迅小说中发现"吃人"现象的第一人称叙述者病愈后自题为"狂人"称谓有一层反讽性的同构呼应关系。

客观地说，周作人在《人的文学》中以"灵肉一致"观念来定义人性，与英国18世纪诗人勃来克的影响密不可分，所以他在文中引用了其诗篇《天堂与地狱的结婚》中有关灵魂与身体关系的段落。而小川利康指出周作人对于勃来克的精神共鸣很可能经由性心理学家蔼理斯的中介间接获得，蔼氏所著《新精神》一书中的灵肉一致论在周氏这一时期除了《人的文学》以外的诸多作品中也都有回声[2]。小川利康的观点理据确凿，这说明《人的文学》中的"灵肉一致"论首先来源于周作人对于蔼理斯、勃来克等人的阅读接受，有他自身的理论渊源与问题意识。但是，这也并不妨碍周作人在将舶来的知识系统建构为自身观念的同时，顺道对于乃兄鲁迅的小说做出创造性的个人阐释。从以上的分析可以看出，《狂人日记》中所见礼教吃人与现实吃人的双重价值维度，到了《人的文学》那里则被理论化地转换为神性与兽性之间相互关系的论述，而鲁迅描写的理想中"不吃人"的"真的人"还稍显面目模糊，到了周作人那里则以具体的"灵肉一致"的人性给出解答。比起后来吴虞等人单向度地从"吃人"话语中提炼出反礼教的伦理意义，周作人在《人的文学》中"辟人荒"的观点显然更为接近《狂人日记》诞生的原初语境。

---

[1] 周作人：《人的文学》，《艺术与生活》，河北教育出版社，2002年，第16页。
[2] 参见［日］小川利康：《〈人的文学〉的思想源脉论析——蔼理斯与新村主义的影响》，《长江学术》，2020年第2期。

二、从"尊个性而张精神"到"个人主义的人间本位主义"

如果说对于"吃人"的批判最终走向了理想的人的发现，那么对于"立人"者来说，在完成"真的人"的呼吁与描摹之后，接下去要思考的问题便是如何将这种理想扩及社会层面，使之成为普遍性的价值原则。而周作人对此的探讨与鲁迅承接，无形之中照亮了对方的思想资源。

狂人从铁屋子中觉醒之后并不甘心于作为个体的完结，所以他有了参与社会生活的冲动，表现在文本中就是向整个的历史传统宣战，劝阻吃人行为。他与外部世界处在尖锐的对立之中，所谓"举世皆醉我独醒"，无论是人物还是环境，在文本中都构成了包围自身的压迫性机制，表现出多数对于少数的专制，当然这种关系需要借助于一个精神病患者的独特视角才能敞开。如此一来，鲁迅早年在文言论文当中批判西方民主政治"以众虐独"的思想主题再一次得到了复现，狂人的身上具有了个性觉悟的意义。另外，狂人作为迫害狂患者，其变化多端的情绪状态以及鬼气森然的战斗精神都指涉着"主观内面之精神"的兴发。从狂人的身上，我们似乎能够看到摩罗诗人与"新神思宗"的影子，其形象寄托着拜伦主义、尼采式超人、施蒂纳的唯一者、克尔凯郭尔的孤独个体的色彩，他们的共同特征是性情孤傲、蔑视权威。可以说，狂人形象代表了鲁迅自青年时代以来形成的理想人格形态，即所谓"精神界之战士"，"个"的自觉与上征的"精神"是其一体两面，核心特征在于具有"个体的精神的自由"，与"掊物质而张灵明，任个人而排众数"的"立人"思想一脉相接。当这样一个超拔的个体走入社会之后，必然会受到世俗的排斥，而他的应对方式则是绝望地抗争。我们看到小说中的狂人不仅是慧眼如炬地看破"吃人"真相，而且还致力于行动："我诅咒吃人的人，先从他起头；要劝转吃人的人，也先从他下手。"[1]当他的行动失败被禁闭于暗室之中，虽然情绪晦暗低落，仍偏要说："你们立刻改了，从真心改起！你们要晓得将来是容不得吃人的人，……"[2]看得出来，狂人具有不屈倔强的性格。在推行"真理"认识的过程中，狂人并没有烦琐的理论说教，迫害狂患者"语颇错杂无伦次"的特征说明其启蒙方案不可能依靠完整严谨的知识教化而推行成功，所谓"呐喊"更像是将自己不成体系、吉光片羽般的"心声"表达出来以求得他人的呼应共振，从而点燃其心中的精神火种。这种认识与鲁迅早年对于"立人"方式的独特思考有关，在《破恶声论》中他把"心声"与"内曜"看作拯救人心的关键[3]，而要使乡曲小民获得"心声""内曜"，鲁迅的观点则是"惟此亦不大众之祈，而属望止一二士，立之为极，俾众瞻观，则人亦庶乎免沦没"[4]。换言之，并不是冀望于普遍性的知识灌输，而是树立一两个天才大士，以其精神与民众发生呼应，使之获得"自性"、各个发声。摩罗诗人"动吭一呼，闻者兴起，争天拒俗，而精神复深感后世人心，绵延至于无已"[5]即完整体现了这一个过程，正如论者所言："鲁迅强调要靠这样的人来激发大众——

---

1 鲁迅：《呐喊·狂人日记》，《鲁迅全集》第1卷，人民文学出版社，2005年，第450页。
2 同上，第453页。
3 "内曜者，破黮暗者也；心声者，离伪诈者也。人群有是，乃如雷霆发于孟春，而百卉为之萌动，曙色东作，深夜逝矣。"参见鲁迅：《集外集拾遗补编·破恶声论》，《鲁迅全集》第8卷，人民文学出版社，2005年，第25页。
4 鲁迅：《集外集拾遗补编·破恶声论》，《鲁迅全集》第8卷，人民文学出版社，2005年，第25页。
5 鲁迅：《坟·摩罗诗力说》，《鲁迅全集》第1卷，人民文学出版社，2005年，第68页。

不是唤醒，是通过自我表达而激发。"[1] 所以，鲁迅的启蒙方案不同于中国近代启蒙思潮普遍偏重于智性层面的教导，而是一个以"心声""内曜"相互激荡为基础的"朕归于我"的过程，这说明他并没有将个人的价值作为外界伦理教化的附加之物来看待。比起伦理观念、知识教化自外而内的塑造，在先觉者走向社会的过程中，鲁迅更强调通过精神感召的作用来使民众获得自内而外的觉醒。

在《狂人日记》后不久发表的《随感录三十八》中，鲁迅曾提倡中国人要有"个人的自大"，他说："'个人的自大'，就是独异，是对庸众宣战。"[2] 可以说，狂人就是这样一个具有"个人的自大"的"独异"者，他勇于将自己看到的"真相"和盘托出，不遮掩躲避。但同时，鲁迅已经提前预告了"对庸众作战"的结局，狂人的"心声"没有得到呼应，其改革方案无法推行，最终败下阵来。由此，也开启了之后《药》《头发的故事》《孤独者》等小说中反复出现的先觉者不被民众理解反被吞噬的主题。如果仔细推敲，不难发现这些作品中具有共同的思想元素，即小说中人与人之间往往是互不相通、麻木冷漠

---

1 汪晖：《声之善恶：鲁迅〈破恶声论〉〈呐喊·自序〉讲稿》，生活·读书·新知三联书店，2013年，第36页。
2 鲁迅：《热风·随感录三十八》，《鲁迅全集》第1卷，人民文学出版社，2005年，第327页。值得注意的是，周作人曾经在多个场合表示《热风》中混有他自己写作的文章，其中《随感录三十八》即包含在内，这早已是学术界的一桩公案。但即便如此，鉴于鲁迅编辑《热风》时将其收入文集，可以基本确定这篇文章也符合他本人的意见，目前的《鲁迅全集》并没将其划归在外，正如汪成法所言："反复引证的结果还是只能像其他论者一样指认五篇署名'鲁迅'的随感录可能有四篇出自周作人，并不能真正确定几篇文章的最终归属"似乎不应该过于强调作品的确切归属而将其从鲁迅名下除去，毕竟写作的当时兄弟二人关系密切，思想观念、文字风格都非常接近，写作中一定也还存在着思想与文字的互相交流，很多文章可能就是兄弟二人合作的结果"。参见汪成法：《论〈鲁迅全集〉中的周作人文章》，《现代中文学刊》，2012年第3期。

的，甚至以他人的苦痛为鉴赏的快乐。如果用比喻性的说法，就是在吃人的同时也被人吃，这种隔膜的人间关系成为鲁迅这一时期思考国民性问题的重点。鲁迅以狂人形象再现十多年前的"立人"理想，但前述现实的人伦关系表明此时他对于这种理想也有所反省，在小说中这种反省的具体内容并没有用明确的语言表达出来，需要读者自行去解读。从这一角度出发，那么周作人的《人的文学》未尝不在《狂人日记》之后提出一些弥补性的进路。如果说鲁迅在《狂人日记》中展现了人间关系的隔膜以及伴随而来的"立人"的艰难性，那么周作人则是从积极的视角设想以改良人类关系为核心的人的理想生活，描述的仿佛恰恰是狂人的改革宣言成功以后建立"人国"的场景。而为了避免其悲剧性的存在，周氏的观点对于作为一个先觉者的狂人，与自鲁迅早年"立人""道术"复刻而来的思想启蒙方式也作出了个性化的重构。

在以"灵肉一致"定义人性之后，《人的文学》系统地提出了其人道主义理念，即所谓的"个人主义的人间本位主义"："彼此都是人类，却又各是人类的一个。所以须营一种利己而又利他，利他即是利己的生活。"[1] 这种人道主义理想首先以个人为本位："所以我说的人道主义，是从个人做起。"[2] 这表明周作人与乃兄一样十分珍视"个"的价值，但与鲁迅不同的是，在周作人看来，觉醒了的个体在走向社会以后并非像鲁迅描绘的那样等待他的将是集体的虐杀，而是最终获得精神的皈依，个人与人类之间是彼此无间、利益与共的本质同一关系。他曾多

---

1 周作人：《人的文学》，《艺术与生活》，河北教育出版社，2002年，第11页。
2 同上。

次表达过这样的论调,《人的文学》说"单位是个我,总数是个人"[1],《平民的文学》则认为我们"只自认是人类中的一个单体,浑在人类中间,人类的事,便也是我的事"[2],《新文学的要求》则笃定"我即是人类"[3]。那么周作人何以能够有自信确立这样的理想?在笔者看来"个人主义的人间本位主义"有两个方面对于《狂人日记》所揭示的"立人"之路有所补益:第一,狂人式的"呐喊"偏向于精神维度的启蒙,正如鲁迅后来在《呐喊·自序》中回忆"所以我们的第一要著,是在改变他们的精神",而"愚弱的国民""病死多少是不必以为不幸的"[4],这里天然地有一种精神之上的优越感。而《人的文学》将人性界定为"灵肉一致",相应地在改进人类关系上也有"物质"与"道德"两个层面,除了精神启蒙以外亦突出物质存在的重要性:"第一,关于物质的生活,应该各尽人力所及,取人事所需。"[5]这是《人的文学》对于《狂人日记》的补充。实际上,看重现实的经济权也是"五四"时期鲁迅本人的观点,当许寿裳来信讨论疗治国民思想痼疾的法则时,鲁迅答之以"若问鄙意,则以为不如先自作官,至整顿一层,不如待天气清明以后,或官已做稳,行有余力时耳"[6]。这延续了1911年与许寿裳谈及周作人回国一事时"缘法文不能变米肉也"的"思想转变"[7],生活的恣睢以及"新生"运动失败的心理体验使得鲁迅认识到从文艺之梦重返人间现实的必要性,

---

1 周作人:《人的文学》,《艺术与生活》,河北教育出版社,2002年,第17页。
2 周作人:《平民的文学》,《艺术与生活》,河北教育出版社,2002年,第5页。
3 周作人:《新文学的要求》,《艺术与生活》,河北教育出版社,2002年,第21页。
4 鲁迅:《呐喊·自序》,《鲁迅全集》第1卷,人民文学出版社,2005年,第439页。
5 周作人:《人的文学》,《艺术与生活》,河北教育出版社,2002年,第11页。
6 鲁迅:《180104:致许寿裳》,《鲁迅全集》第11卷,人民文学出版社,2005年,第357页。
7 鲁迅:《110307:致许寿裳》,《鲁迅全集》第11卷,人民文学出版社,2005年,第344页。

与之密切联系的是鲁迅的"立人"思想实际也有一个从精神之宫向日常生活下沉的过程。所以不难理解后来他为什么提出"钱，——高雅的说罢，就是经济，是最要紧的了"[1]，以及当务之急是"一要生存，二要温饱，三要发展"[2]诸如此类的说法。鲁迅小说中描写的具有反传统精神的魏连殳、吕纬甫、涓生与子君等人物都遭遇到"生计"问题的困扰，显然也是意有所指。符杰祥的观点一语中的，他认为鲁迅已经扬弃了幻灯片事件以后灵肉对立的极端看法，让精神与生活重回某种辩证的关系中，从而"在启蒙的反思中实现了对文学如何'为人生'的完整认知"[3]。换言之，精神的事业也须以相应的物质基础作为支撑，从这一视角来看，《人的文学》关于物质与道德双重生活维度的阐发构成对于狂人单线型精神启蒙方式的一种补正，同时也未尝不是将鲁迅本人隐秘的思想变动予以表现。第二，鲁迅认为中国国民性中缺乏诚与爱，所以狂人采用的是"对庸众宣战"的方式，表现在文中就是通过大声呵斥吃人现象、诅咒吃人的人来表达"醒狮之吼"，最终也是希望以这样激烈的举动来使人顿悟，打破人间关系的隔膜。与青年鲁迅偏重精神感召一致，周作人同样非常关注人与人之间的情感互动，他在《点滴序》中就强调了文学传染人情的作用[4]。

---

1 鲁迅：《坟·娜拉走后怎样》，《鲁迅全集》第1卷，人民文学出版社，2005年，第168页。

2 鲁迅：《华盖集·忽然想到 六》，《鲁迅全集》第3卷，人民文学出版社，2005年，第47页。

3 符杰祥：《"忘却"的辩证法——鲁迅的启蒙之"梦"与中国新文学的兴起》，《学术月刊》，2016年第12期。

4 "真正的文学能够传染人的感情，他固然能将人道主义的思想传给我们，也能将我们的主见思想，从理性转移到感情这方面……"参见周作人：《点滴序》，《苦雨斋序跋文》，河北教育出版社，2002年，第16页。

但与狂人想要采取的具体策略不同，周作人认为人与人之间打破隔膜的方式并非是独异者以"宣战"的形式来向民众发抒"心声"，以求"朕归于我"，而是要温和地在人与人之间培养起感同身受的互相理解的能力。《人的文学》里提倡"讲人道，爱人类"，这是因为每一个体"同是人类之一，同具感觉性情""我要顾虑我的运命，便同时须顾虑人类共同的运命"[1]，即时刻要有一种以己度人的人文关怀。张先飞认为"周作人提出这样几条途径来彻底改变人们的精神：在理性上完全接受人道主义的真理，并在感情上发生转变，而且还要彻底改变人们麻木的精神状态，培养出'爱与理解'以及对其他个体精神的'感受性'等精神能力"[2]。而就鲁迅小说描写的现实而言，他对于周作人所谓"人间的手接手""爱的福音"等带有理想主义色彩的人道主义论调显然并不热衷，我们亦无法设想狂人在看破"吃人"真相之后不是以厉声呵斥而是以温和的爱的感化来撬动民众的思想，这未免有些天真。但与此同时，我们也需看到在鲁迅同一时期写作的多篇《随感录》中却表达过人类一体的乐观的人道主义论调，而且鲁迅的小说本身带有强烈的自我反讽特征，在他反复书写"为众人抱薪"的启蒙者反被群众所戕害的主题时，也隐含着对于独异者因为执着于徒劳的战斗而漠视自身生命价值的批判，作者意识到其中的偏颇性却仍然顽固地把它呈现于纸面之上，目的是为了取得某种意在言外的警示效果。因着这般复杂的张力，《人的文学》中论述的个体之间以爱的福音与感同身受来达致融洽的人间关系也似是而非地击中了鲁迅某些

---

[1] 周作人：《人的文学》，《艺术与生活》，河北教育出版社，2002年，第17页。
[2] 张先飞：《"人"的发现——"五四"文学现代人道主义思潮源流》，人民出版社，2009年，第194—195页。

自我意识的裂痕。

鲁迅早年在《文化偏至论》中提出"人立而后凡事举"的命题,"若其道术,乃必尊个性而张精神"[1]。作为实现"立人"的途径,"尊个性而张精神"也会带来一定的思维"偏至",那就是在"张灵明"的同时"掊物质",在"任个人"的同时"排众数",以一方对另一方的占有为根据。"五四"时期的鲁迅对此有所省思,并在开山之作《狂人日记》中用艺术化的手法再现青年时代的这一理想,更为重要的是通过狂人的表现使得其展现自身固有的限度。而《人的文学》建立理想人生观的尝试可以看作是潜在地呼应了"掊物质而张灵明,任个人而排众数"这一参照系,其核心就是在"物质"与"灵明""个人"与"众数"之间重新建立一种平衡融洽、两者兼备的关系,未尝不能视为是对《狂人日记》命题的延伸阐释与补充解答。这种思路部分符合了鲁迅本人的思想修正,将他未曾言明的隐微心迹表露出来,同时也有周作人基于自身思想语境的个性化重构。

三、反求诸己:《狂人日记》对于《人的文学》的镜鉴意义

就"立人"的方法途径而言,《人的文学》对于《狂人日记》有延伸性的阐释,但《狂人日记》同时也能反过来在精神层面提供宝贵的镜鉴。

前文已经提到周作人的人道主义理论体系相较于鲁迅早年的"立人"思想有所丰富补益,周氏本人对于自己的这一理想也表现得十分自信,这从他行文的用词当中可以看出。《人的文学》开篇即将"人道"

---

[1] 鲁迅:《坟·文化偏至论》,《鲁迅全集》第1卷,人民文学出版社,2005年,第58页。

比作"真理的发见"[1],言下之意就是自身掌握了人性的真理性认识,并且要将它披露出来作为改造社会的良方。后面他又把以"个人主义的人间本位主义"来维系的人类理想生活称为"二十世纪的新福音"[2],透露出一种如同阳光照临黑夜般的普世意识。在《人的文学》观点展开的过程中,所有的论述都显得有条不紊,十分明确,从中可以看到一个要从根本上一劳永逸地解决人间问题的话语主体,这是一个以真理者自居,带有精英意识乃至权威意志的布道者形象。廓开来看,周作人"五四"时期以《人的文学》为中心的一系列论断实际上都有自身社会改造层面的依托,那就是正在日本如火如荼开展的新村运动,新村本身就是一个带有乌托邦性质的社会组织,周作人受其理论影响在思想上表现出强烈的理想主义色彩,在有关文章中他甚至宣称日本新人的改革能够引导人类建立"地上的天国"[3]。

可以说,这样的启蒙者虽然在具体的"立人"路径上变更了单向度的以超拔精神向庸众宣战的方式,但在主体与外部思想的关系上却与《狂人日记》前半部分所描写的刚刚"觉醒"了的"我"如出一辙,即把自身委身为某种观点的化身,被普遍性的"价值"所占有,区别只不过在于从一种理论过渡到另一种理论。在《狂人日记》中,"我"不断发现社会中的吃人现象,认定仁义道德的本质在于吃人,主体自以为真理在握,把"清白"的自身与罪恶的外部现实割裂开来,因而可以居高临下地控诉,这构成了狂人的初次"觉醒"。但是在笔者看来,批判传统与现实仅仅是小说的浅层意义,鲁迅的重心其实在于描写"觉醒"了

---

1 周作人:《人的文学》,《艺术与生活》,河北教育出版社,2002年,第8页。
2 同上,第11页。
3 周作人:《游日本杂感》,《艺术与生活》,河北教育出版社,2002年,第243页。

的狂人在走向启蒙的过程中对于"吃人"认识的不断深化以及伴随而来的自我意识的修正与调整。从第四节狂人发现大哥也是合伙吃"我"的人开始,他便改变了一味向外观察的视角而具有了一种反求诸己的维度:"我是吃人的人的兄弟!"[1]这意味着狂人意识到自身与传统社会不可分割的血脉关联,从而确立起来一种共罪感。随着思考的推进,自责反省的意识越来越浓重,直到小说最后狂人发现"四千年来时时吃人的地方,今天才明白,我也在其中混了多年"[2]。换言之,"我"与"罪恶"的"历史"实际上是一种互为表里的同构性关系,"我"并不会因为认识到"吃人"就可以摆脱这一循环的链条。由此,狂人也从小说开篇自觉被吃的恐怖的受害者意识中摆脱出来,获得了加害者的真正清醒的现实自觉,隐含作者对于主体的批判反思同时达到高潮:"有了四千年吃人履历的我,当初虽然不知道,现在明白,难见真的人!"[3]曾经"自以为振臂一呼便应者云集"的"狂人"其实并不能担负起"真的人"的称谓,希望只能被寄托在未来的孩子身上,所以结尾便有了"救救孩子……"的呼喊,即便如此,其后的省略号依然在提醒着前景的暧昧不明。这就如同鲁迅在"五四"新文学的开端之处给包括周作人在内的乐观主义的启蒙者开出了一剂意味深长的告诫,当我们高谈阔论各种大刀阔斧的思想方案时,是否应该适时地将目光反顾自身,如果启蒙者本身已被污染,成为社会压迫性结构的一分子,那么所谓的启蒙又何以能够成立呢?由此笔者也非常同意相关论者的说法:"正是由于'看见自己',鲁迅开启了漫长而痛苦的蜕变进程,为日后以新的姿态

---

1 鲁迅:《呐喊·狂人日记》,《鲁迅全集》第1卷,人民文学出版社,2005年,第448页。
2 同上,第454页。
3 同上。

再度出世埋下了伏笔。"[1] 诚然，只有在面对"铁屋子"的启蒙困境时不断反刍自身，以自我解剖的精神来建立主体性，才能避免成为各种时髦理论的附庸，真正将外来思想占为己有，从而以一种更为切实的态度投入战斗。

从这一视角出发，我们便会理解伊藤虎丸对于《狂人日记》的独特解读，他认为："看似以'觉醒了的狂人'的眼睛来彻底暴露黑暗社会的《狂人日记》，如果从反面来看，也并非不能看成是一个被害妄想狂的治愈经过，即作者摆脱青春，获得自我的记录（如此说来，那么《狂人日记》的前言里也就明写着这是已经治好了疯病，'赴某地候补'的友人的日记）。"[2] 这种说法并非无稽之谈，而是可以得到相关细节的印证，《狂人日记》的小序透露出一个重要信息，即"狂人"的称谓是我病愈之后的"自题"。就"狂人"一词而言，除了指代被迫害妄想狂以外，还带有狂狷不知清醒之意，所以自题为狂人未尝不能看作是隐含作者对病中之"我"的批判，嘲讽自身失之于狂傲、不知谦卑，自以为真理在握，企图以精英者的名义去占有启蒙对象，最后却发现不过是个为高蹈的救世主理想所蛊惑的同罪之人。精英启蒙者超脱于世俗的"狂狷"气质使得他们失去将自身作为有机的一部分内化于历史中的机会，缺乏共同承担的责任感，而"我"最终通过自省精神确立起与广大世界感同身受的罪感意识，即是从一个孤绝呐喊的精神超人转变为镶嵌在具体的社会关系中的实实在在的理性人，这说明狂人实现了伊藤

---

[1] 刘彬：《旧"事"怎样重"提"——以〈呐喊·自序〉为例》，《中国现代文学研究丛刊》，2019年第2期。
[2] [日]伊藤虎丸：《鲁迅与终末论：近代现实主义的成立》，李冬木译，生活·读书·新知三联书店，2008年，第178页。

口中所谓的"摆脱青春，获得自我"[1]。与狂人建立主体性相伴而来的是，对于其最终"赴某地候补"的结局也完全可以从正向上来理解，正如张业松所说，其实质"更多是出于自我反省之下的志向下沉，从'劝转'当权者转向'沉入于国民'，自我砥砺，怀志不屈"[2]。如此，我们也不难理解伊藤认为《狂人日记》并不是彻底败北的文学，之所以如此，正是因为在"看见自身"的基础上"有着一种要在日常生活中去扎扎实实工作的积极姿态"[3]，这是主体摆脱自大以及自我招致的不成熟以后完成的精神蜕变，所以"候补"是狂人"回归社会"与"有责任参与"的开始，应该从积极的面向上来把握。以此为契机，伊藤虎丸把对《狂人日记》的解读与鲁迅个人的精神史结合起来分析，狂人的人格特质与鲁迅惯于"抉心自食"的习性吻合，他"劝转"失败以后最终"赴某地候补"也符合鲁迅本人自"新生"运动流产起陷入长时间"寂寞"到写出《狂人日记》之间的历程。所以《狂人日记》是"自传性的作品"，展示了"鲁迅自身的灵魂履历"[4]，内蕴着现代主体诞生的秘密，而其中转变发生的关键即在于罪感意识的获得，这也是其被认为堪称一部"伟大的忏悔录"[5]的原因。如果说其中有什么文化价值能够烛照同时代的文学现场，

---

1 更为具体地说则是"因'独醒'而被世界排斥在外的灵魂再次打破'独醒'所带来的孤傲，从优越感（它往往与自卑感相同）中获得解救，重新回到这个世界的日常性中来（即成为能对这个世界真正负有自由之责的主体），不知疲倦地持续战斗到生命的最后一天。"参见［日］伊藤虎丸：《鲁迅与终末论：近代现实主义的成立》，李冬木译，生活·读书·新知三联书店，2008年，第176页。

2 张业松：《〈狂人日记〉百年祭》，《现代中文学刊》，2019年第2期。

3 ［日］伊藤虎丸：《鲁迅与日本人——亚洲的近代与"个"的思想》，李冬木译，河北教育出版社，2000年，第119—120页。

4 同上，第106页。

5 陈思和：《中国新文学整体观》，上海文艺出版社，2001年，第352页。

那么无疑就是狂人身上蕴含的伟大的自我反省的精神。

就本书的研究内容而言，《狂人日记》反求诸己的思想维度对于憧憬人之"真理"性认识的《人的文学》具有隐含的借鉴意义，当周作人渴望一劳永逸地解决人间问题时，能够虚心聆听到《狂人日记》讲述的隐秘心计以及鲁迅寄托其中的深层款曲，以之为鉴来匡正对于"人的文学"的线性进步想象。"立人"并不是一个一蹴而就的过程，而是永远在寻路的途中，启蒙者需要抛下精英者的优越感，在看向外界的同时也看见自身，不断地进行自我反省与调整。正如论者所言："青年鲁迅在《摩罗诗力说》里期待过精神界战士，然而十年沉寂、转入中年的鲁迅，却用《狂人日记》冷峻地表明了，精神界战士并不能凭空产生。'人的文学'并不是如清晨甘露，伴随着曙光而自然出现，它需要筚路蓝缕，在沉疴之中疗救而得……"[1]

四、启蒙时代文学何为："记录研究""非人的生活"

周作人曾经给"人的文学"下过一个简明的定义，成为"五四"新文学理论的经典论断，被后世论者反复称引："用这人道主义为本，对于人生诸问题，加以记录研究的文字，便谓之人的文学。"[2] 如果对其进行分解，可以作如下表述，"人的文学"的价值依托在于"人道主义"精神，书写对象是"人生诸问题"，具体的表现手段则为"记录研究"。可以说这一口号最为精要地概括了初期新文学的思想内容，直接开启了"为人生"的文学潮流，意义深远，难怪胡适将其与"活的文学"并称

---

[1] 黄江苏：《为什么现代文学的开端是个"狂人"？——论〈狂人日记〉》，《中国现代文学研究丛刊》，2020年第6期。
[2] 周作人：《人的文学》，《艺术与生活》，河北教育出版社，2002年，第12页。

为新文学的理论纲领[1]。在提出论点以后，周作人进一步进行了细化，将"人的文学"具体分作正面与侧面两类，而他本人的态度更为置重后者[2]。随后周作人更是以莫泊桑的《一生》、库普林的《坑》与中国的《肉蒲团》《九尾龟》比较，意在说明中西描写"非人的生活"的作品在本质上的不同："简单说一句，人的文学与非人的文学的区别，便在著作的态度，是以人的生活为是呢，非人的生活为是呢这一点上。材料方法，别无关系。"[3]换言之，尽管描写的是"非人的生活"，但因着著作态度的严肃，创作立场上以对理想人生的展望为价值皈依，从而可以被归入到"人的文学"之行列，并且还构成了其中最为重要的一类。由此出发，他进一步提出："中国文学中，人的文学本来极少。从儒教道教出来的文章，几乎都不合格。"[4]周作人的论述带有鲜明的中西二元对立意识，其目的是吸取异域文明中的思想因子来变革中国国民的心理基础与文化积淀，文学不过是其中的中介环节。这是"五四"那个狂飙突进年代的典型思维，他们谈论文学并不仅仅就文学本身展开，而是和民族国家整体性的现代化进程相关。可以看得出来，周作人当时提出"人的文学"概念并没有具体落实到文学自身的艺术特质上面，它要表达的中心问题其实是文学如何描写人，主要集中于内容层面上，而这

---

1 胡适：《〈中国新文学大系·建设理论集〉导言》，《中国新文学大系·建设理论集》，良友图书印刷公司，1935年，第18页。
2 "（一）是正面的，写这理想生活，或人间上达的可能性；（二）是侧面的，写人的平常生活，或非人的生活，都很可以供研究之用。这类著作，分量最多，也最重要。因为我们可以因此明白人生实在的情状，与理想生活比较出差异与改善的方法。"参见周作人：《人的文学》，《艺术与生活》，河北教育出版社，2002年，第12页。
3 周作人：《人的文学》，《艺术与生活》，河北教育出版社，2002年，第12页。
4 同上，第12—13页。

种以思想性为本位的"人的文学"旨在彻底打通文学与人生的关系，而且写法上偏重于在否定性的表达中贯彻正面的意旨，以图在理想与现实的差异中照亮"立人"之路。细细咂摸，笔者发现这样的说法与其兄鲁迅多年后对于小说创作的认定几乎如出一辙，在1933年的《我怎么做起小说来》中，鲁迅谈及自己写作小说的原因在于"仍抱着十多年前的'启蒙主义'，以为必须是'为人生'，而且要改良这人生"。同时他又说："所以我的取材，多采自病态社会的不幸的人们中，意思是在揭出病苦，引起疗救的注意。"[1] 在这里，鲁迅写作取材于"病态社会的不幸的人们"与周作人所介绍的"人的文学"重点表现"非人的生活"同样是有关文学内容趋向的规定，二者都将目光对准底层平民生存之悲惨，而"揭出病苦，引起疗救的注意"则与"因此明白人生实在的情状"对应，是对现实国民性状况的理性认知，写小说最终的目的在于"改良这人生"，这就是周作人口中所谓的"与理想生活比较出差异与改善的方法"，皆是对未来美好人生理想的期望。在这种共同的文学成规的叙述下，我们再将目光拉回到鲁迅1933年自述中所说的"十多年前"，彼时正是他重新拾起文艺的武器，参与"五四"启蒙运动来发声呐喊的阶段，而文学家鲁迅的开端是在1918年写出的《狂人日记》，这篇作品通常被指认为是他成体系地写作小说的起点，集中地体现了鲁迅本人的创作思维。由此也可间接推测，与鲁迅持论相近的周作人，他的"人的文学"理论体系也应该与《狂人日记》有着写作理念上的覆合之处。换言之，周作人的《人的文学》固然可以在近代以降欧洲文学的

---

1 鲁迅：《南腔北调集·我怎么做起小说来》，《鲁迅全集》第4卷，人民文学出版社，2005年，第526页。

谱系中找到创作上的对应，是西方文学传统在中国现代化语境中合乎逻辑的理论延伸，但联系到它作于《狂人日记》之后不久的事实，以及二人在创作心理与文学观念上面的默契，我们是否还可以设想另外一种新的可能性，即《人的文学》更为直接的对话者是作为新文学开山之作的《狂人日记》，前者与后者之间是观点与事实的描述关系，《人的文学》将小说中体现出的内容取向、创作旨归以及表现手段提炼为明确的概念体系，而反过来《狂人日记》则是其文学理论的实践范本。

如同前文所言，《狂人日记》正文里描写的是"吃人"的历史，芸芸众生在吃人的同时也不能逃脱被吃的命运，无一可幸免，整个的社会被封存在一个如同铁板一块的"铁屋子"的世界里，其酷烈的场景，阴暗凄凉的色调，正可堪称周作人"非人的生活"一语。文贵良曾经从语言的角度去探讨《狂人日记》文本形态的生成和意义走向，他指出："鲁迅在语言的否定性场域中，通过言说即小说写作，把自己委托给绝望。"[1] 若果真如此，则否定性思维构成写作《狂人日记》的精神根底，在中国现代文学的开端，站着的却是从反面视角切入社会现实的"狂人"，不得不引人深思。但《狂人日记》并非如同《人的文学》所述之"儒教道教出来的文章"那般"安于非人的生活"，对生存之不幸抱有游戏狎玩的态度，而是要"哀其不幸，怒其不争"，即符合周作人所谓"人的文学"是"希望人的生活，所以对于非人的生活，怀着悲哀或愤怒"[2]，小说的落脚点在于"救救孩子"，最终要归结到人道主义精神上面，寄寓着严肃的思想立意。由此看来，在文学所书写的内容题材上，

---

[1] 文贵良：《语言否定性与〈狂人日记〉的诞生》，《鲁迅研究月刊》，2013 年第 8 期。
[2] 周作人：《人的文学》，《艺术与生活》，河北教育出版社，2002 年，第 12 页。

《狂人日记》与《人的文学》所重点倡导的文学类型具有强烈的呼应性，其所宣扬的文学之精神品格已经在《狂人日记》的写作中给出。除此以外，我们还能从两个文本的细节当中找到更为紧密的对应之处。周作人称呼"人的文学"为"用这人道主义为本，对于人生诸问题，加以记录研究的文字"，历来我们对于定义中的"人道主义"关注较多，而对于作为具体写作功能的"记录研究"一语却不予置评。然而恰恰正是在与《狂人日记》的对读中，笔者发现此处暗藏玄机，存在进一步分析的必要。《狂人日记》开头有一篇奇特的文言小序，对此历来众说纷纭。作者设置了一个叙述者"余"，他在归乡途中访晤某君昆仲，从兄长处得见记载着弟弟当日病状的日记，并且将这份日记披露出来，原文使用的表述是："间亦有略具联络者，今撮录一篇，以供医家研究。"[1] 这里的话语主体是"余"，他"撮录""狂人"的日记，供给"医家"研究，"撮录"在前，"研究"在后，"撮录"是"研究"的基础，"研究"是"撮录"的升华，而在正文狂人心理活动中反复出现的"凡事须得研究，才会明白"也呼应了小序中"供医家研究"一语，可见其重要性。作为一个执着于探讨国民性问题的知识分子，弃医从文后的鲁迅自觉地把理想的文学启蒙者比作一个医生的角色，而医生诊断病症的行为非常类似于启蒙者对于国民性的剖析，同样注重"问题"的"记录"，所以也有理由认为小序之中"供医家研究"一语并非全然是鲁迅惯用的写作上的反讽，而是有着严正的思想诉求。"医家"可以指代鲁迅心目中的智性读者，隐含作者希望其能够担负起启蒙者的重责，对于《狂人日记》的思想命题进行后续的跟进"研究"。正是在这一点上我认为周作人毫

---

[1] 鲁迅：《呐喊·狂人日记》，《鲁迅全集》第1卷，人民文学出版社，2005年，第444页。

无疑问应该包括在鲁迅预设的智性读者之内,从文本细节来看,《狂人日记》中的"撮录""研究"与周作人在"人的文学"定义里要求文学对于"人生诸问题"进行"记录研究"的功能正好能够对号入座,周氏谈及"人的文学"中有一类侧面描写人的平常生活或"非人的生活"之后,也曾说这类作品"很可以供研究之用"[1],而他本人在《人的文学》中纵横古今、畅谈中西,建立自家的理论体系最终成为"五四"巨大的知识航标,其浓郁的学者气质与周全的说理风格正可堪"研究"之大任。有着如此天衣无缝的对应,我们难道就不能说狂人的日记本身就是这样一份在周作人眼中可供研究的"非人的生活"之记录吗?或许正是因为周作人从《狂人日记》内容呈现的特质以及具体写作方式上获得启发,所以能够助推其本人系统地提出"人的文学"概念,而反过来从《人的文学》的视角透视《狂人日记》,我们也可以对整篇文言小序的功能产生某种理解上的翻转。在历来的《狂人日记》研究史上,文言小序与白话正文就像两个互相封闭隔绝的世界,指代着两套不同的价值体系,建构出意义上的张力关系,这种认识主要是从狂人候补的结局出发,自然有其精到的见解,不过已经是老生常谈,很难再释放出新的生产性。但如果说我们取道"人的文学"概念中"记录研究"一语,将对文言小序关注的重心从"狂人"的"候补"转移到"余"的"撮录""研究",把它作为关键词来把握,就可以发现作者已经借助叙述人的声音在其中论及小说本身的文体功能,隐秘地道出鲁迅本人的文学观念。小序不仅传达了思想上的认识,而且还是对于创作主体自身写作规则的界定,是在向外延展意义空间的同时通过"创作谈"的方式返身定义了本我,

---

[1] 周作人:《人的文学》,《艺术与生活》,河北教育出版社,2002年,第12页。

因而具有某种"元叙述"的特征。所以文言小序与白话正文可以打破单一的内容层面的分裂，二者还应被视为一种在文学观念与具体文本之间相互映衬的辐射关系。英国小说家戴维·洛奇说："元小说是有关小说的小说：是关注小说的虚构身份及其创作过程的小说。"[1] 就《狂人日记》而言，作者未尝不是在小说的创作过程中直接审视小说创作本身，致力于探索小说艺术的表现主题以及小说本身的功用，具有自我指涉的意识，部分符合了"元小说"的定义。由此廓开来看，《狂人日记》之所以会被指认为整个中国现代文学的开端，除了标志性的白话文体以及无可比拟的思想深度以外，似乎还可以补充一点，那就是它某种程度上也是"有关小说的小说"，具有颇为现代的"元小说"的特质。

《狂人日记》与《人的文学》的互文关系说明"记录研究""非人的生活"正是周氏兄弟"五四"时期有关文艺功能的共同认知，这是"人的文学"的主要表现内容与手段，回答的是启蒙时代文学何为的问题。"人的文学"为什么要通过"非人的生活"来呈现？笔者认为这种略为吊诡的叙述背后，是在风云激荡的社会转折期企图破旧立新的历史主体的转喻。"五四"一代人之所以激烈地反传统，这是因为他们信奉先破后立的价值观，认为只有在扫清思想战场的基础上才会有新的文明建设。潜在的启蒙主义价值观决定了他们熟稔地以"新"/"旧"、"人"/"非人"的认识框架来评定事物之间的关系，划清彼此的界限，将不符合自身立场、姿态、话语方式的指认为"他者"，正如王德威所言："事实上，为了维持自己的清明立场，启蒙、革命文人必须要不断指认妖魔鬼怪，并驱之除之；传统封建制度、俚俗迷信固然首当其

---

[1] [英]戴维·洛奇：《小说的艺术》，王峻岩等译，作家出版社，1998年，第230页。

冲，敌对意识形态、知识体系、政教机构，甚至异性，也都可附会为不像人，倒像鬼。"[1] 所以"人的文学"这一概念实际上内含着知识分子的话语/权力关系，一定程度上会给众声喧哗的文学景观造成遮蔽，不过反过来说也正是这种破旧立新的思想冲动构成"五四"启蒙的意义装置，新文学的生产机制由此建立，它能够最大程度地集中力量为社会文化现代化转型的过程服务。至于在创作过程中为什么要重点突出"记录研究"的功能或表现手段，同样与一时代之精神症候与思想氛围有关。古希腊哲人苏格拉底认为未经审察的人生是不值得过的，"五四"时期的"新青年"们亦深得其中三昧，对于历史与传统常常持有怀疑主义的态度。狂人曾发出"从来如此，便对么？"的呼声，胡适在"整理国故"中也有捉妖打鬼之论，这些言说都要求知识者不能不假思索地服从"权威"，展示了"五四"时代"个"的反叛精神的觉醒，在信奉某一具体的理论学说之前预先进行"记录研究"正是在"科学"观念与方法论影响下"重新估定一切价值"的"评判的态度"[2]之体现。而通过上文的分析，我们可以看到周氏兄弟打通了"立人"事业与文学之间的本质关联，他们通过创作与理论合力奠定了"人的文学"的知识结

---

1 王德威:《魂兮归来》,《当代作家评论》,2004 年第 1 期。
2 "重新估定一切价值"语出尼采，"五四"时期被胡适引用来说明能够体现新思潮根本意义的"评判的态度":"据我个人的观察，新思潮的根本意义只是一种新态度。这种新态度可叫做'评判的态度'。评判的态度，简单说来，只是凡事重新分别一个好与不好。"尼采说现今时代是一个'重新估定一切价值'（Transvaluation of all Values）的时代。'重新估定一切价值'八个字便是评判的态度的最好解释。"参见胡适:《新思潮的意义》,《新青年》, 第 7 卷第 1 号，1919 年 12 月 1 日。后来周作人借用胡适的话来概括新文化的精神:"新文化的精神是什么？据胡适之先生的解说，是评判的态度，是重新估定一切价值。"参见周作人:《复古的反动》,《周作人散文全集》(修订版) 第 2 卷，广西师范大学出版社，2021 年，第 762 页。

构，指明写作的要津之点在于记录研究"非人的生活"，其作为一个共同体所给出的启蒙时代文学何为的选择，是多么深刻地镶嵌在"五四"精神的脉络之中。

第三节 "新人"的发现："妇女"与"儿童"

"五四"时期，"人的发现"成为时代思想解放的旗帜，对其的认知一经扩展深化，"人"本身的概念内涵也得到了极大的丰富，伴随而来的是传统伦理体系中处于弱势边缘地位的"妇女"与"儿童"引起了文化界的重视。"妇女的发现"与"儿童的发现"堪称彼时"人的发现"的两个最为重要的分支，从有关妇女问题的讨论到对儿童教育的提倡，这一舆论脉络的形成实际上构成了"人的发现"的内在演进逻辑。启蒙知识分子将触手向着更为具体广阔的知识领地延伸，不断地发掘出新的思维命题与文化信息。作为以改良人生为终身之职志的文学思想家，鲁迅与周作人一贯以来对于妇女儿童的处境高度关注，新文化运动期间他们结成紧密的阵营共同呼吁妇女与儿童的个性解放，体现出同情、扶助弱小的人道情怀以及对于强暴的专制意识形态的反抗。二者有关妇幼的言说将自身的独特理解汇入到时代的大合唱中，实践着"立人"思想的真义。

一、反抗性别压迫：从两性道德的视角进入思想伦理

如果我们检视中国近代以来社会伦理变革的历史轨迹，可以发现女性问题往往是作为突破口出现在时代思潮的前沿，当时这种突破的表现形态之一就是反抗社会压迫的女权话语。在破旧立新的思想语境

下，女性的自由代表了一个国家文明进化的程度，而女性解放的具体内涵则一定程度上需要放置在与上千年来独揽权力资源的男性的对比中才能彰显自我，具有与传统断裂的文化象征的意义[1]。周氏兄弟正是首先从中国文化的历史脉络中深切体会到性别之间的差异性关系并对这种两性间的奴役状态加以沉痛的反思。

周作人对中国历史中女性身份的缺席早有会意，在1904年的一篇题为《论不宜以花字为女子之代名词》的文章中，他认为："四千年来，我女子之不出现于世界也久矣。"之所以会做如此判断，是因为他深刻地发现女子"委身于脂粉生涯，闭置于无形牢狱"的现实处境，女人的存在被抽空为男人的玩物以及生育的工具，而骚人逸士以花为喻来吟咏女子的书写惯例实际上也触及了中国古代将女子"物化"描述的思维传统[2]。在新文化运动之前周作人就曾写过《妇女选举权问题》《妇女商兑》等文章来提倡妇女权益，他对妇女人格的丧失一贯保持警惕。而在1922年的《女子与文学》中，他说"女子则为人类一分子，有独立的人格，不是别的什么的附属物"[3]，说明"五四"时期周作人已经充分意识到建立女性自我主体性的重要意义。其后他还在《女子的读书》《论做鸡蛋糕》等文章中极力呼吁女性应注重知识与常识之养成，其

---

[1] "如果我们不把女性仅仅视为一个纯生理性别意义上的称谓，那么，可以说在现实社会生活中，女性作为一个性别群体概念之最重要的内涵是由历史规定的。用五四那个大时代的眼光看，女性的真实价值必须在与父系秩序下的社会性别角色的差异性关系中才能得到确定。"参见孟悦、戴锦华：《绪论》，《浮出历史地表——现代妇女文学研究》，河南人民出版社，1989年，第27页。

[2] 以上参见周作人：《论不宜以花字为女子之代名词》，《周作人散文全集》(修订版)第1卷，广西师范大学出版社，2021年，第20—21页。

[3] 周作人：《女子与文学》，《周作人散文全集》(修订版)第2卷，广西师范大学出版社，2021年，第686页。

中尤以自然与人生的科学理论为重。鲁迅对于传统社会女性的附庸地位也深有感触，在《小杂感》中他曾说"女人的天性中有母性，有女儿性；无妻性"[1]，后来又写有《男人的进化》这样猛烈讽刺男权专制的文章。在《灯下漫笔》中鲁迅曾经谈到中国人向来就没有争到过"人"的资格，只不过是在"想做奴隶而不得的时代"与"暂时坐稳了奴隶的时代"之间循环，而其根据则在于中国古代社会"天有十日，人有十等"的等级制度，它的特点在于"有贵贱，有大小，有上下……一级一级的制驭着，不能动弹，也不想动弹了"[2]。其实在鲁迅本人的理解中，中国古代思想政治所制定的等级观念正是造就奴隶性的重要原因，奴隶的一个显著特征就是精神麻木，不能感受到他人的精神痛苦。而古代社会以三纲五常维系的差序格局通过将人分割、划等来支配国民意识，最终造成的就是人与人之间相互隔绝，各不相通。自己可以被人吃，有权势的时候也可以吃人，弱者可以转嫁给更弱者，人与人的关系被消解为主与奴的相对性与循环性。所以主与奴实际上是一体之两面，从奴隶到人的根本性转变并未发生，这也是为何鲁迅常有"人人之间各有一道高墙，将各个分离，使大家的心无从相印"[3]的感慨。由此看来，男性对女性的奴役正是等级制度发挥到极致以后的表现，因为即使是作为第十等人的"台"，其下还有任他驱使的"妻"[4]，一整套的伦理纲常观念使得这种性别的压迫"自然化"，以至女性本人都可

---

1 鲁迅：《而已集·小杂感》，《鲁迅全集》第3卷，人民文学出版社，2005年，第555页。
2 鲁迅：《坟·灯下漫笔》，《鲁迅全集》第1卷，人民文学出版社，2005年，第227页。
3 鲁迅：《集外集·俄文译本〈阿Q正传〉序及著者自叙传略》，《鲁迅全集》第7卷，人民文学出版社，第83页。
4 鲁迅：《坟·灯下漫笔》，《鲁迅全集》第1卷，人民文学出版社，2005年，第227页。

默许之。而从另一面说来，男女之间基于生理特征之上的性别分工又为孕育古代政治文化赖以持存的思想规则与价值体系提供了温床，这是一个从自然选择上升到文化设计的过程，直接影响了中国社会结构的形成，正如有论者指出两性之间的主从关系根本上是作为一种普遍适用的模式被推及社会的各个领域，所谓的大一统规范正是以之为基础形成[1]。因此，性别问题整个地和中国封建社会的政教传统与统治秩序有着互为缠绕的关联。从这一视角来说，周氏兄弟把沉默的"妇女"从历史深处打捞出来，并非仅仅停留于人道主义的同情，也直刺造成这一"非人"局面的文化机制的层面。他们借由妇女的议题来对古旧中国的文化心理结构进行批判，而选中的着力点就是男女之间的性道德。

周作人曾说，观测"一民族的文明程度之高下，即可以道德律的宽严简繁测定之，而性道德之解放与否尤足为标准"[2]。秉持着这样的原则，"五四"时期他就曾从多个角度对两性道德有所论述。《爱的成年》一文是对英国凯本德有关两性的观点进行介绍，他认为女子的自由须以社会共产制度为基础，在为母时能够供养她，避免依靠男子的专制过活，同时也反对那种人身不洁、视女性为污物的思想，认为"人类

---

[1] "宏大而完整的父子秩序贯穿着中国文化史，这一一统秩序是将生理上以及农业社会生活方式中的性别角色高度社会化、政治化、制度化及至符号化的结果。从家庭和私有制起源始，男女性行为中的主客关系、加之在一定生产力水平上形成的性别分工的主从意味，便被作为一种广泛适用的模式推广到政治统治、社会等级、礼仪、伦理、行为规范以及话语领域，形成所谓'天网恢恢，疏而不漏'的宏大社会——文化结构。"参见孟悦、戴锦华：《绪论》，《浮出历史地表——现代妇女文学研究》，河南人民出版社，1989年，第24页。

[2] 周作人：《论做鸡蛋糕》，《谈虎集》，河北教育出版社，2002年，第271页。

的身体和一切本能欲求，无一不美善洁净"[1]。《中国小说里的男女问题》涉及对"不自由的结婚"的悲剧之探讨，其中尤以已婚者的"三位一体"，也即一夫一妇又一个男子的关系所揭示的问题为重要[2]。《欧洲古代文学上的妇女观》则对中古以前男女地位关系有详尽的介绍，要褪去性的神秘主义思想[3]。《结婚的爱》介绍了斯妥布思（现译作"斯托普斯"）博士有关夫妇性欲关系应以女性为本位的观点，可以说是令人耳目一新[4]。而在《宿娼之害》中，周作人一言点破传统包办婚姻的实质："传统的结婚即是长期卖淫，这句话即使有人盛气地反对，事实终是如此。"[5] 在他看来，没有"恋爱自由"的婚姻关系是不道德的，因为它根本上是一种奴隶制度，侵犯了个人权益，正如恩格斯认为妻子"不是像雇佣女工做计件工作那样出租自己的身体，而是把身体一次永远出卖为奴隶"[6]。特别值得申说的是如《野蛮民族的礼法》[7]一类对于主张"男女隔离"的言论表示嘲讽的文章，周作人本人写作了一系列这样的文字来反对道学家在两性关系上"维持风化"的举动，周氏对于礼教"禁欲"的看法十分独特，认为这正是道学家性意识过于发达与克制

1　周作人：《爱的成年》，《谈龙集》，河北教育出版社，2002年，第155页。
2　周作人：《中国小说里的男女问题》，《周作人散文全集》（修订版）第2卷，广西师范大学出版社，2021年，第106—110页。
3　周作人：《欧洲古代文学上的妇女观》，《艺术与生活》，河北教育出版社，2002年，第76—99页。
4　周作人：《结婚的爱》，《自己的园地》，河北教育出版社，2002年，第121—124页。
5　周作人：《宿娼之害》，《周作人散文全集》（修订版）第3卷，广西师范大学出版社，2021年，第229页。
6　［德］恩格斯：《家庭、私有制和国家的起源》，中共中央马克思恩格斯列宁斯大林著作编译局译，人民出版社，1999年，第72—73页。
7　参见周作人：《野蛮民族的礼法》，《谈虎集》，河北教育出版社，2002年，第239—240页。

力过于薄弱的缘故,《读欲海回狂》中说"做戒淫书的人与做淫书的人都多少有点色情狂"[1],《重来》里则认为"极端的禁欲主义即是变态的放纵,而拥护传统道德也就同时保守其中的不道德"[2]。周作人的这种辩证思维可能受到蔼理斯、弗雷泽等人的影响,他们为周作人提供了独特的判断角度,具体来说就是把社会批评的内容与性道德、性心理的理论结合起来[3]。由此出发,周作人对于社会怪相的解读也能跳出事件本身,运用文化人类学的知识视野。比如《狗抓地毯》就揭示了社会对于两性关系最为严厉的原因在于"蛮性的遗留"[4],这种对于性的作用力的迷信又被他归结到"萨满教的礼教思想"[5],即认为私人性的性过失有危害全群的效应,而当时的"维持风化"正是此种思维意识的外化。不得不说周作人从人类社会文化心理的变迁入手来阐明性道德是全面且透彻的,颇有理论上的说服力。鲁迅关于妇女问题的言论虽然不如周作人这般频繁集中,可是也同样侧重于从性道德的角度来立说,他后来的某些观点与周作人也很接近,比如认为"要风化好,是在解放人性,

---

[1] 周作人:《读欲海回狂》,《雨天的书》,河北教育出版社,2002年,第181页。
[2] 周作人:《重来》,《谈虎集》,河北教育出版社,2002年,第73页。
[3] "然而,更为鲜明地体现着蔼理斯影响的,是周作人在批评中对心理分析的批评理论和方法的运用。例如,心理分析的欲望升华说有一重要观点,就是认为文艺中的描写与现实中的作者的生活事实往往是不一致甚至是矛盾的。因为一种本能欲望若需假道文艺来宣泄或升华,正说明它无法在现实中得到实现和满足。"参见罗钢:《周作人的文艺观与西方人道主义思想》,《中国现代文学研究丛刊》,1987年第4期。
[4] "社会喜欢管闲事,而于两性关系为最严厉,这是什么缘故呢?我们从蛮性的遗留上着眼,可以看出一部分出于动物求偶的本能,一部分出于野蛮人对于性的危险力的迷信。"参见周作人:《狗抓地毯》,《雨天的书》,河北教育出版社,2002年,第100页。
[5] 周作人:《萨满教的礼教思想》,《谈虎集》,河北教育出版社,2002年,第219—221页。

普及教育，尤其是性教育"[1]就和周作人重视性心理学能够对应。鲁迅在《关于女人》中所说的"正人君子""骂女人奢侈，板起面孔维持风化，而同时正在偷偷地欣赏着肉感的大腿文化"[2]与周作人认定道学家都是色情狂也有异曲同工之妙；《男人的进化》论断"现代强盗恶棍之流的不把女人当人，其实是大有酋长式武士道的遗风的"[3]，也是如同周作人一般从"蛮性"遗留的角度来分析现实。周氏兄弟对于两性道德议题的关注也使得他们在某些具体问题上形成相互配合，"五四"时期比较典型的是有关女性贞节问题的讨论。

1917年2月之后，《新青年》开设"妇女问题"专栏，讨论女子教育，杂志上也曾经刊登广告征集有关"女子问题"的议论，但应答者寥寥，一直到周作人翻译与谢野晶子的《贞操论》并且将其发表在第4卷第5号的《新青年》之后，才掀起了公众的热烈响应。"五四"新文化同人纷纷写作文章予以支持，胡适的《贞操问题》、鲁迅的《我之节烈观》、张崧年的《男女问题》相继发表，另外在《新青年》的"讨论"栏目中也刊发了蓝志先、胡适、周作人围绕贞操问题的理论通信，从而掀起一个批判封建性道德观的高潮。所谓"贞操观"是指社会单方面对女性实行性禁锢的一种道德伦理观念，它要求女子无论在何种境地都要对丈夫保持忠贞，不得背离，这种观念在历史上曾受到统治阶级的大力提倡，形成了一整套完备的社会规范与话语准则。但从现实来看，

---

[1] 鲁迅：《坟·坚壁清野主义》，《鲁迅全集》第1卷，人民文学出版社，2005年，第274页。
[2] 鲁迅：《南腔北调集·关于女人》，《鲁迅全集》第4卷，人民文学出版社，2005年，第531页。
[3] 鲁迅：《准风月谈·男人的进化》，《鲁迅全集》第5卷，人民文学出版社，2005年，第300页。

这种苛刻的单向条约并不建立在双方爱情的基础上，而是把女性看作男人的私产，用作身体与精神上的管制，这显然违背了"五四"时期个人自由与恋爱至上的原则。周作人翻译的与谢野晶子的论文正是戳破了"贞操"作为一种普遍道德的虚伪性，从而引起了社会对于女性命运处境的关怀。文章从贞操是否男女都需遵守、贞操是否何时何地都可遵守、贞操是否可强使境遇体质不同的人都能遵守、贞操是精神抑或肉体、贞操与婚姻之间的关系等几个方面展开论述，最终得出的结论是"无论什么时地，要把贞操道德一律的实践起来，便生出许多矛盾"[1]。而在与谢野晶子的观念中，"道德这事，原是因为辅助我们生活而制定的。到了不必要，或反于生活有害的时候，便应渐次废去，或者改正"[2]，所以对于贞操，她"不当他是道德，只是一种趣味，一种信仰，一种洁癖"，"没有强迫他人的性质"[3]。周作人之所以会评价这篇《贞操论》"纯是健全的思想"，正是因为文中的观念符合他对于合理的人间生活的追求，用原文中的话来说是"我们的希望，在脱去所有虚伪，所有压制，所有不正，所有不幸，实现出最真实，最自由，最正确而且最幸福的生活"[4]。换言之，任何的伦理道德抑或社会风俗，都必须要合乎日常生活，能够增进人的现世幸福，否则即应进行改革。鲁迅写作《我之节烈观》便是处在这一思维逻辑的延长线上，他在文中对所谓贞操的一种变相表现形式"节烈"发起了猛烈的批判，对社会上一班

---

[1] [日]与谢野晶子：《贞操论》，周作人译，《周作人散文全集》（修订版）第2卷，广西师范大学出版社，2021年，第37页。
[2] 同上，第33页。
[3] 同上，第38页。
[4] 同上，第33页。

"表彰节烈"的言论大加挞伐，文章说："现在所谓节烈，不特除开男子，绝不相干；就是女子，也不能全体都遇着这名誉的机会。所以决不能认为道德，当作法式。上回《新青年》登出的《贞操论》里，已经说过理由。"[1]这就呼应了周作人之前的译文。鲁迅在文中从社会对于男女评价的不公、多妻主义的男子的虚伪面孔、节烈置人于苦境与死境且有违人性等角度来"断定节烈这事是：极难，极苦，不愿身受，然而不利自他，无益社会国家，于人生将来又毫无意义的行为，现在已经失了存在的生命和价值"，其背后也是着眼于"要人类都受正当的幸福"的诉求[2]。而由对"节烈"根源的分析概括出"历史和数目的力量"构成的"无主名无意识的杀人团"[3]，则是鲁迅对这一议题的深化。他敏锐地发现了作为"无物之阵"的伦理道德在性别奴役关系中发挥着一种深层心理机制的作用，导致了女性精神上的异化，所以要想破除这一困境，思想观念上的转变是极为重要的。

  鲁迅与周作人的妇女观当然也有在文学层面的表现。周作人"五四"时期曾经翻译俄国契诃夫写作的短篇小说《可爱的人》，收入《点滴》之中，随之一起翻译的还有大文豪托尔斯泰对于《可爱的人》的著名评论。契诃夫在小说里描写的是一位他称之为"可爱的人"的阿伦加女士的悲情人生经历。她将自身的命运完全托付给异性，热烈地爱着古庚、木材商和兽医，以他们的人生为自己的归宿，然而命运颠簸，终至无人可爱、孤身一人的境地，阿伦加最后只好将全部的希望

---

1 鲁迅：《坟·我之节烈观》，《鲁迅全集》第1卷，人民文学出版社，2005年，第124页。
2 同上，第129—130页。
3 同上，第129页。

寄托在一个未长成的小男孩身上[1]。这篇小说讨论的是当时十分引人关注的女子问题，从托尔斯泰的评论来看，他认为契诃夫的本意是要嘲讽这样一个专心侍奉男人、只知恭顺而没有自我独立个性的女人，以之为例铸造一种模型，表示女人不可如此。然而随着写作的进行，契诃夫却为阿伦加全心全意的爱所感动而情不自禁地给予祝福，原本意在贬抑却最终树立起一个光辉的女性形象。借此，托尔斯泰也发表了自己对于女子问题的观点，他高度赞扬了女性对于所爱者全身心奉献的精神，认为社会上没有女医生、女律师、女科学家、女著作家倒是没有什么关系，但倘若没有帮助慰藉男性、扶助男人发展的妻子与母亲，却是十分悲伤的。周作人对于托尔斯泰的观点有所保留，平心而论，托氏"但女人的事业，从伊天分上便与男子的不同；所以女性完成的理想，也不能与男性完成的理想相同"[2]的观点应该能得到周作人的认同，但从男女两性先天性的差异出发把女性的存在抽空为"妻性"与"母性"的结构性功能并加以赞赏，显然无视了两性之间潜在的等级压迫关系，不符合女子个性解放的主题。所以周作人也在译记当中予以回应，认为爱与生育并非专是女性的天职，她同时应该是作为一个独立的"人"而存在[3]，这正是男女平权的言论，体现出周氏对于两性

---

1 参见《空大鼓·可爱的人》，周作人译，《周作人译文全集》第10卷，上海人民出版社，2019年版，第283—294页。
2 参见《托尔斯泰对于〈可爱的人〉的批评》，周作人译，《周作人译文全集》第10卷，上海人民出版社，2019年版，第297页。
3 "我辈虽承认女子生理心理上与男子有多少差异，但不能因此便成别一种人，别有一种天职。爱与生殖这两件，并非专是女子的事。男子既这两事外，还有许多做人的事业，女子也是如此：伊爱男子，生育儿女，此外也还应做人；伊对于丈夫儿女，是妻是母，还有对于人类是个人，对于自己是'唯一者所有'。"参见周作人：《〈可爱的人〉译者附记》，《周作人译文全集》第10卷，上海人民出版社，2019年版，第299—300页。

关系的思考。鲁迅"五四"时期也创作过妇女题材的小说,《明天》描写的是寡妇单四嫂子的丧子之痛,作者针对围绕这一事件的各色人等的众生相展开群体心理的批判,揭示了底层民众人生之悲惨。寡妇这一形象并非是可有可无的设计,而是特定的喻指符号,揭示了父系制度下维持"贞洁"道德的女性在社会中的卑微处境。承载着唯一希望的宝儿病逝以后,单四嫂失去了最后的精神支撑,但她个人的悲欢却不为旁人与世界所理解,只能默默地咀嚼悲伤与孤独。小说中单四嫂子的境遇暗示着传统社会中女子失去了男性世界的荫庇之后只能成为一个被社会放逐出来的"孤魂",由此揭示出"非人"的传统社会伦理结构,寄托着鲁迅对于女性命运的深切同情,而人与人之间的隔膜与不可通约性也象征人生普遍的精神困境。

总体来看,周氏兄弟有关妇女的言说有别于晚清以来习见的围绕民族国家理论而生发的女权理论,这是因为后者完全是以"国民之母"的话语将女性的价值归属到"强国保种"的民族革命运动之中,女性形象被符号化用以证明国家摆脱落后危机的努力。而鲁迅与周作人对以"贞操"问题为代表的两性道德的讨论使得他们对真实的性别奴役关系有着更深切的体会,这显然更为接近妇女的微观生存处境。但是在周氏兄弟这种具体而微的体认背后也存在着内部视角的差异,鲁迅比较注重揭示封建伦理规范加诸女性的精神枷锁,以此批判男权文化统治下的畸形社会结构,而周作人则力图运用性心理学的知识来解释研究妇女区别于男性的身心特质与生活方式,倡导知识的完备与趣味的养成。如果说前者擅长从妇女的现实处境中提炼出明确的价值批判基点作用于当下社会,那么后者则更多是深入妇女的自然天性中去寻求某种建设性的思想方案,两种认识路径的背后是鲁迅与周作人在知识结构与精神取向上的部分差异。不过就"五四"时期"妇女的发现"而言，周氏兄弟女性观的背后都蕴含着广阔的现实指向，那就是通过性道德的视角来上升到"立人"的意识思维高度，反叛性别压迫不仅仅是事关个人生活的选择，还是代表着主体文化选择的价值符号，正如杨联芬所言："晚清民国时期女性问题所涉及的，往往不仅是与家族、两性相关的伦理问题，而且是被高度公共化和政治化的有关知识体系与价值转变的根本问题。"[1]"五四"的思想环境，潜在地决定了知识分子是以人的价值视域来理解"女人"，发现"妇女"也被列入到"立人"的文化工程当中。性别主体的觉醒，同时也是个性生成的过程，二者是相互作用的关系，由此女性主义与个人主义也获得了某种程度的统一，二者结合起来共同被关联到一个更为宏大的以造就现代民族主体为目标的启蒙运动之上。

二、儿童本位观：理论提倡与文学表现

作为"人的发现"的重要思想创获与观念形态，"儿童"这一文化概念是"五四"时期引发热烈讨论的话题之一。生物学意义上的儿童自人类诞生之初就一直存在，但是以意识形态面目出现的"儿童"话语却是伴随着文化的延展而被"发明"出来的，是历史化的建构过程，凝聚了特定时期社会主体心理的自我投射。儿童这一能指符号的隐喻功能，往往与人类对自身原初的兴趣有关，儿童的身上寄托了某些在成人世界中所缺失的理想化的特质，充满了塑造与变化的可能。就中国而言，在漫长的封建社会阶段，儿童的世界都被湮没于成人一统的社会秩序之下，其

---

[1] 杨联芬：《绪论·浪漫主义：中国如何"现代"》，《浪漫的中国：性别视角下激进主义思潮与文学（1890—1940）》，人民文学出版社，2016年，第15页。

独立人格和精神现象没有得到应有的重视。直至晚清以来，着眼于救亡图存的现实需求，一批先进的知识分子自觉地以造就"成人生活的预备"的目的来提倡儿童教育，"儿童"遂成为民族国家发展话语的一部分，其重要性大大提升，但是此时对于儿童的理解仍然将其局限在关系到国家未来前途的希望之源，叙述中出现的也大多是成人化的儿童形象。到了"五四"时期，除了继承显在的进化论的认识框架，传统的成人与儿童之间的关系又有了颠覆性的变化。在新文化知识分子的倡导下，"儿童本位"的伦理观念深入人心，儿童本身的生命个性与独特趣味得到重视，并且以一种潜隐的方式改变了人们看待世界的思维方式和认知结构。在"五四""发现儿童"的这一过程中，周氏兄弟的表现可谓突出，他们对于"童心"的想象以及与之密切相关的儿童学的提倡说明这一时期的儿童观超脱了单一的功能主义的价值理念，获得了更为深入细致的发掘。

早在"五四"之前，周作人已经对儿童问题有所涉略。据他自己回忆，他最初是在留日时期接触到高岛平三郎的《儿童研究》及其所编的《歌咏儿童的文学》后对儿童学发生兴趣，之后阅读参考的多为英文著作，对他影响较大的是美国史丹来霍耳（Stanley Hall，现译作"斯坦利·霍尔"）的儿童学研究[1]。回国以后，周作人曾担任绍兴教育会长一职，潜心于儿童教育的研究，在《绍兴县教育会月刊》上发表了《儿童研究导言》《儿童问题之初解》《家庭教育一论》等篇目，另外还译有《游戏与教育》《小儿斗争之研究》《外缘之影响》等。总体上来看，周作人这一时期对于儿童教育的论述还是偏重于民族国家的繁衍立场，

---

[1] 周作人：《拾遗丑——我的杂学九，十》，《知堂回想录（下）》，河北教育出版社，2002年，第767—768页。

强调"教育之效在养成国民性格，事甚繁重，范围至大"[1]，这种对于"外缘之影响"的重视与近代以来以"新民说"为代表的"国民"论述分享了一致的问题意识，表现在儿童问题上就是周作人将国人思想"视儿童重轻何如"的程度作为"一国兴衰之大故"的一个重要原因来把握[2]。但与此同时，我们也必须注意到另一种更为自觉的意识也在萌生，即周氏此时也致力于发掘儿童的内在生命价值，其对于小儿的独特理解方式已经隐约具备了"五四"时期儿童本位论的雏形。他认为个体发生的顺序与系统一致，所以儿童的生理心理与作为人类初始状态的野蛮人十分相像："生物学言，个体发生与系统发生同序……出世之初，乃若野人，又历经游牧树艺工商之时代，以至于成人，则犹文明之民矣，是又以二十余年中遍示人类进化之迹。"[3] 因此他的儿童学研究也格外注重人类学的知识，其个人当时有关童话研究的论文、古童话的释义、玩具的研究都可以体现这种特色，用周作人本人的话来说是"以研究儿童身体精神发达之程序为事，应用于教育，在使顺应自然，循序渐进，无有扞格或过不及之弊"[4]。"顺应自然"一语表明周作人身上显然没有那些持实用主义观念的教育家所表现出的急切的功利意识，而"……世俗不查，对于儿童久多误解，以为小儿者大人之具体而微者也……"[5]

1　周作人：《家庭教育一论》，《周作人散文全集》（修订版）第1卷，广西师范大学出版社，2021年，第256页。
2　周作人：《儿童问题之初解》，《周作人散文全集》（修订版）第1卷，广西师范大学出版社，2021年，第249页。
3　周作人：《儿童研究导言》，《周作人散文全集》（修订版）第1卷，广西师范大学出版社，2021年，第293页。
4　同上，第290页。
5　同上。

的说法与"五四"时期尊重儿童身心本位的观点已经颇为接近。事实上，周作人是最早提出"儿童本位"的人，在"五四"之前他已经多次使用过这一表述，在《玩具研究一》中说选择儿童玩具当"以儿童趣味为本位"[1]，而在《学校成绩展览会意见书》上则表示征集成绩品的希望在于"保存本真，以儿童为本位"[2]，这些都可说明在"五四"之前他已经对这一问题有了比较超前的思考。与周作人相比，"五四"之前鲁迅本人对于儿童研究的兴趣没有那么强烈，他当时的兴趣点主要在辑校古籍、研读佛经与收集金石拓片，但并不意味着他就不会因为受到其弟的影响而对此有所关注。在担任社会教育司第一科科长之职期间，鲁迅曾为教育部主办的"全国儿童艺术展览会"写作《儿童艺术展览会旨趣书》一文，他提到社会对待儿童之道分为"育养""审美""研究"三级，三者依次递进[3]。如果仔细加以辨析可以发现，鲁迅的这篇公文整个是对周作人在《绍兴教育会月刊》第6期上发表的《儿童问题之初解》一文的移用转化，周作人在那篇文章中也提到过类似的说法[4]。两篇文章的具体观点与语言用词都是十分接近的，而在鲁迅1914年3月27

---

1 周作人：《玩具研究一》，《周作人散文全集》（修订版）第1卷，广西师范大学出版社，2021年，第325页。

2 周作人：《学校成绩展览会意见书》，《周作人散文全集》（修订版）第1卷，广西师范大学出版社，2021年，第372页。

3 《儿童艺术展览会旨趣书》，转引自胡从经：《一片冰心在於菟——鲁迅早期的儿童文学活动》，《晚清儿童文学钩沉》，少年儿童出版社，1982年，第226—227页。唐弢先生认为《儿童艺术展览会旨趣书》的思想、口气、文笔都是鲁迅的。这一说法得到胡从经的肯定，在其看来，这篇公文很能体现鲁迅当时的美学与教育观点。

4 "凡人对于儿童感情可分三纪，初主实际，次为审美，终于研究。"参见周作人：《儿童问题之初解》，《周作人散文全集》（修订版）第1卷，广西师范大学出版社，2021年，第250页。

日的日记下又有"得二弟所寄《绍兴教育会月刊》第六期五册"[1]的记录，由此几乎可以认定鲁迅在撰写这一公文时参考了周作人早先发表的文章，吸取了其中的观点，这又是兄弟二人早年在著译工作上联系紧密的又一例证。

"五四"时期，随着个性主义思潮的盛行，周氏兄弟对儿童本位观念的提倡也迎来了一个新的高峰。最早较为系统地论述"儿童的发现"的仍然当属周作人引领时代思想倾向的名文《人的文学》，在周氏建构的"人的发现"的知识谱系中，"妇女"与"儿童"本来就是作为不可分割的有机组成部分被纳入。文章开首，周作人介绍了欧洲关于"人"的真理的三次发现，而女人与小儿的发现则迟至19世纪才有萌芽，经过弗罗培尔与戈特文夫人的努力才有希望出现。在周作人看来，因为中世纪的"小儿也只是父母的所有品，又不认他是一个未长成的人，却当他作具体而微的成人"[2]，所以演了许多家庭及教育的悲剧。可见，此处他对于传统家庭伦理的批判已经指向了两个方面，其一是漠视儿童的独立人格地位，其二是把儿童简化为成人属性。在详细论述到亲子的道德关系时，周作人又说父母生子是自然的意志，亲子关系本于天性的爱，所以近时识者能够据此推导出"儿童的权利，与父母的义务"[3]的论点，这便已经动摇了"父为子纲"的伦理价值秩序。而后他引用了日本历史学家津田左右吉《文学上国民思想的研究》中的观点来说明"祖先为子孙而生存"是自然的事实，也是天性的表现。这一观点在稍后的《祖先崇拜》中有所延伸，这篇文章发表于1919年2月23日的

---

[1] 鲁迅：《甲寅日记》，《鲁迅全集》第15卷，人民文学出版社，2005年，第110页。
[2] 周作人：《人的文学》，《艺术与生活》，河北教育出版社，2002年，第9页。
[3] 同上，第15页。

《每周评论》，周作人着眼于生物进化论的事实明确提出"在自然律上面，的确是祖先为子孙而生存，并非子孙为祖先而生存的"，因而大声疾呼："我们不可不废去祖先崇拜，改为自己崇拜——子孙崇拜"[1]。周作人对于儿童的独特见解得到了鲁迅的强烈呼应，在稍后的《我们现在怎样做父亲》这一篇名文中，鲁迅就同样认为长幼之间的人伦关系并不是强调单方面付出的"恩"，而是天性之"爱"，父母对于子女的义务在于"健全的产生，尽力的教育，完全的解放"[2]。鲁迅的观点可以视为是对周作人"儿童的权利，父母的义务"的扩充，其核心要义即在于增加"义务思想"，核减"权利思想"，预备从"长者本位"转换为"幼者本位"[3]。所谓的"幼者本位"实际上就是提倡以"祖先崇拜"的反面形式出现的新型伦理道德观，反对将孩子作为"成人的预备"抑或"缩小的成人"来看待，关心儿童主体的内面生活与精神个性则是其题中应有之义[4]。如果把鲁迅的这种观念与《人的文学》对照，可以发现周氏兄弟在对儿童个性的体认上具有高度的一致性，而鲁迅的《我们现在怎样做父亲》实际上是把周作人反复论述的长幼格局及其角色分工浓缩为主体层面的"中间物"意识。"自己背着因袭的重担，肩住了黑暗的闸

---

1 周作人：《祖先崇拜》，《谈虎集》，河北教育出版社，2002年，第4—6页。
2 鲁迅：《坟·我们现在怎样做父亲》，《鲁迅全集》第1卷，人民文学出版社，2005年，第141页。
3 "此后觉醒的人，应该先洗净了东方古传的谬误思想，对于子女，义务思想须加多，而权利思想却大可切实核减，以准备改作幼者本位的道德。"参见鲁迅：《坟·我们现在怎样做父亲》，《鲁迅全集》第1卷，人民文学出版社，2005年，第137页。
4 "往昔的欧人对于孩子的误解，是以为成人的预备；中国人的误解，是以为缩小的成人。直到近来，经过许多学者的研究，才知道孩子的世界，与成人截然不同；倘不先行理解，一味蛮做，便大碍于孩子的发达。"参见鲁迅：《坟·我们现在怎样做父亲》，《鲁迅全集》第1卷，人民文学出版社，2005年，第140页。

门，放他们到宽阔光明的地方去"[1]，如此具有哲思意味的文学表述无疑是具有某种理论穿透力的。

其后，周作人于1920年10月26日赴北京孔德学校讲演，文字稿以《儿童的文学》为题发表于1920年12月1日《新青年》第8卷第4号。这篇文章以其卓越见识成为后世儿童理论与儿童文学理论的论纲，反复被称引，堪称是对"五四"时期儿童本位观的系统总结。周作人在文中对"儿童"这一概念做出了明晰的界定："以前的人对于儿童多不能正当理解，不是将他当作缩小的成人，拿'圣经贤传'尽量的灌下去，便将他看作不完全的小人，说小孩懂得甚么，一笔抹杀，不去理他。近来才知道儿童在生理心理上，虽然和大人有点不同，但他仍是完全的个人，有他自己的内外两面的生活。"[2] 这样他就明确完成了儿童本位观两个理论向度的说明，一方面儿童不是"缩小的成人"，他与成人相比有着自己独特的"内外两面的生活"，具有个性化的生命感受与精神特征；另一方面，儿童也不是"不完全的小人"，他与成人在人格地位上完全平等，而不是附属的关系。这互相联系的两方面内涵最终都聚焦于儿童主体性的建立，构成儿童本位观的核心要义，同时也逐渐凝聚为"五四"时期新文化人有关儿童问题的共识[3]。出于着眼于内部生活

---

1 鲁迅：《坟·我们现在怎样做父亲》，《鲁迅全集》第1卷，人民文学出版社，2005年，第135页。
2 周作人：《儿童的文学》，《艺术与生活》，河北教育出版社，2002年，第24—25页。
3 比如严既澄就曾说："从前不承认儿童的生活是独立的，而以为他只是成人的预备；现在知道儿童的生活，也是独立的了。本来在一个人的全期生活里，我们实在不应当制定那一段是那一段的附庸；我们所要求的是：全段生活，都是要丰满富足的，不感缺憾的。"参见严既澄演讲：《儿童文学在儿童教育上之价值》，《教育杂志》（讲演号），第13卷第11期，1921年11月20日。

的需要，周作人主张供给儿童恰当的精神养料，童话、儿歌在内的儿童文学读物自然而然地进入了他的视野[1]。他根据儿童情感心理的发展顺序制定各个年龄段所需要的文学读物，其本意乃是"顺应满足儿童之本能的兴趣与趣味"[2]，至于带有"教育"意义的效果在周氏看来都不过是额外的附加，并非本源的目的。看得出来，"五四"时期周作人对于儿童的理解真正做到了量体裁衣、因材施教，他在儿童本位观的理论提倡上面厥功至伟。相较而言，鲁迅在理论建树一方面更多的是处在一种配合性的位置，朱自强在详细考察了周氏兄弟有关儿童论述的文献以后，发现在儿童理念上面鲁迅受周作人的启发良多："在'五四'时期，周氏兄弟联手开拓中国儿童学的荒地时，周作人是处于打头阵的位置的，他所到达的思想和学术的高度，不仅郑振铎、赵景深、郭沫若、茅盾等新文学主将，而且连鲁迅这样的新文学巨人也不能企及。"[3] 这样的评判就理论上的"发现儿童"而言是符合实际情况的。事实上，鲁迅的着力点更多地在于以具体生动的文学创作来呈现儿童本位的理念，他在"五四"时期的多篇小说中写到了儿童形象，虽然这些小说并非是专为儿童而写的"儿童文学"，但是却通过儿童与成人之间对比性的关系来表达深刻的生命哲学，《故乡》与《社戏》就典型地表现出此种思路。

《故乡》这篇以第一人称叙述的小说，描写的是"我"返乡搬家时

---

[1] "我想儿童教育，是应当依了他内外两面的生活的需要，适如其分的供给他，使他生活满足丰富，至于因了这供给的材料与方法而发生的效果，那是当然有的副产物，不必是供给时的唯一目的物。"参见周作人：《儿童的文学》，《艺术与生活》，河北教育出版社，2002年，第25页。

[2] 周作人：《儿童的文学》，《艺术与生活》，河北教育出版社，2002年，第27页。

[3] 朱自强：《1908—2012中国儿童文学与现代化进程》，二十一世纪出版社集团，2015年，第216页。

的见闻以及由此引发的感想，整篇小说就是在回忆与现实交叉反复的张力结构中来推进的。在"我"的回忆中，故乡是"美丽"的，而现实的故乡却"远近横着几个萧索的荒村，没有一些活气"[1]。回忆中的闰土是项戴银圈、捏着钢叉向猹刺去的天真勇敢的少年，而现实中的中年闰土则被多子、饥荒、苛税、兵、匪、官、绅折磨成"木偶人"。回忆中的童年生活是快乐的，"有无穷无尽的希奇的事"[2]，而现实中的生活则充满了辛苦恣睢。通过这一系列反差强烈的对比，我们可以清楚地看到作者隐含的价值取向，他在情感上完全认同于有关故乡的回忆，以回忆的天真美好来映照现实的庸俗丑陋。而所谓故乡的回忆，背后实际上关涉的是主体的童年生活，故乡作为一个文化命题引发归乡者抚今思昔的追想也只有在发现童年的意义上才能够成立，所以这隐含的多重对比更为内在地包含了一个以童年的价值观来批判成人世界的思想视角，正如唐小兵认为，"故乡"作为一种文学题材"表达的是成人生活引发的内在焦虑和不安"[3]。由此来看，《故乡》所描写的不仅是近代农村破落的画卷，不仅是控诉造成这种非人生活的社会原因，而且是作者对于作为精神家园的童年的怀想，是对成长过程给生命带来异化这一精神难题的洞察，以及尽管无力却试图挽救"童心"的自觉。在此，童年的价值得到了极大的推扬，儿童拥有着不同于大人的自我特质并且与之形成了尖锐的对立，构成了批判成人秩序的基点，可以视作儿童本位观的一种变相的表达。事实上，故乡在物理上的变化或许

---

1 鲁迅：《呐喊·故乡》，《鲁迅全集》第1卷，人民文学出版社，2005年，第501页。
2 同上，第504页。
3 唐小兵：《现代经验与内在家园：鲁迅〈故乡〉精读》，《英雄与凡人的时代：解读20世纪》，上海文艺出版社，2001年，第51页。

并未如同小说中多重对比显示的那么显著，但放置在"童年美好已逝"的伤悼中去丈量自然就会显得矮化，正如原文说故乡本来即如此，"未必有如我所感的悲凉，这只是我自己心情的改变罢了"[1]。换言之，小说中描绘的故乡"现实"反映了"我"之情绪的投射，是心理移情的结果，其美丑取决于"我"看取它的态度。邱焕星指出："鲁迅小说的故乡书写并非真实再现，而是启蒙主义的叙事再造。这是一种关于故乡的'他者化'建构，通过第一人称、风景丑化、乡民病态、时空展开、文本语言等一系列叙事手段完成的。"[2]这一说法堪称卓见，鲁迅对于故乡的描写潜在地利用儿童文化价值观来撞击成人世界，其背后实际上是主体意识形态的再造，服从于启蒙主义的叙述。值得特别指出的是，鲁迅在《故乡》中并不单纯满足于通过闰土这一人物呈现从儿童到成人的异化表象，而且还围绕这一过程寄托着自身有关国民性的深度思考。历来研究者关注较多的是闰土本身形象从自在活泼到麻木迟钝的转换，如果再从周边仔细考量，伴随而来的还有闰土与"我"之间关系的巨大变化。从童年时代作为玩伴的亲密无间到与成人闰土见面时他喊出的那一声"老爷"，分明使"我"感觉到自身与闰土之间"已经隔了一层可悲的厚障壁了"，离开故乡时"我只觉得我四面有看不见的高墙，将我隔成孤身"，"我"对象征着希望的宏儿与水生的期盼也是"他们不再像我，又大家隔膜起来……"[3]。正如前文已经分析的那样，中国文化将

---

1 鲁迅：《呐喊·故乡》，《鲁迅全集》第 1 卷，人民文学出版社，2005 年，第 501 页。
2 邱焕星：《再造故乡：鲁迅小说启蒙叙事研究》，《中国现代文学研究丛刊》，2018 年第 2 期。
3 鲁迅：《呐喊·故乡》，《鲁迅全集》第 1 卷，人民文学出版社，2005 年，第 507—510 页。

人各个分离的等级意识正是鲁迅思考的奴隶性格的根源所在，所以从儿童到成年的成长过程也是因为隔膜的产生而从"真的人"沦落为"奴隶"的转化，这一深层的与"立人"有关的悲观思想命题隐含在《故乡》惆怅的回忆书写中。《社戏》的价值逻辑与《故乡》也几乎如出一辙，在北京室内剧场两次观看"京戏"的不愉快回忆与幼年时看"社戏"的经历形成鲜明对照。其实从作者描绘的实际情况来看，"京戏"与"社戏"单纯就戏本身的观感而言并非有云泥之间的差距，只是因为"社戏"关联的是快乐的童年记忆，召唤出一个未受成人世界约束的心理想象域，所以才会得到作者的极力推扬，用郜元宝的话来说是"戏在台下"[1]。《社戏》中对于理想童年生活的描述体现的是儿童本位的观念，强调社会要尊重孩子自身的兴趣与个性特征，不过分干涉介入，实现"全部为他们自己所有"的"完全的解放"。与《故乡》相似，幼年时"我"与一道看戏的小伙伴们打成一片，其乐融融，而在北京看京戏则被描绘成另一幅场景：戏台下挤满了众多"看客"，但充溢的却是互不关心的冷漠气氛[2]。这里体现出鲁迅的庸众批判意识，又一次重复了从儿童到成人过程中人间关系变得隔绝的意旨。

就实际而言，鲁迅在作品里虽然经常描写儿童，但他描写的小孩大多是境遇比较悲惨或者本身业已在无形之中被置身其间的历史传统所污染。《狂人日记》中的孩子会因为与罪恶历史不可分割的血脉联系而沾染吃人的恶习，《补天》中博爱的女娲用旺盛生命力创造出的却是面目可憎的东西，理想中的儿童或许也只是存在于今昔对比的回

---

[1] 郜元宝：《戏在台下——鲁迅〈社戏〉重读》，《首都师范大学学报》（社会科学版），2019年第1期。
[2] 参见《呐喊·社戏》，《鲁迅全集》第1卷，人民文学出版社，2005年，第587—598页。

忆性书写当中，正如《故乡》结尾"我"怀疑由宏儿与水生维系的"希望"不过是"自己手制的偶像"。但是反过来说，现实中堕落儿童的出现并不妨碍鲁迅对某些投影于儿童之上的特质抱有美好的想象，这种特质在藤井省三看来是可以"看破社会矛盾与虚伪的力量"的"白心"："沿着《摩罗诗力说》《破恶声论》中展开的'白心'论的思路，我们读到狂人的呼喊时，能理解到：'没有吃过人的孩子'，也就是所谓'白心'；而'救救孩子'，无非就是自觉丧失了'白心'的狂人，与同是罪人的民众一起，想保护培育从'白心'中流露出来的社会批判力的决心。"[1] 藤井的观点非常具有启发性。诚然，儿童的身上负载了成人世界失落的"童心"力量，儿童的形象也为某些注定在既有黑暗成人秩序中存在的知识人提供一个文化想象的乐园。对于鲁迅而言，相较于"童心"的天真无邪，徘徊于自身处境的启蒙者体认"童心"的自觉意识同样值得珍视，因为这正可使得他们保持对于现实的清醒。

通过以上的分析梳理，可以看到鲁迅与周作人在"五四"时期"儿童的发现"中都发挥了非常重要的作用，周作人擅长理论阐释，鲁迅则以具体的文学创作来表达，他们之间形成了某种内在的呼应性。不过尽管周氏兄弟都提倡幼者本位，但在一致的大方向下也表现出内在精神原理的不同。鲁迅的儿童观始终还是以成人世界作为自身的参照系，儿童是在与成人的对比之中获得独特的价值，他一方面反对将儿童看作"缩小的成人"，主张尊重儿童个性，另一方面却又未能忘怀于通过发现"儿童"来实现培养未来"新人"的远大目

---

1 [日]藤井省三：《鲁迅比较研究》，陈福康编译，上海外语教育出版社，1997年，第227页。

标,所以其有关儿童本位的认识自然也带有某种"影响的焦虑"。鲁迅十分重视社会文化环境对于个体成长的作用,强调儿童教育要有益于人生,这从他后来翻译的童话风格当中就可以看出,作品中总是含有强烈的现实寓意,尽管鲁迅的这种"有益"已经与功利主义的道德目标相去甚远了。与此相比,周作人则是倾向于将趣味放在首位,推崇游戏精神。在其看来,儿童教育的目标只不过是要顺应儿童的天性,教育者不能横加干涉,而是要尊重其自然而然的发展过程,拔苗助长抑或设置障碍均不足取。因而,周氏反对儿童作品中含有训诫的寓意,对儿童不同性别与年龄段上表现出的差异性特征也比鲁迅体认得更为细致[1]。如果说鲁迅对儿童的认识更多来源于他在历史经验与社会人生层面上的体悟,是从思想战士的角度立论,因而激发出了更为强烈的批评意图与改造意识,那么周作人则更多是从遗传学、文化人类学等理论本身出发,奉行较为彻底的个性主义思想与健全合理的艺术观念。

三、认识装置与"风景"的发现

从前文的分析可以看出,在各有关注侧重点的基础上,周氏兄弟"五四"时期的妇女观与儿童观能够形成某些共识性的配合,而且他们的理论观念在同时代人中也是具备一定的独特性的。鲁迅与周作人擅于从两性道德层面出发来讨论妇女的处境,自然比晚清以来兴起并占据主流的"国民之母"话语更能触及真实的性别奴役关系,

---

[1] 有关鲁迅与周作人儿童教育思想的比较,参见姜彩燕:《"立人"之路的两种风景——试比较鲁迅与周作人的儿童教育思想》,《西北大学学报》(哲学社会科学版),2014年第4期。

从而发现女性自我的存在。他们对于"儿童本位"的大力宣传相较于简单地将儿童视作"成人生活的预备"的伦理观也更有利于建立起独立的价值坐标系，发掘出现代性的意义。如同周作人所言："人类只有一个，里面却分作男女及小孩三种；他们各是人种之一，但男人是男人，女人是女人，小孩是小孩，他们身心上仍各有差别，不能强为统一。"[1] 这种对于人之差异性的尊重无疑显示出周氏兄弟对于时代主潮的某种超越性，但是这里试图说明的是，尽管鲁迅与周作人对于妇女儿童独立个性的尊重在中国近现代人学思想的脉络中表现得十分突出，但他们的这种关注仍然不是自发主动地从本源性的立场出发，而是更多地寝馈于时代精神与社会理念的受动性萌发。"人"的概念背后仍然与普遍性的民族国家意识的觉醒息息相关。"妇女"与"儿童"的发现也并不是自然之物的流露，而是作为柄谷行人口中所谓的"风景"被建构起来。对于这两个边缘性的群体来说，与其说有什么长时间被掩埋于地表之下的变动不居的实有概念被发掘出来，毋宁说是知识者基于现实危机处境的文化发明与主体创造。在笔者看来，日渐凸显的妇女儿童形象恰恰是在启蒙者的手中作为一种思想方式来寻求解决人生问题的途径。

在《日本现代文学的起源》一书中，柄谷行人在分析国木田独步的小说《难忘的人们》时正式提出自己的"风景"理论，他以无名文学家大津坐小轮渡过濑户内海所见景象的一段文字来说明"风景是和孤独的内心状态紧密连接在一起的"。在柄谷看来，风景即心境，大津在船上所见之景色是将"感此生之孤独而不堪忍受的哀情"投射于外物后

---

1 周作人：《小孩的委屈》，《谈虎集》，河北教育出版社，2002年，第51页。

的结果，体现的是心灵对象化的过程[1]。大津也正是在发现自己孤独心灵的过程中发现了风景，在这种略为吊诡的张力结构里面，出现了一种认识上面的"颠倒"："为了风景的出现，必须改变所谓知觉的形态，为此，需要某种反转。"[2]因此柄谷行人有关风景的定义也并未着眼于实体化的观念，而是强调意识形态的建构性："所谓风景乃是一种认识性的装置，这个装置一旦成形出现，其起源便被掩盖起来了。"[3]如同吴晓东所言，柄谷行人提出的风景理论"把风景的发现看成是内在的人的主体性的发明的一个隐喻或者寓言，风景的内在意义是被柄谷行人所阐释出来的，即所谓孤独的人才能发现风景"[4]。换言之，风景的出现往往内置了一种意识形态的认识装置，只有在认识装置的作用下风景才得以发现。风景的发现派生出了内面的自我，社会和主体性建构正是通过这一过程来实现，但是风景一旦成立以后就会掩盖自身建构的痕迹而显得"自然"化，所以具有某种根本性的倒错。后来，柄谷行人又把这种风景理论运用到日本现代文学中"儿童"的发现之上，在其看来，作为一种客观存在的儿童并非不证自明，"实际上我们所认为的'儿童'不过是晚近才被发现而逐渐形成的东西"[5]。由此，他认为把儿童当作客观实有之物的"真的孩子"的观念只会掩盖起源问

---

1 "只有在对周围外部的东西没有关心的'内在的人'（inner man）那里，风景才能得以发现。风景乃是被无视'外部'的人发现的。"参见 [日] 柄谷行人：《日本现代文学的起源》，赵京华译，中央编译出版社，2013年，第13页。
2 [日] 柄谷行人：《日本现代文学的起源》，赵京华译，中央编译出版社，2013年，第12页。
3 同上，第10页。
4 吴晓东：《郁达夫与现代风景的发现问题——2016年12月13日在上海大学的演讲》，《现代中文学刊》2017年第2期。
5 [日] 柄谷行人：《日本现代文学的起源》，赵京华译，中央编译出版社，2013年，第93页。

题，所谓"儿童"乃是"风景"之一[1]。

柄谷行人的理论对于我们解读周氏兄弟"五四"时期的文化实践不无启发意义，某种意义上来说，鲁迅与周作人热议的妇女儿童议题也是在某种认识装置作用下才有可能发现的"风景"。这种认识装置在柄谷行人那里笼统地以现代性来指称，而就本书的论述对象而言，则与一个时代汇集的物质生产状况、知识伦理结构以及社会制度形态有关，诸如具有近代经济性质的妇女职业结构的转型，以玩具为代表的儿童产业的萌发，教育制度的改革，人权学说、进化论思想、生命哲学的观点以及各种人类学心理学和优生学理论的输入与传播，现代报纸杂志的形成与书籍出版业的兴盛等因素，都在潜移默化中塑造着人们的感觉结构，影响着知识界看待外部世界的眼光，从而合力构成将"妇女"与"儿童"的概念生产出来的"认知装置"。从这个角度来讲，周氏兄弟的"立人"启蒙事业不能被视作孤立抽象的文化创造行为，而是应该将其镶嵌在具体的社会语境与文化环境之中来分析。实际上，尽管周氏兄弟的言说能够直指到妇女儿童的心理意识深层，但仍然存在着不可回避的悖论。比如在一个弑父的时代，两性道德问题的提出是势所必然的，在男性启蒙者眼中女性应具有与男性一样的平等权利，获得自我的价值，但是这种自我权利却是以男性的先验标准来衡量的，所以我们看到的一个悖论就是知识分子在推进女性精神现代化的进程中却潜在地默认了男性话语，而那些

---

[1] "我们不能仅从历史的连续性上观察儿童文学，还必须将此作为一种断裂、颠倒，或者一种物质形式（制度）的确立来观察。'儿童'的发现是在'风景'和'内面'的发现之下发生的，这个问题绝不仅仅是局限于'儿童文学'的问题。"参见[日]柄谷行人：《日本现代文学的起源》，赵京华译，中央编译出版社，2013年，第95页。

更为幽秘的属于女性自身的性别内涵却并未得到深层次的挖掘。男性启蒙者替女性"代言"的方式一定程度如同论者所说:"中国女权运动的发动过程,与欧美完全两样——它不是独立的女性自主发起和主导的对抗男权中心的运动,而是隶属于'现代/传统'、'文明/野蛮'的现代化启蒙运动及民族革命运动。"[1] 从这种视角引申出来的反抗性别奴役的内涵显然表现得没有那么"纯粹",而更多是与人的思想伦理现代化的问题关涉。儿童本位观同样也是如此,尽管周氏兄弟拒绝将儿童的个性附属于成人的价值观,尊重其差异性,但是儿童也只有借助于与成人的区隔才能凸显出自身的内涵。即归根结底来说,儿童还是需要以一种否定性的方式与成人世界建立关联。"五四"时期儿童的发现以及随之而来的对于儿童学的提倡在强调儿童本位的同时,实际上也并不排斥成人话语的介入,正如谢晓虹在研究"五四"时期的童话观念时指出:"一个更为有趣而至今未受关注的现象是,当童话被视为'专为儿童所用的文学'时,一个崭新的读者群——拥有'赤子之心'或'童心'的成人——此时也被构想出来。"[2] 儿童作为成人之前的一个特殊独立的阶段在展现属于自身的"童心"之同时也构成了有待成人世界探索的知识范畴,所以儿童本位观实际拥有着儿童与成人的双重视点,这里面的根本逻辑还是如同郭沫若所说:"人类社会根本改造的步骤之一,应当是人的改造。人的改造应当从儿童的

---

[1] 杨联芬:《浪漫的中国:性别视角下激进主义思潮与文学(1890—1940)》,人民文学出版社,2016 年,第 229 页。
[2] 谢晓虹:《五四的童话观念与读者对象——以鲁迅的童话译介为例》,徐兰君、[美]安德鲁·琼斯主编:《儿童的发现:现代中国文学及文化中的儿童问题》,北京大学出版社,2011 年,第 139 页。

感情教育、美的教育着手。"[1] 儿童自身的感情之所以如此重要，仍然离不开成人对于人性特质以及人类社会的总体性理解。

米切尔在《风景与权力》一书的导论中说："这本书的目的就是要把'风景'从名词变为动词。我们不是把风景看成一个供观看的物体或者供阅读的文本，而是一个过程，社会和主体性身份通过这个过程形成。"[2] "五四"时期，周氏兄弟对于妇女与儿童的发现也应作如是观，他们的讨论并非仅仅围绕着本质化的实体概念而展开，也更多是隶属于"五四""立人"文化工程的一个动态步骤。依托于"妇女"与"儿童"的视野，新文化运动中以"人"的观念变革来承载民族国家现代性内涵的历史修辞与文化策略获取了可供开拓的深度与广度，其背后生成着一个感时忧世的现代知识分子的主体形象，或许正是借助于"认知装置"的作用，启蒙者才得以完成自我意识的塑造。但值得注意的是，周氏兄弟的特殊之处在于他们并非如同很多文化精英一样以直接的政治教化的形式参与启蒙事业，他们的文字也很少沾染道德说教的气息，而更多地是通过"致人性于全"的方式来建立具体人生问题与社会历史结构之间的隐秘关联。尤其是周作人，他这一时期对于人的天性的强调是非常突出的，强调社会文化环境的改造要适应于天性的发展，所以并不具有那么强烈的现实功利性，而潜在的世界主义的视野也提醒他对于人性的研究不能被一时一地的时空结构所拘囿，正是在此种"无用之用"的态度关照下，周氏在文化事业上反倒发掘出更多细致深入的精神内涵。鲁迅曾有言，"自

---

[1] 郭沫若：《儿童文学之管见》，《民铎》，第 2 卷第 4 期，1921 年 1 月 15 日。
[2] [美] W.J.T. 米切尔编：《导论》，《风景与权力》，杨丽、万信琼译，译林出版社，2014 年，第 1 页。

然赋予人们的不调和还很多，人们自己萎缩堕落退步的也还很多"，然而"人类的渴仰完全的潜力，总是踏了这些铁蒺藜向前进"[1]。换言之，围绕着"人类渴仰完全的潜力"的探求始终构成了周氏兄弟社会改造方案的思考重心，这种对于具体人性的关注与同时代人过分直接的"个体为国家社会计划"的文化政治实践形成参照，二者之间保持着微妙的张力关系。

---

[1] 鲁迅：《热风·随感录六十六 生命的路》，《鲁迅全集》第 1 卷，北京：人民文学出版社，2005 年，第 386 页。

第三章 发声成文:周氏兄弟『五四』时期的文体表达

周氏兄弟"五四"时期的核心思想即是"立人",但与哲学家的逻辑推演、政治家的社会运动不同,他们主要是通过文学来推行"立人"方案,其对于"人"的见解常常寄托于具象的文学世界当中,在一系列的著译作品当中体现出来。这也是为什么笔者在描述二者相与共事的状态时,需要在"共同体"之前添加一个限定词"文学"。如果说第二章着重讨论鲁迅与周作人的人学思想,旨在论述周氏兄弟文学世界的主题所在,那么本章的写作则聚焦于这种主题本身得以呈现的文学性因素,用更为通俗的话来讲就是从写什么过渡到怎么写。在笔者看来,文学之所以为文学而非其他任何社会科学的一个核心因素就在于其独特的表达形式,因此,考察鲁迅、周作人二者有关文学形式的观念及其相应的实践就显得至关重要。不过值得注意的是,这种对于文学性的强调并非意味着存在某种超脱于内容之外的纯粹的形式分析,就连推崇文学"内部研究"的韦勒克、沃伦也曾说过:"显然一件艺术品的美学效果并非存在于它所谓的内容中。几乎没有什么艺术品的梗概不是可笑的或者无意义的。但是,若把形式作为一个积极的美学因素,而把内容作为一个与美学无关的因素加以区别,就会遇到难以克服的困难。"[1]

---

1 [美] 勒内·韦勒克、[美] 奥斯汀·沃伦:《文学理论》(新修订版),刘象愚等译,浙江人民出版社,2017年,第130页。

换言之，文学作品抑或文学理论中的形式问题与作家作品的思想内容本就是一个整体，不可强分为二，如同黑格尔所言："内容非他，即形式之转化为内容；形式非他，即内容之转化为形式。"[1]这就提醒我们在考察文学"形式感"的同时还需兼顾其"意味"，对文学性的考察必须遵循从形式分析进入意义的路径，实现一种有"意味"的形式分析。本章即是在此种研究思路的指导下，讨论周氏兄弟作为负有盛名的文学家在新旧文学观念转换的链条中所发挥的作用，以及二者共同开创的文学形式与其启蒙思想之间的互动关系。笔者注意到，周氏兄弟对于小说、散文等不同的文类都有自身独特的理解思路与践行方式，并且在文学语言观念上也表现出某种现代语言本体论思想，他们在建构文类意识，锤炼现代文体表达的同时也塑造着"立人"的意义结构，真正获得了形式与内容的融合统一。

第一节 "小说模样的文章"：
现代"短篇小说"文类构造的路径

从晚清开始，随着传统文学价值观的消解与重构，严丝合缝的文类体系也发生了结构性的变革。原本各自发展且相互区分的诗、文、词、曲、说部等体裁都被整合进一个更具有统摄性的现代文学的话语框架，代之以从西方横向移植而来的小说、诗歌、散文，戏剧的文学四分法。一向被视为稗官野史之流的小说在清末民初思想文化革新的浪潮中展现自身的活力，并一跃成为"五四"新文学的核心文类。就小

---

1 [德]黑格尔：《小逻辑》，贺麟译，商务印书馆，2019年，第280页。

说一体内部而言，一个显著的现象便是与历史悠久的长篇章回体小说内涵迥异的现代短篇小说在晚清以降之文学实践中创生，并在"五四"发扬踔厉，逐渐成为新文学作家手中用以表现精神世界的代表性文体。在这一过程中，周氏兄弟的书写实践与译介活动发挥了重要作用。他们早年翻译的《域外小说集》就是以文言的形式将异域短篇小说的形式导入中国语境，"五四"时期鲁迅创作的《呐喊》更是直接奠定了中国短篇小说的典范，而周作人的《点滴》以及其本人担负主要工作的《现代小说译丛》《日本现代小说集》等翻译作品亦和短篇小说的文类建构密不可分。笔者试图以鲁迅与周作人为例来透视中国"短篇小说"文类被知识者形塑建构的内在脉络，呈现这一丰富历史过程中的一种景观，从形式因素出发分析其所承载的现代"文学"观念和观念背后中国社会与文化现代转型的制度因素。

一、"五四"的先声：作为一种文类试验的《域外小说集》

对于早期的周氏兄弟而言，1906年后在东京共同从事文艺运动的经历是一个非常重要的文学起点，鲁迅与周作人借助于英语、德语、日语等外语媒介广泛地阅读了诸多文艺资料，比较系统地建构了有关文学的理论框架，表达对于文学本质观念的认知。兄弟二人在《河南》杂志撰写文言论文以及出版《域外小说集》可以看成是这一文艺运动的两条路径，二者之间的关系是辩证统一的，《摩罗诗力说》《论文章之意义暨其使命因及中国近时论之失》等文言论文将文学定义为展现民族精神本质的"心声"，而这一颇具现代意识的文学观念恰恰症候性地体现在《域外小说集》对于北欧、东欧等国最新小说潮流的译介之上。在由鲁迅撰写的小说集《序言》中，有"按邦国时期，籀读其心声，以相度神思之所在"[1]的表述，内蕴的实际正是将文学看作国民"心声"之抒发的理念，所以二者是一体之两面。由此出发，《域外小说集》内收录的作品实际上也因为寄托着兄弟二人的文化想象而成为"五四"之前考量周氏兄弟文学旨趣的最为生动直观的样本。

《域外小说集》第一册于1909年3月在东京神田印刷所出版，署名"会稽周氏兄弟纂译"，内含三国五家七篇小说，分别为波兰显克微支的《乐人扬珂》、俄国契诃夫的《戚施》《塞外》、俄国迦尔洵的《邂逅》、俄国安特来夫（安德列耶夫）的《谩》《默》、英国淮尔特（王尔德）的《安乐王子》。第二册于同年7月出版，内收六国七家九篇小说，分别为芬兰哀禾（尤哈尼·阿霍）的《先驱》、美国亚伦坡（爱伦·坡）的《默》、法国摩波商（莫泊桑）的《月夜》、波斯尼亚穆拉淑微支的《不辰》《摩诃末翁》、波兰显克微支的《天使》（村落记事）和《灯台守》、俄国迦尔洵的《四日》、俄国斯谛普虐克的《一文钱》。《域外小说集》内大多数作品由周作人翻译完成，只有迦尔洵的《四日》和安特来夫的《谩》《默》三篇是鲁迅的译作，另外《灯台守》中的诗歌由周作人口译，鲁迅执笔。虽然在具体翻译内容上周作人出工甚多，但小说集的篇目大致经过鲁迅的审定，所以《域外小说集》整个地可以看作是周氏兄弟分工合作的产物，是二者基于一定文学共识基础之上的大胆而新奇的文学尝试。从周氏兄弟彼时的自我描述来看，他们对于内中篇目的选择是极为考究的："《域外小说集》为书，词致朴讷，不足方近

---

[1] 鲁迅：《序言》，周氏兄弟纂译《域外小说集》第1册，东京神田印刷所，1909年。此据中央编译出版社2014年影印版，下文引用1909年初版《域外小说集》的内容，均照此录入，不再另外出注。

世名人译本，特收录至审慎，迻译亦期弗失文情。"[1]就这样一份精挑细选、坚持以"朴讷"之词来"直译"原文的译本而言，译者自身的期望正在于将"异域文术新宗"原汁原味地输入到本国的文学环境之中，其志向着实不小。鲁迅认为"则此虽大涛之微沤与，而性解思维，实寓于此。中国译界，亦由是无迟莫之感矣"[2]，这种评价正可堪周作人后来在晚年回忆中所说的"极其谦虚也实在高傲"[3]一语。考量小说集内收录作家作品所隶属的"邦国时期"，大多是19世纪晚近以来北欧、东欧的最新小说潮流，后来周氏兄弟分别在不同的场合将这些作品概括为"弱小民族文学"。从文化属性来看，这些作品所关联的独特的时代语境与地缘政治内涵，以及作为一种根底存在于其间的关爱被侮辱与被损害的民族及个人、反抗外界压迫的浪漫主义精神，很容易激发起浸润于晚清革命思潮之中的周氏兄弟的"共情感"。所以不难想象，《域外小说集》中民族主义与人道主义相互发明、融合无间的内涵会被周氏兄弟承纳下来，并在"五四"以后"人的文学"的兴起中引发回声。这是从思想层面出发来分析《域外小说集》某些超前性，从而能够延伸到新文化运动的精神主题，历来已经多有论者谈及。但是这里需要指出的是，《域外小说集》的超拔时侪、别创新格不仅仅在于思想层面新的认知视域与观念图谱的形成，同时还在于它也是有意识地致力于拆解中国传统文学体系内部凝固化的文体成规，将"短篇小说"作为一个独

---

1 鲁迅：《序言》，周氏兄弟纂译《域外小说集》第1册，东京神田印刷所，1909年。此据中央编译出版社2014年影印版。
2 同上。
3 周作人：《八六·弱小民族文学》，《知堂回想录（上）》，河北教育出版社，2002年，第271页。

立的文学类别的面目特征凸显出来。换言之,《域外小说集》在输入西方 19 世纪思想观念的同时,也输入了高度异质性的短篇小说的"表现法",把现代短篇小说这一对于中国文人来说十分陌生的文类横向"翻译"过来,由此构成了中国本土文体系统建构的一种路径[1]。

纵观《域外小说集》中所录十六篇作品,无一例外都为短章制作,在交代具体书写规程的《略例》中,第一条便有如下描述:"集中所录,以近世小品为多,后当渐及十九世纪以前名作。又以近世文潮,北欧最盛,故采译自有偏至。惟累卷既多,则以次及南欧暨泰东诸邦,使符域外一言之实。"[2] 这段文字实际上是对于小说集内个中篇目的"邦国时期"进行了说明,同时"小品"一语体现了周氏兄弟择取作品时的体式偏好,短篇小说的文类意识已经有所浮现。后来在"五四"时期,鲁迅曾经为群益书社增订版《域外小说集》撰写新序,其中回忆了初版小说集问世以后一时间难于被读者接受的社会反应[3],着眼的正是《域外小说集》翻译短篇小说这一文体所带来的陌生化的阅读体验,而暗含的比照对象则是一两百回的中国传统章回小说。换言之,《域外小说集》作为一种全新的文类对于习惯于说书人口吻的中国读者构成了美学趣味上的严峻挑战,或许正是因为这种不易被消化的全新的小说组织结

---

[1] 张丽华认为周氏兄弟《域外小说集》的翻译在译文语境中具备形构一种新的文学体式(短篇小说)的意义,这一观点非常具有启发性。参见张丽华:《文类如何翻译?——晚清小说译介中的〈域外小说集〉》,《现代中国"短篇小说"的兴起:以文类形构为视角》,北京大学出版社, 2011 年,第 84—147 页。

[2] 鲁迅:《略例》,周氏兄弟纂译《域外小说集》第 1 册,东京神田印刷所, 1909 年。

[3] "《域外小说集》初出的时候,见过的人,往往摇头说,'以为他才开头,却已完了!'那时短篇小说还很少,读书人看惯了一二百回的章回体,所以短篇便等于无物。"见 1921 年上海群益书社版《域外小说集》新增序言,此据止庵主编的《周氏兄弟合译文集》版本。参见《域外小说集》,鲁迅、周作人译,新星出版社, 2006 年,第 3 页。

构,以及其古奥朴涩的语言文字所带来的对于阅读舒适感的阻滞,《域外小说集》出版后只不过卖出了区区二十册。由此,我们需要进一步追问的是,《域外小说集》相较于中国传统章回小说所体现出的陌生化的"表现法"具体落实在何处呢?

众所周知,中国传统白话小说脱胎于唐宋时期的"说话"艺术,是一种口头性的表演艺术,而章回小说的出现则是与作为"说话"艺术之一的"讲史"与"讲史话本"密不可分。史书故事篇幅冗长,所以需要分回目讲解,而且因为自带"表演"性质,自然会高度依赖悬念的设置,这些特征也延续到章回小说的表现形态中:"章回小说继承了'讲史'和讲史话本的体制,采用分卷、分回的形式,每一回都有'回目'。成熟时期的章回小说,通常以对偶的双句作为回目。像讲史一样,章回小说也倾向于使它的每一回结束于一个带有悬念的情节点。"[1] 如此发展到一定程度以后就形成了后世小说对于故事性的高度迷恋,这些作品通常以戏剧化的情节来营构,强调交代事物的来龙去脉,以此为叙事动力,即使是在短篇中也讲究描写相对完整的事件,凸显线性的时间流程。以此种眼光来对照《域外小说集》,正可发现其在表现形式上的巨大改观,《域外小说集》标新立异的一个显著特征即在于大大弱化了传统小说所依赖的波澜起伏的故事性。

浏览《域外小说集》内的各个篇目,很难说这些作品表现了什么完整的故事情节。契诃夫的《戚施》与《塞外》都是在小说中大量直接运用人物的对话,《戚施》主要是通过罗舍微支与访客迈伊尔的交谈来表现一位没落贵族奇怪的性格特征以及其背后的命运无奈之感,而《塞

---

[1] 傅礼军:《中国小说的谱系与历史重构》,东方出版社,2006年,第17页。

外》则干脆是由"精明老人"绥蒙与无名的鞑靼人的对话争论来贯穿始终,展现了两种人生价值观的对立,一种是彻底绝望、无欲无求、甘于流放,而另一种则是寻求正常的生活意义。安特来夫的《谩》和《默》写的则是人与人之间的交流困境,两篇作品中大量涌现出人物的心理活动,具有非常强烈的象征气氛。《谩》写的是一个疯狂的主人公杀女友以求"诚",却反而遭受更强烈的"谩"的攻击,这里的情节线索不过是个支架,更重要的是围绕其铺排主人公阴冷绝望的心理活动,以突出"顾谩乃永存,谩实不死"[1]的主题。而《默》同样通过女儿卧轨自杀一事来摹写牧师伊革那支与妻子之间可怖的沉默,从而显示"幽默之力大于声言"[2],与之属于同一系列的还有爱伦坡的《默》,这也是一篇幽深神秘的寓言。波兰的显克微支是《域外小说集》重点推介的作家,他的特色可以概括为"用谐笑之笔,记悲惨之情,故甚足令人感动"[3],《乐人扬珂》与《天使》都是这种擅用反语的风格化的产物,凸显底层人民生存之艰辛。而《灯台守》一篇则是一首表现波兰老兵追求心灵安顿的抒情诗。迦尔洵的《邂逅》与《四日》在小说集中也很有特色,二者多发悲怆之情。《邂逅》表现妓女与爱慕者两个病态灵魂之间的碰撞与撕扯,极写人性的复杂面,"文情皆异,迥殊凡作也"[4],而《四日》

---

[1] [俄]安特来夫:《谩》,树人(鲁迅)译,周氏兄弟纂译《域外小说集》第1册,东京神田印刷所,1909年,第74页。
[2] 《著者事略·安特来夫》,鲁迅、周作人译,《域外小说集》,新星出版社,2006年,第175页。
[3] 《著者事略·显克微支》,鲁迅、周作人译,《域外小说集》,新星出版社,2006年,第175—176页。
[4] 《杂识·迦尔洵》,周氏兄弟纂译《域外小说集》第1册,东京神田印刷所,1909年,第106页。

则是通过士兵片段的精神感受控诉战争的罪恶。至于莫泊桑的《月夜》则是一幅在月景之下长老摩理难对于男女之爱发生顿悟的画面。从以上这些粗略的概括中可以看出，《域外小说集》的作品在故事情节的安排上是非常淡漠的，大多没有一波三折、起承转合的戏剧性，同样也缺乏对于悬念的关注。与之相对的则是人的内面精神世界被强烈地放大，成为小说表现的主要对象，文本中弥漫着大量的主观心理感受与想象、碎片般的生活场面以及各种模糊的情景意象。大量诸如此类的文本元素涌入小说中，必然会撬动原有的写作成规，小说不一定非要依靠环环相扣、紧张刺激的故事来支撑，也可以通过描摹人情人心来表达，由此周氏兄弟便通过翻译的方式引入了20世纪小说叙事内容的新型模式[1]。

除了开辟短篇小说全新的题材畛域外，在展现人之内面世界的具体书写方式上，《域外小说集》也有了大刀阔斧般的"掘进"。比如周作人翻译的迦尔洵的《邂逅》，这篇描写妓女那及什陀与男子伊凡之间悲剧性纠葛的小说就已经采用与中国传统小说完全不同的叙述方式。全篇是由男女主人公第一人称书写的手记与少量第三人称叙述交叠而成，各个部分之间并没有用转换叙述语态时所使用的套语来连接，而是直接呈现为几个叙述模块平行对照的状态，这就与中国传统章回小说较

---

1 "《域外小说集》所选的作品，都是短篇小说，而这些短篇，大多属于侧重主观表现的抒情化小说——作品往往不依靠情节去叙事，没有清晰完整的情节，甚至没有故事，只有不连贯的碎片式的生活场景，人物主观的感觉与想象，某种情景交融的景致，等等。这种既缺乏情节因素，又缺乏故事的小说，是20世纪小说叙事的新模式，周氏兄弟率先将这些在西方亦属先锋的短篇小说样式'直译'介绍到中国，确实超越了中国读者的审美限度。"参见杨联芬：《〈域外小说集〉与周氏兄弟的新文学理念》，《鲁迅研究月刊》，2002年第4期。

为稳定统一的叙述语调形成了鲜明的对照。因为《邂逅》全文就是在几个不同的叙述视角之间穿梭，采用不同的视角来审视统一的对象，所以能够呈现其中的复杂纠葛以及人物心理的差异性特质，从而引发读者全方位的思考，正如译者所言："文体以记事与二人自叙相间，尽其委曲，中国小说中所未有也。"[1]另外在男女主人公自我叙述的部分，采用的是将大量自由直接引语联缀起来的内心独白的方式，甚至还流露出意识流的特征，这是现代性的先锋小说特有的叙述方式，正如赵毅衡所言："转述语的四种类型中，自由式，尤其是直接自由式，是现代小说的叙述中才出现的，现代小说的两个最触目的语言技巧——内心独白和意识流——就是从直接自由式转述语发展出来的。"[2]而当作者将这种内心独白与客观的第三人称叙述混杂在一起时，又会形成一种奇妙的蒙太奇式的镜头转换效果。不难想象，这种以片段方式镶嵌起来的现代心理小说置放在晚清崇尚"意译"乃至"改译"的翻译氛围之中，很有可能被译者精心设计改装成为一个以一定时间标识来分割的线性发展的哀情故事，原作中深入现代人精神世界的内涵也会被偷偷置换为一桩围绕爱情悲剧的故事探秘，而周氏兄弟甘愿冒着不为读者接受的风险也不做程式上的改动，唯其如此便可见出"直译"理念对于现代小说精髓的把握。再来看鲁迅翻译的《默》，这篇作品给人留下深刻印象的是对于主人公伊革那支幽深心理的表现。在中国传统小说中，人物的内心活动常常需要借助于叙述人的公开评论才能得到发挥，但在

---

[1] 《著者事略·迦尔洵》，鲁迅、周作人译，《域外小说集》，新星出版社，2006年，第173页。
[2] 赵毅衡：《当说者被说的时候：比较叙述学导论》，四川文艺出版社，2013年，第174页。

《默》当中，我们几乎很少能够见到叙述人的铺张表演，作者使其走入情境内与人物角色融合，自然地表露情感，较少退出文本之外进行叙述干预，这是对于说书人烦琐说教口吻的拒绝。另外《默》中大量的景物描绘，其实已经具备了抒情表意的功能，且看牧师来到女儿坟头的一节：" 伊革那支旁皇隘路中，左右悉为丘垄，遍长莓苔，久不得出。其间时见断碑，绿华斑驳，或坏槛废石，半埋土中，如见抑于幽怨。"[1] 这里半埋土中的坏槛废石 "如见抑于幽怨" 的描绘实际上正是死去的女儿威罗生前对于父亲幽怨情绪的表征，由此便可以侧面显示出牧师彼时心境之悲凉。以此类移情式的风景描绘来书写人物微妙奇奥的心理，显然比叙述人略显夸张的直接露脸评论来得更为巧妙。

从以上的分析来看，周氏兄弟在《域外小说集》的翻译过程中实际上已经敞开了一种新的文类塑造的可能，现代短篇小说迥异于中国传统小说的 "表现法" 随着文本内容一道被凸显出来。它告别了以说书人腔调来讲故事的叙事传统，而代之以对人的内面世界的深度刻画，虽然反响寥寥，但毕竟成了 "五四" 时期中国文学文体建设的一种先声，而这种文类能够被横向移植则是建基于 "迻译亦期弗失文情" 的 "直译" 的基础之上。鲁迅与周作人在不破坏文本肌理的前提下采用古字古句来对译西文的尝试在晚清来说是一种极为另类的试验，在表达现代人的情感体验上面，《域外小说集》中 "词致朴讷" 的文言存在着自身不可逾越的限度，这与梁启超、林纾等人采取有弹性的文言殊为不同，可以说是极为艰难的尝试，这种倾向受到同时期章太炎复古主张的影

---

[1] ［俄］安特来夫：《默》，树人（鲁迅）译，周氏兄弟纂译《域外小说集》第 1 册，东京神田印刷所，1909 年，第 88 页。

响。对于此，木山英雄曾有过精妙的论述[1]，其口中所谓"作为译者自身的内部语言的文体感觉"，即是对于《域外小说集》所作的文类试验之描述，它把具有现代精神的描写事物以及心理的西方写实主义与复古式的文言语体结合起来，堪称一种奇特的组合，但恰恰正是这种来自文言译文而不是传统白话通俗小说的滋养，却成为导向日后现代白话小说文体规范的一座桥梁。

二、短篇小说的诗化及其抒情意识：《点滴》与《呐喊》对读

周作人在新文学运动之初是以外国文学的介绍者而闻名于世，他对于短篇小说一体的翻译用力颇深，周氏本人之所以如此热衷域外小说，其实有着自身的内在理路。在1918年4月19日北京大学国文门研究所小说科的集会上，周作人发表了题为《日本近三十年小说之发达》的演讲，他分析了日本小说近三十年间逐渐发达的各个阶段，正是要说明日本文学界因为有诚意的去"模仿"的精神，"所以能生出许多独创的著作，造成二十世纪的新文学"[2]。换言之，在周氏看来，模仿与独创并不是两个互相矛盾的概念，而是可以统一为"创造的模拟"，中国文学的更新创造需要借鉴日本经验，关键即在于"摆脱历史的因

1　"章炳麟有关把文学不作为传统的文饰技巧，而是以文字基本单位加以定义的独特想法及其实践，为周氏兄弟的翻译活动暗示了行之有效的方法：他们在阅读原文时，把自己前所未有的文学体验忠实不贰地转换为母语，创造了独特的翻译文体。进而，为了对应于细致描写事物和心理细部的西方写实主义，他们所果敢尝试的以古字古意相对译试验，哪怕因而失之于牵强，但恰恰因为如此，通过这样的摩擦，作为译者自身的内部语言的文体感觉才得以真正形成吧。"参见［日］木山英雄：《文学复古与文学革命》，赵京华编译，北京大学出版社，2004年，第231页。

2　周作人：《日本近三十年小说之发达》，《艺术与生活》，河北教育出版社，2002年，第134页。

袭思想,真心的先去模仿别人"[1],而他本人"五四"时期与短篇小说有关的一系列译介正是建立于这一诉求之上。例如《现代小说译丛(第一集)》《现代日本小说集》,内中所收皆是短篇体裁,由上海商务印书馆分别于1922年5月与1923年6月出版。这两部小说集为周氏兄弟合译,前者还有周建人的参与,但其中大部分篇章仍属于周作人完成,因此在出版时也只署了周作人一人的名字。这些作品延续了《域外小说集》介绍"异域文术新宗"的宗旨,意图盗得他国的火种来创造本国的小说体系。而在此前的1920年8月,收录周作人1918年1月至1919年12月间所译短篇小说二十一篇的《点滴》已经由北京大学出版部出版,列为"新潮丛书第三种"。《点滴》的副标题为"近代名家短篇小说",更像是有目的地将心目中理想的短篇小说荟萃印行,文体自觉意识较前面二者更为凸显。这样明确的定位背后必然蕴含着周氏本人对这一文类的见解,所以《点滴》理所应当成为我们考察周氏口中所谓"创造的模拟"观念的小说文本。

在《点滴》的序言中,周作人具体说明了自己的这二十一篇小说需要被注意的两件特别的地方,第一是直译的文体,关乎他本人自晚清以来延续至"五四"时期的翻译选择;第二则是这些并非同派的作品中间有一种共通的人道主义精神,无论悲观乐观,对于人生总取一种完全解决的真挚的态度。周作人对于《点滴》的自叙无疑集中展示了其本人"五四"时期的文化理念,直译连接的是对待西方文明所取的态度,而人道主义精神本就是周氏本人"五四"时期社会伦理思想的直观说明,

---

[1] 周作人:《日本近三十年小说之发达》,《艺术与生活》,河北教育出版社,2002年,第148页。

因此也不难理解在本书后半部分的附录中全文收录了周作人"五四"时期写作的代表性论文《人的文学》《平民的文学》《新文学的要求》。正是在翻译与理论文章的对照中读者能够一窥周氏"人的文学"的具体内涵，而最终意图则是向阅读者贯彻其人道主义的社会改造方案。正如同周作人在书的题记当中摘录了鲁迅（唐俟）所译尼采《察拉都斯德拉如是说》序言第四节中的一段话："我爱那一切，沉重的点滴似的，从挂在人上面的黑云，滴滴下落者：他宣示说，闪电来哩，并且当作宣示者而到底里去。"[1]"点滴"一词是"当作宣示者而到底里去"的形象化概括，可以见出他此时强烈的社会改造意识。或许是受到这种启蒙理性思维的影响，历来我们对于周作人在《点滴》序言中所表达的"人道主义"的思想抱负关注有加，但往往忽略了最后一节富有深意的文字。周氏其实在显在的思想主题之外更为深入地谈及了文学作为一种特殊的艺术形式对于人道主义思想的兼容性以及其本身所包含的感性特征：

> 我们平常专凭理性，议论各种高上的主义，觉得十分彻底了；但感情不曾改变，便永远只是空言空想，没有实现的时候。真正的文学，能够传染人的感情；他固然能将人道主义的思想传给我们，也能将我们的主见思想，从理性移到感情这方面，在我们的心的上面，刻下一个深的印文，为从思想转到事实的枢纽：这是我们对于文学的最大的期望与信托，也便是我再印这册小集的辩解（Apologia）了。[2]

---

[1] 周作人：《点滴·题记》，新潮社，1920年。
[2] 周作人：《点滴·序言》，《点滴》，新潮社，1920年，第4—5页。

周作人在论述中将感情的因素提升到与理性平等的高度，并把它作为文学的核心特质来把握，从中我们能够辨识出托尔斯泰情绪感染说的影响，即将文艺的功用限定在人与人之间的情感沟通与传达。而如此一来，对于《点滴》的理解也需要做一定程度的翻转，《点滴》不仅仅是人道主义思想的传声筒，它更是那个能把读者的思想从理性转移到感性一方面，传染人的感情的"真正的文学"。这种情感转向，恰恰是周氏本人寄托于这册小集子上面的"文学的最大的期望与信托"。那么反过来说，抒情也形塑了《点滴》作为一种文类的内在品格，是它在文学风格层面的根本表征，其间未必不包含着周作人本人对于现代短篇小说性质的理解。此种论断能够得到更为坚实的证明，在译完俄国作家库普林的《晚间的来客》一篇后，周作人写下如下一段译者附记：

> 我译这篇，除却绍介 Kuprin 的思想之外，就是要表示在现代文学里，有这一种形式的短篇小说。小说不仅是叙事写景，还可以抒情；因为文学的特质是在感情的传染，便是那纯自然派所描写，如淑拉 Zola 说，也仍然是"通过了作者的性情的自然"，所以这抒情诗的小说，虽然形式有些特别，却具有文学的特质，也就是真实的小说。内容上必要有悲欢离合，结构上必要有葛藤，极点，收场，才得谓之小说；这种意见，正如十八世纪的戏曲的三一律，已经是过去的东西了。[1]

---

[1] 周作人：《〈晚间的来客〉译后附记》，《点滴》，新潮社，1920年，第166—167页。

《晚间的来客》写的是由一阵敲门声所引发的"我"的感想，小说几乎没有什么情节推进，而是竭力表达内心的命运无常之感：即使是人生最为平常的现象，依然神秘难解，不可捉摸。全篇弥漫的便是这样一种惆怅抒怀的情绪。周作人在译记中把库普林的这种短篇小说形式定义为"抒情诗的小说"，以之为范本来说明自身这一时期反复表达的"文学的特质，是在感情的传染"的文学功用观，由此周氏凭借着自身对于欧洲近世文学的敏感而成为了新文化人当中第一个明确涉及到诗化小说概念的人。值得注意的是，周作人把"抒情诗的小说"自觉地与"内容上必要有悲欢离合，结构上必要有葛藤，极点与收场"的传统故事型小说对照，不难想象这种诗化了的小说体裁其实展现的是他对于现代短篇小说性质的自我理解，而从"叙事"到"抒情"的转换也就成为小说文类现代化进程中不可或缺的步骤。如果将这一原则廓开来看，那么可以发现"诗化抒情"并不仅仅表现在《晚间的来客》上面，而是贯穿整部《点滴》小说集的艺术特征。换言之，《点滴》风格各异的各篇小说在表达共通的人道主义思想主题的时候往往借助于一种蕴含抒情效果的诗化小说形式来实现，在宣扬爱的福音的同时也集中性地传达一种文体上的革新意识。除了《晚间的来客》以外，周作人还翻译有库普林的《帝王的公园》《圣处女的花园》两个短篇。库氏是托尔斯泰的信徒，认为现实浊恶，而将来却有光明的希望。《帝王的公园》描绘了一个没落帝王遇见可爱儿童之后发生的类似顿悟般的情感升华，"因所写止是一时的感觉，作者亦自题'幻想'故也"[1]。而《圣处女的花园》描写一位圣处女对于战争的情绪，用月亮、花朵、太阳等意象连

---

1 周作人：《〈帝王的公园〉译后附记》，《点滴》，新潮社，1920年，第144—145页。

缀起一个梦境的世界，创造了一种绵密幽深的诗意情调。崇尚死之赞美的梭罗古勃虽然在人生观上与库普林绝不相同，但是其作品也同样体现出诗化的特征。《铁圈》塑造了一个耽溺于空想之美以免除人生苦恼的老人形象，"所以诗人的空想，便是唯一的避世的所在"[1]，而《童子林的奇迹》表达的是对战争罪恶的情感控诉，在文后译记当中，周作人指出梭罗古勃著作意义多隐晦的特征，并且引用了梭氏本人的界说："吾之不愿解释隐晦辞意，非不愿，实不能耳。情动于中，吾遂以诗表之。吾于诗中，已尽言当时所欲言，且复勉求适切之辞，俾与吾之情绪相调和。"[2] 所谓以"诗"的简约形式来表达那些隐晦且不易言说的情绪，留有充分的想象空间，恰恰是现代诗化小说的一个重要艺术标志。其他如安徒生"用了孩子的眼光，观察事物，写出极自然的童话，一面却用诗人的笔去记述，所以又成了文学上的作品"[3]；显克微支"天才美富，文情菲恻，而深藏讽刺"[4]；什朗斯奇被《波兰文学史略》归入"印象的主观主义派"，"他能吸收传奇的英雄主义与实验派的信仰，并在一处"[5] 等都表明《点滴》正在将诗性的元素带入小说文本中，实现艺术形式的凝合。周作人通过翻译的形式来实践自己"创造的模拟"之文化理念，这种对于固有小说叙事秩序的冲击也敞开了中国现代小说文类观念的一个重要命题。

周作人在《日本近三十年小说之发达》中认为中国新小说如想发

---

1 周作人：《〈铁圈〉译后附记》，《点滴》，新潮社，1920年，第129页。
2 周作人：《〈童子林的奇迹〉译后附记》，《点滴》，新潮社，1920年，第117页。
3 周作人：《〈卖火柴的女儿〉译后附记》，《点滴》，新潮社，1920年，第242页。
4 周作人：《〈酋长〉译后附记》，《点滴》，新潮社，1920年，第209页。
5 周作人：《〈诱惑〉〈黄昏〉译后附记》，《点滴》，新潮社，1920年，第235页。

达，需要真心地先去模仿别人，"随后自能从模仿中蜕化出独创的文学来"[1]。如果说他本人在短篇小说领域所做的工作更多地属于奠基性的"模仿"，那么其兄鲁迅"五四"时期的短篇小说集《呐喊》则是以"表现的深切，格式的特别"而成为周氏口中"从模仿中蜕化出独创的文学"，从而一举建立中国现代短篇小说的文体规范。根据鲁迅自述，他做小说"大约所仰仗的全在先前看过的百来篇外国作品和一点医学上的知识"[2]，而就其小说表现出的形态而言，与周氏在《点滴》中所提出的"抒情诗的小说"若合符契。众所周知，鲁迅早年深受西方浪漫主义文学传统的影响，他的《摩罗诗力说》对于拜伦、雪莱、裴多菲等摩罗诗人谱系的勾勒称得上是一部浪漫主义文学简史，"争天抗俗"的诗人形象作为一种文化镜像深植于鲁迅意识的深层并成为他的一种自我期许。另外西方19世纪末期兴起的以叔本华、尼采、克尔凯郭尔为代表的非理性主义思潮"新神思宗"也受到鲁迅的强烈推崇，他们所宣扬的"尊个性而张精神"的理念对于鲁迅本人诗人气质的形成也有推动作用。这一系列的精神关联表现在"五四"时期鲁迅所写的《呐喊》中，就出现西方现代小说中习见的"向诗倾斜"的特征，他常常用诗化的意境与语言，表达生命性的体验，构建出一种抒情的风格。《故乡》在第一人称叙述中，通过自我回忆的视角来召唤出对于记忆中"乐土"的缅怀，浸透着浓烈的诗意情怀；《社戏》描写童年与小伙伴看戏的经历，堪称一曲田园牧歌，画面感十足；《兔和猫》表现幼小生命的易于逝去，有

---

[1] 周作人:《日本近三十年小说之发达》,《艺术与生活》, 河北教育出版社, 2002年, 第148页。
[2] 鲁迅:《南腔北调集・我怎么做起小说来》,《鲁迅全集》第4卷, 人民文学出版社, 2005年, 第526页。

一种悲天悯人的情怀；《鸭的喜剧》不仅是盲诗人爱罗先珂对于"寂寞"生活的感叹，更以此寄托"我"对友人的思念之情。即使是在那些有着明确的国民性批判视点的短篇中，也渗透着或显或隐的诗性元素，比如《药》最后对于坟头那一幕场景的刻画，便是一曲动人的革命烈士的招魂曲，但其中又暗含着否定无意义牺牲的理性意涵；《明天》在图解各色人等冷漠性格的同时，也渗透着人类悲观并不相通的无奈感慨；《风波》开头对于恬然自得的"农家乐"画面的描绘与之后一场近乎闹剧的"风波"构成反讽性的抒情效果。更有如同《不周天》这般从"旧事"中建构出意义来解释"现实"的充满浪漫幻想气息的作品。

需要进一步申说的是，鲁迅小说中抒情效果的获得需要借助于诗化的形式手段来达成。首先，他强调用笔的精简，在《我怎么做起小说来》中，鲁迅说："所以我力避行文的唠叨，只要觉得够将意思传给别人了，就宁可什么陪衬拖带也没有。"[1] 这样的理论要求实际上就是要取消传统小说中那种绵密叙事的程式，尽量地简缩描写，就如同诗歌那般摒弃冗长的背景铺陈与曲折的情节设计，突出中心意象，以达至"简单的丰富"的美学效果。这种手法或许可以用"白描"一词来概括。在鲁迅的小说中，我们几乎很少看到那种面面俱全的背景交代，而是直接从某一场景切入，情节上也很少有繁复的故事性，所以自然也缺少那种随着情节的演进而性格不断充实发展的圆形主人公形象。鲁迅笔下的人物大多是典型环境中的典型人物，是作为时代的象征而被隐喻性的内涵定格的人物，往往从抽象的动作中生成，比如孔乙己

---

[1] 鲁迅：《南腔北调集·我怎么做起小说来》，《鲁迅全集》第4卷，人民文学出版社，2005年，第526页。

是"站着喝酒而穿长衫的唯一的人"[1]，寥寥几笔就将读书人落魄自傲相混合的异态性格表现出来。此外，用笔的简洁也必然要求小说语言的准确传神，鲁迅对此深有感触，所以他在写作小说的过程中也是如同诗人一般讲求字词的锤炼。其次，鲁迅擅长使用象征性的意象来烘托氛围。读《呐喊》，我们可以发现有一些意象是重复出现的，比如"眼睛""月亮""路""坟墓"等。这些意象的重复表达具有象征主义的内涵，有利于烘托情感氛围，也可启发读者的思索，这是诗歌写作中惯用的技巧。特别是当鲁迅在小说中用一种迂回省略的笔法来串联各个意向群落的时候，就会造成一种暧昧游移的情调，期待着阅读者来索解，此种修辞形式乃是作者诗性跳跃思维的表露。第三，对于音乐性的把控。鲁迅曾说："我做完之后，总要看两遍，自己觉得拗口的，就增删几个字，一定要它读得顺口……"[2]对于"顺口"的强调无形中表明了鲁迅也看重小说内在的韵律节奏。鲁迅的小说中经常会出现一些重复的句式结构，比如"他飘飘然的似乎要飞去了"在《阿Q正传》中就出现了十多次，诸如此类结构的大量出现就会形成一种复沓式的音律效果，这与诗歌追求的表现效果是一致的。从以上三点来看，鲁迅在小说中确实是试图以诗化的手段来实现抒情性的效果。值得注意的是，虽然鲁迅对于"抒情诗的小说"的文体认识来源于西方现代小说的概念，但中国古典抒情诗歌的发达也使得他在创作这类具体小说文本的时候下意识也吸收了其中的表现技巧与风格，正如普实克所言："旧中国的文学主流是抒情诗，这种偏向也贯穿在新文学当中。所以，主观

1　鲁迅：《呐喊·孔乙己》，《鲁迅全集》第1卷，人民文学出版社，2005年，第458页。
2　鲁迅：《南腔北调集·我怎么做起小说来》，《鲁迅全集》第4卷，人民文学出版社，2005年，第526页。

情感往往主宰或突破叙事作品的形式。类似的抒情主义浪潮在第一次世界大战之后也席卷了欧洲文学，对传统的客观形式也起了同样的分化作用，尤为明显的表现是19世纪古典小说形式的分化。取代严格的叙事性结构的是纯抒情或抒情和叙事的成分自由结合的结构。就这一点来说，古代中国传统和当代欧洲情调共同发挥着作用。"[1]

通过《点滴》与《呐喊》的对照阅读，我们大致可以确定作为一种新型短篇小说形式的"抒情诗的小说"是周氏兄弟在文学领域关注的一个重要对象。虽然兄弟二人对此的理解或许不尽一致，但小说具有感性的审美特质，应展现作者富有想象力的文情与灵感，此种对于文学艺术性特征的体认是通过以上对于诗化小说的分析可以推导出来的潜在命题。晚清小说界革命以后，小说被提升到文学最上乘的地位，但也因为负担了太多的政治功能而沦为"道"之载体，"抒情诗的小说"对于情感的强调或许有助于摆脱已经膨胀的功利目的而凸显一种现代纯文学的观念，它呼应了鲁迅早年在《摩罗诗力说》中提出的一个著名的诗学命题[2]。换言之，除了在介入现实层面的意义以外，小说自身的艺术才情也应当成为新文学的建设对象，优美与动人是其题中应有之义。

三、"小说模样的文章"：读写之间的默契

"抒情诗的小说"意味着在短篇小说与人的精神现象之间建立感应

---

[1] [捷克]雅罗斯拉夫·普实克：《以中国文学革命为背景看传统东方文学同现代欧洲文学的对立》，《普实克中国现代文学论文集》，李燕乔等译，湖南文艺出版社，1987年，第91—92页。

[2] "由纯文学上言之，则以一切美术之本质，皆在使观听之人，为之兴感怡悦。文章为美术之一，质当亦然，与个人暨邦国之存，无所系属，实利离尽，究理弗存。"参见鲁迅：《坟·摩罗诗力说》，《鲁迅全集》第1卷，人民文学出版社，2005年，第73页。

关系，小说关涉的是自我情感的抒发，在风格上则是文学美质的展现。通常这种诗化小说都被看作是艺术至上观念的产物，它的价值主要表现在文体变革的层面，而与悠久的文学社会批评传统发生脱节。但在周氏兄弟那里，情况显然并非如此，强烈的启蒙主义使命感使得他们创造性地将诗化小说的审美形式与"立人"的文化工程结合起来，短篇小说在描写主观精神的同时也在反映外部现实，写作并非只是遁入一己之灵魂，而是以超拔的姿态成为重建人的个性与社会创造力的精神活动。这一理念有迹可循，在翻译完安特来夫的小说《黯澹的烟霭里》后，鲁迅在译者附记中借助评论作品的机会申述了小说的双重价值维度，将其概括为"象征印象主义"与"写实主义"的统一[1]，这种认为文学应该消融内面世界与外面表现之差、具有象征气息而又不失现实性的主张正是对于小说美学手段与社会价值统一性的追求。如果说用诗化的方式来营构小说，凸显人的心理情绪与文本的抒情气质，可以视为周氏兄弟对于小说技法的美学追求，那么此刻需要辨明的是，在鲁迅与周作人的观念中，短篇小说的现实价值体现在何处？我想先从二者对于小说本质概念的认知入手来分析。

在那篇历来被视为蕴含着文学诞生秘密的《呐喊·自序》当中，鲁迅回忆了《狂人日记》的写作来源于老朋友金心异的催稿："我"虽然自有"铁屋子"的确信，但却不能抹杀将来的希望所在，所以答应他做

---

[1] "安特来夫的创作里，又都含着严肃的现实性以及深刻和纤细，使象征印象主义与写实主义相调和。俄国作家中，没有一个人能够如他的创作一般，消融了内面世界与外面表现之差，而现出灵肉一致的境地。他的著作是虽然很有象征印象气息，而仍然不失其现实性的。"参见鲁迅：《〈黯澹的烟霭里〉译者附记》，《现代小说译丛（第一集）》，周作人、鲁迅、周建人译，新星出版社，2006年，第18页。

"文章","从此以后,便一发而不可收,每写些小说模样的文章,以敷衍朋友们的嘱托,积久就有了十余篇"[1]。如果说鲁迅本人对于《呐喊》的文体有过什么自我定义的话,那么这里"小说模样的文章"就是一个核心的概念,而且这一指称并非是作为个案出现。在多年后的《我怎么做起小说来》一文中鲁迅再一次回顾自己当时身处北京会馆,因为缺乏做论文与翻译的资料,"就只好做一点小说模样的东西塞责,这就是《狂人日记》"[2]。根据冯雪峰《鲁迅先生计划而未完成的著作》一文,鲁迅本人曾经说过:"就是我的小说,也是论文;我不过采用了短篇小说的体裁罢了。"[3] 那么就有理由认定"小说"与"文章"靠拢并不仅仅是鲁迅在公开发表的创作谈中有意呈现的姿态,确实也是私人化语境中自我意识的流露。有趣的是,与鲁迅在创作层面反复申说形成对照,周作人则表明了自身在阅读小说上的思维主张:"我读小说大抵是当作文章去看,所以有些不大像小说的、随笔风的小说,我倒颇觉得有意思。"[4] 虽然周氏此处"随笔风的小说"并未特指其兄的创作,但他晚年在《鲁迅小说里的人物》一书里以衍义的方式来解读鲁迅的《呐喊》《彷徨》,苦心孤诣地挖掘本事原型,确实是在极端地践行"把小说当作文章去看"的理论。由此,周氏兄弟也在无形中达成了小说写作和阅读理念上的某种精神默契,鲁迅把小说写成文章,周作人则把

---

[1] 鲁迅:《呐喊·自序》,《鲁迅全集》第 1 卷,人民文学出版社,2005 年,第 441 页。
[2] 鲁迅:《南腔北调集·我怎么做起小说来》,《鲁迅全集》第 4 卷,人民文学出版社,2005 年,第 526 页。
[3] O.V.(冯雪峰):《鲁迅先生计划而未完成的著作》,中国社会科学院文学研究所鲁迅研究室编:《1913—1983 鲁迅研究学术论著资料汇编》第 2 卷,中国文联出版公司,1986 年,第 879 页。
[4] 周作人:《明治文学之追忆》,《立春以前》,河北教育出版社,2002 年,第 72 页。

小说读作文章，如此心领神会建基于小说与文章二者共同分享的价值伦理。

在中国古代文体的发展史上，小说与叙事散文之间本来就存在着互为缠绕的关系，小说"补史之阙"的定位表明它的产生与已经形成较高叙事水平的"史传文"密不可分。在《中国小说源流论》里，石昌渝总结了小说与史传之间的关系，他把史传作为孕育小说的母体来把握，认为"史传积累了丰富的叙事经验，不论是在处理巨大题材的时空上，还是在叙事结构和方式上，还是在语言运用的技巧上，都为小说艺术准备了条件"[1]。在早期发展过程中，二者的边界并非泾渭分明，一般说来，标志着小说文体真正摆脱依附史传的地位而实现独立的节点是虚实标准被理论化地建构为一套价值规范。不同于史传的"实录"性质，小说被认为是"虚构"的个人化创造，这一观念的最终确立其实也是相当晚近的事情。即使是在"作意好奇"的唐传奇出现以后，仍然不断地有人将小说指认为史部，将忠实于事实划定为其基本属性，比如晚清小说理论家邱炜萲《菽园赘谈》1897年刊本内的"小说"条中就认为"小说家言，必以纪实研理，足资考核为正宗"[2]。这种创作实践与理论话语的错位显示出小说与史传之间割舍不断的精神纽带，正说明两种文体交融之深，甚至在虚构性的现代小说观念广泛普及以后，史传传统仍然能对其施加影响。郭冰茹的观点非常具有启发性，她认为新文学确立之后，在"人生写实"派的短篇小说与"史诗性"的长篇小说

---

[1] 石昌渝：《中国小说源流论》（修订版），生活·读书·新知三联书店，2015年，第65页。
[2] 邱炜萲：《菽园赘谈·小说》，陈平原、夏晓虹编：《二十世纪小说理论资料》第1卷，北京大学出版社，1997年，第30页。

中仍然能够看到史传"实录"精神的影响[1]。从这个视角来看，鲁迅说的"小说模样的文章"抑或是周作人所谓"读小说大抵是当作文章去看"，都是强调新文学对于史传散文传统"实录"精神的继承。这当然不是要求小说原封不动地记录人、地、事物，陷入实证主义式的索引，而是说小说应该如同文章一样最大可能地贴近真实可感的人生，从中提炼出"生活的真实"。与散文取材于真人真事靠拢，"小说模样的文章"大抵有一定个人经历的成分，从中能见出作者的身影，但同时又经过艺术化的加工。作者在私人化、个性化的书写之中寄托着严正的思想诉求，以表达真实的观念情感而非以"讲故事"式的消遣娱乐为自身的本质内涵，为了抒情写意的需要，在具体的手法上可以不拘格套，自由调度笔法，呈现一种"自然化"的风格，这既是创作观念的规定，也是接受者对于新小说的阅读路径。换言之，通过与文章文体特征与功用的比附，以"立人"为职志的周氏兄弟为小说在时代启蒙工程中发挥自身独特的作用找到了恰当的说明方式，即一种具备文章的功能担当，但却是以小说艺术化特征来表达的文体形式，文体内涵中既存在外向的思想启蒙的伦理认识，同时又不回避打捞内在的私人记忆的成分。或许普实克对于中国现代短篇小说的论断能够完美契合上述特征："更重要的是，这种对个人经历的艺术加工造就了中国新文学最完美的形式——描写心理同时又反映社会的短篇小说形式……描写社会的短篇

---

[1] "小说在叙事方式上完成了'实录'向'虚构'的转变，从而实现自身的文体自觉和文体独立；但史传的'实录'精神仍然作用于小说创作，尤其是新文学确立以后，史传的写实精神与西方现实主义表现方式相吻合，这在'人生写实派'的短篇小说和反映社会全景、追求宏阔的'史诗性'的长篇小说中体现得非常明显。"参见郭冰茹：《中国现代小说文体的发生》，广东高等教育出版社，2019年，第163页。

小说再现了作者的一部分个人经历，所以在各个方面也反映了人的存在中和当时社会状况中最根本的问题。"[1]

鲁迅的创作隶属于改造国民灵魂的文化工程，持有严正的思想诉求，他曾经以"启蒙主义"[2]来定义，正是因为明确抱持着"并没有要将小说抬进'文苑'里的意思，不过想利用他的力量，来改良社会"[3]之创作动机，所以鲁迅的作品常常表现出介入现实的激情，那种平和无谓、漠然旁观的心态是很少见的。为了集中凸显思想的"质"，鲁迅创作小说时并不遵从什么固定的做法秘诀，而是承继散文体裁"大可以随便的，有破绽也不妨"[4]之传统，自由发表感想，"能写什么，就写什么"[5]，不以繁词丽句和奇巧构思取胜。就像《秋叶》当中那"落尽叶子，单剩干子"[6]的枣树，笔直地刺入天空。但是着眼于对直露浅白的警惕，就要求作家"选材要严，开掘要深"[7]。在小说原型上，鲁迅"所写的事迹，大抵有一点见过或听到过的缘由，但决不全用这事实，只是采取一端，

---

1 [捷克]雅罗斯拉夫·普实克：《以中国文学革命为背景看传统东方文学同现代欧洲文学的对立》，《普实克中国现代文学论文集》，李燕乔等译，湖南文艺出版社，1987年，第92页。
2 "例如，说到'为什么'做小说罢，我仍抱着十多年前的'启蒙主义'，以为必须是'为人生'，而且要改良这人生。"参见鲁迅：《南腔北调集·我怎么做起小说来》，《鲁迅全集》第4卷，人民文学出版社，2005年，第526页。
3 鲁迅：《南腔北调集·我怎么做起小说来》，《鲁迅全集》第4卷，人民文学出版社，2005年，第525页。
4 鲁迅：《三闲集·怎么写》，《鲁迅全集》第4卷，人民文学出版社，2005年，第25页。
5 鲁迅：《二心集·关于小说题材的通信》，《鲁迅全集》第4卷，人民文学出版社，2005年，第378页。
6 鲁迅：《野草·秋叶》，《鲁迅全集》第2卷，人民文学出版社，2005年，第166页。
7 鲁迅：《二心集·关于小说题材的通信》，《鲁迅全集》第4卷，人民文学出版社，2005年，第377页。

加以改造，或生发开去，到足以几乎完全发表我的意思为止"[1]。《呐喊》中的有些作品就存在比较强烈的自叙色彩，如《头发的故事》《端午节》《兔和猫》《鸭的喜剧》等，在表达一定的思想观念的同时也承担着清理作者主体记忆的作用，这也是一些回忆性散文惯常的写作笔调。从以上分析可以看到，鲁迅小说的内质即在于文章的功用与结构，他的实际创作情况符合其自述的"小说模样的文章"的观念，正如李欧梵所言："简言之，我认为鲁迅小说创作的起点仍然是古典风格的'文学写作'（文章），这是具备文化素养（文）的先决条件之一。"[2]

周作人在"五四"期间曾大力批判过传统小说中"消闲"的文化价值观。在 1919 年的《论"黑幕"》中，他曾经这样表述："原来中国人到了现在，还不明白什么是小说，只晓得天下有一种'闲书'，看的人可以拿他消闲，做的人可以发挥自己意见，讲大话，报私怨，叹今不如古，胡说一番。"[3]而"这种风气，并非近时才起，却是'古已有之'"[4]。可以说，"闲书"一词总体上代表了周氏对于中国传统文学的价值评判，也从反面显示出文学必须有益于世道人心，正如后来周作人草拟的《文学研究会宣言》所宣称："将文艺当作高兴时的游戏或失意时的消遣的时候，现在已经过去了。我们相信文学是一种工作，而且又是

---

[1] 鲁迅：《南腔北调集·我怎么做起小说来》，《鲁迅全集》第 4 卷，人民文学出版社，2005 年，第 527 页。
[2] ［美］李欧梵：《鲁迅的小说——现代性技巧》，傅礼军译，乐黛云主编：《当代英语世界鲁迅研究》，江西人民出版社，1993 年，第 31 页。
[3] 周作人：《论"黑幕"》，《周作人散文全集》（修订版）第 2 卷，广西师范大学出版社，2021 年，第 94 页。
[4] 同上。

于人生很切要的一种工作。"[1] 值得注意的是，通过对黑幕小说的批判，周作人还阐明了自身对于近代写实主义小说的理解。当杨亦曾作《对于教育部通俗教育研究会劝告勿再编黑幕小说之意见》一文向《新青年》投稿，力主黑幕小说与欧洲近世写实主义文学潮流相合之时，周作人写作《再论"黑幕"》回应，他直截了当地宣布黑幕不是小说，在新文学里没有位置，同时亦表达其本人的小说观念："至于小说本是文学里的一个枝流，自然也应有文学的特质，简约的说一句，便是技巧与思想两件事。写实小说却更进一层，受过了'科学的洗礼'，用解剖学心理学的手法，写唯物论进化论的思想。"[2] 与这一定义对照，黑幕小说简直没有符合的地方，周作人认为如果一概不论文学与思想特质，只要是写作社会黑暗事实的便看作小说，那么《大清律例》上的例案与《刑案汇览》就是顶好的写实小说了，这表明他对于"写实主义"的理解已经超越了肤浅的印象主义式解读，在他眼中"写实主义"并非只是机械地从事实中提炼出人生的意旨，小说来源于生活却又高于生活，作者在客观的描写中总有自己的人生观透露出来，这与之前所说的小说承继的是文章的"实录精神"相一致。所以周作人有一个看法，他认为研究黑幕一类社会阴暗面的问题，"必用一副医学者看病的方法"[3]，这里把文艺作者比作医学者的观点与鲁迅本人的定位是十分接近的，毋宁说鲁迅本人

---

[1] 《文学研究会宣言》，《新青年》，第8卷第5号，1921年1月1日。
[2] 周作人：《再论"黑幕"》，《周作人散文全集》(修订版)第2卷，广西师范大学出版社，2021年，第115—116页。
[3] 周作人：《论"黑幕"》，《周作人散文全集》(修订版)第2卷，广西师范大学出版社，2021年，第96页。

就是一个极好的例证。针对黑幕小说标榜道德训诫的问题，周作人又说："我的意见以为小说对道德这问题，是不成立的。因为近代写实小说的目的，是寻求真实解释人生八个字，超越道德范围以外。"[1] 此处周氏强调的是写实小说并不从先验的道德标准出发来做价值判断，而是要在社会展开的过程中寻求真实、解释人生。周作人早年形成了一个颇具深度的看法，就是世俗所谓作小说来改良社会的人，其实"仍以小说为闲书，但欲借闲书以寄教训，故仍多浅薄，不能甚胜于纯粹之闲书"[2]。直接的道德训诫在周氏看来绝不是小说的本质，文学的意义应该趋向"人生之艺术"："盖欲改革人心，指教以道德，不若陶熔其性情。文学之益，即在于此。"[3] 至于这种理想中写实小说的具体作法，周作人在"五四"时期的《论"黑幕"》中有过清晰的表达，他认为揭开黑幕并非是要看黑幕内容本身，恰当的办法应该是把黑幕连着背景并作一起观："我们最要注意的点，是人与社会交互的关系；换一句话，便是人的遗传与外缘的关系。"[4] 换言之，小说描写人生应该是在人与社会的交互关系中去把握，写实主义需要将人物摆置于生活环境中才能够真实解释其性格的生成。它不以描写社会事件本身为目标，而是以现实与人的互动为中心，正是在这个意义层面上文学发挥了"于

---

[1] 周作人：《再论"黑幕"》，《周作人散文全集》（修订版）第 2 卷，广西师范大学出版社，2021 年，第 119 页。

[2] 周作人：《论中国之小说》，《周作人散文全集》（修订版）第 1 卷，广西师范大学出版社，2021 年，第 516 页。

[3] 周作人：《小说与社会》，《周作人散文全集》（修订版）第 1 卷，广西师范大学出版社，2021 年，第 321 页。

[4] 周作人：《论"黑幕"》，《周作人散文全集》（修订版）第 2 卷，广西师范大学出版社，2021 年，第 96 页。

人生很切要的一种工作"[1]的作用，作为写实主义的"人的文学"也才能成立。

　　大而言之，周氏兄弟通过互为关联的著译实践与理论探讨为中国现代小说的文类构造指示出一种路径：小说的诗化与文章化的统一。这种文体间的渗透既有来源于近代西方文艺观念的启示，也有对中国传统文学资源的继承，其核心在于凸显内心抒情意识的同时具备外在的"写实"精神。周氏兄弟的小说文体意识并不恪守固有的小说理论章程与文体界限，而是着眼于小说与社会存在的关联性，一个总的目标即是人生的艺术化呈现，这与他们通过文学方式来解决社会思想问题的思维方式密不可分，现代小说形式的建构其实也是"立人"文化工程的一个侧面投影。一定程度上"五四"一代的知识人是根据现实的需要不断调整小说的文本形态，其关键点并不在文体边界的清晰可界定，而是它所激发的改变现实的冲动，如同巴赫金所言："小说从本质上说就不可用范式约束。它本身便是个可塑的东西。这一体裁永远在寻找、在探索自己，并不断改变自身已形成的一切形式。"[2]而偏重于"短篇"的体裁，除了受到个人文学积累与爱好的影响之外，实则与"五四"变动频仍的社会状况互为表里，时代中丰富的思想议题要求通过一种简洁的形式来创作，如同里德讨论短篇小说时所说："它的存在唯一可能的理由在于，它在它自身中拥有现实的真相和压力。"[3]

---

[1] 《文学研究会宣言》，《新青年》，第 8 卷第 5 号，1921 年 1 月 1 日。
[2] [俄] 巴赫金：《史诗与小说——长篇小说研究方法论》，《巴赫金全集》第 3 卷，白春仁、晓河译，河北教育出版社，1998 年，第 544 页。
[3] [英] 伊恩·里德：《短篇小说》，肖遥、陈依译，昆仑出版社，1993 年，第 95 页。

第二节 "以汉语思想"：论周氏兄弟的文学语言观念

众所周知，"五四"文学革命发源于一场以白话代替文言为目标的语言运动，这使得中国新文学的发生发展从一开始便与现代汉语的发生发展扭结在一起。一方面，现代汉语的基质从根本上塑造了现代文学的品格，另一方面，新文学创作本身也是对于现代汉语的锻造与调试，彼时流行的"国语的文学，文学的国语"之口号正是这一辩证关系的形象化概括。以此而论，语言文字是与新文学自身合法性密切相关的元问题，所以文贵良提出："对于一位设想中国现代文学史的学者来说，必须把问题的思考回归到中国现代文学的发生基点上，这个基点其实就是语言，就是语言的转型，即古代文学汉语向现代文学汉语的转型、文言文向白话文的转型。"[1] 如果说"五四"新文学阵营内部有什么基础性的共识的话，那么作为统一语言基础的白话文无疑是定义创作最为关键的形式因素，同时有关汉语问题的言说也是作为一种公开反传统的历史修辞为新文化人的集体表达提供了合适的契机，构成知识者必须争夺话语权的场域所在。郜元宝所言一语中的："新文学家的胜利，首先在于语言的胜利，或者说，他们抢先依附了语言变革的大势，以语言的胜利为自己的胜利。"[2] 但是剥开历史的褶皱，我们可以看到《新青年》是由多重思想资源组合而成的宽泛的文化团体，他们在科学与民主的大旗之下，基于文化革新的总体性要求而产生了相互之间

---

[1] 文贵良：《以语言为核——中国新文学的本位研究》，人民出版社，2020年，第1—2页。

[2] 郜元宝：《汉语别史——现代中国的语言体验》，山东教育出版社，2010年，第147页。

的交集，但实际上同人内部本身充满着细微的分歧，这也是"后五四"时代"新青年"们风流云散、各自为政的原因所在。"五四"时期对于文学革命的讨论同样也存在着这种微妙的张力关系，着眼于一致对外的需要，对于白话文的提倡成为整合多种文学观念的最大公约数，但是不同个体有关语言问题发言的逻辑，各自进入问题场的方式，乃至介入文白之争的视野等都是有所差异的，并不能一概而论。比如本书的论述对象鲁迅与周作人，他们的文学语言观就有区别于时人的鲜明特质。就已经呈现的显在事实而言，"五四"白话文浪潮的开启应该归功于胡适的首倡，他基于进化论的文学史观将文学革命建构为一种书写语言本身的革命[1]，对于"五四"文学语言的变革有开创之功。在这种视野的关照下，已经僵死的文言与仍然存活的白话具有判然二分的性质，用他自己的论述来说就是"死文字决不能产出活文学"[2]。可以说，胡适的白话文理论主要是基于语言工具层面的考虑，其清晰通透的文言/白话二分法的分析框架成为支撑时代语言变革的一个基点，他的观念连同其本人被"逼上梁山"从而首揭文学革命军大旗的经历，自"五四"之后便不断出现在各色各样的追述中，从而成为一种经典化的文学革命叙事，也是目前通行的文学史所接受的结论。但正如前文所言，白话只是一个暂时收容了多种分歧的最大公约数，在这一总括性的文化符号之下仍然有更多细部的内容需要研究者体认。至少对于鲁迅与周作人而言，他们将语言与人的思想品格与主体存在高度关联起

---

[1] "然以今世历史进化的眼光观之，则白话文学之为中国文学之正宗，又为将来文学必用之利器，可断言也。"参见胡适：《文学改良刍议》，《新青年》，第2卷第5号，1917年1月1日。

[2] 胡适：《建设的文学革命论》，《新青年》，第4卷第4号，1918年4月15日。

来乃至同构化的认知方式就与胡适的叙述呈现出略为不同的路数。在"五四"白话文运动中，周氏兄弟并不是最活跃的分子，新文学运动之初甚至对于纯粹语体的讨论兴趣寥寥，他们对于语言的思考更多关注到的是文学汉语如何融入思想革命的意识形态领域，更多体现出语言作为一种思维方式的意义[1]。正是在这一意义上，考察周氏兄弟"五四"时期的文学语言观念既是通过形式因素透视其"立人"思想的途径，也是丰富文学革命理解路径的一种尝试。

一、反叛作为一种文体而非仅仅是语体的文言古文

中国古代几千年来传统的观点认为语言是传达思想的工具，所谓"言为心声"，首先便具有一个前提性的区分框架，即思想为体，语言为用，思想是作为起源性的本质存在，而语言则附属于思想，实现的是一种媒介功能。这种将语言和思想割裂开来的看法统治了中国传统语言观，并作为一种心理无意识反映在文学理论的层面。但20世纪以来，现代西方语言学以及语言哲学的兴起深刻地反驳了将语言工具化的观点，海德格尔提出"唯有语言之处，才有世界"[2]。他的意思即在于语言并非只有工具性，世界不是与语言无涉的客观存在，实际上语言

---

[1] 王风的观点可谓是识人之论："首先他们接受了白话的共识，其次他们工作的重点事实上与陈独秀更为接近，即延续民国建元以来的思想运动，结合自己晚清以来的思考，而进入所谓伦理革命，《人的文学》等等实际是此类问题的延伸，在他们那儿，文学既是一个实践的平台，又是一个需要重建灵魂的对象。"参见王风：《文学革命的胡适叙事与周氏兄弟路线——兼及"新文学"、"现代文学"的概念问题》，《中国现代文学研究丛刊》，2006年第1期。

[2] [德]海德格尔：《荷尔德林和诗的本质》，孙周兴译，参见孙周兴选编：《海德格尔选集》上卷，上海三联书店，1996年，第314页。

参与了世界的建构过程。加达默尔在海德格尔的基础之上有进一步的发展，他把语言界定为一种世界观，认为"我们只能在语言中进行思维，我们的思维只能寓于语言之中"[1]。语言学家索绪尔也曾从专业的角度提出与加达默尔相似的看法，在他看来"语言是组织在声音物质中的思想"[2]。这些论者相近的观点都在导向一种语言本体论的理念：即认为语言是思想本身，语言与思想不仅是"统一"的还是"同一"的，没有不通过语言表达而独立的思想。语言控制着主体的思想观念与思维方式，所以人只能沿着语言规定的方向去思考，这样一来就彻底把长期居于从属位置的语言提升到了本体性的地位。

就本书所论的"五四"文学革命而言，当然与西方哲学语言学转向存在着发生背景、问题意识、理论依托、内容指向等方面的不同，这里稍稍引入一些语言哲学的常识论点，并非是要以此所谓"哥白尼式的革命"来类比中国的语言改革运动。很显然的是，尽管20世纪初的中国也处在思想价值观的剧烈转换时期，但文学革命的创造者们大多还是在语言作为一种表达工具的层面上立论，并未形成自觉的语言本体意识。可即便这样，也并不妨碍我们借鉴西方语言本体论的观念来审视"五四"一代人的文化探索，特别当我们以这种视角来分析的时候就会发现中西之间一些微妙的共振，其中最具有症候性的当属鲁迅与周作人对于语言问题的见解，他们表现出了强烈的将语言与人的主体

---

1 [德]汉斯-格奥尔格·加达默尔：《哲学解释学》，夏镇平、宋建平译，上海译文出版社，1994年，第62页。
2 "从心理方面看，思想离开了词的表达，只是一团没有定形的、模糊不清的浑然之物……预先确定的观念是没有的。在语言出现以前，一切都是模糊不清的。"参见［瑞士］费尔迪南·德·索绪尔：《普通语言学教程》，高名凯译，商务印书馆，2017年，第152页。

勾连起来的倾向，特别是从文学语言出发进入思想伦理而非反向而行的思维意识结构，其实已经逼近了语言本体论的边缘。鲁迅与周作人并非是专业的语言学者，对于语言哲学也没有系统的阅读研究，他们的价值观念常常是在对于某一具有现实针对性的特定对象的反叛中体现出来，通过否定性的表达来建构自身的体系。就"五四"时期而言，长期以来定于一尊，集中体现文言意识形态的古文就充当了这样一个被批判的箭靶。鲁迅与周作人都是文言古文的反叛者，这里面当然有属于《新青年》团体基于白话价值观的"态度的同一性"之要求，同时也有"矫枉务必过正"的策略性因素的考虑，但是问题显然并非如此简单。周氏兄弟批判古文背后有着自身独特的思想理路，关联的是一个更为广阔的文化批判的历史语境，并且文言与白话的区分主要是在一种文体而非仅仅是语体的意义上成立的，而这一批判的内在意涵则需要我们把他们"五四"之后零星浮现的相关言论串联成线索才能够真实探知。

根据周作人回忆，当钱玄同来访S会馆的时候，鲁迅"对于文学革命即是改写白话文的问题当时无甚兴趣，可是对于思想革命却看得极重"[1]，这同时也是一贯以来关注人之精神素质的周作人的夫子自道。从一开始，周氏兄弟对于白话文的关注就不仅仅是在一般层面建立一种书写语言的规范，而是把白话文的提倡与兄弟二人晚清以来研究国民思想问题的工作接续起来。在文学革命运动初见成效的1919年，周作人更为显豁地表明他的这一论调。他的《思想革命》一文发表于《每

---

[1] 周作人：《补树书屋旧事·新青年》，《鲁迅的故家》，河北教育出版社，2002年，第355页。

周评论》第 11 期，文中涉及文字改革与思想改革之间的关系。周作人认为荒谬的思想既可以用古文做，也可以用白话做，"所以我说，文学革命上，文字改革是第一步，思想改革是第二步，却比第一步更为重要"[1]。周氏在这里所持的是一种典型的语言工具论的观点，即潜在地认为有一种先验的荒谬思想，虽然长久以来通过文言古文传播，但是也可能变成白话形态，所以思想革命相较于语言变革来说就具有某种优先性。但是当我们再来看他之前另外一段论述称"荒谬的思想与晦涩的古文"融合为一时[2]，就会发现另一幅面貌。周作人在此处强调古文养成国民笼统的心思，遵循的是从形式出发生成思维的路径，有一种语言决定论的倾向，表明他已经隐约意识到语言与思想的同构性。所以《思想革命》从语言观念层面来看是一个缠绕性的文本，在传统的工具语言观以外已经有了某种程度的语言本体论理念。在周氏看来，属于文字改革范畴的古文/白话的区分性描述仍然存在，但白话自身的绝对真理性也已经大大消减了。换言之，他对于文学汉语问题的思考已经超越了纯粹语体层面的文白之争，而进入到语体背后的更具有延展性的语言政治的范畴，文言被关联到腐朽的老旧思想，是作为人的思维方式本身的一个部分而被感知。因此对于古文的批判也不是纯粹语体的批判，本质上乃是一种立足于特定文类基础之上的意识形态批判。随着"五四"落潮后新文化同人策略性姿态的解体，这样的逻辑理路便

---

1 周作人:《思想革命》,《谈虎集》，河北教育出版社，2002 年，第 9 页。
2 "我们反对古文，大半原为他晦涩难解，养成国民笼统的心思，使得表现力与理解力都不发达，但别一方面，实又因为他内中的思想荒谬，于人有害的缘故。这宗儒道合成的不自然的思想，寄寓在古文中间，几千年来，根深蒂固，没有经过廓清，所以这荒谬的思想与晦涩的古文，几乎已融合为一，不能分离。"参见周作人:《思想革命》,《谈虎集》，河北教育出版社，2002 年，第 7 页。

被周作人更为清晰地勾勒出来。在 1922 年的《国语改造的意见》一文中，周作人说："一民族之运用其国语以表现情思，不仅是文字上的便利，还有思想上的便利更为重要：我们不但以汉语说话作文，并且以汉语思想……"[1] 在周氏眼中，汉语不仅是一个说话作文的表达工具范畴，而且根本上关乎人的思想过程。正是在"以汉语思想"的层面上，文言表现出自身不可超越的限度，这是因为文言写出来的时候并不能直截了当表达，而是需要"一道转译的手续"[2]。此处的逻辑是，现代社会中的人以更为接近口头表达的白话的语言方式来思考，大脑思考过程中使用的是现代汉语的概念、术语与范畴，而文言没有办法自然且充分地容纳白话的思维结构，如果强行使用，导致的则是真实意义的阙如，是典型的"以辞害意"。而之所以会如此，关键在于"文言因为不是活用着的言语，单靠古人的几篇作品做模范，所以成为一套印板似的格式，作文的人将思想去就文章，不能用文章去就思想……"[3]。我们需要注意的核心词是"一套印板似的格式"，这是周作人对于文言文的一个非常精妙的定义。周作人并不是把文言仅仅理解成字词范畴上的语体类型，而更多的是特定语体背后关联的一种文章写作的套式，是以模范古文为标本进而定型乃至不断凝固化的话术、腔调乃至体格。当写作者进入这样一种文言写作状态的时候，他会不自觉地被这一套潜在的文体规范或者说是话语框架所挟持，操弄着"文"的修辞术，而其内里作为"质"的思想却是空洞无物。所以周作人说写作的人不是"用文章去就思想"，而是"将思想去就文章"，这里的"将思想去

---

[1] 周作人：《国语改造的意见》，《艺术与生活》，河北教育出版社，2002 年，第 53 页。
[2] 同上，第 54 页。
[3] 同上。

就文章"其实与"以汉语思想"分享了同样的价值逻辑，都是一反思想本位论的观点，强调语言反过来对于思想的规约乃至决定性的作用，其背后蕴含的是周氏对于文质关系的深度思考。另一方面，所谓"印板似的"，指的就是古文作为一种程式化的模板是可以被不断重复套用的。模拟之风的盛行派生出了写作者思想文风上面千篇一律的弊病，不仅是对于周氏一贯以来珍视的人之个性的压抑，而且也违背了坦诚表达自身的写作伦理，正如他后来在《国语文学谈》中说古文缺乏文学价值的原因即在于其"模拟的毛病"[1]。

通过以上对于周作人"一套印板似的格式"这一定义的分析，我们大致可以明确他本人更多地是在文章体式的范畴上看待文言与白话之分。在周氏看来，文体性质一定程度上并不随着文言或白话的语体形态而改易，它是根植于文类制度的一种文章形式上的表征，与创作主体写作时的思维方式息息相关。一个确实的例证是周作人后来也曾说过，有的白话文章不过是作者用古文想出来，再用白话转写出来而已，比如他对于晚清白话文运动的评价就是"八股翻白话"[2]。当时的一些专门给下里巴人看的文字从语体来说显然是白话的，但是按照之前的论述，其文体的内部生产机制在周氏那里则又无疑属于文言文的写法，是应该加以警惕的对象。周作人"五四"之后不断从文体的角度来界定古文/白话文的区别，1926年的《国语文学谈》如是表述："我相信古文与白话文都是汉文的一种文章语，他们的差异大部分是文体的，文字与文法只是小部分。"[3]在1927年的一篇题为《死文学与活文学》的讲

---

[1] 周作人：《国语文学谈》，《艺术与生活》，河北教育出版社，2002年，第65页。
[2] 周作人：《中国新文学的源流》，河北教育出版社，2002年，第51页。
[3] 周作人：《国语文学谈》，《艺术与生活》，河北教育出版社，2002年，第63页。

演中，周作人则重构了胡适死文学和活文学的二分法："文学是否发生一种感应，不是从文字分析而得。古文和白话文不同的地方，因为文体不同，变成两种东西，两种文体，程度大不相同……不见得古文都是死的，也有活的；不见得白话文都是活的，也有死的。"[1] 可以看到，古文与白话文的最主要区别不在于文字分析，而是在文章体式对于思想自由的涵容度之上，正如他后来在《新文学的源流》里形象地用口袋与箱子的区别来比喻白话文与古文的差异[2]。相较于白话文必须有切实的内容作为支撑，古文则可以依靠形式来掩饰内容的空洞，因此白话比文言更为透明化，这种划分着眼的是两种文体各自的形式肌理以及其所关联的主体思想内质的差异。由此我们也才得以理解"五四"之后周氏为什么会不断提及现代国语建设需要吸收文言的有益分子，《国语改造的意见》将现代国语设定为"须是合古今中外的分子融合而成的一种中国语"[3]，改良国语三条主张中的第一条便是"采纳古语"。《国语文学谈》则表露得更为直接，虽然坚持"弃模拟古文而用独创的白话"，但同时提出"把古文请进国语文学里来"[4]。周作人的这些似乎给人以矛盾之感的意见常常被指认为是在开历史的倒车，违反了"五四"时期革命性的语言观念。细考之下，其实不然，前面已经分析了周作人反对古文的理由本来就是因为其所赖以持存的一整套凝固化的修辞话术以

---

[1] 周作人：《死文学与活文学——在翊教女中的演讲》，《周作人散文全集》（修订版）第5卷，广西师范大学出版社，2021年，第103页。
[2] "白话文有如口袋装进什么东西去都可以，但不能任何东西不装。而且无论装进什么，原物的形状都可以显现得出来。古文有如一只箱子，只能装方的东西，圆的东西则盛不下，而最好还是让它空着，任何东西都不装。大抵在无话可讲而又非讲不可时，古文是最有用的。"参见周作人：《中国新文学的源流》，河北教育出版社，2002年，第58页。
[3] 周作人：《国语改造的意见》，《艺术与生活》，河北教育出版社，2002年，第56页。
[4] 周作人：《国语文学谈》，《艺术与生活》，河北教育出版社，2002年，第64页。

及其对于思想的腐蚀，他的立足点是在整体性的文类规则，但对于具体文言字词在提升语言表达上的意义他显然是不反对的。为了求得国语的丰富适用，吸收文言成分是一条有效的途径，所以周氏频繁说要将古文请进国语文学来是在语言作为工具的层面上立论的，并非是要改换文体面貌。但是一个随之而来的问题便是向古文取经时的分寸与尺度，语言改革者应注意到文言的进入对于文章总体风格的影响，以免将古文的格调套式也一并带入从而影响思想的性质，即所谓"以文害意"。周作人1925年致钱玄同的一封信中就谈到理想国语的内部构成，认为应该"以白话（即口语）为基础，加入古文（词及成语，并不是成段的文章）方言及外来语"[1]。涉及古文这一方面，词、成语与成段的文章之界限即在于是否形成一种论述的腔调，说明周氏是严格地将文言的影响限定在语言工具的层面上，警惕其生长为模式化的体格。

鲁迅对于古文的批判是自"五四"时期便开始持守并一直延续的姿态，在致许寿裳的信中他说"中国古书，叶叶害人"，甚至得出"盖人存则文必废，文存则人当亡"[2]这样激进的结论。在鲁迅的意识中，"文"与"人"是一组互相对立、无法并存的概念。换言之，他把个体乃至民族的生存与社会的语言状态捆绑在一起，这也是当时知识界的一部分共识。"五四"时期，废灭汉文是高涨的呼声之一，这是因为人们往往将中国人缺乏逻辑思维的原因导向汉字本身的特征，认为繁难的汉字是阻碍中国社会改革的绊脚石。在《随感录五十七》中，鲁迅称呼鄙薄白话者为"现在的屠杀者"，在作者眼里"朽腐的名教"与"僵死的语

---

1 周作人：《理想的国语》，《周作人散文全集》（修订版）第4卷，广西师范大学出版社，2021年，第288—289页。
2 鲁迅：《190116：致许寿裳》，《鲁迅全集》第11卷，人民文学出版社，2005年，第369页。

言"是作为一体之两面被看待，他们互相支撑，不能分离，构成了对于现实存在的某种精神压迫[1]。当鲁迅使用"僵死的语言"这一表述的时候，我们很容易便联想起胡适有关白话是"活文学"，文言是"死文学"的划分，表面上看来鲁迅也确实是在胡适所建构的书写语言工具的二分框架内来讨论，但是实际上二者的逻辑并不完全一致。1922年8月21日鲁迅有一封致胡适的信件，其中有一段提到白话的问题："大稿已经读讫，警辟之至，大快人心！我很希望早日印成，因为这种历史的提示，胜于许多空理论。但白话的生长，总当以《新青年》主张以后为大关键，因为态度很平正，若夫以前文豪之偶用白话入诗文者，看起来总觉得和运用'僻典'有同等之精神也。"[2] 这里的"大稿"指的是胡适为上海《申报》五十周年纪念册而作的《五十年来中国之文学》一文，胡适在文中力图勾勒出五十年来新旧文学的转换历程，其中白话文学的壮大在其论述中是某种连续自然的且合乎历史发展逻辑的线索。鲁迅十分赞赏胡适用历史的眼光来分析文学，但是就白话的生长而言，鲁迅更多持一种断裂的态度，他认为《新青年》以后的白话与之前相比发生了质变，二者并不属于一个体系。胡鲁之间之所以会出现这种分歧是因为二人的立足点不同，胡适是以一种历史进化论的观点来定义书写语言本身，而鲁迅更为看重的则是语言运用背后的主体"态度"问题，这也是信件中所说《新青年》的主张态度平正，而偶用白话入诗文者则有一种用"僻典"心态的真正含义。如果说作为书写文字的白

---

[1] "明明是现代人，吸着现在的空气，却偏要勒派朽腐的名教，僵死的语言，侮蔑尽现在，这都是'现在的屠杀者'。"参见鲁迅：《热风·随感录五十七　现在的屠杀者》，《鲁迅全集》第1卷，人民文学出版社，2005年，第366页。
[2] 鲁迅：《220821：致胡适》，《鲁迅全集》第11卷，人民文学出版社，2005年，第431页。

话在胡适那里具有先在的优越性，那么对于鲁迅来说则恰恰是需要在不同的语境下区分对待的，其价值判断的根本依据在于白话作为一种思维方式的性质而非语体本身，这样看来鲁迅的语言观与警惕"古文翻白话"的周作人倒是更为接近，都是越过语体而进入到意识形态领域。鲁迅后来确实说过"腐败思想，能用古文做，也能用白话做"[1]的观点，他自己就曾反思因为看过旧书，耳濡目染之下使得所做的白话上也流露出古文的字句、体格，就是思想上也中些庄周韩非的毒[2]，这其实就是典型的从文体到思想的思考路径。后期，鲁迅还写有一篇题为《作文秘诀》的文章专门讽刺古文的格套，认为古文在内容上既要通篇都有来历，但又不能完全照抄别人的成文。在修辞上则是"一要蒙眬，二要难懂"，实质上是借此掩盖内里思想的空洞拙劣[3]，文中描述的古文模拟的规制正堪称周作人概括的"一套印板式的格式"一语。鲁迅对古文的批判与他对现实社会的认识互为表里，他认为中国国民性中最缺乏的是诚与爱，而已经高度虚化的古文正充当着这样一种"瞒和骗"的艺术形态[4]，最终影响的是思想的质直与清晰，并进而波及整个民族国家的生存。值得注意的是，鲁迅并不认为白话文就能够脱离这些弊病："做白话文也没有什么大两样，因为它也可以夹些僻字，加上蒙眬或

---

1 鲁迅：《三闲集·无声的中国》，《鲁迅全集》第 4 卷，人民文学出版社，2005 年，第 13 页。
2 鲁迅：《坟·写在〈坟〉后面》，《鲁迅全集》第 1 卷，人民文学出版社，2005 年，第 301 页。
3 参见鲁迅：《南腔北调集·作文秘诀》，《鲁迅全集》第 4 卷，人民文学出版社，2005 年，第 628—631 页。
4 "中国人向来因为不敢正视人生，只好瞒和骗，由此也生出瞒和骗的文艺来，由这文艺，更令中国人更深地陷入瞒和骗的大泽中，甚而至于已经自己不觉得。"参见鲁迅：《坟·论睁了眼看》，《鲁迅全集》第 1 卷，人民文学出版社，2005 年，第 254—255 页。

难懂，来施展那变戏法的障眼的手巾的。"对于这一困境，鲁迅给出的拯救之法在于"有真意，去粉饰"的"白描"[1]。可见，鲁迅要力图破解的就是一整套高度发达的修辞话术对于思想内质的奴役，恢复人的真诚而又朴素的思维表达。

总体上而言，鲁迅对于古文的攻讦要比周作人激烈得多，相较于周作人"五四"之后在国语建设中逐渐容纳文言成分的主张，鲁迅明面上依然对文言充斥在社会文化中表示深恶痛绝，语气上毫无松动。这体现出兄弟二人颇为不同的性格特质，在批判传统的态度上鲁迅确实表现得更为决绝，历史"中间物"的紧张心理意识驱使他以一个战士的姿态向传统冲锋陷阵，而周作人独有的学者气质则使得他在某些具体认识上得出相对宽松的结论。但尽管如此，倘若仔细考量周氏兄弟的语言观，可以发现其内在逻辑的共通性。鲁迅与周作人的关注点都在作为一种文章表达范畴的文体，而非仅仅是语体字句的层面，他们对于古文的颠覆，其实质是对古文所代表的写作套式的反驳，反对的是特定的语言组织结构对于思维过程的束缚与侵蚀。当古文从文体变成人的一种思想构造的时候，就会从根本上编织出奴役精神自由的牢笼，如同论者分析周氏兄弟批判古文的基本前提时所说："古文之所以成为意识形态，在于它由思想、现实抽离出来的同时，构成了另一种文饰性的、虚假的思想和现实，进而阻滞了真诚的表达。"[2]

---

[1] 以上参见鲁迅：《南腔北调集·作文秘诀》，《鲁迅全集》第4卷，人民文学出版社，2005年，第631页。
[2] 何亦聪：《作为意识形态的古文——论周氏兄弟对古文的批判及其现代文章观的建立》，《现代中国文化与文学》，2021年第1期。

二、直译与欧化：中国语文的改革方案与"国民性"问题

如果说批判古文对于周氏兄弟来说意味着一个否定既有语言/思维一体化结构的过程，是对长久以来民族积淀的文化心理的反叛，那么他们显然还需要在建设的层面为汉语书写语言的现代转型提供一些可能的思路。就国语改造问题而言，"五四"时期的知识分子有过纷繁的讨论，对于白话的规范大致有两种比较具有代表性的看法，一是主张采用明清小说中的白话作为国语建设的范本，一是以现代民间的俗语为原则。这两条方案一定程度上是并行不悖的，比如胡适就是一个典型的例子，他在《文学改良刍议》中提出"文学八事"，最后一条是"不避俗字俗语"："吾惟以施耐庵、曹雪芹、吴趼人为文学正宗，故有'不避俗字俗语'之论也。"胡适提到的这些作家都是明清白话小说家，他最后的结论乃是"白话文学之为中国文学之正宗"，"与其作不能行远、不能普及之秦、汉、六朝文字，不如作家喻户晓之《水浒》《西游》文字也。"[1] 到了《建设的文学革命论》中，胡适则认为"要想重新规定一种'标准国语'，还需先造无数国语的《水浒传》、《西游记》、《儒林外史》、《红楼梦》"[2]，把明清小说上升到国语标本的地位。《国语标准与国语》则为国语的构成划定了具体范围，认为民间社会通行的普通话本身就是通俗文学（明清小说）所用的语言[3]。后来在30年代胡适也曾

---

1 以上参见胡适：《文学改良刍议》，《新青年》，第2卷第5号，1917年1月1日。
2 胡适：《建设的文学革命论》，《新青年》，第4卷第4号，1918年4月15日。
3 "从东三省到四川云南贵州从长城到长江流域，最通行的一种大同小异的普通话。这种普通话在这七八百年中已产生了一些有价值的文学，已成了通俗文学——从《水浒传》《西游记》直到《老残游记》——的利器。"参见胡适：《国语标准与国语》（又名《国语讲习所同学录序》，此文为胡适1920年5月17日演讲稿），《新教育》，第3卷第1期，1921年2月。

回忆起文学革命时期一个革命性的见解便是"那种所谓'引车卖浆之徒'的俗话是有文学价值的活语言，是能够产生有价值有生命的文学的，并且早已产生无数人人爱读的文学杰作来了"[1]。可见，胡适理想中的现代书写语言就是从明清俗语化趋势中发展而来的白话。在这一点上，周氏兄弟与其表现出截然不同的态度，周作人认为无论是主张采纳明清小说的语言还是现代民间的语言，这两说"都不免稍偏于保守，太贪图容易了"[2]。明清小说专攻叙事，它不能供给抒情与说理的文字，至于民间的言语则是"言词贫弱，组织单纯，不能叙复杂的事实，抒微妙的情思"[3]。在周氏看来，现代国语的建设应该在能力范围内尽量地使其高深复杂。鲁迅虽然不像周作人发表过如此明确的论点，但是从他晚清以来复古的语言实践以及"五四"时期对于现代汉语复杂精深结构的追求来看，显然也不是处在语言通俗化的脉络之中。事实上，周氏兄弟（尤其是周作人）并不反对现代书写语言应该吸收方言、明清小说白话乃至文言成分，但这主要是着眼于语言文字工具丰富性的考虑。而在语言的精神内核层面，周氏兄弟更多放弃了普及性的要求而着眼于提高汉语表现复杂生命经验的能力，其想象中的白话与中国固有的语言资源几乎处在完全异质性的维度之上，毋宁说他们已经意识到了民间社会历史传承延续的白话在容纳现代思维过程中的捉襟见肘，这昭示出一种来自语言本体层面的结构性缺陷。所以二者要求几乎推倒重来式的创造，而最富有成效的途径则是通过"直译"自外而内地去

---

[1] 胡适：《〈中国新文学大系·建设理论集〉导言》，《中国新文学大系·建设理论集》，良友图书印刷公司，1935年，第14页。
[2] 周作人：《国语改造的意见》，《艺术与生活》，河北教育出版社，2002年，第54页。
[3] 同上，第55页。

输入一种全新的欧化白话文结构。

《古诗今译》被周作人称为他本人的"第一篇白话文",周氏尝试运用口语,按照呼吸长短的节奏翻译了古希腊诗人谛阿克列多斯(现译作"忒奥克里托斯")的牧歌第十,这种诗体形式具有高度的异质性,译文题记中有一段论纲式的文字精要地体现出他的翻译理念:

> 什法师说,"翻译如嚼饭哺人",原是不差。真要译得好,只有不译。若译他时,总有两件缺点;但我说,这却正是翻译的要素。一、不及原本,因为已经译成中国语。(如果还同原文一样好,除非请 Theokritos 学了中国语,自己来作。)二、不像汉文——有声调好读的文章——因为原是外国著作。(如果同汉文一般样式,那就是我随意乱改的胡涂文,算不了真翻译。)[1]

根据周作人回忆,这篇题记经过鲁迅的修改,笔者标注的括号中间这两个"如果"云云之类的句子即是鲁迅增添上去的[2]。照字面意思看来,鲁迅十分同意周作人译作"不及原本""不像汉文"的观点,以至于将语气表达得更为强烈极端。原文中,周作人引用鸠摩罗什"翻译如嚼饭哺人"的论断是为了说明其心目中"真翻译"所带来的并不顺畅愉悦的阅读效果,反映的其实是周氏兄弟自《域外小说集》以来便一直坚持的

---

1 参见周作人:《古诗今译 Apologia》,《周作人散文全集》(修订版)第 2 卷,广西师范大学出版社,2021 年,第 12 页。
2 周作人:《一一六·蔡子民二》,《知堂回想录(下)》,河北教育出版社,2002 年,第 384 页。

"故宁拂戾时人,迻徙具足耳"[1] 的理念,这同时也是鲁迅的观点,一方面认识到翻译不可能完全复制原著的风貌,另一方面强调译文相较于中文表达的异化特质,不迁就本民族的口味习惯,而是尽可能"等值"地引入原文的肌理。周氏在个人的第一篇白话文中就抛出直译理论,并且用自身的翻译来做试验,这一姿态对于习惯晚清以来意译风尚的中国文坛而言无疑是具有某种改革宣言性质的,当然也不免要招致批评非议。在《新青年》第5卷第6号上,张寿朋写信挑战新文化同人的诸多思想言论,其中也提到翻译的问题,与周作人相关的主要有两点:一是张氏绝对不赞成"中国文字里面夹七夹八夹些外国字"的体裁,二是他认为周作人翻译的《古诗今译》"阳春白雪,曲高和寡",由此批评那些读了外国诗歌、希望将外语照搬到中文里头的人"不免有些弄巧反拙,弄得中不像中,西不像西",与之相反,"既是译本,自然要将他融化重新铸过一番"[2]。针对张寿朋的抨击,周作人在回信中认为张氏所说的"融化"实际是改作,称不上翻译,如果不是改作,风气习惯是无法"重新铸过"的。他借此把自己的直译理念表达得更为清晰,一方面是仍要"杂入原文",一方面则是提倡"逐字译"[3]。这种竭力保存原作风貌的追求在他的翻译当中被延续下来,1925年周作人翻译的诗歌小品集《陀螺》由新潮社出版,他在序言当中再一次明确表达自己相信除直译法外没有

---

1 鲁迅:《译文序跋集·〈域外小说集〉略例》,《鲁迅全集》第10卷,人民文学出版社,2005年,第170页。
2 参见张寿朋来信,《新青年》,第5卷第6号"通信",1918年12月15日。
3 "我以为此后译本,仍当杂入原文,要使中国文中有容得别国文的度量,不必多造怪字。应当竭力保存原作的'风气习惯,语言条理';最好是逐字译,不得已也应逐句译,宁可'中不像中,西不像西',不必改头换面。"参见周作人:《文学改良与孔教——答张寿朋》,《周作人散文全集》(修订版)第2卷,广西师范大学出版社,2021年,第78页。

更好的翻译方法，与此同时也为直译理论设定了"达意"的条件，即是"尽汉语的能力所及的范围内，保存原文的风格，表现原语的意义"[1]。

鲁迅同样十分认同"直译"的观点，并且在"五四"时期的翻译中忠实地践行，只是没有留下相应的理论评价，不过在"五四"之后的一些关涉具体文本的译记序跋以及与他人论战的文字中，我们仍可以清楚辨析出他的主张。比如1925年的《〈苦闷的象征〉引言》就明确地说："文句大概是直译的，也极愿意一并保存原文的口吻。"[2] 同一时期的《〈出了象牙之塔〉后记》几乎如出一辙："文句仍然是直译……也竭力想保存原书的口吻，大抵连语句的前后次序也不甚颠倒。"[3] 从这些论述看来，鲁迅理想中的翻译形态应该是在字句文法严格对应的基础上还能保持原文的"口吻"，但是这一要求实则并不容易达到。在自己颇为看重的《小约翰》的引言中，鲁迅就谦虚地称："务欲直译，文句也反成蹇涩；欧文清晰，我的力量实不足以达之。"[4] 或许此时他已经认识到强行用汉语直译会带来文本佶屈生涩的问题，但是面对冲突，鲁迅的选择是也只能如此"硬译"[5]。王宏志就颇为敏锐地指出"逐字译"的方

1　周作人：《陀螺序》，《苦雨斋序跋文》，河北教育出版社，2002年，第30—31页。
2　鲁迅：《译文序跋集·〈苦闷的象征〉引言》，《鲁迅全集》第10卷，人民文学出版社，2005年，第257页。
3　鲁迅：《译文序跋集·〈出了象牙之塔〉后记》，《鲁迅全集》第10卷，人民文学出版社，2005年，第271页。
4　鲁迅：《译文序跋集·〈小约翰〉引言》，《鲁迅全集》第10卷，人民文学出版社，2005年，第284页。
5　"在我，是除了还是这样的硬译之外，只有'束手'这一条路——就是所谓'没有出路'——了，所余的唯一的希望，只在读者还肯硬着头皮看下去而已。"参见鲁迅：《译文序跋集·〈文艺与批评〉译者附记》，《鲁迅全集》第10卷，人民文学出版社，2005年，第329—330页。

式有时并不能复现原文"精悍的语气",在这样的情况下"直译"就变成了"硬译":"换言之,'硬译'就是鲁迅在无法处理语气或句式的难题下而继续以'逐字译'的方法去翻译后出来的结果。由此,我们可以理解,为什么鲁迅也认定'硬译'不是理想的翻译方法。"[1]此言不虚,在与梁实秋的论争中,鲁迅就坦言世间将会有既不曲同时也不硬或不死的译文,自己只是"来填这从'无有'到'较好'的空间罢了"[2]。鲁迅将自身的翻译视作历史中间物,在中国现代文化转型的过程中扮演盗得火种的普罗米修斯的角色,这体现出一种强大的创造意志。与周作人"拆碎原文,另找相当的汉文——配合"[3]相比,鲁迅在对语言的具体把控上表现得更为极端,不惜分裂汉文的种种语言成规,代之以陌生化的表达。他对于"宁信而不顺"的翻译追求确实是一种企图另起炉灶、彻底更新传统文化观的表现,这种"硬译"理论背后置之死地而后生的先锋姿态相较于周作人又往前进了一步。

分析周氏兄弟大致接近的直译观念,其背后的意识动机当然首先在于准确地引进异质文化,为中国现代的思想启蒙运动服务。但翻译的作用并不仅仅是内容的传输,同时也是"表现法"的导入过程。从语言层面来说,翻译也能主动地帮助中国语文的改革,创制新的中国现代书面语,它对于特定的语言形式以及与之关联的文体样貌具有非常显著的干预作用,如同朱自清所言:"白话文不但不全跟着国语的

---

[1] 王宏志:《能够"容忍多少的不顺"——论鲁迅的"硬译"理论》,《重释"信、达、雅"——20世纪中国翻译研究》,清华大学出版社,2007年,第243页。
[2] 鲁迅:《二心集·"硬译"与"文学的阶级性"》,《鲁迅全集》第4卷,人民文学出版社,2005年,第215页。
[3] 周作人:《谈翻译》,《苦口甘口》,河北教育出版社,2002年,第41页。

口语走，也不全跟着传统的白话走，却有意的跟着翻译的白话走。"[1]这样一来就使得"五四"时期的文章书写表现出非常明显的欧化翻译的风格。郭绍虞曾经就欧化的具体表现发表过简明的见解，认为其在"写文"与"造句"两个方面影响了新文艺的表达："欧化所给予新文艺的帮助有二：一是写文的方式，又一是造句的方式。写文的方式利用了标点符号，利用了分段写法，这是一个崭新的姿态，所以成为创格。造句的方式，变更了向来的语法，这也是一种新姿态，所以也足以为创格的帮助。这即是新文艺所以成功的原因。"[2]揆诸周氏兄弟，他们的直译也是把西方语言的表达机制移植到中国，从而致力于推动欧化白话文成为"五四"书面语的主流形态。事实上，根据王风的考察，周氏兄弟在晚清《域外小说集》的翻译中就已经运用现代标点符号来冲击传统文言文的书写形制[3]。进入到"五四"时期，其欧化意识进一步深化到语法的层面，集中表现在塑造多重分句叠床架屋组合而成的包孕式白话文结构。周氏兄弟此种认识背后存在着对于汉语的前提性理解，即中国文本来就不够精密，组织结构不完备，更多依赖模糊性的"意合"的串联方式，不能满足现代中国文化书写的需求，所以需要吸收印欧语系更为严谨的组织结构来完善自身，而这种严谨性是建立在印欧语通过辞格变化与使用词缀来显示词性区别以及其句子之间的紧密逻辑关系。汪晖曾指出"五四"时期有

---

1 朱自清：《中国散文的发展（下）》，《中学生》第 11 期，1939 年 11 月 5 日。
2 郭绍虞：《新文艺运动应走的新途径》，《语文通论》，开明书店，1941 年，第 93 页。
3 "在周氏兄弟手里，对汉语书写语言的改造在文言时期就已经进行，因而进入白话时期，这种改造被照搬过来，或者可以说，改造过了的文言被'转写'成白话。"参见王风：《周氏兄弟早期著译与汉语现代书写语言》，《世运推移与文章兴替：中国近代文学论集》，北京大学出版社，2015 年，第 167 页。

关现代汉语语法问题的讨论实际上是"用一种元语言的形式对现存语言进行规范和改造","在这个语法学的框架内,语言可以理解为纯粹的形式、工具、手段。这当然不是一次性完成的状态,而是一个漫长的'理性化'过程"[1]。他所说的语言的"理性化过程"契合了中国现代化进程中科学话语的传播,这种科学理性世界观反映到语言的层面就是要讲求逻辑性与精确性,这是对于"五四"语言的规范要求,同时也是欧化语法结构输入汉文的内在原因,它作为一种科学理性精神的象征扮演了中国现代语言转型过程中不可或缺的因素。从语法学的框架看,当然如论者所言,语言确实成了表现语法(元语言)的形式、工具、手段,但是如果把语言本身看作是吸纳语法在内的科学逻辑的产物,那么就并非局限于工具性的存在,而是直接关联到人的思维方式本身,具有本体性质。这在周氏兄弟的语言观中有所凸显,与瞿秋白讨论翻译问题的通信里,鲁迅曾一针见血地指出中国语言"太不精密"的缺陷,以致讲话作文的时候常常"辞不达意"[2],而他把这种语言的粗疏等同于思想的糊涂,改进的方案则是要引进"异样的句法"[3]。所以"欧化文法的侵入中国白话中的大原因,并非因为好奇,乃是为了

---

1 汪晖:《现代中国思想的兴起(下)》,生活·读书·新知三联书店,2004年,第1138—1139页。
2 鲁迅:《二心集·关于翻译的通信》,《鲁迅全集》第4卷,人民文学出版社,2005年,第391页。
3 "这语法的不精密,就在证明思路的不精密,换一句话,就是脑筋有些胡涂。倘若永远用着胡涂话,即使读的时候,滔滔而下,但归根结蒂,所得的还是一个胡涂的影子。要医这病,我以为只好陆续吃一点苦,装进异样的句法去,古的,外省外府的,外国的,后来便可以据为己有。"参见鲁迅:《二心集·关于翻译的通信》,《鲁迅全集》第4卷,人民文学出版社,2005年,第391页。

必要"[1],其必要性来源于互为关联的两个层面,首先最明显的当然是形成严密精细的语言表达习惯的需要,这是社会现代化发展在文化上的一种表征。其次更为根本的则是要医治国人脑筋糊涂的病症,形成科学化思维,这是典型的语言思想一体化的文化思路,即改造语言就是改造国民的精神世界。如此一来,欧化的引入便与鲁迅一直关注的"国民性"的议题分不开,其间的逻辑关系正如张钊贻说:"简而言之,鲁迅主张'硬译',引进欧化语法,促进中国语文改革和现代化,再从语文现代化达至人们的精神改造,也就是'改造国民性'。"[2]

与鲁迅高屋建瓴、一针见血的言论相比,对于语言的欧化,周作人则持一种实用性的态度:"关于国语欧化的问题,我以为只要以实际上必要与否为断,一切理论都是空话。"[3]他鼓励欧化的反对者先去亲身试验之后再来做评判[4],这种看法充分体现出周氏对于外来艺术形式的包容尊重。1922 年,梅光迪在《学衡》杂志上发表《评提倡新文化者》一文,把新文化运动者定义为几种负面的形象,其中有一条便是指认其为最下乘之模仿家,他们所谓思想上的欧化不过是捡拾一些西方几十年前流行,而今天已被视为谬误的学说,甚至这种汲取也是穿凿附

---

[1] 鲁迅:《花边文学·玩笑只当它玩笑(上)》,《鲁迅全集》第 5 卷,人民文学出版社,2005 年,第 548 页。
[2] 张钊贻:《鲁迅反对古文并引进欧化语法原因辨析:中国语文面对现代化与国民性改造的困境》,《东岳论丛》,2019 年第 2 期。
[3] 周作人:《语体文欧化问题》,《周作人散文全集》(修订版)第 2 卷,广西师范大学出版社,2021 年,第 399 页。
[4] "但是即使他证明了欧化国语的缺点,倘若仍旧有人要用,也只能听之,因为天下万事没有统一的办法,在艺术的共和国里,尤应容许各人自由的发展。"参见周作人:《语体文欧化问题》,《周作人散文全集》(修订版)第 2 卷,广西师范大学出版社,2021 年,第 399 页。

会的，根本谈不上创造性[1]。这一看法引发了周作人有关模仿与影响、国粹与欧化关系的思考，他写了《国粹与欧化》一文回应。从字面意思来看，梅光迪对于"得其神髓"的模仿古人是保留认同感的，但是周作人的观点就与其不同："我的意见则以为模仿都是奴隶，但影响却是可以的；国粹只是趣味的遗传，无所用其模仿，欧化是一种外缘，可以尽量的容受他的影响，当然不以模仿了事。"[2]这里周作人的看法与梅光迪的存在错位，他全然否定了模仿的价值，但认为现代文化可以容受外界施加的影响，无论这种影响是来自作为"趣味的遗产"的"国粹"还是作为"外缘"的"欧化"。值得注意的是周作人所谓的"国粹"和梅光迪所说的模仿古人并不是一回事："倘若国粹这一个字，不是单指那选学桐城的文章和纲常名教的思想，却包括国民性的全部，那么我所假定遗传这一个释名，觉得还没有什么不妥。"[3]换言之，周作人是从国民性遗传的角度去理解"国粹"，而作为历史文化基因的国民性是自然延续存在的，并不需要刻意地去模仿古人而舍弃此刻自身的现实独特性。由此周作人讨论的"国粹"遗传影响也与模仿古人的论调撇清了界限，二者的根本区别在于周作人所要求的文化影响始终有一个当下自我的本位意识存在，容受影响的目的在于成为更好的"自己"，而不是沦为"他者"的奴隶，而后者恰恰是"模仿"的病灶所在。本着此种认识，周作人清晰地界定了国粹与欧化之间关系的本质内涵，同时也将

---

[1] "而彼等犹以创造自矜，以模仿非笑国人，斥为古人奴隶。实则模仿西人与模仿古人，其所模仿者不同，其为奴隶则一也。况彼等模仿西人，仅得糟粕，国人之模仿古人者，时多得其神髓乎。"参见梅光迪：《评提倡新文化者》，《学衡》，创刊号，1922年1月。
[2] 周作人：《国粹与欧化》，《自己的园地》，河北教育出版社，2002年，第11页。
[3] 同上。

自己与中学为体、西学为用的"国粹优胜"论者区分开来，后者只能容纳一些无关大体的改革，而"我却以遗传的国民性为素地，尽他本质上的可能的量去承受各方面的影响，使其融合沁透，合为一体，连续变化下去，造成一个永久而常新的国民性，正如人的遗传之逐代增入异分子而不失其根本的性格"[1]。在遗传的基础之上增入异分子以"造成一个永久而常新的国民性"，这种容受外界影响以改良国民性的理论也症候性地表现在语言问题上，作为一种意识形态前提支撑着周作人本人对于欧化的见解[2]。在其看来，欧化是在"影响"而非"模仿"的层面上成立的，在汉字本性的前提下尽可能容纳欧化实际上对应的正是以遗传为素地去承受异分子的影响从而来改良提升国民性，表面看来是语文的变革，背后导向的则是精神性格的塑造。从达成的效果来看，周作人为国语的欧化树立了边界意识，这个边界就是汉语与汉语思想，在这一基线之上大可尽量地改造，如同他在《国语改造的意见》中所说："因此我承认现在通用的汉语是国民适用的唯一的国语，但欲求其能负这个重大的责任，同时须有改造的必要。"[3] 他本人"五四"时期的翻译与写作就是运用欧化来改造白话书面语的典型，难怪乎深谙于此的刘半农评价说："语体的'保守'与'欧化'，也该各给他一个相当的限度。我以为保守最高限度，可以把胡适之做标准；欧化的最高限度，

1　周作人：《国粹与欧化》，《自己的园地》，河北教育出版社，2002年，第13页。
2　"譬如国语问题，在主张中学为体西学为用者的意见，大抵以废弃周秦古文而用今日之古文为最大的让步了；我的主张则就单音的汉字的本性上尽最大可能的限度，容纳'欧化'，增加他表现的力量，却也不强他所不能做到的事情。"参见周作人：《国粹与欧化》，《自己的园地》，河北教育出版社，2002年，第13页。
3　周作人：《国语改造的意见》，《艺术与生活》，河北教育出版社，2002年，第54页。

可以把周启明做标准。"[1]这种改造背后其实是有特定的意识形态诉求。

通过上述分析，我们可以发现尽管周氏兄弟对直译与欧化的推行路径并不完全一致，在对翻译标准与国粹的理解上面也有程度上的差异，可是最后又殊途同归地把语言的改造和国民性问题贯通起来，从而使得其成为思想启蒙事业不可或缺的一个组成部分。周氏兄弟"五四"时期的语言追求并非处在大众化的脉络之中，而是更多体现出精英知识分子的自我顶层设计。白话文并不等同于通俗，恰恰是要通过欧化不断提升自身负载的思想容量，文学语言与现代文化意识的交织生长为语文改革注入了鲜明的意识形态内涵，正如傅斯年所说："我们在这里制造白话文，同时负了长进国语的责任，更负了借思想改造语言、借语言改造思想的责任。我们又晓得思想依靠语言，犹之乎语言依靠思想，要运用精密深邃的思想，不得不先运用精邃深密的语言。"[2]

三、名实合一：语言的意义生产机制

一方面，周氏兄弟反思作为一种修辞话术的古文对于现代思想的侵蚀以及自由表达的阻滞，另一方面，他们崇尚"直译"对于外来文化的准确传导，并借此塑造一种能够尽可能容纳科学思维的精密化的语言结构。这一破一立看似是在两个方向上作用于中国语文的改革，但实际上却分享了同样的价值前提：即语言的本质在于其真诚的伦理，语言联通的必然是充实的思想世界，词与物之间应该是切实对应的关

---

[1] 刘复：《中国文法通论》，岳麓书社，2012年，第80页。
[2] 傅斯年：《怎样做白话文》，《新潮》，第1卷第2号，1919年2月1日。

系，而不能虚化为一种可以任意增删摆布的文字游戏。

鲁迅曾经多次揭示汉字的繁难使得中国底层民众无法发声的困境，在他看来，汉字具有一种"符的威力"："因为文字是特权者的东西，所以它就有了尊严性，并且有了神秘性。"[1] 其背后勾连着大一统集权社会的统治意识形态。周作人也常常感慨文字在中国的魔力："中国是文字之国，中国人是文字的国民。"他打趣地说："在秀才阶级支配着思想的中国，虽然实际上还是武帝与财神在执牛耳，文章却有他的虚荣，武帝财神都非仗他拥护不可，有时他们还得屈尊和他来做同伴才行。"[2] 诚然，纲常伦理会在一种"名教"的层面上为社会统治阶级的权力提供文化上的根据，这是来自语言的专制与霸权，它将自身的规范强加在被统治者的身上，从而导致模仿与服从，形成一种同质化的奴隶性的话语模式。钱理群就非常敏锐地注意到语言上的"正名"现象与权力意志之间的合谋关系："'正名'有两个含义：一是说统治是有名分的，有道德的，即有合法性……'正名'的另一个作用是规定每一个等级的人的行为方式，不能上下颠倒，以建立一种与统治秩序相适应的语言秩序。简单说正名的意思，就是要创造出一种证明统治权力合法性的官方意识形态，并建立与之相适应的语言秩序。"[3] 一言蔽之，等级分明的社会制度之所以能够形成，权力化的语言可以说在其中发挥了不可替代的塑造作用。但是从另一个角度来看，汉语表面上

---

[1] 鲁迅：《且介亭杂文·门外文谈》，《鲁迅全集》第6卷，人民文学出版社，2005年，第94页。

[2] 以上参见周作人：《专斋随笔·文字的魔力》，《看云集》，河北教育出版社，2002年，第136—137页。

[3] 钱理群：《话说周氏兄弟——北大演讲录》，九州出版社，2013年，第165—166页。

看似庄重严正，但实际却是有名无实。鲁迅所说的"符"与周作人所谓的文章的"虚荣"都在暗示其内里的空洞无物，它虽然能够起到威慑作用，但本质上说来也不过仅仅是一个被抽空了的符码而已，这是因为中国同时也是一个"文字游戏国"："有人说中国是'文字国'，有些像，却还不充足，中国倒该说是最不看重文字的'文字游戏国'，一切总爱玩些实际以上花样，把字和词的界说，闹得一团糟。"[1] 换言之，社会大众对于汉语文字的威严并非是发自内心的信仰，而是怕和利用，具有非常大的欺骗性，人们心里所想与嘴上所说之间往往是分裂的。鲁迅曾经举过非常形象的例子，一个老仆妇为了不触怒皇帝，想出"愚君政策"，即一年到头给他吃菠菜，美其名曰"红嘴绿鹦哥"，一边欺骗着统治者使其变得愚蠢，一边却反而讨得他的欢心[2]。又如"中国的一般的民众，尤其是所谓愚民，虽称孔子为圣人，却不觉得他是圣人；对于他，是恭谨的，却不亲密"[3]，孔夫子在现代中国受到很高评价，并不是因为社会真正信奉他的理论，而是此种话语背后所蕴含的"敲门砖"的功利动机所致。人们说话作文的游戏态度使得任何概念都会与它的实指内涵脱节，语言从思想和社会中抽离出来，甚至会沿着自我想象的方向不断变异，构成一种不及物的空洞虚伪的意识形态。鲁迅就曾说："每一新制度，新学术，新名词，传入中国，便如落在黑色染缸，

---

[1] 鲁迅：《且介亭杂文二集·逃名》，《鲁迅全集》第 6 卷，人民文学出版社，2005 年，第 409 页。
[2] 参见鲁迅：《华盖集续编·谈皇帝》，《鲁迅全集》第 3 卷，人民文学出版社，2005 年，第 268—269 页。
[3] 鲁迅：《且介亭杂文二集·在现代中国的孔夫子》，《鲁迅全集》第 6 卷，人民文学出版社，2005 年，第 329 页。

立刻乌黑一团,化为济私助焰之具……"[1]对此,周作人也是心存忧虑:"不过中国又最容易误会与利用,如《新青年》九卷二号《随感录》中所说,讲争存便争权夺利,讲互助便要别人养活他,'扶得东来西又倒',到底没有完善的办法。"[2]在"文字的游戏国"中,任何真诚表达自我并获得回馈的可能都会被腐蚀,堕落为一种毫无个性可言的文人恶趣,《论睁了眼看》有过形象的描绘:"中国的文人也一样,万事闭眼睛,聊以自欺,而且欺人,那方法是:瞒和骗。"[3]其背后最终指向的是一种作为国民劣根性而存在的奴隶人格。具体而言,在奴隶与外界的交流过程中,同时显示出两个向度的欺瞒关系。就表达者而论,他们是"做戏的虚无党","善于变化,毫无特操,是什么也不信从的,但总要摆出和内心两样的架子来"[4],完全丧失了"诚"与"爱";至于接受者,他们则扮演"戏剧的看客",对于他人缺乏同情之理解,以鉴赏人间苦痛为乐:"大家本来看得一切事不过是一出戏,有谁认真的,就是蠢物。"[5]所以奴隶之间是相互隔绝、漠不相通的状态,周氏兄弟所期待的"心声"之相互激荡不可能在这样的环境中发生,奴隶也并不能成长为"真的人"。

名实之间的分离使得语言根本无法建立起人与人之间有效的意义沟通,而这恰恰是语言最为根本的目标所在,也是周氏兄弟最为看重的文学作为一种特殊语言形式的媒介功能。周作人曾说:"一切艺术都

---

1 鲁迅:《花边文学·偶感》,《鲁迅全集》第5卷,人民文学出版社,2005年,第506页。
2 周作人:《新希腊与中国》,《谈虎集》,河北教育出版社,2002年,第313—314页。
3 鲁迅:《坟·论睁了眼看》,《鲁迅全集》第1卷,人民文学出版社,2005年,第252页。
4 鲁迅:《华盖集续编·马上支日记》,《鲁迅全集》第3卷,人民文学出版社,2005年,第346页。
5 同上,第344—345页。

有这个特性，——使人们合一。各种的艺术都使感染着艺术家的感情的人，精神上与艺术家合一。又与感受着同一印象的人合一。"[1]"五四"时期他受到托尔斯泰文艺观的影响，非常强调情绪感染的作用。鲁迅也时常感到"人人之间各有一道高墙，将各个分离，使大家的心无从相印"[2]，他认为文艺是沟通人类的桥梁："自然，人类最好是彼此不隔膜，相关心。然而最平正的道路，却只有用文艺来沟通，可惜走这条道路的人又少得很。"[3]但是如果不从根本上改变语言的性质，那么它就将成为一个使得任何严肃意义都消解殆尽的游戏场，思想则完全处于真空的状态，进而被虚化了的作为专制统治文化表征的"道统"所挟持，成为压迫性社会结构当中的一个组成部分。如此，文学内含的真诚平等的交流模式便无从谈起。正是基于对这一语言整体危机的深刻认识，所以周氏兄弟反对文言古文的写作套式，引进欧化语法改善汉语粗疏的组织结构，他们力图重建名与实之间本真性的对应关系，并进而恢复人与人之间畅达的意义沟通机制，如此一来就必然要求最大程度地去除伪装性、游戏性的语言观念，强调其能够质直地将思想营构出来。周氏兄弟理想中的文学更像是一个相对透明且具有高度延展性的容器，能够按照对象自身的特质随物赋形。

他们的此种看法或许与其师章太炎的文学观念有关，在《文学论略》中，章太炎这样表达："言语不能无病，然则文辞愈工者，病亦

---

[1] 周作人：《圣书与中国文学》，《艺术与生活》，河北教育出版社，2002年，第35页。
[2] 鲁迅：《集外集·俄文译本〈阿Q正传〉序及著者自叙传略》，《鲁迅全集》第7卷，人民文学出版社，2005年，第83页。
[3] 鲁迅：《且介亭杂文末编·〈呐喊〉捷克译文序言》，《鲁迅全集》第6卷，人民文学出版社，2005年，第544页。

愈剧。是其分际，则在文言、质言而已。文辞虽以存质为本干，然业曰文，其不能一从质言可知也。文益离质，则表象益多，而病亦益甚。"[1] "以质救文"的观点也被傅斯年所继承，他说："中国语文之分离，强半为贵族政体所造成。贵族之性，端好修饰，吐辞成章，亦复如是。今苟不以高华典贵为文章正宗，即应多取质言。"[2] 换言之，文辞与质言之间始终存在一种张力性的结构关系，"名"虽然可以构成对于"实"的某种语言升华，但如果过于发达却会反过来以自身的逻辑来定义"实"，从而遮蔽真实的意义空间。周作人终其一生都批判八股文的文章做法，正是因为看到八股不过是一种"按谱填词"的文字游戏，片面地夸大了文饰而怠慢个体思想[3]。其要害即在于文辞对于义理的奴役，除了道学气息之外并无实质性的内容，所谓"赋得"不过就是"奉命说话"，因而是一种虚伪的不及物的写作，使得个性湮没无闻："几千年来的专制养成很顽固的服从与模仿根性，结果是弄得自己没有思想，没有话说……而八股文就是这个现象的代表。"[4] 八股文虽然已被废除，但是其影响可能还夺舍投胎地存活在人心中，所以周作人对于八股变体的"土八股""洋八股"等现象一直加以警惕。鲁迅也曾大声呼吁青年"用活着的白话，将自己的思想，感情直白地说出来"[5]。所谓"直白"

---

[1] 章炳麟:《訄书详注》，徐复注，上海古籍出版社，2000年，第398页。
[2] 傅斯年:《文学革新申义》,《新青年》，第4卷第1号，1918年1月15日。
[3] "八股是文义轻而声调重，做文的秘诀是熟记好些名家旧谱，临时照填，且填且歌，跟了上句的气势，下句的调子自然出来，把适宜的平仄字填上去，便可成为上好时文了。"参见周作人:《论八股文》,《看云集》，河北教育出版社，2002年，第79页。
[4] 周作人:《论八股文》,《看云集》，河北教育出版社，2002年，第79—80页。
[5] 鲁迅:《三闲集·无声的中国》,《鲁迅全集》第4卷，人民文学出版社，2005年，第15页。

也就是强调文之质朴透明的特质，以及这种特质对于思想情感的强大涵纳能力。值得申说的是，这里强调文学的"质"，并非意味着要抹杀作文的技巧手段。鲁迅虽然强调"白描"，但他本人的作品当中却有许多富丽华美的篇章，颇有魏晋文章的美感，周作人的散文确实以"涩味"与"简单味"见长，可是同样也不回避精美的文笔，只不过在他看来，所谓"雕章琢句"于"造成纯粹艺术品"有作用，但"不是我们所要求的人生的艺术品"[1]。事实上，文学本身之所以能够成立必然关涉到修辞技巧的运用，因而"以质救文"主要并非是就形式本身立论，而是着眼于意识形态层面的语言伦理，是对文章写作提出"有真意，去粉饰，少做作，勿卖弄"[2]的精神要求，文饰修辞的运用须以不构成一种反向虚化思想的意识形态为界限。

从以上的分析来看，周氏兄弟名实合一的价值追求背后指向的是一种"抱诚守真"的语言伦理，也大致体现出二者语言决定论的思维方式，但他们的思考显然并非仅仅就语言本身展开，而是深刻关联到文化变动时期社会个体如何自我表达发声的问题。周氏兄弟通过批判古文与引进欧文语法来描摹出新的语言版图，这种文化选择预示着主体自由抒发"心声"，逃脱"失语"困境的可能，但是二者之间并非是简单的等值关系，恰恰是充满着内部的张力与抵牾。可以说，鲁迅与周作人"五四"时期在文言与白话之间的选择，其落脚点主要并不在书写语言的工具性层面上，更多是出于探索与表达人的精神世界的考虑。在鲁迅的眼中，白话代表的是"四万万中国人嘴里发出来的声

---

1 周作人：《平民的文学》，《艺术与生活》，河北教育出版社，2002年，第4页。
2 鲁迅：《南腔北调集·作文秘诀》，《鲁迅全集》第4卷，人民文学出版社，2005年，第631页。

音"[1],他希望借此打破"无声的中国"之"寂寞":"大胆地说话,勇敢地进行,忘掉了一切利害,推开了古人,将自己的真心的话发表出来。"[2] 周作人其实也是将白话与"言志"传统结合起来,看重的是它在表达自我情感经验以及联通他者方面的特质,这种为普通民众提供发声交流可能性的体认,构成了周氏兄弟"五四"时期捍卫白话文的一个潜在立场。但是,在实际的操作层面上,周氏兄弟对于语言的构想却是朝着一个高深复杂的方向进行,二者对于白话的设计其实并不怎么关涉到语音的问题,而是始终被框定在书写系统的范围之内。他们理想中的白话绝非下里巴人口头所说的民间的言辞所能涵盖,显然也不处在胡适所谓"有什么话,说什么话;话怎么说,就怎么说"[3]的逻辑中,而是具有精密组织结构的欧化白话,与当时言文一致的目标着实存在着很大的差距,所以这种语言其实很难真正在民众当中推行使用。对此,周氏兄弟其实有着充分的自觉,比如周作人就认为"中国现在还有好些人以为纯用老百姓的白话可以作文,我不敢附和"[4],他所宣扬的"平民文学"也并非每个"田野农夫"都可领会的通俗文学[5]。而鲁迅在后来与梁实秋有关"硬译"问题的论争中,也变

---

1 鲁迅:《热风·随感录五十七 现在的屠杀者》,《鲁迅全集》第1卷,人民文学出版社,2005年,第366页。
2 鲁迅:《三闲集·无声的中国》,《鲁迅全集》第4卷,人民文学出版社,2005年,第15页。
3 胡适:《建设的文学革命论》,《新青年》,第4卷第4号,1918年4月15日。
4 周作人:《国语文学谈》,《艺术与生活》,河北教育出版社,2002年,第63页。
5 "因为平民文学,不是专做给平民看的,乃是研究平民生活——人的生活——的文学。他的目的,并非想将人类的思想趣味,竭力按下,同平民一样,乃是想将平民的生活提高,得到适当的一个地位。"参见周作人:《平民的文学》,《艺术与生活》,河北教育出版社,2002年,第5页。

相承认他的难懂的理论翻译是为了他自己和一部分不图"爽快"、不怕艰难,多少要明白一些这理论的读者。翻译的动机在于"但我从别国里窃得火来,本意却在煮自己的肉","出发点全是个人主义"[1],这里的"个人主义"也充分指涉出鲁迅语言观的价值立场。当面对瞿秋白提出"绝对的正确和绝对的中国白话文"的要求时,鲁迅依然为语言的"不顺"辩护:"一面尽量的输入,一面尽量的消化,吸收,可用的传下去了,渣滓就听他剩落在过去里。所以在现在容忍'多少的不顺',倒并不能算'防守',其实也还是一种的'进攻'。"[2] 与其说鲁迅为国语的建设提供了范本,不如说"四不像的白话"其实是作为建设理想汉语的"历史中间物"而存在,是尚在完善中的一种尝试。

如果深入到周氏兄弟语言观念背后的主体姿态,会发现他们表现出一种饶有意味的"分裂"性。在语言的价值伦理上面,他们将其作为沟通人的"心声"的途径来把握,语言并不是特权者的产物,而是能唤起人与人之间生命相连的感觉,以期获得自我发声的权力。话语背后包含着内在的主体能动性,颇有贝尔·胡克斯所说的在语言中解放自身的精神诉求:"为了愈合心灵和肉体的分裂,被边缘化、被压迫的人们试图在语言中复原我们自身、复原我们的经验。"[3] 但是在语言工具性的层面,又始终存在着普及与提高之间的矛盾,周氏兄弟都不同意为了迁就大众口味而降低自身对于复杂精密的语言结构之要求,所以他

---

[1] 鲁迅:《二心集·"硬译"与"文学的阶级性"》,《鲁迅全集》第 4 卷,人民文学出版社,2005 年,第 214 页。

[2] 鲁迅:《二心集·关于翻译的通信》,《鲁迅全集》第 4 卷,人民文学出版社,2005 年,第 392 页。

[3] [美] 贝尔·胡克斯:《语言,斗争之场》,王昶译,许宝强、袁伟选编:《语言与翻译的政治》,中央编译出版社,2001 年,第 115 页。

们推行的欧化白话并不具备很强的适应民间社会的能力。换言之，周氏兄弟强调"质胜于文"，但是这个"质"仍然是十分高深精微的，他们将白话理解为表达自身的"真心的话"，其重点也是侧重于"真心"所勾连的人的生命意识，而不是"话"的实际可操作性。更进一步说，周氏兄弟要重建语言名实合一的本真性伦理，既指语言要从不及物的——喻指贵族性的修辞套路中挣脱出来，同时也自觉地在与俚俗的民间言辞的区分中标高自身，"名"所对应的"实"根本上是"五四"文化精英的现代性启蒙意识形态。或许在"五四"初期，周氏兄弟曾经相信这种高深化的语言追求同时也是对民众表达能力的提升，但是随着时间的推移，其间的裂隙便慢慢浮现并被鲁迅与周作人认知。问题又归结到斯皮瓦克"底层人能说话吗"的论域中去了，先知代言与自我表达之间的张力关系被勾勒出来。鲁迅便充分意识到国民"被描写"的精神困境，但同时又深感无奈。一方面，鲁迅是要刻画"沉默的国民的魂灵"，但同时另一方面又有"我虽然竭力想摸索人们的魂灵，但时时总自憾有些隔膜"的表述。他从事文学创作也不过只是"依了自己的觉察，孤寂地姑且将这些写出"的权宜之计，其最终的理想还是希望群众掌握自己的语言、开口说话："在将来，围在高墙里面的一切人众，该会自己觉醒，走出，都来开口的罢。"[1] 周作人在"五四"落潮之后也一变乐观主义的论调，发觉"人之互相理解是至难——即使不是不可能的事，而表现自己之真实的感情思想也是同样地难"[2]，应该也是认识到启蒙者的话语与民间社会的错位。一言概之，知识者为民众想象的

---

[1] 以上参见鲁迅：《集外集·俄文译本〈阿Q正传〉序及著者自叙传略》，《鲁迅全集》第7卷，人民文学出版社，2005年，第84页。
[2] 周作人：《沉默》，《雨天的书》，河北教育出版社，2002年，第130页。

语言并不等同于民众自身适合的语言，知识者的文化想象背后存在着一个启蒙性的观念背景，正是因为以自身的现代体验来代入历史情境，才会出现某些自我意识的裂痕。上述言论释放的张力空间充分说明周氏兄弟是在"以汉语思想"的思维模式之上来看待语言问题，他们关心的是文学汉语如何思想革命的议题，是语言背后的意义生产机制，而不是语体本身的规范问题。反过来说，也只有在"五四"独特的文化政治的逻辑中，我们才能够理解周氏兄弟复杂乃至是自我缠绕的语言观念。研究者的概括非常准确："我们分明看到，周氏兄弟以绝大魄力与毅力去寻求现代的语言与表达，他们的文字观念与实践不是为了在一般层面建立现代书面语，不是为了去建立某种均质而系统的规范标准，而是深入生命内核去绽放语言，同时也是在与语言相遇与绽放之中展示一个前所未有的现代世界与生命体验，这一点非常重要，它表现于周氏兄弟的文学实践之上，也是一以贯之的。"[1]

第三节　反抗新文学的"偏至"：
从鲁迅的"杂感"到周作人的"美文"

　　文学革命之后，相较于新诗、小说与戏剧，白话散文的创作是成就较为突出的，这一判断曾经得到鲁迅的印证，他认为"五四"运动之时，"散文小品的成功，几乎在小说戏曲和诗歌之上"[2]。曹聚仁也在一次演讲中说："就当时的情形来看，与其说是文学革命，还不如说散文

---

[1] 邓伟：《转型与创制：五四文学语言研究》，中国社会科学出版社，2018年，第265页。
[2] 鲁迅：《南腔北调集·小品文的危机》，《鲁迅全集》第4卷，人民文学出版社，2005年，第592页。

运动较为妥切。代表文学的，只有幼稚的新诗，幼稚的翻译。说不上什么创作；其他盈篇累牍的都是议论文字。"[1]将"文学革命"看作"散文运动"，以之为对照来凸显其他文类的"幼稚"，这固然是曹聚仁的一家之见，但是现代散文从整体上说堪称新文学最发达的门类之一，这从胡适、朱自清、曾朴等各类文人的高度评价中就可以充分见出[2]。在"五四"散文变革并建立现代文体规范的演进过程里，有两个人扮演了至关重要的角色，那就是彼时并称为周氏兄弟的鲁迅与周作人。30年代郁达夫编选《中国新文学大系·散文二集》时，周氏兄弟的文章合计起来竟然占到一半篇目以上，在《导言》中他也丝毫不讳言自身的阅读趣味："中国现代散文的成绩，以鲁迅周作人两人的为最丰富最伟大，我平时的偏嗜，亦以此二人的散文为最所溺爱。"[3]郁达夫所选之篇目中，金刚怒目式的战斗檄文占据了鲁迅文章的大半江山，比如《随感

---

1 曹聚仁：《现代中国散文：在复旦大学讲演》，上海天马书店，1935年，第45—46页。
2 1922年，胡适写作《五十年来中国之文学》，介绍文学革命以来"白话文学的成绩"，其中白话散文的进步是与白话诗及短篇小说相提并论的，远胜于"成绩最坏"的戏剧与长篇小说。参见胡适：《五十年来中国之文学》，《申报》国庆纪念增刊，1922年10月10日。1928年7月，朱自清在为自己的散文集《背影》写序时接过胡适的话头，观察这六年以来后者对于新文坛的判断是否成立，认为白话诗也有多少的进展，但是太迂缓了，短篇小说从前为好，长篇差不多与从前一样，戏剧却已有可注意的成绩，"最发达的，要算是小品散文"。同一篇文章中朱氏以"迁流曼延，日新月异"来评价"五四"散文："'五四'阶段散文创作的派别林立，又种种的样式，种种的流派，表现着，批评着，解释着人生的各面。"参见朱自清：《论现代中国的小品散文》，《文学周报》，第345期，第7卷合订本，1928年1月。就连持守旧文学立场的曾朴也认为："新文学成就第一是小品文字，含讽刺的，分析心理的，写自然的，往往着墨不多，而余韵曲包。"参见东亚病夫：《复胡适的信》，《真善美》，第1卷第12号，转引自阿英编校：《现代十六家小品·序》，《现代十六家小品》，光明书局，1935年。
3 郁达夫：《〈中国新文学大系·散文二集〉导言》，《中国新文学大系·散文二集》，良友图书印刷公司，1935年，第15页。

录》《论照相之类》《灯下漫笔》《论"他妈的！"》等，而周作人则是以《故乡的野菜》《喝茶》《乌篷船》《生活之艺术》等小品散文或文艺评论为主。可见在新文学已然进入经典化的30年代，周氏兄弟的文章形象也在外界塑造中逐步完成定格。从文体风格上来看，"杂感"与"美文"确实表现出不容忽视的区别，前者如同大时代中的匕首投枪，是"感应的神经，攻守的手足"，具有直接介入现实的战斗性，后者则在"自己的园地"里耕种，是闲适余裕的产物，以艺术性见长。此种区分是显而易见的，但也恰恰因为其显而易见，所以更需要小心体认那些看似已经成为"常识"的论述，特别是注意历史叙述中某种逆向追认的建构性。此处姑且不论鲁迅也是写作美文的好手，周作人亦有大量疾言厉色的创作，即使是作为二人各自擅长的"杂感"与"美文"，彼此之间的关系也并非可以切割得如此泾渭分明，而是积蓄着复杂的张力关系，处在不断的调整之中。对此的理解必须重新回到二者诞生的原初语境中，即"五四"之后周氏兄弟并肩作战、"兄弟怡怡"的时期，把握他们这些主张所牵连的思想层次与时空背景，将其"再脉络化"，方才可能探知文本背后的历史逻辑。本节试图说明的是，"杂感"与"美文"虽然在明面的文学风格上有所差异，但联系到周氏兄弟文学"立人"的共同理想，支撑其文体意识的内在精神理念则存在着可以贯通的线索。换言之，"杂感"与"美文"显然是不同的文体，但却并非是彼此无关的，从前者到后者的递进构成了一条形塑中国现代散文观念的脉络，这对于新文学的健康发展不无启示借鉴意义。

一、《随感录》中的"鲁迅风"

杂文在中国古代并不陌生，比如鲁迅就说"凡有文章，倘若分类，都有类可归,如果编年,那就只按作成的年月,不管文体,各种都夹在一处,于是成了'杂'"[1]。但是根据学者的考察,古人只是用"杂文"这一名词来泛称那些"正体"文章以外无法归类的杂体文章或是经史以外的应时试文:"这些有限的古代文论资源只是告诉人们:在中国,杂文是'古已有之'的,杂文是非正体的杂体文,至于杂文的外延和内涵是什么?古人则是不甚了了的。"[2] 此种宽泛的不确定的指称显然不同于今天我们所讨论的作为一种独立的散文亚体裁的杂文,这是因为后者是在"五四"新文化运动中才诞生的一种论说文的形式。它的兴起与现代知识分子的产生、科学民主启蒙思潮的传播、文学观念的革新、新闻传媒事业的支撑等众多文化及制度性的因素密不可分,并且也是直接受到英法与日本报章文体的启发。现代意义上的杂文在创作上有一个相对明确的起点,那就是《新青年》的"随感录",正如丁晓原所说:"'五四'散文中的'随感录'一体,其本为《新青年》杂志一个栏目的称名,在这一栏目发表文章的作者甚众,后将这一类写作名之为'随感录'体,或可成为杂文的别名。"[3] 事实上,《新青年》首创这一栏目之后,因为其文化与社会批评的显著效应,以及相对便于操作的特性,很快便引来其他报刊的仿效。《每周评论》《新社会》《晨报副刊》《民国日报·觉悟》等都设有类似的栏目,名之曰"杂感""杂谈""漫谈"等,所以"随感"类杂文的写作其实是"五四"新文化运动中一个名副其实的文学潮流。

就《新青年》而言,最早出现"随感录"这一栏目是在1918年4月15日的第4卷第4号,这一期上有陈独秀、陶孟和与刘半农的七篇议

---

[1] 鲁迅:《且介亭杂文·序言》,《鲁迅全集》第6卷,人民文学出版社,2005年,第3页。
[2] 姚春树、袁勇麟:《20世纪中国杂文史(上)》,福建教育出版社,2011年,第2页。
[3] 丁晓原:《从新文体到"随感录"》,《中国现代文学研究丛刊》,2006年第1期。

论文字。从此之后便持续到 1922 年 7 月 1 日的第 9 卷第 6 号，在此期间，《新青年》一共刊登出一百三十三则随感录。《新青年》创设"随感录"时并未对此栏目设置加以特别的说明，但联系到陈独秀首开记录并且在前期主笔的事实，这或许是来自于他的构想也未可知。众所周知，陈氏在创办《新青年》之前，曾经协助过章士钊编辑《甲寅》杂志，二者之间有着千丝万缕的关联。而《甲寅》杂志中的"时评"与"随感录"具有非常高的亲缘性，二者都讲究将文字与当下正在发生的热点事件联系起来，予以评论，所以不能排除他受到"时评"栏目的启发而创设"随感录"的可能。陈独秀对《新青年》"随感录"栏目的主导一直延续到 1918 年 9 月 15 日《新青年》第 5 卷第 3 号，此时鲁迅以"唐俟"的笔名发表随感录第二十五则。从此之后直到第 6 卷结束止，鲁迅代替陈独秀成为这一同人专栏中最为活跃的作家，一共发表了二十七则，陈独秀则转移到《每周评论》继续写作[1]。这一段时间也是鲁迅以自身的写作实践奠定《新青年》"随感录"的精神骨骼的时期，今天谈起"随感录"以及其所指涉的中国现代杂文的体貌风格，仍会很自然地与"鲁迅风"联系起来，可见其影响之大。

鲁迅对于"随感录"文体的具体开拓必须在与前人的对照中才能充分显示。当陈独秀等人首先尝试在这一栏目写作的时候，尚且带有一种正襟危坐的"政论"性质。比如第一则谈的是学术上对于国粹派的批驳，使用的是浅近的文言语体。陈独秀先从学术何以可贵谈起，点明此乃公器，无古今中外之别，吾人应直接取径于欧罗巴之学术。然

---

[1] 有关《随感录》前后作者变化的详细梳理，参见李宪瑜博士论文《〈新青年〉杂志研究》的第五章第二节。李宪瑜：《〈新青年〉杂志研究》，北京大学 2000 年博士论文，第 75—80 页。

后逐渐过渡到"吾人论学术,必守三戒",分别展开论述,继而论及国粹论者之三派,一一加以批驳[1]。可以看得出来,这其实是将立论严谨、论述有序的"著作之文"移植到报刊上,虽然颇有说服力,但如此精心结撰,似乎不大"随感"。第二则则是对世人攻击国会议员的论调加以驳斥,篇幅短小,不过仍然延续了陈氏一贯以来对于时事政治议题的兴趣[2]。陶孟和写的第四则是批判上海某书局发行的《升官图》,他认为此举十分荒谬,不适用于儿童之游戏,并且详述自身的理由,以"第一""第二""第三"的并列结构来论述《升官图》所表现的命定观念、崇官心理、自我主义等,可谓条分缕析,面面俱到[3]。钱玄同与刘半农较有代表性的随感可以见诸《新青年》第4卷第5期,这一期的一个重要主题是对上海盛德坛扶乩的迷信活动以及宣扬此观念的《灵学丛志》进行批驳。陈大齐的《辟〈灵学〉》位于杂志的卷首,这是一篇宏阔的驳论文章,除了批判以外还从正面提出了矫正之法,起到了"正人心,息邪说"的作用[4]。而钱刘二位的文章则被划归在"随感录"一栏,大量引用《灵学丛志》本身的内容以呈现其荒谬和自相矛盾,钱玄同与其"算账",刘半农则开列了作伪的"罪状",追求的是一种自我暴露式的效果。不过二者在论述方式上却与陈大齐如出一辙,钱文以"a,b,c,d……j"铺排"账目",刘文以"(一)(二)(三)(四)……(九)"开列"罪状",都是典型的议论文展示论据的表现[5]。换言之,政论文当中概

---

1 陈独秀:《随感录(一)》,《新青年》,第4卷第4号,1918年4月15日。
2 陈独秀:《随感录(二)》,《新青年》,第4卷第4号,1918年4月15日。
3 陶孟和:《随感录(四)》,《新青年》,第4卷第4号,1918年4月15日。
4 陈大齐:《辟〈灵学〉》,《新青年》,第4卷第5号,1918年5月15日。
5 钱玄同:《随感录(八)·斥灵学杂志》,《新青年》,第4卷第5号,1918年5月15日;刘半农:《随感录(九)·斥灵学杂志》,《新青年》,第4卷第5号。

念化的说理逻辑依然成了初期随感当中最为核心的元素，支配其体式的仍然是策论的范式，"论"的痕迹极为严重。只不过与论说文宽泛的言说相比，随感因为吸收了"时评"的规制特征，所以针对具体的社会事件或言论而发声，获得了更为直接的倚靠对象。

区别于这样一些高头讲章式的时事政论，鲁迅发展出的是一种更为文学化的现代论体，他所写作的随感录当然也讲求严丝合缝的逻辑性，同样依靠推理、议论作为主要说理手段，但却摆脱了那种略显概念化、程式化的论述模式，显得活泼生动、婉曲有致。不妨举几个简单的例子来说明，前面已经提到"国粹派"是《新青年》"随感录"重点批驳的对象，陈独秀曾以论学三戒以及国粹论者三派的条目加以详细分解，那么现在可以看看鲁迅是如何来定义国粹的。在《随感录三十五》中，他如是描绘："譬如一个人，脸上长了一个瘤，额上肿出一颗疮，的确是与众不同，显出他特别的样子，可以算他的'粹'。"[1] 寥寥数语，便将国粹的本质直观呈现出来，同时其内在的批判逻辑又是十分严谨的，"粹"的特异性被勾勒出来，只不过这种特性是在负面形象中显示出来，所以也是虚幻的。又如在《随感录三十九》中，鲁迅说："即使无名肿毒，倘若生在中国人身上，也便'红肿之处，艳若桃花；溃烂之时，美如乳酪'。国粹所在，妙不可言。"[2] 这是将国人崇拜国粹的盲目自大的心理做了透底性的剖解，他们不惮以丑陋自夸，不以为耻，反以为荣。对于所谓"学了外国本领，保存中国旧习"的"中

---

[1] 鲁迅：《热风·随感录三十五》，《鲁迅全集》第 1 卷，人民文学出版社，2005 年，第 321 页。
[2] 鲁迅：《热风·随感录三十九》，《鲁迅全集》第 1 卷，人民文学出版社，2005 年，第 334 页。

体西用"派,鲁迅的讽刺依然十分尖锐:"何况一个人先须自己活着,又要驼了前辈先生活着;活着的时候,又须恭听前辈先生的折衷:早上打拱,晚上握手;上午'声光化电',下午'子曰诗云'呢?"[1]通过一连串的意象对比,这些二元论者矛盾可笑的姿态便跃然纸上。可以看到,鲁迅在论述过程中并不是一味地在概念之间进行推衍,而是更多地实践了早年他在文艺总纲《摩罗诗力说》中所提出的"直示以冰"的艺术原则。所谓"直示以冰",指的是热带人在没有亲身接触冰块之前,无论怎样从物理学、生理学上讲解水能凝冰的原理,他们都无法领会,"惟直示以冰,使之触之,则虽不言质力二性,而冰之为物,昭然在前,将直解无所疑沮"[2]。鲁迅打这个比方是为了说明"文"相较于一般性的社会学说所具有的"直语其事实法则"的功能:"惟文章亦然,虽缕判条分,理密不如学术,而人生诚理,直笼其辞句中,使闻其声者,灵府朗然,与人生即会。"[3]一定程度上,"缕判条分"与"直笼辞句"正可以形容《新青年》初期随感录与鲁迅的随感录之间的风格差异,张铁荣就曾评价鲁迅的《随感录二十五》第一次将政论的随感录改为清新活泼的文艺性散文,认为其在文章的表现形式上实现了全新的突破[4]。"文艺散文"的概括是十分到位的,但关键仍在于我们如何更为深入

---

[1] 鲁迅:《热风·随感录四十八》,《鲁迅全集》第1卷,人民文学出版社,2005年,第352—353页。
[2] 鲁迅:《坟·摩罗诗力说》,《鲁迅全集》第1卷,人民文学出版社,2005年,第74页。
[3] 同上。
[4] "如果将此文与以前的《随感录》进行比较就会发现,不仅思想超前,带有与世界同步的新论说理念,而且在文章的表现形式上也突破了框架,创造出一种带有漫谈式的活泼抒情、讽喻深刻、生动清新的文艺散文。他将'讲演风'向'闲话风'转化和引领,从而展示给读者一种全新的文体。"参见张铁荣:《周氏兄弟在〈新青年〉开创的"三个第一"》,《群言》,2019年第7期。

地来理解"文艺"一词的真实意涵。从 30 年代起,关于鲁迅杂文的文学性抑或诗性特质的评述就已经蔚为大观,比如瞿秋白就在《鲁迅杂感选集序言》中说:"杂感这种文体,将要因为鲁迅而变成文艺性的论文(阜利通—feuilleton)的代名词。"[1] 冯雪峰则认为:"鲁迅先生独创了将诗和政论凝结于一起的'杂感'这尖锐的政论性的文艺形式。这是匕首,这是投枪,然而又是独特形式的诗!"[2] 但是这样的界定实际上只是高屋建瓴的概括,杂文的文学性究竟意味着什么,还有赖于进一步具体化的说明。所以很多研究者尝试从一种以形象性与审美性与基本特征的纯文学观念出发来分析,鲁迅杂文的文学性也就常常被落实在典型化的形象塑造、幽默机智的语言、充沛的情感抒发等美学范畴,据此他们认为鲁迅在创作过程时表现出了逻辑思维与形象思维的结合。这种看法当然是理据确凿的,但是也会带来一定的问题,最为明显的就是将人的思维先验地割裂为理性与形象两部分,杂文的文学性只是来源于形象思维的作用,其内涵被简单等同于形而下的修辞体系抑或美学手段。但是实际上,作家的思维体系往往是一个不可分割的整体,很难从中进行人为的取舍,海德格尔就曾说:"艺术的本质是诗。而诗的本质是真理之创建(Stiftung)。"[3] 换言之,思想本身就具有艺术性,理性同时也是审美化的,所谓"直示以冰"的文学原则最终指向的是启"人生之诚理"。所以鲁迅杂文的诗性特征并不在形式之美,而是思想

---

[1] 何凝(瞿秋白):《鲁迅杂感选集序言》,《鲁迅杂感选集》,青光书局,1933 年,第 2 页。

[2] 冯雪峰:《鲁迅与中国民族及文学上的鲁迅主义》,《冯雪峰忆鲁迅》,河北教育出版社,2001 年,第 132 页。

[3] [德]海德格尔:《林中路》(修订本),孙周兴译,上海译文出版社,2004 年,第 63 页。

之美，杂文的艺术也不是修辞的艺术，而是思维的艺术，是"含笑谈真理"。因此笔者非常同意有论者用"理趣"的概念代替"形象""审美"等惯常的术语来描述鲁迅杂文诗意的核心所在，正如其所说："鲁迅杂文的描绘形象其最终目的并不在于使形象成为审美观照的对象，而在于形象所表达之意，与中国古代美学的'立象以尽意'的思维是相通的。"[1]这充分说明杂文的运思过程本身就是一种艺术化思维的体现。

对于鲁迅这样一个充满着道德热情与个人良知的作家来说，其"立象以尽意"的杂文写作必然会选择一种尽可能自由容纳个人观点，最大程度衬托写作者所思所想的创作策略，由此也会在无意中改变报刊文体的书写形态。关于这一点，王风有着敏锐的观察，他认为鲁迅的随感录"相比较此前以及同时的报刊'短评'，可以清楚地看到，他将时事或新闻等作为表达自己思想的材料，而不做简单的对应性评论，这种主仆地位的转化以及由此带来的一系列技巧上的创新构筑了他独特的论述风格，也使得依赖报刊这一载体的'短评'，演化为一种新的'杂感'体"[2]。如果证之以鲁迅的具体文字，可以发现此言不虚。譬如《随感录四十六》，开头谈及名为《泼克》的图画增刊，上面刊载了一幅攻击新文艺的讽刺画，其理由大抵是说提倡新文艺者崇拜的都是外国偶像。其中"外国偶像"一词引发了鲁迅的关注，他于是借此抒发了自身对于国外偶像破坏者的赞美："但外国是破坏偶像的人多；那影响所及，便成功了宗教改革，法国革命。旧像愈摧破，人类便愈进步；所以现在才有比利时的义战，与人道的光明。那达尔文易卜生托尔斯泰

---

[1] 沈金耀：《鲁迅杂文诗学研究》，福建教育出版社，2006年，第15页。
[2] 王风：《从"自由书"到"随感录"》，夏晓虹等：《文学语言与文章体式：从晚清到"五四"》，安徽教育出版社，2006年，第90页。

尼采诸人，便都是近来偶像破坏的大人物。"[1]如果我们仔细分析，可以发现论题已经在悄然间发生了置换，即鲁迅并不是严格地针对《泼克》漫画对于新文艺的攻击进行一板一眼、逐章逐条的学理性驳斥，不过是把这一事件作为引出自身观点的箭靶。换言之，新闻事件材料已经淡化为一种导入性的背景，作者在立论的过程中并不与其严格对应匹配，而是择取自身感兴趣的点来引申发挥，并不是以材料占有主体的思考，而是以主体的思考来驾驭材料，注重的是自我当下性的感受，是对人的存在的真实道说。如此一来，随感录就能进一步摆脱来自外界事实的制约，减少坐而论道的"论"的痕迹，而逐渐增加自由灵动的"感"的兴味，所谓文学性的意义也正在于此。这是杂感文诞生的一个重要标志，其写作本身就构成了富有精神价值的文学行动，为报章文体如何更为直接地介入现实斗争提供了深远的指示性。在后来的论述中，鲁迅曾不止一次表明过类似观点，《热风·题记》提出"凡对于时弊的攻击，文字须与时弊同时灭亡"[2]的观点，这就是点明"杂感"所持守的"当下"之"感"的立场，而"有情的讽刺"相较于"无情的冷嘲"则突出一种积极介入现实的姿态。鲁迅在1925年4月8日致许广平信中将那种"从头至尾，逐一驳去"的辩论之文形容为"女性"的文章，认为其"虽然犀利"却并不沉重，而他自己更倾于作正对论敌要害的短文[3]。简言之，杂感并不追求那种面面俱到的周全论述，而是要探骊得珠，一击致命。到了《三闲集·序言》中，鲁迅给"杂感"的定义是"短

---

[1] 鲁迅：《热风·随感录四十六》，《鲁迅全集》第1卷，人民文学出版社，2005年，第348—349页。
[2] 鲁迅：《热风·题记》，《鲁迅全集》第1卷，人民文学出版社，2005年，第308页。
[3] 鲁迅：《两地书·一〇》，《鲁迅全集》第11卷，人民文学出版社，2005年，第41页。

短的批评，纵意而谈，就是所谓'杂感'者"[1]。所谓"纵意而谈"，凸显的是主体自由的个性，表现出一种反抗体制化、规则化的生命冲动，此乃杂感的精神品格所在。

自第5卷第3号鲁迅加入之后，《新青年》上的"随感录"便面貌一新，他的写作风格也持续影响到了钱玄同、刘半农等人，逐渐形成具有标志效应的"鲁迅风"，将带有政论性质的初期随感改造成为一种自由抒情写意的文艺散文。后来《晨报副刊》的编辑孙伏园对于这一作为文学形式的杂感文体有过非常中肯的概括，他分别将论文、文艺作品作为比较对象，总结出杂感优于二者的地方，认为其一方面比论文简洁明了，另一方面又比文艺作品贴近受众，因为具备这样的文体特征，所以杂感对中国青年思想界的活动起到了非常大的推动作用，有永久保存的价值[2]。孙伏园这一高屋建瓴的论断从文学的形式肌理切入思想功能，精辟之至，已经成为学术史上的经典。

二、"美文"：日常生活中的个性启蒙

1921年6月8日，周作人在《晨报》刊发文章，正式提出"美文"

---

[1] 鲁迅：《三闲集·序言》，《鲁迅全集》第4卷，人民文学出版社，2005年，第3页。
[2] "副刊上的文字就其入人最深一点而论，宜莫过于杂感了。即再推广些论，近几年中国青年思想界稍呈一点活动的现象，也无非是杂感式一类文字的功劳。杂感优于论文，因为它比论文更简洁，更明了；杂感优于文艺作品，因为文艺作品尚描写不尚批评，贵有结构而不务直接，每不为普通人所了解，杂感不必像论文的条畅，一千字以上的杂感就似乎不足贵了；杂感虽没有文艺作品的细腻描写与精严结构，但自有他的简洁明了和真切等的文艺价值——杂感也是一种的文艺。看了杂感的这种种特点，觉得几年来已经影响于青年思想界的，以及那些影响还未深切著名的一切作品，都有永久保存的价值。杂感式文字的老祖宗，自然是《新青年》上的随感录。"参见记者（孙伏园）：《杂感第一集》，《晨报副刊》，第85期，1923年4月5日。

的概念："外国文学里有一种所谓论文，其中大约可以分作两类。一批评的，是学术性的。二记述的，是艺术性的，又称作美文，这里边又可以分出叙事与抒情，但也很多两者夹杂的。这种美文似乎在英语国民里最为发达……"[1]从原文叙述来看，周作人所说的"美文"指代的就是"五四"时期从西方传入的"Essay"，现在通译为"随笔"，爱迪生、兰姆、欧文、霍桑等人是其代表作家。但与此同时，周氏也不忘将"美文"与中国古文里的序、记与说一类的文体对接起来，他在文中号召治新文学的人创作"美文"，显然也体现出有意识地借鉴外国散文资源来改写本土文类内涵的文化立场。20年代初，"文学革命"已然从发轫期进入纵深发展的阶段，理论上的主张需要在具体创作上寻求富有实绩的说明。几乎在发表《美文》的同时，周作人已经在《晨报》开启了一系列以"山中杂信"为题的抒发个人情怀的书信体散文创作，1922年写作"自己的园地"一辑，1923年完成"绿洲"，在1924年则有《北京的茶食》《故乡的野草》《苦雨》等一系列散文陆续发表，收入《雨天的书》。从周作人提出"美文"的时机以及后续其风格鲜明的创作来看，毫无疑问地存有建设一种新型散文体式的考量，也即后来人们惯常称呼的所谓小品文的散文流脉。而这一直观的动机可以与文学革命观念所内置的新旧文学对立的分析框架结合起来，使得美文的"艺术性"特质成为白话文获得成功的有力说明，从而在反对旧文学的意义向度上显示出价值。从已然呈现的文学史实来看，"美文"顾名思义具有审美化的特质，但是问题在于这种审美化的特质是否可以穷尽其所有的文化内涵，变作"为艺术而艺术"的文学观念的代名词。换言之，在周

---

[1] 周作人：《美文》，《谈虎集》，河北教育出版社，2002年，第29页。

作人提出"美文"概念的当下,其动机是否仅仅立足于和旧文学在"优美"上面一争高下?对于这个问题,我们还是需要将其语境化,回到历史的脉络中来一探究竟。

从字面上表达的观点来说,"美文"其实是"论文"的一种,周作人将其描述为一种"艺术性的"论文,抑或是"好的论文"。既然"美文"隶属于"论文"的大框架之下,那么不妨先来看看"论文"对于周作人意味着什么。1926年,周作人整理1917年至1926年间的旧稿二十一篇寄交群益书社,这些稿件后来在1931年以《艺术与生活》为书名出版印行。周作人在《自序》中评价这本书为自己"唯一的长篇的论文集",并且声明"我以后只想作随笔了",可见此时在周氏心中"论文"与"随笔"并不是可以互相通约的概念,其区别在于前者"文章比较地长,态度也比较地正经"[1]。《艺术与生活》一书收录了《人的文学》《平民的文学》《圣书与中国文学》《国语改造的意见》等一系列文章,明确表达周作人"五四"期间有关改造文学与人生的见解,用《自序》中的话来说是"对于文艺与人生抱着一种什么主义"[2]。从篇目来看,《艺术与生活》中的文章大多相当于"外国文学里"那种"批评的,是学术性"的论文,只有小部分对应于"记述的,是艺术性"的"美文",但是既然二者同为"论文",自然也应该具有上文所说那种作用于现实的"正经的态度"。所以"美文"并不仅仅是消遣之作,它的内涵也并非完全能够被趣味主义所覆盖。事实上,早在写作《序》之前,周作人就已经提出"真的文艺批评应该是一篇文艺作品"[3]的观点。这就是在变相地补

---

[1] 周作人:《自序》,《艺术与生活》,河北教育出版社,2002年,第1—2页。
[2] 同上,第2页。
[3] 周作人:《文艺批评杂话》,《谈龙集》,河北教育出版社,2002年,第5页。

充1921年《美文》中的说法，表明那一类学术性的论文其实也可以写成"美文"，打通了其与艺术性论文的关系，从而在叙事与抒情之外，把说理也纳入"美文"体系建设的范畴中来。由此看来，我们对于"美文"的解读，也应该越过"美"之表象，而深入到其作为"论文"的一种所释放的"主义"性内涵，进而剖析周氏提出这一概念的内在思想理路以及其面向现实的文化批判功能。

《美文》发表的1921年，现代文学已经进入一个纵深发展的阶段，中国新文学的两大社团文学——研究会与创造社在这一年先后成立，标志着"五四"新文化运动初期由文学革命所集聚的共同效应逐渐消解，文艺者队伍出现分化。"为人生而艺术"还是"为艺术而艺术"是此时新文学内部论争的一个焦点话题，两大团体各执一端，聚讼纷纭，不仅在具体创作倾向上交锋，同时也形成了争夺新文学话语权力的对峙关系。就周作人本人而言，一个显见的事实是，他是文学研究会的发起成员，并且还起草了《文学研究会宣言》，庄严宣称"将文艺当作高兴时的游戏或失意时的消遣的时候，现在已经过去了"，认为"文学是于人生很切要的一种工作"[1]。反对消闲游戏的旧文学观，倡导文学描写人生，这是新文化人广泛接受的共识，就连倡导"为艺术而艺术"的创造社也不能回避于此。所以周作人的宣言只是在一个较为宽泛的层面为新文学运动树立了一个纲领，对研究者来说，此中的关键仍然在于更为细致地分辨文学与人生之间的具体关系。虽说周作人"五四"时期的名文《人的文学》被公认为是文学研究会"为人生"文学潮流的嚆

1　周作人：《文学研究会宣言》，《周作人散文全集》(修订版)第2卷，广西师范大学出版社，2021年，第296页。

矢，但是在对人生的理解上，周氏的后继者确乎与其表现出了本质上的不同。在周作人"人的文学"的框架内，他始终坚持一种个人主义的本位立场，个人的价值与整体的人类是作为一体两面而存在，在价值关系上被完全等同起来。与此同时周氏也抽空了国家、民族、乡土等一系列中间环节，他更多地是从人类文明的角度来理解"人"的问题，其最终目的在于追求理想中的"人类正当生活"，尤其是人的精神与肉体之间的和谐关系。这样，周作人的文化思路就与那种以民族救亡为显在目标的文学文化工作区分开来，在后者看来，人的伦理觉悟只是导向政治觉悟的一个枢纽，所谓的文学"为人生"更为看重的其实是"人"之现代化的附加价值，而不是人本身。比如在与文学研究会关系密切的问题小说中，我们就很容易看出一种感时伤世的情怀，作家对人的理解更多的是在现实的经济政治关系中来进行，人在典型环境中生成，个体的背后表征着"集体"的概念，人的命运能够指示社会国家的出路。如此这般关心外部宏大价值，这一套文学叙述自然而然就会发展出与"五四"狂飙突进的文化氛围相匹配的功利性要求，而这恰恰正是周作人要着力破除的。再来反观一下向来与周作人并无交集的创造社，却可以意外地发现他们文学观念的某些层面反而比较接近周氏。比如郭沫若就不承认艺术上的功利主义动机说，但他同时也不十分同意艺术是完全无用的观点："我承认一切艺术，她虽形似无用，然在她的无用之用中，有大用存焉。她是唤醒人性的警钟……"[1] 此种表述就与周氏早年"文章虽非实用，而有远功者也"[2]的文艺观具有深度的呼应

---

[1] 郭沫若：《论国内的评坛及我对于创作上的态度》，《时事新报·学灯》，1922年8月4日。
[2] 周作人：《论文章之意义暨其使命因及中国近时论文之失》，《周作人散文全集》（修订版）第1卷，广西师范大学出版社，2021年，第118页。

性，极有可能引来其本人的"同情之理解"。所以在提出"美文"的前后，周作人所置身的一个悖论性处境便是自身"人的文学"理论被文学研究会同人扩张为功利性的文学"为人生"之诉求，而在对阵一方的创造社之文学理论中却隐含着其本人更为认同的某些审美因素，能够被用来调校功利与艺术之间的关系，这或许就是"美文"诞生的真实文化语境。其实早在1920年的《新文学的要求》中，周作人已经对新文学阵营内部的两大派别"艺术派"与"人生派"各打一板，认为前者"重技工而轻情思，妨碍自己表现的目的"，后者"是容易讲到功利里边去，以文艺为伦理的工具，变成一种坛上的说教"[1]。文中强调要破除"为什么而什么"的态度其实正隐含着周氏提出"美文"这一概念的文化逻辑，他试图以一种心目中理想的文体形式来对日益分裂的新文学趋向进行重塑性的整合工作。这样一来"美文"的意义就并不只是在对旧文学宣战的维度上显示出来，而更多是在新文学已经站稳脚跟而不断深化发展的过程中施加某种导向作用。

关于"美文"的具体表现内容，周作人并没有特别严格明晰的界定，他只是说："读好的论文，如读散文诗""他的条件，同一切文学作品一样，只是真实简明便好。"[2] 所谓"散文诗""真实简明"，强调的是美文抒写个人情思的功能。从后来周氏本人的写作实践来看，他最为人称道的"美文"作品大多是通过一种风土民俗的描绘来呈现理想中的日常生活形态，由是他也经常被称呼为一个擅长写"草木虫鱼"的作家。但是这里值得注意的是，日常生活本身其实并不是美文写作

---

[1] 周作人：《新文学的要求》，《艺术与生活》，河北教育出版社，2002年，第18页。
[2] 周作人：《美文》，《谈虎集》，河北教育出版社，2002年，第29页。

的最终目标,如同周作人评价《晨报》上的《浪漫谈》有几篇比较接近"美文",但是后来"用上多少自然现象的字面,衰弱的感伤的口气,不大有生命了"[1]。可见"自然现象"只是停留于"字面"的意义上,而周作人也并不欣赏建立在风花雪月的辞藻之上的"衰弱的感伤的口气",他真正关注的是文学是否有"生命"。"生命"一词旨在凸显"美文"与人的主观能动性之间的关联。换言之,这里有一个从外向内移动的视角,即"美文"的写作并不指向作为外部之物而存在的日常生活本身,而是要呈现主体在关照日常生活时候的优雅健康的文化心态,将日常生活加以审美化,这也是美文抒写情思的真正含义。这种通过外部生活来建构主体意识的写作策略其实渊源有自,在系统讲述日本小说发展脉络并将其作为中国新文学镜鉴的《日本近三十年小说之发达》一文中,周作人遵循着进化论的线索依次介绍了以坪内逍遥《小说神髓》为起点的日本明治时代以来的新小说流派,分别是"人生的艺术派""艺术的艺术派""观念小说""社会小说""自然派小说""非自然派小说""新主观主义小说"。此一框架中,"非自然派小说"与"新主观主义小说"因为处于序列的顶端而获得了最高的价值认同,并且都在某种程度上与"自然派小说"构成了张力性的对话关系。关于后者,周作人在文中介绍,日本"自然派小说"从法国左拉与莫泊桑一派发展而来,具备几重特色:"一重客观不重主观,二尚真不尚美,三主平凡不主奇异"[2],其唯物主义的机械决定论,带有厌世的倾向,容易引人入绝望。因此当周作人紧接着"自然派小说"之后推出"非自然派

---

1 周作人:《美文》,《谈虎集》,河北教育出版社,2002年,第30页。
2 周作人:《日本近三十年小说之发达》,《艺术与生活》,河北教育出版社,2002年,第142页。

小说"与"新主观主义小说"的时候，用主观、美、奇异等超越性的价值原则来调节客观、尚真、平凡的唯物论倾向就是其题中应有之义，整合文学研究会与创造社理论主张的价值关怀在此已可初见端倪。再来看他有关这两派小说的具体论述，"非自然派小说"奉夏目漱石为核心，主张"低徊趣味"或称"有余裕的文学"，漱石的《〈鸡冠花〉序》如是评价："余裕的小说，即如名字所示，非急迫的小说也，避非常一字之小说也，日用衣服之小说也。如借用近来流行之文句，即或人所谓触着不触着之中，不触着的小说也。"[1]周作人进一步延伸阐释："自然派说，凡小说须触着人生；漱石说，不触着的，也是小说，也一样是文学。并且又何必那样急迫，我们也可以缓缓的，从从容容地赏玩人生。"[2]《日本近三十年小说之发达》一文的写作参照了日本相马御风的《明治文学讲话》，根据研究者考察，在介绍夏目漱石的部分中，周作人删除了自然派作家田山花袋对漱石的批评，田山花袋认为夏目漱石只注重自己的趣味和想象，缺乏对现实生活的如实描写[3]。周作人对此却完全视而不见，说明他并不认同"余裕"只关涉一己之消遣。实际上，夏目漱石提倡的"不触着"的小说只不过是没有急迫的介入人生的意识，但仍然具有朝向现实生活的精神意向，能够与个人主体意志的建设贯通起来。这种建立在文学个性基础上的趣味与周作人当时的思考若合符节，因而"美文"的写作极有可能受到"余裕"观的启

---

[1] 周作人：《日本近三十年小说之发达》，《艺术与生活》，河北教育出版社，2002年，第143页。
[2] 同上。
[3] 参见王志松：《周作人的文学史观与夏目漱石文艺理论》，《中国现代文学研究丛刊》，2016年第7期。

发。另一派"新主观主义"之一的"享乐主义",周作人则引用了片上天弦的论断来评价[1]。这一派的代表人物是永井荷风与谷崎润一郎,其共同的特征在于因为对现代文明深感不满,所以带有一点颓废派的气息。朱晓江从"颓废"的审美风致出发,联系周氏本人对于永井荷风的阅读与译介,认为其对于荷风散文的理解"在那些看似颓废的文本底下,实则涌动着他对于'现代性和进步概念'的反抗"[2]。而这种对于西方文明改写中国文化传统的抗拒也为周作人的美文写作提供了别一种知识视野,使得其本身带上一种现代性反思的文化品格。所谓现代性反思,指的是对西方社会以物为中心的现代化模式的警惕心理[3]。具体来说,现代西方文明日益物化的文化趋向是酝酿在一个功利性的制度框架中的,人们需要在社会体制中逐物谋生,遵守制度性的规则章程。所以当周作人在美文的写作中努力将"自己私有的功夫"与"职务上"的时间区分开来[4],强调"我们于日用必需的东西以外,必须还有

---

1 "自然派欲保存人生之经验,此派之人,则欲注油于生命之火,尝尽本生之味。彼不以记录生活之历史为足,而欲自造生活之历史。其所欲者,不在生之关照,而在生之享乐;不仅在艺术之制作,而欲以己之生活,造成艺术品也。"参见周作人:《日本近三十年小说之发达》,《艺术与生活》,河北教育出版社,2002年,第145页。
2 朱晓江:《伟大的捕风——周作人散文反抗性研究》,复旦大学出版社,2015年,第65页。
3 "现代资本主义对于物的高效追逐,在周的眼里,呈现出了无可避免的缺陷;而他的美文写作,他对于日常生活趣味的强调,也就可以看作是他为克服此种业已为他所敏感到的文化缺陷而采取的一种解救措施。"参见朱晓江:《伟大的捕风——周作人散文反抗性研究》,复旦大学出版社,2015年,第70页。
4 "除了食息以外,一天十二小时,即使在职务和行路上消费了七八时,也还有四五时间可以供自己的读书或工作。但这时候却又有别的应做的事情:写自己所不高兴作的文章,翻阅不愿意看的书报,这便不能算是真的读书与工作。没有自己私有的功夫,可以如意的处置,正是使我们的生活更为单调而且无聊的地方。"参见周作人:《绿洲小引》,《自己的园地》,河北教育出版社,2002年,第76页。"功夫"现写作"工夫"。

一点无用的游戏与享乐"[1]时,隐含的是一种反抗体制与规约的思想倾向,即以富有个性的生活追求来消解物化的社会秩序。

通过以上两脉源流的梳理,我们可以看到,周作人"美文"观念的精神指向最终应该落脚在主体的个性意识之上。与其说"美文"是有关日常生活的写作,毋宁说它要表现的是周氏后来所提出的所谓"禁欲与纵欲的调和"的"生活之艺术",隐含着以"一种新的自由与新的节制,去建造中国的新文明"[2]的宏阔愿景。日常生活审美化的过程同时也就是建立个人主体性的过程,"美文"与"立人"的思想文化工程实乃同声相应,正如倪伟所说:"简言之,对于周作人来说,美文的写作根本就是一种锻造主体的技术,在把生活艺术化的过程中,想象并建构一种理想的、有着健全理智的现代个人主体。在此意义上,似不能简单地指斥周作人是一个消极隐退的趣味主义者,而须看到其思想取向中所包含的激进意图,即绕开政治运动而通过审美活动来构建现代个人主体性。"[3]在纷纭复沓的"后五四"时代,周作人于政治运动与社会斗争的声浪包围中仍然选择坚持"五四"延续下来的个性解放的思想命题,无疑具有某种特殊的象征意义。由此,我们也才能够理解他后来给俞平伯《燕知草》写跋语时表达的看法:"文学是不革命,然而原来是反抗的:这在明朝小品文是如此,在现代的新散文亦是如此。"[4]

---

[1] 周作人:《北京的茶食》,《雨天的书》,河北教育出版社,2002年,第52页。
[2] 周作人:《生活之艺术》,《雨天的书》,河北教育出版社,2002年,第94页。
[3] 倪伟:《小品文与周作人的启蒙"胜业"》,《文艺争鸣》,2017年第9期。
[4] 周作人:《燕知草跋》,《永日集》,河北教育出版社,2002年,第80页。

三、反体制化的文体观念与新文学家主体的凸显

木山英雄在研究周氏兄弟散文时认为应该摆脱学术性以及艺术主义的文学观念之束缚,以此来显现其文学性生命,他将"在纯粹性和老狯性之间的振幅"作为周氏兄弟文学观念的基质来把握,并且在20年代二人都发表了大量散文作品的《语丝》中看到了"反抗"与"趣味"两重倾向[1]。木山对于周氏兄弟散文的观察角度十分独特。一方面,散文向广阔的非文学领域敞开自身,其作为文学一种的界限在他的描述中显得十分模糊,而另一方面散文却又具备在文学内部成为一类文体的显著形态。木山看似矛盾的论断背后其实彰显着一个重要的反思性命题,即"文学"对于周氏兄弟而言究竟意味着什么,如果仅仅停留在惯常的审美视域中来把握,将其分解为一整套固定的艺术原则,那么周氏兄弟的文学主张及实践显然已经溢出了这一框架。换言之,木山从根本上就不认同让先验的"纯文学"叙述成为我们理解周氏兄弟文章写作的一个认识装置,这也是为什么他提出只有在抛开学术性以及艺术主义的文学观念之束缚之后,反而才能显示真正的"文学性生命"。

就"五四"散文而言,它的创生无疑内在于西方文体观念与中国固有文章传统所织就的经纬网络之中,对于此,黄科安曾经有过高屋建

---

[1] "就是说,我只想注意两个方面:一个是散文的界限向广阔的非文学方面展开着;另一个是在文学内部成为各种文学样式之根底的文字语言具有最融通自在的形态。总之,大概是由于散文的这种性格,创作了大量优秀散文的鲁迅和周作人的文学意识,在纯粹性和老狯性之间的振幅之大上极为出类拔萃。"参见 [日] 木山英雄:《实力与文章的关系——周氏兄弟与散文的发展》,《文学复古与文学革命》,赵京华编译,北京大学出版社,2004年,第70—71页。

瓴的总结，将其界定为在外国散文资源影响下从传统到现代的"创造性转化"[1]。这一说法当然适用于描述中国近现代文学乃至文化的转型，但值得进一步讨论的仍在于这一过程中"创造"与"转化"之间的相互关系。易于辨析的一点是，无论是鲁迅的"杂感"还是周作人的"美文"，它们在诞生之初尽管具有多重文脉渊源，但并不能被纳入任何既定的文学事实当中，而是体现出一种强烈的为新文学"立法"的形态，具有"别创体格"的精神。当然这种"立法"本身并不是主观动机所在，相反却是在以文学介入"立人"思想革命的过程中自然而然形成的延伸效应。从这一意义上来说，周氏兄弟的文章写作从根本上就不是文学规范性的产物，这也是木山英雄所论的核心之意，即古今中西文艺之交融对于周氏兄弟而言或许还不是最重要的，重要的是打破作为外部权威被强加的"主义派别之分"以及随之而来的一整套严整的认识论框架。这样做的目的并不是使得文学成为非文学，而是要走出"艺术之宫"，在一个更为广泛的精神界面上来定义文学，笔者将其概括为一种反体制规约的文学观。

如前文分析，鲁迅的"杂感"作为一种"有意味的形式"，并不是他走向既有文学规范的产物，而是在与社会现实短兵相接的过程中被催生出来的。鲁迅曾说"杂感之无穷无尽，正因为这样的'现状'太多的

---

[1] "中国文学向来以散文为正宗，'五四'时期现代散文的发达，正是这种'顺势'发展的结果，即中国现代知识者从古代散文传统那里获得富有文人情趣和人间滋味的艺术资源，完成了从传统到现代的创造性转化。然而这番转化不是在封闭环境中的自发行为，而是借助外国散文资源的输入，形成理智的启迪、文化视域的拓展和抒写方式的借鉴所致。"参见黄科安：《叩问美文：外国散文译介与中国散文的现代性转型》，北京大学出版社，2013年，第12页。

缘故"[1]，可见当下的生存境遇始终构成了杂感的写作源泉。类似于"一种小小的显微镜的工作"[2]，"杂感"将每一个斗争的"当下"作为内容确立在语言内部，实现了二者之间最为紧密的结合，串联起来则是为时代"立此存照"的"诗史"。其内部蕴含的"杂"的精神性格不再依托于已然确立起来的艺术自律的体制，难以被既有文学的形式、组织与分科所规范乃至裁决，从而不断撞击与捶打着写作的边界，形成自身的本体论根据。鲁迅后来反复强调"杂感"与"艺术""文艺""文学""创作"等范畴的距离[3]，正是凸显其在颠覆文学体制上的意义。对于鲁迅而言，文学关涉的是一个终极性的精神立场，而杂文也应该被理解为一种参与历史与社会的文学行动，正如汪卫东所说："作为历史行动与个人存在方式的文学，不是规范文学性的产物，相反，文学性才是真诚的、原创的文学行动的产物。鲁迅一路走来，以其真诚、原创的文学实践，冲击并改变着固有的文学规则和秩序，同时带来并确立了新的文学性质素，丰富并深刻影响了现代中国的文学性建构。"[4]再来看"美文"，显然在文学风格上，它的"优裕"与"杂感"之紧迫形成了鲜明的对照，但

1　鲁迅：《二心集·好政府主义》，《鲁迅全集》第4卷，人民文学出版社，2005年，第249页。

2　鲁迅《集外集拾遗补编·做"杂文"也不易》，《鲁迅全集》第8卷，人民文学出版社，2005年，第418页。

3　"也有人劝我不要做这样的短评。那好意，我是很感激的，而且也并非不知道创作之可贵。"鲁迅：《华盖集·题记》，《鲁迅全集》第3卷，人民文学出版社，2005年，第4页；"但粗粗一想，恐怕这'杂感'两个字，就使志趣高超的作者厌恶，避之惟恐不远了。有些人们，每当意在奚落我的时候，就往往称我为'杂感家'，以显出在高等文人的眼中的鄙视，便是一个证据。"参见鲁迅：《三闲集·序言》，《鲁迅全集》第4卷，人民文学出版社，2005年，第3页。

4　汪卫东：《鲁迅杂文：何种"文学性"？》，《文学评论》，2012年第5期。

是联系到周作人提出这一概念的文化语境,其平静的外表之下同样涌动着对于现行文学体制的反叛。前文已经提到,"美文"具有反思狂飙突进的现代性文明的意味,它反对物化的制度框架对人的精神世界进行一种网格化的管理,以此凸显无法被时代共名所规约的个性化的心灵空间。周作人曾经不无深意地感慨,"在博大的沙漠似的中国"里,"仙人掌似的外粗粝而内腴润的生活是我们唯一的路"[1],话中之意即是希望以一种内心世界的精致丰饶来对标庸俗化的物欲倾向,展开对于"生活之艺术"的追求。因此,"美文"书写这一行为本身作为一种"建设新文明"的文化手段,就必然会与那种与功利化的制度设计匹配的格式化书写区分开来,它本身并不能被某种"现代"文学发展过程中形成的典章规范所填充,而只能从主体当下真诚的内心感受出发,是不规则的文学形态。以此而言,从鲁迅的"杂感"到周作人的"美文",貌似互不相关的二者实际却构成了一条现代散文演进过程中隐秘的脉络,它们共同致力于反驳出现固化倾向的文体体制。通过这一文学线索可以看到,周氏兄弟在看似确定性的观念范畴内仍然葆有"文学革命"的精神,蕴含着一种通过"破名"来"立法"的激进的文体改革意识。

周氏兄弟反体制化写作观念的形成或许受到其异端知识谱系的影响,同时也与二者把握外部知识的独特路径有关。笔者认为,竹内好在研究鲁迅心理世界时抓住的"挣扎"一词庶几可描述之,孙歌把这一精神活动解读为对于"外部的现成之物"的拒绝[2],意思是说拒绝那种无

---

[1] 周作人:《玩具》,《自己的园地》,河北教育出版社,2002年,第106页。
[2] "换言之,只有自我否定才具有否定的价值,而任何不经过自我否定的思想与知识,任何来自外部的现成之物,都不具有生命力,都是死知识。"参见孙歌:《竹内好的悖论》,北京大学出版社,2005年,第38页。

条件接受外来教化之后直接转向"他者"的方式，相反是强调需要通过斗争式的自我否定成为更好的"自己"，对"生命力"的渴求其实彰显了一个强有力的艺术家主体的形象。当鲁迅在随感录中把前人作对应性评论的新闻素材灵活转化为表达自身思想的材料，当周作人在提倡"美文"的同时大力宣传"个性的文学"，这种建构主体性的倾向是很容易识别出来的。由此，笔者认为，无论是"杂感"抑或"美文"，在文体性质上都类似于厨川白村的名文《Essay》所描述的那种"自己告白的文学"，鲁迅将其翻译过来本身就包含着一定的认同感：

> 在 essay，比什么都紧要的要见，就是作者将自己的个人底人格的色采，浓厚地表现出来。从那本质上说，是既非记述，也非说明，又不是议论，以报道为主眼的新闻记事，是应该非人格底（impersonal）地，力避记者这人的个人底主观底的调子（note）的，essay 却正相反，乃是将作者的自我极端地扩大了夸张了而写出的东西，其兴味全在于人格底调子（personal note）。[1]

"为表现不伪不饰的真的自己计"，这类文体的写作"既不像在戏曲和小说那样，要操心于结构和作中人物的性格描写之类，也无须像做诗歌似的，劳精敝神于艺术的技巧"[2]。其言外之意在于，艺术家应该以主人的姿态来"主导"艺术形式，而不是反过来被其所"占有"，充

---

1 ［日］厨川白村：《出了象牙之塔·Essay》，鲁迅译，《鲁迅译文全集》第 2 卷，福建教育出版社，2008 年，第 306 页。
2 同上。

当各种条条框框的马前卒。在创作理念上,艺术家不必将自己囿于狭隘的文学主义当中,任何主义只是作为表达"我"的立场的素材与方式而存在,并不构成创作最终的追求目标,一个真正优秀的作家可以创造属于自身的文体与风格。所谓反体制化写作,它的核心就在于建立主体自由言说的先锋姿态,看重的是文艺的生命而非统一。

围绕这种反抗体制化的写作观念以及凸显艺术家主体性的精神诉求,可以将周氏兄弟从"杂感"到"美文"的探索看作是一种前后贯通的革命性的文体实践,其内部的文化逻辑对于克服"五四"新文学随着自身发展而产生的"偏至"发挥着积极的导向作用。这里提出反抗新文学"偏至"的说法隐含着两层意思,浅层的内涵指的是在"文学革命"之后,草创的新文学需要尽快获得自我合法性的解释,所以各种本质化的理解应运而出,从而引起互相之间的争论,往往各执一端遂生"偏至"。而"杂感"及"美文"在艺术与功利之间的辩证交互,内在地包含有调和"为人生"与"为艺术"、精神内容与审美形式、"十字街头"与"象牙塔"等二元对立范畴的文化意图。其实在 20 年代,已经有人明确提出要从文学形式中看出思想内容的观点,比如热衷于翻译法国诗歌的"少年中国学会"成员李思纯就认为:"精神与形式,不过一物的两方面,并非截然可分的二物。"[1]可见周氏兄弟的文体观念在新文坛里并非没有知音。站在更为深层的角度而言,反抗"偏至"的意思是说相较于主流文学界对新文学作内容化或形式化的理解,周氏兄弟通过自觉的文体实践来倡导从根本上搁置任何本质主义的外部区分框架,回到艺术家自身的维度,因为无论是内容或是形式,都必须找到他的

---

[1] 李思纯:《诗体革新之形式及我的意见》,《少年中国》,第 2 卷第 6 期,1920 年 2 月。

本位依托——艺术家主体。正如周作人在《自己的园地》里说:"'为艺术'派以个人为艺术的工匠,'为人生'派以艺术为人生的仆役;现在却以个人为主人,表现情思而成艺术,即为其生活之一部……这是人生的艺术的要点,有独立的艺术美与无形的功利。"[1] 在摒弃"为艺术"与"为人生"的先验区分之后,周氏抛出"以个人为主人"的艺术观念,这表明其在后文学革命的时代依然保持着文学革命主体性的精神诉求,这同时也是在新文坛里作为"创造'新形式'的先锋"[2] 的鲁迅所认同的价值理念。

---

[1] 周作人:《自己的园地》,《自己的园地》,河北教育出版社,2002年,第7页。
[2] 雁冰(茅盾):《读〈呐喊〉》,《时事新报·文学》,1923年10月8日。

第四章 交相呼应：『五四』落潮期周氏兄弟的文化想象及实践

对于周氏兄弟而言，1921年前后，他们的日常生活与个人心境发生了重大转折，进入了一个苦闷低落的时期。1920年底，周作人突发疾病，后被诊断为肋膜炎，只能在家中休养，3月份因病情恶化入住山本医院，6月开始赴北京香山碧云寺调养身心。个人病痛的遭遇连同新村理想的破灭等使得其感受到现实的残酷性。3月2日，周作人写下《梦想者的悲哀》一诗："'我的梦太多了。'／外面敲门的声音，／恰将我从梦中叫醒了。／你这冷酷的声音，／叫我去黑夜里游行么？／阿，曙光在那里呢？／我的力真太小了，／我怕要在黑夜里发了狂呢！"[1]而鲁迅则频繁奔走于各处，忙于照料周作人及家中一应事务。小说创作频率的放缓就颇能说明问题，自1921年2月写完《故乡》之后，鲁迅竟然中断创作长达九个月，直至12月才在《晨报副刊》发表《阿Q正传》。这一方面当然说明家庭杂务对于文艺工作的干扰，但同时也表明这一段时间内鲁迅自我意识的某种变化，原先那种呐喊的勇武之声已经转向低沉。实际上，周氏兄弟私人心绪的变动对应的正是整个"五四"落潮期的文化氛围，其中知识界的持续分化显然是影响他们的一个重要因素。1920年底，陈独秀离沪赴粤，将《新青年》的编

---

[1] 周作人：《梦想者的悲哀——读倍贝尔的〈妇人论〉而作》，《过去的生命》，河北教育出版社，2002年，第18页。

辑事务转交陈望道,从而激化了南北同人有关办刊方向与决策权力的矛盾。自第 8 卷开始,《新青年》就已经产生了重大的人事变更,中共上海发起组掌握了实际编辑权,编排形式与栏目设置也有所变化,开辟"俄罗斯研究"专栏,大力宣传俄国革命和马克思主义思想。陈独秀在第 8 卷第 1 号上发表《谈政治》,表明其个人文化态度的转变。《新青年》"特别色彩"的浓厚引起北京同人的强烈不满,整个第 8 卷他们都消极对待约稿,胡适更是提出另办一种杂志、从第 9 卷开始将《新青年》移回北京、停办杂志这三个选项供同人选择。与此同时,南方同人也在怀疑猜度胡适与研究系之间的关系[1]。看起来,胡适与陈独秀、陈望道之间的思想矛盾已经无法弥合,新文化同人的分裂在所难免。如果将之前发生的"问题与主义"之争也考虑在内,那么可以说这是新文化界内部分歧的进一步深化,正如瞿秋白所言:"'五四'到'五卅'前后,中国思想界里逐步的准备着第二次的'伟大的分裂'。这一次已经不是国故和新文化的分别,而是新文化内部的分裂。"[2] 20 世纪 20 年代日益紧张的社会关系使得知识分子的文化方案需要让位于阶级斗争与政治运动,同时也显示出"五四"启蒙面临的内在危机,改造国人灵魂的目的难以奏效。

正是在这种形势下,周氏兄弟产生了思想上的摇摆,他们意识到"五四"启蒙的浪潮正在快速地回落,新文化同人结成的阵线并非那么牢固,存在分崩离析的危险,从而陷入精神颓唐之中。鲁迅后来回忆

---

1 有关《新青年》同人前后期态度变化以及分裂的经过,详见欧阳哲生:《〈新青年〉编辑演变之历史考辨——以1920—1921年同人书信为中心的探讨》,《历史研究》,2009年第3期。
2 何凝(瞿秋白):《鲁迅杂感选集序言》,《鲁迅杂感选集》,青光书局,1933年,第12页。

第四章　交相呼应："五四"落潮期周氏兄弟的文化想象及实践 | 297

起《新青年》解体时有人高升、有人退隐的情形，寂寞失望的情绪萦绕其间[1]。周作人则更多表达了自己的迷茫之感，1921年4月16日的《歧路》一诗颇为典型，记录下在多条道路面前无法抉择的心情[2]。1921年6月5日，周作人又在给孙伏园的信件中诉说自身思想的混乱已经到了非常严重的地步[3]。对于周氏兄弟来说，如何在"后五四"时代纷纭复沓的文化图景与观念路径中做出取舍，如何认知并克服知识阶层自身内部逐渐浮现的精神病灶，都是关系到"立人"的思想革命能否继续维持下去的重要问题，同时对于这些问题的解答也是在混乱中安顿自我内心的需要。本章考察1921年后周氏兄弟变动的思想伦理与主体意识，重点抓住"文化想象"这一关键词。与前面三章偏向宏观论述不同，本章写作采取个案分析的形式，分别探讨周作人对鲁迅小说《阿Q正传》的评论，周氏兄弟与"五四"后新兴复古势力的论争，以及鲁迅、周作人从爱罗先珂那里接受并发展而来的文化批判视野。强调无论是国民类型的塑造与剖析，还是对文化专制的批判，抑或是形成新的启蒙者

---

[1] "后来《新青年》的团体散掉了，有的高升，有的退隐，有的前进，我又经验了一回同一战阵中的伙伴还是会这么变化，并且落得一个'作家'的头衔，依然在沙漠中走来走去，不过已经逃不出在散漫的刊物上做文字，叫作随便谈谈。"参见鲁迅：《南腔北调集·〈自选集〉自序》，《鲁迅全集》第4卷，人民文学出版社，2005年，第469页。

[2] "荒野上许多足迹，/指示着前人走过的道路，/有向东的，有向西的，/也有一直向南去的。/这许多道路究竟是一同的去处么？/我相信是这样的。/而我不能决定向那一条路去，/只是睁了眼望着，站在歧路的中间。"参见周作人：《歧路》，《过去的生命》，河北教育出版社，2002年，第22页。

[3] "我近来的思想动摇与混乱，可谓已至其极了，托尔斯泰的无我爱与尼采的超人，共产主义与善种学，耶佛孔老的教训与科学的例证，我都一样的喜欢尊重，却又不能调和统一起来，造成一条可以实行的大路。我只将这种种思想，凌乱的堆在头里，真是乡间的杂货一料店了。——或者世间本来没有思想上的'国道'，也未可知……"参见周作人：《山中杂信　一》，《雨天的书》，河北教育出版社，2002年，第133页。

身份的自我界定,都隐秘联通到有关"立人"的文化想象,同时这一阶段也是周氏兄弟思想调整并且发生分化的时期。

第一节　发现"讽刺"与"类型":周作人论《阿Q正传》

1921年11月4日,北京《晨报副刊》"开心话"栏目刊发了中篇小说《阿Q正传》的第一章,作者署名为"巴人",此乃鲁迅应时任副刊主编孙伏园的邀约所撰写的小说序言,有意通过"戏说"写法来贴近栏目的喜剧风格。从第二章起,小说即被移至"新文艺"栏[1],"似乎渐渐认真起来了"[2],中途每周或隔周连载一次,一共九章,最后于1922年2月12日完结,这就是日后作为中国新文学代表作而备受推崇,乃至享誉整个世界文坛的《阿Q正传》之诞生过程。在中国现代文学史上,《阿Q正传》无疑是一篇经典性的作品,虽然自问世之初就聚讼纷纭,引发众多猜测误解,但是也正因为文本包含了巨大的阐释空间,使得其能够广泛辐射到现代中国的文化、思想与政治议题,从而一举奠定了自身的影响力[3]。

在《阿Q正传》创生初期的阐释史上,尤为值得注意的是周作人

1　在小说连载过程中,也曾发生过栏目的变动,第六章到第八章一度被划入新创设的"文艺"栏,到最后一章又重归"新文艺"栏。频繁的调整折射出新文学界的报刊形制尚在整合当中。

2　鲁迅:《华盖集续编·〈阿Q正传〉的成因》,《鲁迅全集》第3卷,人民文学出版社,2005年,第397页。

3　"几乎没有哪一部作品像《阿Q正传》这样在各种各样的意义层面上被问题化。在每个历史时期它都被从不同的视角作为问题而提及。"参见[日]竹内好:《从"绝望"开始》,靳丛林编译,生活·读书·新知三联书店,2013年,第117页。

写作的同题评论《〈阿Q正传〉》，这是他在《晨报副刊》所辟专栏"自己的园地"中的一篇[1]，于1922年3月19日发表，此时距离《阿Q正传》连载完毕不过一月有余。这篇文章之所以非常重要，是因为它是有关《阿Q正传》最早的专文分析，周作人借此机会直接与当时的文学读者进行对话。文中对于小说有独到且精深的见解，奠定了日后众多思想与艺术命题的原型。多年之后，周作人回忆他的阿Q论"当时经过鲁迅自己看过，大抵得到他的承认的"[2]。所以在一定程度上，周作人未尝不是以代言者的身份去表达鲁迅自我的认知，这一篇文章的写作也就成为发生在兄弟之间的一次微观的文学合作，二人共同合力建构了"阿Q"的精神谱系，与此同时也显示出某些彼此不尽一致的理解落差。以此而言，周作人的评论堪称是一篇值得深入挖掘的"症候性"的文本，不仅对于理解《阿Q正传》的内涵至关重要，也为透视周氏兄弟的互文关系提供了绝佳视角。

一、周作人评论诞生的潜在语境

当我们将目光对准周作人的《〈阿Q正传〉》时，一个显而易见的事实是，这是周氏在鲁迅生前所撰写的唯一一篇关于其兄作品的评论。在"五四"新文化的场域中，周氏兄弟并肩作战早已是不争的事实，但或许是为了避免外界对于私人关系的指摘，二者几乎很少直接在公开发表的文字中谈论彼此，即便是论及对方也往往以中性的语调为主，避免留下过于鲜明的价值判断。在《阿Q正传》之前，鲁迅已经发表了《狂人

---

[1] 《〈阿Q正传〉》位列专栏中的第八篇，1923年晨报社版《自己的园地》出版时，周作人因为兄弟失和的原因未将这一篇文章编入。

[2] 周作人：《关于阿Q正传》，《鲁迅的青年时代》，河北教育出版社，2002年，第109页。

日记》《孔乙己》《药》《故乡》等名篇，声望正在日益累积。但是此番托名为"巴人"，显然又不同于已经获得一定文化象征资本的笔名"鲁迅"，"来路不明"的作者形象能够在读者心中预设更为丰富的心理空间，也为周作人直接入手评论提供了更为恰当的契机。不过值得说明的是，作者署名的暧昧不明只能从外部环节来说明周作人这一则评论得以产生的现实条件，并不能解释何以周氏偏偏放弃之前隐没的态度而加入鲁迅小说阐释的行列中。笔者更关心的是相较于鲁迅之前发表的几篇作品，《阿Q正传》本身为何能引发周作人批评的兴趣，或者说周作人在小说内容及其接受效应中看到了何种需要施加规范与导向的必要性？

可以先从《阿Q正传》所内含的"通俗性"说起，此处引入许钦文的论述作为例证。在1940年代全面抗战的语境下，许钦文曾经写作《抗战文学与阿Q正传》一文来提倡向鲁迅先生学习。他指出，"在《阿Q正传》这小说中，最容易误会，也是最值得我们注意学习的，是通俗化"。之所以说"最容易误会"，是因为许氏的"通俗化"指的并不是多数人都能够阅读抗战文学（覆盖式的读书读报在教育程度普遍不高的现状下是难以实现的），而是要求文学作品"适合了一般读者的脾胃"，重在使一般读者喜悦。而《阿Q正传》的写作就是一次成功的实践，这是因为小说的一些字句与意境能够使阅读者感到趣味，具有示范意义。如此倡导"通俗化"的背后带有强烈的为读者灌输文化理念以期改变心理结构的动机："就是通俗化的目的，要在迎合读者的心理中，改进读者的心理的。"[1]换言之，尽管《阿Q正传》从精神内涵来说

---

[1] 以上参见许钦文：《抗战文学与阿Q正传》，《战时中学生》，1940年第8期。转引自中国社会科学院文学研究所鲁迅研究室编：《1913—1983鲁迅研究学术论著资料汇编》第3卷，中国文联出版公司，1987年，第161—164页。

仍然处在"五四"时代知识精英所塑造的新文学脉络中，但它运用生动幽默的笔调来书写一个流浪雇农的人生踪迹，此种故事架构与叙述语态却有着靠近通俗文学的质素，同时阿Q的性格特点也是深埋在国人无意识的心理结构之中，与读者的期待视野相合，也就有了作者借机活动布局的空间。和《狂人日记》《孔乙己》《药》这样立意高远、描述谨严的作品相比，一般读者更容易从《阿Q正传》中读出自身所熟悉并且感兴趣的内容，后者的延展性与接收面相较于前者显然更为广泛。而且因为《阿Q正传》是一个包容度极高的文本，常常是人言人殊，彼此之间不啻云泥之别，甚至"误读"也在所难免。这就导致多样化的解析路径之可能，为批评家进一步的引申立论埋下了伏笔。

当《阿Q正传》在《晨报副刊》上一章一章发表出来的时候，读者有感于阿Q负面形象的栩栩如生，在会心一笑之外，更进一步的反应是又惊又惧，一头雾水。原因在于阅读者普遍地将小说坐实，以为是专在讽刺具体的某人某事，但是又无法完全确证，所以便极尽猜度之能事，疑心作者"巴人"系自己身边的熟人化身，而阿Q这一人物则是意在影射其感到不满的对象。比如北大学生、又兼鲁迅同乡的川岛就曾回忆《阿Q正传·第一章·序》刚登载时，好些人不知道是鲁迅先生所写，当他们看到"巴人"二字时便与《晨报》主笔蒲伯英联系起来，随后更是直接将矛头对准了当时正在提倡"整理国故"的胡适，认为阿Q是蒲伯英写出来讽刺胡适的[1]。川岛等人的看法并非空穴来风，在《阿Q正传》的写作过程中，鲁迅未尝没有借机剜刺一下的人事，在小说

---

[1] 参见川岛：《当鲁迅先生写〈阿Q正传〉的时候》，孙伏园等著：《鲁迅先生二三事：前期弟子忆鲁迅》，河北教育出版社，2000年，第276—277页。

细节中建构意义来解释"现实",也是鲁迅一贯擅长的手法,只不过这一原则并不能被无限度夸大而占据中心意旨,否则对于文本内涵的理解就如同一叶障目,不得要领。据川岛回忆,他们一伙人对于《阿Q正传》的"考据"因知情者孙伏园的到访而打破,在得知作者是鲁迅而非蒲伯英之后,"对许多问题不像起初时那么去猜测:以为是专在讽刺哪一个人",这是阅读方式的有效修正。但川岛等人毕竟属于与鲁迅关系亲密的学生辈,对于大部分不知情的读者而言,仍然陷落在对小说人物与作者身份的猜度中,就连聚集一时名彦的北大也不能例外。有的前辈"以为我和伏园有些来往,见面时总是不在意似的问我:'巴人是谁?阿Q究竟是指谁?'","至于他们为什么这样来打听,是他们大部分疑神疑鬼的,以为'巴人'是他们的老朋友,就在讽刺他们"。[1] 如此"疑神疑鬼"显然已经使得公共性的文学行为堕入到了"揭私""曝丑"的范畴,此种情形最为形象的描写或许来源于北大哲学系教授高一涵:"我记得当《阿Q正传》一段一段陆续发表的时候,有许多人都栗栗危惧,恐怕以后要骂到他的头上。并且有一位朋友,当我面说,昨日《阿Q正传》上某一段仿佛就是骂他自己。因此,便猜疑《阿Q正传》是某人作的,何以呢?因为只有某人知道他这一段私事。"[2] 当高氏1926年在《现代评论》发表上述"闲话"的时候,其实是站在鲁迅的对立面,以之为例来攻击报纸上的言论状况,他的说法虽然出现在《阿Q正传》发表后数年,却似是而非地戳中了小说诞生初期一些读者歧义丛生般的阅读感受。当他们将作者的写作动机与"揭开黑幕""攻人

---

[1] 以上参见川岛:《当鲁迅先生写〈阿Q正传〉的时候》,孙伏园等著:《鲁迅先生二三事:前期弟子忆鲁迅》,河北教育出版社,2000年,第279—280页。
[2] 涵庐(高一涵):《闲话》,《现代评论》,第4卷第89期,1926年8月21日。

阴私"联系起来时，其价值就很可能被矮化为一种尖酸刻薄的风言风语，是完全负面性的嘲讽，与"哀其不幸，怒其不争"的悲悯态度实在相差不可以道里计了。彼时作为北大教授的周作人，不可能不熟悉自己身边正在发生的有关其兄长作品的争议，面对巨大的"误解"，他出面加以澄清，点破《阿Q正传》尚未被人探知的主题也是顺理成章的。事实上，鲁迅本人十分反对把小说当作泄愤报私怨的工具，早在1919年《孔乙己》发表的时候，就有一段附记特别说明："大抵著者走入暗路，每每能引读者的思想跟他堕落：以为小说是一种泼秽水的器具，里面糟蹋的是谁。这实在是一件极可叹可怜的事。"[1]鲁迅回顾这篇小说是自己1918年冬天写成，然而到发表时"便是忽然有人用了小说盛行人身攻击的时候"，可以说这一忧虑在两年之后的《阿Q正传》上倒是被愈加证实了，后来鲁迅还在创作谈中回忆起创作时为了避免才子学者穿凿附会，另生枝节，特意用了"百家姓"来命名人物，却"还是发生了谣言"[2]。即便是收入文集，亮明作者身份，还是有人猜度鲁迅攻击的对象："我只能悲愤，自恨不能使人看得我不至于如此下劣。"[3]被人误解的心情溢于言表。而周作人本人也曾写过《论"黑幕"》《再论"黑幕"》这些犀利的批判文章，明确指出中国人不懂小说，"只晓得天下有一种'闲书'，看的人可以拿他消闲，做的人可以发挥自己意见，讲大

---

[1] 鲁迅：《〈孔乙己〉作者附记》，《新青年》，第6卷第4号，1919年4月15日。
[2] 鲁迅：《且介亭杂文·答〈戏〉周刊编者信》，《鲁迅全集》第6卷，人民文学出版社，2005年，第149页。
[3] 鲁迅：《华盖集续编·〈阿Q正传〉的成因》，《鲁迅全集》第3卷，人民文学出版社，2005年，第397页。

话，报私怨，叹今不如古，胡说一番"[1]。在反对把小说看作"黑幕"索引这一点上，二者达成了一致性，所以周作人发表评论来引导与解释，调校读者的阅读路径，也是将鲁迅自身难以明言的心迹表露出来。

除了上述盲人摸象的猜度以外，在《阿Q正传》发表初期，也出现过颇有价值的讨论。1922年1月，一位名叫谭国棠的读者给《小说月报》来信，感慨目下文坛创作的贫乏。在他看来，记事体、杂感式的短篇小说"干枯无味"，而且"实际上这些小说本来用意极浅薄，情节亦颇简单"；长篇则是寥寥，即使如《沉沦》加了许多新名词，描写的手法还是老套。难得的是他注意到了正在《晨报副刊》上连载的《阿Q正传》，不过评价仍然不高，认为"讽刺过分，易流入矫揉造作，令人起不真实之感，则是《阿Q正传》也算不得完善了"[2]。有鉴于此，谭国棠提醒作为"小说界的木铎"的《小说月报》应该注意创作上的质量。相较于索引派的误会层出，无关要旨，谭国棠这样对新文艺持有热切关注，并能提出独立见解的读者显得尤为可贵，同时也具备更强的可塑性。接收到来信后，茅盾即以记者的名义将信件开示，并且做了精要的回应，他的态度以正面鼓励为基调。有关长篇寥寥的问题，茅盾认为"我国新文学方在萌芽，没有大著，乃自然之事，正不必因此悲观"，对于《沉沦》亦作了有限度的辩护。颇有意味的是，茅盾有关《阿Q正传》的见解却与谭国棠完全异趣，他不赞成将其定义为讽刺小说，而贯以"一部杰作"的美誉，认为"阿Q这人很是面熟，是呵，他

---

[1] 周作人：《论"黑幕"》，《周作人散文全集》（修订版）第2卷，广西师范大学出版社，2021年，第94页。
[2] 以上参见谭国棠、雁冰：《通信》，《小说月报》，第13卷第2号，1922年2月。

是中国人品性的结晶呀"[1]。实际上，茅盾正是抓住了《阿Q正传》中最为核心的思想元素来立论，后人对作品的论述尽管可以在观点上形成争鸣，但却很难逃出他开创的理论范畴，这就是后面我们要论述到的文学类型/典型论。从效果来看，茅盾已经亲身示范了拥有着专业素养的文学研究者如何引导、敲打如同谭国棠这样更多凭借直感的经验读者，修正他们的期待视野与阅读路径，只不过茅盾仅仅是在这一篇简单的回信中给出一个高屋建瓴的论断，掀开了引线，却未及详细展开，比如关于讽刺小说的问题就缺乏有力的说明。而周作人的文章正是在茅盾建立的分析框架之上进一步地衍生发挥，将对新文学读者群的教化推向深处，塑造他们的认知结构与伦理观念。

二、什么是讽刺

《〈阿Q正传〉》开篇，周作人坦言自己同作者认识，因为约略知道主旨，或许可以帮助读者去了解"真相"。周氏的这一段引言意在以"知情者"的身份标明自己言论的分量，为后续抛出观点做铺垫。正式展开论述后，周作人单刀直入，首先从文类观念上判定《阿Q正传》是一篇讽刺小说"[2]，他之所以进入这一论域是处在之前《小说月报》通信的延长线上。当谭国棠来信表明"讽刺过分，易流入矫揉造作，令人起不真实之感"的感受时，茅盾仅仅答以"你先生以为是一部讽刺小说，实未为至论"[3]。就谭国棠而言，他的评价与那些索引派恰恰相反，

---

[1] 以上参见谭国棠、雁冰：《通信》，《小说月报》，第13卷第2号，1922年2月。
[2] 周作人：《〈阿Q正传〉》，《周作人散文全集》（修订版）第2卷，广西师范大学出版社，2021年，第532页。
[3] 谭国棠、雁冰：《通信》，《小说月报》，第13卷第2号，1922年2月。

后者信以为真、栗栗危惧，而前者则认为似乎不够真实，不过二者却共享着彼此相似的阅读路径，都企图将小说内容与现实严格对应。对此，茅盾批驳的理据在于阿Q本人无法从社会中实指，潜在的含义是小说既然是一种虚构性艺术，那么是否真实从根本上就不构成对于小说评价的有效标准，茅盾借此对于谭国棠与索引派双方都进行了敲打。可是其中一个关键的缺失在于，茅盾对于谭氏提到的讽刺概念会心不够，关于其含义是什么，并没有做出正面应答，似乎只是一笔带过，理解成了人身影射，断然否定《阿Q正传》与讽刺小说的关联，这显然有过于简单化的嫌隙。或许正是看到了这一点，周作人最初便将论述重心转移到"讽刺"本身的范畴上，开启了文章前半部分主要内容的论述。

与茅盾对讽刺的价值的消极认识截然不同，周作人从正向上定义："讽刺是理智的文学里的一支，是古典的写实作品。他的主旨是'憎'，他的精神的是负的。然而这憎并不变成厌世，负的也不尽是破坏。"[1] 他援引福勒式的《近代小说史论》，以一种舶来的知识视野提供文学理论上的有力阐释，以期塑造读者的期待视野。周氏想要灌输的一个中心论点是"在讽刺里的憎也可以说是爱的一种姿态"[2]，即要引导读者从负面性的描写中读出理想的精神，言下之意表明"讽刺"是一种立意向上、催人奋醒的艺术手法，背后则是认真严谨的创作态度。这确然也符合鲁迅本人的态度，他后来曾批评"看见讽刺作品，就觉得这

---

[1] 周作人：《〈阿Q正传〉》，《周作人散文全集》（修订版）第2卷，广西师范大学出版社，2021年，第532页。
[2] 同上，第533页。

不是文学上的正路"不免是一种先入之见[1]。可以说，周作人的论调与传统的文类习见发生了断裂，他之为"讽刺"正名，从微观的层面来说是对于《阿Q正传》解读的更新，其实更是以之为契机尝试从观念上撬动经年累月形成的文学成规与阅读共识。"讽刺"一词在晚清以降的文坛遭受着负面性的理解，"讽刺小说"作为一种文类曾经广泛地活跃于各种报纸副刊，常常与"黑幕小说""滑稽小说"等混杂在一起，被认为是堕落的社会风习的反应，折射出文化概念的混淆不清。这从官方的反应中便可清晰见出，1915年教育部发布公文咨禁荒唐小说，认为"庸鄙支离海淫海盗之作""每喜借口于滑稽讽刺针砭社会之名"[2]，如此笼统的表述着眼的是对这类"消闲"性质的文体施加整体性的否定，"讽刺"被覆盖其中，独异的价值泯然不见。不过尽管社会上普遍形成一种对于"讽刺"的轻蔑观念，但是它的流行却是渊源有自，一方面当其内涵等同于"揭隐私""报私仇"时，恰恰暗合了读者从传统文学脉络中养成的美学趣味，正如陈平原认为"中国人喜欢在小说中读出'史'的味道，可以说是古已有之……不只是中国小说的表现技巧严重受制于史传文学，更重要的是史传文学的强大影响，养成了中国小说读者的'索引癖'"[3]。另一方面，"讽刺小说"可视为清末民初不断壮大的市民消费社会的文化产物，《阿Q正传》发表于《晨报副刊》，后者作为星期天特刊，本身就拥有着轻松谐趣的文化定位，"开心话"栏目更是指

---

[1] 鲁迅：《且介亭杂文二集·论讽刺》，《鲁迅全集》第6卷，人民文学出版社，2005年，第286页。
[2] 《教育部咨禁荒唐小说》，《申报》，1915年6月25日。
[3] 陈平原：《小说叙事的两次转变——答黄子平问》，《小说史：理论与实践》，北京大学出版社，2010年，第122页。

向对于某些具体人事的调侃，这些媒介因素能够渗透入读者的接受视野，使得他们对于小说的阅读受到报纸杂志风格的指示，因而陷入索引式的读法亦是情理之中。由此可见，当新文学改革者试图从通俗文化语境中打捞出业已被污染的"讽刺"概念，确实面临着不小的困境。

周作人在论述的过程中显然也注意到了"讽刺"在本国文脉中的污名化理解，因此他更多地借鉴域外文学资源作为依据，明确地界定《阿Q正传》里的讽刺在中国历代文学中最为少见[1]。而其笔法的来源，则被归结到外国短篇小说，包括俄国果戈里的《外套》《疯人日记》、波兰显克微支的《炭画》《酋长》等，以及日本森鸥外的《沉默之塔》与夏目漱石的《我是猫》。周作人作为与鲁迅同处一个生活空间的人，自然对后者的私人阅读情况颇为熟稔，他在中西文学之间的细心辨认，连同之前对于福勒忒文艺观念的引用，都可视为再造文类传统以寻获"讽刺"概念合法性的举动，意在为《阿Q正传》与古典文学之间划出一条泾渭分明的界线，展示其作为"讽刺小说"全新开端的意义。其实早在1918年，周作人就已经在《日本近三十年小说之发达》中否定了"从旧小说出来的讽刺小说"："形式结构上，多是冗长散漫，思想上又没有一定的人生观，只是'随意言之'。问他著书本意，不是教训，便是讽刺嘲骂污蔑。讲到底，还只是'戏作者'的态度……"[2]与之相对照的则是日本小说走向开放之后的繁荣历程，周作人对于"模仿的创造"之青睐，标志着新文学诞生之初就有一种在中/西、传统/现代断裂

---

[1] 周作人：《〈阿Q正传〉》，《周作人散文全集》（修订版）第2卷，广西师范大学出版社，2021年，第533页。
[2] 周作人：《日本近三十年小说之发达》，《艺术与生活》，河北教育出版社，2002年，第146页。

的阐释框架中界定自身，主动接受外来价值观的塑造。因而《阿Q正传》在周氏眼中得以绕过被视为"戏作"的中国近代小说而径直对接到西方文艺观念，他最终寻获的是一个对于中国文论来说完全陌生化的概念：satyric satire（山灵的讽刺），英国"狂生"斯威夫特那些有"掐臂见血"之感的作品在风格上庶几近之[1]。根据王媛的考察，周作人之所以提出"山灵的讽刺"，主要是参照自己从古希腊文化中习得的概念以及来自英国文学的影响。"山灵的"（satyric）一词在词源上指向古希腊神话人物萨提尔，更深一步则能够与萨提尔剧联系起来。研究者通过掌握周作人多处表述的语意脉络，结合尼采与之相关的论述，有力地说明当其使用"山灵的讽刺"，也即"萨提尔剧式的讽刺"来形容《阿Q正传》的笔法时，包含着对于鲁迅几个方面"讽刺"意涵的概括："首先，鲁迅的'冷嘲'在创作上是严肃的，其同时混合了悲剧性与滑稽性的因子；其次，鲁迅的写作有一定的乡土风味，它不属于现代都市的氛围；第三，鲁迅的讽刺同样不避粗鄙与猥亵。结合此前据萨提尔这一神话形象本身特质所概括出的鲁迅写作手法中近乎兽类的蛮荒力量，以及尼采意义上酒神冲动式的悲观与深刻……"[2] 如果研究者的观点成立，那么不得不说周作人这一番隐含在"山灵的讽刺"背后的知识"考古"，确实是一针见血地击中了《阿Q正传》的要津所在。就小说内容而言，"精神胜利法"的揭示与命名无疑是其最突出的艺术贡献，也是贯穿讽刺笔墨最为集中的地方，可是这一国民性弱点恰恰体现的是"滑稽性"与"悲剧性"交融的文学风格。这是因为阿Q本身固然有被叙述者调侃

---

[1] 周作人：《〈阿Q正传〉》，《周作人散文全集》（修订版）第2卷，广西师范大学出版社，2021年，第534页。
[2] 王媛：《周作人论鲁迅"山灵的讽刺"》，《北京社会科学》，2017年第12期。

嘲弄的意味，但所谓的"精神胜利"恰恰是建立在"身体失败"的基础上，来源于外界对其生存空间的残酷挤压。随着内容的推进，叙述者的态度更多转向"哀其不幸，怒其不争"的同情一面，而悲剧性的"大团圆"事实则能够促成读者深度反思个人精神以外的社会体制性的因素，即所谓"悲观与深刻"。此外，小说故事发生的背景"未庄"具有浓厚的"乡土"风味，是一个典型环境，阿Q作为一个上无片瓦、下无立锥之地的流浪雇农，其言行与形象确实可堪"粗鄙与猥亵"的描述。当阿Q遭遇"食色"危机以后，动物性本能的裸露也确乎透露出"近乎兽类的蛮荒力量"。

换言之，鲁迅小说中这些重要的意义与美学要素都能够在周作人评论文章的微言大义里得到精准落实，唯一有疑问的就是周作人在界定"山灵的讽刺"时称《阿Q正传》的笔法"多是反语，便是所谓冷的讽刺——'冷嘲'"[1]，这与鲁迅后来的自述明显不合。1925年，鲁迅曾经提出"无情的冷嘲和有情的讽刺相去本不及一张纸"[2]，他将文集命名为《热风》，一个内含的判断就是要肯定后者而否定前者。后来鲁迅又在专文中将貌似"讽刺"而"毫无善意，也毫无热情"的作品明确界定为"冷嘲"[3]，态度越发显豁。"冷嘲"与"讽刺"的区别在鲁迅那里大致被等同于"无情"与"有情"。在创作谈中，鲁迅一再纠结于评论家给他安上的"冷嘲"一语，正表现出他本人对于冷眼旁观心态的拒斥，提倡

---

[1] 周作人：《〈阿Q正传〉》，《周作人散文全集》（修订版）第2卷，广西师范大学出版社，2021年，第533页。
[2] 鲁迅：《热风·题记》，《鲁迅全集》第1卷，人民文学出版社，2005年，第308页。
[3] 鲁迅：《且介亭杂文二集·什么是"讽刺"？》，《鲁迅全集》第6卷，人民文学出版社，2005年，第341—342页。

一种知识分子在社会低潮期介入现实的热情。正如张洁宇所言，"有情的讽刺"具有"以积极的、行动的热情介入'实生活'和'实世间'，防止各种消极逃避或独善的思想"[1]的精神指向。由此来看，单纯从字面上理解，周作人笔下的"冷嘲"确实与鲁迅本人的文体意识走在了相反的道路上。但是需要注意的是，鲁迅强调"有情的讽刺"之正向积极的意义旨归，也正是提倡从讽刺中见出周作人所认同的理想的精神理念。当二者龃龉不合时，论者忽略了一个重要的背景，即周作人使用"冷嘲"的表述，仅仅是在词语的层面上，其意义并不等同于"无情"，他与鲁迅之间不过只是存在着话语的错位。重要的例证是，研究者观察到周作人"山灵的讽刺"之提法不光是对古希腊文化的复写，还受到泰纳的《英国文学史》之影响。前文已经指出，周作人论"山灵的讽刺"时提及英国作家斯威夫特，以之为代表，所以只有了解他关于斯威夫特的认知，才能明白"冷嘲"的真实含义，而这恰恰与泰纳的文学史论述分不开。1923年9月7日起，《民国日报·觉悟》开始连载周作人的《育婴刍议》，这是斯威夫特名文《一个小小的建议》的中文翻译。在附记中周作人回忆自己正是因为在十六七年前翻看过泰纳的《英国文学史》，才了解斯威夫特"冷嘲"的特色。不过研究者提醒我们假如阅读过泰纳的原文，便可知晓他所谓斯威夫特"反讽"的"冷"不过只是一种行文表面上的"冷静"，并非内里的冷酷无情[2]。正是在泰纳观点的影

---

[1] 张洁宇：《"有情的讽刺"：鲁迅杂文的美学特质》，《西北大学学报》（哲学社会科学版），2020年第3期。

[2] "我们必须这样看待斯威夫特，即他表面上的冷漠（impassive）是伴随着绷紧的肌肉以及被愤怒炙烤的心灵，所以能够带着可怕的微笑写他那样的文章。"这一段泰纳的文字来源于王媛对于《英国文学史》相关段落的翻译。参见王媛：《周作人论鲁迅"山灵的讽刺"》，《北京社会科学》，2017年第12期。

响下，周作人在《育婴刍议》附记中为斯威夫特辩护，不同意社会对其写作风格的曲解，"不过这些人所见只是表面的笑骂，至于底下隐着的义愤之火也终于未曾看出了"。[1] 由此可以清晰看到，经由泰纳的斯威夫特论作为中介，周作人的"冷嘲"概念最终指向的其实恰恰是讽刺者内里的"有情"，而非惯常人们所认定的"无情"，这也是为什么周作人于《〈阿Q正传〉》中引用了福勒式的如下定义："即使讽刺是冷的……然而他仍然能使我们为了比私利更大的缘故而憎，而且在嫌恶卑劣的事物里鼓舞我们去要求高尚的事物。"[2] 当看到此种表述时，不禁能够联想到鲁迅有关讽刺是"在希望他们改善，并非要捺这一群到水底里"[3] 的概括。质言之，尽管在"冷嘲"一词的具体用法上，鲁迅与周作人表现出大相径庭的态度，但对于何为"讽刺"的根本精神，二者最终又殊途同归地给出了一致的回答，他们都力求为"讽刺"争取正当的文学史地位，认同其中包含有积极向上的建设性，凸显"有情"的特质。

三、想象国民的方式：文学典型论

既然在周氏兄弟的理解中，"讽刺"并不被一己私有的"憎"所驱使，而是蕴含着更为普遍高尚的动机，那么随之而来的一个问题便是要对其作为一种文学行动作用于社会的公共效力做出阐释。果不其然，在陈述完讽刺小说与理想小说共享着一致的"精神"之后，周作人便将

---

[1] 周作人：《〈育婴刍议〉译者附记》，《周作人散文全集》（修订版）第3卷，广西师范大学出版社，2021年，第210页。
[2] 周作人：《〈阿Q正传〉》，《周作人散文全集》（修订版）第2卷，广西师范大学出版社，2021年，第533页。
[3] 鲁迅：《且介亭杂文二集·什么是"讽刺"？》，《鲁迅全集》第6卷，人民文学出版社，2005年，第341页。

目光转移到更为具体的"技工"层面,他以"类型描写"来定义二者,认为他们都"有一种相似的夸张的倾向",是"将同类的事物积累起来,放大起来,再把他复写在纸上"[1]。此种对"讽刺"艺术手法的界定与鲁迅十分接近,他曾说"讽刺"是"一个作者,用了精炼的,或者简直有些夸张的笔墨——但自然也必须是艺术的地——写出或一群人的或一面的真实来"[2]。在周氏兄弟的描述中,"夸张""积累""精炼"是关键的技法元素,它们都服务于共同的目的,希望实现"小中见大"的概括与综合,这实际上已经涉及文学典型化手法的功能特征。更为鲜明地体现典型概念的则是周作人对于阿Q形象的描述,他将茅盾"中国人品性的结晶"之观点做了进一步发挥:"阿Q这人是中国一切'谱'——新名词称作'传统'——的结晶,没有自己的意志而以社会的因袭的惯例为其意志的人,所以在现社会里是不存在而又到处存在的。"[3]虽然周氏在评论中并未阐述定义,而且更多使用"类型"这一表述,但他将阿Q视为广泛存在的一类人的代表,这其实正是从典型的意涵来分析人物形象,处理的是个别性与普遍性之间辩证统一的关系。事实上,典型论在现代中国的兴起本来就与文艺界对鲁迅作品的解释有关[4],而在鲁迅自身的

---

[1] 周作人:《〈阿Q正传〉》,《周作人散文全集》(修订版)第2卷,广西师范大学出版社,2021年,第533页。
[2] 鲁迅:《且介亭杂文二集·什么是"讽刺"?》,《鲁迅全集》第6卷,人民文学出版社,2005年,第340页。
[3] 周作人:《〈阿Q正传〉》,《周作人散文全集》(修订版)第2卷,广西师范大学出版社,2021年,第534页。
[4] "一方面是中国现代文学界把握以鲁迅为代表的新形象创作的迫切需要,另一方面是'典型'这一富有理论威力的西方理论的及时输入,这两方面的合力才终于确保'典型'在中国文艺界平稳着陆直到登上主流宝座。"参见王一川:《"典型"东渐70年及其启示》,《社会科学辑刊》,2007年第3期。

作品谱系中，《阿Q正传》又称得上是最能够体现典型概念内涵的界标。

就文论上"典型"一词的具体内涵而言，尽管长久以来处于争讼不已的状态，但从一般认识入手，它主要还是一种关于人物塑造的理论。俄国著名的文艺理论家别林斯基曾经提出"每个典型都是一个熟识的陌生人"[1]的论断，他认为"典型既是一个人，又是很多人"[2]。而周作人评价阿Q"不存在而又到处存在"的论点正是要表达他具有"熟识的陌生人"的特征，周氏所谓"不存在"是因为他反对将讽刺嵌入到"前现代"的通俗读法，把它理解为某种人身影射；而"到处存在"指的是阿Q已经成为指涉一系列奴隶性人格的精神符号，读者能够从中关联到整体性的社会批判，产生切己的反思。为了形象地说明这一交互关系，周作人还打了一个比方，他将阿Q与果戈里小说《死魂灵》里的主人公契契珂夫（现译作"乞乞科夫"）作比，引用克鲁泡特金的评价：与小说中一模一样的旅行着收买死农奴的契契珂夫在现实生活中是寻不出来的，不过在种种投机的实业中却可以见到他的影子。这一分析营造的"似曾相识"的图景实际上与鲁迅有关写作理念的自述是一致的，他曾说："我的方法是在使读者摸不着在写自己以外的谁，一下子就推诿掉，变成旁观者，而疑心到像是写自己，又像是写一切人，由此开出反省的道路。"[3]而鲁迅的期待最终也变成现实，茅盾就曾在1923年描绘过当时的文艺青年到处应用"阿Q"这两个字的情形。对阅读过《阿

---

1 [俄]别林斯基：《论俄国中篇小说和果戈理君的中篇小说》，别列金娜选辑：《别林斯基论文学》，梁真译，新文艺出版社，1958年，第120页。
2 [俄]别林斯基：《同时代人》，别列金娜选辑：《别林斯基论文学》，梁真译，新文艺出版社，1958年，第120页。
3 鲁迅：《且介亭杂文·答〈戏〉周刊编者信》，《鲁迅全集》第6卷，人民文学出版社，2005年，第150页。

Q正传》的人来说，每到遇见相关场景，小说的画面就浮上眼前[1]。由此可以看出，借助文本自身的张力与新文学评论界的阐释，《阿Q正传》也摆脱驱遣一己私意的指摘，开拓出一条具备强大公共效力、凝聚时代共名的意义路径。

值得进一步讨论的是，尽管我们已经明确"阿Q"的典型意义在于通过人物个性抵达对于群体的理解，但是在这一框架中，群体的具体指向在不同的阐释者当中却会出现认识上的分野。《阿Q正传》作为一篇将启蒙与革命两大话题扭结在一起的寓言式写作，它的意义阐释的边界又在何处？对于此，周作人有着明确的限定，他虽然引入契诃夫的形象来说明，但是在其与阿Q之间做了清晰的区分："契诃夫是'一个不朽的万国的类型'，阿Q却是一个民族的类型。"[2]两相对照之下，后者无疑叠加着民族主义的视野，这对"五四"时期梦想过人类大同的周作人来说是价值观的收缩，他在论述中着力于突出阿Q与中国传统的血缘关系，认为其"国民性"是"四千来的经验"在现实层面上的产物[3]。"提炼精粹，凝为个体"的中国人品性之"混合照相"，是

---

[1] "现在差不多没有一个爱好文艺的青年口里不曾说过'阿Q'这两个字。我们几乎到处应用这两个字。在接触灰色的人物的时候，或听得了他们的什么'故事'的时候，《阿Q正传》里的片段的图画，便浮现在脑前了。我们不断的在社会的各方面遇见'阿Q'相的人物，我们有时自己反省，常常疑惑自己身中也免不了带着一些'阿Q相'的分子。"参见雁冰（茅盾）：《读〈呐喊〉》，《时事新报·学灯》，1923年10月8日。
[2] 周作人：《〈阿Q正传〉》，《周作人散文全集》（修订版）第2卷，广西师范大学出版社，2021年，第535页。
[3] "他像神话里的'众赐'（Pandora）一样，承受了噩梦似的四千年来的经验所造成的一切'谱'上的规则，包含对于生命幸福名誉道德各种意见，提炼精粹，凝为个体，所以实在是一幅中国人品性的'混合照相'，其中写中国人的缺乏求生意志，不知尊重生命，尤为痛切，因为我相信这是中国人的最大的病根。"参见周作人：《〈阿Q正传〉》，《周作人散文全集》（修订版）第2卷，广西师范大学出版社，2021年，第535页。

对典型理论又一次形象的比喻，而作为"最大病根"的"缺乏求生意志"，则是周作人从新希腊宗教与文艺理论中习得的思想经验。稍早前的 1921 年 9 月，周作人就在《晨报》上发表了一篇《新希腊与中国》，论及希腊作为一个老年国，同样有狭隘的乡土观念、争权、守旧、欺诈、多神迷信等弊病，然而之所以能够摆脱土耳其的束缚，在彼时的世界上占到地位，是因为希腊人"对于生活是取易卜生的所谓'全或无'的态度，抱着热烈的要求"，而"中国人实在太缺少求生的意志"，他们过着"植物的生活"，其平和耐苦并不是积极的德性，乃是消极衰耗的症候，恰恰是无力的证明[1]。在周作人的论述中，希腊人的求生意志是作为一种精神"上征"的表现，烛照着同样陷入民族危机的老大中国，这与鲁迅对于社会问题的认知互为参照。早在留日期间写的《摩罗诗力说》中，他就一针见血地指出"中国之治，理想在不撄"[2]。"不撄人心"的文化统治导致了文明古国的寂寞之境，等到"立意在反抗，指归在动作"[3]的摩罗诗人出世，才能打破"污浊之平和"，由是"平和之破，人道蒸也"[4]，民族复兴的希望得以开启。而摩罗诗人身上"争天抗俗"的精神正可以对应到周氏从希腊文化中体认到的热烈的求生意志，寄托着周氏兄弟共通的对于人性的想象。时间来到 20 世纪 20 年代，鲁迅对于中国社会的观察其实并未发生根本变化，他在作品中反复书写庸众相互隔绝、麻木不仁，乃至先觉者也反受其害的酷烈场面，这

---

1 以上参见周作人：《新希腊与中国》，《谈虎集》，河北教育出版社，2002 年，311—314 页。
2 鲁迅：《坟·摩罗诗力说》，《鲁迅全集》第 1 卷，人民文学出版社，2005 年，第 70 页。
3 同上，第 68 页。
4 同上，第 70 页。

即是刻画出早年所说的"不撄人心"之"沉默"无处不在。揆诸《阿Q正传》，此种认知同样构成了最为核心的意义结构。有研究者敏锐地发现以自欺与忘却为指征的精神胜利法与其说克服了失败本身，倒不如说是经过一整套复杂的心理翻转而丧失了对于苦痛的同情心与感受力，使得阿Q安于这种麻木的"平和"状态。"对自身所受的苦难缺乏痛感，就不会有不平和反抗；对他人所受的苦难缺乏痛感，就不会有同情与援助。前者使人安于奴隶地位，后者则使人相互隔绝，专制统治因此得以稳固而长久。"[1]阿Q作为一个典型的意义即在于向读者指示出当个体丧失了痛感之后，就会陷入彼此漠不相通，乃至以鉴赏他人苦痛为乐的"污浊之平和"，这种精神状况陷入自我循环的怪圈以后构筑了与等级社会互为表里的文化心理积淀，于是"奴隶"翻身成"人"的觉醒便无从发生。因此，为了理解周作人在《〈阿Q正传〉》中将"缺乏求生意志"视为"中国人的最大病根"，我们需要将论点背后从希腊精神中获得的批判性视野还原出来。当周作人这样来描述阿Q的典型意义时，他其实意在呼应鲁迅自早年以来对于中国社会"不撄人心"的真切体悟，不仅深入把握《阿Q正传》的小说主题，而且也呈现出鲁迅关于国民性议题的集中思考。

在《阿Q正传》问世后，就有人把阿Q典型的辐射性加以比喻说明，名之曰"阿Q主义"或"阿Q精神"。1923年，茅盾曾经说过："我觉得阿Q相未必全然是中国民族所特具，似人类的普遍弱点的一种。"[2]他的观察无疑是准确的，在阿Q身上显然能够看到众多在其所属社

---

[1] 刘彬：《痛感的消失与恢复——以〈阿Q正传〉为中心》，《中国现代文学研究丛刊》，2021年第6期。
[2] 雁冰（茅盾）：《读〈呐喊〉》，《时事新报·学灯》，1923年10月8日。

会身份以外人群的精神特征，甚至能够跨越国别与世界历史相交融。1949年后，冯雪峰也曾提出"思想性典型说"与"精神寄植说"，认为阿Q并不完全是中国雇农的典型或流浪的雇农的典型，他的性格是所有阿Q主义者、精神胜利法者以及自欺欺人者都会表现出的特征，并不属于哪一个阶级[1]。后来何其芳以阿Q为例来说明文学现象中"人物的性格和阶级性之间都并不能划一个数学上的全等号"[2]，引发了他与李希凡有关典型性与阶级性关系的论争。鲁迅在创作的时候是否明确从阶级意识出发，这并不是笔者关心的问题，但是从上文周氏兄弟围绕人物形象的阐释与自我说明来看，他们在主观上对典型做出了明确的民族身份的限定。周作人称其为"民族的类型"，鲁迅冠之以"国人的灵魂"，都显示出阿Q主义的潜在表述对象是"中国"，他的形象是作为一种国民性的代表来提供精神反思的镜鉴，不同的人们都能够由此开出反省的道路。这一整体性的国民想象背后更为深入地贯通到民族国家意识的建构，需要放置在近代以来中国社会现代性转型的设计思路中来把握。事实上，典型论含义中已经内在包括了个体与国家之间的关系范畴，如果其内容在于塑造现实环境中个性与共性统一的人物形象，那么将"现实环境""个别性""普遍性"这些抽象概念连接起来的核心要素就是"现代国家"，相较于其他普遍性范畴，国家在现代世界中更具有优先性与规范性，因此以个体与国家之关系为中心展开的个别性/普遍性话语构成了典型论的"原型"："历史上的种种典型理论所界定的普遍性说到底皆以国家为基础进行缩小或扩大。因此我们认

---

[1] 冯雪峰：《论〈阿Q正传〉》，《人民文学》，第4卷第6期，1951年11月1日。
[2] 何其芳：《论阿Q》，《人民日报》，1956年10月16日。

为典型论的表层结构的形式是个别性与普遍性的关系，而深层结构实际上是个人与国家的关系。换言之，典型从根本上说总是有关国民的典型。"[1]

从这一理论出发，我们便能理解周氏兄弟对于阿 Q 人物典型性的刻画，实际上是肩负着塑造国民群体意识的功能，这一个 / 群、独特性 / 普遍性话语的产生绝非偶然，而是与"后五四"时代社会思潮的转换同步进行。在 20 世纪 20 年代初这一时间节点，"五四"文化启蒙所催生的个性解放思潮已经变得难以为继，通过将群体指认为他者以确立自身的个人主义叙事逻辑一度风起云涌，撬动了现代思想革命的爆点，但随着反叛传统的主观热情逐渐消却，此刻必须面临个人主体何去何从的问题。"个人主义的力量在于，它把个人从迷信以及沉闷的传统的多重镣铐中解放了出来；它的缺陷则在于，它把个人装进了一个信仰体系，这个体系只能复制和确认它自身的主体性"[2]，走向旷野以后的个人实际上已经成了一个意义空洞的能指符号。出于危机意识，重新在个群之间探索建立一种更富包容性的关系模式就成为启蒙者必然的历史选择。这一思想症候在文学中也有对应性表达，比如鲁迅 1918 年所作《狂人日记》中的狂人就是从中国几千年来吃人的历史中独醒过来，他更多是一种孤绝的精神性的生命个体，其对自我的定义在于和周遭事物的区分性，却最终无法从内部回答"我是谁"的问题。狂人作为一个文学形象来自高超的启蒙价值理念的塑造，而独异者的"自我"

---

[1] 薛学财：《想象国民的方法：文学典型论在中国的兴起与衍变》，北京师范大学出版社，2019 年，第 44 页。
[2] ［捷克］丹尼尔·沙拉汉：《个人主义的谱系》，储智勇译，吉林出版集团有限责任公司，2015 年，第 143—144 页。

其实难言在多大程度上有作为社会典型的意义。但是到了《阿Q正传》这里，情况却发生了微妙的变化。尽管鲁迅写作的动机很大程度上仍然覆盖在启蒙主义之内，但通过阿Q典型性的发挥，作品中能够读出的是不同于狂人这一纯粹生命主体的社会性主体形象，他以"复数"而非"单体"的形式出现，周作人的阐释也是围绕这一点展开，开掘阿Q的普遍性意义。从鲁迅写作小说到周作人进行评论，兄弟二人前后相继的文学行动可被视为在精神层面回应想象国民的总体任务，内在地包含有借助典型来确立时代思潮导向的意识形态动机。究其实质而言，典型在作为文学理论概念的同时，还是一种被视为现实主义标志的文论学说，它在表征社会"真实性"之外内蕴着文学主体的意识形态动机，与一个时代树立思想路线"方向性"的要求密切相关。韦勒克就认为"在现实主义中，存在着一种描绘和规范、真实与训谕之间的张力"，二者之间的矛盾表现在"作家应当按照它本来的样子去描写社会生活，但他又必须把它描写成应该是或将要是的样子"，而"典型"作为"构成联系现在和未来、真实与理想社会之间的桥梁"，能够调和"描写"与"规范"之间的矛盾，所以在现实主义理论实践中发挥着重要作用[1]。正是在这一意义上，"阿Q"的典型性不仅意味着它是一个指涉中国社会"真实性"的文化能指，更在于知识者围绕此一形象的思想阐释，能够激发出改变现实的"方向性"力量。作为一种将客观世界纳入主体意识的艺术范畴，典型论可被看作是在文学领域内想象国民的方式，围绕阿Q典型性的这一番操演，表明周氏兄弟在"五四"落潮期

---

[1] 以上参见［美］勒内·韦勒克：《文学研究中的现实主义概念》，《批评的诸种概念》，罗钢等译，上海人民出版社，2015年，第228页。

接续了"立人"文化工程的启蒙思路,并且推动其内涵从精神界战士的孤绝呐喊向着广大社会主体变革的层面挺进,由此来回应时代思潮的转换,获得更多与现实的连带关系。

第二节 为新文化辩护:
"后五四"时代论争漩涡中的鲁迅与周作人

"五四"之后,随着思想界的逐渐分化,新文化运动陷入到了彷徨期,原先那种锐意求新、狂飙突进的氛围有所回落。大约以1922年前后为界,社会上兴起了一股保守的文化思潮。1921年10月,《新潮》杂志第3卷第1号上发表了冯友兰1920年在纽约访问泰戈尔的谈话记录,题为《与印度泰谷尔谈话》[1]。虽然泰氏鼓吹东西文明调和,但实际上却包含有美化东方文化的色彩,他的言论在国内影响很大。一个月之后,北京财政部印刷局出版了梁漱溟的《东西文化及其哲学》,预言世界未来的文化趋向就是中国文化的复兴。1922年1月,《学衡》在南京创刊。该刊以"昌明国粹,融化新知"为宗旨,态度鲜明地反对新文化运动。尽管梅光迪、吴宓、胡先骕等学衡诸公深受白璧德新人文主义理念的影响,似不可与林纾等旧派文人的复古倾向等而化之,然而他们的折中主义显然与"五四""全盘西化"的价值理念不符。总体上来看,彼时守旧的社会舆论给力求"矫枉过正"的新文化同人带来了强烈的危机意识。周作人1922年4月23日在《晨报副刊》上发表了《思想界的倾向》一文,谈及自身观感,认为"这是一个国粹主义勃兴的局

---

[1] 冯友兰:《与印度泰谷尔谈话》,《新潮》,第3卷第1号,1921年10月1日。

面，他的必然的两种倾向是复古与排外"[1]。这种对于沉渣泛起、故鬼重来的警惕，不仅是周氏的一己之见，当是鲁迅也会有的体会，他后来就曾忆及复古派二次转舵嘲骂新文化的现象[2]。在周氏兄弟看来，所谓"国学"热的背后其实是一种复古的反动，这种反动在道德与文学两个方向延伸，进而能够形成新的思想压迫与专制。当《新青年》同人已经在"后五四"时代走向殊途，或埋首学术或介入政治时，周氏兄弟却仍然驻足在"五四"思想革命的领域，思考如何维护人的个性与自由。不过相较于前期全面铺开思想文化战线、主动四面出击的姿态，此时他们更多采取以退为进的策略，回撤到为新文化辩护的立场之上，打了几个很是漂亮的反击战。

一、警惕复古逆流：对"假道学"的透底批判

20世纪20年代初，随着梅光迪、吴宓等人在南京聚合，南高—东大遂与北大形成对峙之势，一时间成为反对新文化运动的重镇。1922年《学衡》创刊号上刊载了梅光迪的《评提倡新文化者》与胡先骕的《评〈尝试集〉》，前者声称"独所谓提倡'新文化'者。犹以工于自饰。巧于语言奔走。颇为幼稚与流俗之人所趋从"，所以要"揭其假面，穷其真相"，而后分别从"非思想家乃诡辩家""非创造家乃模仿

---

[1] 周作人：《思想界的倾向》，《谈虎集》，河北教育出版社，2002年，第88页。
[2] "记得初提倡白话的时候，是得到各方面剧烈的攻击的。后来白话渐渐通行了，势不可遏，有些人便一转而引为自己之功，美其名曰'新文化运动'。又有些人便主张白话不妨作通俗之用；又有些人却道白话要做得好，仍须看古书。前一类早已二次转舵，又反过来嘲骂'新文化'了；后二类是不得已的调和派，只希图多留几天僵尸，到现在还不少。"参见鲁迅：《坟·写在〈坟〉后面》，《鲁迅全集》第1卷，人民文学出版社，2005年，第301页。

家""非学问家乃功名之士""非教育家乃政客"四个方面展开论辩[1]。后者批评胡适诗作及其诗学观点，认为古文白话不能强分死活，诗有格律乃诗之本能[2]。胡先骕给短期内就再版多次的《尝试集》"喝倒彩"，企图以此为基点撬动整个新文学的大厦。学衡派甫一发声就表现出对于整个新文化主张的强烈攻击姿态，自然立即受到了后者的反击。鲁迅和周作人身与其中，相继写作文章表明自身的态度。

率先就学衡派言论做出回应的是周作人。1922年2月4日，他以"式芬"为笔名在《晨报副刊》上发表《〈评尝试集〉匡谬》，揭示出胡先骕文章中不合于所谓"学者之精神"的几个悖谬之处。譬如梅光迪曾痛骂新文学承袭晚近之堕落派，但胡先骕恰恰就引用了作为堕落派的辛蒙士（即阿瑟·西蒙斯）的议论，这说明他对欧西文化知之甚少。梅胡二人内部之间尚且歧义纷出，缺乏定论，又如何有资格来评点新文化。又如胡先骕说"今日人提倡以日本文作文学，其谁能指其非"，他本来是想以日本的例子作为论据来为中国古文辩护，然而恰恰适得其反支持了胡适的白话文主张。这是因为只要稍微读过日本近代文学史的人都知道，日人提倡以日本文作文学是要废弃日本的古文而用日本的白话，胡先骕在引论之前缺乏必要的了解，所以出现了自相矛盾的情况[3]。周作人在文章中展现出了良好的理论素养，他对胡先骕的驳斥能够依托于相关的书目资料来进行，显得有说服力。《〈评尝试集〉匡谬》发表仅仅五日之后，鲁迅即接过周作人的话锋，以"风声"为笔名

---

[1] 梅光迪：《评提倡新文化者》，《学衡》，创刊号，1922年1月。
[2] 胡先骕：《评〈尝试集〉》，《学衡》，创刊号，1922年1月。
[3] 参见周作人：《〈评尝试集〉匡谬》，《周作人散文全集》（修订版）第2卷，广西师范大学出版社，2021年，第596—598页。

在《晨报副刊》上发表《估〈学衡〉》一文，将论争推向深入。相较于其弟，鲁迅的言辞态度更为激烈，文章开篇即以一种近乎调侃的方式提到周作人，表示自己十分诧异"式芬先生"竟然拘迂到与《学衡》诸公谈学理。在鲁迅看来，学衡派"实不过聚在'聚宝之门'左近的几个假古董所放的假毫光；虽然自称为'衡'，而本身的称星尚且未曾钉好，更何论于他所衡的轻重的是非。所以，决用不着较准，只要估一估就明白了"。[1]这里的"聚宝之门"实际是反讽性地模仿了学衡派"乌托之邦""无病之呻"的古文笔调，鲁迅完全解构了学衡中"衡"字所蕴含的庄严气象，降格为"估"，轻蔑的态度溢于言表。随后他在文中举出了《评提倡新文化者》《中国提倡社会主义之商榷》《国学摭谭》《记白鹿洞谈虎》《渔丈人行》等文章中文理不通、词不达意、自相矛盾之处，完成了"估"的过程。最终得出的结论是："倘使字句未通的人也算是国粹的知己，则国粹更要惭惶煞人！"[2]紧接着鲁迅的《估〈学衡〉》，周作人又有一篇《国粹与欧化》刊载于2月12日的《晨报副刊》，作为"自己的园地"专栏之三。周作人之所以写这一篇文章是因为梅光迪"彼等模仿西人，仅得糟粕，国人之模仿古人者，时多得其神髓乎"的论调引起了他有关模仿与影响问题的想法。周作人并不如同好古家那般将"国粹"理解成为选学桐城派的文章、纲常名教的思想。在他看来，"国粹"只是国民性的遗传，用不着刻意保存，自然永久存在，"国粹"唯一的敌人便是模仿。而好古家以为保存"国粹"就是模仿古人，殊不知模仿古人就会使自我成为奴隶，而这恰恰使得"国粹"跟着"自性"死

---

[1] 鲁迅：《热风·估〈学衡〉》，《鲁迅全集》第1卷，人民文学出版社，2005年，第397页。
[2] 同上，第399页。

了，所以是自我矛盾的言论[1]。

周氏兄弟的几篇文章前后相接，成为批判学衡派的先声，可见他们对复古思潮的反动是十分敏感的。学衡诸人当然不会就此投子认负，梅光迪发表《评今日提倡学术之方法》、胡先骕发表《论批评家之责任》、吴宓发表《论新文化运动》《新文化运动之反应》等文章继续攻评。新文化阵营也不甘示弱，沈雁冰写《评梅光迪之所评》《近代文明与近代文学》《驳反对白话诗者》、梦华写《评〈学衡〉》正面反驳，胡适在《五十年来中国之文学》中也有侧面回应。论争持续发酵，双方针锋相对，你来我往。周氏兄弟虽然不再如此前般密集地写作专题性的论辩文章，但却十分关注这场论争，在相关文章中几度点名学衡派。譬如当鲁迅在《学灯》上面看见甫生写的批驳吴宓《新文化运动之反应》的文章后，便专门去找了吴的长文来看，随后写了《"一是之学说"》加以批评。吴宓提倡融合中西之精华，造成"一是之学说"，并且介绍了几种批评新文化运动的书报，鲁迅则针对书报中颠三倒四的言论与吴氏自称为"平衡情理"的评价进行嘲讽[2]。

值得关注的是，周氏兄弟的文章在新文化同人对于学衡派的"围剿"当中自有其特殊内涵。面对对方的指责，鲁迅与周作人非常讲究论辩的策略，他们往往不是从正面去申说辨析新文化的思想理念，而

---

[1] 参见周作人：《国粹与欧化》，《自己的园地》，河北教育出版社，2002年，第11—13页。其实，周作人这种对于"国粹"的独特看法在1921年的《个性的文学》一文中就有所表露："个性就是在可以保存范围内的国粹，有个性的新文学便是这国民所有的真的国粹的文学。"所以"国粹"必然就与模仿古人相对立。参见周作人：《个性的文学》，《谈龙集》，河北教育出版社，2002年，第147页。

[2] 参见鲁迅：《热风·"一是之学说"》，《鲁迅全集》第1卷，人民文学出版社，2005年，第413—414页。

是将梅光迪、胡先骕、吴宓等人宣扬的价值标准反套在学衡派自己身上以观测是否表里如一,从而以一种近乎釜底抽薪的方式解构了其话语的合法性。这种独特的论战方式可以用"透底"一词来精炼地概括,即撕开假面,暴露其本质。我们知道,在学衡派对新文化人士的攻击中,最为主要的观点就是认为后者不过是一些追求功名利禄之士,拾取西方学术的细枝末节就横行于世,名之曰提倡新文化运动,其动机是为了哗众取宠,博人眼球。学衡派认为新文化人士在吸取外来文明之前,并没有经过认真彻底的研究,所以其所作所为等同于开方便之门,行作伪之途:"乘国中思想学术之标准未立。受高等教育者无多之时。挟其伪欧化。以鼓起学力浅薄血气未定之少年。"[1]而与此对照,真正能够胜任文化事业的是那些具有学者精神、融会中西的通儒大师,这成为学衡派自我标榜的形象,他们也正是以此宣扬从事中国固有文化的研究。学衡派想要将新文化人士塑造成"伪士"的形象,而周氏兄弟恰恰就是抓住对方的这个立论基点,以其人之道还治其人之身,在批判文章中揭示出学衡派表面上大谈复兴旧学,而其实旧学并未亨通,所以才是真正言行不一的"伪士"。鲁迅的《估〈学衡〉》将学衡诸公比喻成"假古董",于旧学并无门径,甚至连字句也不通。几乎一样的观点也出现在周作人的文字当中:"所可怕者是那些言行不一致的复古家,口头说得热闹,却不去试验实行,既不穿深衣,也不写小篆,甚至于连古文也写得不能亨通……"[2]与其说周氏兄弟对于学衡派的驳斥是新文化阵营又一次打击封建卫道士的文化实践,毋宁说他们更多刻

---

1 梅光迪:《评提倡新文化者》,《学衡》,创刊号,1922 年 1 月。
2 周作人:《我的复古的经验》,《雨天的书》,河北教育出版社,2002 年,第 123 页。

画出了一种类似"假道学"的面目，二者应该分开看待。就实际而言，梅光迪、胡先骕、吴宓与之前遭到《新青年》同人围攻的林纾、辜鸿铭等旧派文人的确差之甚远，他们大多曾留学欧美，接受过良好的西学教育，从知识系统上来说更应该被归纳在新式的文人群体之内。然而，正是在这样的欧美留学生群体当中，却又持守着与传统旧派文人相近的文化立场，这揭示出可供进一步思考的话题。在20世纪20年代新文学与新文化已经站稳脚跟以后，那些曾经守卫封建道统的遗老遗少都已无还手之力，而复古理念却在保守的新派知识分子群体当中潜滋暗长，与其文化理性结合从而生发出新的结构性特征。此种经过一番精致包装以后卷土重来的文化保守思潮，显然会给新文化运动造成更为有力的冲击，自然也需要更为全面深入的应对。

平心而论，新文化界对学衡派的全盘批判也不无偏激之处，学衡派受到白璧德思想的影响持有一种温和的文化理念，他们其实并不完全反对西学，只是其所指认的知识源脉与新文化人士青睐的大相径庭，而学衡派对于国粹的鼓吹其实也内含有整理中国传统文化以求去芜存菁的含义。所以在中国现代史上，学衡派自然有其文化方面的贡献。新文化与学衡派之争，更多的是一种表明态度的路线之争，后者秉持的文化保守主义品格显然与"五四"时代那种大开大阖的激进性的思维逻辑对立。在剪掉一条辫子都要流血的近代中国，新文化同人的行为策略是务求矫枉过正，钱玄同的废除汉字、鲁迅的不读中国书等论调都可作如是解，他们着眼于一种"态度的同一性"而将自我塑造成了批判传统的先锋。而学衡派的国粹论在客观上会为各种封建道德言行的复辟提供思想上的温床，批判学衡派的背后其实是对各种复古逆流与传统文化糟粕的否定态度。周氏兄弟在1922年就反复地提到各种沉渣泛起、故鬼重来的情况。鲁迅在《所谓"国学"》中一针见血地揭露彼时暴发的"国学家"之所谓"国学""一是商人遗老们翻印了几十部旧书赚钱，二是洋场上的文豪又做了几篇鸳鸯蝴蝶体小说出版"[1]。《不懂的音译》讽刺了洋场上自命为国学家的人对于翻译中的音译语也加以嘲笑，比起六朝和尚来竟还要更加顽固[2]。周作人《思想界的倾向》一文指出国粹派在思想上的势力已经非常显明，京沪各处有人提倡孔门礼乐，朱谦之等正在讲古学，"照现在的情形下去，不出两年大家将投身于国粹……"[3] 五个月后，周作人在《复古的反动》中认为复古潮流向着道德与文学两个方向扩展，再一次声明"旧道德还有很大的惰力，复古运动当然很被欢迎"[4]，其中以民国的复辟派的论调为甚。如此种种景象，对于志在思想革命的周氏兄弟来说必然会激发出强烈的忧患意识，从而使得他们陷入反对复古逆流的论争当中，批判那些思想倒退、腐蚀的现代知识分子，尤其是警惕从当下社会土壤当中新产生的"伪道学"。

二、"超越的批评家"：有关《沉沦》《蕙的风》的文学批评

1921 年 10 月 15 日，上海泰东图书局出版了郁达夫的短篇小说集《沉沦》，内含有《沉沦》《南迁》《银灰色的死》三个短篇，被列为创造社丛书第三。写作《沉沦》时，郁达夫尚且是东京帝国大学经济学部的

---

[1] 鲁迅：《热风·所谓"国学"》，《鲁迅全集》第 1 卷，人民文学出版社，2005 年，第 409 页。
[2] 鲁迅：《热风·不懂的音译》，《鲁迅全集》第 1 卷，人民文学出版社，2005 年，第 417—420 页。
[3] 周作人：《思想界的倾向》，《谈虎集》，河北教育出版社，2002 年，第 89 页。
[4] 周作人：《复古的反动》，《周作人散文全集》（修订版）第 2 卷，广西师范大学出版社，2021 年，第 762 页。

学生。据他本人回忆，小说完成后曾经提前在小范围内传阅，同学们轻蔑的反应已经精准预言了小说出版后的命运[1]。在彼时国内守旧的思想氛围中，《沉沦》因为触碰到了传统道德观念的禁忌而引发了众多的争议，尤其是小说中对性欲的直白描写，被"维持风化的批评家"贯以诲淫之罪，斥之为"不道德的文学"。当此议论纷纷的时刻，正是周作人挺身而出，为《沉沦》做出正面的定性。对此，郁达夫在《〈鸡肋集〉题辞》中回顾道："后来周作人先生，在北京的《晨报副刊》上写了一篇为我申辩的文章，一般骂我诲淫、骂我造作的文坛壮士，才稍稍收敛了他们痛骂的雄词。过后两三年，《沉沦》竟受了一班青年病者的热爱，销行到了贰万余册。"[2] 可见周氏这一篇文章在《沉沦》阐释史上发挥了转折性的作用。

周作人的《〈沉沦〉》于 1922 年 3 月 26 日刊于《晨报副刊》，列为"自己的园地"专栏第九，此时距离《沉沦》出版已经过去了几个月的时间。根据陈子善的考证，这篇文章实际上并非是周作人主动出面写作，而是"应郁达夫的请求，读了《沉沦》后有感而发，才动笔写下这篇《〈沉沦〉》评论的"[3]。郁达夫向周作人求援，一方面固然是因为后者

---

1 "记得《沉沦》那一篇东西写好之后，曾给几位当时在东京的朋友看过，他们读了，非但没有什么感想，并且背后头还在笑我说：'这一种东西，将来是不是可以印行的？中国那里有这一种体裁？'因为当时的中国，思想实在还混乱得很，适之他们的《新青年》，在北京也不过博得一小部分的学生的同情而已，大家决不想到变迁会这样的快的。"参见郁达夫：《五六年来创作生活的回顾——〈过去集〉代序》，王自立、陈子善编：《郁达夫研究资料（上）》，天津人民出版社，1982 年，第 201—202 页。
2 郁达夫：《〈鸡肋集〉题辞》，王自立、陈子善编：《郁达夫研究资料（上）》，天津人民出版社，1982 年，第 196 页。
3 陈子善：《研究〈沉沦〉的珍贵史料——从新发现的郁达夫致周作人信说起》，《出版史料》，1988 年第 2 期。

是"五四"时代最有话语权与影响力的文学批评家之一，另一方面也是看到周作人之前发表的《人的文学》等文章已经充分肯定了人的自然本能，倡导一种现代的性道德观念，因而从周氏身上获得帮助的可能性非常之大。果不其然，周作人对这一话题表现出了浓厚的兴趣。

《〈沉沦〉》开篇即紧扣"不道德小说"的指谪展开，援引美国文艺批评家莫台耳（Mordell）《文学上的色情》的观点，将"不道德的文学"分作三类。第一类是反因袭思想的文学，它攻击社会上各种名分制度，比如易卜生或托尔斯泰的著作，因而被社会定义为"离经叛道"，这一类作品不必一定与性相关。第二类称作"不端方的文学"，第三类则是真正的不道德文学，这两者都是关于性的问题的。周作人的论述重心在于第二种"不端方的文学"，其下又可分为"自然的""反动的""非意识的"三种类型，《沉沦》即属于"非意识的"一类。周作人认为"这一类文学的发生并不限于时代及境地，乃出于人性的本然"[1]，而后他又引用精神分析学派的论点来说明具体的产生原理。在其看来，人类的精神活动以性欲为中心，倘若人的本能遭到迫压而蕴积不发，就会非意识地流露出来，造成文学上的种种表现。置于莫台耳建构的文学谱系之下，作为"非意识的不端方的"《沉沦》"虽然有猥亵的分子而并无不道德的性质"。看得出来，周作人首先是从理论的层面来分析《沉沦》的社会心理机制，为其寻找到精神上的坐标系。其后，周氏回归文本，将《沉沦》的内容概括为描写"青年的现代的苦闷"[2]。关于此

---

[1] 周作人：《〈沉沦〉》，《自己的园地》，河北教育出版社，2002年，第59页。
[2] "生的意志与现实之冲突是这一切苦闷的基本；人不满足于现实，而复不肯遁于空虚，仍就这坚冷的现实之中，寻求其不可得的快乐与幸福。现代人的悲哀与传奇时代的不同者即在于此。"参见周作人：《〈沉沦〉》，《自己的园地》，河北教育出版社，2002年，第60页。

点，郁达夫在《沉沦》自序中有过解释，将"现代人的苦闷"的具体内涵描述为一个青年忧郁病患者的"性的要求与灵肉的冲突"[1]。对于作品涉及灵肉关系的描写，周作人是十分欣赏的，肯定了"他的价值在于非意识的展览自己，艺术地写出升华的色情，这也就是真挚与普遍的所在"[2]。这也延续了周氏本人自"五四"以来对于肉体与精神双重维度的思考。不过，历来研究者有所忽略的是，郁达夫与周作人都在"苦闷"的前面加上了定语"现代人"，如何理解这里的"现代"一词其实成为解读《沉沦》深层内涵的关键。在吴晓东看来，郁达夫之所以在小说中选择作为疾病隐喻的忧郁症、颓废的情调、感性的生命意识、爱欲的压抑及升华等文本元素，实质上是西方的审美现代性机制在真正发挥作用，在这一认识装置的覆盖下，表征着新的自我态度的现代主体得以被建构起来，这同时也是现代小说诞生的标志[3]。如果从这样的角度来理解，那么周作人追认《沉沦》的"现代"品格，实际上也就是在为现代自我的合理性而辩护，所谓性欲描写，不过是其中的一个构成环节。由此出发，也就不难理解周氏在后文当中将《沉沦》与低俗黑幕小说截然区分开来，在他看来，"《留东外史》终是一部'说书'，而《沉沦》却是一件艺术的作品"[4]。这是因为前者的性描写"显然是附属的，没有重要的意义，而且态度也是不诚实的"，构不成一种独立的现代主体的自我"态度"，不具有正向价值，因而必然被新文化拒之门外。周

---

1 郁达夫：《自序》，《沉沦》，泰东图书局，1921年，第1页。
2 周作人：《〈沉沦〉》，《自己的园地》，河北教育出版社，2002年，第61页。
3 参见吴晓东：《中国现代审美主体的创生——郁达夫小说再解读》，《中国现代文学研究丛刊》，2007年第3期。
4 周作人：《〈沉沦〉》，《自己的园地》，河北教育出版社，2002年，第61页。

作人通过这样二元对立式的判断，实际上达到了宣示新文学主权逻辑的目的，《沉沦》被纳入新文学秩序当中，也展示出现代小说如何在感时忧国之外，更为深入地描写类似于个人性欲这样的私密性题材。

《沉沦》以外，上海亚东图书馆于1922年8月出版了汪静之的诗集《蕙的风》，同样涉及情欲的问题。《蕙的风》收入作者1919年至1922年间创作的新诗一百五十余首，内容上以赞美自然与歌咏爱情为主，书前有朱自清、胡适以及刘延陵写作的三篇序言，对汪静之的新诗实践给予了高度肯定[1]。更为学理性的评价来自周作人，在诗集出版后不久，他就写作《情诗》一文发表于1922年10月12日的《晨报副刊》。周作人认为古人论诗原来也不抹杀情字，不过因为现代社会的礼义到处阻碍人性的自由，所以情就没有生长的余地。周作人在文章中引用了性学家凯本德、爱伦凯的理论来"学究的"说明对于性爱的意见，将其提升到普适性的层面："性爱是生的无差别与绝对的结合的欲求之表现，这就是宇宙间的爱的目的。"[2]"所以在现代科学上的性的知识日渐明了，性爱的价值也益增高……"[3] 在理性视野的关照之下，汪静之的情诗不但没有"不道德的嫌疑"，而且是诗坛解放的一种呼声。周作人的评论不啻于向传统的道德仪规发出最为尖锐的挑战。

《蕙的风》出版后也引发了大量的争议，其中最为强有力的冲击来自东南大学的学生胡梦华。他是汪静之的同乡，1921年就听说其颇有写诗的天分，此时写作《读了〈蕙的风〉以后》一文，在1922年10月24日的《时事新报·学灯》上发表。胡梦华与一般的复古派不同，他

---

1 以上参见《朱序》《胡序》《刘序》，汪静之：《蕙的风》，亚东图书馆，1922年。
2 周作人：《情诗》，《自己的园地》，河北教育出版社，2002年，第51页。
3 同上，第52页。

声称自己"不是戴着理学家的眼镜，提倡'文以载道'的训诲文学"，也"决不是主张强抑感情的中庸道德家，反对自我的实现，与性灵的流露"。他认为自然应当赞美，爱情应当歌咏，而汪静之恰恰在描写自然与爱情上流于"轻薄"与"纤巧"，因而"他的潜力，遂不免有不道德的嫌疑，他的使命，遂不免令人有向不道德的倾向"[1]。从胡氏在文章中引用中西诗论观点来看，他似乎是受过现代文学知识的训练，其倡导写诗应该委婉曲折的主张确实也命中了汪静之的某些短板。然而胡梦华虽然以"言情不尽，其情乃长"来自饰，最终却还是回到了卫道的立场上，认为《蕙的风》中的诗歌大多故意公布自己的兽性冲动和挑拨人们不道德的行为，这就引起许多读者与作家的反驳。章洪熙立即写作《〈蕙的风〉与道德问题》与之辩论，章氏认为"肉欲"和"兽性冲动"并不是一件不道德的事，再进一步说来，诗歌只有好不好，没有什么道德不道德[2]。针对此，胡梦华又写了《悲哀的青年》予以答复，文中有"悲哀的青年，我对他们只有不可思议的泪"[3]一类的表述。

面对胡梦华的"伪善"面孔以及无理攻讦，周氏兄弟无法隔岸观火。11月1日，《晨报副刊》"文艺谈"栏目刊载周作人的文章《什么是不道德的文学》，周氏认为中国青年的意志还不至于薄弱到"见了接吻拥抱字样便会堕落到罪恶里去"，况且世界文学中的经典也并不回避这些话题，所以"无论凭了道德或法律的神圣的名去干涉艺术，都是法

---

[1] 以上参见胡梦华:《读了〈蕙的风〉以后》，王训昭选编:《湖畔诗社评论资料选》，华东师范大学出版社，1986年，第106—112页。
[2] 章洪熙:《〈蕙的风〉与道德问题——问胡梦华君》，王训昭选编:《湖畔诗社评论资料选》，华东师范大学出版社，1986年，第113—115页。
[3] 胡梦华:《悲哀的青年——答章洪熙君》，王训昭选编:《湖畔诗社评论资料选》，华东师范大学出版社，1986年，第119页。

利赛人的行为"[1]。这一篇文章坚持了《情诗》一文中维护汪静之的思想立场。在周作人之后,鲁迅也加入论辩当中,他写作了《反对"含泪"的批评家》一文。鲁迅不满于胡梦华对汪静之诗作的无理批评,尤其对胡氏答复章洪熙的信不以为然,鲁迅认为看见"一步一回头瞟我意中人"就联想到《金瓶梅》,实乃锻炼周纳:"我以为中国之所谓道德家的神经,自古以来,未免过敏而又过敏了……然而一切青年的心,却未必都如此不净……"[2]这样的观点与周作人是有呼应性的。文末,鲁迅还不忘揶揄一把:"批评文艺,万不能以眼泪的多少来定是非。"[3] 同一时期,鲁迅正在创作历史小说《不周山》,便将胡梦华的形象写进了小说中[4],虽说鲁迅极尽讽刺之才能,但他的心情应是十分沉痛的。鲁迅历来关心青年的成长,看到本该朝气蓬勃的青年表现出遗老的迂酸气息时,内心所受的打击可想而知。可以说,周作人与鲁迅都在胡梦华的文章发表之后做出了及时的反应,表达了自身的痛切之感,但二者参与论争的着眼点不尽一致。周作人对胡梦华的批驳是处在《情诗》一文的延长线上,最终是要以此为引线抛出自身信奉的性道德理论,不仅肯定人的自然本能之合理性,也为新文学的情欲描写铆定一条知识背景的思想脉络。鲁迅则是釜底抽薪式地揭开对立方的命门破

---

[1] 周作人:《什么是不道德的文学》,《周作人散文全集》(修订版)第2卷,广西师范大学出版社,2021年,第792页。

[2] 鲁迅:《热风·反对"含泪"的批评家》,《鲁迅全集》第1卷,人民文学出版社,2005年,第425页。

[3] 同上,第426页。

[4] "这可怜的阴险使我感到滑稽,当再写小说时,就无论如何,止不住有一个古衣冠的小丈夫,在女娲的两腿之间出现了。"参见鲁迅:《故事新编·序言》,《鲁迅全集》第2卷,人民文学出版社,2005年,第353页。

绽所在，目的在于以胡梦华为个案来暴露社会复古势力的侵袭，批判传统道德观对青年人思想的束缚。相较于周作人援引中西理论来立论，有条不紊地进行说理论证，鲁迅的言辞态度要激烈得多，追求掐臂见血的痛感。这一立一破之间也可见出周氏兄弟思维结构与精神气质上的若干不同之处，两者虽有表现风格上的差异却可以形成彼此之间的参照。

1923年，周作人曾经写过一篇《文艺批评杂话》，文中提出"超越的批评家"之概念。在其看来，"超越的批评家"是文艺事业的拓荒者，他的品味是超前的，能够指明当时不被社会所理解的文艺作品之价值，这些作品在未来都会成为经典著作[1]。如果不拘泥于时间的先后顺序，那么用"超越的批评家"来形容他本人1922年对于《沉沦》《蕙的风》的批评正当合适，其实在同年一篇题为《什么是不道德的文学》的文章中，周氏就有"倚了传统的威势去压迫异端的文艺，当时可以暂占优势，但在后世看去往往只是自己'献丑'"[2]的论断，说明他超前性的文艺观念在此时已经酝酿成熟。鲁迅虽然不正面写作理论文章，但从他维护异端的精神立场来看，也可属于"超越的批评家"之行列，后来也是他最早发现并提携了台静农、萧军、萧红等作家。历史性地看，《沉沦》与《蕙的风》都涉及了欲望与情感的话题，为当时守旧的文化势力所不容，但随着现代科学知识的进步以及社会的开放，二者终被读者所接受，并在文学史上占据了重要的位置。此时的周氏兄弟正是以现代人本主义思想为根基，通过文艺批评确立新文学表达情欲的文化合

---

[1] 周作人：《文艺批评杂话》，《谈龙集》，河北教育出版社，2002年，第8页。
[2] 周作人：《什么是不道德的文学》，《周作人散文全集》（修订版）第2卷，广西师范大学出版社，2021年，第792页。

法性与价值规范，以此建立起思想解放的意义，践行了"超越的批评家"的职责。

三、论战的逻辑：反对造成"一是之学说"

在周氏兄弟眼中，无论是学衡派对于新文化运动的攻讦，还是复古势力有关《沉沦》《蕙的风》中情欲描写的指摘，都表现出了一种党同伐异的气味。他们大多居于道德的优势地位，以正统自命，意图造成"一是之学说"，所以自然无法包容文化上的"异端"倾向，而这些"异端"恰恰却指涉着未来的思想新机所在。周氏兄弟反对定于一尊的思想专制与压迫，实际上也是从反向来申说个性化、多元化思维的重要价值。

从1921年开始，周作人的文学观念就已经发生了重大的转折，其中自我表现的内涵越来越浓重。1921年《个性的文学》声称"假的，模仿的，不自然的著作，无论他是旧是新，都是一样的无价值；这便因为他没有真实的个性"[1]。这里充分表现了他对于"个性"的重视，相形之下，复古派则成为中国道统思想的"传声筒"，是"模仿"的代表。到了1922年，表现自我的倾向进一步明晰化，《自己的园地》有言："现在却以个人为主人，表现情思而成艺术，即为其生活之一部，初不为福利他人而作……"[2] 紧随其后，《文艺上的宽容》旗帜鲜明地提出"文艺的条件是自己表现"[3]，将文艺批评与鉴赏的法则概括为宽容。《文艺的统一》则明确反对"凭了社会或人类之名，建立社会文学的正宗，

---

1 周作人：《个性的文学》，《谈龙集》，河北教育出版社，2002年，第146页。
2 周作人：《自己的园地》，《自己的园地》，河北教育出版社，2002年，第7页。
3 周作人：《文艺上的宽容》，《自己的园地》，河北教育出版社，2002年，第9页。

无形中厉行一种统一"[1]，提出文艺上统一的不应有与不可能。在周氏看来，要获得普遍感情的关键并非在于迎合社会心理，而是自我表现的真切。从以上这些前后相继的言论中可以充分看到，周作人十分警惕文艺上的统一趋向，无论这种统一是来自于专制道统抑或是社会意识，只要是定于一尊，唯我独大，就形成对于个性自由的压迫。在周氏看来，新兴的文学潮流应该获得自由发展的空间，且文学的生态环境必须是缤纷灿烂的，而非单调凝固的。鲁迅在这一时期较少写作文艺批评类的理论文章，但是在反驳胡梦华的同时期，他写有一篇《对于批评家的希望》，亦可见出其本人的见解。文章把中国文人贩卖西方旧批评论与仗着古训维护道统等量齐观，认为二者"太滥用了批评的权威"[2]，其共通之处即在于都被外部的思想权威所占有，不具有自我的主体性，进而构成排他性的力量。而鲁迅对批评家提出的希望是："不过愿其有一点常识……更进一步，则批评以英美的老先生学说为主，自然是悉听尊便的，但尤希望知道世界上不止英美两国……"[3]这就表示批评家要建立一种多元化的批评视野，因为只有在将作品放置在立体的文学坐标系里才能得出中肯的结论，正如孙郁所言："在鲁迅看来，批评既是发现，也是对话；既是学习，也是交锋。它的功能是多样的。面对不同的对象，要有不同的思路，而根底在思想性与审美性的高度统一。"[4]后来在30年代鲁迅批评朱光潜的"静穆"说时，他

1　周作人：《文艺的统一》，《自己的园地》，河北教育出版社，2002年，第25页。
2　鲁迅：《热风·对于批评家的希望》，《鲁迅全集》第1卷，人民文学出版社，2005年，第423页。
3　同上，第423—424页。
4　孙郁：《文学批评史中的鲁迅遗产》，《文学评论》，2016年第2期。

本人曾说道："凡论文艺，虚悬了一个'极境'，是要陷入'绝境'的，在艺术，会迷惘于土花，在文学，则被拘迫而'摘句'。"[1] 这里对"摘句"的鄙夷实则与周作人对"模仿"的拒斥一脉相通，蕴含了一种对于正统、权威、规范的反抗性内涵，他们都期待"独具我见之士"的出现。其实，鲁迅这一时期对于"自我表现"的侧重也隐微体现在创作中，成仿吾就曾经对《呐喊》前后期创作倾向的转变有过一个敏锐的观察，可惜他的评论被视为偏见而未受重视。成仿吾认为共计十五篇作品中，前面九篇与后面六篇在内容与作风上都殊为不同，因而《呐喊》可以被内在地分成两个部分："如果我们用简单的文字来把这不同的两部表明，那么，前九篇是'再现的'，后六篇是'表现的'。"[2] 成仿吾所说的后六篇是以《端午节》为始的诞生于1922年的小说，他认为这六篇小说具备了"表现自我"的近代小说风格。这一时期城市家庭生活经验正代替绍兴乡土社会成为鲁迅关注的重心，日常生活叙事的渗透使得小说出现贴近个人的自我"表现"倾向，从而与之前"再现"型的启蒙吁求区分开来。而如果细心观察就可以发现，这六篇小说发表的同一时期也就是鲁迅提倡个性、与各类道学家论战以反对文艺批评上"道统"倾向的时间，所以二者之间其实有着微妙的呼应关系。

周氏兄弟的言论合乎时代氛围的变迁，当"五四"初期那种相对集中的思想改造的愿望被"后五四"时代分裂的文化图景所取代后，知识人最为自然的心理反应就是从外部的社会行动退回到自己的内心世界，

---

[1] 鲁迅：《且介亭杂文二集·"题未定"草七》，《鲁迅全集》第6卷，人民文学出版社，2005年，第442页。
[2] 成仿吾：《〈呐喊〉的评论》，《创造季刊》，第2卷第2号，1924年2月28日。

先从各自不同的处境寻求安身立命之所。从这一意义上来说，周作人所谓耕种"自己的园地"，鲁迅说"批评家若不就事论事，而说些应当去如此如彼，是溢出于事权以外的事"[1]，实际上都包含有对知识分子岗位意识的界定，它并不完全是一种消极的收缩姿态，也包含着面向未来的自我调整的意识。可以明确的是，重视主体的"心声"，在文艺观念中凸显自我表现的内涵显然与"五四""个人的发现"有着内在的呼应关系，延续了"立人"思想命题当中对主体个性的充分张扬，这是捍卫新文化价值理念的一种进路。只不过与"五四"初期那种向外扩张的态度相比，此时的"自我"更多以一种防御性的面目呈现。如果前者呈现为一种向外输出的"积极自由"，追求主体的支配权力，那么后者就是免受侵犯、反对强制的"消极自由"，它把外界干涉的减少视为历史进步的标志[2]，这在鲁迅、周作人与上述夺舍重来的复古势力的论争当中即可充分体现出来。当然，在兄弟二人之间也存在着不小的差异，相较于乃兄在人道主义与个人主义之间的剧烈撕扯，周作人似乎在经过一番考量之后便彻底从普遍的人道理想跨越到个人的求胜意志[3]，他

---

1 鲁迅：《热风·对于批评家的希望》，《鲁迅全集》第1卷，人民文学出版社，2005年，第424页。

2 "积极自由"与"消极自由"的区分来自以赛亚·伯林，在他眼中，"积极自由"就是成为某人自己的主人的自由，而"消极自由"是不受别人阻止地做出选择的自由。伯林本人则赞成"消极自由"，认为其有助于维护一个最低限度的个人自由领域："因为，在'消极'自由的拥护者看来，正是这种'积极自由'的概念——不是'免于……'的自由，而是'去做……'的自由——导致一种规定好了的生活，并常常成为残酷暴政的华丽伪装。"参见[英]以赛亚·伯林：《两种自由概念》，《自由论》（修订版），胡传胜译，译林出版社，2011年，第179页。

3 有关"五四"落潮后周作人人学观念的转变，张先飞做出了令人信服的研究，详见张先飞：《从普遍的人道理想到个人的求胜意志——论20年代前期周作人"人学"观念的一个重要转变》，《鲁迅研究月刊》1999年第2期。

的思想变动较之于鲁迅来得更为巨大。值得说明的是，正如布迪厄认为"语言关系总是符号权力的关系"[1]，周氏兄弟参与论争的过程，同时也是通过语言表达来运用自身权力的过程。在中国现代文化与文学史上，论争话语总是与知识、道德、权力之间存在着交织互动的关系，论争者因各自知识背景、人际关系、社会声望、身份认同的不同而占据了舆论场中的不同位置，他们之间的论争并不是单纯在内容上作抽象的讨论，而是在思想交锋的形式背后涉及社会舆论权势的分配。所以，尽管鲁迅与周作人是以保卫个性、倡导多元的名义反抗复古势力的统御，但也正是在与之否定的逻辑中才能够不断获得自身的文化象征资本，从而建构起"自我"的合法性，这样的"自我"并不是超然之物，而是同样处在权力的结构网络当中。

第三节　爱罗先珂对周氏兄弟的影响

"五四"前后，杜威、罗素等国外学者相继来华讲学，形成一股访问中国的文化热潮。其中，俄国盲诗人爱罗先珂无疑是极为特殊却又容易被忽略的一个。与杜、罗等文化名人的风光满面迥异，爱氏并非受邀访华，而是以颠沛流离的流浪者身份进入中国，并且普遍被社会舆论视为不安定的思想因素。然而正是这位在俄国文学史上籍籍无名的作家，却因其内在的精神感召力获得了中国知识界的回声，从而折射出20世纪20年代纷纭复杂的思想光谱。特别是爱罗先珂与当时的文坛核心人物周氏兄弟曾有过密切的交往，他们之间的精神对话衍生

---

[1] 杨善华、谢立中主编：《西方社会学理论（下卷）》，北京大学出版社，2005年，第172页。

出了诸多有意味的价值命题，间接影响了后者在"五四"落潮期的文化选择。爱罗先珂在中国的旅居，诚然是在偶然的历史因素催生下的一个微观事件，但是对于以周氏兄弟为代表的一批中国知识分子来说，围绕爱罗先珂来华，其作品与个人思想的传播，却具有精神史的意义。本节立足于爱罗先珂与鲁迅、周作人之间的互文关系来展开论述。可以说，爱罗先珂所代表的文化内涵的介入，构成了与周氏兄弟交错并行的一个主体"映象"，既有接受认同的部分，也包含着隐微的批判，由此能够带来切身的启发。他们既通过这一中介唤醒了某些现实与历史交叠的情绪，也在自我认知的路径上面产生新的理解，最终确立起"后五四"时代知识分子的伦理维度。

一、"寂寞"的言说

1922 年 2 月，爱罗先珂被北京大学特聘，讲授世界语和俄国文学，蔡元培委托鲁迅、周作人多加照顾，之前他因为"宣传危险思想"的罪名被日本政府驱逐，入境中国，辗转从上海来到北京。此后爱氏便入住八道湾的周宅，开始了短暂的定居生活，同年 7 月他曾赴芬兰参加万国世界语大会，11 月返京，直至 1923 年 4 月 16 日离开北京返回俄国。在此期间，爱罗先珂与鲁迅、周作人建立了深厚的友谊。

爱罗先珂在北京时期与周氏兄弟过从甚密，常常共同出席某一场合，亦有私下的宴饮聚会。爱氏的童话创作富有特色，鲁迅本人就是最为重要的译介者，曾先后翻译文集《天明前之歌》《最后的叹息》《为人类》《幸福的船》中的许多作品，成为最先将爱氏作品导入中国文坛的人。从社会反映来看，盲诗人刚到北京时曾经引起知识界的追捧，他的演讲轰动一时，周作人回忆："最初到北大讲演的时候，好奇的观众很多，讲堂有庙会里的那样拥挤……"[1]北大一向无人问津的世界语课程也因为爱罗先珂的到来而活跃起来，吴克刚、冯省三等一群学生受到爱氏的影响，还成立了世界语学会，开设世界语班。爱罗先珂在中国受到关注，当然与他无政府主义者等身份所带来的思想争议有关，但是客观上也离不开周氏兄弟的悉心关照与引荐。然而，这位俄国盲诗人在北京文化圈的流行并未持续很久，随着公众兴趣的减退，他本人很快就陷入了沙漠一般的"寂寞"体验当中。

鲁迅、周作人都曾不约而同地提到，爱罗先珂来到北京后不久就开始抒发寂寞的感念。"寂寞呀，寂寞呀，在沙漠上似的寂寞呀！"[2]"他在北京只住了四个月，但早已感到沙漠上的枯寂了。"[3]诗人感到寂寞的原因首先与其个人在中国知识界的境遇变化有关，他的世界语教学与社会演讲在经历了最初的热度之后迅速走向冷却，北大学生吴克刚回忆："爱罗先珂最初是在北大最大的讲堂里上课的……后来竟搬到一间最小的房间里去，听众也只剩两个。"[4]这样一种高开低走的倾向有迹可循。藤井省三指出"对中国知识分子，特别是青年学生来说，爱罗先珂被当作从正在进行布尔什维克革命的俄国来的预言者"[5]，而当爱氏在一系列文化活动中明确表现出与布尔什维主义异趣的人类主义的时候，其遇冷也是可想而知的。因为相较于新兴的苏俄革命，人类大同这一

---

[1] 周作人：《一三八·爱罗先珂上》，《知堂回想录（下）》，河北教育出版社，2002年，第471页。
[2] 鲁迅：《呐喊·鸭的喜剧》，《鲁迅全集》第1卷，人民文学出版社，2005年，第583页。
[3] 周作人：《爱罗先珂君》，《泽泻集》，河北教育出版社，2002年，第37页。
[4] 吴克刚：《忆鲁迅并及爱罗先珂》，《中流》半月刊，第1卷第5期，1936年11月5日。
[5] [日]藤井省三：《鲁迅比较研究》，陈福康编译，上海外语教育出版社，1997年，第185页。

第四章　交相呼应:"五四"落潮期周氏兄弟的文化想象及实践 ｜ 343

理想主义的论调在"五四"落潮期多多少少已失却了轰动的效应。此外更为重要的是,爱罗先珂在北京的所见所闻与自身倾心的思想主张形成了鲜明的反差,彼时中国社会的自欺隔绝、民众的麻木守成、旧道德旧制度的陈陈相因无不使其陷入痛苦彷徨之中[1]。特别是通过演剧等事件,爱氏看到北京青年学生表现出老态龙钟、思想退化的状态,他本人受到了很大的冲击。诗人的那一颗追求美与和谐的"幼稚的,然而优美的纯洁的心"[2]遭遇到中国社会的冷酷现实,遂深感思想改革之艰难,其苦闷情绪就不断地表露出来。

爱罗先珂精神沙漠一般的感受也惹来周氏兄弟的同感。鲁迅说:"是的,沙漠在这里。/没有花,没有诗,没有光,没有热。"[3]周作人亦不无深意地感慨:"我们所缺乏的,的确是心情上的润泽,然而不是他这敏感的不幸诗人也不能这样明显的感着,因为我们自己已经如仙人掌类似的习惯于干枯了。"[4]他在此借着怀念爱罗先珂的机会反省自身精神生活的枯燥无聊。写下这段话是在1922年11月,而在不久后的1923年初,周氏就在《晨报副刊》上开辟随笔专栏"绿洲",以闲适的语调谈论古剑谭的图案、法布尔的《昆虫记》、日本歌咏儿童的文学、

---

[1] 爱罗先珂于演讲中不断批评中国,《过去的幽灵》一文认为在"风俗和迷信""偏见""信仰"上,"东方的国家,尤其是中国,比无论哪国都更甚"。参见爱罗先珂讲演集:《过去的幽灵及其他》,民智书局,1924年,第20页;《现代戏剧艺术在中国的价值》中则说"中国是最旧的习惯,最固执的成见,和最坚牢的迷信的一个最旧的国家"。参见爱罗先珂讲演集:《过去的幽灵及其他》,民智书局,1924年,第49页。

[2] 鲁迅:《〈狭的笼〉译者附记》,《新青年》,第9卷第4号,1921年8月1日,本号实际延期出版。

[3] 鲁迅:《热风·为"俄国歌剧团"》,《鲁迅全集》第1卷,人民文学出版社,2005年,第403页。

[4] 周作人:《爱罗先珂君》,《泽泻集》,河北教育出版社,2002年,第37页。

儿童玩具等。周作人声称生活中看到一两种惬意的书，就像在沙漠中见到了绿洲，使得疲倦的生命恢复了一点活气[1]。这里使用"沙漠""绿洲"的比喻很可能就是受到爱罗先珂言论的影响，而强调生活的趣味分子也与爱罗先珂批评国内寂寥文化生态的刺激分不开，爱氏对美与童心的追求点染了周作人这一类艺术美文的写作。

当然正如前文提到的，所谓民众缺乏"心情的润泽"只是表层原因，更为内在的是爱罗先珂思想改革的主张在面对坚如磐石的中国社会时显得如此羸弱与不堪，这与周氏兄弟"五四"之后启蒙理想受挫的情绪高度投合。廓大来看，爱罗先珂的寂寞言说实际上折射出整个20世纪20年代初中国思想文化的困局，鲁迅曾谈及"五四"退潮后北京知识界的情形，认为"一九二〇至一九二二这三年间，倒显着寂寞荒凉的古战场的情景"[2]。置身于这样一个萧条的文化环境，与民众隔膜的苦闷其实一直在知识分子中间集聚蔓延，此刻则恰好被一个突然闯入的外来诗人所激发。或者说，知识者追忆与描摹爱罗先珂，并非仅仅局限于爱氏本人，而是代入了自身对于中国社会的现实感受。如果放宽时间范围可以发现，从1921年起，"寂寞"就开始频繁出现在周氏兄弟的文学空间当中。对于周作人来说，突然袭来的病情连同"五四"退潮的落寞加剧了其内心的紧张关系，《山中杂信》《西山小品》等系列性作品中均不同程度地透露出迷惘哀愁之情。到了1922年1月10日，《东方杂志》刊载了周作人翻译的有岛武郎的小说《潮雾》，小说最后周作人摘译了一段有岛武郎谈创作观的文字，借此表明自身的心迹。与

---

[1] 参见周作人：《绿洲小引》，《自己的园地》，河北教育出版社，2002年，第76页。
[2] 鲁迅：《〈中国新文学大系·小说二集〉导言》，《中国新文学大系·小说二集》，良友图书印刷公司，1935年，第8页。

"五四"时期文学"觉世"的主张相比,这里开宗明义地道出"我因为寂寞所以创作"[1],可以看作是周氏前后一段时间内个人思想转换的一个显著标志。后来这段文字被作为附录收入《现代日本小说集》,而小说集中有岛武郎的两篇作品乃是由鲁迅翻译,作者说明则沿用周作人《潮雾》的译记,表明兄弟二人对于有岛武郎"寂寞"处境的感知是共通的。

认为鲁迅也同意有岛武郎创作根源于寂寞的观念,这并非是无稽之谈,写于1922年底的《呐喊·自序》就提供了隐微的线索。在这篇鲁迅个人的精神史,也是联通其前后期小说创作的关键文本中,作者将自己"五四"时期的发声、写作界定为"或者也还未能忘怀于当日自己的寂寞的悲哀"[2],这说明鲁迅小说的诞生与早年寂寞的回忆是分不开的。这一回忆的具体内容从原文来看指的是从作者年轻时候起就做过的许多"苦于不能全忘却"的"梦",其中最为关键的即是留日时期文艺运动这一"好梦"的破产,正是在此之后才有了"置身毫无边际的荒原"的寂寞,并且如"大毒蛇"一般一天天长大。鲁迅为何在此时回想起青年时期壮怀激烈筹办《新生》的经历?这就必须要考虑到《呐喊·自序》的写作时间,1922年底正是"五四"知识界"风流云散"的时期,先觉者的呐喊中已经叠加了彷徨的底色,鲁迅面对的情况仿佛就像十多年前那场夭折的文艺运动,轮回之感在所难免,正是现实的寂寞使得鲁迅勾勒出曾经有过的"梦"与"寂寞"。而在这一"寂寞"生发的环节中,爱罗先珂又扮演了一个不可忽视的角色,就在《自序》写

---

[1] 周作人:《〈潮雾〉译者附记》,《东方杂志》,第19卷第1期,1922年1月10日。
[2] 鲁迅:《呐喊·自序》,《鲁迅全集》第1卷,人民文学出版社,2005年,第441页。

作之前，鲁迅翻译了爱氏的童话《时光老人》[1]。在这篇文本中，叙述者坦言"我的北京并不是做些美的梦的所在"，他表示一想到和几个朋友"做过梦，是从我们的手里成了自由的乐园的世界"时，便"寂寞的欷歔"[2]了。这里的叙述者"我"显然就是爱罗先珂的化身，他的寂寞正是来源于启蒙之"梦"破灭之后的困顿心态，这种将寂寞与梦链接的方式就与鲁迅本人在《呐喊·自序》中的叙说对接起来了。之后爱罗先珂借时光老人之口，通过描述青年不断重复老人的行为表达了对于历史进步论的怀疑，同样也与《自序》中对于启蒙的怀疑若合符节。考虑到两篇文本创作时间的接近，有论者认为正是《时光老人》中的"梦"和"寂寞"点燃了《呐喊·自序》中的"梦"和"寂寞"，确为精辟之论[3]。

"寂寞"的言说与"梦"的表述在特殊的文化语境下可以构成一对互相关联的范畴，好梦的破碎会带来寂寞的体验，而现实的寂寞又会召唤出有关梦境的回忆与想象，在爱罗先珂的童话当中，"寂寞"与"梦"就是两大显明的内容元素。由此而言，鲁迅的总结十分到位："我觉得作者所要叫彻人间的是无所不爱，然而不得所爱的悲哀，而我所展开他来的是童心的，美的，然而有真实性的梦。"[4] "不得所爱的悲哀"与"童心的，美的"梦被维系于一处，这不仅是爱罗先珂体认现实的方式，也是鲁迅的夫子自道，展露出一种希望与绝望相互交织的

---

1 根据许寿裳抄录的鲁迅日记，1922年11月24日下记录："夜伏园来，交去小说稿、译稿各一篇。"《附录 一九二二年日记断片》,《鲁迅全集》第16卷，人民文学出版社，2005年，第639页。此处的"译稿"即为《时光老人》。
2 [俄]爱罗先珂：《时光老人》，鲁迅译，《晨报四周年纪念增刊》，1922年12月1日。
3 参见刘彬：《旧"事"怎样重"提"——以〈呐喊·自序〉为例》，《中国现代文学研究丛刊》，2019年第2期。
4 鲁迅：《序》,《爱罗先珂童话集》，鲁迅译，商务印书馆，1922年7月初版，第1—2页。

启蒙信念的挣扎。与鲁迅类似，周作人在彷徨期内也经常使用到"梦"的表述，他写过题为《昼梦》的诗歌："我是怯弱的人，常感到人间的悲哀与惊恐"[1]，并且也以《夏夜梦》这样带有幻想隐喻色彩的作品来针砭现实。但与鲁迅的情况略有不同的是，周作人的"寂寞"与"梦"还更多渗入了个人日常生活的遭际体验，他不仅从社会现实的批判立场，也从个人自我生命的感性维度来抒发一己之怀抱。这一时期前后，周作人翻译的一些日本小说，例如《少年的悲哀》《深夜的喇叭》《乡愁》等均透露出一种哀婉的情调，同样与爱罗先珂存在着风格上的渗透关系，只不过更为接近爱氏敏感诗人形象的一面，而非大公无私的社会战士。在"后五四"时代的这一场寂寞的合唱中，爱罗先珂构成了周氏兄弟理解社会与自我的精神中介，双方的心理感受有所交叉，尽管取径的路向不尽一致，但鲁迅与周作人都能够从爱氏身上习得某些对应于现实的文化经验。

二、文学主题的同形异构

爱罗先珂的童话不同于一般意义上的儿童文学作品，它并非是讴歌童趣之作，而是具有非常强烈的寓言性质与现实指向，擅长将政治运动与社会改革融汇在作品情节与形象的创设之中。鲁迅指出《天明前之歌》是"流寓中做给日本人看的童话体著作"[2]，这是经过严谨思考以后给出的结论。相较于"童话"，"童话体著作"其实更能概括爱氏作品的性质所在，其阅读对象与其说是儿童，毋宁说是拥有"赤子之心"

1　周作人：《昼梦》，《过去的生命》，河北教育出版社，2002年，第42页。
2　鲁迅：《〈狭的笼〉译者附记》，《新青年》，第9卷第4号，1921年8月1日，本号实际延期出版。

的成人。换言之，这些幻想之作除了提供一般性的愉悦性情的文学功能以外，还需要起到传播社会理念的作用。

爱罗先珂的童话中总是设置了几类特色鲜明的观念化的角色，一类是寄寓着改革理想的动物或人，一类是占据统治地位的强权者，一类是社会中的芸芸大众。常见的情节模式就在这几者之间展开，改革者致力于反抗不合理的社会秩序，推行自身"无所不爱"的理想，却最终得到失败的结局。所谓的失败又可以具体分为两种情况，第一种指的是改革者推行的新思想观念被作为多数存在的社会旧势力所扼杀，他们的主张不仅不被民众所理解，却反而深受其害，这是爱氏作品中最为突出的主题。比如《池边》讲述两只蝴蝶为了改善大众的生活，想要恢复太阳，却被池塘里的国民视作"乱党"捉拿，其英勇赴义的行为还被人类教师曲解诋毁[1]。《世界的火灾》中，实业家为了给世界带来温暖而"放火"，不仅未获民众同情，还被送进精神病院[2]。《红的花》描绘了几个幻景，哥儿为了谋求人类幸福，手持代表希望与光明的"红的花"，却被非理性的人群误解，遭受毒打甚至被送上断头台[3]。而在《桃色的云》中，土拨鼠就是爱罗先珂的自喻，它向往太阳照着的美的世界，所以引领虫和花去往地上，却因阳光刺眼而失明，最终被人类制成标本。土拨鼠牺牲以后还遭受地下世界的流言攻击，指责它做犯禁的事，不安本分[4]。除了以上种种先驱者被社会扼杀的情况，爱罗先珂

---

[1] [俄] 爱罗先珂:《池边》，鲁迅译，《晨报副刊》，1921 年 9 月 24—26 日。
[2] [俄] 爱罗先珂:《世界的火灾》，鲁迅译，《小说月报》，第 13 卷第 1 号，1922 年 1 月 10 日。
[3] [俄] 爱罗先珂:《红的花》，鲁迅译，《小说月报》，第 14 卷第 7 号，1923 年 7 月 10 日。
[4] 参见 [俄] 爱罗先珂:《桃色的云》，鲁迅译，新潮社，1923 年 7 月。

作品中还展露出另外一种更为隐秘的悲剧观念，那就是改革者的初衷本来是立足于拯救社会，但最后却发现他原本自以为真理在握的行为反而加深了民众的痛苦。《狭的笼》中的那只老虎为了争取自由，想要解除世间一切狭的笼，最终看清"人类是被装在一个看不见的，虽有强力的足也不能破坏的狭的笼中"[1]。老虎驱赶围墙中的羊、鸟笼中的金丝雀、鱼缸中的金鱼，鼓励其挣脱束缚，却使得它们遭受灭顶之灾。在《时光老人》里，那个又大又古的寺院中流行着一个传说，新的空气和阳光一旦入寺，诸神就会降罪于人们。有一次，青年们起疑开了一扇窗，高座上的诸神跌落，"开了寺院的窗和门户的人们，是一个不留的死掉了"[2]。或许在爱罗先珂看来，这就是获得自由的代价。总结起来，他的作品中蕴含着革新运动之所以失败的两种指认关系，表明改革者的思想与行动不仅使得自身处于社会危机的包围之中，而且还可能给民众带来意料之外的无妄灾祸。

不难发现，爱罗先珂童话中对于启蒙者命运及其启蒙效应的描写，正是鲁迅从"五四"时代起便倾心关注的问题，鲁迅小说的深刻之处在于他以启蒙之眼从事国民精神改造的同时也包含了某种对应性的反思观念，这种对于启蒙的质疑不应被视作鲁迅本人对于启蒙本身的解构，而是对于启蒙的深化。《狂人日记》与《药》反映了先觉者与民众之间极端隔膜的关系，"狂人"与"夏瑜"一如爱罗先珂作品中的老虎、土拨鼠、疯癫的实业家等形象，虽然立志在改革，却深陷在"无主名无意识的杀人团"里，被"历史和数目的力量"所挤压。这种独异个人与庸

1　[俄] 爱罗先珂：《狭的笼》，鲁迅译，《新青年》，第 9 卷第 4 号，1921 年 8 月 1 日，本号实际延期出版。
2　[俄] 爱罗先珂：《时光老人》，鲁迅译，《晨报四周年纪念增刊》，1922 年 12 月 1 日。

众对立的主题构成了鲁迅前期小说的重要表现内容。对于启蒙者的命运，鲁迅在《头发的故事》里借助 N 先生之口说："他们都在社会的冷笑恶骂迫害倾陷里过了一生……"[1] 或许正是在爱罗先珂的作品中，鲁迅再一次看到了普通民众身上根深蒂固的奴性，这进一步加固了他有关中国社会是"绝无窗户而万难破毁"的"铁屋子"的判断。根据研究者的考察，《呐喊·自序》提出"铁屋子"这一高度浓缩的意象原本就与爱罗先珂笔下"狭的笼""又大又古的寺院""巨大的屋宇"等描述存在着暧昧不明的相似性，双方都是化用空间形式来比喻某种生存困境[2]。不过"铁屋子"显然不是鲁迅对爱罗先珂空间体验的简单捏合，而是全新的创造，但这也并不妨碍鲁迅从中直观地提炼出人民被囚禁时不死不活的麻木状态。在爱罗先珂的童话里，经常出现做梦、寂寞、人们在沉睡抑或是被催眠一类的描写，这些笔墨同时也是鲁迅围绕"铁屋子"比喻所铺排的语境因素。更为关键的是，爱罗先珂的作品还涉及民众因启蒙者的介入而无辜牺牲的悲剧。比如，《狭的笼》中的那只老虎拯救印度妇女，其实与白人殖民者抢夺妇人的行为具有类比性，二者都是企图从外而内地"占有"对方，充满着居高临下的霸权意识，启蒙意识形态与殖民主义话语构成了合谋关系。由于遭受这种来自外部的强制，民众并不能生成自我的主体性，而是依旧处在"被描写"的失声状态，最终面临着悲剧。相似的反思亦可见诸鲁迅，在 S 会馆那一场著名的对话当中，鲁迅提出启蒙者的大声嚷叫无非是惊起较为清醒的几

---

[1] 鲁迅：《呐喊·头发的故事》，《鲁迅全集》第 1 卷，人民文学出版社，2005 年，第 485 页。
[2] 参见赵陕君：《"铁屋子"与想象中国的方式——鲁迅与爱罗先珂的空间体验与文学表达》，《现代中国文化与文学》，2019 年第 4 期。

个在"铁屋子"里昏睡的人，使他们受到"无可挽救的临终的苦楚"。由此"铁屋子"的存在对于启蒙者而言就不仅仅是难以打破的现实阻力问题，而是转变为一个人道主义的伦理问题。鲁迅在"五四"之后曾经表达过"人生最苦痛的是梦醒了无路可以走"[1]一类的观念，其背后隐含的启蒙悖论早在爱罗先珂的作品中便能见出某些端倪。总的看来，置身于"五四"落潮的文化氛围中，鲁迅对于启蒙的反思意识逐渐加深。一个明显的证据是1922年的冬天，鲁迅创作了《不周山》，用意在"解释创造——人和文学的——的缘起"[2]。然而令人颇感意外的是，在这个女娲抟土造人的神话中，最终出现的却是"古衣冠的小丈夫"，这隐含地表达了他对于"立人"的某种挫败感。有意味的是，这种对人的批判性认知也与爱罗先珂的童话有所叠合，爱氏笔下的人类与动物相比总是处在一个负面的被讽刺的位置，他在作品中尖锐地批判了进化论的强权与专制。《鱼的悲哀》[3]《为人类》[4]等作品中，信奉优胜劣汰的自然法则的科学家或优等生常常扮演破坏人间和谐的罪恶角色，倒是天真自然的动物承担起了人道理想。以此而言，或许正是阅读爱罗先珂的童话促使鲁迅调整了原先那种对于人在自然界中主体地位的高度认同，"人"并不具有不证自明的优越性，相反极有可能处在"退化"的危机之中，由此生发的反思视野可能隐秘地改变了鲁迅"立人"的思想结构。

相较于鲁迅小说与爱罗先珂童话之间明显的互文关系，周作人在

---

[1] 鲁迅：《坟·娜拉走后怎样》，《鲁迅全集》第1卷，人民文学出版社，2005年，第166页。
[2] 鲁迅：《故事新编·序言》，《鲁迅全集》第2卷，人民文学出版社，2005年，第353页。
[3] ［俄］爱罗先珂：《鱼的悲哀》，鲁迅译，《妇女杂志》，第8卷第1号，1922年1月。
[4] ［俄］爱罗先珂：《为人类》，鲁迅译，《东方杂志》，第19卷第3号，1922年2月10日。

文学上较少直接受到爱罗先珂的影响，但也并非无迹可寻。周作人擅长理论阐释，文学创作则要逊色得多——一方面是因为属于创作的数量很少，另一方面则因为艺术成就有限而未受重视。但就是在其20世纪20年代为数不多的可以算作创作的《真的疯人日记》与《夏夜梦》中，都隐微显示出与爱罗先珂的某种关联性。1922年5月，周氏在《晨报副刊》上连载自己创作的小说《真的疯人日记》，从小说的标题、包含序言的封套结构、第一人称日记体叙述等要素来看，这是周氏有意模仿乃兄鲁迅的《狂人日记》而写的一篇作品。全篇以一个疯子的视角来叙说他在"民君之邦"游历时目睹的种种"怪现状"，实际上包含着对于中国现实的针砭[1]。小说第一节题为《最古而且最好的国》，与《编者小序》共同发表于5月17日的《晨报副刊》。而在一天之后的5月18日，《晨报副刊》刊载了周作人翻译的爱罗先珂演说稿《春天与其力量》，周作人在译者附记中交代，译稿完成于4月下旬，那么从时间上来说是在创作《真的疯人日记》稍早之前。演讲稿里爱罗先珂以春天为喻，鼓励青年革新，大胆反抗专制与愚昧，文中出现了"有古旧的迷信，国民的传统，和各种成见的国"[2]的字句，以此影射当时中国社会上流行的复古倾向。而《真的疯人日记》也立意在暴露国人的守旧与迷信，小说第一节采用了"最古而且最好的国"这一标题，与演讲稿原文的表述十分接近，很可能就是周作人在翻译《春天及其力量》时受到了爱氏言论的潜在影响，将其巧妙挪用过来。另外从具体内容来说，《真的疯人日记》涉及知识分子与平民之间的关系，这也是爱罗先珂到

---

1 参见周作人：《真的疯人日记》，《谈虎集》，河北教育出版社，2002年，第372—381页。
2 [俄]爱罗先珂：《春天与其力量》，周作人译，《晨报副刊》，1922年5月18日。

中国以后集中思考的问题，二者表现出潜在的互文性。不久后，周作人还以回忆的笔调创作了《夏夜梦》，连载于1922年8月至9月的《晨报副刊》。在此之前，"夏夜梦"这一意象曾出现在爱罗先珂的童话作品《狭的笼》中，这篇作品就是以印度的夏夜为时空背景，原文写到作为拯救者的老虎目睹了白人殖民者从婆罗门与奴隶手中抢走即将接受撒提仪式的妇女，鲁迅的翻译是"像鹿的女人抱在白人的手里，仿佛夏夜的梦，毫无痕迹的消灭了"[1]。仔细考察之下，周作人《夏夜梦》的内容也有与《狭的笼》接近的部分。第二节《长毛》记叙"长毛"（太平军）侵入故乡的院子，此时"我"冲出去救了一个正恭敬地等待杀头的帮工，然而他的反应十分漠然："因了我的多事，使他多要麻烦，这一种烦厌的神情却很明显的可以看出来了。"[2]这里"我"搏杀"长毛"的行为并不能为获救的长工理解，反而被认定为多事之举，底层民众的奴性表现得淋漓尽致。"我"的形象可以内在连通到爱罗先珂作品中以老虎为代表的拯救者，他们的共同点在于其反抗强权压迫的行动往往会被厚壁障一样的社会所吞没，从而构成了悲剧。又如《狒狒之出笼》一节，写到了社会上对于狒狒出笼的三种应对策略，其一表示应该拘禁，其二主张教育，其三认为狒狒在精神上已经奴化，因而不会出笼。周作人写这些当然是在讽刺现实中的某些荒诞景象，但是其关注的内容与爱罗先珂感兴趣的话题高度重叠，爱氏在国民教育、社会阶级、思想管控等方面的思考及议论也应该构成一个潜在的对话背景。1922年，周作人一反往常高度写实的态度，以疯人呓语与夏夜之梦来创作

1　[俄]爱罗先珂：《狭的笼》，鲁迅译，《新青年》，第9卷第4号，1921年8月1日，本号实际延期出版。
2　周作人：《夏夜梦·二　长毛》，《谈虎集》，河北教育出版社，2002年，第363页。

这些寄托幽深的"天方夜谭"式的作品，这种文学形式的锻造本身就与作为诗人寓言的爱罗先珂童话具有同构性质。在创作《真的疯人日记》《夏夜梦》这一段时间前后，爱罗先珂是周作人频繁关注的一个对象，他不仅翻译了爱氏的多篇演说稿，而且在其离开北京去参加世界语大会后写作了怀念的文章。综合考虑之下，爱罗先珂作为一个文化因素渗入到周作人文学创作中去的可能性是客观存在的。

从上文分析来看，周氏兄弟的作品内容乃至某些具体表述与爱罗先珂存在着或明或暗的曲折关联，这是不容忽视的事实，但同时笔者认为研究者也不应夸大其影响的程度。鲁迅就曾交代，《爱罗先珂童话集》中只有《狭的笼》《池边》《雕的心》《春夜的梦》四篇是他自主选择翻译，其余全都来源于爱氏本人的指定[1]。对于其作品的内容，鲁迅明确表示"因为为他而译，所以总是抹杀了我见"[2]。换言之，鲁迅虽然翻译了爱罗先珂的大量作品，但并不完全认同其观念，而是保留了自身的看法。二者之间的差异体现在何处呢？从鲁迅选择的篇目来看，他青睐的大多是那些具备明显的精神反抗性、展现刚强"意力"的作品，这也符合"激发国人对于强权者的憎恶和愤怒"的翻译初衷。至于爱罗先珂那些大量宣扬人间和谐关系，以纯白之心追求爱与美的平和之作则显然没有进入视野当中。这种选篇偏向背后是鲁迅有甄别地看取爱罗先珂的文化眼光。在《〈狭的笼〉译者附记》中，鲁迅这般赞美爱罗

---

[1] "依我的主见选译的是《狭的笼》《池边》《雕的心》《春夜的梦》，此外便是照着作者的希望而译的了。"参见鲁迅：《序》，《爱罗先珂童话集》，鲁迅译，商务印书馆，1922年7月初版，第1页。

[2] 鲁迅：《集外集拾遗补编·看了魏建功君的〈不敢盲从〉以后的几句声明》，《鲁迅全集》第8卷，人民文学出版社，2005年，第141页。

先珂:"广大哉诗人的眼泪,我爱这攻击别国的'撒提'之幼稚的俄国盲人埃罗先珂,实在远过于赞美本国的'撒提'受过诺贝尔奖金的印度诗圣泰戈尔;我诅咒美而有毒的曼陀罗华。"[1]此处点出了鲁迅欣赏爱罗先珂的原因实则在于后者对于现实的批判性,而作为反面参照的泰戈尔则是文明调和论的代表。由此可以更加具体地说,鲁迅从爱罗先珂身上抽绎出的是一个不满于现实秩序、凝结着底层人民"血与泪"的诗人形象,至于他理想中"爱与美"的大同世界,鲁迅则未必赞同其现实可能性。1922年10月,鲁迅创作了《鸭的喜剧》,为了纪念双方的友情,将后者作为主人公写进了小说里。值得分析的是,《鸭的喜剧》有意识地以爱罗先珂的童话《小鸡的悲剧》[2]作为对话者,对后者进行戏拟与解构,作者在小说中不忘提醒读者仲密家里的"一匹"小鸡"成了爱罗先珂君在北京所作唯一的小说《小鸡的悲剧》里的主人公"[3]。爱罗先珂的原作讲述了一只古怪的小鸡挣脱原有的生存秩序,与属于不同物种的小鸭去玩耍,但冷漠的小鸭不能接纳对方的爱,小鸡最后落水而亡。作为日常规则的挑战者,小鸡的身上贯彻了爱罗先珂本人超越界限的"无所不爱"的思想,相形之下,不能理解小鸡的小鸭与人类就显得十分冷漠与自私。而到了《鸭的喜剧》中,则展现出一幅完全不同的景象,蝌蚪被可爱的小鸭吃完这一情节展现出弱肉强食的生存逻辑,但关键之处在于鲁迅是以小鸭的"喜剧"来置换小鸡的"悲剧",并且小说的叙述语调是十分平静的,意在表明这就是日常生活的本来面目。

---

[1] 鲁迅:《〈狭的笼〉译者附记》,《新青年》,第9卷第4号,1921年8月1日,本号实际延期出版。
[2] [俄]爱罗先珂:《小鸡的悲剧》,鲁迅译,《妇女杂志》,第8卷第9号,1922年9月1日。
[3] 鲁迅:《呐喊·鸭的喜剧》,《鲁迅全集》第1卷,人民文学出版社,584—585页。

相较于爱罗先珂对自身"无所不爱"的人类主义思想的坚信不疑，鲁迅更为理智清醒地接受了生存斗争的自然原理，正如孙尧天所言："通过爱罗先珂的故事，鲁迅说明了自然界不可能达到和谐的道理，换言之，鲁迅比爱罗先珂更能够直面一个不完美的世界，他认可小鸭吃蝌蚪是必然的规律。"[1] 无独有偶的是，周作人也看到了爱罗先珂主张中不合实际的成分，1922 年 7 月爱氏离开中国后不久，他就写文章评价这位无政府主义者，指出爱罗先珂构想的爱的世界不过是一个"诗的乌托邦"："这个爱的世界正与别的主义各各的世界一样的不能实现，因为更超过了他们了。"[2] 虽然周氏赞赏包孕其中的纯白之心，但是也看到爱氏天真的主张与现实的距离，这与鲁迅小说意图说明的问题几乎如出一辙。周作人写作这篇文章尚在鲁迅创作《鸭的喜剧》之前，换言之，周氏兄弟正是在诗人离开的这一段时间相继展开对于其人类大同思想的审视与反省，他们一个采用回忆散文的形式来表达，另一个则写作了呼应性的小说，能够前后衔接起来获得一定的共鸣。尽管都对现有秩序不满，但与爱罗先珂希望通过同情与博爱感化强者，制造一个没有对立冲突的"桃花源"相比，周氏兄弟并没有遁入乌托邦式的幻想，而是要勘破这种"无所不爱"的虚妄性。事实上，鲁迅早年就服膺生存竞争的自然逻辑，他认为"顾战争绝迹，平和永存，乃又须迟之人类灭尽，大地崩离以后……"[3] 因而鲁迅总是立足于弱者的立场强调抗争

---

1 孙尧天：《自然童话中的动物与人——论鲁迅对爱罗先珂的翻译、接受及其精神交往》，《中国比较文学》，2021 年第 4 期。
2 周作人：《爱罗先珂君》，《泽泻集》，河北教育出版社，2002 年，第 36 页。
3 鲁迅：《集外集拾遗补编·破恶声论》，《鲁迅全集》第 8 卷，人民文学出版社，2005 年，第 34 页。

的必要性，这一根本基点不曾动摇。而周作人在"五四"初期确实幻想过"新村"式的大同世界，其观念十分接近爱罗先珂的"爱的世界"，此刻在对爱氏进行检视的同时，无疑也是对于自身早年主张的某种回顾与反思，表现出他个人思想的显著变化。

进一步言之，周氏兄弟与爱罗先珂对于人间关系的不同理解进一步衍生出启蒙信念上的差异，显然他们并不如爱氏那般对改革者开创理想生活的能力充满期待，而是更多呈现出在现实中自我反思的面向，这也影响了文学主题的表达。爱罗先珂童话与鲁迅小说虽然都写到了先觉者被社会吞噬的过程，但这类人物在二者作品当中的定位却有根本上的不同。爱罗先珂笔下的改革者尽管面临失败，但他们的牺牲却被赋予一种正向的价值，预示着光明的前景，隐含作者讴歌其奉献的精神。而鲁迅小说中以夏瑜为代表的革命者却常常被设定在一个反讽的位置上，隐含作者的反思实际上已经超越了一般群众的愚昧，进一步上升到革命者牺牲之无意义，他们自我献身的行为并不能成为医治华夏的"药"，相反却被作为迷信来接受，变做庸众茶余饭后的谈资。鲁迅为此深感痛惜，他后来多次表示反对学生请愿运动、主张壕堑战等也是处在同一语境当中。周作人的《真的疯人日记》与《夏夜梦》虽然也采用某种与爱罗先珂近似的寓言体的形式，但周氏的"梦"却总是与时事密切对应，用以针砭社会的具体弊端，并未出现爱氏童话中那种出离于现实的高度理念化的乌托邦设计。总体上说来，虽然周氏兄弟的文学创作与爱罗先珂存在着一定的勾连，但这种关系主要是在文学主题的外在形态以及具体的修辞表述方面体现出来，作为内质的精神理念则有大为不同之处，所以称之为同形异构大体是立得住脚的。

三、看见自身：智识阶级的使命

在周作人陪同下，爱罗先珂于 1922 年 3 月 3 日赴女子高等师范学校发表了题为《智识阶级的使命》的演讲，这是俄国盲诗人到北京后的第一场公开演说，获得了很高的关注度。爱罗先珂的演讲围绕知识分子的议题展开，他以 19 世纪后半叶俄国的文学家、教员以及高级学校学生自发深入民间的运动为例，强调知识分子应该承担起为民众教育服务的责任，讴歌这些无名的青年男女"竭力的和一切危险，一切专制奋斗，如果必须牺牲的时候，他们先牺牲自己"[1]。在爱罗先珂看来，知识分子与民众之间只有互相扶持、紧密结合，启蒙事业才能够奏效："民众离开了文学的光明就要变为迷信、愚蠢，变为自私自利；智识阶级隔离了民众也要退化为书呆子……"[2] 而这一论断的前提是爱氏注意到中国知识分子与平民阶级极端隔膜的现状，二者之间的鸿沟"比古代的万里长城更要坚固，比专制君主的野蛮性更要危险"[3]。爱氏本人怀着"无所不爱"的思想来到中国，但据其在上海的观察，"中国智识阶级似乎连爱及生活的理想都没有"[4]，心中落差之大，可见一斑。胡适在听完《智识阶级的使命》以后这样评价："他的演说中有很肤浅处，也有很动听处。"[5] 诚然，爱罗先珂人类主义的主张可能并不适合社会斗争日

---

1 爱罗先珂讲演：《智识阶级的使命》，李小峰、宗甄甫合记，《民国日报·觉悟》，1922 年 3 月 12 日。
2 同上。
3 同上。
4 同上。
5 胡适 1922 年 3 月 3 日日记，曹伯言整理：《胡适日记全编》第 3 册，安徽教育出版社，2001 年，第 568 页。

益加剧的中国现实，但他刻画的知识者引导民众、勇于奉献的精神却无疑具有道德上的感染力，以此为鉴能够映照出中国知识分子的麻木与自私。爱罗先珂之后的演说也多与智识阶级关涉，对于中国知识界而言，爱罗先珂的到来刺激并激活了这一老问题的新发现，尤其是在与爱氏关系紧密的周氏兄弟身上，我们更能看到他们之间产生的共鸣。

大体而言，"五四"新文化运动初期，社会批判的矛头主要指向守旧的遗老遗少以及奴化的底层民众，启蒙者的目光通常是向外扫视的，相形之下对于新知识分子自身的伦理问题尚未暇深思。所谓国民性批判更多看见的是世人的真面目，而缺乏发掘自身内在危机的反思性。"五四"运动之后，社会上出现了对知识分子强烈质疑的声音，其中以北大哲学系学生朱谦之的"反智论"影响最大。1921年5月19日，朱谦之在《京报》副刊《青年之友》上发表《教育上的反智主义》一文，径直把知识比作赃物，把知识所有者比作盗贼："即就知识本身的道理说，也只是赃物，故我反对知识，是反对知识本身……因为知识是赃物，所以知识的所有者，无论为何形式，都不过盗贼罢了。"[1] 朱谦之写作《教育上的反智主义》实际上是受到瞿秋白的影响，后者强烈反对"劳心者治人，劳力者治于人"的秩序体系，曾写作文章披露绅士阶级及其知识分子的腐朽生活。1919年底，瞿秋白发表了《智识是赃物》一文，将旧社会中统治阶级占有知识的行为与财产私有制关联起来，将其定义为强盗掠夺行为，认为"废止知识私有制就是废止财产私有制的第一步"[2]。作为一名无产阶级理论家，瞿秋白的论调主要着眼

---

[1] 朱谦之：《教育上的反智主义——与光涛先生论学书》，《京报》副刊《青年之友》，1921年5月19日。

[2] 瞿秋白：《智识是赃物》，《新社会》，第6期，1919年12月21日。

的是反抗阶级压迫的需要，他注意到知识上的贫富分化，这一视点具有明显的进步意义。但是，当朱谦之进一步将"智识是赃物"的比喻发展到教育上的反智主义，极端地认定"知识就是罪恶——知识发达一步，罪恶也跟他前进一步"[1]时，他对于知识及知识者本身的解构显然就陷入了虚无主义的窠臼。在崇尚"科学"的新文化运动者看来，"反智论"不啻于价值观念上的正面挑战，动摇了"五四"启蒙运动的思想根基，因此鲁迅写作了《智识即罪恶》予以回应。文中以揶揄的笔调描述了"我"在接受"智识是罪恶"的论调以后所观察到的各种相对主义的怪相，"我"想要摆脱"智识"而不能，最后为了搞清楚自己究竟有没有死后还阳，提出"解决这问题，用智识究竟还怕是罪恶，我们还是用感情来决一决罢"[2]。鲁迅借此辛辣地讽刺了朱谦之提出的区别于知识教育的"主情主义"。值得注意的是，文章一开始写"我"受到新文化影响，跑到北京拜老师，其获得的那些"元质"有七十多种，"x+y=z"之类的知识"闻所未闻，虽然难，却也以为是人所应该知道的事"[3]。看得出来，这里隐含作者对于"我"同样是一种揶揄的态度，问题在于既然鲁迅强烈批判"反智论"，他为何又要在文章的开始以反讽语调叙述一个平民在新文化感召下求"智识"的过程？笔者认为，事实上鲁迅对于"反智论"的态度是比较复杂的。他显然反对其中所宣扬的虚无哲学的观点，不同意抽离知识与知识分子本身的价值，但是瞿秋白与朱谦

---

[1] 朱谦之：《教育上的反智主义——与光涛先生论学书》，《京报》副刊《青年之友》，1921年5月19日。
[2] 鲁迅：《热风·智识即罪恶》，《鲁迅全集》第1卷，人民文学出版社，2005年，第392页。
[3] 同上，第389页。

之对于知识分子的批判论调也在无形中为身处文化中心的知识分子带来某种"影响的焦虑",特别是他们对于知识分子特权地位的揭示以及其学问高蹈空疏、脱离社会倾向的批评,一定程度地命中了新文化运动的命门。由此,如何在正视自身缺陷的基础上坚持知识分子的主体性就成为一个亟待回应的问题,而爱罗先珂对智识阶级"批判中有希冀"的态度适逢其会地为之提供了某种精神解决方案。从历时性的角度来看,1921年"反智论"的兴起及其带来的冲击挑战应该成为1922年新文化人士接受爱罗先珂知识分子论调的引线与前史。爱罗先珂以《智识阶级的使命》为代表的系列演说使得知识者本身作为一个热议的话题浮出水面,他对中国知识分子的批判主要集中在享乐主义与自我优越感、知识界与平民阶级脱离的狭隘倾向、缺乏影响现实的行动力等方面,而其克服办法则是深入民间的大无畏的无私奉献精神,这些要素不同程度地在周氏兄弟1922年的作品中有所体现。

从《随感录》时期起,鲁迅对"国民性"的批判指向社会的各个层面,涉及的内容较为广泛,但是到了1922年他的视点发生了一定的变化,在进行文化批判的同时也开始更多"向内"看见自身,思考知识启蒙者的问题。4月4日,鲁迅与爱罗先珂一起去观看俄国歌剧团的演出《游牧情》,而后鲁迅写了《为"俄国歌剧团"》一文。文中描写了十月革命后流亡出来的一个俄国歌剧团美妙而又真诚的表演,与之形成鲜明对照的则是中国剧场中如沙漠一般的观演环境。与艺术家的博爱相比,中国观众被封闭的等级秩序隔离成几个空间区块,他们毫不能体味艺术的趣味,只是充当了滑稽的"看客"。在换位思考之下,鲁迅认为倘若自己是一个歌者,面对如此糟糕的环境,必然要收藏起竖琴,不再歌唱。但是令人意外的是,这些俄国艺术家却勇敢地"在寂寞里歌舞",由此鲁迅见出了自身的"怯弱"与"褊狭"[1]。这个故事意在提醒众人,志在引导民众的知识分子并不会因为外部现实的冷漠就畏缩不前,他们应该如同这些异国的艺术家一般,勇猛热情地面对社会的敌意。就在几天之后,鲁迅又发表了《无题》一文,写的虽然是日常生活中的一件小事,但是却同样蕴含着思想上的反思。"我"在制糖公司买定朱古力后,伙计伸开手指罩住了剩下的部分,防止被顺手牵羊。伙计的猜疑惹来我的愤怒不满,于是装出虚伪的笑容反问对方,预料对方一定要强辩。然而意外的是,伙计没有辩解,而是感到惭愧,他真实的表现反倒映照出"我"华丽的皮袍底下的"小"。换言之,"我"认为伙计在无端地猜忌自己,但实际情况是"我"同时也在无端地猜忌他,知识分子根本不具备自外于平民的道德优越感,整篇文章的落脚点其实就在第一人称叙述者"我"的自我反思意识。作者写道,伙计以及"我"本人的"这种惭愧,往往成为我的怀疑人类的头上的一滴冷水",而在夜间看了几页托尔斯泰的书后,"渐渐觉得我的周围,又远远地包着人类的希望"[2]。这意味着,"看见自身"的反思意识与真诚悔过的精神有可能成为打破人间隔膜的某种希望所在。另外,《无题》看似与爱罗先珂无关,实际上也有隐含的影射关系,其最初在《晨报副刊》发表时,一二两段之间插入了一段几个人攻击爱罗先珂是瞎子的描述文字,具有很强的反讽性[3],这说明在鲁迅反思知识分子与民众之间隔膜的关

---

[1] 鲁迅:《热风·为"俄国歌剧团"》,《鲁迅全集》第1卷,人民文学出版社,2005年,第403—404页。
[2] 鲁迅:《热风·无题》,《鲁迅全集》第1卷,人民文学出版社,2005年,第406页。
[3] "人看见 Sro·E,几个人叫道:'瞎子,瞎子!'对的,他们发现了真理。"参见鲁迅:《无题》,《晨报副刊》,1922年4月12日。

系时，爱氏也构成了某种批判性的参照。

除了以上两篇杂文，鲁迅的小说创作也体现出从看见外界到看见自身的某种思想变化，《端午节》就是一个颇具症候性的文本，这篇作品在鲁迅的创作脉络中应该占有一个节点性的位置，与之前大多描写乡土社会中病态的民众灵魂不同，作者的目光从对庸众的批判转向对知识分子自身的审视。《端午节》发表于1922年9月的《小说月报》，鲁迅的上一篇小说还是1921年底到1922年初连载的《阿Q正传》，只要将两者一对比就能够看出小说主题在继承中有新变的特征，最为明显的即是在保持一贯的精神启蒙的文化立场之外，知识分子开始成为小说中新的主角[1]。而之所以有如此变化，很有可能是来自《智识阶级的使命》等演说的启发，这是因为发表《阿Q正传》与《端午节》之间的1922年上旬，正好也是爱罗先珂与鲁迅相识并且结下友情的时间，后者受前者影响是十分自然的。《端午节》中，教员兼做官僚的方玄绰爱说"差不多"一词，不仅当作口头禅，而且被他编织成为一种人生观，其核心是"古今人性相近""易地则皆然"等抹平差异的法则。这体现出话语表达者的一种根深蒂固的思维结构，即能够将价值判断相对化，因此在遭遇心理危机的时候可以迅速地扭转，得出无是非观的结论。究其实质，"差不多说"扮演了与"精神胜利法"类似的心理慰藉功能，主体缺乏与恶社会斗争的勇气，所以造出"瞒和骗"的套路，可

---

[1] "若说《阿Q正传》批判一般中国人（老百姓和旧派绅士）的麻木精神，《端午节》这篇的批判矛头则转向五四的知识分子，鲁迅有意借此发掘中国知识分子身上隐藏的'阿Q精神'，从许多方面来看，《端午节》这篇可说是鲁迅以知识分子为主角的《阿Q正传》。"参见彭明伟：《爱罗先珂与鲁迅1922年的思想转变——兼论〈端午节〉及其他作品》，《鲁迅研究月刊》，2008年第2期。

以借此掩饰自身性格上的自私懦弱以及行动能力的匮乏。原文中的概括十分准确："这不过是他的一种新不平；虽说不平，又只是他的一种安分的空论。他自己虽然不知道是因为懒，还是因为无用，总之觉得是一个不肯运动，十分安分守己的人。"[1] 所谓"不肯运动，十分安分守己"指的就是知识分子徒发空论而无实际行动的高蹈空疏倾向。体现在小说中，方玄绰虽然对欠薪大为不满，但他从不参与索薪的实际活动，更多是空谈气节，想要坐享其成。事实上，方玄绰本人已经为其"差不多说"做了最好的注解，比如他斥责太太买彩票的想法是"无教育的"，而他自己却也曾为彩票广告心动，这说明接受过高等教育的知识分子与大字不识的平民其实也"差不多"，鲁迅以此尖锐讽刺某些貌新实旧的文化人士。《端午节》中方玄绰这一人物形象有鲁迅自喻的成分，隐含着一定的自省意识，同时也有对现实的讽刺。小说中几次出现胡适的《尝试集》，但都是反讽性的：当妻子来催促之时，方玄绰便拿起《尝试集》来看，这是一种文化区隔的标志。联系历史来看，当时胡适正在提倡"好政府主义"，主张中国的"优秀分子"加入政治运动，组建"好人政府"[2]。鲁迅很有可能借《端午节》的写作隐微批判了这种论调的不务实际以及潜在的等级意识。总的看来，鲁迅讽刺中国知识分子怯弱自私、缺乏实干精神以及与民众脱离的精英趋向等精神弱点，都能够潜在地与爱罗先珂的知识分子论调对接起来。

与鲁迅作品思想内涵的转换步调一致，周作人的批判视野也在这一时期发生了一定变化。1922年5月，周氏的《真的疯人日记》在《晨

---

1 鲁迅：《呐喊·端午节》，《鲁迅全集》第1卷，人民文学出版社，2005年，第561页。
2 参见蔡元培、胡适等15名北京大学教授联合提议发表的《我们的政治主张》，原载《努力周报》，第2期，1922年5月14日。

报副刊》上连载。在这篇作品里，周作人描述了"我"在"民君之邦"的见闻，而他的讽刺对象主要集中在知识界，包括教员、学者以及文学家在内的一系列智识阶级都以丑角的面孔登场。《真的疯人日记》以所见所闻的形式来剜刺知识者的精神弱点，这种表达立场与爱罗先珂非常接近。在此之前的3月，后者便在周作人陪同下作了《智识阶级的使命》的演说，4月下旬周作人又翻译了爱罗先珂的演说稿《春天与其力量》。我们可以看到爱氏有关知识分子以及教育事业的观念不同程度地进入到周作人的小说当中。《真的疯人日记》第一节内容的标题为《最古而且最好的国》，上文已经提过，这一表述其实与稍早前翻译的《春天与其力量》中"有古旧的迷信，国民的传统，和各种成见的国"的比喻具有隐含的关联性。在这一所谓的"民君之邦"里，人们口里常常出现的两个词是"平民"与"国家"。叙述者"我"目睹了两个路上的行人相互对峙、剑拔弩张，一个认为对方背叛了国家，一个则指责对方以智识阶级的身份欺侮平民。这一场景描摹了智识阶级与平民之间的隔膜关系，他们并未融合而是相互敌视，而这恰恰也是爱罗先珂对中国社会的见解。《真的疯人日记》的第二节题为《准仙人的教员》，当时知识界内弥漫着一种论调，教育是清高的事业，所以教员由不食人间烟火的仙人所担任。此一情节有其现实背景，在20世纪20年代教育界的欠薪索薪风潮中，范源濂等人就曾非难北京教员一手拿钱、一手拿书包上课是不高尚的行为，周作人将这种迂腐的气节观念化用在了作品当中。在周作人笔下，学校教育被功利主义的氛围所腐蚀，教员没有真才实学却佯装全知全能到处活动"走穴"，以"知识"的名义赚取利益、头衔，由是各种新花样的学说层出不穷却又转瞬即逝。第三节描写种种学术集会的空疏虚妄。"统一学术研究所"里的学者用

"显微镜考察人生的真义"[1],"理性发达所"专门训练人们发"狂"议论的能力,"主义礼拜会"更是具有迷信法术的色彩。荒谬可笑的图景显示出学院派知识分子的一个根深蒂固的症结,即周作人后来谈及的道德与事功之间的分离。第四节则描写被等级秩序支配的文学界,文学家是祖先崇拜的信徒,在其看来越是古的雅的文学就越处于高位,他们通过大做雅文泯灭人的个性,进行精神上的控制、压迫。总结来看,周作人在《真的疯人日记》中刻画了自私狭隘、虚文浮华的知识分子形象,他们热衷于追逐个人的地位与利益,缺乏走向民间去真诚为民众服务的博爱关怀,也没有从事社会实践的实干精神与勇气,这与爱罗先珂的批评是一脉相承的。

1922年爱罗先珂与周氏兄弟的精神对话衍生出以智识阶级为中心的思想议题,他对于中国知识分子的敏锐观察引发了后者的共鸣,在兄弟二人的部分作品中,都出现了从"看见外界"向"看见自身"的某种视点变化。二者在关注社会现实的同时也不忘反顾内心,调整精英主义的文学视线,思考启蒙者的主体定位及责任问题。爱罗先珂强调知识分子有引导民众的责任,需要打破等级分割的意识,自发地深入民间与底层社会结合。在他眼里,真正的智识阶级不会因外界的冷漠仇视而畏惧退缩,尽管面临着苦难,仍然无私热情地付出心力。从爱氏言论引发的文化效应来看,一方面这种观念映照出中国知识分子的偏狭与冷漠,促使文化界反思启蒙者的阶层固化以及与民众的疏离倾向,批判其自外于社会的优越感。20世纪20年代中期,周氏兄弟与现代评论派的论争就是处在这一延长线上,虽然此时鲁迅与周作人已

---

1 周作人:《真的疯人日记》,《谈虎集》,河北教育出版社,2002年,第377页。

经失和，但二者对"东吉祥诸君子"的看法却是一致的。这批自命为"特殊智识阶级"的欧美留学人士将自身塑造为讲求"公理""正义"的正人君子、学者雅士，却漠视现实中正在发生的惨案，骨子里彰显的实际是一种依附于权力的绅士架子。另一方面，爱罗先珂富有理想主义激情的道德方案也能够在"五四"落潮的困局当中提供一种振奋人心的力量。虽然周氏兄弟并不同意其改革者牺牲自我生命的做法以及"无所不爱"的理念，但是爱氏主张知识分子应克服万难去往民间服务、与社会融合，其设想的勇猛精进的坚毅人格却为"铁屋子"难题的破解注入一种行动的力量。在《春天与其力量》一文中，爱罗先珂并不因为春天到来会使无辜的生命牺牲便放弃对春天的渴望，因为这最终意味着希望所在，他热切地呼唤："让我们不要失却时光，让我们去工作，因为只有在宽阔的播下了种子的国里，我们才能希望——不管那些惯性与反动，得到一个丰满的收成，与幸福及好运的一年。"[1] 这种置身于现实奋斗的实干意识实际上弥合了思想与行动之间的延宕性，从而鼓励包括周氏兄弟在内的中国智识阶级以大无畏的精神来面对残酷的现实，在寂寞彷徨中走出一条生路来。

---

[1] [俄] 爱罗先珂：《春天与其力量》，周作人译，《晨报副刊》，1922 年 5 月 18 日。

结语　共生与独立：从双峰合一到歧路难返

抗战胜利后不久，郑振铎在1946年1月12日《周报》第19期上发表一篇题为《惜周作人》的文章，文中有言："假如我们说，五四以来的中国文学有什么成就，无疑地，我们应该说，鲁迅先生和他（周作人）是两个颠扑不破的巨石重镇；没了他们，新文学史上便要黯然失光。"[1]文章把周作人在文学上取得的成就与鲁迅的相提并论。"两个颠扑不破的巨石重镇"的比喻足可见出周氏兄弟作为"兄弟档"在世人心中留下的深刻印象。孙郁、黄乔生的概括十分准确："新文化运动初期……二人被合称为周氏兄弟，其思想状态与文章风格，多有相似的一面。陈独秀与胡适对周氏兄弟评价很高，以为白话文的魅力在二人笔下被呈现出来，是新文学真正实绩的代表。看那时二人的著述，文字老到深沉，学识渊博，且又有深切的现实情怀，所以每有篇章问世，辄被人们争阅，影响之大，现在看旧时文献，依然可以感受到的。周氏兄弟虽不是新文化运动的发起者和主帅，却起到了别人起不到的作用。"[2]以此对照而言，本书所做的工作就是尽量返回到"五四"新文学的发生现场，描述鲁迅与周作人基于互相之间精神理念上的契合组织而成的文学共同体结构，把握周氏兄弟这一话语范畴的整体化意涵，全面梳理他们以"立人"为中心的文学价值观。

周氏兄弟的共同体意识首先体现在二者思想观念上的合拍，从

1　郑振铎：《惜周作人》，1946年1月12日《周报》第19期，参见孙郁、黄乔生主编：《国难声中》，河南大学出版社，2004年，第195页。

2　孙郁、黄乔生主编：《序言》，《周氏兄弟》，河南大学出版社，2004年，第1页。

1918年底到1919年初，鲁迅与周作人先后分别发表了《渡河与引路》《思想革命》两篇文章。针对世界语的问题，鲁迅强调"灌输正当的学术文艺，改良思想，是第一事；讨论Esperanto，尚在其次"[1]。周作人则认为"文学革命上，文字改革是第一步，思想改革是第二步，却比第一步更为重要"[2]。在这里，他们不约而同地将目光对准语言文字改革与思想改革之间的张力关系，字里行间隐含着对于既有文学革命重形式轻伦理的某种反驳。由此来看，正是思想革命构成了周氏兄弟"五四"时期最为核心的问题意识，也是二者想要为文学革命注入的实质性内容，即倡导以人自身的精神发展为重心来思考文学的方方面面，真正将文学变成一种"成人之学"。出于这样的动机，鲁迅与周作人以文学创作与文学理论合力奠定了《新青年》启蒙的文学传统，通过对"吃人"现象的批判与"人性"真理的剖析去透视并改良人的现实生存，充分发掘妇女与儿童的新人形象，他们在"人的文学"的提倡中实践着"立人"的精神诉求，由此兼及社会风俗、伦理与道德的改革。与此对应，也常常可以看到鲁迅与周作人在具体工作上面的配合关系，比如共同将武者小路实笃的《一个青年的梦》引入中国，批判妇女的贞操问题，译介弱势民族文学中富有人性光辉的作品，等等。在周氏兄弟思想革命的理路中，我们可以清晰看到卡西尔所说的认识人类自身"已被证明是阿基米德点，是一切思潮的牢固而不可动摇的中心"[3]。其次，当"立人"的目标统摄着周氏兄弟整个的文学结构，思想内容与文体表

---

[1] 鲁迅：《集外集·渡河与引路》，《鲁迅全集》第7卷，人民文学出版社，2005年，第37页。
[2] 周作人：《思想革命》，《谈虎集》，河北教育出版社，2002年，第9页。
[3] [德] 恩斯特·卡西尔：《人论》，甘阳译，上海译文出版社，2004年，第3页。

达之间就具备了同构呼应的关系，因着这种形式自觉，他们也成为创造新文学"表现法"的先锋。鲁迅与周作人之所以赞成"五四"文学革命，本就是致力于培养白话文背后的现代"思维"，他们共同探索现代短篇小说与散文两大文体的文类规则，并非是要侵入高尚的文苑，而是看中文体背后所承担的现实意义功能以及艺术家的主体性，他们的文学语言观也表现出"以汉语思想"的意识逻辑。正是在种种"有意味的形式"的展布中，以"文学"而非其他方式来"立人"的独特意义才能够实现。总而言之，本书正文的主要内容即是立足于思想与文体两个层面来描述鲁迅、周作人二者作为一个共同体的理论主张与创作实践，以此凸显"五四"新文学的"周氏兄弟"路径。

值得说明的是，关于周氏兄弟以思想革命为旨归的"立人"主张，离不开对中国人生存处境的现实关照，所谓的国民性理论也更多是作为一种"矫枉过正"的批判策略被运用，并非没有其历史的限度。已经多有论者指出，周氏兄弟早期思想十分注重意识形态的改造，而忽视了经济、政治以及社会制度层面的改革。揆诸"五四"时期的鲁迅与周作人，他们多谈伦理、道德与思想问题，高度关注民众精神素质的提升，较少涉及具体的政治、经济方案。在鲁迅与周作人身上，确实存在着林毓生描述"五四"全盘反传统时所说的那种"借思想、文化以解决问题的方法"[1]之思维模式。但笔者想要强调的是，对于这种文化决定

---

[1] "'五四'反传统主义者，虽然要求打倒整个文化传统，但他们之所以做这种整体性的要求，实因他们未能从'借思想、文化以解决问题的方法'那种有机式的一元论思想模式中解放出来的缘故。这种思想模式，因为是一元论式和主知主义的，本身具有发展至主知主义整体观的可能。"参见林毓生：《"五四"时代激烈反传统思想与中国自由主义的前途》，《中国传统的创造性转化》（增订本），生活·读书·新知三联书店，2011年，第210页。

论的观念也需放置在具体的历史语境中来评判。一方面,中国近代以来历次改革运动的失败给周氏兄弟带来了思想上的冲击,新漆剥落以后旧象频生的图景使得其认定人性的改造比外部社会制度的改造更为困难,于是思想文化在众多因素中获得了优先性,周氏兄弟秉持的正是这种改造社会先从改造个人思想做起的思路。这并非是"五四"知识界的独创,对中国文学界影响甚深的陀思妥耶夫斯基就曾直言人性深处隐藏着痼疾[1],于是认识并改造人的灵魂便成了重中之重。就此而言,把周氏兄弟的思想革命看作是所谓知识视野上的局限固然有一定道理,但毋宁说这是变动时代文人的特征所在,达至的是一种"片面的深刻"。另一方面,我们也需注意到周氏兄弟"五四"时期的"立人"思想相较于青年时代已经发生了微妙的调整,虽仍以思想革命为重,但那种奉精神为圭臬的拔高倾向得到了修正,而是落实到人的具体生存之上。周作人强调"灵肉一致"的人性,将物质生活层面引入,而当鲁迅把闰土的麻木恣睢与"多子,饥荒,苛税,兵,匪,官,绅"[2]联系起来,将阿Q的精神胜利法与其在未庄的地位处境联系起来,显然就具有了某种社会性的视野,民众的奴隶性来源于生存空间的挤压,改造国民的精神显然无法在脱离社会体制的情况下单独奏效。如此种种都在说明周氏兄弟"五四"时期的"立人"思想是一个更为立体多元的结构,包含着更为丰富的文化内容与思想范畴,其目的在于造就"完善的人",

---

[1] "显然,毫无疑问,人类的灵魂深处就隐藏着恶,比以医治社会为己任的社会主义者所想象的还要深沉;无论在哪一种社会制度之下,恶是不可避免的,人类的灵魂仍然是不正常状态和罪讨的发源地……"参见 [俄] 陀思妥耶夫斯基:《〈安娜·卡列尼娜〉具有特殊意义的事实》,《陀思妥耶夫斯基散文选》,刘季星、李鸿简译,百花文艺出版社,2005年,第163页。
[2] 鲁迅:《呐喊·故乡》,《鲁迅全集》第1卷,人民文学出版社,2005年,第508页。

并非单向度的精神革命所能涵盖，这也是本书所力图揭示的内容。

总而言之，"五四"时期的鲁迅与周作人确实是在"共同"从事文学"立人"的工作，他们在大方向上获得了精神连带的归属感，这在正文当中已经从不同的角度进行了论证。但是对于笔者来说，此时仍然需要在结语部分重点强调一个问题，即我们如何来理解这里"共同"一词的准确含义。正如在绪论里面已经提到的，"共同"并非指的是"相同"，其语意重心在于"共生"一词，指的是两个独立个体之间的辩证统一的关系，是普遍性与特殊性的有机组合关系。钱理群的概括十分精辟："第一层面，便是强调周氏兄弟在思想根柢上的一致性，也就是他们有共同的思想出发点和归宿，这便是'立人'思想。他们最关心的是'个体的精神自由'，这是他们思想的根。但同时他们又有各自不同的关注点、不同的领域，因此他们又有极大的思想互补性，可以互相发挥。在这种相互参照中，可以让他们的思想更加深化、更加广阔。"[1] 换言之，鲁迅与周作人合则一体，分则两立，"五四"时期他们被并称为周氏兄弟这一文学共同体，实则着眼的是互相补充、互相发挥的"参照"意义，以及更加深化、更加广阔的"叠加"意义，而不是强行抹平各自的参差不齐，获得同质化的结论。恰恰相反，他们的灵活多变与自成一家在彼此交错的文学空间中方才能够获得更为清晰的理解，这种同中见异的思路使得我们进一步贴近鲁迅与周作人"立人"思想的本质。

关于周氏兄弟失和之前就已浮现的思想差异，有论者提出："鲁迅、周作人兄弟的合与分，以及他们后来各自代表的不同文学战线，其分野始于五四时期人道主义思想的两种偏向——人类性还是民族

---

[1] 钱理群：《话说周氏兄弟——北大演讲录》，九州出版社，2013年，第222页。

性。"[1]这一观点堪称卓见，已经精要地抓住了鲁迅与周作人各自思维结构的核心，他们对于"人"的理解以及"立人"途径的设计都能在民族性/人类性这一区分范畴之上显示出各自的特征所在。笔者非常认同这一解释系统，但反对一种模式化的解读方法，即简单直接地对号入座，按图索骥，将鲁迅的"立人"对标为民族性的人道主义思想，把周作人的人学理论仅仅定义成人类性的人道主义思想，从而来说明周氏兄弟启蒙观念存在二元对立式的区别。正文中已经提到，"五四"时期各种社会思潮的兴起为"人的发现"提供了时代性的理论框架，其中影响最为重大的有两种，其一是近代以来严重民族危机下所催生的强国保种的进化论话语，其二是第一次世界大战后期开始兴盛的人类大同的互助主义思潮。此二者在"五四"时期实现了历史性的汇合，并且互相交融在一起构成了深植于时人意识深层的认识装置。具体到鲁迅与周作人，他们也同时受到这两股思潮的影响，基于自身的接受语境择取其中的合理要素。换言之，在周氏兄弟的"立人"思想中总能看到一种紧张的国民意识与超功利的人性论尺度之间的张力关系，有时候彼此之间甚至是混融难分的。周作人固然提倡"同类之爱"甚于"同胞之爱"，超越了民族阶级的视野，但他同时也写作了攻击中国传统礼教思想与社会流毒的文章，言辞激烈，建构起"流氓鬼"的形象。鲁迅"立人"的诉求当然最终指向张大国人的个性，建立"人国"，但是区分于梁启超"新民"理论对"合群"的极端看重，在鲁迅这里"个"的价值是自足的，绝对不是作为群体的手段存在，其中有"致人性于全"的超功

---

[1] 潘正文：《五四文学：启蒙的维度与向度——以文学社团为中心的考察》，浙江工商大学出版社，2020年，第196页。

利的成分。学界历来认为关心弱势民族命运、以揭露国民性弱点为职志的鲁迅与互助主义思潮的关联是十分淡薄的，本书则倾向于鲁迅在"五四"时期也曾受到一战胜利后公理战胜强权、开辟人类新纪元的乐观论调的影响，一个明显的例证是他这一时期的《随感录》中使用"人类"一词的频率加大。"东方发白，人类向各民族所要的是'人'"[1]，这样的表述中显然也透露出一种世界主义的憧憬。事实上，就连国民性批判话语也并不总是局限在民族意识的范围内，在杨联芬看来，"由于国民性着眼的是民族整体素质和民族的文化形态，比较阶级斗争、民族主义，国民性批判所秉持的文化尺度，具有更普遍和宏观的视野，文学作品往往能够突破'国民性'命题的局限而对具体环境中的普遍人性进行深刻的揭示"[2]。所以简单地以民族性／人类性的有无来定义鲁迅、周作人是无法成立的。

准确说来，真正能够将"五四"时期的鲁迅与周作人区分开来的，是其"立人"思想中民族性倾向与人类性倾向的比重之不同。彼时虽然二者都受到互助主义思潮的影响，但周作人对人类性的推崇明显要大于鲁迅，这从他们对于日本白桦派作家的态度中就可见出。"五四"时期周鲁二人都曾对武者小路实笃的反战剧本《一个青年的梦》感兴趣，周作人首先写作《读武者小路君所作〈一个青年的梦〉》一文，介绍了"人人都是人类的相待，不是国家的相待"[3]的观点。鲁迅读后很受

1　鲁迅：《热风·随感录四十》，《鲁迅全集》第1卷，人民文学出版社，2005年，第338页。
2　杨联芬：《晚清与五四文学的国民性焦虑（三）——鲁迅国民性话语的矛盾与超越》，《鲁迅研究月刊》，2003年第12期。
3　周作人：《读武者小路君所作〈一个青年的梦〉》，《周作人散文全集》（修订版）第2卷，广西师范大学出版社，2021年，第28页。

感动,翻译了《一个青年的梦》,在译序中他表示对武者小路的观点极以为然,认为"现在国家这个东西,虽然依旧存在;但人的真性,却一天比一天的流露",言下之意似乎能够认同人类一家的可能性。但是令人颇感意外的是,鲁迅之后却突然话锋一转,将目光对准社会中无端互相仇视的情况,质疑中国人最终能否爱好和平,在译序末尾他也委婉地表示"书里的话,我自然也有意见不同的地方"[1]。鲁迅将这一剧本翻译进来固然是用域外的光明医治中国旧思想上的痼疾,但是当他面对封闭自守的国民意识时,却又解构了其中理想主义的人类倾向。他一面看到"不满是向上的车轮,能够载着不自满的人类,向人道前进"[2],同时又对中国人是否能走上这样的道路表示深刻怀疑,其观察视角最终还是从人类转移到民族之上。而周作人则对武者小路实笃等人新村式的"爱之福音""互助生活""非暴力革命"的理论表示彻底信服,他曾写作《日本的新村》《访日本新村记》等文章大力宣扬,1919年他亲身参观了日本日向新村,以宗教朝圣般的神圣情绪体会到了人类之爱,后来还发起设立了"新村"北京支部的倡议。鲁迅对此则不以为然,1919年8月7日致钱玄同信中有言:"仲密寄来《访新村记》一篇,可以登入第六期内。但文内几处,还须斟酌……"[3]8月13日又有"关于《新村》的事……因为只是一点记事、不是什么大文章、不必各

---

[1] 以上参见鲁迅:《译文序跋集·〈一个青年的梦〉译者序》,《鲁迅全集》第10卷,人民文学出版社,2005年,第209—210页。
[2] 鲁迅:《热风·随感录六十一 不满》,《鲁迅全集》第1卷,人民文学出版社,2005年,第376页。
[3] 鲁迅:《190807:致钱玄同》,《鲁迅全集》第11卷,人民文学出版社,2005年,第378页。

处登载"[1]的表述。面对互助论所建构的理想图景，鲁迅后来还在《头发的故事》里借了阿尔志跋绥夫的话表达了微妙的讥讽："你们将黄金时代的出现豫约给这些人们的子孙了，但有什么给这些人们自己呢？"[2]以上已经清晰显示出周氏兄弟观念的分野，尽管同时受到进化论与互助主义的影响，但民族性/人类性在他们思想结构中的配比关系并不一致，这一看待"人"的视角差异导致了二者"立人"思想的若干不同之处。总体上说来，鲁迅的"立人"诉求背负着受压迫者的苦难与屈辱，更具有现实的民族道德焦虑感，而周作人的人学理论则往往从社会文明的普遍立场来认识客体，更偏向超功利的人类自然天性的健全发展，具体表现在以下几个方面。

第一，鲁迅与周作人"五四"时期都高度注重人的生存发展，但为了达到这一目标，二者的思考方向却各有侧重点。鲁迅旨在"揭出病苦，引起疗救的注意"[3]，这一"病苦"主要指的是人性本身的精神异化，特别是中国长久以来专制政教制度及其附着的伦理道德所加诸个体身上的奴隶人格，它深植于统治者与被统治者身上，可以跟随双方地位的转化而转化，从而成为牢不可摧的主奴共同体结构。对鲁迅来说，"立人"的首要前提就是要祛除这一桎梏个性的枷锁，张扬人的"主观之内面精神"[4]。而周作人则是以人的自然本性论为基础，肯定本能欲求

---

[1] 鲁迅：《190813：致钱玄同》，《鲁迅全集》第11卷，人民文学出版社，2005年，第379页。
[2] 鲁迅：《呐喊·头发的故事》，《鲁迅全集》第1卷，人民文学出版社，2005年，第488页。
[3] 鲁迅：《南腔北调集·我怎么做起小说来》，《鲁迅全集》第4卷，人民文学出版社，2005年，第526页。
[4] 鲁迅：《坟·文化偏至论》，《鲁迅全集》第1卷，人民文学出版社，2005年，第54页。

的美善，同时又对其加以理性节制。在周作人看来，"立人"的重心在于调节好兽性与神性之间的关系，既反对人性中遗留的野蛮成分，也反对后天道德戒律对天性的束缚，使得每一个个体按照本然的规律特征恰如其分地展露自身，相较于鲁迅，他是从更为世俗化的层面来思考人的生存方式。由于这一思想路径的偏向，所以二者理想中的人性也存在一定区分，鲁迅理想中的"人"大多是"自觉至，个性张"[1]的国民，而周作人理想中的"人"则指向"灵肉一致"[2]的人类。

第二，周氏兄弟都深感现实社会中民众互不相通的精神隔膜是阻碍"立人"的最为直接的因素，所以打破隔膜的方式实际上对应着二者心目中"立人"的具体方案，相较于鲁迅对个体抗争意志的推崇，周作人则更为强调人与人之间和平感化的作用。鲁迅自早年起就热情呼唤"立意在反抗，指归在动作"的精神界之战士，希望通过先觉者的"心声"来激发民众的"白心"[3]，从而打破"污浊之平和"。虽然"五四"时期鲁迅的启蒙精英意识有所下降，但他的方略依然是培养思想革命的战士。"战士"一词已经说明了主体是采用一种斗争性的方式来介入到外部社会的改革之中，鲁迅对国民性批判的热衷就是一个例子。在鲁迅小说中，独异个人与庸众之间的对立构成一个很明显的主题，人道需

---

[1] "外之既不后于世界之思潮，内之仍弗失固有之血脉，取今复古，别立新宗，人生意义，致之深邃，则国人之自觉至，个性张，沙聚之邦，由是转为人国。"参见鲁迅：《坟·文化偏至论》，《鲁迅全集》第1卷，人民文学出版社，2005年，第57页。

[2] "我们所信的人类正当生活，便是这灵肉一致的生活。所谓从动物进化的人，也便是指这灵肉一致的人，无非别一说法罢了。"参见周作人：《人的文学》，《艺术与生活》，河北教育出版社，2002年，第11页。

[3] "大都不为顺世和乐之音，动吭一呼，闻者兴起，争天拒俗，而精神复深感后世人心，绵延至于无已。"参见鲁迅：《坟·摩罗诗力说》，《鲁迅全集》第1卷，人民文学出版社，2005年，第68页。

要通过对现有秩序的反叛来获得。而"五四"时期的周作人则相对温和许多,对暴力保持警惕的态度。在他看来,"个人主义的人间本位主义"意味着独异个人与人类全体之间是完全统一的关系,而打破隔膜要从知与情两方面入手,既接受人道主义的真理,又在感情上彻底转变,培养人与人之间爱与理解、感同身受的能力,明显表现出乌托邦的色彩。在鲁迅那里,"立人"初虽不为"立国"而设,但却自然导向"立国"的价值目标,内含有"立人"以"立国"的递嬗路径。而周作人则搁置了这一具有紧迫感的宏大课题,他更为关注细微之处,优裕适然的日常生活在"立人"中的价值,后来提出旨在调和禁欲与纵欲的"生活之艺术"[1]便可视为一种颇为另类的启蒙方式,目的就是在"肉的生活"的基础上建造"内面生活",从而与灵肉一致的自然人性相呼应。换言之,周作人推崇"人生艺术派",将艺术的意义运用到人生中,用知识与趣味的双重统筹改良人的实际生活,滋养性灵,修习常识,增进人情物理,发现艺术化的人生。

第三,紧接着上面两点可以进一步总结出来的是,鲁迅在"立人"过程中对人的精神运作的根本原则念兹在兹,他的启蒙人学观即是牢牢抓住这一核心,具有非常集中的价值理性,追求一针见血的深刻性。而与鲁迅相比,周作人则更为喜爱"研究"人类生命历程中知识结构发展的过程,探讨围绕人性建设的诸多文明论问题,文化态度上则讲究和谐与中庸。这从二者思想外缘的取径偏向中就可见出,鲁迅所依托的文化资源主要是"新神思宗"与"摩罗诗人"等个性主义思想与

---

[1] "生活之艺术,其方法只在于微妙地混合取与舍二者而已。"参见周作人:《生活之艺术》,《雨天的书》,河北教育出版社,2002年,第93页。

后现代的人本主义思想,无论是拜伦、雪莱、普希金、莱蒙托夫、安特莱夫等人的诗文小说,还是尼采、克尔凯郭尔、施蒂纳等人的哲学思想,鲁迅都可以基于自身的问题意识从中吸取明确的价值基点来作用于当下的现实,包含了强烈的"行动"性。而周作人则偏重于性心理学、民俗学与人类学等更为贴近人的具体生活的泛文化学说,这些丰富广博的理论更多是作为一种"知识型"的背景而存在,发挥广义的文化观照的价值。周氏后来不断强调伦理之自然化的观念,就是要将"伦理"还原为"自然",将"道德"转化为"知识"。他常常运用弗洛伊德的精神分析法,弗雷泽、安特路朗的文化人类学,蔼理斯、凯本德、妥布思的性学理论,哈理孙有关古代艺术与仪式的观念等解释与人类有关的文化现象,揭示各种人性问题在"自然"与"知识"层面的起源。可以说,"立人"观念中不同的思维方式也衍生出二者精神气质上的差异,鲁迅有很强烈的诗人气质,周作人则以学者气息居多,表现出来就是周氏兄弟在"五四"时期分别擅长文学创作与理论阐释两个方向。这种偏向或许与他们自小以来的个人性情有关,钱理群就敏锐地注意到在周氏兄弟少年时代演神话戏和编童话故事一类的游戏中,鲁迅是讲故事的主角,而周作人则扮演欣赏者的角色[1],微妙的互动之中显然已经涉及了兄弟二人的术业分工:作为创造者的鲁迅与作为鉴赏者的周作人,此一行为模式在周作人评论鲁迅小说《阿Q正传》的文化实践中表现得十分充分。以此廓开来讲,如果说鲁迅在"五四"时期

---

[1] "人们不难注意到,上述演戏活动与深夜编神话故事,都是以鲁迅为主的,周作人只扮演追随者的角色。这不仅因为他们年龄的差异,而且也表现出他们不同的禀赋:在周氏兄弟之间,鲁迅的想象力是更为丰富的。"参见钱理群:《周作人传》(修订版),华文出版社,2013年,第35页。

旗帜鲜明地提出了"幸福的度日，合理的做人"[1]这一核心的精神命题，那么周作人的一系列文化方案都可看成是他在知识谱系的层面上对于这一人学观点的具体演绎与阐释。不过仍然值得思考的是，为什么鲁迅思想系统中价值理性的关怀会明显强于看重知识本体论的周作人？这恐怕与二者的人生成长经历分不开，鲁迅作为周家长子承担了照顾家庭的一应事务，家道中落使其看清人情冷暖，由此养成了敏感而又较真的性格，日本留学期间又有漏题事件与幻灯片事件的刺激，鲁迅深刻感受到弱国子民的屈辱感，意识到国族命运与个人地位之间的同构性，从而树立起明确的价值关怀与责任意识。相对来说，周作人是在一个比较自如的环境中成长，心境放松。与鲁迅的屈辱经验迥然不同，周氏在日本发现的是天然洒脱的人情，他反复强调的就是古希腊文明中的现世思想与美之宗教，自然也没有鲁迅那么强烈的现实焦虑感。

从以上几个方面可以看出，鲁迅与周作人的"立人"思想因为二者认知装置中"民族性/人类性"视角的内部偏差而发生了一定的分化。在鲁迅那里，"人"在作为一种终极性的价值立场之同时也负载了某种强烈的介入社会危机与民族意识形态的功能，即如论者所说的"把人的价值确立和实现的最终可能性视为一种人作为历史主体参与社会、政治、文化进程的实践结构"[2]；而周作人人学思想中民族主义的内涵相对来说要淡漠一些，转而对某种超功利的人类文明生活的建设表现出

---

1 鲁迅：《热风·我们现在怎样做父亲》，《鲁迅全集》第1卷，人民文学出版社，2005年，第135页。
2 高远东：《鲁迅对于儒家的批判与承担》，《现代如何"拿来"——鲁迅的思想与文学论集》，复旦大学出版社，2009年，第19页。

浓厚的兴趣，他并非如同鲁迅一般将人的存在转化为人的现实承担，而是在自然天性的感悟中确立人的主体性维度。周氏兄弟的这些区分需要放置在共同体的视域下来观察才能够更为清楚地显现，在正文所讨论的进化论与互助主义的经纬网络、《狂人日记》与《人的文学》之互文关系、二者有关妇女与儿童的见解、杂感与散文的文体勾连等一系列命题中，我们都能见出其中的某些端绪。揆诸文学，其实也能从中发现对应性的区分，鲁迅的作品通常被认为是现实主义性质的，而现实主义的作品大多包含有一定的社会批判性，基调比较沉郁，这与周作人所提出的"人的文学"存在着微妙的差异。如果仔细观察可以发现，周作人所谓"人的文学"其实是理想主义而非现实主义的，他在《新文学的要求》中明确写道："这人道主义的文学，我们前面称他为人生的文学，又有人称为理想主义的文学；名称尽有异同，实质终是一样……"[1]这便与"为人生"的文学拉开了一定距离，如果说周作人在文学风格上对应着"爱与美的文学"，那么鲁迅则更像是"血与泪的文学"。当然笔者之前已经强调过，这种划分仅仅是为了说明的需要，二者多有交集之处，并不是绝然二分。

事实上，如果从民族性/人类性这一视角出发，还可以发现周氏兄弟后来思想的分化已经在"兄弟怡怡"时期就埋下了伏笔。1921年以后，伴随着"五四"的落潮，鲁迅与周作人都不约而同地陷入到了一个精神苦闷失落的时期，但也就是在各自寻路不得而彷徨的处境之中，二者逐渐发生了价值观念上的偏向。与鲁迅对互助主义思潮肯定中带有批判的谨慎态度相比，周作人在"五四"时代曾经是一个完全

---

[1] 周作人：《新文学的要求》，《艺术与生活》，河北教育出版社，2002年，第22—23页。

的世界主义梦想家，正是因为这种虔诚的信仰使得他在新村运动失败与个人疾病的双重夹攻下经历了世界观的全面调整，从而引起了剧烈的心理回缩与反弹，逐渐从一个极端滑向另一个极端。纵观周氏思想发展的历程，以个人主义为本位是他一直持守的价值基点，在"五四"前期他认为个人与人类之间是和谐一体的关系，而后期则因为理想的破产逐渐取消了人类这一思考框架，认为个人所有的只是"自己的园地"，文艺的社会功用不过是自我表现的延伸结果，并非目的所在。这一时期周作人提出"自己的园地"其实是从个性的角度继承"五四"新文化的遗产，某种程度上阐明了"消极自由"的文化理念所在，但在这之后周作人显然没有处理好其中的张力关系，他进一步将其推向极端化，从而将"文艺的条件是自己表现"[1]之观念改造成为"文艺只是自己的表现"[2]。与之对应，原本已居于附属地位的社会及群众就成了自我的对立物，二者不可兼有，从而彻底取消了文艺的社会功能，最终得出"教训之无用"[3]的观点。从"五四"前期对人道主义宗教徒式的信仰到"五四"后期的"少信"，周作人看似三百六十度大转变的背后却也有着一以贯之的精神线索，即前面已经提到的某种将对象审美化的超功利性的思维方式。在这里笔者丝毫不否认周氏"五四"初期的人类主义思想也具有"觉世"的启蒙意义，但他的"立人"是从人类精神结构的知识来源而非根本原则来思考与立论，则毕竟缺乏鲁迅那种直接因应中国现实的紧张感与介入意识。新文化运动后期，二者同样处在寻路的状态中，却表现迥异。鲁迅尽管面对人生的"歧路"与"穷途"，但他

---

[1] 周作人：《文艺上的宽容》，《自己的园地》，河北教育出版社，2002年，第9页。
[2] 周作人：《自己的园地旧序》，《谈龙集》，河北教育出版社，2002年，第32页。
[3] 周作人：《教训之无用》，《雨天的书》，河北教育出版社，2002年，第113—114页。

具备了从没有路的地方走出路来的目的意识:"生命是我自己的东西,所以我不妨大步走去,向着我自以为可以走去的路;即使前面是深渊,荆棘,狭谷,火坑,都由我自己负责。"[1]而周作人则是"我却只想缓缓的走着,看沿路的景色,听人家的谈论,尽量的享受这些应得的苦和乐"[2],注目于"风景"本身,以至于不管"路线如何"。这两种思路在"五四"时期是没有优劣高下之分的,并且有互动相生的效果,但是一旦周作人因为自身内外诸种原因将"个人的求胜"发展到"偏至"的程度,就有堕入到价值理性丧失的虚无主义之危险。论者的批评一定程度上点到了关键之处:"周作人始终是站在虚无主义的立场,他所要求的是绝对的个人自由,他所反抗的是一切的权威者。"[3]与之相关却又截然相反,鲁迅的虚无并不是感受不到来自外界的约束和强制,他虽然也在为寻求生活的意义而进行剧烈的内心斗争,却总是受到一种唤醒国家与人民的义务之束缚[4]。以此而言,后来周氏兄弟分崩离析,开启两条完全不同的文学道路与人生道路,似乎在"五四"时期就已经可以见到一些必然性的思想征兆。

1923年兄弟失和之后,鲁迅与周作人的亲情关系就此断绝,原本已经隐埋的思想裂痕被日益放大,但二者在文化活动上仍然存在着

---

1 鲁迅:《华盖集·北京通信》,《鲁迅全集》第3卷,人民文学出版社,2005年,第54页。
2 周作人:《寻路的人——赠徐玉诺君》,《过去的生命》,河北教育出版社,2002年,第44页。
3 非白:《鲁迅与周作人》,原文载1930年6月11日、12日北京《新晨报》,参见孙郁、黄乔生主编:《周氏兄弟》,河南大学出版社,2004年,第14页。
4 "在对几乎所有事物的虚无主义怀疑中,鲁迅最终的结论是他必须向着自己未知的命运进发。事实上,他对中国自身生存能力及其他事物的根深蒂固的怀疑使他产生了一种内疚感,只有继续坚持爱国主义的奉献和牺牲才能减轻这种内疚感。"参见[美]林毓生:《关于知识分子鲁迅的思考》,王华之译,乐黛云主编:《当代英语世界鲁迅研究》,江西人民出版社,1993年,第220页。

交集，一个明显的例证就是围绕《语丝》的"合作"。1924年11月《语丝》创刊，周作人担任编辑，鲁迅则是最为重要的撰稿人之一，他们虽不直接往来，但是由孙伏园、李小峰等人居中主持，合力将《语丝》建设成为继《新青年》之后又一个思想启蒙与文化批判的阵地，并且发展出"任意而谈，无所顾忌"[1]的"语丝体"。1925年5月"女师大风潮"愈演愈烈，鲁迅与周作人态度一致，他们同时参加了支持学生的校务维持讨论会，并且与其他五位女师大教员联名签署了《对于北京女子师范大学风潮宣言》。此一时期前后，周氏兄弟以《语丝》为平台，发表大量战斗檄文讨伐北洋教育当局杨荫榆、章士钊等人的专制教育理念，文字间体现出来相互呼应与配合之势。面对陈西滢"某籍某系的人在暗中鼓动"学潮的"闲话"[2]，鲁迅写作了《并非闲话》《我的"籍"和"系"》、周作人写作了《京兆人》予以反驳，由此拉开了语丝派与现代评论派笔战的序幕。次年"三一八"惨案爆发，周氏兄弟又不约而同地做出激愤反应，谴责北洋政府的卑劣凶暴，当陈源等人继续在《现代评论》上为当局巧言辩护时，鲁迅与周作人痛斥其献媚的姿态与流言家的行径，语调十分激烈，将论战引向高潮。在反对"正人君子"的阵营中，鲁迅与周作人表现出相当强的默契感，这本质上是具有批判精神的自由知识分子与依附于权力的官僚知识分子之间的斗争。彼时的周作人虽然已经在十字街头与象牙塔之间徘徊，并且大谈文章无用、沉默是金的论调，但是当面临严重的社会危机时，周氏凌厉的气质便倾泻而出，他能够以"流氓鬼"的面目示人，与乃兄一道积极地介

---

[1] 鲁迅：《三闲集·我和〈语丝〉的始终》，《鲁迅全集》第4卷，人民文学出版社，2005年，第171页。
[2] 陈西滢：《闲话》，《现代评论》，第1卷第25期，1925年5月30日。

入现实。这说明直至 20 年代中期，鲁迅与周作人总体上仍然处在同一营垒当中，二者身上依稀可见"五四"时代作为一个共同体并肩作战的余光。

周氏兄弟人生道路的急剧分化发生在 20 年代后期。1926 年鲁迅南下，辗转厦门、广州而于 1927 年到达上海定居。伴随着地域空间的转换，鲁迅本人的社会经验与文化视野都经历了巨大的改易，思想日趋激进，最终加入左联。区别于笼罩在白色恐怖之下的北京，上海作为新兴的文化中心，其相对宽松的言论环境与制度体系酝酿着思想变革的生机。这对于遭遇启蒙挫折，但又执着于探索国民出路的鲁迅而言，可谓适逢其会，如同王晓明所言："几乎从踏进上海的那一天起，他就自觉不自觉地想要跟上新的思潮，要重返文学和社会的中心，要找回那已经失去的社会战士和思想先驱的自信，要摆脱那局外人的沮丧和孤独。"[1] 与此形成鲜明对照，周作人则固守在北京的苦雨斋，日渐消极。对于其思想变化来说，1927 年南方发生的"清党运动"是一个转折性的节点，大量青年惨遭屠戮的消息令周作人震惊，更为重要的是，他从这一血腥的事件中看到了中国知识分子与民众表现出的嗜杀与残酷，前者在反革命政变中发挥推波助澜的作用[2]，后者则冷漠地鉴赏革命者的牺牲[3]。由此周作人陷入到了双重的失望与悲观，一方面是否认知识分子干预历史进程的有效性，另一方面则是再次将对群众的不信任感激发出来。本年 10 月末，周作人与刘半农避居友

---

[1] 王晓明：《无法直面的人生：鲁迅传》（修订本），生活·读书·新知三联书店，2021 年，第 163—164 页。
[2] 参见周作人：《怎么说才好》，《谈虎集》，河北教育出版社，2002 年，第 189 页。
[3] 参见周作人：《诅咒》，《谈虎集》，河北教育出版社，2002 年，第 186 页。

人家，钱理群认为避难的日子里，"周作人的思考一定是很多的，他终于在历史的进退之间作出了新的决断。——周作人的五四时代从此结束"[1]。以此而言，正是因为在对待社会与人生的态度上已经发生了根本性的分裂，所以尽管1928年鲁迅与周作人都面临着革命文学青年的围剿，但二者却做出了完全不同的回应。鲁迅毅然地往前迈了一步，为了搞明白论争对立方的语境，他被"挤"着阅读了马列主义的文论著作，在不断的反思中"救正"了"只信进化论的偏颇"[2]。鲁迅加入左联并不是随波逐流，而是在坚持"个"的自觉的基础上，以"抉心自食"的勇气直面思想的痛苦转型，背后一以贯之的是那种介入现实的道德热忱。而周作人则相反，往后退了一步，他进一步强化了个人主义的自由立场，认为一切带有倾向性的时代洪流都是对个体的压制。虽然并不直接与革命文学冲突，但是周作人远远地站在一旁隔岸观火，取一个冷嘲的态度，讽刺后者浪漫主义与道德说教的气息，背后实则激化了早期便已存在的对于民众运动的"古老的忧惧"[3]，完全将个人与群体及社会对立起来。与此同时，周作人还在《历史》《伟大的捕风》等文章中表达了历史循环论的观点，他在潜意识里取消了社会进步的希望，自然也就意味着抹杀了主体的价值承担。在这样的对比下，我们也能理解30年代的鲁迅会被另一条道路所吸引，从而成为注重文化实践的左翼战士，持续不懈地进行杂文批判，试图将自身

---

[1] 钱理群：《周作人传》（修订版），华文出版社，2013年，第278页。
[2] 鲁迅：《三闲集·序言》，《鲁迅全集》第4卷，人民文学出版社，2005年，第6页。
[3] 周作人：《一三一·小河与新村中》，《知堂回想录（下）》，河北教育出版社，2002年，第443页。

融入不断变动的历史进程中去，而周作人则在宣布"闭户读书"[1]以后滑向绅士阶级的道路，复古意识越发浓重，写出了大量沉静的读书随笔，走向以中庸为中心的儒家精神秩序。"五四"时期对于人之生物性本能的礼赞此时已经被周氏置换为个人在乱世中应该如何得体生活的思维框架，而这种思考又仅仅是出于保存自我的要求。虽然在一个变化频仍的时代，周作人提倡闲适、趣味与消遣，别有一种以静制动的反抗性，不可忽视其文化隐喻意义，但同时也应该看到这种精神表达本质上是以超然疏离的态度来冲淡人生的悲剧感与无力感，用以掩盖自我的怯懦，寻求心理代偿。迥异于鲁迅直面外部世界、和黑暗反复纠缠的文化态度，周作人采取的是一种"机智"的绕道而行的方式，而与鲁迅严格的自剖精神相比，周作人不仅对他人宽容，对自己更是十分宽容[2]，结果导致他的价值判断剥离了具体的社会内涵，只剩下与历史运动脱节的纯粹孤立的个人性。总体上来看，周氏兄弟从携手并肩到歧路难返的命运转折背后，诸多历史、文化与个人的因素都在发挥着各自的作用，并且与社会政治的变迁互相映照，因而构成了中国知识分子精神史上的一个难解的复杂命题。但是就本书而言，应该看到"五四"时期鲁迅与周作人"立人"思想的同中之异已经蕴含着某种颇有意味的导向性，能够解释二者日后分离的部分原因所在。最为核心的即是鲁迅"立人"观念中强烈的民族道德意识推动他从个体与外部世界的关联中去界定人的价值所在，这使得其无论怎样改换具体的观

---

1 周作人：《闭户读书论》，《永日集》，河北教育出版社，2002年，第113—115页。
2 废名对于周作人曾经有过一个精辟的观察："他对于自己是这样的宽容，对于自己外的一切都是这样的宽容，但这其间的威仪呢，恐怕一点也叫人感觉不到，反而感觉到他的谦虚。"参见废名：《知堂先生》，《人间世》，第13期，1934年10月5日。

念与立场，都能保持对于历史与社会的介入性与实践性；而周作人对普遍人性与理想生活的探求更偏向于审美化的超功利的思维结构，是故其人学理念本身就具有某种自足性，更容易从复杂多变的现实中脱身而出来获取内心上的平衡。由此也可以说，周氏兄弟的失和不仅仅是一个偶然突发的事件，一定程度上也是二者思想分殊的某种精神缩影。

以上交代了"五四"时期周氏兄弟"立人"思想的某些不同之处，强调在民族性／人类性认知框架层面的差异导致了二者在看待人的视角上面出现了一定偏移，从而各有关注侧重的方向，后来鲁迅与周作人二水分流的滥觞已于此间孕育。不过正如上文提到的，就早期而言，鲁迅与周作人各有侧重点并非意味着从此完全分裂而失去彼此之间的交集，相反正是因为互有所长所以意味着连动整合的可能性。虽然在细部内容上存在这样的区分，但实际上周氏兄弟不同的"立人"思路最终还是能够在深层的精神机制上形成共鸣。这里举一个典型的例证，"五四"时代鲁迅曾经从国民性改造的角度激烈批判中国社会中广泛存在的主奴共同体结构。他认为"暴君治下的臣民，大抵比暴君更暴"[1]，这里"君"与"民"虽然处于不同的权势地位，但是却共享着同样的奴隶性格[2]，这一精神链条开启了吃人与被吃的恶性循环，由此鲁迅揭示出中国社会改革之症结所在。周作人着眼于建设人类理想生活之

---

1 鲁迅：《热风·随感录六十五 暴君的臣民》，《鲁迅全集》第1卷，人民文学出版社，2005年，第384页。
2 "可惜中国人但对于羊显凶兽相，而对于凶兽则显羊相，所以即使显着凶兽相，也还是卑怯的国民。"参见鲁迅：《华盖集·忽然想到 七》，《鲁迅全集》第3卷，人民文学出版社，2005年，第64页。

需要，经常论及纵欲与禁欲之间的关系。他受到蔼理斯的性心理学以及弗洛伊德欲望分析学说的影响，认为"极端的禁欲主义即是变态的放纵"[1]，也曾认定"做戒淫书的人与做淫书的人都多少有点色情狂"[2]。后来周氏还专门研究了萨满教的礼教思想，他借鉴弗雷泽《普须该的工作》(现译作《魔鬼的辩护》)一书的说法，揭露野蛮人之所以夸大性的作用，相信性的犯罪可以危害全群的生存，背后其实有法术迷信的心理在起作用[3]。这里周作人虽然是以萨满教的例子针砭当时中国人性观念的落后，但他面对的却不仅仅是中国的现实，而是已经具备了更为广博的民俗宗教研究的视野，其中的法则显然也适用于国民心理以外的人性文明建设。以此来看，鲁迅从民族处境的视角来透视中国社会中盘根错节的主奴结构，周作人则批判破坏"生活之艺术"的欲望与道德的不平衡关系。虽然二者的文化语境各有自身的意义指向，但是仔细对照之下，周氏兄弟"易地则皆然"的思维方式则几乎如出一辙，这说明他们尽管在某些具体认识上表现出不同的进路，却能够于内里维持着精神的共通性，在共同朝着新文化目标前进的过程中时时与对方呼应。

到此为止，笔者已经描述了周氏兄弟文学共同体中共生与独立的双重内涵所在，其表现为鲁迅与周作人之间有差异有区别的多样性之统一。共同体的核心特征即在于一种"和而不同"的精神面貌，二者之间关系的基调是"和"，其"和"是基于相似的以"立人"为中心的思想

1　周作人：《重来》，《谈虎集》，河北教育出版社，2002年，第73页。
2　周作人：《读欲海回狂》，《雨天的书》，河北教育出版社，2002年，第181页。
3　详见周作人：《萨满教的礼教思想》，《谈虎集》，河北教育出版社，2002年，第219—221页。

理念，而他们的不同则是"和"之前提下在具体的知识结构、认知路径与文化策略上面的差异，这种差异最终又能够回过头来形成互相补充、彼此深化的叠加意义。从1917年周作人入京至1923年兄弟失和之前，鲁迅与周作人在物理空间上的距离被拉近，二者不仅是生活在一处的亲密兄弟，还是共同从事文艺活动的伙伴，在迎来各自辉煌创作实绩的同时，也结成了紧密联系的"兄弟档"，实现了"五四"新文学时期的双峰合一。置身于中国现代文化与文学创生的语境中，面对复杂多变的历史环境与思想状况，周氏兄弟或是某一方首先发难，另一方紧紧跟上，与其呼应，并做进一步的阐发；或者是两人从不同的角度和侧面对某个问题做深入的论述，尽管具体的论点与表达方式各有特色，但总能实现或隐或显的配合效果，与此同时也暗含着彼此之间的精神对话与互动，这正是本书中已经详细讨论的内容。如果用一个形象的比喻来说明的话，那么鲁迅与周作人就像两片黑白两色、形状不同的图案，彼此与对方的缺口匹配以后能够镶嵌在一起组合成为一个完整的太极八卦（阴阳和合）图像，既保持了自身的独异形状，同时又扩展各自的边界，合力塑造出一个新的整体，从而构成"五四""人的发现"这场"中国的文艺复兴"运动中最为重要的精神标识。中国新文学的发展历程已经充分证明，周氏兄弟在"五四"时期以"立人"为中心的文化实践不但集二者所长，为文学思想及艺术形式的现代转型发展开辟了更为广阔的空间，奠定了文学史上无可替代的作用和地位；而且也推动鲁迅、周作人各自的主体性得到彰显，使得新文化内部的多元生态并没有被定于一尊，提供了诸多潜在的文学动能。二者的影响一直绵延至今，已经消融在当代文化的历史褶皱里，值得百年后的中国文学界继续思考探索，正如孙郁所言："周氏兄弟以他们的光泽，把中国的新文化变得深厚和丰满起来,以至后代的文化人,谈人生与社会,便不得不延续着他们的主题。"[1]其留下的精神遗产仍然持续释放出新的阐释空间,激励后来者不断地与之发生对话。

---

[1] 孙郁:《鲁迅与周作人》,现代出版社,2013年,第2页。

参考文献

一、周氏兄弟文集及相关生平学术资料汇编

鲁迅：《鲁迅全集》，北京：人民文学出版社，2005年。

王世家、止庵编：《鲁迅著译编年全集》，北京：人民出版社，2009年。

北京鲁迅博物馆编：《鲁迅译文全集》，福州：福建教育出版社，2008年。

鲁迅博物馆鲁迅研究室编：《鲁迅年谱》（增订本），北京：人民文学出版社，2000年。

鲁迅博物馆鲁迅研究室、《鲁迅研究月刊》选编：《鲁迅回忆录》，北京：北京出版社，1999年。

薛绥之主编：《鲁迅生平史料汇编》，天津：天津人民出版社，1981—1986年。

中国社会科学院文学研究所鲁迅研究室编：《1913—1983鲁迅研究学术论著资料汇编》，北京：中国文联出版公司，1985—1990年。

鲁迅研究资料编辑部鲁迅研究室编：《鲁迅研究资料（1—3辑）》，北京：文物出版社，1976—1979年。

北京鲁迅博物馆鲁迅研究室编：《鲁迅研究资料（4—17辑）》，天津：天津人民出版社，1980—1986年。

北京鲁迅博物馆鲁迅研究室编：《鲁迅研究资料（18—24辑）》，北京：中国文联出版公司，1987—1991年。

周作人：《周作人自编文集》，止庵校订，石家庄：河北教育出版社，2002年。

钟叔河编订：《周作人散文全集》(修订版)，桂林：广西师范大学出版社，2021年。

钟叔河编：《周作人文类编》，长沙：湖南文艺出版社，1998年。

陈子善编：《知堂集外文·〈亦报〉随笔》，长沙：岳麓书社，1988年。

陈子善编：《知堂集外文·四九年以后》，长沙：岳麓书社，1988年。

陈子善、赵国忠编：《周作人集外文》，上海：上海人民出版社，2020年。

周作人辑译：《点滴》，北京：新潮社，1920年。

止庵编订：《周作人译文全集》，上海：上海人民出版社，2019年。

止庵主编：《周氏兄弟合译文集》，北京：新星出版社，2006年。

止庵编：《周作人讲解鲁迅》，南京：江苏文艺出版社，2012年。

周作人：《周作人日记》(影印本)，郑州：大象出版社，1996年。

张菊香、张铁荣编著：《周作人年谱》，天津：天津人民出版社，2000年。

张菊香、张铁荣编：《周作人研究资料》，天津：天津人民出版社，1986年。

徐从辉编：《周作人研究资料》，天津：天津人民出版社，2014年。

陶明志编：《周作人论》，上海：北新书局，1934年。

陈子善编：《闲话周作人》，杭州：浙江文艺出版社，1996年。

子通主编：《鲁迅评说八十年》，北京：中国华侨出版社，2005年。

程光炜编：《周作人评说八十年》，北京：中国华侨出版社，2005年。

［俄］爱罗先珂:《爱罗先珂童话集》,鲁迅译,上海:商务印书馆,1922年。

周氏兄弟纂译:《域外小说集》,东京:神田印刷所,1909年。中央编译出版社2014年影印出版。

孙郁、黄乔生主编:回望鲁迅丛书,石家庄:河北教育出版社,2000年。

孙郁、黄乔生主编:回望周作人丛书,开封:河南大学出版社,2004年。

二、民国杂志

《新青年》《每周评论》《新潮》《晨报副刊》《京报副刊》《民国日报·觉悟》《时事新报·学灯》《小说月报》《文学旬刊》《文学周报》《语丝》《莽原》《创造季刊》《创造周报》《创造日》《北京大学日刊》《东方杂志》《学衡》《甲寅》《现代评论》

三、研究著作

［澳］张钊贻:《鲁迅:中国"温和"的尼采》,北京:北京大学出版社,2011年。

［德］扬·阿斯曼:《文化记忆:早期高级文化中的文字、回忆和政治身份》,金寿福、黄晓晨译,北京:北京大学出版社,2015年。

［德］阿莱达·阿斯曼:《回忆空间:文化记忆的形式和变迁》,潘璐译,北京:北京大学出版社,2016年。

［德］恩斯特·卡西尔：《人论》，甘阳译，上海：上海译文出版社，2004年。

［德］费希特：《论学者的使命·人的使命》，梁志学、沈真译，北京：商务印书馆，2017年。

［德］哈贝马斯：《公共领域的结构转型》，曹卫东等译，上海：学林出版社，1999年。

［德］汉斯−格奥尔格·加达默尔：《哲学解释学》，夏镇平、宋建平译，上海：上海译文出版社，1994年。

［德］黑格尔：《小逻辑》，贺麟译，北京：商务印书馆，2019年。

［德］海德格尔：《海德格尔选集》，孙周兴选编，上海：上海三联书店，1996年。

［德］滕尼斯：《共同体与社会：纯粹社会学的基本概念》，林荣远译，北京：商务印书馆，1999年。

［德］姚斯、［美］霍拉勃：《接受美学与接受理论》，周宁、金元浦译，沈阳：辽宁人民出版社，1987年。

［俄］爱罗先珂讲演：《过去的幽灵及其他》，李小峰等记录，上海：民智书局，1924年。

［俄］别林斯基：《别林斯基论文学》，别列金娜选辑，梁真译，上海：新文艺出版社，1958年。

［俄］巴赫金：《巴赫金全集》，钱中文主编，石家庄：河北教育出版社，1998年。

［俄］陀思妥耶夫斯基：《陀思妥耶夫斯基散文选》，刘季星、李鸿简译，天津：百花文艺出版社，2005年。

［法］克里斯蒂娃：《主体·互文·精神分析：克里斯蒂娃复旦大

学演讲集》，祝克懿、黄蓓编译，北京：生活·读书·新知三联书店，2016年。

[法]皮埃尔·布迪厄、[美]华康德：《实践与反思——反思社会学导引》，李猛、李康译，北京：中央编译出版社，1998年。

[法]萨莫瓦约：《互文性研究》，邵炜译，天津：天津人民出版社，2003年。

[捷克]丹尼尔·沙拉汉：《个人主义的谱系》，储智勇译，长春：吉林出版集团有限责任公司，2015年。

[捷克]雅罗斯拉夫·普实克：《普实克中国现代文学论文集》，李燕乔等译，长沙：湖南文艺出版社，1987年。

[美]安敏成：《现实主义的限制：革命时代的中国小说》，姜涛译，南京：江苏人民出版社，2011年。

[美]本尼迪克特·安德森：《想象的共同体：民族主义的起源与散布》，吴叡人译，上海：上海人民出版社，2003年。

[美]W.J.T.米切尔：《风景与权力》，杨丽、万信琼译，南京：译林出版社，2014年。

[美]勒内·韦勒克：《批评的诸种概念》，罗钢等译，上海：上海人民出版社，2015年。

[美]勒内·韦勒克、[美]奥斯汀·沃伦：《文学理论》(新修订版)，刘象愚等译，杭州：浙江人民出版社，2017年。

李欧梵：《铁屋中的呐喊》，尹慧珉译，北京：人民文学出版社，2010年。

[美]列文森：《儒教中国及其现代命运》，郑大华、任菁译，桂林：广西师范大学出版社，2009年。

［美］林毓生：《中国意识的危机——"五四"时期激烈的反传统主义》(增订本），穆善培译，贵阳：贵州人民出版社，1988年。

［美］林毓生：《中国传统的创造性转化》(增订本），北京：生活·读书·新知三联书店，2011年。

［美］刘禾：《跨语际实践：文学，民族文化与被译介的现代性（中国：1900—1937)》（修订译本），宋伟杰等译，北京：生活·读书·新知三联书店，2014年。

［美］詹明信：《晚期资本主义的文化逻辑》，陈清侨等译，北京：生活·读书·新知三联书店，1997年。

［美］张灏：《梁启超与中国思想的过渡（1890—1907)》，崔志海等译，南京：江苏人民出版社，1995年。

［美］周策纵：《五四运动：现代中国的思想革命》，周子平等译，南京：江苏人民出版社，1996年。

［日］北冈正子：《鲁迅　救亡之梦的去向》，李冬木译，北京：生活·读书·新知三联书店，2015年。

［日］柄谷行人：《日本现代文学的起源》，赵京华译，北京：中央编译出版社，2013年。

［日］木山英雄：《文学复古与文学革命》，赵京华编译，北京：北京大学出版社，2004年。

［日］藤井省三：《鲁迅比较研究》，陈福康编译，上海：上海外语教育出版社，1997年。

［日］丸山升：《鲁迅·革命·历史》，王俊文译，北京：北京大学出版社，2005年。

［日］丸尾常喜：《"人"与"鬼"的纠葛——鲁迅小说论析》，秦弓

译，北京：人民文学出版社，2006 年。

［日］丸尾常喜：《耻辱与恢复》，秦弓、孙丽华编译，北京：北京大学出版社，2009 年。

［日］伊藤虎丸：《鲁迅与日本人——亚洲的近代与"个"的思想》，李冬木译，石家庄：河北教育出版社，2000 年。

［日］伊藤虎丸：《鲁迅与终末论：近代现实主义的成立》，李冬木译，北京：生活·读书·新知三联书店，2008 年。

［日］伊藤虎丸：《鲁迅、创造社与日本文学——中日近现代比较文学初探》，孙猛等译，北京：北京大学出版社，2005 年。

［日］竹内好：《从"绝望"开始》，靳丛林编译，北京：生活·读书·新知三联书店，2013 年。

［日］竹内好：《近代的超克》，李冬木等译，北京：生活·读书·新知三联书店，2016 年。

［瑞士］费尔迪南·德·索绪尔：《普通语言学教程》，高名凯译，北京：商务印书馆，2017 年。

［新加坡］徐舒虹：《五四时期周作人的文学理论》，上海：学林出版社，1999 年。

［英］阿伦·布洛克：《西方人文主义传统》，董乐山译，北京：群言出版社，2012 年。

［英］卜立德：《一个中国人的文学观——周作人的文艺思想》，陈广宏译，上海：复旦大学出版社，2001 年。

［英］戴维·洛奇：《小说的艺术》，王峻岩等译，北京：作家出版社，1998 年。

［英］齐格蒙特·鲍曼：《共同体：在一个不确定的世界中寻找安

全》，欧阳景根译，南京：江苏人民出版社，2003年。

［英］史蒂文·卢克斯：《个人主义》，阎克文译，南京：江苏人民出版社，2001年。

［英］苏文瑜：《周作人：中国现代性的另类选择》，康凌译，上海：复旦大学出版社，2013年。

［英］伊恩·里德：《短篇小说》，肖遥、陈依译，北京：昆仑出版社，1993年。

［英］以赛亚·伯林：《自由论》（修订版），胡传胜译，南京：译林出版社，2011年。

［英］约翰·穆勒：《论自由》，孟凡礼译，上海：上海三联书店，2019年。

阿英编校：《现代十六家小品》，上海：光明书局，1935年。

曹聚仁：《现代中国散文：在复旦大学讲演》，上海：上海天马书店，1935年。

曹聚仁：《鲁迅评传》，北京：生活·读书·新知三联书店，2015年。

曹禧修：《鲁迅小说诗学结构引论》，北京：中国社会科学出版社，2010年。

常峻：《周作人文学思想及创作的民俗文化视野》，上海：上海书店出版社，2009年。

陈炳堃：《最近三十年中国文学史》，上海：太平洋书店，1930年。

陈平原、夏晓虹编：《二十世纪中国小说理论资料（第1卷）》，北京：北京大学出版社，1997年。

陈平原：《中国现代小说的起点：清末民初小说研究》，北京：北京大学出版社，2005年。

陈平原：《触摸历史与进入五四》，北京：北京大学出版社，2018年。

陈漱渝、宋娜：《胡适与周氏兄弟》，武汉：湖北人民出版社，2007年。

陈漱渝、姜异新编：《他山之石：鲁迅读过的百来篇外国作品》，天津：天津人民出版社，2021年。

陈思和：《中国新文学整体观》，上海：上海文艺出版社，2001年。

陈文辉：《传统文化的影响与周作人的文学道路》，北京：中国社会科学出版社，2015年。

陈涌：《鲁迅论》，北京：人民文学出版社，1984年。

戴潍娜：《未完成的悲剧：周作人与蔼理士》，南京：江苏凤凰文艺出版社，2018年。

邓伟：《转型与创制：五四文学语言研究》，北京：中国社会科学出版社，2018年。

丁帆：《中国乡土小说史》，北京：北京大学出版社，2007年。

董炳月：《鲁迅形影》，北京：生活·读书·新知三联书店，2015年。

董炳月：《樱心者说：论鲁迅的政治与美学》，北京：生活·读书·新知三联书店，2022年。

冯雪峰：《鲁迅的文学道路》，长沙：湖南人民出版社，1980年。

符杰祥：《烈士风度：近现代中国的性别、牺牲与文章》，北京：人民出版社，2020年。

傅礼军：《中国小说的谱系与历史重构》，北京：东方出版社，2006年。

高俊林：《现代文人与"魏晋风度"——以章太炎、周氏兄弟为个案之研究》，郑州：河南人民出版社，2007年。

高远东：《现代如何"拿来"——鲁迅的思想与文学论集》，上海：复旦大学出版社，2009年。

郜元宝：《汉语别史——现代中国的语言体验》，济南：山东教育出版社，2010年。

郜元宝：《鲁迅六讲》（增订本），北京：商务印书馆，2020年。

葛兆光：《中国思想史》（三卷本），上海：复旦大学出版社，2019年。

耿传明：《周作人的最后22年》，北京：中国文史出版社，2005年。

顾琅川：《周氏兄弟与浙东文化》，北京：人民出版社，2008年。

关峰：《周作人文学思想研究》，北京：民族出版社，2006年。

郭冰茹：《中国现代小说文体的发生》，广州：广东高等教育出版社，2019年。

郭绍虞：《语文通论》，上海：开明书店，1941年。

哈迎飞：《半是儒家半释家——周作人思想研究》，北京：人民文学出版社，2007年。

何干之：《鲁迅思想研究》，沈阳：东北书店，1949年。

何亦聪：《周作人与儒家思想的现代困境》，上海：上海人民出版社，2018年。

胡辉杰：《周作人中庸思想研究》，长沙：湖南大学出版社，2010年。

胡适：《胡适文集》，北京：北京大学出版社，1998年。

黄江苏：《周作人的文学道路：围绕"文学店关门"的考察》，北京：中国社会科学出版社，2013年。

黄开发：《人在旅途——周作人的思想和文体》，北京：人民文学出版社，1999年。

黄开发：《周作人研究历史与现状》，沈阳：辽宁人民出版社，2015年。

黄开发：《言志文学思潮研究》，北京：人民文学出版社，2021年。

黄科安：《叩问美文：外国散文译介与中国散文的现代性转型》，北京：北京大学出版社，2013年。

黄乔生：《八道湾十一号》，北京：生活书店出版有限公司，2015年。

黄乔生：《度尽劫波——周氏三兄弟》，北京：人民出版社，2019年。

姬蕾：《"五四"新文化运动中的个人主义话语流变》，北京：人民出版社，2015年。

姜涛：《公寓里的塔：1920年代中国的文学与青年》，北京：北京大学出版社，2015年。

金理：《文学史视野中的现代名教批判：以章太炎、鲁迅与胡风为中心》，桂林：广西师范大学出版社，2019年。

旷新年：《1928：革命文学》，济南：山东教育出版社，1998年。

李长之：《鲁迅批判》，上海：北新书局，1936年。

李何林编：《鲁迅论》，上海：北新书局，1930年。

李景彬：《鲁迅周作人比较论》，天津：南开大学出版社，1987年。

李明彦：《20世纪中国小说互文类型研究》，北京：人民出版社，2021年。

李玮：《鲁迅与20世纪中国政治文化》，南昌：百花洲文艺出版社，2018年。

李怡：《为了现代的人生——鲁迅阅读笔记》，上海：上海教育出版社，2004年。

李玉平：《互文性：文学理论研究的新视野》，北京：商务印书馆，2014年。

李泽厚：《中国近代思想史论》，北京：生活·读书·新知三联书店，2008年。

李泽厚：《中国现代思想史论》，北京：生活·读书·新知三联书店，2008年。

李宗英、张梦阳编：《六十年来鲁迅研究论文选》，北京：中国社会科学出版社，1982年。

梁启超：《饮冰室合集》，北京：中华书局，1989年。

梁展：《颠覆与生存：德国思想与鲁迅前期的自我观念（1906—1927）》，上海：上海锦绣文章出版社，2007年。

廖华力：《周氏兄弟与〈晨报〉副刊的"同构"与"共生"》，兰州：兰州大学出版社，2020年。

林非：《鲁迅和中国文化》，北京：学苑出版社，1990年。

刘复：《中国文法通论》，长沙：岳麓书社，2012年。

刘纳：《嬗变：辛亥革命时期至五四时期的中国文学》（修订版），北京：中国人民大学出版社，2010年。

刘卫国：《中国现代人道主义文学思潮研究》，长沙：岳麓书社，2007年。

刘绪源：《解读周作人》，上海：上海书店出版社，2008年。

罗晓静：《寻找"个人"：论晚清至五四现代个人观念的发生》，北京：中国社会科学出版社，2007年。

罗志田：《权势转移：近代中国的思想与社会》，北京：北京师范大学，2014年。

孟悦、戴锦华：《浮出历史地表——现代妇女文学研究》，郑州：河南人民出版社，1989年。

倪墨炎：《"叛徒与隐士"：周作人》，北京：人民文学出版社，2013年。

潘正文：《五四文学：启蒙的维度与向度——以文学社团为中心的考察》，杭州：浙江工商大学出版社，2020年。

钱谷融：《钱谷融文集·文论卷：文学是人学》，上海：上海人民出版社，2013年。

钱理群：《心灵的探寻》，上海：上海文艺出版社，1988年。

钱理群：《周作人论》，上海：上海人民出版社，1991年。

钱理群：《周作人传》(修订版)，北京：华文出版社，2013年。

钱理群：《话说周氏兄弟——北大演讲录》，北京：九州出版社，2013年。

钱玄同：《钱玄同文集》，北京：中国人民大学出版社，2000年。

邵宁宁：《中国现当代文学中的家园伦理问题》，北京：人民出版社，2022年。

沈金耀：《鲁迅杂文诗学研究》，福州：福建教育出版社，2006年。

石昌渝：《中国小说源流论》(修订版)，北京：生活·读书·新知三联书店，2015年。

舒芜：《周作人的是非功过》(增订本)，沈阳：辽宁教育出版社，2000年。

舒芜：《周作人概观》，北京：北京出版社，2017年。

宋炳辉：《弱势民族文学在中国》，南京：南京大学出版社，2007年。

宋惠昌：《人的发现与人的解放：近代中国价值观的嬗变》，成都：四川人民出版社，2008年。

苏永前:《20世纪前期中国文学人类学实践研究》,北京:中国社会科学出版社,2017年。

孙歌:《竹内好的悖论》,北京:北京大学出版社,2005年。

孙海军:《鲁迅早期思想的本土语境》,北京:中国社会科学出版社,2021年。

孙瑛:《鲁迅在教育部》,天津:天津人民出版社,1979年。

孙郁:《鲁迅与现代中国》,合肥:安徽大学出版社,2013年。

孙郁:《鲁迅与周作人》,北京:现代出版社,2013年。

谭桂林、杨姿:《鲁迅与20世纪中国国民信仰建构》,南昌:百花洲文艺出版社,2018年。

唐弢:《鲁迅的美学思想》,北京:人民文学出版社,1984年。

唐小兵:《英雄与凡人的时代:解读20世纪》,上海:上海文艺出版社,2001年。

田刚:《鲁迅与中国士人传统》,北京:中国社会科学出版社,2005年。

王本朝:《中国现代文学制度研究》,重庆:西南师范大出版社,2002年。

王汎森:《中国近代思想与学术的系谱》(增订版),上海:上海三联书店,2018年。

王风:《世运推移与文章兴替:中国近代文学论集》,北京:北京大学出版社,2015年。

王丰园:《中国新文学运动述评》,北京:新新学社,1935年。

王富仁:《中国反封建思想革命的一面镜子——〈呐喊〉〈彷徨〉综论》,北京:北京师范大学出版社,1986年。

王富仁：《中国文化的守夜人——鲁迅》，北京：人民文学出版社，2002年。

王富仁：《中国鲁迅研究的历史与现状》，福州：福建教育出版社，2006年。

王宏志：《重释"信、达、雅"——20世纪中国翻译研究》，北京：清华大学出版社，2007年。

王家平：《民国语境中的鲁迅研究》，广州：花城出版社，2019年。

王瑾：《互文性》，桂林：广西师范大学出版社，2005年。

王乾坤：《鲁迅的生命哲学》，北京：人民文学出版社，1999年。

王晓明主编：《二十世纪中国文学史论》（修订版），上海：东方出版中心，2005年。

王晓明：《无法直面的人生：鲁迅传》（修订本），北京：生活·读书·新知三联书店，2021年。

王瑶：《中国新文学史稿》，上海：上海文艺出版社，1982年。

王瑶：《鲁迅作品论集》，北京：人民文学出版社，1984年。

王媛：《"希腊之余光"：周作人对古希腊文化的接受研究》，北京：中国社会科学出版社，2019年。

王哲甫：《中国新文学运动史》，北京：北平杰成印书局，1933年。

王中江：《进化主义在中国的兴起：一个新的全能式世界观》（增补版），北京：中国人民大学出版社，2010年。

汪晖：《现代中国思想的兴起》，北京：生活·读书·新知三联书店，2004年。

汪晖：《反抗绝望：鲁迅及其文学世界》（增订版），北京：生活·读书·新知三联书店，2008年。

汪晖:《阿Q生命中的六个瞬间》,上海:华东师范大学出版社,2014年。

汪卫东:《鲁迅前期文本中的"个人"观念》,北京:人民文学出版社,2006年。

汪卫东:《现代转型之痛苦"肉身":鲁迅思想与文学新论》,北京:北京大学出版社,2013年。

文贵良:《以语言为核——中国新文学的本位研究》,北京:人民出版社,2020年。

文贵良:《文学汉语实践与中国现代文学的发生》,北京:北京大学出版社,2022年。

吴海勇:《时为公务员的鲁迅》,桂林:广西师范大学出版社,2005年。

吴俊:《鲁迅个性心理研究》,上海:华东师范大学出版社,1992年。

吴翔宇:《鲁迅小说的中国形象研究》,北京:九州出版社,2016年。

夏晓虹等著:《文学语言与文章体式:从晚清到"五四"》,合肥:安徽教育出版社,2006年。

夏征农编:《鲁迅研究》,上海:生活书店,1937年。

肖剑南:《东有启明　西有长庚——周氏兄弟散文风格比较研究》,上海:上海三联书店,2009年。

解弢:《小说话》,北京:中华书局,1919年。

许宝强、袁伟选编:《语言与翻译的政治》,北京:中央编译出版社,2001年。

徐兰君、[美]安德鲁·琼斯主编:《儿童的发现:现代中国文学及文化中的儿童问题》,北京:北京大学出版社,2011年。

徐麟:《鲁迅:在言说与存在的边缘》,济南:山东文艺出版社,

1997年。

许纪霖编选:《现代中国思想史论》,上海:上海人民出版社,2014年。

许寿裳:《鲁迅传》,南昌:江西教育出版社,2018年。

薛学财:《想象国民的方法:文学典型论在中国的兴起与衍变》,北京:北京师范大学出版社,2019年。

严家炎:《论鲁迅的复调小说》,上海:上海教育出版社,2002年。

杨联芬:《浪漫的中国:性别视角下激进主义思潮与文学(1890—1940)》,北京:人民文学出版社,2016年。

姚春树、袁勇麟:《20世纪中国杂文史》,福州:福建教育出版社,2011年。

袁洪亮:《中国近代人学思想史》,北京:人民出版社,2006年。

袁盛勇:《鲁迅:从复古走向启蒙》,上海:上海三联书店,2006年。

袁一丹:《另起的新文化运动》,北京:生活·读书·新知三联书店,2021年。

乐黛云主编:《当代英语世界鲁迅研究》,南昌:江西人民出版社,1993年。

赵歌东:《启蒙与革命:鲁迅与20世纪中国文学的现代性》,北京:中国社会科学出版社,2011年。

赵京华:《周氏兄弟与日本》,北京:人民文学出版社,2011年。

赵渭绒:《西方互文性理论对中国的影响》,成都:巴蜀书社,2012年。

张福贵:《远离鲁迅让我们变得平庸》,合肥:安徽大学出版社,2013年。

张丽华：《现代中国"短篇小说"的兴起：以文类形构为视角》，北京：北京大学出版社，2011年。

张梦阳：《中国鲁迅学通史：二十世纪中国一种精神文化现象的宏观描述、微观透视与理性反思》（上、中、下），广州：广东教育出版社，2005年。

张铁荣：《周作人平议》，天津：天津人民出版社，1996年。

张先飞：《"人"的发现——"五四"文学现代人道主义思潮源流》，北京：人民出版社，2009年。

张先飞：《"人的文学"："五四"现代人道主义与新文学的发生》，北京：人民出版社，2016年。

张耀杰：《北大教授与〈新青年〉》，北京：新星出版社，2014年。

郑毓瑜：《引譬连类：文学研究的关键词》，台北：联经出版公司，2012年。

钟诚：《进化、革命与复仇："政治鲁迅"的诞生》，北京：北京大学出版社，2018年。

中国社会科学院近代史研究所编：《五四运动回忆录》（上、下册），北京：中国社会科学出版社，1979年。

朱晓江：《伟大的捕风——周作人散文反抗性研究》，上海：复旦大学出版社，2015年。

朱晓进：《历史转换期文化启示录——文化视角与鲁迅研究》，沈阳：辽宁教育出版社，1992年。

朱正：《周氏三兄弟：三兄弟的三种价值取向》，北京：东方出版社，2003年。

四、学术论文

［美］安德鲁·琼斯：《进化论话语对中国现代文学本土叙事的介入》，王敦、郑怡人译，《学术研究》，2013年第12期。

［美］刘禾：《鲁迅生命观中的科学与宗教（上）——从〈造人术〉到〈祝福〉的思想轨迹》，孟庆澍译，《鲁迅研究月刊》，2011年第3期。

［美］刘禾：《鲁迅生命观中的科学与宗教（下）——从〈造人术〉到〈祝福〉的思想轨迹》，孟庆澍译，《鲁迅研究月刊》，2011年第4期。

［日］中岛长文：《道听途说——周氏兄弟的情况》，赵英译、童斌校，《鲁迅研究月刊》，1993年第9期。

［日］小川利康：《周氏兄弟的"时差"——白桦派与厨川白村的影响》，《文学评论丛刊》，2012年第2期。

［日］小川利康：《〈人的文学〉的思想源脉论析——蔼理斯与新村主义的影响》，《长江学术》，2020年第2期。

鲍国华：《北京大学国文门研究所小说科钩沉》，《新文学史料》，2015年第4期。

曹禧修：《"诊者"与"治者"的角色分离——论鲁迅现代知识分子角色的再定位》，《文学评论》，2006年第3期。

陈方竞：《鲁迅小说的"魏晋情结"：从"魏晋参照"到"魏晋感受"》，《文艺研究》，2004年第5期。

陈方竞：《日本文化取向：鲁迅、周作人新文化倡导"差异"的形成与表现》,《现代中文学刊》,2009年第1期。

陈福康:《略论"人的文学"与"为人生的文学"——鲁迅与周作人文学思想比较研究札记》,《鲁迅研究动态》,1988年第6期。

陈怀宇:《赫尔德与周作人——民俗学与民族性》,《清华大学学报》(哲学社会科学版),2009年第5期。

陈佳:《"陀螺"的言外意——兼谈1920年代周作人对文学功能的再体认》,《中国现代文学研究丛刊》,2021年第11期。

陈建华:《1920年代"新"、"旧"文学之争与文学公共空间的转型——以文学杂志"通信"与"谈话会"栏目为例》,《现代中文学刊》,2009年第4期。

陈平原:《"史传"、"诗骚"传统与小说叙事模式的转变——从"新小说"到"现代小说"》,《文学评论》,1988年第1期。

陈平原:《论鲁迅的小说类型研究》,《鲁迅研究月刊》,1991年第9期。

陈平原:《思想史视野中的文学——《新青年》研究(上)》,《中国现代文学研究丛刊》,2002年第3期。

陈平原:《思想史视野中的文学——《新青年》研究(下)》,《中国现代文学研究丛刊》,2003年第1期。

陈平原:《"思乡的蛊惑"与"生活之艺术"——周氏兄弟与现代中国散文》,《中国现代文学研究丛刊》,2018年第1期。

陈漱渝:《东有启明 西有长庚——鲁迅与周作人失和前后》,《鲁迅研究动态》,1985年第5期。

陈思和:《关于周作人的传记》,《中国现代文学研究丛刊》,1991年第3期。

陈思和：《关于中国现代短篇小说》，《小说评论》，2000年第1期。

陈思和：《现代知识分子觉醒期的呐喊：〈狂人日记〉》，《杭州师范学院学报》(社会科学版)，2003年第4期。

陈思和：《试论"五四"新文学运动的先锋性》，《复旦学报》(社会科学版)，2005年第6期。

陈雪虎：《中国早期现代"文学"名义试探：由朱希祖回溯周氏兄弟》，《文艺理论研究》，2016年第4期。

陈泳超：《周作人·人类学·希腊神话》，《鲁迅研究月刊》，2002年第6期。

陈子善：《〈呐喊〉版本新考》，《中国现代文学研究丛刊》，2017年第8期。

程巍：《日俄战争与中国国民性批判——鲁迅"幻灯片"叙事再探》，《山东社会科学》，2018年第6期。

程振兴：《执拗的低音——论周作人的鲁迅叙述》，《海南师范大学学报》(人文社会科学版)，2016年第10期。

董炳月：《论鲁迅对〈狂人日记〉的阐释——兼谈〈呐喊〉的互文性》，《文学评论》，2018年第5期。

董炳月：《幼者本位：从伦理到美学——鲁迅思想与文学再认识》，《齐鲁学刊》，2019年第2期。

邓伟：《试析周氏兄弟早期的文学语言践行》，《东岳论丛》，2016年第2期。

丁帆：《新旧文学的分水岭——寻找被中国现代文学史遗忘和遮蔽了的七年（1912—1919）》，《江苏社会科学》，2011年第1期。

丁帆：《也谈"五四新文化运动"与"五四文学"的关系》，《文艺争鸣》，2019年第1期。

丁文：《重叠与交错：周氏兄弟文学空间的生成》，《鲁迅研究月刊》，2019年第10期。

丁晓原：《散文的周作人与周作人的散文》，《厦门大学学报》（哲学社会科学版），2003年第5期。

丁晓原：《从新文体到"随感录"》，《中国现代文学研究丛刊》，2006年第1期。

段怀清：《胡适对"现代中国的文艺复兴"理念的阐释及其评价》，《杭州师范大学学报》（社会科学版），2010年第1期。

方长安：《形成、调整与质变——周作人"人的文学"观与日本文学的关系》，《文学评论》，2004年第3期。

方长安：《鲁迅文学观的发生与日本文学经验》，《广东社会科学》，2008年第1期。

符杰祥：《"忘却"的辩证法——鲁迅的启蒙之"梦"与中国新文学的兴起》，《学术月刊》，2016年第12期。

高恒文：《周作人与永井荷风——周作人与日本文学》，《鲁迅研究月刊》，1996年第6期。

高会敏：《由〈语丝〉看周氏兄弟杂文的异同》，《山西师大学报》（社会科学版），2013年第4期。

高玉：《语言运动与思想革命——五四新文学的理论与现实》，《文学评论》，2002年第5期。

高远东：《立"人"于东亚》，《鲁迅研究月刊》，1998年第2期。

高远东：《鲁迅的可能性——也从〈破恶声论〉寻找支援》，《鲁迅研究月刊》，2003年第7期。

郜元宝：《反抗"被描写"——解说鲁迅的一个基点》，《鲁迅研究月刊》，2000年第1期。

郜元宝：《从舍身到身受——略谈鲁迅著作的身体语言》，《鲁迅研究月刊》，2004年第4期。

郜元宝：《"二周"文章》，《南方文坛》，2010年第1期。

郜元宝：《从"美文"到"杂文"（上）——周作人散文论述诸概念辨析》，《鲁迅研究月刊》，2010年第1期。

郜元宝：《从"美文"到"杂文"（下）——周作人散文论述诸概念辨析》，《鲁迅研究月刊》，2010年第2期。

葛飞：《周作人与清儒笔记》，《鲁迅研究月刊》，2003年第11期。

耿传明：《周作人与古希腊、罗马文学》，《书屋》，2006年第7期。

耿传明：《"狂人"形象的文化源流与五四新文学的文化气质》，《南京师大学报》（社会科学版），2012年第1期。

顾钧：《周氏兄弟与〈域外小说集〉》，《鲁迅研究月刊》，2005年第5期。

顾农：《鲁迅的"硬译"与周作人的"真翻译"——读书札记》，《鲁迅研究月刊》，2008年第2期。

关爱和：《二十世纪初文学变革中的新旧之争——以后期桐城派与"五四"新文学的冲突与交锋为例》，《文学评论》，2004年第4期。

韩琛：《入戏的观众：鲁迅与现代东亚新视界》，《中国现代文学研究丛刊》，2014年第5期。

郝庆军：《两个"晚明"在现代中国的复活——鲁迅与周作人在文学史观上的分野和冲突》，《中国现代文学研究丛刊》，2007年第12期。

何锡章、李敏：《"五四"启蒙的落潮及其原因》，《文艺争鸣》，

2007 年第 7 期。

何亦聪：《作为意识形态的古文——论周氏兄弟对古文的批判及其现代文章观的建立》，《现代中国文化与文学》，2021 年第 1 期。

胡全章、关爱和：《晚清与"五四"：从改良文言到改良白话》，《中国社会科学》，2018 年第 9 期。

黄健：《论鲁迅"立人"思想的文化内涵》，《浙江社会科学》，1995 年第 6 期。

黄江苏：《"火的冰"：鲁迅寓京六年之再认识》，《上海文化》，2019 年第 7 期。

黄江苏：《为什么现代文学的开端是个"狂人"？——论〈狂人日记〉》，《中国现代文学研究丛刊》，2020 年第 6 期。

黄开发：《论周作人"自己表现"的文学观》，《鲁迅研究月刊》，1994 年第 6 期。

黄开发：《中外影响下的周氏兄弟留日时期的文学观》，《鲁迅研究月刊》，2004 年第 1 期。

黄开发：《周作人的文学观与功利主义》，《中国现代文学研究丛刊》，2004 年第 3 期。

黄乔生：《鲁迅、周作人与韩愈——兼及韩愈在中国文化史上的评价》，《鲁迅研究月刊》，2004 年第 10 期。

黄乔生：《略论鲁迅的自然科学修养》，《上海鲁迅研究》，2009 年第 3 期。

黄艳芬：《〈呐喊〉和〈自己的园地〉文集内化及关联"对话"——解读周氏兄弟失和的一个角度》，《鲁迅研究月刊》，2020 年第 3 期。

黄子平、陈平原、钱理群：《论"二十世纪中国文学"》，《文学评论》,1985 年第 5 期。

黄子平:《鲁迅·萨义德·批评的位置与方法》,《杭州师范学院学报》(社会科学版),2005 年第 1 期。

季剑青:《"声"之探求:鲁迅白话写作的起源》,《文学评论》,2018 年第 3 期。

姜彩燕:《"立人"之路的两种风景——试比较鲁迅与周作人的儿童教育思想》,《西北大学学报》(哲学社会科学版),2014 年第 4 期。

姜涛:《"社会改造"与"五四"新文学——作为一个整体的研究视域》,《文学评论》,2016 年第 4 期。

姜异新:《浸润于暗夜而来——通俗教育研究会小说股之于〈狂人日记〉》,《东岳论丛》,2018 年第 11 期。

蒋风、韩进:《鲁迅周作人早期儿童文学观之比较——兼论中国现代儿童文学发展的鲁迅方向》,《鲁迅研究月刊》,1994 年第 2 期。

旷新年:《"人"归何处?——"人的文学"话语的历史考察》,《中国现代文学研究丛刊》,2014 年第 1 期。

李春:《"人的文学":由来与终结——周作人前期的文学翻译与其文艺思想》,《鲁迅研究月刊》,2009 年第 9 期。

李冬木:《明治时代"食人"言说与鲁迅的〈狂人日记〉》,《文学评论》,2012 年第 1 期。

李冬木:《芳贺矢一〈国民性十论〉与周氏兄弟》,《山东社会科学》,2013 年第 7 期。

李国华:《革命与"启蒙主义"——鲁迅〈阿Q正传〉释读》,《文学评论》,2021 年第 3 期。

李国华:《时间意识与小说文体——胡适〈论短篇小说〉与鲁迅

〈狂人日记〉对读》,《文艺争鸣》,2019年第7期。

李恒顺:《"神思"与"人情"——论周氏兄弟早期思想差异》,《鲁迅研究月刊》,2020年第8期。

李继凯:《略论鲁迅的"新三立"和"不朽"》,《鲁迅研究月刊》,2013年第9期。

李今:《自我意识与"五四"新文学》,《中国现代文学研究丛刊》,1990年第3期。

李今:《文本·历史与主题——〈狂人日记〉再细读》,《文学评论》,2008年第3期。

李景彬:《论鲁迅与周作人所走的不同道路》,《文学评论》,1980年第5期。

李新宇:《鲁迅人学思想论纲(一)》,《鲁迅研究月刊》,1999年第3期。

李新宇:《鲁迅人学思想论纲(二)》,《鲁迅研究月刊》,1999年第4期。

李新宇:《鲁迅人学思想论纲(三)》,《鲁迅研究月刊》,1999年第5期。

李怡:《"日本体验"与中国现代文学的发生》,《中国社会科学》,2004年第1期。

李怡:《1907:周作人"协和"体验及与鲁迅的异同——论1907年的鲁迅兄弟与现代中国文学之生成》,《贵州社会科学》,2005年第4期。

李怡:《鲁迅的"五四"与"新青年"的"五四"》,《社会科学辑刊》,2007年第1期。

李怡:《谁的五四?——论"五四文化圈"》,《中国现代文学研究丛刊》，2009 年第 3 期。

李怡：《"立人"与现代民族复兴问题——鲁迅留日时期的思考和警觉》，《首都师范大学学报》(社会科学版)，2019 年第 1 期。

李音：《作为民族之声的文学——鲁迅、赫尔德与〈朝花夕拾〉》，《中国现代文学研究丛刊》，2021 年第 12 期。

李永东：《半殖民地中国"假洋鬼子"的文学构型》，《中国社会科学》，2017 年第 3 期。

李宗刚：《通俗教育研究会与鲁迅现代小说的生成》，《文学评论》，2016 年第 2 期。

李宗刚：《现代社会的主体性确立与传统社会的关系裂变——以鲁迅、周作人周氏兄弟失和作为考察对象》，《西南大学学报》(社会科学版)，2020 年第 5 期。

廖建荣：《博物学与周氏三兄弟的"科学话语共同体"》，《文艺理论研究》，2021 年第 4 期。

林分份：《"权威"的陷落与"自我"的确立——对周氏兄弟失和的另一种探讨》，《中国现代文学研究丛刊》，2009 年第 4 期。

林分份：《周氏兄弟的民间立场及其对新文学的塑造》，《中国现代文学研究丛刊》，2008 年第 1 期。

刘彬：《旧"事"怎样重"提"——以〈呐喊·自序〉为例》，《中国现代文学研究丛刊》，2019 年第 2 期。

刘彬：《痛感的消失与恢复——以〈阿Q正传〉为中心》，《中国现代文学研究丛刊》，2021 年第 6 期。

刘川鄂：《"五四"启蒙思潮与自由主义文学》，《文学评论》，2002 年第 3 期。

刘春勇：《周氏兄弟对晚明资源的取舍及其分途》，《鲁迅研究月刊》，2019年第8期。

刘皓明：《从"小野蛮"到"神人合一"：1920年前后周作人的浪漫主义冲动》，《新诗评论》，2008年第1期。

刘黎红：《五四时期进化论的变迁与文化保守主义》，《天津社会科学》，2002年第4期。

刘润涛：《鲁迅知识结构探源——围绕其"年少读书"的考察》，《中国现代文学研究丛刊》，2018年第5期。

刘潇雨：《从"讽刺"到"讽刺"——〈阿Q正传〉的文类阅读与观念建构》，《文学评论》，2020年第2期。

刘勇、杨联芬：《"五四"的困境与新文学的历史描述》，《北京师范大学学报》（社会科学版），1999年第2期。

刘勇：《鲁迅思想系统建构的再思考》，《北京联合大学学报》（人文社会科学版），2017年第1期。

龙永干：《报纸约稿、题旨取向与〈阿Q正传〉的叙事骨架及肌理》，《中国现代文学研究丛刊》，2019年第4期。

罗钢：《周作人的文艺观与西方人道主义思想》，《中国现代文学研究丛刊》，1987年第4期。

罗岗：《写史偏多言外意——从周作人〈中国新文学的源流〉看中国现代"文学"观念的建构》，《中国现代文学研究丛刊》，1996年第3期。

孟庆澍：《彼此在场的读与写：1907年的周氏兄弟》，《中国现代文学研究丛刊》，2017年第3期。

牟利锋：《以文字为中心的文学革命图景的建构——从周氏兄弟与

章太炎文学观之关联谈起》,《中国现代文学研究丛刊》,2021年第1期。

倪伟:《小品文与周作人的启蒙"胜业"》,《文艺争鸣》,2017年第9期。

欧阳哲生:《〈新青年〉编辑演变之历史考辨——以1920—1921年同人书信为中心的探讨》,《历史研究》,2009年第3期。

潘正文:《浙东文化传统与周氏兄弟"为人生"文学的奠基》,《东岳论丛》,2009年第12期。

彭春凌:《中国近代批儒思潮的跨文化性:从章太炎到周氏兄弟》,《鲁迅研究月刊》,2011年第10期。

彭明伟:《爱罗先珂与鲁迅1922年的思想转变——兼论〈端午节〉及其他作品》,《鲁迅研究月刊》,2008年第2期。

彭明伟:《周氏兄弟的翻译与创作之结合:以鲁迅〈明天〉与梭罗古勃〈蜡烛〉为例》,《鲁迅研究月刊》,2008年第9期。

钱理群:《试论鲁迅与周作人的思想发展道路》,《中国现代文学研究丛刊》,1981年第12期。

钱理群:《鲁迅、周作人文学观发展道路比较研究》,《中国社会科学》,1984年第2期。

钱理群:《周作人与五四文学语言的变革》,《中国现代文学研究丛刊》,1988年第4期。

钱理群:《周作人的民俗学研究与国民性考察》,《北京大学学报》(哲学社会科学版),1988年第5期。

钱理群:《试论五四时期"人的觉醒"》,《文学评论》,1989年第3期。

钱理群:《十年沉默的鲁迅》,《浙江社会科学》,2003年第1期。

邱焕星：《再造故乡：鲁迅小说启蒙叙事研究》，《中国现代文学研究丛刊》，2018 年第 2 期。

商昌宝：《青年鲁迅"立人"思想的多义解读》，《鲁迅研究月刊》，2007 年第 8 期。

邵宁宁：《鲁迅的"十八岁出门远行"——"文艺之路"的"起点"及其问题》，《文艺争鸣》，2021 年第 12 期。

沈庆利：《从"游民"向"流氓"的歧变：阿 Q 形象的"游民文化"视角解读》，《中国现代文学研究丛刊》，2003 年第 4 期。

沈卫威：《现代中国的人文主义思潮导论——以"学衡派"为中心》，《文艺研究》，2004 年第 1 期。

史建国：《"怎样做父亲"与伦理觉悟——以鲁迅与胡适为例的考察》，《文学与文化》，2019 年第 2 期。

束景南、姚诚：《激烈的"猛士"与冲淡的"名士"——鲁迅与周作人对吴越文化精神的不同承传》，《文学评论》，2004 年第 3 期。

舒芜：《周作人概观（上）》，《中国社会科学》，1986 年第 4 期。

舒芜：《周作人概观（下）》，《中国社会科学》，1986 年第 5 期。

宋炳辉：《弱小民族文学的译介与中国文学的现代性》，《中国比较文学》，2002 年第 2 期。

宋剑华：《"言志"诗学对中国现代文学的内在影响》，《中国社会科学》，2010 年第 6 期。

孙尧天：《自然童话中的动物与人——论鲁迅对爱罗先珂的翻译、接受及其精神交往》，《中国比较文学》，2021 年第 4 期。

孙尧天：《"人"的诞生：论鲁迅早年对〈天演论〉的阅读及其"立人"思想》，《山东社会科学》，2021 年第 6 期。

孙郁：《苦梦——鲁迅周作人世界之一瞥》，《鲁迅研究月刊》，1996年第8期。

孙郁：《立人的途径》，《鲁迅研究月刊》，1998年第4期。

孙郁：《周氏兄弟笔下的北京》，《北京师范大学学报》(社会科学版)，2009年第3期。

孙郁：《非文章的"文章"——鲁迅与现代文学观念的转型》，《中国现代文学研究丛刊》，2017年第4期。

孙郁：《与幼小者之真言——〈狂人日记〉的副题及其他》，《文艺争鸣》，2018年第7期。

孙郁：《鲁迅体味魏晋文脉的方式》，《北京大学学报》(哲学社会科学版)，2021年第5期。

谭桂林：《鲁迅小说启蒙主题新论》，《鲁迅研究月刊》，1999年第1期。

万晓：《鲁迅收藏的周作人译作简述》，《鲁迅研究动态》，1989年第8期。

王爱松、贺仲明：《中国现代文学中"父亲"形象的嬗变及其文化意味》，《首都师范大学学报》(社会科学版)，1999年第4期。

王本朝：《"吃人"的寓言与象征——鲁迅〈狂人日记〉与安特莱夫〈红笑〉的比较性解读》，《广东社会科学》，1993年第1期。

王本朝：《白话文运动中的文章观念》，《中国社会科学》，2013年第7期。

王彬彬：《鲁迅与现代汉语文学表达——兼论汪曾祺语言观念的局限性》，《中国现代文学研究丛刊》，2021年第12期。

王得后：《致力于改造中国人及其社会的伟大思想家》，《鲁迅研究

（第 5 辑）》，1981 年 12 月。

王得后：《立人：革新生存的根本观念》，《鲁迅研究月刊》，1998 年第 1 期。

王德威：《魂兮归来》，《当代作家评论》，2004 年第 1 期。

王芳：《留学归国后的周氏兄弟与乡邦文献——辛亥革命和地方自治中的文人传统》，《文艺争鸣》，2017 年第 4 期。

王风：《文学革命的胡适叙事与周氏兄弟路线——兼及"新文学"、"现代文学"的概念问题》，《中国现代文学研究丛刊》，2006 年第 1 期。

王风：《周氏兄弟早期著译与汉语现代书写语言（上）》，《鲁迅研究月刊》，2009 年第 12 期。

王风：《周氏兄弟早期著译与汉语现代书写语言（下）》，《鲁迅研究月刊》，2010 年第 2 期。

王风、夏寅整理：《刘半农书简汇编》，《中国现代文学研究丛刊》，2021 年第 8 期。

王富仁：《从"兴业"到"立人"——简论鲁迅早期文化思想的演变》，《中国社会科学》，1987 年第 2 期。

王光东：《在民间与启蒙之间——五四时期周作人的民间理论》，《文艺争鸣》，2002 年第 1 期。

王嘉良：《越文化底蕴：鲁迅文学精神生成的重要"内源性"机制》，《天津社会科学》，2018 年第 3 期。

王乾坤：《立人：请循其本》，《鲁迅研究月刊》，1998 年第 2 期。

王锡荣：《从鲁迅与父亲的关系说到鲁迅教育思想的形成》，《鲁迅研究月刊》，2020 年第 4 期。

王锡荣：《鲁迅与江南文化》，《当代文坛》，2021 年第 2 期。

王向远:《日本白桦派作家对鲁迅、周作人影响关系新辨》,《鲁迅研究月刊》,1995年第1期。

王晓明:《一份杂志和一个"社团"——重识"五·四"文学传统》,《上海文学》,1993年第4期。

王晓明:《现代中国的民族主义》,《学术月刊》,2002年第11期。

王尧:《跨界、跨文体与文学性重建》,《文艺争鸣》,2021年第10期。

王一川:《"典型"东渐70年及其启示》,《社会科学辑刊》,2007年第3期。

王媛:《周作人论鲁迅"山灵的讽刺"》,《北京社会科学》,2017年第12期。

王泽龙、杨葵:《民国时期文学史中的鲁迅书写》,《北京师范大学学报》(社会科学版),2015年第6期。

王志松:《周作人的文学史观与夏目漱石文艺理论》,《中国现代文学研究丛刊》,2016年第7期。

王中忱:《视觉装置与"写实"方法的现代构筑——"美术革命"与"文学革命"的交集及其意义》,《文学评论》,2016年第4期。

汪成法:《论〈鲁迅全集〉中的周作人文章》,《现代中文学刊》,2012年第3期。

汪晖:《鲁迅研究的历史批判》,《文学评论》,1988年第6期。

汪晖:《20世纪初期的文化冲突与鲁迅的文化哲学》,《中国社会科学》,1989年第2期。

汪晖:《预言与危机(上篇)——中国现代历史中的"五四"启蒙运动》,《文学评论》,1989年第3期。

汪晖：《预言与危机（下篇）——中国现代历史中的"五四"启蒙运动》，《文学评论》，1989年第4期。

汪晖：《文化与政治的变奏——战争、革命与1910年代的"思想战"》，《中国社会科学》，2009年第4期。

汪卫东：《周氏兄弟〈随感录〉考证》，《中国现代文学研究丛刊》，1998年第3期。

汪卫东：《鲁迅的又一个"原点"——1923年的鲁迅》，《文学评论》，2005年第1期。

汪卫东：《鲁迅杂文：何种"文学性"？》，《文学评论》，2012年第5期。

魏建、毕绪龙：《〈新青年〉与"新青年"》，《文学评论》，2007年第4期。

温儒敏：《鲁迅对文化转型的探求与焦虑》，《北京大学学报》（哲学社会科学版），2001年第4期。

温儒敏：《现代文学传统及其当代阐释》，《中国现代文学研究丛刊》，2008年第2期。

文贵良：《解构与重建——五四文学话语模式的生成及其嬗变》，《中国社会科学》，1999年第3期。

文贵良：《何谓话语？》，《文艺理论研究》，2008年第1期。

文贵良：《回归与开拓：语言——文学汉语作为中国现代文学史书写的关键词》，《华东师范大学学报》（哲学社会科学版），2008年第2期。

文贵良：《晚清民初：鲁迅汉语实践的"四重奏"》，《文艺理论研究》，2015年第1期。

文贵良:《语言否定性与〈狂人日记〉的诞生》,《鲁迅研究月刊》,2013年第8期。

文贵良:《周作人:国语改造与理想的国语》,《杭州师范大学学报》(社会科学版),2017年第1期。

文贵良:《文学汉语实践与中国现代文学的发生》,《学术月刊》,2021年第12期。

吴俊:《科学和人文精神的启蒙——关于鲁迅留学日本时期的思想》,《鲁迅研究月刊》,1994年第10期。

吴俊:《白话·民间性·鲁迅——关于"五四"新文学传统的札记》,《华东师范大学学报》(哲学社会科学版),1999年第3期。

吴俊:《文学的政治:国家、启蒙、个人——关于近代以来中国文学的三种话语方式或权利诉求》,《南方文坛》,2008年第6期。

吴晓东:《S会馆时期的鲁迅》,《读书》,2001年第1期。

吴晓东:《鲁迅第一人称小说的复调问题》,《文学评论》,2004年第4期。

吴晓东:《中国现代审美主体的创生——郁达夫小说再解读》,《中国现代文学研究丛刊》,2007年第3期。

肖向明:《民间信仰文化与鲁迅、周作人的文学书写》,《中国现代文学研究丛刊》,2008年第11期。

谢俊:《启蒙的危机或无法言语的主体——谈〈阿Q正传〉中的叙事声音》,《中国现代文学研究丛刊》,2019年第1期。

谢有顺:《重构中国小说的叙事伦理》,《文艺争鸣》,2013年第2期。

解志熙:《美文的兴起与偏至——从纯文学化到唯美化》,《文学评论》，1997年第5期。

熊权：《"争天拒俗"：弱者反抗与"相互主体性"——鲁迅的进化论批判》，《中国现代文学研究丛刊》，2021年第1期。

徐麟：《首在立人》，《鲁迅研究月刊》，1998年第2期。

杨联芬：《〈域外小说集〉与周氏兄弟的新文学理念》，《鲁迅研究月刊》，2002年第4期。

杨联芬：《晚清与五四文学的国民性焦虑（三）——鲁迅国民性话语的矛盾与超越》，《鲁迅研究月刊》，2003年第12期。

杨扬：《五四时期及20年代的中国文学研究》，《文艺理论研究》，2004年第4期。

杨义：《鲁迅与中国文化的现代启示》，《文学评论》，2006年第5期。

杨义、郝庆军：《鲁迅与"五四"精神》，《文学评论》，2009年第3期。

於可训：《从近现代文学革新看传统的转化和发展》，《江汉论坛》，2018年第6期。

余荣虎：《周作人、茅盾、鲁迅与早期乡土文学理论的形成》，《南京师大学报》（社会科学版），2007年第3期。

喻大翔：《周作人言志散文体系论》，《文学评论》，1999年第2期。

袁先欣：《"声"的类型学：〈狂人日记〉与鲁迅的语言观》，《中国现代文学研究丛刊》，2021年第10期。

张宝明：《"人道主义"的两副面孔——中国新文学内在气质的歧义》，《文艺争鸣》，2008年第9期。

张福贵：《鲁迅"世界人"概念的构成及其当代思想价值》，《文学评论》，2013年第2期。

张洁宇：《"活"与"行"——鲁迅生命观与文学观的互动》，《中国现代文学研究丛刊》，2016年第9期。

张洁宇：《"度日"与"做人"：〈伤逝〉的兄弟隐喻与人生观分歧》，《学术月刊》，2018年第11期。

张洁宇：《"有情的讽刺"：鲁迅杂文的美学特质》，《西北大学学报》（哲学社会科学版），2020年第3期。

张菊香：《鲁迅周作人早期作品署名互用问题考订》，《鲁迅研究月刊》，2002年第6期。

张丽华：《鲁迅生命观中的"进化论"——从〈新青年〉的随感录（六六）谈起》，《汉语言文学研究》，2015年第2期。

张丽华：《"误译"与创造：鲁迅〈药〉中"红白的花"与"乌鸦"的由来》，《中国现代文学研究丛刊》，2016年第1期。

张全之：《从〈新世纪〉到〈新青年〉：无政府主义与五四文学革命》，《中国现代文学研究丛刊》，2005年第5期。

张全之：《从施缔纳到阿尔志跋绥夫——论无政府主义对鲁迅思想与创作的影响》，《鲁迅研究月刊》，2007年第11期。

张铁荣：《周氏兄弟与五四新文化运动》，《广东社会科学》，2010年第6期。

张铁荣：《关于周氏兄弟的狂人与疯人书写——从〈狂人日记〉到〈真的疯人日记〉》，《上海鲁迅研究》，2019年第4期。

张铁荣：《一篇类似〈狂人日记〉的文学理论文章——周作人〈人的文学〉的理论意义》，《关东学刊》，2019年第5期。

张铁荣：《周氏兄弟在〈新青年〉开创的"三个第一"》，《群言》，

2019 年第 7 期。

张武军：《五四新文化的"运动"逻辑》，《现代中文学刊》，2020 年第 2 期。

张先飞：《从普遍的人道理想到个人的求胜意志——论 20 年代前期周作人"人学"观念的一个重要转变》，《鲁迅研究月刊》，1999 年第 2 期。

张先飞：《"五四"前期周作人人道主义"人间"观念的理论辨析》，《中国现代文学研究丛刊》，2009 年第 5 期。

张先飞：《"下去"与"上去"——"五四"时期鲁迅、周作人复出的发生学考察》，《山东师范大学学报》（人文社会科学版），2017 年第 1 期。

张新颖：《现代意识与中国主体——探讨 20 世纪中国文学现代意识的一个基本思路》，《中国比较文学》，2000 年第 1 期。

张耀杰：《关于〈新青年〉编辑部的连环讹误》，《社会科学论坛》，2014 年第 6 期。

张耀杰：《〈新青年〉编辑部的历史还原》，《关东学刊》，2019 年第 2 期。

张业松：《〈狂人日记〉百年祭》，《现代中文学刊》，2019 年第 2 期。

张永泉：《五四前期鲁迅思想的历史性转折》，《鲁迅研究月刊》，1994 年第 4 期。

张钊贻：《鲁迅反对古文并引进欧化语法原因辨析：中国语文面对现代化与国民性改造的困境》，《东岳论丛》，2019 年第 2 期。

张中良：《中国现代文学的民族国家问题》，《文学评论》，2014 年第 4 期。

赵京华：《周作人与永井荷风、谷崎润一郎》，《中国现代文学研究丛刊》，1998年第2期。

赵京华：《周作人与柳田国男》，《鲁迅研究月刊》，2002年第9期。

赵京华：《周作人的民族国家意识》，《文学评论》，2015年第1期。

赵陕君：《"铁屋子"与想象中国的方式——鲁迅与爱罗先珂的空间体验与文学表达》，《现代中国文化与文学》，2019年第4期。

赵稀方：《〈新青年〉的文学翻译》，《中国翻译》，2013年第1期。

赵英：《鲁迅与周作人关系始末（上篇）》，《齐鲁学刊》，1982年第5期。

赵英：《鲁迅与周作人关系始末（下篇）》，《齐鲁学刊》，1983年第2期。

止庵：《鲁迅三题》，《书屋》，2001年第5期。

朱崇科：《鲁迅小说中"吃"的话语形构》，《鲁迅研究月刊》，2007年第7期。

朱德发：《"人的文学"：现代中国文学史核心理念重构》，《烟台大学学报》（哲学社会科学版），2002年第2期。

朱金顺：《鲁迅周作人又一篇合写的文章》，《鲁迅研究月刊》，2003年第2期。

朱寿桐：《作为鲁迅"思想故乡"的〈新青年〉》，《中国现代文学研究丛刊》，2005年第5期。

朱自强：《"儿童的发现"：周氏兄弟思想与文学的现代性》，《中国文学研究》，2010年第1期。

周慧梅：《鲁迅与北洋政府时期的教育部社会教育司——社会生活史的视角》，《宁波大学学报》（教育科学版），2020年第5期。

周仁政:《情感表现与五四文学——中国现代文学发生史研究》,《文学评论》,2010年第3期。

周维东:《"反传统"话语的形成及其问题——重新认识鲁迅的反传统思想》,《中国文学批评》,2017年第2期。

后 记

这本书是在博士论文基础上修订而来,对于我而言,它的出版意味着一段求学时光的短暂落幕,同时也预示着一个新的起点。作为个人的首部学术专著,当初在选题与论证过程中确实怀揣着一点小小的理想抱负:从自身原有的兴趣点鲁迅研究出发,笔者开始关注到周作人的一系列文章著述,发现他们在"五四"时期志同道合,彼此呼应,联袂成为新文学运动的得力干将,同时也迎来了各自文艺事业上的高峰。而彼时知识人集体表述的"周氏兄弟",其实质是通过话语行为制造的"合法化术语",在指称客观存在的亲属血缘关系以外,更是用来反映二者"共同"从事文化活动的行为姿态与价值理念。在周氏兄弟身上,蕴含着20世纪中国知识分子的众多精神命题,以这对轴心人物为线索,梳理其在知识界的绵延影响,有助于从关键之处透视中国现代文学整体转型以及发展的过程。有鉴于此,笔者试图将"五四"新文化运动时期的鲁迅、周作人兄弟视作思想启蒙与文学革新运动的同盟,对其1917至1923年间以"立人"为中心的文学实践进行一种互文性的考察,探讨他们二者如何具体分工合作,并以此为基点分析兄弟之间潜在的精神对话关系。著者既关注鲁迅与周作人不同趋向的启蒙路径如何相互配合,从而引领了"五四"时期"人的发现"的思想潮流,也围绕他们独特的文体表达分析二者的文学理念及实践怎样共同为现代文学的发生奠定历史基础。相较于常见的平行比较研究,本书更想要倡导一种互动关联的视野,着眼于鲁迅与周作人之间那些有联系的节点来展开论述,一方面从宏观上剖析周氏兄弟在知识和理论维度上面的互动共生关系，另一方面也考察二人在微观层面共同参与的诸多文化个案。除此之外，也希望对周氏兄弟共同体空间内部错综复杂的关系纽带进行梳理，通过捋清二者在相近思想议题上面表现出来的内在文化人格之差异性，进一步理解日后那种酷烈的分离已经在"兄弟怡怡"时期埋下精神上的伏笔。从写作的动机来说，本书的设想可谓洋洋洒洒，但是囿于本人学力有限，目前呈现出来的内容仍然没有达到令人满意的状态，不足之处还恳请各位方家多多批评指正。

　　书稿撰写过程中所受到的帮助与教益太多，在此一并致谢。首先要感谢的是我的导师文贵良教授，回过头来看，跟随文老师读博的经历已然成为我人生命运的一个重要的转折点，无论是在学业、生活还是工作上，文师都给予我无私的帮助，他认真严谨的学术态度使我裨益良多，他踏实做事的品质令我仰慕不已，他乐观豁达的人生情怀更是垂范我心。选择周氏兄弟这样一个现代文学的高原地带作为毕业论文的研究对象，自己时常感到惶恐不安，但文老师却对我包容有加，充分尊重我的兴趣，并且给出建设性的思路。每当迷茫时，老师富有亲和力的笑容与善意满满的鼓励总是能够成为驱散心头阴霾的那一束明媚的阳光，令我最终鼓起勇气去挑战向往已久却又困难重重的课题，我的感激之情无以言表！还要对陈子善、殷国明、罗岗、汤拥华、黄平、刘晓丽、凤媛、张春田、孙尧天等各位老师道一声感谢，他们中有的人在课堂上传道授业解惑，教会我学术研究的方法；有的人曾对我的论文加以细致的指导，使我有所启发与思索。更为重要的是，他们对学术的热爱使我领略到了文学研究的无穷乐趣，也深切体会到华东师大中文系自成一派的学养与文脉传承，那种镌刻在思想基底里并且熠熠生辉的"文学是人学"的精神。此外，黄乔生、吴俊、宋炳辉、张业松、曹禧修、黄江苏等专家学者的指导切中肯綮，他们的意见对我来说同样弥足珍贵。本书的部分章节曾经在《鲁迅研究月刊》《安徽大学学报》《现代中国文化与文学》《杭州师范大学学报》《海南师范大学学报》《南京师范大学文学院学报》等杂志发表，诚挚感谢姜异新、刘云、李春燕、晏洁、李永新等编辑老师的厚爱。

　　回顾读博的生活，其实是快乐与痛苦交织的过程，幸运之处在于有孙允中、王中栋、李新、郭然、谢魏、喻超、安静、冯芽、李金燕等同学的陪伴，相遇即是缘分，我们相互扶持，共同成长，拥有很多美好的回忆。曹晓华、房栋、赵凡、刘妍、熊静娴、董韫玮等同门的鼓励犹在耳畔，虽然私下相处机会不多，但"文门"一直以来都是一个让人倍感温暖的大家庭。感谢我的工作单位杭州师范大学人文学院、文艺批评研究院所提供的学术平台，洪治纲、邵宁宁、王侃、斯炎伟、郭洪雷、詹玲、朱晓江诸位教授对新人关怀备至，勉励我快速成长、逐渐适应工作以后的环境；刘杨、闫东方、李佳贤三位老师在本书的出版过程中也多有费心。入职以来，我深感同事们都是一群可爱的、有个性的人，也是一个团结的学术共同体，充满着积极向上的活力与真诚坦率的氛围。感谢上海文艺出版社及责编老师为此书的出版尽心费力。最后感谢我的父母，您们毫无保留地奉献自己的爱，替我的人生创造舒适的环境与优越的条件，为此已经付出太多太多，谨将本书作为一份小小的礼物献给双亲。时光如梭，已过而立之年的我仍然处在人生的十字路口，常常不乏困惑与迷惘，每当此时便会想起穆旦的著名诗句："我的全部的努力，不过完成了普通的生活。"凡是过往皆为序章，但即便失之东隅，未尝不会收之桑榆，所以一切都是命运最好的安排，我也将带着曾经收获的小小幸运走向新的人生道路。

2024年春于杭州师范大学

图书在版编目（CIP）数据

"五四"时期作为文学共同体的周氏兄弟：1917—1923：以"立人"为中心 / 王海晗著. -- 上海：上海文艺出版社, 2025. -- ISBN 978-7-5321-9073-7

Ⅰ. I210；I206.6

中国国家版本馆CIP数据核字第2024KC6170号

策 划 人：李伟长
责任编辑：崔 莉
装帧设计：钟 颖

书　　名："五四"时期作为文学共同体的周氏兄弟：1917—1923
　　　　　——以"立人"为中心
作　　者：王海晗
出　　版：上海世纪出版集团　上海文艺出版社
地　　址：上海市闵行区号景路159弄A座2楼　201101
发　　行：上海文艺出版社发行中心
　　　　　上海市闵行区号景路159弄A座2楼206室　201101　www.ewen.co
印　　刷：崇明裕安印刷厂
开　　本：890×1240　1/32
印　　张：14.25
插　　页：3
字　　数：328,000
印　　次：2025年3月第1版　2025年3月第1次印刷
Ｉ Ｓ Ｂ Ｎ：978-7-5321-9073-7/I.7140
定　　价：79.00元
告 读 者：如发现本书有质量问题请与印刷厂质量科联系　T：021-59404766